Werner Köhler

Eine ganz normale Familie

Roman

Kiepenheuer & Witsch

1. Auflage 2006

Umschlaggestaltung: Barbara Thoben, Köln
Umschlagmotiv: © Detlef Kellermann, »beware of the dog«, 2006, Öl auf Holz, 43×100 cm
Gesetzt aus der Palatino
Satz: Pinkuin Satz und Datentechnik, Berlin
Druck und Bindung: Clausen & Bosse, Leck
ISBN 10: 3-462-03749-8
ISBN 13: 978-3-462-03749-4

Prolog

Um 14:32 Uhr kehrten die Stiche zurück, und dieses Mal gingen sie nicht wieder weg.

Michael zuckte nur ganz kurz zusammen. Ihm war, als sei ein Blitzschlag in seine linke Körperhälfte eingedrungen und ließe dort seine dürren elektrostatischen Verästelungen wüten. Seit geraumer Zeit ertrug er diese ohne jede Ankündigung auftretenden Stromschläge nun schon, und er hatte gelernt, damit umzugehen. Wie die Male zuvor ebbte die elektrische Energie ebenso schnell wieder ab, wie sie gekommen war, nur dass dieses Mal etwas zurückblieb.

Michael saß auf dem Sonnendeck einer schnellen Fähre und schaute weit über die glitzernde See. Durch den Schock wandelten sich die scharfen Kämme der Wellen vor seinen Augen in eine einzige verschwommene, graublaue Fläche. Er blinzelte mehrmals schnell hintereinander mit den Augen. Kein Zweifel, er sah nicht mehr richtig.

Eine Hand auf die Reling gestützt, wandte er den Kopf. Ein dichter Nebel umgab ihn, und die Konturen seiner Mitreisenden verschwammen. Zu seinem Entsetzen konnte er auch Carolyn nirgends mehr sehen. Panische Angst überfiel ihn.

Doch so schnell, wie der Schwindel gekommen war, verschwand er auch. Plötzlich erstrahlte die Welt um ihn herum wieder in klaren, warmen Farben. Michael atmete tief durch und tastete unsicher nach der Hand seiner Frau. Carolyn hatte sich während der bleiernen Minuten keinen Millimeter von seiner Seite bewegt.

»Ist was? Du bist auf einmal so still?«, hörte er sie fragen.

Er schüttelte stumm den Kopf.

Zwei Monate zuvor

1

Die Ampel sprang auf Grün. Michael Billings legte den Gang ein und lenkte den Wagen langsam in die scharfe Rechtskurve, die den Beginn der Steigung markierte. Von dieser Stelle an würde er nur noch auf Fahrzeuge treffen, deren Insassen wie er selbst auf dem *Hügel* – so wurde der gewaltige Basaltfelsen im Volksmund genannt – wohnten. Kein regulärer Linienbus bog hier ab. Für den öffentlichen Verkehr lohnte die steile Straße nicht, an deren Ende ein Wendehammer lag, von dem aus man eine phantastische Fernsicht genoss.

Für erste Bewegung am Morgen sorgten die Familienväter, wenn sie zur Arbeit fuhren, dann die Mütter, die ihre Sprösslinge nach guter alter Sitte selbst über den Fluss hinweg in eine der öffentlichen Schulen brachten. Danach herrschte erst am späten Vormittag wieder so etwas wie Verkehr, wenn die Frauen für ihre Erledigungen oder mittäglichen Treffen in die angesagten Restaurants der Stadt fuhren, und schließlich erst wieder am späten Abend, wenn die Männer von der Arbeit, aus letzten Meetings, von einem Abendessen oder von der Geliebten zurückkehrten.

Siebzehn Villen standen über der Stadt, alle von mehr oder weniger großzügigen Anwesen umgeben. Die größten und ältesten unter ihnen befanden sich in der obersten Reihe in unmittelbarer Nachbarschaft zu einer den *Hügel* dominierenden Gründerzeitvilla.

Den ehemaligen Besitzern dieses Gebäudes hatte einst der ganze Berg gehört. Das war zu Zeiten, als mit Warenhäusern noch viel Geld zu verdienen war. Mit Einsetzen der ersten wirtschaftlichen Krise nach dem Krieg veräußerten sie zunächst einzelne Parzellen des Grundstücks, dann immer weitere Teile ihres Besitzes, bis schließlich nichts mehr übrig blieb außer dem Gebäude selbst. In der Villa waren vier Generationen der Familie geboren und drei von diesen auch gestorben. Unter den Toten befanden sich auch zwei direkte Nachfahren des Firmengründers, die ihrem Leben selbst ein Ende gesetzt hatten. Der eine, indem er sich mit einem Jagdgewehr erschoss, und der andere – sein Bruder – tat ziemlich stark angetrunken, wie man sich erzählte, bei einsetzender Dunkelheit einen falschen Schritt und stürzte von der oberen Abbruchkante des Felsens in die Tiefe. Ein Blick auf seine Konten legte später die Vermutung nahe, dass ihm dieses frühzeitige Ableben einigen Ärger erspart hatte.

Das waren alles wahre Geschichten, die Michael Billings und seiner Frau Carolyn hinter vorgehaltener Hand erzählt wurden. Kein sonntägliches Treffen, keine Gartenparty, kein Abendessen, wo nicht mindestens eine weitere Episode aus der Vergangenheit des *Hügels* hinzukam. Für Aufregung sorgte zuletzt die Geschichte vom Verkauf des stattlichen Gebäudes selbst.

Die Villa mit ihren 22 Zimmern, drei majestätischen Terrassen, alle mit überwältigendem Blick über die Stadt bis zu den gegenüberliegenden Hügeln und in das tief eingeschnittene Flusstal, hatte vor zwei Jahren ein erst 33-jähriger russischer Junggeselle gekauft, der sein Geld mit virtuellen Unternehmen, Öl und anderen nicht genauer bekannten Tätigkeiten verdiente.

Natürlich wechselten auch auf dem *Hügel* die Immobilien von Zeit zu Zeit ihren Besitzer, wurden von einer Generation an die nächste weitergegeben, Menschen zugespielt, die sich den *Hügel* durch ihre Arbeit und den Ausbau lokaler Beziehungen verdient hatten. Der neue russische Besitzer jedoch bedeutete für die alten Familien einen Machtverlust.

»Jetzt brauchen wir nur noch darauf zu warten, dass die Chinesen ein ähnliches Tempo vorlegen wie die verdammten Russen, und der Tag ist nicht mehr fern, an dem sich die ersten von uns freiwillig vom *Hügel* verabschieden«, hatte der alte Schröter damals zu ihm gesagt und dabei angewidert das Gesicht verzogen.

Michael lächelte bei dem Gedanken an die Empörung seines Chefs. Schröter war ein Mann, der die Fäden nur ungern aus der Hand gab. Vermutlich befürchtete er negative Auswirkungen auf den Wert seiner eigenen Liegenschaft.

Der anthrazitfarbene Wagen schnurrte den Berg hinauf, das Licht der abgeblendeten Scheinwerfer spiegelte auf dem regennassen Asphalt und glitt an wehrhaften Steinmauern entlang, die nur ab und an von elektronisch gesicherten Metalltoren unterbrochen wurden, und verlor sich zwischen den Grundstücken in der nachtdunklen Landschaft.

Michael atmete hörbar aus, als er in der letzten Kurve runterschaltete und vor dem Eingangstor zum Stehen kam. Die Übergänge von Arbeit zu Privatleben fielen ihm zunehmend schwer, und das nicht erst, seit er sich mit Alenka traf.

Während sich das Tor langsam, fast schon behäbig öffnete, erinnerte sich Michael daran, dass er es schon am vergangenen Wochenende hatte ölen wollen, bevor ihn ein heftiger Familienstreit von seinem Vorhaben abbrachte.

Etwas stimmte nicht. Normalerweise waren um diese Zeit, kurz vor Mitternacht, alle Fenster des 50er-Jahre-Bungalows dunkel. Allenfalls konnte bei seinem Sohn, Joshua, noch Licht brennen, aber dessen Zimmer war von der Einfahrt aus nicht zu sehen. Carolyn zog sich für gewöhnlich gegen elf Uhr mit einem dicken Wälzer unter dem Arm ins Schlafzimmer zurück. An den Abenden, an denen er von der Geliebten kam, hoffte er darauf, dass sie bereits schlief, damit er nicht gezwungen war, neue Lügen zu erfinden. Auch war Caros Mitleid wegen seiner vermeintlich langen Arbeitszeiten schwer zu ertragen. Vergangene Woche hatte er in der Küche noch ein Glas Wein getrunken, bevor er zu ihr ins Zimmer schlich. Kaum hatte er die Bettdecke über sich gezogen, spürte er auch schon ihre Hand seinen Oberschenkel hinaufwandern. Er erschrak und errötete, als ihre Zähne ihn sanft ins Ohrläppchen bissen.

»Du bist noch wach, Schatz?«, stammelte er.

»Hmm«, hauchte sie.

»Was für ein Scheißtag!«

Carolyns Hand wanderte unbeirrt weiter. Erst als Michael eine Erektion spürte, legte sich seine Nervosität wieder. Nach wenigen Augenblicken hatte er die Bilder der vergangenen Stunden aus seinem Kopf vertrieben und konnte sich auf seine Frau konzentrieren.

Dennoch, am besten war es, Carolyn schlief, wenn er nach Hause kam. Er zog ihr dann die Lesehilfe vorsichtig von der Nase, legte Brille und Buch auf den Nachttisch, drückte ihr einen Kuss auf die Wange und legte sich zufrieden neben sie. Er liebte Carolyn, und daran würde sich niemals etwas ändern, egal was auch geschehen mochte.

An diesem Abend waren die Fenster hell erleuchtet, und als Michael in die Auffahrt einbog, wusste er auch sofort, warum. Ein quer zur Garageneinfahrt abgestellter nachtschwarzer Dreiachser mit spanischem Nummernschild zwang ihn zu einer Vollbremsung.

Charles Schneider war wieder da, nach gut fünf Jahren zum ersten Mal. Und Michaels Meinung nach hätte er gut und gerne auch noch weitere fünf Jahre mit seinem Antrittsbesuch warten können. Charles war Carolyns Vater, sein Schwiegervater, und noch bevor er dem Alten gegenüberstand, wünschte er, dieser würde bald wieder abreisen.

Im Haus traf er als Erstes auf seinen Sohn. Joshua kam aus dem Wohnzimmer und preschte durch die Diele auf den engen Flur zu, der zu seinem Schlafzimmer im Anbau führte. Je häufiger sich Michael über dieses sinnlose Rasen aufregte, desto lieber demonstrierte der Junge seine Manövrierfähigkeiten. Als er jetzt seinen Vater bemerkte, bremste er ab und steuerte den Rollstuhl in einer sportlichen Kurve direkt auf Michael zu.

»Der Irre ist da«, rief er anstelle einer Begrüßung und deutete mit dem Kopf in Richtung Wohnzimmer, was nicht notwendig gewesen wäre, denn niemand in der Familie Billings würde jemals den Fernseher so laut stellen wie Charles Schneider, der den Apparat meist den lieben langen Tag laufen ließ. »Und Oma ist völlig am Ende!«, vervollständigte Joshua den angefangenen Satz. Damit wendete er seinen Sportrolli und fuhr so schnell davon, dass er das »Guten Abend« seines Vaters schon nicht mehr hörte.

Michael stand in der großen Empfangshalle. Mechanisch hielt er sich an seine Gewohnheiten. Er stellte die Tasche auf der antiken Truhe ab, hängte den Mantel ordentlich auf einen Bügel, schloss den normannischen Bauernschrank sorgfältig wieder ab und ging dann, noch immer unentschlossen, was er zuerst tun sollte, ins Wohnzimmer.

Charles Schneider war ein Hüne und hatte seiner stattlichen Größe mit den Jahren einiges an Volumen hinzugefügt. Die wenigen Haare, die den massigen Schädel noch bedeckten, waren lang und glänzten fettig im Licht der Stehlampe. Trotz seines ungepflegten Äußeren wirkte er kerngesund, auch wenn seine von der Sonne Südspaniens gebräunte Haut eher wie gegerbtes Leder aussah. Er trug kurze Armeeshorts und ein an einigen Stellen bereits löchriges T-Shirt, dessen Vorderseite ein riesiges Foto zierte. Der Schnappschuss zeigte ihn selbst, wie er strahlend vor genau der Rostlaube posierte, die jetzt die Einfahrt zu Michaels Garage blockierte.

Der Anblick des fetten alten Mannes bereitete Michael Unbehagen. Er lag auf dem Sofa, rieb seine ungepflegten Füße an den Polstern und stierte mit sichtlichem Vergnügen auf den Fernseher, während er zugleich spanische Wörter in den Raum brüllte. Charles kommentierte nicht etwa das Fernsehprogramm, wie Michael zunächst dachte, sondern schrie in ein Handy. Es konnte sich dabei nur um das von Carolyn oder einem der Kinder handeln, denn Charles besaß kein Telefon. Michaels Blick fiel auf die fast leere Weinflasche auf dem Tisch. Ganz sicher hegte Charles nicht die Absicht, seinen Schwiegersohn zu schädigen, dafür verstand er viel zu wenig vom Wein. Hauptsache, er hatte die richtige Farbe, rot, die auf dem Etikett ausgewiesenen Volumen-Prozent unterschritten nicht die 13er-Marke, und – nicht zu vergessen – im Keller gab es einen ausreichenden Vorrat der gleichen Marke, denn da verstand Charles keinen Spaß. Wenn er mit Kopfschmerzen aufwachte, dann lag das daran, dass er am Abend zuvor die Weinmarke gewechselt hatte. Das war nur eine seiner unzähligen Theorien. Unsinn, wie alles, was aus seinem Mund sprudelte. Dass er im vorliegenden Fall einen noch viel zu jungen Sassicaia aus dem Weinkeller gefischt hatte, war Michael fast schon egal.

»Guten Abend, Charles«, rief Michael in eine der seltenen Gesprächspausen des Alten hinein. Charles, nicht im Mindesten überrascht, blickte kurz auf, deutete durch eine freudige Geste an, dass er ihn erkannte, veränderte seine bequeme Position aber um keinen Millimeter. Gerade als Michael schon wieder gehen wollte, legte Charles während einer Gesprächspause die Fernbedienung neben die Flasche auf den Tisch, bedeckte mit der nun freien Hand das Handy und wandte sich ihm zu.

»Raoul«, donnerte er erklärend, »bin gleich fertig. Schön, dich zu sehen, mein Junge, wo sind denn die anderen abgeblieben? Komm, setz dich doch und trink ein Glas.«

Ohne eine Antwort abzuwarten, brüllte er nun wieder Raoul in Spanien an. Michael verließ den Raum, ging nach nebenan in die Bibliothek und goss sich einen alten Cognac aus der fein geschliffenen Karaffe in einen der großen Schwenker, die ihm Caro zum Vierzigsten geschenkt hatte. Mit dem Glas in der Hand ging er zum Fenster und zog die dicken Vorhänge zu. Michael trank wenig und normalerweise nur in guter Stimmung. Er leerte das Glas in einem Zug und machte sich derart gestärkt auf die Suche nach dem Rest der Familie.

Nichts hätte ihn jedoch auf den Anblick vorbereiten können, der sich ihm im Gästeschlafzimmer bot. Carolyn stand am Bett. Es dauerte einen Moment, bis er Mary erkannte, die hinter seiner Frau hilflos wie eine Schildkröte auf dem Rücken lag. Sie war schmutzig, aber das war noch das Wenigste. Die Wunden, die ihren ganzen Körper überzogen, ließen Michael vergessen, dass er die Frau genauso wenig leiden konnte wie den Prahlhans unten im Wohnzimmer. Auf ihren Beinen zeigten sich offene, eitrige Stellen, und dort, wo Marys rötliche Haut nicht aufgeplatzt war, wies sie eine blau-violette Färbung auf, die stellenweise ins Türkis changierte. Auch ihr einstmals schönes Gesicht war nicht verschont geblieben. Unterhalb des Jochbeins zeigte sich ein nagelbreiter Hautriss, und eine massive Schwellung entstellte das Gesicht zu einer Fratze.

Mary Schneider machte den Eindruck einer schwer misshandelten und verwahrlosten Frau. Noch bevor Michael etwas sagen konnte, zog ihn Carolyn am Jackettärmel hinaus in den Flur und durch die gegenüberliegende Tür ins eigene Schlafzimmer. Ein Stillleben aus brennender Nachttischlampe, aufgeschlagenem Buch und Caros Lesebrille ließ vermuten, dass sie bereits im Bett gelegen hatte, als der unerwartete Besuch eintraf. Hier, in der Intimität des eigenen Schlafzimmers, konnte Caro ihre aufgestauten Emotionen nicht länger kontrollieren. In ihre Tränen mischte sich aber auch Erleichterung darüber, dass Michael endlich aufgetaucht war.

»Wo warst du denn?«, schluchzte sie. »Ich habe versucht dich in der Firma zu erreichen und auf dem Handy.«

»Was ist hier los, Caro? Wusstest du, dass sie kommen?«

»Woher denn, dann hätte ich es dir doch erzählt. Hast du gesehen, wie sie aussieht? Was sollen wir denn jetzt bloß tun?«

Michael wusste, wie sehr seine Frau ihre Mutter liebte, obwohl sie nicht tief in ihrer Vergangenheit graben musste, um gute Gründe zu finden, jeden Kontakt mit ihren Eltern sofort abzubrechen.

»Hast du rausgekriegt, wieso Mary so furchtbar zugerichtet ist? Ist Charles auf seine alten Tage etwa noch gewalttätig geworden?«

»Keine Ahnung. Ich bin noch nicht so richtig schlau aus ihrem zusammenhanglosen Gebrabbel geworden.« Caro schluchzte heftig. »Ach … Scheiße … sie sagt, ihr wäre in letzter Zeit häufig schwindelig und dadurch würde sie oft stürzen. Alles Blödsinn! Ich glaube nicht, dass er sie schlägt. Er hat Mutti nie geschlagen … Nein, so was würde er nicht tun … Als er Mama vorhin reingetragen hat, habe ich gedacht, ich werde auf der Stelle ohnmächtig. Ich glaube, ich habe es sogar gehofft. Jetzt habe ich mich ja schon fast an ihren Anblick gewöhnt, aber eben …« Caro fing wieder an zu weinen.

»Sie riecht nach Alkohol!«

Carolyn nickte. »Nimm mich in den Arm, Micha.«

So saßen sie eine Weile, bis durch die Wärme des jeweils anderen ein Gefühl der Gemeinsamkeit zurückkehrte und ihnen Kraft gab. Danach gingen sie zurück zu Mary. Es gelang ihnen, sie in ein heißes Bad zu setzen. Der Anblick der nackten alten Frau war Michael peinlich. Wie musste es ihr erst damit gehen? Mary Schneider ließ jedoch alles willenlos mit sich geschehen. Beim Waschen des alten Körpers und dem Reinigen der Wunden wollte Michael nicht zusehen, und so begab er sich zurück zu Charles, der inzwischen eine zweite Flasche Sassicaia aus dem Keller heraufgeholt hatte.

»Charles, kannst du mir sagen, was mit Mary los ist? Wie kommt es, dass sie so aussieht? Schließlich bist du Arzt, immer noch, auch wenn du nicht mehr praktizierst.«

»Ach, Junge, du weißt doch, wie Mary ist. Sie ist so stolz und selbstbewusst. Wollte mich einfach nicht ranlassen an ihre Wunden. Was weiß denn ich? Zweimal schon hab ich sie am Fuß der Treppe liegend gefunden, als ich nach Hause kam. Ist jedes Mal runtergestürzt, aber sie ist ja ein zähes Mädchen, deine Schwiegermutter, keine Brüche, nur ein paar Schrammen und blaue Flecken, nichts Ernstes.«

»Nichts Ernstes nennst du das?« Michael stockte. »Hast du sie mal angesehen? Ich finde, du hättest sie in diesem Zustand nicht einmal hierher transportieren dürfen. Wieso tust du das, und wieso stinkt sie so nach Alkohol?«

»Wir mussten doch mal wieder hochkommen. Haben das neue Haus noch nicht gesehen, haben es irgendwie immer vor uns her geschoben, bis ich vorgestern beim Frühstück zu Mary gesagt habe, Mary, hab ich gesagt, was hältst du davon, wenn wir die Kinder besuchen fahren? Na ja, und auf dem Weg hierher hat sie sich halt ein Gläschen genehmigt, gegen die Schmerzen, nehme ich an.«

Michael wusste nicht, ob er laut lachen oder dem Alten in die Fresse hauen sollte. Charles' Art, die Dinge zu sehen, machte ihn sprachlos, und das war schon seit ihrer ersten Begegnung so. Michael hatte ausreichend Probleme mit seinem eigenen Vater gehabt, aber der war immerhin ein richtiger Vater gewesen. Doch der versiffte Lebemann hier war lediglich das Zerrbild eines Vaters. Mal eben die Kinder besuchen fahren, zum Kaffee trinken, zweieinhalbtausend Kilometer, nur mal eben so. Und das Schlimme an den scheinbar verwirrten Bemerkungen war, dass es sich genau so zugetragen haben konnte. So war Charles. Er hasste jede Art von Planung und gefiel sich in der Rolle des Spontanen.

»Außerdem wollte ich mir hier oben eine Chopper ansehen. Mein alter Kumpel Gerd hat mich vor einigen Wochen angerufen. In Mainz steht so eine alte Originalmaschine, du weißt schon, Harley Davidson à la Easy Rider. Toller Ofen! Muss ich mir unbedingt ansehen. Ich fahre morgen mal rüber, und wenn der Tarif einigermaßen zum Zustand passt, nehme ich die Maschine gleich mit. Wie findest du übrigens meinen neuen Schlitten? Hab fast alles daran selbst gemacht, war ein einziger Haufen Schrott. Einziges Problem: Er frisst mir ein Loch ins Portemonnaie, 30 bis 35 Liter auf hundert, kannst du nicht bezahlen, Junge, extrem, wirklich extrem.«

Charles war verrückt nach allem, was fuhr und extravagant aussah. Motorräder kaufte er nur, wenn sie mindestens drei Räder besaßen, ausgefallen bemalt waren oder einen riesigen Lenker hatten. Seine Autos waren in der Regel lilafarbene Straßenkreuzer, Pick-ups mit ungewöhnlich hohen Monsterreifen, Armee-Jeeps oder LKW-Zugmaschinen. Aber er kaufte auch alte Traktoren, Motorboote, zusätzliche Außenborder, die auf keins seiner Boote passten, und besaß zu jeder Zeit drei fahrbare Rasenmäher, einmal sogar eine kleine Planierraupe. Kurz: Er war besessen von allem, was einen Motor hatte, laut, verrückt und unnütz war.

Das war es also, was ihn in Wahrheit zu dem Besuch veranlasst hatte, er war gekommen, um sich ein neues Spielzeug zu kaufen. Mut hatte der Alte ja, das musste man ihm lassen. Schon beim Überqueren der Grenze hätte man ihn festnehmen können. Michael kannte die Höhe seiner Steuerschulden, wegen derer er sich nach Spanien abgesetzt hatte, nicht, da aber Charles die Dinge richtig oder gar nicht machte, handelte es sich sicher nicht um eine Bagatelle.

»Sag mal, mein Junge, das mit Josh sieht ja richtig scheiße aus, oder?«

»Wie bitte?« Michael wusste nicht, ob ihn der Inhalt der Frage oder der plötzliche Themenwechsel mehr irritierte.

»Ja, die Sache mit dem Rollstuhl, meine ich. Das war's wohl

für den Jungen, oder? Habe in meinem Beruf schon 'ne Menge Leute erlebt, denen ein solcher Unfall das Rückgrat gebrochen hat.« Er lachte kurz und trocken. »Finde auch, er benimmt sich so seltsam, ist so kalt und abweisend. Freut sich anscheinend kein bisschen über den Besuch seiner Großeltern. Kommt mir verkorkst vor, der Bengel!«

»Charles, jetzt reicht es!« Michael wurde laut. »Joshua ist keinesfalls seltsam, und es steht dir nicht zu, so über meinen Sohn zu sprechen. Es sollte dich auch nicht wundern, dass er dich nicht eben freundlich behandelt, er kennt dich nämlich nicht. Ist dir das schon mal durch den Kopf gegangen? Bei seiner Geburt habt ihr durch Abwesenheit geglänzt, ebenso wie bei seinen inzwischen sechzehn Geburtstagen. Hat er jemals von euch auch nur einen Anruf oder eine Postkarte erhalten? Nein, niemals! Und dann der Unfall. Ist inzwischen über drei Jahre her. Aber ihr habt euch kein einziges Mal gemeldet, weder bei uns, was nicht einmal schlimm wäre, noch bei Josh selbst. Ihr habt nicht gefragt, wie es dem Jungen geht oder ob ihr helfen könnt, aber jetzt möchtest du, dass Josh dir um den Hals fällt, wenn es dich zufällig wegen eines Scheißmotorrades hierhin verschlägt? Charles, wenn du nicht der Vater meiner Frau wärest und wenn ich darauf nicht Rücksicht nehmen müsste, würde ich dich augenblicklich aus meinem Haus jagen, denn so wie ihr euch benehmt, benehmen sich keine Eltern und keine Großeltern, so benehmen sich überhaupt keine erwachsenen Menschen. Und jetzt gute Nacht und stell endlich diesen verdammten Kasten leiser.«

Ohne den Alten eines weiteren Blickes zu würdigen, verließ Michael den Raum.

Später, im Bett, hielt Michael seine Frau fest umarmt. Ihr Kopf lag auf seiner Brust. Sie schwiegen, und nur ganz selten unterbrachen Caros kurze Schluchzer die Stille. Immer dann drückte Michael sie noch fester an sich.

»Am besten wird sein, wir bringen Mary morgen ins Krankenhaus und sorgen dafür, dass sie richtig aufgepäppelt wird. Die Wunden muss sich ein Arzt ansehen.« Carolyn nickte, und er spürte, wie sich ihr Brustkorb mit Luft füllte. »Wir könnten zu Röber gehen, ja, das ist eine gute Idee, ich ruf ihn gleich morgen früh an.«

»Wieso denn Röber? Wir brauchen doch keinen Schönheitschirurgen!«, sagte Carolyn bestimmt. Sie hatte den Kopf gehoben und sah ihn fragend an.

»Stimmt«, antwortete Michael, der selbst nicht so genau wusste, warum er seinen Joggingpartner und Nachbarn ins Spiel gebracht hatte. »Ansehen«, fuhr er dennoch fort, »kann er sich deine Mutter doch, schließlich ist er der einzige Arzt, den wir auch privat kennen. Den Vorteil sollten wir nutzen. Natürlich wird er sie nicht behandeln, das ist mir schon klar, aber ein Anruf Röbers bei einem seiner Kollegen hilft sicher, die Sache zu beschleunigen. Soweit ich mich erinnere, hat er früher am Franziskus operiert.«

»Das stimmt. Na, du kannst ihn ja mal fragen, in jedem Fall muss was geschehen, da hast du ganz Recht. Vater fährt morgen nach Mainz, der kümmert sich also mal wieder um nichts. Auch egal!«

»Egal ist das nicht!« Michael richtete sich auf. »Der Alte ist zum Kotzen. Liegt dreist auf meinem Sofa, säuft wie selbstverständlich meinen besten Wein und hat doch tatsächlich die Chuzpe, sich über Joshua auszulassen. Das Arschloch!«

»Wieso? Was hat er denn über Josh gesagt?«, fragte sie fast beiläufig.

»Der Junge wäre missraten und im Grunde genommen erledigt. Weiß schon gar nicht mehr, wie er es genau ausgedrückt hat.«

Anstelle einer Antwort schüttelte Caro nur den Kopf und schien plötzlich noch trauriger. Michael musste aufpassen, dass er jetzt keine weiteren negativen Äußerungen über ihre Familie machte. Er wusste aus vielen Auseinandersetzungen, dass Caro niemandem erlaubte, über Mary oder Charles herzuziehen. Sie fand, so etwas stünde ausschließlich ihr selbst zu.

»Vielleicht ist es ja sogar besser, Vater haut morgen erst einmal ab, dann kann auch Pamela endlich wieder aus ihrem Zimmer herauskommen.« Caro überging den letzten Teil des Gespräches einfach. »Als es vorhin an der Tür klingelte, tauchte Pam im Flur auf, aber sobald sie dann Charles' Stimme in der

Gegensprechanlage hörte, war sie innerhalb von Sekunden in ihrem Zimmer verschwunden. Ach, Michael, was ist nur aus uns geworden?«

»Du meinst, was mit ihr los ist? Nun, das kann ich dir sagen: Pamela hört den Alten und versteckt sich in ihrem Zimmer. Was ist daran falsch? Ich finde, das zeugt eher von Charakter.«

»Das meinte ich nicht. Aber ist ja auch egal …«

»O nein! Bitte, Caro, dafür ist es wirklich schon zu spät. Lass uns jetzt nicht über deinen Frust diskutieren. Das war alles etwas viel für dich heute. In einer solchen Situation solltest du nicht auch noch zu einem Rundumschlag ausholen. Ich hatte einen harten Tag im Büro, du kannst dir nicht vorstellen, mit was für Problemen wir in dem neuen Haus zu kämpfen haben. Heute Morgen alleine sechs Stunden Architektenbesprechung. Ein Albtraum! Manchmal frage ich mich, wie ich das alles noch schaffen soll. Schröter gibt nur noch den Senior Citizen, revolutioniert in seinem Kopf ständig die Warenhausidee, hat hier einen Wunsch und da was auszusetzen, verabschiedet sich dann in die Mittagspause und lässt mich mit dem ganzen Kram alleine sitzen.«

»Und warum lässt du dir das gefallen?«

»Ach Caro, was soll die blöde Frage, warum lässt du dir das gefallen? Wenn es so einfach wäre, hätte ich das Problem schon gelöst. Unser Konstrukt ist sehr kompliziert, sehr vielschichtig, das verstehst du nicht, ich kann nicht einfach sagen, Herr Schröter, ich hab zu viel Arbeit …«

»Wieso kannst du das nicht?«

»Bitte, Caro, werd nicht laut, das bringt doch jetzt nichts mehr. Lass uns schlafen, ich muss morgen früh raus. Mein Flug geht schon um halb neun, und du weißt ja, was für ein Verkehr auf der verdammten Flughafenautobahn morgens herrscht.«

»Dein Flug? Du bist morgen nicht da?«

»Aber das habe ich dir doch erzählt, ich fliege mit Haffmann nach München. Wir müssen zu der neuen Agentur. Es geht um die nächsten Eröffnungskampagnen. Dann setze ich mich am Nachmittag noch in den Flieger nach Mailand, um mir dort einen Iperstrada-Supermarkt mit neuem Frischekonzept anzusehen. Vielleicht können wir da was übernehmen für unsere eigenen Warenhäuser. Ja, und dann bekomme ich leider keinen Rückflug mehr. Das heißt, ich muss wieder einmal in ein Hotel und kann erst übermorgen um sieben mit der ersten Maschine zurückfliegen, was superknapp ist, weil ich um zehn in der Finanzbesprechung sitzen muss.«

»Ich dachte, du hilfst mir mit Mama?«

»Tu ich doch, Caro, aber was soll ich denn noch alles machen? Du kannst doch morgen schon mal selbst mit Röber sprechen. Vielleicht sieht er sich Mary kurz an, oder er weist sie gleich ein. Ab übermorgen sieht es dann bei mir im Büro erst mal wieder besser aus, dann sprechen wir ausführlich über alles, das heißt, wenn die Idioten die Baustelle in Weimar in den Griff kriegen, aber das hoffe ich mal. – So, und nun komm, meine Liebe, und gib mir einen Kuss, ich bin müde. Wird schon alles wieder in die Reihe kommen, denk an unseren Urlaub. Wir brauchen dringend etwas Ruhe, um wieder zu uns zu kommen. Wir machen es uns mal wieder so richtig schön, nur wir beide, was meinst du?«

Ohne eine Antwort abzuwarten, drehte Michael sich um und zog die Decke bis zu den Ohren hoch. Irgendetwas musste geschehen, sonst würde ihm die ganze Sache über den Kopf wachsen, dachte er noch, bevor die Müdigkeit ihn für diesen Abend von seinem schlechten Gewissen erlöste.

2

Das wirkliche Chaos begann erst, als Michael zwei Tage später wieder das Haus betrat. Er war bestens aufgelegt, da sowohl seine Reise als auch die gerade zu Ende gegangene Finanzbesprechung überaus positiv verlaufen waren und er außerdem eine sehr angenehme Nacht ohne all den familiären Stress mit Alenka verbracht hatte. Im Gegensatz zu dem, was er Caro erzählt hatte, hatte es nämlich sehr wohl noch einen späten Flug zurück aus Mailand gegeben.

Die Affäre mit Alenka hatte vor gut einem Jahr begonnen. Schröter hatte unbedingt noch in diesen Club gewollt, obwohl die übrigen Geschäftsleute kein wirkliches Interesse daran bekundeten. Nach einem feudalen Abendessen im Le Moulin landeten sie kurz vor Mitternacht ziemlich angetrunken im Esplanade. Die Bar befand sich in einem rundum verglasten alten Wasserturm und bot einen beeindruckenden Blick über die nächtliche Stadt.

Ihr Tisch wurde an jenem Abend von einer attraktiven Rothaarigen betreut, über deren »prächtiges Dekolleté« und »blitzsauberes Fahrgestell« Schröter bei jeder neuen Bestellung seine Bemerkungen machte. Alenka hieß die Frau, und wie es dazu kam, dass sich Michael am Ende der Nacht in ihrem Bett wiederfand, war hinterher nicht mehr zu rekonstruieren.

Nur 14 Tage später ließ er einen eigenen Abendtermin bewusst in der gleichen Bar ausklingen, und auch dieser endete im Bett der Kroatin. Danach bemühte er einige Male den kalkulierten Zufall, bis sie sich schließlich auf ein direktes Vorgehen geeinigt hatten. Über die Folgen der Liaison dachte er nicht nach, er wusste nur, dass die Stunden bei Alenka ihn entspannten.

Er liebte Alenka nicht, hatte sie meist schon vergessen, wenn ihre Haustür leise hinter ihm ins Schloss fiel. Minuten später wusste er nicht mehr, wie sie roch, wie sich ihre Haut anfühlte, manchmal konnte er sich nicht einmal mehr an ihre Stimme erinnern. Er genoss ganz einfach den Sex und die Aufregung, in die ihn die Heimlichkeit der Affäre versetzte. Das schlechte Gewissen, das sich erst meldete, wenn er Carolyn oder, was noch schlimmer war, einem der Kinder hinterher begegnete, war für ihn ganz einfach der Preis, den er für dieses Spiel zu zahlen hatte.

Er hoffte nur, dass Alenka ihre unverkrampfte Art beibehielt. Sie war gerade einmal 23 Jahre alt, und vielleicht wollte sie irgendwann einfach mehr. Als er an ihren jungen Körper dachte, war er ein wenig stolz. Wahrscheinlich führte er deshalb das Verhältnis weiter. Er selbst hielt sich nämlich keineswegs für gut aussehend, vor allem dann nicht, wenn er sich wie jeden Morgen im großen Wandspiegel des Badezimmers betrachtete. Obwohl er immer schon vorsichtshalber den Bauch einzog, wusste er, dass sein Alter sowie die wenige Bewegung und das viele fette Essen ihren Tribut forderten. In seinen Anzügen machte er immer noch eine recht ordentliche Figur, aber nackt lagen die Dinge inzwischen anders. Eben deshalb hatte er so große Angst vor dem ersten Mal mit Alenka gehabt, hatte Sorge, dass sie ihn in entblößtem Zustand nicht sexy finden würde. Während Alenka sich im Bad frisch gemacht hatte, hatte er sich hastig ausgezogen und war verschämt unter die Laken geschlüpft. Aber sie hatte nichts gesagt, nichts an ihm auszusetzen gehabt, nicht am ersten Abend und auch nicht in den Nächten seither.

Ihre Aufmerksamkeit tat ihm gut, aber er war kein Casanova und wollte auch kein Herzensbrecher werden. Weitere Eroberungen standen nicht auf seinem Programm. Die Sache mit Alenka war organisatorisch bereits schwierig genug, und man sollte das Glück auch nicht herausfordern.

Michael hatte die Haustür noch nicht ganz geschlossen, als er sich auch schon zu Tode erschrak. Völlig unerwartet und ohne ihm Zeit für eine mögliche Reaktion zu lassen, hing plötzlich ein wild zubeißendes, dreckig-graues Etwas an seinem linken Hosenbein. Ängstlich wich Michael gegen die ins Schloss gefallene Tür zurück und versuchte mit hektischen Bewegungen, dieses Etwas abzuschütteln. Am Rande der Diele saß Joshua im Rollstuhl und filmte seinen hilflosen Vater mit einer Digitalkamera.

»Fass, Wolfi, lecker Fresschen, fass den Eindringling!«, rief er.

»Bist du verrückt geworden, Joshua?«, kreischte Michael, als er zum ersten Mal wieder richtig Luft holen konnte. »Pfeif den Köter zurück, oder ich bring ihn um.«

Dabei versuchte er, wie ein Fußballer, den Hund durch Luftkicken abzuschütteln. Der ließ sich jedoch nicht beirren und hielt das Hosenbein weiterhin fest in seinen Fängen. Michael hatte die Existenz des dritten Schneiders wohl verdrängt, wurde aber in diesem Schreckmoment mit Nachdruck an Marys kleinen Liebling erinnert. Bei dem Hund handelte es sich um eine räudige Promenadenmischung, irgendetwas zwischen Spitz und Chow-Chow, mit spitzen Zähnen und so neurotisch, dass er vortrefflich in die Familie Schneider passte.

»Oma, Oma, komm schnell, Papa will den Hund töten, zu Hilfe, zu Hilfe!«, schrie Joshua und erstickte dabei fast an seinem eigenen Lachen, ohne die Kamera auch nur für einen Moment abzusetzen. Wann immer sich die Möglichkeit ergab, eine Situation zum Eskalieren zu bringen, wurde aus dem verschlossenen Jungen ein aufgekratzter, wilder Anarchist. Und ein Hund wie Wolfi – in Wirklichkeit hieß er sogar Wolfgang – mit seiner latenten Bissigkeit war für Joshua in seiner momentanen Phase der ideale Spielgefährte.

»Josh, lass Paps in Ruhe! Er kommt gerade müde nach Hause. Musst du deine gemeinen Spielchen denn mit jedem treiben?« Das war Pamela, die soeben in einem weißen Jogginganzug und auf rosa Söckchen aus der Küche gerutscht kam. »Paps, dieses dreckige Stück Hund gehört draußen in den Garten. Stell dir bitte vor, heute Morgen hat er in den Kelleraufgang gepisst. Ich werde diesen Raum nie mehr betreten.«

»Och, meine kleine Schwester wird diesen Raum nie mehr betreten, och wie schade, dabei wärst du doch im Keller am besten aufgehoben. Komm, lach doch mal in die Kamera.«

Pamela stürzte auf Joshua zu und versuchte ihm ohne Erfolg die Kamera wegzuschlagen. Je heftiger sie nach dem Apparat schlug, desto lauter lachte Joshua.

»Hör endlich auf damit, ich verbiete dir, mich zu filmen«, schrie Pamela schließlich verzweifelt.

»Aber das ist doch gar nichts, Schwesterherz, da haben wir dich doch schon in ganz anderen Situationen erwischt. Sollen wir vielleicht mal eine abendliche Vorführung ansetzen? Vielleicht beginnen wir mit einer kleinen Sequenz *Die süße Pamela auf dem Klo*, oh, ich vergaß, mein Schwesterlein scheißt ja nicht, sie verdampft alles, wusstest du das, Paps? Aber da gibt's ja noch sooo viele andere Dinge, die man auf dem stillen Örtchen erledigen kann, nicht wahr, süße, heilige Pam?«

Während Josh noch sprach, rammte sich Pamela die Zeigefinger in die Ohren, schrie spitz und schrill, um nur ja kein weiteres Wort aus dem Munde ihres Bruders hören zu müssen, und rannte die geschwungene Holztreppe hinauf, zurück in ihr Zimmer. Mit lautem Knall flog die Tür ins Schloss, alles gefilmt von ihrem Bruder, der nun langsam wieder auf den inzwischen starr dastehenden Vater schwenkte.

Michael war sprach- und fassungslos. Er hatte sein Bein mit dem zappelnden Hund wieder abgesetzt. Wolfgang bemerkte, dass er nicht mehr länger im Mittelpunkt stand, gab ein letztes heiseres Bellen, gefolgt von einem tiefen Knurren von sich und trollte sich dann beleidigt.

»Was soll das? Hältst du das für normal?«

»Übergang zur analytischen Familientherapie: Während der gestrenge Hausherr versuchen wird, mit viel Verständnis für den pubertierenden Sohn dessen auffälliges Verhalten in einem Zweiergespräch zu ändern«, kommentierte Joshua Michaels Frage direkt in das eingebaute Mikrofon der Kamera.

Michael Billings wurde sauer.

»Joshua!«, brüllte er. »Ich versuche, mit dir zu reden. Ist so was noch möglich, oder sind wir alle nur Statisten in deinem ganz persönlichen Familiendrama?«

Joshua antwortete nicht, sondern hielt die Kamera weiter auf seinen Vater gerichtet. Michael machte einige energische Schritte auf ihn zu.

»Jetzt nähert sich der Hausherr der bösen Natter, die er so lange an seiner Brust gesäugt hat. Wird er zuschlagen?«

Michael blieb wie angewurzelt stehen, öffnete den Mund, um etwas zu entgegnen. Dann schüttelte er resigniert den Kopf und verließ mit einem »Na, dann eben nicht« den Flur.

Es hatte noch nie eine Situation gegeben, in der eines der Kinder geschlagen worden wäre. Nicht von ihm und auch nicht von Caro. Er liebte seinen Sohn mehr, als er es zeigen konnte, aber seit diesem verdammten Unfall machte Joshua die ganze restliche Welt für seine Lage verantwortlich. Manchmal hatte Michael den Eindruck, dass der Junge darauf aus war, alles, was ihn umgab, zu zerstören. Es reichte ihm nicht, einmal im Leben ein Unglück erlitten zu haben, es schien, als wolle er ab jetzt immer unglücklich sein, von allen abgelehnt und gehasst.

In solchen Augenblicken bereute Michael auch, dass sie die Therapie abgebrochen hatten. Direkt nach der Reha war Caro mit Joshua zu diesem Dr. Meixner gefahren. Der Junge hatte sich während der ganzen Behandlung geweigert, auch nur ein einziges Wort mit dem Arzt zu sprechen, freiwillig hätte er nicht einmal seinen Namen genannt, er blieb einfach stumm. Sie hatten sich das seinerzeit mit der eigentümlichen Art des Mediziners erklärt – der Mann war ihnen ziemlich unsympathisch – und schnell klein beigegeben, zumal Joshuas psychische Verfassung zunächst erstaunlich stabil war. Joshua hatte sich erst nach und nach verändert. Jetzt allerdings wurden weder er noch Caro mit ihm fertig.

Im Vergleich zum Tag ihrer Ankunft sah Mary heute schon fast wieder gesund aus. Was ein ausgiebiges Bad, eine Haarwäsche, blütenweiße Verbände und saubere Kleidung doch ausmachten. Sie saß in einem weiten Blümchenmorgenmantel auf einem Drehhocker vor dem kleinen Bridgetisch und legte sich die Karten. Darüber wunderte sich Michael erst gar nicht mehr. Bei ähnlichen Gelegenheiten war er schon mal laut geworden, einmal hatte er seiner Schwiegermutter gar die Karten vom Tisch gefegt, weil er ihre esoterische Art nicht länger ertrug. Aber Joshua hatte seine Nerven bereits so stark strapaziert, dass ihn der Anblick einigermaßen kalt ließ.

Ganz gleich, was auch geschah, die Alte legte sich mindestens zweimal am Tag die Karten. Meist benutzte sie Tarot-Karten. Wenn kein entsprechendes Blatt verfügbar war, nahm sie aber auch mit einem einfachen Skatspiel vorlieb. Für die Art subjektiver Vorhersage, die Mary tätigte, hätte vermutlich sogar ein Autoquartett genügt. Sie benutzte die Karten ohnehin nur, um ihre Sicht der Dinge zu bestätigen. Verspürte Caros Mutter auf einen geplanten Ausflug keine Lust, sagte sie schnell eine kleine oder auch größere Katastrophe voraus. Sie saß dann über den Karten, machte urplötzlich ein besorgtes Gesicht, stöhnte laut auf und stammelte für alle deutlich vernehmbar: »Herzdame, o Gott, die Herzdame«, was dann bedeutete, dass die gesamte Familie bei dem geplanten Ausflug mit dem Wagen von der Straße abkommen, sich überschlagen und noch im Auto verbrennen würde. Es könnte natürlich auch eines der Kinder an der mitgeführten Verpflegung ersticken, ein Elternteil von einer Kreuzotter zu Tode gebissen werden oder eine ähnliche Katastrophe eintreten.

In aller Regel lachte man über diese Vorhersagen. Als nicht ganz so lustig hatte Michael Marys Orakel vor seiner Hochzeit mit Carolyn empfunden. Der Verbindung sei kein Glück beschieden, hatte seine künftige Schwiegermutter prophezeit, sie werde schon bald in persönlichem wie finanziellem Elend enden, spätestens wenn das erstgeborene Kind den zweiten Geburtstag nicht überlebte, würden sich alle noch an ihre Vorhersage erinnern. Für Mary Schneider stellte es überhaupt kein Problem dar, ihrer in Vorfreude auf die Hochzeit glückstrahlenden Tochter eine solche Offenbarung mit auf den Weg zu geben.

Von seiner Frau sah Michael nur den Rücken. Carolyn hockte im Schneidersitz auf der Couch, schaute in den Garten hinaus und telefonierte. Als sie sich zu ihm umdrehte, bemerkte er die dunklen Ringe unter ihren Augen. Zu wenig Schlaf. Ihr verzweifelter Gesichtsausdruck deutete an, dass sie soeben einen neuen Tiefschlag bekommen hatte.

»Hallo, ihr beiden«, sagte Michael zur Begrüßung, »du siehst schon viel besser aus, Mary. Wart ihr im Krankenhaus? … Schatz, was ist los?«

»Das war Jerry«, antwortete sie, nachdem sie das Gespräch beendet hatte.

Jerry war Caros jüngster Bruder, und Jerry war nicht etwa sein Spitzname. Der Ärmste war von seinen Hippieeltern nach Jerry Garcia, dem Frontmann der legendären kalifornischen Band The Grateful Dead, benannt worden. Vermutlich war das auch der Grund, weshalb er heute sein Dasein als Kassierer einer kleinen Sparkassenfiliale fristete und sich jedes, aber auch wirklich jedes Wochenende betrank – weiter konnte man sich von den Idealen der Blumenkinder nicht entfernen.

»Vati ist weg!«

Caros zweiter Satz stand erst einmal einsam im Raum. Keiner der Anwesenden hatte ihn überhört oder missverstanden, denn Charles war nicht zum ersten Mal weg. Die Beziehung der Schneiders war vielmehr von Trennung und Versöhnung geprägt. »Vati ist weg« war eindeutig, dennoch war die Vorstellung in der gegenwärtigen Situation bizarr. Soviel Michael wusste, hatte Charles nach seinem Chopper-Termin noch seinen Sohn Jerry besuchen wollen.

»Du meinst, Charles hat sich mal wieder abgesetzt?«, fragte Michael mit einem hilflosen Lächeln im Gesicht.

Caro nickte mehrmals langsam.

»Zurück nach Spanien, sagt Jerry. Es ginge nicht mehr, hätte er gesagt. Mutti sei hier bei uns besser aufgehoben, und dann hat er das neue Motorrad aufgeladen und ist abgedampft.«

Michael wurde übel. Hier handelte es sich nicht um eine von Charles' üblichen spontanen Ideen, das hier war eine sorgfältig vorbereitete Aktion, und Mary konnte äußerlich noch so unbeteiligt tun, es war eine Schmach, die sie deutlich spüren musste.

Michael und Carolyn sahen die alte, kranke Frau an. Sie starrte stoisch auf ihre Karten, als sei nichts entscheidend Neues vorgefallen, verzog keine Miene, sondern nickte nur, so als ob all das nur das Eintreten einer längst erwarteten Prophezeiung sei.

»Mama«, begann Michael, und das war vielleicht erst das

zweite Mal in seinem Leben, dass er seine Schwiegermutter so nannte, »was ist da unten in Spanien vorgefallen?«

»Lass sie in Ruhe, Micha, Mutti hat für heute genug. Ich kann dir die meisten deiner Fragen beantworten, später, jetzt versorg ich erst einmal ihre Wunden und bring sie auf ihr Zimmer. Es war ein langer, harter Tag für sie und für mich auch. Du könntest in der Zwischenzeit schon mal dafür sorgen, dass sämtlicher Alkohol aus dem Haus verschwindet. Jedenfalls darf keine Flasche mehr griffbereit stehen. Mutter darf keinen Tropfen mehr trinken. Die Ärzte im Krankenhaus waren schon überrascht, dass ihre Leber bei derart schlechten Werten überhaupt noch arbeitet. Medizinisch gesehen hätte Mutti das alles gar nicht überleben dürfen.«

Selbst diese offene Ansprache schien Mary nicht zu berühren. Sie legte einfach ihre Karten weiter vor sich hin und nickte dabei.

*

Nachdem niemand mehr da war, den er hätte filmen können, rollte Joshua zurück in sein Zimmer. Den langen Flur entlang, über die Bodenwelle hinweg, die den Anfang des Anbaus markierte, und dann hinter dem kleinen Fitnesszimmer in die erste Tür hinein.

Der Raum war karg und glich auch sonst eher einer düsteren Mönchszelle als dem Zimmer eines Jugendlichen. Joshua hatte sich nahezu aller Möbel entledigt. In der Ecke stand lediglich ein altes Feldbett. Die Klamotten waren auf dem Boden gestapelt, zwischen den riesigen schwarzen Boxen, die er sich zum 15. Geburtstag gewünscht hatte. Daneben die Anlage und hunderte CDs. Seinen Rechner, einen alten Pentium 2, hatte er ebenfalls entsorgt, jetzt benutzte er nur noch sein mattschwarzes Laptop.

Die Vorhänge vor dem großen Fenster zum Garten öffnete seine Mutter heimlich, um den Raum zu lüften, wenn Joshua in der Schule war, er selbst war sehr darauf bedacht, dass kein Tageslicht eindrang. Die Wände wurden wöchentlich, manchmal täglich neu dekoriert. Dazu waren nicht mehr als ein paar Spraydosen und eine Eingebung nötig. Nicht alle Ideen, Parolen und Graffitis an den Wänden stammten von ihm. An dieser Wand durfte sich jeder und zu jeder Zeit austoben, es war sozusagen das schwarze Brett der Clique.

Für kurze Zeit hatte er sogar erwogen, auch auf das Bett zu verzichten, und versucht, in seinem Rollstuhl zu schlafen. Dafür hatte er sich das Kopfteil eines ausrangierten Eisenbahnsessels besorgt, eines von den dick gepolsterten Stoffteilen, deren beide äußeren Ohren man an der Abteilwand hoch- und runterschieben konnte, hatte es mit schwarzem Samt überziehen lassen und dann so an der Wand angebracht, dass er, wenn er rückwärts mit dem Rolli ganz nah heranfuhr, bequem den Kopf dagegenlegen konnte. Zuletzt hatte Harry, genannt the skunk, der Techniker seiner Band, ihm zwei kleine Boxen in die Stoffohren eingebaut, sodass ein überdimensionaler Kopfhörer daraus geworden war. Ein Sicherheitsgurt hielt ihn, damit er nicht mitten in der Nacht aus dem Stuhl kippte. Nach der zweiten Nacht mit hämmernden Kopfschmerzen erklärte er den Versuch als gescheitert und ließ am nächsten Tag missmutig das alte Bett wieder aufstellen. Seine Mutter zeigte für all das wenig Verständnis. Sie hatte ihn fast angefleht, ihm ein ordentliches Bett kaufen zu dürfen, mit einer guten Matratze, die doch gerade für ihn so wichtig wäre. Doch wofür sollte das gut sein? Den Rollstuhl würde er nicht mehr verlassen, und ohne Hoffnung verlor alles um ihn herum, also auch sein Zimmer, jede Bedeutung. Vor dem Unfall war es ein normales Jungszimmer gewesen. Ein Bett, ein Schreibtisch für die Schulaufgaben, ein Kleiderschrank an der Wand, Urkunden von den Bundesjugendspielen, ein Foto von der letzten Klassenfahrt, das Joshua mit seinen Freunden Pille und Christie zeigte, und ein überdimensionales Filmplakat von Rust Never Sleeps, einem Konzertfilm, bei dessen Erstaufführung er selbst noch nicht einmal geboren war. Dass Neil Young eher ein Held seiner Eltern beziehungsweise seiner verrückten Großeltern mütterlicherseits war, war Joshua eigentlich immer nur dann peinlich, wenn seine Mutter intuitiv einen Refrain oder gar den ganzen Text eines der ruhigeren Songs mitsang. In diesen Momenten wechselte er schnell zu Rockin' In A Free World, und der Spuk war zu Ende.

Neben dem Bild seiner Freunde war dieses Plakat das Einzige, was von seinem früheren Zimmer geblieben war.

Nachdem Joshua Wolfi mit einem alten Baseballschläger davon abgehalten hatte, ihm in sein Zimmer zu folgen, schloss er die Tür und drückte die Fernbedienung. Aus den Boxen erklang ein Gitarrensolo. Joshua drehte laut, griff nach seiner Stratocaster und knipste den Verstärker an. So gut er konnte, versuchte er mit der treibenden Sologitarre Schritt zu halten, was ihm bisher noch nie gelungen war. Dafür war Petruccis Gitarrenspiel einfach zu schnell und zu präzise. Aber das machte gar nichts: Wenn er völlig den Anschluss verlor, drehte er den Regler seiner Gitarre auf null und begleitete den verehrten Gitarristen trocken.

Nachdem die letzten Töne verklungen waren, saß er noch einige Zeit regungslos da, bevor er die Gitarre wieder auf den Ständer stellte, sich mit dem Ärmel des Sweatshirts den Schweiß von der Stirn wischte, um schließlich das Notebook mit einem umgedrehten Spazierstock, den er immer bei sich führte, unter dem Bett hervorzuangeln. Er verband den Rechner mit seiner Kamera und begann die neuen Sequenzen zu überspielen.

Filme machte er seit zweieinhalb Jahren. Er filmte ausschließlich seine Familie, und er hasste und liebte all das, was er sah, gleichermaßen. Es wäre besser, damit aufzuhören, hatte er schon so oft gedacht, aber es lag etwas Zwanghaftes in seinem Tun. Mehr als einmal hatte er versucht, die kleine Digitalkamera aus seinem Leben zu verbannen. Aber es ging nicht. Er filmte, überspielte, bearbeitete, schnitt zusammen und archivierte. Unermüdlich. Und dann das immer gleiche, fast schon teuflische Ritual. Er erwachte mitten in der Nacht und schaltete seinen Rechner an. Dann saß er einsam, ohne jede äußere Ablenkung in seinem Stuhl und betrachtete die Filme. Ihn überfiel eine unendliche Trauer. Er weinte still, bis er sich voller Zorn zurück ins Bett schleppte.

*

Über einen dieser Filme ihres Bruders dachte Pamela in ihrem Zimmer nach. Vor zwei Wochen hatte sie nackt vor dem Spiegel des kleinen Badezimmers neben dem Fitnessraum gestanden und ihren Körper betrachtet. Sie hatte die üppigen Formen ihrer Mutter, war dabei allerdings noch wesentlich schlanker. Vor dem kleinen runden Vergrößerungsspiegel streckte sie ihren linken Arm in die Höhe und drehte dabei den Oberkörper leicht nach rechts, sodass sie die rasierte Achselhöhle im hellen Licht der Spiegelbeleuchtung untersuchen konnte. Pamela strich mit den Fingerkuppen über die immer noch stachelige Haut. Daran ließ sich nichts ändern, optisch war sie jedoch mit dem Ergebnis zufrieden. Ein schneller Check der anderen Achsel überzeugte sie ebenfalls.

Mit zwölf Jahren hatte sie begonnen, sich die Haare auf den Beinen und unter den Armen zu rasieren. Ihre Mutter Carolyn hatte sie auf die Idee gebracht. Einmal sensibilisiert, stellte sie fest, dass alle ihre Mitschülerinnen, jedenfalls all diejenigen, auf die es ankam, es taten, ebenso wie Mutters Freundinnen. Also hatte Pamela auch damit angefangen, indem sie heimlich Mutters Rasierer benutzte. Zu Anfang kratzte es furchtbar, außerdem fühlten sich ihre Achselhöhlen hinterher unangenehm stumpf an. Aber daran gewöhnte sie sich schnell. Mit der Zeit fand sie den nachwachsenden Flaum geradezu unappetitlich. Wenn sie im Turnunterricht eines der unrasierten Mädchen sah, bei denen sich die Schweißperlen irgendwo im Gebüsch verhedderten, um anschließend ihren unhygienischen Job zwischen Achsel und T-Shirt zu versehen, ekelte sie sich. Sie fand es abstoßend, wenn die Körperbehaarung zwischen Oberarm und Brustkorb hervorgequetscht wurde oder sich gar aus dem Höschen heraus bis zum Bauchnabel hinaufzog. Mittlerweile war Pamela schon fast panisch. Sie rasierte sich einmal die Woche. Die sich kräuselnden, buschigen schwarzen Haare waren ihr erklärter Feind. Eine Zeit lang blieb sie noch bei Beinen und Achseln, dann kamen die Arme hinzu, bis sie sich schließlich den intimen Regionen ihres Körpers zuwandte. Zunächst noch ängstlich und auch ein wenig unbeholfen, rasierte sie sich ihre Schamhaare nur in den Außenbereichen der Lende, damit sie ihren neuen, hoch ausgeschnittenen Badeanzug tragen konnte, ohne dass die Härchen unter dem Saum hervorlugten, doch dann überwand Pamela ihre Angst. Inzwischen nannte sie eine perfekte Ausrüstung ihr Eigen. Im Genitalbereich benutzte sie ihren Ladyshaver, für die restliche Behaarung den Nassrasierer, mit dem sie unter der Dusche arbeitete.

Sie setzte sich auf den Rand der Toilette, spreizte die Beine, beugte den Oberkörper so vor, dass sie gut in den vorgehaltenen Handspiegel sehen konnte, und setzte den Rasierkopf vorsichtig an. Genau in diesem intimen Augenblick sprang die Badezimmertür auf. Pamela zuckte zusammen. Schlagartig wurde ihr bewusst, dass sie vergessen hatte, die Tür abzuschließen. Allgemein ließ man im Hause Billings die Türen unverschlossen, schließlich gab es in einer Familie wenig zu verstecken. Bei der Körperhygiene aber wollte sich Pamela weder von ihrer Mutter noch von ihrem Vater und schon gar nicht von ihrem widerlichen Bruder beobachten lassen.

Nicht genug, dass es sich um Joshua handelte, der mit seinem Rollstuhl die Tür ausfüllte, nein, er hielt auch noch seine Digitalkamera auf sie gerichtet und lachte wie immer gemein, offensichtlich erfreut, seine Schwester bei einer nicht für die Öffentlichkeit bestimmten Aktion erwischt zu haben.

Sie war derart erschrocken, dass es endlose Sekunden dauerte, bis sie zu schreien begann. Mit voller Wucht warf sie den Rasierer nach ihrem Bruder. Das kleine Gerät verfehlte nur um Haaresbreite die linke Schläfe des unbeirrt weiterfilmenden Joshua.

»Du Arschloch, verschwinde! Hau ab oder ich bring dich um.«

Vom Schock wie gelähmt, konnte sie nicht aufstehen, um ihren Worten Taten folgen zu lassen. Sie wollte dem Bruder nicht auch noch ihre ganze Nacktheit offenbaren, die sie jetzt mit beiden Armen vor ihm und seiner Kamera zu verbergen suchte.

»Schlag mich, los komm«, rief er, »na los, komm her, zeig mir alles.«

Mit einem wütenden Aufschrei ließ Pamela alle Hemmungen fallen und stürzte sich auf ihn. Bei dem folgenden Aufprall wurde der Rollstuhl rückwärts aus dem Bad geschleudert und krachte gegen die gegenüberliegende Wand. Der Stuhl geriet aus der Balance. Für einen Moment schien es, als rolle er in Zeitlupe an der Wand hinauf, einige Sekunden stand er allein auf dem rechten Rad, neigte sich langsam nach vorn und begrub schließlich den schreienden Jungen unter sich.

Pamela schlug die Hände vors Gesicht. Einem spontanen Reflex folgend, wollte sie dem gestrauchelten Bruder zu Hilfe eilen, verharrte aber in der Vorwärtsbewegung, wandte sich dann entschlossen um und knallte die Tür des Badezimmers hinter sich zu. Sollte sich das Arschloch selbst aus der Situation befreien. Das war die geringste Strafe, die er für sein widerliches Benehmen verdiente.

Auf diese Szene hatte Joshua sich bei seinem Auftritt unten in der Diele bezogen. Klar, er hatte den Film fein säuberlich geschnitten, archiviert und vermutlich auch schon ungezählte Male seinen Hardrockfreunden vorgeführt. Sicherlich wussten inzwischen längst alle, wie sie nackt aussah. Wie konnte der eigene Bruder so etwas tun? Das würde sie ihm niemals verzeihen, nicht in hundert Jahren. Joshua war ein Scheusal.

Pamela war danach die Treppe hinaufgestürmt. Diese Familie war kein Ort mehr für sie! Wie konnte ihr Vater Joshuas Treiben seelenruhig zusehen, ohne auch nur einen ernsthaften Versuch zu unternehmen, ihm Einhalt zu gebieten. Nur weil Joshua diesen beschissenen Unfall gehabt hatte und jetzt als Krüppel durch die Welt rollte, durfte er sich offensichtlich alles erlauben.

Bis zu dem Unfall waren ihr Bruder und sie ein Herz und eine Seele gewesen. Nie hatte sie sich gewünscht, irgendwo anders zu sein als bei ihrer Familie. Ihre Freundinnen wollten damals ständig aushäusig übernachten, ihr war dieser Wunsch fremd, sie blieb immer und am liebsten zu Hause.

Natürlich konnte sie niemandem von der Sache im Bad erzählen. Ihre Mutter sollte nicht wissen, dass sie sich inzwischen den ganzen Körper rasierte, und außerdem würde das unweigerlich ein weiteres Gespräch über ihr verändertes Aussehen nach sich ziehen. Und ihren Vater gingen derart intime Dinge schon überhaupt nichts an. Außerdem war der ja ohnehin fast nie da. Also hatte sie geschwiegen und stattdessen zwei Pillen aus Mutters Röhrchen geschluckt, das wenig versteckt hinter den Wattepads im Kosmetikschrank lag: Johanniskraut, sehr hoch dosiert.

Inzwischen besaß sie ihren eigenen Vorrat an diesen kleinen Wunderpillen. Der pflanzliche Wirkstoff versetzte sie immer wieder in einen angenehmen Zustand. Sie fand sich dann weniger hässlich und ihre Situation besser erträglich. Und außerdem half ihr das Zeug, nicht immerzu an die Sache mit Hervé denken zu müssen.

Sie drückte eine Tablette aus der Verpackung, hielt in der Bewegung inne und nahm kurz entschlossen noch eine zweite. Sie legte sich aufs Bett, steckte sich die kleinen Stöpsel ihres MP3-Players ins Ohr und hörte die alles versöhnende Musik von Beyoncé. Während sie den Song mitsummte, nahm sie ihr Lieblingsfoto der Sängerin zur Hand, das sorgfältig gerahmt auf ihrer Nachttischkonsole stand, drückte ihrem Idol einen Kuss auf die vollen Lippen und schloss endlich, das Bild fest an die Brust gedrückt, die Augen.

*

»Das kann doch alles gar nicht wahr sein«, sagte Michael. Carolyn kam soeben aus dem Bad und suchte nach ihrem Buch. »Dein Alter ist nicht nur ein harmloser Spinner, wie du immer gesagt hast. Wenn auch nur die Hälfte von dem, was du mir erzählt hast, stimmt, dann ist der Typ nicht nur krank, sondern auch kriminell, und dann möchte ich ihn jedenfalls hier im Haus nicht mehr sehen.«

»Das entscheiden wir doch wohl gemeinsam«, antwortete Carolyn zornig, »schließlich ist er immerhin mein Vater.«

»Wenn's meiner wäre, wüsste ich jedenfalls, was ich zu tun hätte.«

Carolyn wandte sich ihm zu und stemmte die Fäuste in die Hüften. »Mein Mann weiß einfach immer, was zu tun ist. Ich aber nicht, verstehst du? Bei mir ist leider Gefühl im Spiel! Erinnerst du dich noch, was das war, Gefühl?«

»Ich würde dich jedenfalls nicht so verwahrlost bei Pam abliefern und wieder verschwinden. Außerdem brauchst du mich nicht zu beleidigen, nur weil deine Familie gerade in die Brüche geht.«

»Welche Familie meinst du?«, erwiderte Carolyn, griff sich ihr Bettzeug und übersiedelte für diese Nacht ins Gästezimmer.

Michael tobte innerlich. Er war einfach außerstande zu verstehen, wie ein vernunftbegabtes Wesen auch nur einen Gedanken an diesen Schwachsinnigen verschwenden konnte. Familienbande hin oder her, anstatt zu beratschlagen, wie man mit der Situation umgehen könnte, was man nun mit Mary tun sollte, die ihnen, wie es aussah, für einige Zeit erhalten bleiben würde, und dies, wie er gerade erfahren hatte, ohne Pass, ohne Krankenversicherung, ohne Geld und ohne jegliche Perspektive, fing Carolyn wieder mit dem alten Thema an. Immer wenn es um ihre Familie ging, unterstellte ihm seine Frau schlechte Absichten. Wie er diese Augenblicke hasste. Warum konnte Carolyn nicht einmal rational reagieren? Er verstand durchaus, dass sie traurig war, aber wo blieb der Ärger über ihren Vater? Ihm war Charles im Grunde genommen ja ziemlich egal. Manchmal amüsierten ihn dessen Kapriolen sogar. Aber Caro gegenüber zeigte er nie, dass er die Situation als grotesk und teilweise sogar als lustig empfand, schließlich war das hier kein Film, sondern die Wirklichkeit. Michael schüttelte den Kopf. Er drehte sich auf seine Seite des Bettes, obwohl ihm in dieser Nacht dessen volle Breite zur Verfügung stand, und löschte das Licht. Carolyn würde sich schon wieder beruhigen.

Zwei Stunden später knipste Michael das Licht wieder an und setzte sich auf. Stiche durchzogen seine linke Brust. Wie so häufig in letzter Zeit. Da es sich um die Seite des Herzens handelte, machte er sich Sorgen, obwohl er die Momente schnell wieder vergaß, wenn die Stiche vorüber waren.

In dieser Nacht war etwas anders. Er war nervös, irgendwie innerlich aufgewühlt. Das Herz schlug ihm bis zum Hals, schnell und unregelmäßig. Er fühlte seinen Puls, doch die Schläge waren ruhig und gleichmäßig. Vermutlich ließen ihn die phantastischen Geschichten, die Caro vor ihrem Auszug erzählt hatte, nicht los und spukten seitdem in seinem Kopf umher.

Charles Schneider hatte in Spanien wieder angefangen zu praktizieren, und das, obwohl er noch nicht einmal eine gültige Aufenthaltsgenehmigung besaß. Die Schneiders hatten Deutschland Hals über Kopf verlassen, nachdem Charles all sein Geld durchgebracht hatte, natürlich ohne die entsprechenden Rücklagen für die anfallende Steuer gebildet zu haben. Da Abhauen seit jeher zu Charles' Naturell gehörte, hatte die Flucht nach Spanien den Rest der Familie eher belustigt, sogar Caro hatte sich anfänglich darüber ausgeschüttet, bevor sie begann, sich Sorgen zu machen. Durch Charles anscheinend genetisch bedingten Fluchtimpuls hatten sie sich ja überhaupt erst kennen gelernt, Michael und Carolyn, damals, vor über 20 Jahren in Berkeley.

3

Mit 16 Jahren hatte Michael die Schule verlassen. Das war in dieser Form nicht vorgesehen, denn natürlich sollte er Abitur machen. Als er dann seinem Vater auch noch lapidar mitteilte, dass er keinesfalls beabsichtige, den familieneigenen Baustoffhandel zu übernehmen, brachte das die Familienbande zum Zerreißen. Bei den Billings gab es Gesetze, ungeschriebene Gesetze zwar, aber deshalb doch nicht weniger gültig als die zehn Gebote. Traditionell übernahm der Erstgeborene den Betrieb, und das war nun einmal Michael. Schon lange vor seiner Geburt hatte sein Vater sich einen sorgfältig ausgearbeiteten Karriereplan für ihn zurechtgelegt. Und darauf stand an erster Stelle nun einmal das Abitur, obwohl das so selbstverständlich war, dass er es eigentlich gar nicht hätte aufschreiben müssen. Dann, damit er später bei den Mitarbeitern anerkannt würde und nicht mit der Bürde des fachfremden Akademikers starten musste, eine Lehre im eigenen Betrieb. Schließlich das Studium. Betriebswirtschaft mit einjährigem Auslandsaufenthalt, vorzugsweise an der Ostküste der USA. Die Frage einer abschließenden Promotion hielt der Alte höchst generös offen. Er wies jedoch darauf hin, dass ein Doktorgrad die Familie zwar schmücken könne, ihm persönlich aber ein schneller, direkt auf den erfolgreichen Abschluss folgender Eintritt in die Firma lieber wäre.

Michael war Vaters absoluter Augenstern. Seine beiden anderen Kinder, Hans, der Zweitgeborene, und Flora, das Mädchen, spielten für das Geschäft und damit auch für Hermann keine Rolle. Es war nett, die Kinder im Haus zu haben. Erst der »Unfall«, der vierte Billings, Stefan, der mit acht Jahren Verspätung als Nesthäkchen von der Vorsehung ins Rennen geschickt wurde, weckte wieder Hermanns Interesse. Für den mittleren Bruder Hans machte das das Leben entschieden leichter. Der Alte schien ihn fast vergessen zu haben. Selbst nach Michaels

Schulflucht schien er den Zweitgeborenen keinen Moment lang als Nachfolger in Betracht zu ziehen. Frei von familiären Zwängen, machte der in aller Ruhe sein Abitur, studierte später Zahnmedizin und lebte inzwischen mit seinem Freund Walter, von dessen Existenz der Vater um Himmels willen niemals erfahren durfte, in ordentlichem Wohlstand. Beide waren Zahnärzte und unterhielten eine florierende Praxis.

Für Flora hatte der Patriarch allenfalls eine gute Partie im Auge. Da die Zeiten aber vorbei waren, in denen sich das Familienoberhaupt persönlich um die Verheiratung der Töchter kümmerte, trat Hermann Billings diese Aufgabe mit allen Konsequenzen an seine Frau Gerda ab, der er im Laufe der Jahre auch die Vorwürfe für Floras »Misslingen« nicht ersparte. Unausgesprochen wussten alle in der Familie, dass dem alten Herrn die Leiden seiner Tochter kaum nahe gingen. Er fürchtete allenfalls um sein Ansehen in der Öffentlichkeit.

Flora war ein hochintelligentes Mädchen, das schon während der Schulzeit in lang anhaltende Phasen der Depression verfiel. Inzwischen lebte sie als Übersetzerin für französische Literatur in einer kleinen Wohnung in Braunschweig, rauchte zwei Packungen filterlose Zigaretten am Tag, hatte einige der Familie bekannte und sicher noch viele weitere, immer jedoch gescheiterte Beziehungen hinter sich. Soweit Michael wusste, war ihr Seelenzustand derzeit einigermaßen stabil.

Michaels Entscheidung hatte Hermann Billings so tief getroffen, dass er erst gar nicht den Versuch machte, ihn umzustimmen. Er stieß den Erstgeborenen vom Thron. Voll grimmiger Entschlossenheit entschied er, seine ganze Energie fortan in den erst achtjährigen Stefan zu investieren. Doch ganz im Gegensatz zu Michael konnte Hermann Billings den lebensfrohen Stefan durch nichts einschüchtern. Welche Lasten er auch immer auf die schmalen Schultern des Heranwachsenden zu packen versuchte, Stefan schüttelte sie einfach ab wie ein Hund die Wassertropfen nach einem unfreiwilligen Bad. Er ging aufrecht seinen Weg, was dem Geschäft später nur gut tun sollte. Auch Stefan brach die Schule vorzeitig ab, nicht jedoch, um sich wie Michael zu verweigern, sondern ganz im Gegenteil, weil er es kaum noch erwarten konnte, in die Firma einzutreten. Von Anfang an hatte der jüngste Billings klare Vorstellungen, was für ihn bei dieser Sache herausspringen sollte: ein sorgenfreies, unterhaltsames Leben, Frauen, schicke Autos und eine eigene Motoryacht im Hafen von Marbella. Und genau so war es auch gekommen. Weniger als drei Jahre nach seinem Eintritt in die Geschäftsleitung des Unternehmens hatte er den Alten so weit, sich vollständig zurückzuziehen – so hatte der sich die Stabübergabe eigentlich nicht vorgestellt –, hatte das Betriebsergebnis durch rigides Kostenmanagement und durch die Übernahme des einzigen Konkurrenten am Markt nahezu verdoppelt und regierte den Laden wie Ludwig XIV. einst seinen Hofstaat in Versailles. Der Familie gegenüber gab sich Stefan hilfsbereit und großzügig, er hatte sogar Floras letzte Psychotherapie bezahlt, ohne damit zu prahlen. Eine echte emotionale Bindung besaß er jedoch weder zu ihr noch zu sonst jemandem.

Michael wendete sich mit dem Tag der Entscheidung für einen anderen, eigenen Weg vollständig von seinem Vater ab, der für ihn fortan nicht mehr existierte. Es war sein ganz persönlicher D-Day, der Tag der Befreiung, auf den er so lange gewartet hatte. Während der nächsten zwei Jahre steckte ihm seine Mutter monatlich ein gutes Taschengeld zu, heimlich natürlich, damit der gekränkte Vater nichts davon merkte. Von diesem Geld und der nächtlichen Arbeit in einem Waschsalon legte sich Michael so viel wie möglich auf die Seite, und dies im wahrsten Sinne des Wortes. Er versteckte das Geld, nachdem er es in möglichst große Scheine gewechselt hatte, fein säuberlich auf Seite 311 eines USA-Reiseführers, wo ein Foto den Highway 1 bei Big Sur zeigte. Das war Michaels Traum, den er sich dann, mit knapp 19 Jahren, erfüllte.

Er trampte ein halbes Jahr lang kreuz und quer durch die USA, jobbte an Tankstellen oder in Supermärkten, wenn das Geld zur Neige ging, und stellte sich dann wieder an den Highway. Es waren keine Aussteigerphantasien, die ihn in dieses Abenteuer trieben, er hoffte nicht insgeheim, für immer in den USA bleiben zu können, wie so viele seiner Freunde zu jener Zeit, nein, er wollte ein einziges Mal, bevor er ins Berufsleben einstieg, eine große Reise machen, und sein Ziel war nun einmal Amerika.

Eines Abends, gegen Ende seiner Tour, wurde er beim Trampen von einem Professor für Alte Geschichte aufgelesen. Der Mann bot ihm Quartier, solange er Lust habe, an. An diesem Typen war alles ungewöhnlich, so auch das unerwartete Angebot an einen wildfremden und zu dieser Zeit ziemlich abgerissenen deutschen Tramper auf einer nördlichen Ausfallstraße von San Diego. Lester, so hieß der kauzige Professor, sah nicht so aus, wie man sich gemeinhin die Lehrkraft für den eigenen hoffnungsvollen Nachwuchs vorstellte. Als einziges Kleidungsstück trug er zerschlissene Shorts. Ein großer Peace-Stern hing an einem Lederband um seinen Hals. Er trug sein langes braunes Haar offen, einen verfilzten, fast ebenso langen Bart und sprach Deutsch. Wie sich später herausstellte, hatte er während seines Studiums einige Semester in Deutschland verbracht und dabei die Sprache gut gelernt. Er arbeitete als ordentlicher Professor an der University of Berkeley und lebte eben dort in einer Kommune, die, wie Michael in den folgenden Wochen feststellen durfte, den Namen wirklich verdiente.

Als er am nächsten Morgen die Augen öffnete – sie waren bis tief in die Nacht hinein gefahren, und Michael war, nachdem Lester ein freies Bett für ihn gefunden hatte, sofort in einen tiefen, traumlosen Schlaf gefallen –, schaute er direkt zwischen die Beine einer attraktiven Mittdreißigerin, die splitterfasernackt auf der gegenüberstehenden Toilette saß. Erst erschreckte er sich, dann wurde er rot. Wie er alsbald herausfand, gab es nirgendwo in diesem Haus Türen, nicht einmal vor den Badezimmern, und dabei handelte es sich nicht etwa um einen bauseitigen Mangel. Was Michael an diesem Morgen nicht wissen konnte und was ihn später manches Mal noch zum Schmunzeln brachte, war, dass er seiner künftigen Schwiegermutter beim morgendlichen Stuhlgang zugesehen hatte.

Mary Schneider war die Geliebte von Lester, zumindest hielt sie sich dafür. Mit 18 Jahren, damals hieß sie noch Annemarie Ciepelik und arbeitete als Krankenschwester, war sie mit Carolyn schwanger geworden. Der Vater war ein junger Arzt namens Karl Schneider. Karl sympathisierte stark mit der amerikanischen Hippiebewegung, die zu dieser Zeit erstmals zaghaft nach Europa überschwappte, und nannte sich deshalb bereits seit einiger Zeit Charles. Die dort praktizierte freie Liebe war es, was Karl »Charles« Schneider an den Blumenkindern besonders anzog, und vermutlich war es auch das Einzige, was er davon wissen wollte. Annemarie, von Kind auf völlig besessen von der Idee, einen britischen Adligen zu heiraten, packte die erste Gelegenheit beim Schopf, die ihrer Meinung nach diesem Traum am nächsten kam. Fortan nannte sie sich Mary und sprach Charles' Namen, übrigens bis auf den heutigen Tag, derart gedehnt aus, als käme der Buchstabe a darin mindestens dreimal vor, was sie als *very british* empfand.

Nach Carolyns Geburt – selbstverständlich musste auch der Name ihres Kindes angelsächsische Wurzeln haben – lebten die deutschen Blumenkinder vier Jahre lang in wilder Ehe zusammen, bis Charles Mary endlich einen Heiratsantrag machte. Nicht ganz freiwillig, sondern eher als Reparationsleistung für einen aufgeflogenen Seitensprung mit einer Nachtschwester. Mary war zu diesem Zeitpunkt wieder hochschwanger und brachte kurz nach der Hochzeit, einem rauschenden Fest mit viel Alkohol und Drogen, in dessen Verlauf Charles versuchte, der Frau des Wirtes im Kühlkeller an die Wäsche zu gehen, Caros Schwester Sandy (nach Sandy Shaw, nicht zu glauben aber wahr) zur Welt.

Nach der Trauung machte sich Charles Schneider in einer Kleinstadt mit seiner ersten eigenen Praxis selbstständig und war schon bald die schillerndste Figur des Ortes. Ungefähr zeitgleich begann Marys Suche nach mehr Spiritualität. Vermutlich war das ihre Art, den Ahnungen von Charles' Untreue zu begegnen. Vor konsequentem Verhalten fürchtete sie sich schon damals.

In den folgenden Jahren verführte Charles nahezu alle willigen Frauen der Stadt. Zumindest diejenigen, die dumm genug waren, auf einen Aufschneider seines Kalibers hereinzufallen, die mangels anderer Angebote nur zu bereitwillig die einmalige Gelegenheit ergriffen oder die zu Hause jemanden sitzen hatten, dessen Langeweile sie als tausendmal schlimmer empfanden als Charles' stadtbekannte Vielweiberei. In jedem Falle war der schöne Doktor immer gesellig, fuhr die auffälligsten und heißesten Schlitten, zeigte sich äußerst spendabel und benahm sich während der ersten heißen Phase einer Liaison auch sehr charmant.

Schneiders Praxis lief blendend. Benötigte man einen Krankenschein, auch ohne Anzeichen einer Erkrankung, Charles Schneider war der richtige Mann. Fühlte man sich niedergeschlagen und verlangte nach ein paar Fröhlichmachern, Charles Schneider war zur Stelle. Neigte man zu Schlaffheit, verspürte aber den Drang, wach zu sein, lagen auch hierfür immer die richtigen Pillchen in Charles Schneiders Giftschrank griffbereit. Diese großzügige Auslegung des Arzneimittelrechts war es auch, die Charles' Ruf bald über die Grenzen der Kleinstadt hinaus wachsen ließ und ihn besonders bei einer jüngeren Klientel sehr beliebt machte. Dr. Feelgood nannten sie ihn, doch bei Drogenmissbrauch alleine blieb es nicht. Charles wurde der Mann für ungewollte Schwangerschaften.

Und bei all seinen kleineren und größeren Vergehen assistierte ihm seine treue Arzthelferin Mary, denn das war schließlich ihr Beruf. Aus Angst, ihn zu verlieren, wagte sie es nicht, Charles zu kritisieren, und nahm ihn vor allen äußeren Anfeindungen in Schutz.

Vier Jahre nach Eröffnung der Praxis wurde schließlich Jerry Schneider geboren. Bereits zwei Wochen nach seiner Geburt stand Mary schon wieder im grünen Kittel hinter Charles und half bei einer Abtreibung. Das junge Mädchen war bildschön, stammte aus reichem Elternhaus – pikanterweise waren es die direkten Nachbarn und guten Freunde der Schneiders – und war, wie Charles erzählte, einem Hallodri aus der Stadt aufgesessen. Als das Mädchen wenige Wochen nach dem Eingriff Mary ihre Liebe zu Charles gestand und unmissverständlich klarstellte, nie mehr ohne ihn sein zu wollen, wurde es selbst für Mary zu viel.

Dass sich ihr Mann von ihr bei einer illegalen Abtreibung unterstützen ließ, bei der sein eigenes Baby abgesaugt wurde, das war selbst mit dem stärksten Sedativum nicht mehr zu ertragen.

Mary sprach das Thema niemals an. Sie wartete stillschweigend ab, bis sich eine Gelegenheit zur Rache ergab, die wenige Monate später in Gestalt von Lester daherkam. Charles hatte den Amerikaner bei irgendeiner Gelegenheit kennen gelernt und ihn natürlich sofort zu sich nach Hause eingeladen. Amerikaner waren selten, zumal in einem kleinen Städtchen wie dem ihren.

Lester und Charles saßen am Küchentisch, tranken, rauchten Pot und tauschten Erfahrungen über spießige Mitbürger diesseits und jenseits des Atlantiks aus. Als der Amerikaner mitten in der Nacht wieder in sein Auto steigen wollte, ging Mary ihm nach und verführte ihn auf dem Beifahrersitz seines R4. Der Amerikaner wusste nicht so recht, wie ihm geschah, war aber zu angeschlagen, um wirklich entscheidend etwas gegen Marys ungestüme Art zu unternehmen, und außerdem fand er die Frau seines neuen Freundes ziemlich attraktiv. Sie trafen sich noch einige Male, und Mary hielt das, was dadurch entstand, für eine Beziehung, was sie in der Folge glauben ließ, dass auch Lester sie als seine Geliebte betrachtete. Als dieser nach drei Jahren Studium zurück in die Staaten musste, war er allerdings nicht eben unglücklich, auf diese Weise auch die besitzergreifende Mary wieder loszuwerden.

Mary litt sehr unter Lesters Abreise, aber eines Morgens stand sie auf, setzte sich an den Küchentisch und befragte ihre Karten. Drei Tage später packte sie ihre und die Sachen der Kinder in einen großen Koffer und machte sich mit einem One-Way-Ticket auf den Weg nach Berkeley.

Lester zeigte sich zwar wenig erfreut über diesen unerwarteten Besuch, brachte es aber nicht übers Herz, eine junge, gut aussehende Frau mit drei netten Kindern hinter ihrem bunten Rock wieder wegzuschicken. Und da die Kommune groß genug war, quartierte Lester die Schneiders erst einmal bei sich ein. Weil er gerade niemand anderen hatte, nahm er Mary auch in sein Bett auf.

Für Caro und ihre Geschwister begann eine schwierige Zeit. Sandy und sie vermissten die gewohnte Heimat, die Freundinnen und vor allem den Vater. Ihr Bruder war mit viereinhalb Jahren noch zu jung, um einer Erinnerung nachzutrauern, und doch quengelte auch er in der ersten Zeit mehr als andere Kinder in seinem Alter. Alles Vertraute war den Kindern verloren gegangen. Sie fühlten sich um ihre Familie betrogen.

Nach sechs Jahren Amerika sprach Carolyn nicht nur perfekt Englisch, sie wusste auch, wie man einen Quilt näht, wie man an die begehrten Samen von Marihuanastauden und Mohnkapseln gelangte, wie Agavenschnaps gebrannt wurde, wie man Fallen stellte, um wilde Kaninchen zu fangen. Sie konnte kochen, angeln, ohne Sattel reiten, ums Feuer tanzen und sich mit Henna bemalen, nur genossen hatte sie die Zeit nicht.

Natürlich war nicht alles furchtbar, Carolyn hatte nur von Anfang an das Gefühl, nicht in diese Kommune zu gehören. Und das, obwohl sie während dieser Zeit ihren ersten Kuss bekam, von Sam, einem Jungen in ihrem Alter. Mit ihm unternahm sie lange Spaziergänge die Küste hinab, sie sprachen viel über sich, über ihre Gefühle, wie es sich anfühlt, ohne richtige Eltern aufzuwachsen, und was sie später in ihrem Leben alles anders machen wollten. Auf ihren gemeinsamen Touren in die Stadt schlugen sie sich die Bäuche mit Big Macs und Sundays voll, tranken süße Coke anstatt der selbst gemachten Limonade ohne Zucker und hörten in dem einzigen Plattenladen der Stadt Musik, die definitiv nicht von freier Liebe, sondern von verletzten Gefühlen, Sehnsüchten und Tod handelte.

Für den Tag, an dem beide ihre Unschuld verlieren wollten, hatte Sam ein Motelzimmer gemietet und hoffte, dass niemand sie dort erkennen würde. Nicht die Tatsache, dass zwei 14-Jährige ihren ersten Geschlechtsverkehr miteinander haben wollten, hätte die Gemeinschaft herausgefordert, sondern allein die Vorstellung, dass sie sich gezwungen fühlten, diesen doch so wichtigen Akt außerhalb der Familie zu vollziehen, heimlich in einem schmutzigen Motelzimmer direkt neben einem lauten Wal-Mart-Parkplatz, dies hätte unweigerlich eine Krisensitzung des Ältestenrates nach sich gezogen. Als die beiden jung Verliebten den Raum mit seinen abgenutzten Holzmöbeln betraten, die dicken braunen Vorhänge sahen, die vermutlich noch nie mit Wasser und Seife in Berührung gekommen waren, und als sie dann auch noch das Werbeplakat mit dem röhrenden Elch über dem Bett entdeckten, fassten sie sich an den Händen und entschieden ohne ein weiteres Wort, dass diese Umgebung für das, was sie vorhatten, schädlich war. Sie gingen wieder nach Hause, eng umschlungen, und ließen es dabei bewenden. Irgendwie wussten sie beide, dass sie nicht zusammengehörten, und sie beschlossen, eigentlich viel zu erwachsen für ihr Alter, sich zu trennen. Bis zum heutigen Tag schrieb Caro Sam oft lange Briefe und teilte auf diese Weise ihr Leben mit ihm, ohne dass sie Sam jemals wiedergesehen hat.

Ihre Unschuld verlor Caro dann wenig spektakulär, ungeplant und auch nicht eben schön. Ein Haufen Jugendlicher feierte Thanksgiving am Strand. Aus einem mitgebrachten Kofferradio dröhnte laute Musik, Gitarrenklänge erfüllten die Luft, und ein Junge, den sie zuvor noch niemals gesehen hatte, wich den ganzen Abend nicht von ihrer Seite. Schließlich legte er wie selbstverständlich seine Hand auf ihr Knie und begann nach einer kurzen Anstandspause wie wild mit ihr zu knutschen. Nach dem nachmittäglichen Streit mit ihrer Mutter kamen die Avancen des Jungen genau zur rechten Zeit. Er traf bei ihr auf eine »Euch werd ich's zeigen«-Stimmung, in der sie zu allem bereit war. Warum sollte sie den Jungen mögen, mit dem sie ihren ersten Sex haben würde? Schließlich handelte es sich doch nur um einen Akt, nichts Besonderes, wie sie tagtäglich miterleben durfte, und dazu war sie betrunken genug.

Das Thema Jungs war damit für Caro erst einmal abgehakt, und zwar so lange, bis sie eines Morgens einen Neuankömmling entdeckte, der irritiert durch die Räume lief und darauf hoffte, dass ihn jemand ansprach, was, wie Caro wusste, lange dauern konnte, denn hier kümmerte sich jeder nur um seinen eigenen Kram. Freiheit nannten sie das.

In diesem Moment, so erzählte sie es seither gerne, spürte sie zum ersten Mal ihr eigenes Herz. Warum ein ziemlich abgemagerter, langer, nicht einmal besonders hübscher Kerl solche Gefühle in ihr auslösen konnte, diese Frage hatte sie sich nie gestellt. Sie sprach den Jungen wie selbstverständlich auf Deutsch an. Michael war darüber noch lange Zeit beleidigt gewesen, wie sie später erfuhr, weil er fand, dass man ihm nach fünf Monaten Aufenthalt seine Herkunft unmöglich habe ansehen können, aber Caro glaubte vom ersten Moment an, alles über den Schlaks zu wissen. Die Art, wie er sich vorsichtig bewegte, seine aufrechte Körperhaltung, seine neugierigen und zugleich melancholischen Augen, alles deutete darauf hin, dass sie einen Jungen gefunden hatte, mit dem sie sich einlassen wollte.

Die nächsten beiden Wochen waren die glücklichsten in ihrem noch jungen Leben. Sie liebten sich am Tag und in der Nacht, wann immer ihnen danach war, allerdings nicht so, wie Caro es täglich mit ansehen musste, sondern sie waren beim Liebesspiel allein. Michael erzählte ihr von dem Bruch mit seiner Familie und dem Hass auf seinen Vater. Sie berichtete ihm im Gegenzug von den viel zu langen Jahren in der Fremde und dem beklemmenden Leben in der Kommune. Sie redeten viel in den langen Tagen dieses Sommers, nur ein Thema klammerten sie bis zum Schluss aus: Michaels Abreise. Caro musste zu diesem Zeitpunkt davon ausgehen, in den USA zu bleiben, zumindest bis sie volljährig war und ihre eigenen Entscheidungen treffen konnte. Außerdem hatte sie keinerlei Schulabschluss, keine Ausbildung und auch keine Anlaufstelle in Deutschland, selbst der Kontakt zu ihrem Vater war abgebrochen. Und dennoch, obwohl kaum Aussicht auf ein Wiedersehen bestand, waren sich die beiden jungen Menschen ihrer Sache völlig sicher.

Dass dann doch alles sehr schnell ging, war niemand Geringerem zu verdanken als Charles Schneider, dem die Dinge in der alten Heimat allmählich etwas über den Kopf gewachsen waren, weshalb ihm wieder einmal nach einem Umzug war. Und was lag da näher, als sich wieder an seine Mary zu erinnern.

Die Geschichte wiederholte sich, nur mit umgekehrten Vorzeichen. Mary kam an jenem Abend ziemlich abgearbeitet von ihrer Schicht im Seven Eleven und fand Charles mit Lester zusammen in der Küche sitzen, freudig erregt durcheinander quatschen und dabei ordentlich kalifornischen Rotwein in sich hineinschütten. Charles sprang auf, als er Mary erkannte. Der Stuhl flog in weitem Bogen hinter ihn, und er begrüßte sie wie einen lange verloren geglaubten Menschen, umarmte sie nicht wie die Frau, die er durch seine ständigen Kapriolen erst gezwungen hatte, das Haus zu verlassen, sondern wie das Liebste auf der Welt.

Mary, zunächst fassungslos, erkannte bald darin eine Chance, aus dem abgenutzten Kommunenleben endlich aussteigen zu können, und da ihr dabei weder Stolz noch Selbstachtung im Wege standen, fing sie nach einigen Tagen des taktischen Verweigerns wieder etwas mit Charles an.

Für die Kinder stellte dieses völlig unerwartete Wiedersehen eine Begegnung der dritten Art dar. Jerry, der zu dieser Zeit überhaupt kein Deutsch sprach, wusste nicht, wer der seltsame Typ war und was er mit ihm anfangen sollte, schließlich trieben sich hier jeden Tag irgendwelche neuen Leute herum, deren Gesichter man sich in aller Regel nicht zu merken brauchte. Allenfalls wenn einer zum dritten oder vierten Mal auftauchte, konnte man beginnen, sich vorsichtig für die Person zu interessieren. In großen Verbünden lernt man schon früh, seine Ressourcen einzuteilen. Mary versuchte Jerry klar zu machen, dass dieser Mann sein leiblicher Vater war, aber der Junge lachte nur. Väter hatte er schließlich schon einige in seinem kurzen Leben gehabt. Für Jerry war die Kommune die Welt und die hier praktizierte Lebensform die einzige ihm bekannte.

Für die beiden Mädchen lag die Sache anders. Sie erkannten Charles natürlich sofort, waren aber viel zu verletzt, um ihm gleich wieder um den Hals zu fallen. Schließlich war er es gewesen, der ihnen die ganze amerikanische Suppe erst eingebrockt hatte. Zunächst weigerten sie sich, auch nur ein Wort mit ihm zu sprechen, zumal er ihnen gegenübertrat, als sei nichts weiter vorgefallen. Caro verspürte tief in ihrem Innersten zwar so etwas wie Wiedersehensfreude, aber die große Liebe zu ihrem Vater, die war verschwunden, zerbrochen in dem Moment, als ihre Mutter ihnen bei der Ankunft auf dem

Flughafen von L. A. eröffnete, dass ihr Vater die Familie verlassen hatte und sie deshalb ab sofort und für immer in Amerika leben würden.

Gleichzeitig aber erkannte auch sie in dem wieder aufgetauchten Familienoberhaupt eine reale Chance, der ungeliebten Fremde früher zu entkommen, als bisher angenommen. Also beschloss sie, gute Miene zu bösem Spiel zu machen, und öffnete sich mehr und mehr dem fremd gewordenen Vater.

Trotzdem verstand sie ihre Mutter wieder einmal nicht. Wie konnte sie sich freiwillig noch einmal mit diesem Mann einlassen? Mit dem, der ihr all das angetan hatte, wovon sie ihren beiden Töchtern im Laufe der letzten Jahre Episode um Episode erzählt hatte. Am Tag, als das Puzzle einer kaputten Ehe nahezu vollständig vor Carolyn ausgebreitet lag, hatte ihre ursprüngliche Verachtung für Mutters willenloses Leben einem tiefen und aufrichtigen Mitleid Platz gemacht.

Und so kam es, dass die Schneiders ihre Klamotten packten und das Abenteuer Amerika gemeinsam beendeten. Unbeteiligte hätten in ihnen in der Abflughalle des L. A. International Airport eine gut situierte, gut gelaunte und braun gebrannte deutsche Familie vermutet, die nach traumhaften Ferien jetzt die Heimreise antrat. Dass sie nichts weniger als eine Familie waren, wussten nur die Beteiligten selbst.

*

An all das dachte Michael, als er allein in seinem Bett saß. An all das Unbeschwerte und Reine dieser ersten Zeit, aber auch an diesen alten Clown mit seiner Voodoo-Prinzessin, die inzwischen seine Schwiegereltern waren. Bis vor wenigen Stunden hatte er noch geglaubt, alle Schauergeschichten über Charles zu kennen, aber das, was Carolyn ihm gerade erzählt hatte, übertraf seine schlimmsten Befürchtungen.

Erfahren hatte Caro die ganze Geschichte in einem weiteren Telefonat mit ihrem Bruder. Erst im Laufe des Gesprächs war ihr klar geworden, dass Jerry wesentlich mehr über das Leben der Eltern in Südspanien wusste, als sie bislang angenommen und er ihr jedenfalls erzählt hatte.

Jerry hatte seine Eltern in ihrem heruntergekommenen Haus in Spanien besucht und nicht schlecht über das Schild neben der Eingangstür gestaunt. Handgemalt und mit bunten Blümchen umrankt stand darauf:

Charles

Deutscher Arzt

Carolyns Bruder war ohnehin schon sauer, weil er nicht vom Flughafen abgeholt worden war und er mit dem sündhaft teuren Taxi hatte fahren müssen. Als niemand öffnete, betrat er das Haus durch die offene Eingangstür und fand sich in einer großen Diele wieder. Von hier aus gelangte er durch eine angelehnte Tür in etwas, das wohl der Behandlungsraum sein sollte. Der Raum war genauso schmuddelig wie alles, was er bis hierhin von der Wohnung gesehen hatte. Seine Mitte dominierte ein großer Tisch ohne Stühle. Auf dem glänzend schwarzen Holz, direkt unter einem Lichttopf, stand ein alter Mann auf allen vieren. Sein von südlicher Sonne violett gebräunter Bauch hing bis fast auf die Tischplatte herunter, was ihm, gepaart mit den beiden schweren, behaarten Männerbrüsten, das Aussehen eines trächtigen Tieres verlieh. Der Mann war splitterfasernackt. Charles, selbst nur mit einem orangefarbenen Tanga bekleidet, stand hinter dem Mann und fummelte mit seiner – immerhin gummigeschützten – Hand im After des Patienten herum. Dieser Anblick war für Jerry entschieden zu viel. Er drehte sich um, ohne auf sich aufmerksam gemacht zu haben, und suchte stattdessen lieber nach seiner Mutter, die er schließlich, nachdem er alle Zimmer in Augenschein genommen hatte, puterrot im Garten neben dem Swimmingpool fand. Sie war auf einer tranig stinkenden Gartenliege, bezogen mit einem einst blauen Stoff, eingeschlafen. Ohne mit ihr zu sprechen und ohne dass er die beiden leeren Weinflaschen unter dem Tisch gesehen hatte, konnte er riechen, dass sie ziemlich besoffen sein musste.

Am Ende der Woche war Jerry froh, wieder abreisen zu können, und war keineswegs verärgert, dass Charles keine

Zeit fand, ihn in einem seiner Monsterautos zum Flughafen zu bringen. Die Stunde in dem klimatisierten und einigermaßen sauberen Taxi gehörte zum Erholsamsten dieses Besuchs.

Eigentlich war bei den beiden alles beim Alten geblieben. Charles hatte seine letzten Kröten zusammengeklaubt, um ein Haus zu mieten. Selbst ein so bunter Hund wie er fiel hier unten, wo es nur so von abenteuerlichen Lebensläufen wimmelte, nicht weiter auf. Nach kurzer Zeit schon war er wieder der Tausendsassa, der er immer und an allen Orten gewesen war. Wie oft er Mary betrogen hatte und wie unverblümt er sich in der Öffentlichkeit mit anderen Frauen zeigte, das konnte Jerry nur am Zustand seiner Mutter ablesen, die er als labil und leicht spinnert kannte, nicht jedoch als alkoholkrank.

Das wenige Geld, das sie zum Leben hatten, stammte aus Charles' illegaler Praxis. Er hatte das große Glück gehabt, dass sich vor ihm noch kein deutscher Arzt hier niedergelassen hatte. Vor allen Dingen gab es niemanden, der bereits nach kurzer Zeit so manches Mittelchen besorgen konnte, das seine Patienten andernorts schwerlich bekamen.

Natürlich hatte der Alte auch wieder angefangen, Abtreibungen vorzunehmen. Auch in diesen Breiten gab es Verbindungen, die besser nicht bekannt werden sollten.

Eine Sache hatte Jerry allerdings dann doch sehr zu denken gegeben und war letztlich wohl auch der Grund dafür, innerlich mit seinem Vater zu brechen. In einer amerikanischen Bar, zwei Orte weiter, war er auf einen gestrandeten Landsmann gestoßen – er betrachtete sich immer noch als Amerikaner, obwohl er das dem Gesetz nach nie gewesen war – und hatte mit ihm die halbe Nacht hindurch getrunken. Im Laufe ihrer Unterhaltung hatte sich herausgestellt, dass Leroy eine Menge über Charles Schneider wusste, wenn er auch fortwährend betonte, es handele sich dabei nur um unbestätigte Gerüchte. Aber wie es so ist, bei einem Besäufnis weichen die Regeln der Verschwiegenheit im Gleichschritt mit dem guten Benehmen. Und so wollte Leroy seinem neuen Freund gegen Ende der Nacht unbedingt noch das wildeste Gerücht erzählen, das derzeit über dessen Vater im Umlauf war.

Zusammengefasst lautete die Information in etwa so: Die Nachbarn der Schneiders waren ein Jahr nach diesen in den Süden gezogen. Der Mann, ein sehr reicher Industrieller, litt an einer unheilbaren Knochenkrankheit. Um ihm seine letzten Jahre etwas zu erleichtern beziehungsweise um den Zeitpunkt des Todes so weit wie möglich hinauszuschieben, waren er und seine Frau in die Hitze Südspaniens gezogen. Sie waren sehr davon angetan, in Charles einen Arzt zum Nachbarn zu haben, noch dazu einen mit solch ausgeprägtem Berufsethos. Charles half dem Mann mit guten Ratschlägen und übernahm alsbald auch die Medikation. Er schaute nach dem Todkranken, als sich sein Zustand zusehends verschlechterte, und half der trauernden Alleinerbin schließlich dabei, den Toten schnellstens einzuäschern, ohne den allgemein üblichen bürokratischen Gepflogenheiten nachzukommen. Seitdem, so wusste Leroy zu berichten, machten allerlei Gerüchte die Runde, zumal man Charles jetzt häufiger in Begleitung der Witwe antraf. Vielleicht hatte er also wieder eine lukrative neue Einnahmequelle gefunden, denn immerhin waren zwei Drittel der hier unten lebenden Bevölkerung dem Tode deutlich näher als der Geburt. Und vielleicht hatte die Hinterbliebene sogar einen kleinen Obolus zu dem nagelneuen BMW-Cabrio beigesteuert, das in Charles' wie immer überquellender Garage stand.

4

Carolyn atmete durch. Endlich wieder zu Hause und dazu noch allein. Sie ging ins Wohnzimmer, schaltete die Musikanlage ein, drehte laut und sang ihren Lieblingssong mit. Für einen Moment lang gelang es ihr, nicht an ihre Eltern zu denken und auch nicht an die unnötigen Streitereien mit Michael und den Kindern. Sie nahm sich einen Apfel und biss hinein, während sie sich im Rhythmus der Musik bewegte.

Was für ein Vormittag! Mary Schneider war äußerlich fast wieder hergestellt. Dennoch wirkte sie stark verändert, wie eine unselbstständige Frau, was sie eigentlich nicht war. Früher hatte sie die vor ihr liegenden Aufgaben sehr wohl angepackt, wenn auch stets in der ihr eigenen, manchmal schwer nachvollziehbaren Art. Jedenfalls saß sie nicht apathisch herum und ließ die Dinge einfach nur geschehen.

Doch genau das tat sie, seit sie bei ihrer Tochter war. Und das fing an, Caro mächtig zu nerven. Egal was sie in letzter Zeit gerade tun wollte, ständig spürte sie den Atem ihrer Mutter im Nacken. Nirgendwo im Haus hatte man mehr seine Ruhe. Anstatt sich nützlich zu machen, was ihr Zustand in jedem Fall zugelassen hätte, saß Mary stundenlang mit Leidensmiene schweigend herum, und wenn sie sprach, tat sie es mit dieser weinerlichen Stimme. Änderte Carolyn ihren Standort innerhalb der Wohnung, dauerte es nur Minuten, bis Mary ihr hinterherkam und mit hängenden Mundwinkeln auf die Aufforderung, Platz zu nehmen, wartete. Wenn Caro ihre Mutter so im Türrahmen stehen sah, spürte sie förmlich, wie es in ihr brodelte. Aber sie hatte sich unter Kontrolle, auch wenn sie dazu kleine Hilfsmittel benötigte. Sie hörte inzwischen, wo sie sich auch aufhielt, laute Musik. »Früher hast du nicht so viel Musik gehört«, meinte Mary sich zu erinnern. Ja, dachte Caro dann, früher bist du mir auch nicht so sehr auf die Nerven gegangen.

Carolyn hatte an diesem Morgen schnell noch einige Besorgungen gemacht und wartete jetzt auf die Kinder. Genau genommen wartete sie nur auf Pam, Joshua erschien nur noch selten pünktlich zum Essen. Meist wärmte er sich seine Portion irgendwann am Nachmittag in der Mikrowelle auf, nachdem er völlig verschwitzt durch die Tür gerollt war. Warum er erst so spät kam oder was er jeden Tag noch so lange nach der Schule zu tun hatte, erfuhr Caro nicht. Selbst auf Nachfrage erhielt sie nur einsilbige, nichts sagende Antworten.

Jedenfalls freute sie sich heute auf Pam. Sie hatte einige schöne Sachen für sie in einer Boutique gefunden und war gespannt, wie sie ihr gefielen. Die Kleine war so hübsch, und kein Mensch verstand, weshalb sie sich seit kurzem so unvorteilhaft anzog. Eine neue Mode war das keinesfalls. Carolyn hatte die anderen jungen Mädchen genau beobachtet. Hätte ja sein können, dass der Grunge zurückkam, aber das war nicht so. Im Gegenteil, die Mädchen betonten ihren Körper und zeigten, gerade jetzt zu Beginn des Sommers, wesentlich mehr davon, als Caro für schicklich hielt. Nur Pam versteckte alles unter weiten Pullovern und T-Shirts. Sie benutzte kein Makeup mehr und war seit Wochen nicht beim Friseur gewesen. Zuerst dachte Carolyn, Pam wäre einfach etwas nachlässig, als sich daran aber nichts änderte, hatte sie versucht, sich zu erinnern, wann genau ihr die Veränderung an ihrer Tochter zum ersten Mal aufgefallen war. Das war irgendwann nach der Trennung von diesem Hervé. Dabei hatten sie, vor allem Michael, sich über das Scheitern dieser Beziehung heimlich gefreut. So was konnte nicht gut gehen. Jungs in dem Alter hatten ausgewachsene Bedürfnisse, und Pamela war noch so unschuldig. Carolyn hatte versucht, mit ihrer Tochter offen darüber zu sprechen. So brüsk wie an jenem Abend war sie jedoch niemals zuvor von ihrer Tochter abgewiesen worden. Liebeskummer, hatte sie damals gedacht, «das wird schon wieder», hatte sie geflüstert, nachdem sie die Tür zu Pams Zimmer leise hinter sich geschlossen hatte.

Als sie die Eingangstür ins Schloss fallen hörte, löffelte sie den Reis auf die Teller und gab das heiße Gemüse darüber. Ein kräftiger Eintopf aus Auberginen, Paprika und Tomaten. Wenn sie allein in der Küche war, kochte Carolyn immer noch gerne nach den Rezepten, die sie in Berkeley gelernt hatte. Seltsam, in der Rückschau verloren diese traumatischen Ereignisse ihren Schrecken für sie, und sie erinnerte sich sogar an die schönen Momente. Und Gemüse kochen, das hatte sie gelernt und beherrschte es wie keine Zweite, sogar besser noch als ihr kochverrückter Mann, obwohl der das niemals zugegeben hätte.

»Hallo, Liebes!«, rief sie in die Diele hinein. »Das Essen steht auf dem Tisch! Kommst du?«

»Hmmh! Riecht lecker, Mam. Was ist es?« Pamela stand im Türrahmen.

»Gemüseeintopf mit Reis!«

Pamela lachte. Gemüseeintopf mit Reis war es irgendwie immer. Zum Glück schmeckte es wenigstens jedes Mal unterschiedlich. Carolyn gab ihren Gerichten einfach keine Namen. Es gab einfach Gemüse oder Fleisch oder Fisch oder Gemüse mit Fisch oder eben mit Reis.

»Prima!« Sie stellte ihre Schultasche fein säuberlich auf einen Stuhl und ging zum Waschbecken. Sie schob sich die langen Ärmel des T-Shirts bis über die Ellbogen und seifte sich die Hände und Unterarme kräftig ab, bevor sie sich auch noch das Gesicht mit kaltem Wasser abwusch.

»Schatz, so schmutzig kann die Schule doch nicht gewesen sein.« Carolyn schüttelte belustigt den Kopf. Von wem das Kind diesen Tick wohl hatte?

»Hast du 'ne Ahnung. Wann warst du wohl zum letzten Mal in einer deutschen Schule?«

»Vor über dreißig Jahren«, antwortete Carolyn wahrheitsgemäß, »jedenfalls als Schülerin. Wer hat dich gebracht?«

»Susannas Mutter.«

»Musstest du dich wieder hinten ins Gepäcknetz quetschen?« Die Harlan fuhr einen Porsche.

»Besser schlecht gefahren als gut gelaufen.«

»Du bist faul, mein Schatz. Ein bisschen Bewegung würde dir gut tun.«

»Nicht mein Ding. Reicht doch, wenn Paps durch den Wald rennt.«

»Der kann aber nicht für dich mitlaufen.«

»Papperlapapp. Schluss jetzt mit den Belehrungen. Ich hab Hunger. Wo ist Oma?«, fragte Pam und untersuchte den dampfenden Teller mit der Gabel.

»Beim Arzt, und hinterher geht sie mit Jerry essen.«

»Hey! Onkel Jerry ist in der Stadt? Kommt er uns besuchen?« Pamela mochte Carolyns Bruder.

»Glaub nicht. Er unternimmt nur was mit Mutter und fährt dann zurück.«

»Aha, das schlechte Gewissen.«

»Kann sein.«

»Gut für uns. Dass Oma mal weg ist, meine ich. Findest du doch auch, oder?«

Carolyn sah ihre Tochter an. Eigentlich wollte sie energisch widersprechen, aber irgendwas in Pams Augen stimmte sie um, und sie lächelte, während sie stumm nickte.

»Ich muss los, Mam.«

Pam hatte nur etwa die Hälfte ihrer Portion aufgegessen, obwohl ihre Mutter mit ernstem Gesicht ihren üblichen Sermon heruntergebetet hatte.

»Wenn du so weiter isst, Kind, sehe ich ernsthafte gesundheitliche Folgen auf dich zukommen. Oder schmeckt dir mein Essen etwa nicht?«

Sie hatten gemeinsam den Abwasch erledigt.

»Ich treff Charlotte und die anderen später noch.«

»Och schön. Besprecht ihr eure Ferien?«

»Vielleicht.«

»Apropos Ferien!« Carolyn kramte die Einkaufstüte aus dem Besenschrank. »Ich hab noch eine Kleinigkeit für dich.« Stolz streckte sie Pamela das Mitbringsel entgegen.

»Für mich? Einfach so?« Pamela drückte ihrer Mutter einen Kuss auf die Wange. »Das ist aber lieb. Was ist es?«

»Sieh nach, bin gespannt, ob es dir gefällt.«

Pam griff in den gestylten Beutel und legte die Einkäufe auf den Küchentisch. Sie besah sich die Sachen. Zwei kurze, enge Tops, eines in Rosa, das andere in Hellblau und beide mit einem Schriftzug bestickt sowie zwei Garnituren Unterwäsche.

Pam packte einen der Slips mit ihren beiden Zeigefingern und zog den Gummizug leicht auseinander.

»Mam!«, stieß sie aus und wurde puterrot.

»Gefällt er dir nicht? Ist doch hübsch, und das trägt man doch jetzt auch«, sagte Carolyn unsicher.

»Aber ich doch nicht, Mam. Einen Tanga, Mam, wie scheiße ist das denn?«

Carolyn verzog den Mund und riss ihrer Tochter die Unterhose aus der Hand. »Kann's ja umtauschen. Wollte dir nur eine Freude machen.«

»Warum versuchst du es unentwegt? Lass mich doch anziehen, was ich will. Ich bin doch keine blöde Anziehpuppe!«

»Schau dich doch mal im Spiegel an!«, bellte Carolyn ohne Ankündigung. So hatte Pamela ihre Mutter noch nicht erlebt. Zu allem Überfluss packte Carolyn sie auch noch am Arm und versuchte, sie tatsächlich vor den großen Spiegel in die Halle zu zerren.

»Bist du verrückt?«, schrie sie. »Lass mich sofort los!«

Carolyn ließ von ihr ab, ging zurück zum Esstisch, hielt die beiden Tops hoch und fragte: »Und die? Auch nicht?«

Pamela sah ihrer Mutter fest in die Augen, bevor sie den Kopf schüttelte und nach oben in ihr Zimmer verschwand.

*

»Hast du die Sache jetzt endlich klar?«, fragte Charlotte, Pamelas älteste und beste Freundin.

»Nee, saublöd! Paps hat irgendwas dagegen, aber ich komm nicht an ihn ran. Ich muss eine gute Gelegenheit abwarten.«

»Und woher der Starrsinn der Häuptlinge?«

»Keine Ahnung, aber ich nehme mal an, dass es mit Oma zusammenhängt. Die beiden sind so sehr damit beschäftigt, sich über Mams Eltern in die Haare zu kriegen, dass ihnen wohl die Lust fehlt, sich mit mir zu beschäftigen … Gutes Timing nennt man das«, fügte Pamela sarkastisch hinzu.

»Ich dachte, deine Mutter ist immer so verständnisvoll?«

»In diesem Fall ist sie ausgeschert. Sie traut sich zwar nicht, mit mir Tacheles zu reden, aber ich spür's deutlich. Sie ist dagegen.«

»Klingt, als ob's dir gefällt?«

»Natürlich nicht! Ist doch saublöd, dass sie ihren Willen ausgerechnet jetzt entdeckt. Aber … andererseits … na ja, irgendwie hast du schon Recht. Eltern, die immer hinter dir stehen, sind auch scheiße!«

»So 'n Quatsch!«

»Wieso? Weißt du, wie das nervt, wenn deine eigene Mutter sich deine CDs ausleiht? Ich meine, das ist Horror! Hat sie keine eigene Musik?«

»Seh ich nicht! Warum willst du es schwer haben, wenn es ausnahmsweise mal leicht geht? Wär doch besser, sie würde einfach in die OP einwilligen, die Kohle raustun und fertig. Obwohl … Nimm's mir nicht krumm, aber ich find es schon ziemlich seltsam, dass du dir die Brüste verkleinern lassen willst. Du hattest doch ganz andere Pläne?«

»Hab meine Meinung eben geändert!« Pamela wollte schnell weg von diesem Thema. »Mam hat aber immerhin mit Doktor Röber gesprochen, weil sie ihn sowieso anrufen musste wegen Oma.«

»Wieso? Soll die auch unters Messer?«

»Quatsch, hör gefälligst zu. Jedenfalls hat Röber ihr erklärt, dass es aus medizinischer Sicht sinnvoll sein kann, allzu große Brüste zu verkleinern, um späteren Rückenproblemen vorzubeugen.«

»Ein guter Mann, unser Röber«, lachte Charlotte.

»Ich brauch jetzt bloß noch einen Termin, und dann heißt's: *Tschüs, Körbchengröße D*.«

»Aber wenn deine Eltern es verbieten?«

»Dann mach ich es trotzdem. Irgendwie wird es eine Möglichkeit geben.«

»Aber nicht bei Röber.«

»Nein, nicht bei Röber, aber im Ausland schon.«

Pamela hatte sich im Internet umgesehen und war auf zahlreiche Adressen in den Niederlanden und der Schweiz gestoßen. Allerdings war die Möglichkeit eher theoretischer Natur, und der Gedanke daran entsprang wohl der Frustration über die Uneinsichtigkeit ihrer Eltern.

»Verwegen! … Ich glaub's einfach nicht! Unsere Pam! Und

ich weiß noch, wie wir hier gesessen haben und du dir fast ins Höschen gemacht hast vor deiner ersten OP. Dabei waren es nur die dämlichen Ohren. Was warst du doch für ein kleiner Angsthase! Hast du mir eigentlich je die große Diet-Coke bei Harrys ausgegeben, um die wir damals gewettet haben? Ich habe es prophezeit, dass du auf den Geschmack kommen wirst, wenn du im Moment auch dabei bist, den geraden Weg etwas zu verlassen. Bin gespannt, was Susanna dazu sagen wird.«

»Gar nichts, bitte! Ich möchte nicht, dass es außer dir und P sonst noch jemand weiß. Ich bin ziemlich nervös.«

Susanna Harlan war eine echte Plaudertasche. Wenn man ein Gerücht streuen wollte, war sie der ideale Multiplikator. Bereits eine Woche nach dem Einzug der Billings hatte sie Kontakt zu Pamela aufgenommen. Sie stand einfach eines Tages neben ihr und begann eine Unterhaltung, ganz so, als kenne man sich schon ewig. Für Susanna war das die natürlichste Sache der Welt. Sie war mit allen gut aussehenden Mädchen vom *Hügel* befreundet. Und über Pam kamen auch Charlotte und P in den Genuss von Susannas Bekanntschaft und das, obwohl ihre Familien nicht dort oben wohnten, was aber zumindest in Charlottes Fall kein Problem darstellte.

Denn Charlottes Eltern waren reich. Sie wohnten halt nur nicht auf dem *Hügel*, sondern direkt am Fluss, auf einem riesigen Gelände, das der Familie schon seit Generationen gehörte. Dort, nur wenige Kilometer außerhalb der Stadt hatten sie eine standesgemäße Villa erbaut. Außerdem war Charlottes Vater, Hans-Peter Geiger-Wolff, der Anwalt der Familie Harlan, und diese Verbindung reichte sehr lange zurück.

Charlottes Mutter, Jasmina Geiger, stammte aus einer der angesehensten Winzerfamilien des Tals. Aus ihrem Erbe stammte auch der enorme Grundbesitz, der die Basis ihres heutigen Reichtums bildete. Jasmina hatte nach ihrer gesellschaftlich bedeutenden Hochzeit schnell zwei Kinder bekommen, einen Jungen und ein Mädchen, beide wohlgeraten, und sich dann aufgemacht, ihrerseits Karriere in der Politik zu machen. Als Abgeordnete der FDP konnte sie nach der letzten Wahl in den

Landtag einziehen und war seitdem nur noch sporadisch zu Hause anzutreffen.

Charlotte hatte, obwohl sie sehr hübsch war, früh begonnen, sich kleine plastische Veränderungen zum Geburtstag zu wünschen. In ihrer Familie wurde darüber, wie über alles andere, diskutiert, und zwar ähnlich leidenschaftslos wie über den Rebschnitt oder einen Umbau der Stallungen. In ihrer Handtasche führte Charlotte ein kleines, in weiches, burgunderrotes Leder gebundenes Büchlein mit, in dem sie die geplanten Veränderungen bereits in der von ihr vorgesehenen Reihenfolge vermerkt hatte. Eine Vorgehensweise, die sie übrigens auch ihren Freundinnen dringend zur Nachahmung empfahl. In den vergangenen zwei Jahren hatte sie immerhin schon hinter drei der als notwendig erachteten Operationen ein Häkchen machen können. Charlotte war sich vollkommen sicher, dass bis zu ihrem 20. Geburtstag, an dem sie sich zu vermählen gedachte, alle hier notierten Korrekturen abgeschlossen sein würden, bezahlt von Papas Geld und damit auch von Herrn Harlan, seinem besten, weil prozessierwütigen Kunden.

Susanna Harlan hatte also keinen Grund, nicht mit Charlotte befreundet zu sein, zumal sie nicht nur von ihrer sozialen Stellung zu ihr passte, sondern auch als Typ ganz nach ihrem Geschmack war. Die beiden Mädchen überboten sich gerade gegenseitig in der Häufigkeit, mit der sie ihre Schönheitsoperationen durchführen ließen. Susanna, angestachelt von Charlottes Erfolgen, hatte sich noch in der gleichen Woche, in der sich die beiden Mädchen zum ersten Mal ausführlich über das Thema Plastische Chirurgie und ihre Möglichkeiten unterhalten hatten, nackt vor den großen Spiegel im Wohnzimmer gestellt – wie immer war außer ihr niemand zu Hause – und mit einem schwarzen Filzstift alles markiert, was ihrer Meinung nach nicht so war, wie es nach gängigen Schönheitsidealen hätte sein müssen. Dabei hatte sie objektiv mehr zu erledigen als Charlotte.

Unverzüglich konfrontierte sie ihren Vater mit ihrem Vorhaben, was dieser eine einfach zauberhafte Idee fand. Obwohl Pamela zu Beginn scheinbar freudig in den Wettkampf der Freundinnen um körperliche Verschönerungen eingestiegen war, gedachte sie keinesfalls, mit Charlotte und Susanna zu konkurrieren. Sie hatte eigene Vorstellungen, was ihr Äußeres betraf. Eigentlich fand Pamela das Spiel der beiden eher befremdlich. So lustvoll wie Charlotte oder Susanna würde sie sich nie unters Messer legen. Und was ihr wirklich nicht normal vorkam, war das Verhalten der jeweiligen Eltern.

Pamela war eindeutig nicht eifersüchtig auf einen Vater, der fand, dass seine Tochter besser aussehen sollte. Und das vermutlich nur, weil er sich von einer hübsch modellierten Tochter eine Steigerung des gesellschaftlichen Ansehens erhoffte. Oder war es, weil er sich seinerzeit so gefreut hatte, als ihm Susannas Mutter plötzlich ihren neuen gewaltigen Busen ins Gesicht geschoben hatte? O. k., er durfte die Kunstwerke nicht mehr so richtig kneten, wie er das eigentlich gerne machte. Aber als sein »Muckelchen« hochhackig im Yachtclub aufkreuzte, die neuen prallen Titten in ein tief ausgeschnittenes, eng anliegendes Kleid gezwängt, konnte alle Welt sehen, dass Friedrich K. Harlan wusste, wie man sein Geld richtig investiert, und ihm fielen aus dem Stand noch ein paar Dinge ein, die »Muckelchen« demnächst machen lassen könnte. Endlich konnte man sich mit dem alten, runderneuerten Mädchen wieder sehen lassen. Und dabei hatte er sich noch vor kurzem von Susannas Mutter trennen wollen.

Also, welchen Grund sollte es geben, sich den verständlichen Wünschen seiner Tochter zu verschließen? Susanna hatte, und das war objektiv so, weder Titten noch Arsch, und so was war in ihrem Alter doch wirklich leicht zu korrigieren. Anschließend konnte sie vielleicht noch ein bisschen was an der Nase machen lassen, und dann das fliehende Kinn ... All diese Dinge waren natürlich zweitrangig, Harlan war Mann genug zu wissen, auf was es als Allererstes ankam. Er fand es richtig prima, dass seine Tochter nach ihm geraten war und nicht nach ihrer etwas dümmlichen Mutter. Susanna wusste, dass die Natur sich ihr gegenüber nicht sehr spendabel gezeigt hatte, und war schlau genug, das schon im frühen Mädchenalter zu korrigieren. Er war stolz auf die Kleine und würde mit Freude alles bezahlen.

Und Pamela war genauso eindeutig nicht eifersüchtig auf

eine Mutter, die vor lauter Fixierung auf die eigene Karriere ihre Tochter einfach gewähren ließ. Natürlich stellten auch die finanziellen Mittel, die für die erforderlichen Korrekturen aufgewendet werden mussten, kein Problem für die Geiger-Wolffs dar. Eltern, die ihre Kinder dadurch erzogen, dass sie vorhandene Barmittel künstlich verknappten, fand Charlottes Mutter absolut aus der Zeit.

Charlotte glich bis zu einem gewissen Grade Susanna, hatte aber auch eine andere Seite. Mit ihr konnte man ernsthafte Probleme besprechen, herzhaft lachen und richtig gut befreundet sein. Und es war eben auch möglich, ihr private Dinge anzuvertrauen und sich ganz sicher zu sein, dass sie diese, wie es sich für eine gute Freundin gehörte, für sich behielt. Das war eben bei Susanna ganz anders.

Die erste Zeit mit Susanna war aufregend und spannend. Pamela wurde in ganz neue Kreise eingeführt, und es gab durchaus auch sehr nette Leute unter Susannas weitläufigem Bekanntenkreis. Dennoch fühlte Pam sich von Anfang an fremd. Sie stammte nicht aus reichem Elternhaus, sie war nicht seit Geburt auf Rosen gebettet, bekam nicht schon immer alles, was sie wollte, und sie war nicht auf dem *Hügel* geboren. Ihr war schnell klar geworden, dass das noch einmal einen entscheidenden Unterschied machte.

Pamela bekam ein bescheidenes Taschengeld, und wenn sie es aufgebraucht hatte, war eben Ende. Töchter wie Susanna verfügten über ein eigenes Bankkonto und wurden allenfalls dazu erzogen, sorgfältig damit umzugehen. Familien wie die Harlans besaßen ein Wochenendhaus, einen Liegeplatz im Yachtclub, meist auch noch eine Immobilie irgendwo im Süden, und selbstverständlich gehörten gepflegte Hotels seit jeher zu Susannas Urlaubserinnerungen.

Pam erinnerte sich noch genau an Zeiten, als sie gar keinen Urlaub machen konnten. Die gesamte Familie hing während der Ferien tagtäglich im Freibad rum. Sie unternahmen Tagestouren mit den Rädern und grillten später unten am Fluss. Abends saßen sie um den kleinen Tisch in der Küche herum und spielten Karten oder Brettspiele. Und wenn sie, die Kinder, dann ins Bett mussten, blieben Mam und Paps oft noch lange sitzen. Jedenfalls hörte sie ihre Gespräche und ihr fröhliches Lachen, bis sie einschlief. Erst Jahre später fuhren sie zum ersten Mal ins Ausland, in einem gemieteten Wohnmobil nach Frankreich, an den Atlantik. Der Campingplatz lag direkt unterhalb einer riesigen Sanddüne, über die sie jeden Morgen kletterten, um an den Strand zu kommen. Das waren wunderschöne Erinnerungen.

Und dennoch hatte sie immer Neid verspürt, wenn ihre reichen Schulfreundinnen am Ende der Ferien stolz ihre Urlaubseinkäufe aus fernen Ländern vorführten. Die Selbstverständlichkeit, mit der die anderen Mädchen über all das sprachen, war es, die Pamela den Stachel ins Fleisch jagte, und heute, wo sie tatsächlich selbst in diesen Kreisen verkehrte, musste sie sich eingestehen, dass sie genau diese Selbstverständlichkeit niemals erreichen würde.

Charlotte merkte man das reiche Elternhaus nicht an, vielleicht lag das ja an den eher bäuerlichen Wurzeln der Familie mütterlicherseits. Zwar hatte Charlotte Pamela eines Tages gestanden, sie nur als Freundin genommen zu haben, weil sie ihren Vornamen, der für sie damals so nach großer weiter Welt geklungen hatte, so toll fand, aber nach dieser eher oberflächlichen Wahl war eben doch schnell klar geworden, dass die Freundinnen viel verband.

Gerade über diesen Namen hatte es in der Familie Billings heftigen Streit gegeben. Carolyn und Michael waren noch vor Joshuas Geburt übereingekommen, dass Michael über den Namen eines Sohnes entscheiden durfte und Carolyn bei einem Mädchen das letzte Wort haben sollte. Also hatte Michael Joshua ausgewählt. Da ihr Vater geschichtlich interessiert war, vermutete Pamela, dass es sich bei seiner Wahl um einen bewusst korrekten, politisch motivierten Akt handelte. Vielleicht wollte er aber auch nur seinem Vater, den er für einen Gesinnungs-Nazi hielt, eins auswischen. Ihre Mutter Carolyn war über diese Wahl ziemlich sauer. Das galt aber in noch höherem Maße für Michael, als Caro für ihre gemeinsame Tochter einen amerikanischen Namen wählte. Michael befürchtete, dass damit etwas vom unerwünschten Geist der Familie Schneider in seine eigene Familie einziehen könnte. Aber Caro ließ sich auf keine Diskussion ein – eine Abmachung war schließlich eine Abmachung – und nannte ihre Tochter Pamela, nach der leiblichen Mutter ihrer ersten großen Liebe Sam, die für sie eine warmherzige und liebevolle Frau gewesen war. Pamela selbst fand ihren Namen eher doof.

Die unbeschwerten Zeiten waren jedenfalls vorüber. Nach der Dauerfehde mit Joshua und den gelegentlichen Auseinandersetzungen mit ihrem Vater geriet Pamela nun auch immer häufiger mit ihrer Mutter aneinander. Obwohl, genau genommen war es vorher schon nicht mehr wie früher gewesen. Und dabei spielte der vorangegangene Krach gar keine Rolle. Pam schien es, als ob ihre Mutter in der letzten Zeit jeden Morgen mit Paps das Haus verließ, zumindest emotional. Danach hockte sie oft stundenlang phlegmatisch in der Küche herum und starrte in den Garten hinaus, oder sie telefonierte unendlich lange mit ihrer Freundin Johanna. Manchmal war sie auch draußen. Aber sie arbeitete nicht mehr im Garten wie früher, sie ging nur einfach ziellos herum. Zuerst fand Pam ihre Mutter nur ein wenig seltsam, weil sie so vieles vergaß, was früher nie der Fall gewesen war. Dann, aufgrund der ganzen Veränderungen, beschlich Pamela das Gefühl, ihre Mutter interessiere sich nicht mehr für sie. Zwar nervten sie Carolyns anbiederndes Getue oder ihr Versuch, sie in Klamottenfragen zu beeinflussen, das bedeutete aber nicht, dass sie sich eine andere Mutter gewünscht hätte, eine, die sich nicht um ihre Tochter kümmert. Doch genau so war es in letzter Zeit immer häufiger gewesen. Carolyn wirkte entweder apathisch, oder sie war so gereizt, dass sofort ein Streit losbrach. Es fiel Pamela zunehmend schwer, diese Veränderung nicht auf sich zu beziehen. Es gelang ihr eigentlich nur, wenn sie Mam in die Augen sah und darin erkannte, wie traurig sie war. Die Tage, an denen sie dann in ihr Zimmer gegangen war und dort still geweint hatte, waren ungezählt. Einmal hatte sie all ihren Mut zusammengenommen und Mam darauf angesprochen.

»Ach was, Kleines, hatte Carolyn geantwortet, ich bin doch nicht traurig, warum denn auch? Komm, wir setzen uns auf die Terrasse und trinken einen Tee zusammen. Du aber auch immer. Auf was für Ideen du kommst.«

Damit hatte sie sich abgewendet. Doch Pam hatte genau gesehen, wie sie sich im Weggehen die Augen gerieben hatte.

Früher hatte es auch schon solche Phasen gegeben, aber da hatte sie wenigstens noch ihren Bruder gehabt. Bis zu dem Unfall. Natürlich war Josh älter und hatte auch schon erwachsenere Freunde, aber selbst die waren immer nett zu ihr gewesen, und schließlich waren sie auch nur wenig mehr als ein Jahr auseinander. Die Großen, wie ihre Mutter Joshua und dessen Freunde nannte, hatten ihr sogar geholfen. Wenn sie in der Schule gehänselt wurde, waren Josh, Pille oder Henning zur Stelle.

Pamela erinnerte sich daran, wie sie allabendlich mit dem Kaufmannsladen gespielt hatten. Sie kaufte von ihrem Taschengeld Süßigkeiten am Kiosk, und Josh war ihr bester Kunde. Das Größte war jedoch, mit Josh gemeinsam in einem Bett übernachten zu dürfen. Joshi – so hatte sie ihn genannt, bis er sie eines Tages mit Rücksicht auf seine Freunde bat, ihn bei seinem vollen Namen zu nennen –, Joshi erzählte ihr die halbe Nacht spannende Abenteuergeschichten unter der Bettdecke. Er war Weltmeister im Immer-neue-Geschichten-Erfinden. Dabei traf er genau den Spannungsgrad, den sie gerade noch verkraftete. Damals war auch ihr Vater noch jeden Abend zu Hause gewesen. Alles war genau so, wie es sein sollte.

Heute mochte sie nicht einmal an Joshua denken.

*

Joshua Billings war ein ruhiger und freundlicher Junge gewesen, und er war der Klassenprimus, aber niemand hielt ihn dafür. Er war kein Streber wie Kleist, der verbissene Zweitbeste der Klasse, Joshua fiel alles in den Schoß. Als seine Lehrer und seine Eltern vorschlugen, dass er eine Klasse überspringen sollte, weigerte er sich jedoch. Seine Klassenkameraden respektierten ihn dafür. Joshua galt als verlässlich und bescheiden.

In Wahrheit liebte Josh ganz einfach den Zustand der Unterforderung. Er verschaffte ihm eine wunderbare Ruhe. Warum sich unnötig Stress antun, wenn man seine freie Zeit so viel besser mit Musik und Sport vertändeln konnte?

Bei seinen Freunden Peter »Pille« Neuerburg und Henning Christenburg-Nolte spielten solche Fragen, ja spielte die Schule an sich sowieso keine Rolle. Für sie war Joshua ein Freund, ob mit oder ohne gute Noten, das war ihnen egal. Na ja, fast egal. Es war nicht ganz schlecht, einen Freund zu haben, der einen bereitwillig morgens die Hausaufgaben abpinnen ließ, der einem Lösungen ins Ohr flüsterte und nie Aufhebens darum machte. Herausforderung, Über- oder Unterforderung, so etwas thematisierten die Freunde nicht. Die Dinge waren, wie sie eben waren. Was gab es da zu reden?

Franziska Stein war da ganz anders. Damals ging sie noch mit Henning, nur ein paar Monate waren es wohl, so genau konnte Joshua sich gar nicht mehr daran erinnern. Wohl aber an seinen ersten Kontakt mit ihr. Es war auf einer Gartenparty bei den Christies, wie Hennings Familie, aber auch er selbst, genannt wurde.

Seit jenem Abend waren Franzi und Joshua unzertrennlich. Dabei gefiel ihm das Mädchen mit ihren nur 1,57 Meter Körpergröße und ihren wilden, nicht zu bändigenden roten Locken nicht besonders. Während des ganzen Abends hockten sie abseits des allgemeinen Trubels, tauschten Erfahrungen aus und vergaßen alles und alle um sich herum. Es gab einfach nichts, über das sie sich nicht hätten unterhalten können.

Franzi war die Einzige, die sich wirklich dafür interessierte, weshalb er die Klasse partout nicht überspringen wollte. Sie selbst hätte keinen Augenblick gezögert, es zu tun. Eine Klasse zu überspringen hätte ältere Mitschüler, reifere Gespräche und höhere Anforderungen an ihren Geist bedeutet, alles Dinge, die Franzi gefallen hätten, aber ihre Noten waren nicht gut genug.

Nach ellenlangen Diskussionen begann sie langsam seine Beweggründe nachzuvollziehen. Dafür war es allerdings notwendig zu akzeptieren, dass es tatsächlich Menschen gibt, denen der Lehrstoff über Nacht einfach so zufiel. Joshua lernte durch bloßes Zuhören. Was einmal den Weg durch seinen Gehörgang gefunden hatte, war für immer in seinem Hirn gespeichert. Franzi selbst vergaß jede chemische Formel schon auf dem Weg in die große Pause. Nichts zu machen, es gab Dinge, die konnte sie sich einfach nicht merken, und einmal vergessen, war es eine verdammte Plackerei, sich nachmittags alles wieder draufzuschaffen.

Am Ende verstand sie, was Joshua meinte, wenn er vom großen Glück der Unterforderung sprach. Sie hoffte nur, dass er nie in eine Situation kommen würde, in der er einen starken Willen brauchen würde.

Joshs große Leidenschaft hatte dem Fahrrad gegolten. Beim Radfahren fühlte er seinen Körper. Er radelte stundenlang allein durch die Gegend, hing Tagträumen nach und genoss die Natur. Nach der Schule wartete er meist auf Franzi, um mit ihr nach Hause zu fahren.

Wäre Franzi nicht krank geworden und hätte sich Joshua nicht über Maverick, seinen Englischlehrer, geärgert, der in ihm nur einen überheblichen Jungen sah, wäre wahrscheinlich an jenem 14. März nichts geschehen.

Als so aber Kröpke, der Großkotz aus der Parallelklasse, mit einem »Na, Weichei, ist dir deine Freundin abgehauen? Bumst wohl wieder mit Christie!« an ihm vorbeifuhr, stieg er ohne weiteres Nachdenken in die Pedale. Schon um Franzis Ehre zu verteidigen, musste er es dem Pickelgesicht zeigen.

Schulter an Schulter schossen die Kontrahenten die breite Allee, die von der Schule zum Fluss hinabführte, entlang. Nach einer Rechtskurve rasten sie auf dem Uferweg der Innenstadt entgegen. Joshua hatte schon gut zwei Längen Vorsprung, als sie an der großen Kreuzung in Richtung Dom abbogen. Kröpke wusste lange bevor es auf den Schlussanstieg hinter dem Marktplatz ging, dass er eine blamable Niederlage würde einzustecken haben. Er würde das Rennen nicht um Reifenbreite verlieren, sondern vernichtend geschlagen werden. Ganz entgegen seinem Naturell wollte Joshua diesen Triumph richtig auskosten. Mit einem strahlenden Lächeln und der rechten Hand zum Victory-Zeichen erhoben, verspottete er Kröpke, bevor er wie ein Blitz auf die Zielgerade einbog.

Als er sich in Fahrtrichtung zurückdrehte, wurde es totenstill um ihn herum. Tausend Funken explodierten in seinem Hirn, bevor sich rabenschwarze Nacht auf ihn herabsenkte.

Passanten, die gerade erst aus dem Bus ausgestiegen waren, hielten sich in stummem Entsetzen die Hände vors Gesicht, andere schrien laut auf, fuchtelten wild mit den Armen oder versuchten, den jungen Radfahrer, der mit ungeheurem Tempo scheinbar aus dem Nichts heraus direkt vor den anfahrenden Linienbus geschossen kam, durch Rufe wie »Achtung« auf die Gefahr hinzuweisen.

Sekunden später lag eine ungewohnte Stille über dem Platz. Der Verkehr kam zum Erliegen. Joshua lag, die Gliedmaßen grotesk verdreht, in einer sich schnell ausbreitenden Blutlache. Sein Fahrrad war in hohem Bogen davongeflogen und mitten in einem Obststand gelandet. Der Busfahrer, leichenblass, saß kerzengerade hinter seinem Steuer und starrte ungläubig auf die Szene. Ganz langsam begann er zu zittern, bevor das Beben seinen ganzen Körper schüttelte. Niemand achtete auf ihn.

Hätte man die entsetzten Augenzeugen nach Joshuas Überlebenschancen befragt, die Quote hätte weniger als zwei Prozent betragen. Aber sein Schutzengel war nur für einen Moment unachtsam gewesen, er hatte ihn nicht verlassen. Joshua überlebte, leider, wie er seitdem gerne betonte.

*

Pamela kannte nur wenige Mädchen, die nicht in HGL verliebt waren. Hervé Gerard Lamar war der bestaussehende Junge der Schule. Seine Eltern waren nach Deutschland gekommen, weil man Hervés Vater die Leitung der deutschen Niederlassung einer belgischen Schokoladenfabrik übertragen hatte. Hervé war damals zehn Jahre alt und sprach außer Flämisch nur einige Brocken Französisch. Wie sich herausstellte, war der Junge äußerst sprachbegabt, sodass bereits nach zwei Jahren nur noch aufmerksamen Zuhörern auffiel, dass er kein Deutscher war. Das kam nicht von ungefähr und auch nicht über Nacht. Hervé übte wie ein Besessener, denn nichts konnte der hübsche Kerl weniger leiden, als ein Außenseiter zu sein. Seinen Spitznamen, HGL, sprich Ha-Ge-El, hatte er sich selbst zugelegt, um nicht über seinen Namen direkt als Ausländer identifizierbar zu sein.

Schon mit 14 hatte Hervé seine Unschuld an eine wesentlich ältere Frau verloren, und danach interessierte er sich neben der Musik ausschließlich für das weibliche Geschlecht. Als Pamela den Jungen zum ersten Mal sah, verliebte sie sich augenblicklich in ihn, und trotz des erheblichen Altersunterschiedes stand für sie unverrückbar fest, es würde HGL sein oder keiner. Zielstrebig, wie sie selbst sich noch nie erlebt hatte, arbeitete sie auf den Moment hin, an dem HGL sie zum ersten Mal ansprechen sollte. Dieses Ereignis trat kurz nach ihrem 13. Geburtstag, vor anderthalb Jahren, endlich ein. Pamela hatte von einer Party erfahren, auf der HGL Musik machen sollte. Er spielte Hammondorgel und trat von Zeit zu Zeit mit einer Soul-Band auf. Es kostete sie einige Mühe, aber schließlich gelang es ihr doch noch, eine Einladung für das Fest zu erhalten. Den Abend über tanzte sie mit unterschiedlichen Jungen. Natürlich blieb HGL die »Neue« auf der Tanzfläche nicht lange verborgen. Schon während der Pause zwischen dem ersten und zweiten Set schlenderte er scheinbar zufällig auf Pamela zu und verwickelte sie in einen Smalltalk. Er wollte wissen, wer sie sei, ob sie schon mal im Soul Finger abhing, welche Bands sie interessierten, wo sie wohne und was er ihr zu trinken organisieren dürfe.

Am Ende der Party brachte Hervé sie nach Hause. Vor dem großen Tor wollte er sie küssen, aber das vertrug sich keinesfalls mit Pams Planung. Ihr war nur zu klar, dass sie einen Schürzenjäger seines Kalibers erst einmal etwas zappeln lassen musste. Und außerdem entsprach diese Entwicklung auch nicht ihren romantischen Vorstellungen. Sie verstand Mädchen nicht, die mit jedem Kerl direkt ins Bett gingen. HGL hatte den Köder geschluckt. Jetzt malte Pamela sich in schwärmerischen Träumen aus, wie sich die große Romanze ihres Lebens langsam entwickeln würde, bis die Begierde schier unerträglich wäre. Und dann eine rauschende Hochzeit …

HGL machte einige Tage nach der Party seine Aufwartung bei ihren Eltern, die entsetzt waren, dass Pamela bereits so früh einen Freund hatte, und sich erst wieder beruhigten, als sie den Eindruck gewannen, Hervé sei ein geduldiger Spätentwickler und die beiden würden erst zu geeigneter Zeit etwas Intimeres miteinander anfangen. Aufgrund eigener Erfahrungen machte Carolyn jedoch gleich am nächsten Tag einen Termin beim Frauenarzt und unterschrieb bereitwillig die Einverständniserklärung, damit der Arzt Pamela die Pille verschreiben konnte.

HGL holte sie meist von zu Hause ab, führte sie ins Kino aus und brachte sie danach ohne langes Murren wieder zurück. Ein Kuss zur Begrüßung, eine zärtliche Umarmung im Kino, ein langer, verzehrender Kuss vor der Haustür – mehr nicht. Natürlich genoss auch sie die sexuelle Spannung, die zwischen ihnen lag. Natürlich wurden ihre Spiele mit der Zeit neckischer, nach den anfänglich flüchtigen Küssen wurden ihre Handlungen eindeutiger. Und sie spürte auch HGLs Drang nach mehr. Wenn er ihre Brust anfasste und »Los jetzt« murmelte. Den drohenden Unterton, der dabei in seiner Stimme mitschwang, überhörte sie damals.

Und dann war der Abend gekommen, an dem Hervé sie in ein etwas außerhalb gelegenes Restaurant eingeladen hatte. Auf der Rückfahrt bog er auf einen unbeleuchteten Parkplatz ab, der einige Meter von der Landstraße entfernt zwischen hohen Eichen am Fluss lag. Pamela glaubte, sie würden noch ein wenig spazieren gehen, als er ihr rüde den Pullover hochschob, den BH zerriss. Sie erstarrte. Sie konnte nicht schreien. Sie ließ sich von Hervé widerstandslos den Schlüpfer über die Knie schieben, kein Laut kam über ihre Lippen, als er roh versuchte, mit seinen Fingern in sie einzudringen. Sein Kopf lag dabei auf ihrer Schulter, sein Mund direkt an ihrem Ohr. Pamela hörte die schmutzigen Wörter wie aus weiter Ferne. Hervé nahm ihre Hand und zwang sie, ihn zu befriedigen. Erst als er mit brutaler Gewalt versuchte, ihren Kopf in seinen Schoß zu drücken, schloss sie für einen kurzen Moment die Augen. Als Pamela die Lider wieder öffnete, löste sich damit auch ihre Erstarrung. Sie ballte die Finger zur Faust und riss mit einem gewaltigen Ruck ihren Kopf zurück. Hervé, von Pams erster Gegenwehr überrascht, gelang es nicht mehr, aus der Gefahrenzone zu entkommen. Pamelas Hinterkopf traf seine

Kinnspitze, danach krachte ihre Faust in sein Gemächt. Hervé sackte bewusstlos zusammen.

Pamela kletterte aus dem Wagen und rannte hinauf zur Landstraße. Von dort lief sie stadteinwärts, bis sie einen Taxistand erreichte. Den Fahrer verwirrte das Mädchen, weil sie ihn trotz ihres derangierten Äußeren und trotz des gehetzten Ausdrucks auf ihrem Gesicht freundlich anlächelte, einen guten Abend wünschte und ihm klar und deutlich ihr Fahrziel angab. Ebenso charmant bezahlte Pamela den Mann und verabschiedete sich von ihm, nachdem sie auf dem *Hügel* eingetroffen waren.

Im Haus brannte kein Licht. Ihr Vater war vermutlich wieder bei einem späten Geschäftsessen und ihre Mutter bereits im Bett. Pamela schlich in ihr Zimmer, verschloss die Tür von innen und hockte sich aufs Bett. Kurz darauf begann sie zu zittern. Stunden später schlich sie sich hinunter in den Garten und vergrub dort ihre Kleider. Sie ging zurück und duschte lange und heiß. Den Rest der Nacht saß sie mit angezogenen Beinen auf ihrem Bett.

Pamela redete nicht über diese Nacht. Es ist aus, war alles, was sie jemals auf Fragen nach Hervé antwortete. Keine weiteren Erklärungen. Ihr Vater fragte einige Male nach, doch im Grunde war er heilfroh, dass das ungleiche Verhältnis zu Ende war.

Ihre Mutter gab sich höchst verständnisvoll. Unter dem Siegel der Verschwiegenheit erzählte sie Pamela von ihrer ersten eigenen Liebe und machte ihr Hoffnung auf den nächsten, den richtigen Freund. Und sie war nicht überrascht, dass Pam nicht weiter über die Sache reden wollte.

*

Mit einem Ruck öffnete Joshua seine Augen und starrte minutenlang verwirrt gegen die Decke. Es dauerte eine ganze Weile, bis er das unruhige Flackern des Lichts einem Fernsehgerät zuordnen konnte. Darunter erkannte er seine Freundin Franziska. Zusammengekauert schlief sie auf einem Sessel. Irgendetwas fehlte in diesem Bild.

Als er das nächste Mal aufwachte, sah er einen älteren Herrn in einem weißen Kittel, der sich zu ihm herunterbeugte. Der Mann strahlte über das ganze Gesicht. Was wollte der Typ von ihm? Mit trockenem Mund lag Joshua in seinem Gipskorsett und starrte zurück. Direkt hinter dem Professor entdeckte er seine Mutter und Pamela. Seinen Vater suchte er vergebens. Die beiden Frauen hatten Tränen in den Augen. Wie sich herausstellte, waren sie gekommen, um ihm persönlich die Nachricht, die sein Leben so unerträglich machen sollte, zu überbringen.

So erinnerte er sich an den ersten Tag in der Hölle, über deren Eingangstor in blutroten Lettern *Querschnittslähmung* stand.

Unheilbar, wie man ihm bald eröffnete. Keiner der sich endlos hinziehenden Tage im Krankenhaus verging, ohne dass ihn ein besorgt dreinblickender Arzt, eine der geschäftigen Krankenschwestern oder einer der Pfleger auf diesen Umstand hinwies. Einmal geschädigtes Rückenmark erholt sich nicht mehr, sagten sie, niemals! Der 45 Zentimeter lange Wirbelkanal, die Datenautobahn seines Körpers, war durchtrennt. Er würde nie wieder laufen können, ein Rollstuhlfahrer, ein Behinderter, ein Krüppel, ja, das war er jetzt. Ein menschliches Hindernis auf zwei Rädern. Dabei hätte es noch viel schlimmer kommen können, wie die Ärzte ihm versicherten. Er galt fortan nämlich lediglich als Paraplegiker, als ein nur an den Beinen Gelähmter. Rückenmarksverletzung zwischen dem fünften und sechsten Brustwirbel. Etwas höher, und er wäre in der Kategorie der Tetraplegiker gelandet und könnte gar nichts mehr bewegen.

Dabei wäre das wirkliche Glück gewesen, man hätte aus seinen Überresten einen Tetrapak gemacht. Jede Minute fragte er sich, warum ausgerechnet er ein solches Pech haben musste. Der Bus hätte doch schon ein wenig schneller sein können, ihn lediglich richtig treffen müssen, und er wäre sofort tot gewesen.

Die Monate nach dem Unfall waren schrecklich. Eine nie gekannte innere Unruhe trieb Joshua fast in den Wahnsinn. Er war abwechselnd zornig und traurig und manchmal sogar beides gleichzeitig. Wie sollte man sich auch fühlen bei der Aussicht auf ein Leben ohne Aussichten? Das Mitleid in den Augen seiner Freunde, die ihn im Krankenhaus besuchten, kotzte ihn an, er hasste die Idee, irgendwann in einem Rolli zur Schule fahren zu müssen, er verachtete seine kindische Schwester, verzweifelte an seinen Eltern, die sich scheinbar mit allem einfach so abfanden, und alsbald ekelte er sich vor dem Leben selbst.

Zunächst durchlitt Joshua zwei Monate völliger Bewegungslosigkeit, bis alle Brüche verheilt waren, und als die Ärzte seine Behinderung definitiv bestätigten, überkam ihn eine noch tiefere Niedergeschlagenheit. Alles vorbei! Nichts würde er in Zukunft mehr tun können, ohne dabei fremde Hilfe in Anspruch nehmen zu müssen.

Es verstörte ihn, dass eine weibliche Krankenschwester viermal täglich einen Katheter in seinen Schwanz steckte. Als ihm die gleiche Schwester mit ihrem gummigeschützten Zeigefinger dann noch den Darm ausräumte, hätte er sich übergeben können. Aber welch eine Freude, der amtlich festgestellte Paraplegiker konnte sich alsbald schon selbst helfen. Um zu pinkeln, musste er sich lediglich stundenlang den Bauch streicheln und so lange drücken, bis es zu laufen begann. Leider bemerkte er es dann häufig nicht. Ähnlich verhielt es sich beim Scheißen. Er führte sich ein Zäpfchen ein, hob sich irgendwie über das Klo und steckte sich dann den Finger in den Arsch. Und nichts wie weg mit der Hand. Aber das war bereits Stufe zwei, und er hatte gelernt, dies als Fortschritt zu werten.

Andauernd machte einer an ihm rum. Der erste Pfleger drehte ihn vom Bauch auf die Seite. Der nächste fragte, ob er im Uhrzeigersinn gedreht worden sei oder dagegen, bevor er ihn also auf die nächste Seite wälzte. Der letzte schließlich brachte ihn in eine stabile Rückenlage, bevor die Tortur wieder von vorne begann. Kirmes für Krüppel. Eine Achterbahnfahrt für Behinderte.

Dann lernte Joshua sitzen, und zwar ohne dabei ohnmächtig zu werden. Das dauerte, wie überhaupt jeder zweite Satz der Pfleger »Du musst Geduld haben« lautete. Erst eine Minute, dann zwei, dann zweimal zwei und schließlich, Lichtjahre später, saß er eine ganze Stunde lang ohne fremde Hilfe aufrecht. »Fein gemacht!«, sagten sie und zeigten dabei ein seliges Lächeln. Und da er ja noch zu den Glücklichen gehörte, die selbstständig die Arme bewegen konnten, lernte er, ganz ohne fremde Hilfe in seinen Rollstuhl zu klettern. Nachdem es ihm gelungen war, bei dieser Aktion die Orientierung nicht zu verlieren, was sich leichter anhört, als es ist, brachten sie ihm sogar das Fahren mit dem stählernen Freund bei, und schon bald trainierte er ganz alleine die Toiletteneinfahrt. Sofern dort genügend Platz vorhanden war, ein stabiler Gurt von der Decke hing, die Toilette gut gepolstert war und sich seitlich eine Haltestange befand, kam er ganz alleine aufs Klo.

Und als er das alles gelernt hatte, ging's in die Reha. Bald konnte er sich selbst anziehen, richtig gut Rollstuhl fahren, mit den Ärmchen Gymnastik machen und die bösen Spasmen kontrollieren.

Ab und zu tauchte jetzt auch sein Vater im Krankenhaus auf, führte ernste Gespräche mit den Ärzten und versorgte die Pfleger mit einem dicken Trinkgeld.

Joshua sprach wenig, weshalb sie ihn zu Dr. Meixner schickten. Nur dass er nicht mit einem Psychologen reden wollte. Obwohl der ziemlich o. k. war, sah Joshua keinen Sinn darin, seine Probleme mit einem fremden Menschen zu besprechen anstatt mit den eigenen Leuten.

Seit der Stunde null war Mitleid das alles beherrschende Gefühl in der Familie Billings. Natürlich galt das Mitleid Joshua, dem armen Opfer. Aber noch viel größeres Mitleid hatten die anderen drei Billings mit sich selbst. Jedenfalls sah das Joshua so.

Alle ihre Gewohnheiten mussten nun umgestellt werden. Mit einem Rollstuhlfahrer im Haushalt war nichts mehr wie vorher. Jede Bewegung innerhalb und außerhalb der Wohnung wollte generalstabsmäßig geplant werden. Die Wohnung selbst, in der ersten Etage gelegen, wurde zum größten aller Hindernisse. Keine der notwendigen Umstellungen wurde mit ihm besprochen. Von Anfang an behandelten sie ihn wie ein lebloses Objekt, ohne Mitspracherecht, selbst wenn es um seine Zukunft ging. Ständig waren alle bemüht, ihn seine Behinderung nicht spüren zu lassen, aber wenn Vater Mutter für einen Moment zur Seite nahm, um sich in gedämpftem Ton mit ihr zu unterhalten, dann kannte Joshua den Grund dafür. Keiner sprach mit ihm direkt über die Krankheit. Niemand war daran interessiert, herauszufinden, wie er sich fühlte. Klar, an gutem Zureden fehlte es nicht, aber das war eher rhetorisch, weil man das halt so machte. Ganz offensichtlich hoffte seine Familie darauf, dass er sich möglichst bald in sein Schicksal ergeben würde, seinen Zustand akzeptieren lernte – so nannte man das wohl.

Trotz all seiner Enttäuschung über die eigene Familie kam der eigentliche Bruch erst viel später. An jenem Abend legte Franzi ihm mit triumphierendem Lächeln einen Artikel aus einem Wissenschaftsmagazin auf die spastisch zitternden Knie. Franzi hatte sich im Gegensatz zu allen anderen nämlich nicht mit seiner Behinderung abgefunden, sie hatte vielmehr schon sehr bald nach seinem Unfall begonnen, sich mit seinem Zustand vertraut zu machen. Franziska Stein las alles, was sie zum Thema Rückenmarksverletzung infolge eines Unfalls finden konnte. Sie beschäftigte sich mit Querschnittslähmung in all ihren Erscheinungsformen, mit möglichen Therapien und Heilungschancen. Dabei ging sie wie stets in ihrem Leben äußerst planvoll vor. Nach längeren eigenen Recherchen hatte sie ihren Vater eingeschaltet. Als Geophysiker war Professor Stein seiner Tochter in medizinischer Hinsicht zwar keine Hilfe, aber er stellte den Kontakt zu Professor Adalbert Wehmann her. Von ihm stammte der Artikel, den sie Joshua nun zeigte.

Unsicher hob Joshua das wissenschaftliche Journal ins Licht. Wahrscheinlich war er zu aufgeregt, schon im zweiten Absatz verlor er den Faden und musste von vorne anfangen. Dieses Mal las er Zeile für Zeile. Franzi und auch Franzis Eltern, die inzwischen ebenso von der Recherche besessen waren wie ihre Tochter, saßen gespannt daneben. Während der langen Minuten, in denen er versuchte, den Inhalt des Artikels zu verstehen, warteten sie aufgeregt auf seine Reaktion.

Wehmann hatte eine Methode entwickelt, mit der es unter bestimmten Voraussetzungen gelingen konnte, Querschnittsgelähmten das Gehen wieder beizubringen. Die Chancen für eine Heilung standen nicht überdurchschnittlich hoch, aber es hatte Fälle gegeben, so der Artikel, wo der Patient hinterher sogar ohne Krücken laufen konnte. Die Theorie des Professors ging davon aus, dass im Rückenmark, auch nach einer Durchtrennung, immer noch Informationen über das Gehen gespeichert und dass diese nicht, wie bisher angenommen, ähnlich wie bei einer defekten Festplatte, unwiederbringlich verloren waren. Demnach enthielt das Rückenmark Automatismen, motorische Programme, die nicht vollständig gelöscht werden konnten. Eines dieser Programme nannte der Professor das »Schreitprogramm«. Um an diese verschüttete Information heranzukommen, arbeitete er in seiner Rehabilitationsklinik mit einem speziellen Laufband. Die Patienten wurden mit einer Art Seilzug über diesem Laufband aufgehängt und lernten Schritt für Schritt neu, was sie für immer verloren geglaubt hatten.

Joshua blickte auf, während die Zeitschrift in seinen Händen zitterte. Darauf war Franzi also die ganze Zeit aus gewesen. Jetzt verstand er endlich, warum sie ihm derart zugesetzt hatte mit ihrer penetranten Fragerei.

»Willst du dich wirklich mit deiner Behinderung abfinden?«, war eine dieser Fragen gewesen, die ihm so überflüssig wie unsinnig erschienen war. Und hätte er gewusst, was er soeben gelesen hatte, hätte er auch ihre Frage: »Hast du schon mal über ein spezielles Training für Behinderte nachgedacht?« besser verstanden. Franzi war hartnäckig, und sie hörte erst mit ihrer Fragerei auf, als sie ihn zu dieser einen Antwort gezwungen hatte.

»Ja«, hatte er am Ende einer dieser unangenehmen Befragungen gebrüllt, »ja, verdammt noch mal, natürlich will ich wieder laufen, was denkst du denn?«

Franzi hatte mit hochroten Wangen vor ihm gestanden: »Dann hätten wir das ja endlich klar!«

Jetzt ließ sie die Hand ihres Vaters los und ging vor Joshua auf die Knie. Mit strahlenden Augen sah sie ihn an. Sie umarmte ihn und lehnte ihre Stirn sanft gegen seine Schulter. Er war sichtlich bewegt und tief gerührt von Franzis Freundschaft, aber er glaubte nicht an die Möglichkeiten, die ihm der wissenschaftliche Bericht aufzeigte. Er war keinesfalls urplötzlich voller Hoffnung. Dennoch entschloss er sich in dieser Nacht, schon allein um Franzi nicht zu enttäuschen, zumindest so zu tun, als sähe er einen Silberstreif am Horizont. Als sichtbares Zeichen dafür begann er am nächsten Tag mit seinem Workout.

*

»Und du meinst, du bekommst das hin, im Ausland, meine ich? Wie willst du das machen?«

Wieder Charlotte, sie ließ nie locker.

»Ich habe eine Adresse von jemandem bekommen. Ein Arzt in der Schweiz. Und nun Schluss damit: Ich hab gesagt, ich will es machen, und basta! Im Moment weiß ich noch nicht, wie das gehen soll, wie ich es bezahlen soll, wenn meine Eltern nicht mitspielen, und vor allem nicht, wie ich es anstellen soll, damit es keiner bemerkt.«

»Aber du brauchst doch nicht nervös zu sein, Schatz, ich helfe dir natürlich, ganz klar.«

Das war das Gute an Charlotte. Kaum hatte sie sich mit einer Sache abgefunden, wenn auch wie in dieser Frage nur für den Augenblick, schon konnte sie sich inhaltlich völlig unbefangen mit dem Problem auseinander setzen.

»Bei deiner ersten OP warst du nervös, jetzt bist du es schon wieder. Ach Gottchen, Pamela, Schönheitschirurgen machen so was zwischen Aufstehen und Zähneputzen und, wenn nötig, sogar mit verbundenen Augen. Mach dir keine Sorgen, das ist nichts Großes. Nur kommst du dieses Mal nicht mit einer Lokalanästhesie davon. Aber davon abgesehen bist du hopplahopp wieder zu Hause.«

»Nix da, ich bleibe im Krankenhaus, bis alles vorbei ist. Denkst du, ich laufe mit Verbänden und Blutergüssen durch die Gegend? Und dann gucken alle, zeigen mit Fingern auf mich und tratschen hinter vorgehaltener Hand: *Guck mal, Pamela aus der 10 hat sich die Titten operieren lassen. Ganz gut geworden, findet ihr nicht?* Nein danke! Ich bleibe so lange in der Klinik, bis die Verbände abkommen, oder denkst du, ich lass mich derart entstellt von meinem beschissenen Bruder filmen? Dann kann ich gleich Bilder davon ans schwarze Brett hängen lassen. Dieser Punk ist imstande, unerwartet im OP aufzutauchen, selbst in der Schweiz, und macht 'ne Live-Schalte in die Schule.«

»Joshua ist kein Punk. Du übertreibst mal wieder. Hab ich dir eigentlich gesagt, dass ich ihn irgendwie ganz süß finde, deinen Bruder?«

»Bist du verrückt? Was ist denn an dem Scheißkerl bitte schön süß?«

»Weiß nicht so recht«, antwortete Charlotte, »ich fand ihn eigentlich schon immer süß, vielleicht weil er so dünn war und so zerbrechlich. Ganz bestimmt ist er ganz schön zärtlich. Seit seinem Unfall finde ich ihn übrigens noch viel süßer.«

»Waaass?« Pamela griff sich verzweifelt ins Haar.

»Jaaa, ich weiß ja, dass sich das komisch anhört, irgendwie jedenfalls ...«

»Nicht irgendwie, total, tooootaaal!«

»Ach komm, Pamela, er braucht doch jemanden, ich meine, er ist jetzt so hilfsbedürftig. Aber trotzdem ist er irgendwie auch ein richtiger Mann geworden. Na, du weißt schon, was ich meine ...«

»Nein, weiß ich überhaupt nicht. Das Einzige, was mir gerade auffällt, ist, dass meine beste Freundin meinen schlimmsten Feind süß findet.«

»Aber es ist halt so. Wir müssen ja nicht immer einer Meinung sein, und wir müssen ja auch nicht weiter darüber reden. Führt ja eh zu nichts, er und ich, meine ich. Ich hab's dir ja nur mal sagen wollen, weil wir uns ja schließlich alles sagen. Ich find ihn halt total interessant. Und dieses starke Tattoo, das er seit neuestem auf dem Oberarm hat. Das betont seinen Bizeps einfach noch mal, richtig sexy! Er ist so stark geworden, ist dir das denn nicht aufgefallen? Diese enormen Muskelpakete?«

»Das ist mir egal!« Pamela wollte erneut laut werden, zischte aber stattdessen nur. »Verstehst du mich? Der kann aussehen wie Brad Pitt, und ich guck ihn nicht an! Und genau, Charlotte, wir müssen wirklich nicht weiter darüber reden.«

»Nein, müssen wir wirklich nicht. Obwohl du wissen solltest, dass alle Joshua süß finden, nicht nur ich. Die Einzige, die dabei aus der Reihe tanzt, bist du. Ausgerechnet seine Schwester. Ist doch seltsam, oder?«

»Vielleicht bin ich ja die Einzige, die weiß, was er für ein Scheusal ist.«

»Kann ich mir nicht denken ... nein, glaube ich eigentlich nicht. Irgendwas ist bei euch total schiefgelaufen. Vielleicht solltet ihr euch mal aussprechen.«

»Ich will aber mit dem dämlichen Kerl nicht reden, verstehst du das denn nicht?«

»Ehrliche Antwort? Nein!«

Pamela schwieg. Ohnehin mussten sie das Gespräch ein anderes Mal fortsetzen, denn in diesem Moment betrat ihre Freundin Petra Berlin, von allen seit frühester Kindheit nur P genannt, strahlend die Eisdiele, in der sich die Freundinnen mehrmals die Woche trafen.

P war das genaue Gegenteil von Charlotte und Susanna und wohl auch von Pam. P war P und mit nichts und niemandem zu vergleichen. Sie war von allen Mädchen in der Klasse körperlich am weitesten entwickelt. Diesen Vorsprung hatte sie zu allen Zeiten gnadenlos ausgenutzt. Wenn irgendetwas P wirklich interessierte, dann waren es »Kerle«, wie sie sie nannte.

Ihre Eltern hatten sich erst sehr spät »entschieden«, noch ein Kind zu bekommen. Ihre Mutter war bei der Geburt exakt 42 Jahre alt, exakt deshalb, weil P genau an Mutters Ehrentag geboren wurde, nur eben 42 Jahre und 137 Minuten später. Ihr Vater war damals bereits 48 und wie vom Schlag getroffen, als ihm seine Frau eröffnete, die Schwangerschaft nicht abbrechen zu wollen. Risiko hin, Risiko her, Frau Berlin wollte das Kind haben. Ps Vater war Briefträger und ihre Mutter Hausfrau. Und auch wenn diese zweimal die Woche »schwarz« Putzen ging, um der Familie alle drei Jahre einen zweiwöchigen Urlaub im Zillertal zu ermöglichen, stellte eine zusätzliche Person im Haushalt auch eine finanzielle Belastung dar.

P war mehr als ein Jahr älter als Charlotte und Pamela, ging aber in die gleiche Klasse. Und das kam daher, dass sie sich im Jahr ihrer ersten Periode für eine kleine schulische Auszeit entschieden hatte. Sie war heftig in die Pubertät geraten, und das bekam ihren Noten schlecht.

In diesem Jahr quetschte sie alles aus ihrer Mutter heraus, was die ältere Dame über den weiblichen Körper wusste beziehungsweise bereit war zu erzählen. Und nebenbei las P alles, was man in ihrem Alter über das System Mensch und seinen Körper lesen und verstehen konnte. Einmal auf den Geschmack gekommen, beschäftigte sie sich gleich auch noch mit weiterführender Literatur. Zum Beispiel mit einem Buch, dessen Titel »100 Stellungen« versprach. Dadurch erst richtig neugierig geworden, besorgte sie sich »Tantra Sex – Das fernöstliche Liebesspiel«, das sie, da der Buchhändler sich weigerte, das Buch an eine Minderjährige zu verkaufen, kurzerhand klaute. Dieses Standardwerk stand inzwischen mit weiteren Klassikern der erotischen Literatur neben ihren Schulbüchern. Was Sex betraf, war Petra Berlin bereits eine Fachfrau, noch bevor sie mit dem ersten Mann schlief. Inzwischen blickte sie auf eine stattliche Anzahl kurzer Liebschaften zurück, was ihrem Ruf nicht eben gut tat.

P trug an diesem Frühsommertag ein Kleid, das viele erst im August oder nur am Strand tragen würden. Weiß, lang und durchsichtig, gab es mehr von ihrem Körper preis, als es verbarg. Darunter schimmerten in tiefem Blutrot ein Tanga und ein Push-up, eher Bikini als Unterwäsche. Ihr pechschwarzes Haar trug sie offen, ein ebenfalls rotes Haarband sorgte dafür, dass es ihr nicht ins Gesicht fiel. P war ungeschminkt, sah man von ihrem Markenzeichen, dem knallroten Lippenstift, ab, den sie sich, wie ihre Freundinnen mutmaßten, schon morgens im Bett, noch vor dem Aufstehen und Zähneputzen auftrug.

Sie drückte Charlotte einen flüchtigen Kuss auf beide Wangen, um dann Pam fest zu umarmen, was in etwa dem unterschiedlichen Grad ihrer Zuneigung entsprach.

»Na, ihr Süßen, wartet ihr schon lange?« Mit dieser Frage und einem Seufzer ließ sie sich in einen der bequemen Korbsessel fallen. »Was für ein Nachmittag, Kinners« – Kinners war eines ihrer Lieblingsworte, und sie versuchte es sehr hanseatisch klingen zu lassen – »dieser Luigi, mein lieber Herr und Vater. Hab nur in der Hektik vergessen, mir seine Telefonnummer geben zu lassen.«

»Na, nun lass aber mal die Kirche im Dorf, Schwesterchen«, sagte Charlotte, die Augen verdrehend. Sie reagierte manchmal leicht gereizt auf Ps direkte Art. »Und dann auch noch Luigi! … Ein bisschen viel des Guten, findest du nicht?«

P lachte. »Na, vielleicht heißt der Typ auch Giovanni, irgendwas Italienisches jedenfalls und genau das Richtige, um nach dieser blöden Mathe-Klausur auf andere Gedanken zu kommen.« Sie sah die anderen an. »'tschuldigung, wenn ich euch langweile. Egal, was geht ab, Kinners, ihr seht leicht dröppelig aus.«

»Ich habe Pamela nur gestanden, dass ich ihren Bruder süß finde, und wollte sie ermutigen, sich mit ihm auszusprechen, weil Joshua vermutlich gar kein so übler Kerl ist. Seitdem ist sie etwas übellaunig.«

»Echt, Pam? Ich kann Charlotte aber ganz gut verstehen. Ist wirklich ein gut aussehender Bursche, dein Bruderherz, und das mit dem Rollstuhl, ich meine, das muss kein Problem sein … Wie sieht's denn damit überhaupt aus, Pam? Ich meine, läuft da unten bei deinem Bruder noch was, oder ist da eher tote Hose?« Sie lachte über ihren schlechten Scherz.

Das kann doch alles überhaupt nicht wahr sein, dachte Pamela entsetzt. Was war denn heute nur los mit allen? Sie hatten doch vorher noch nie ein Wort über Joshua verloren. Und jetzt sollte sie auch noch über sein Sexualleben sprechen, wie widerlich war das denn? Und das sagte sie ihren Freundinnen dann auch.

»Hab dich doch nicht so!«, antwortete P daraufhin. »Ich glaube, der steht ohnehin nicht auf uns. Jedenfalls nicht auf dich, Charlotte.«

»Und was bringt dich zu der Annahme?«, fragte Charlotte pikiert.

»Franzi!«

»Franzi wer?«

»Franziska Stein. Das weiß doch jede, dass Joshua nur mit

der rumhängt. Sind 'n dickes Paar, die beiden, schon immer, schon vor seinem Unfall. Verstehen kann ich das allerdings nicht. Ich meine, die ist schon ganz nett, aber irgendwie sieht sie nicht so super aus, oder irre ich mich?«

Gegen Franzi Stein wollte und konnte Pam nichts sagen. Sie war noch die beste unter Joshs derzeitigen Freunden. Aber sie war sich sicher, dass P im Unrecht war. Joshua hatte nichts mit Franzi, sie waren tatsächlich nur beste Freunde. Trotzdem wollte sie nicht darüber sprechen, weil ein Gespräch über die Vor- und Nachteile Franziskas immer auch ein Gespräch über Joshua sein würde, und das wollte sie nicht führen. Und deshalb sagte sie einfach nichts mehr, sondern rührte stattdessen stumm in ihrem zweiten Milchkaffee herum.

»Also«, warf Charlotte erneut ein, »du glaubst, wegen des roten Lockenkopfs hätte ich keine Chance bei Josh? ... Pass mal auf, wenn ich wollte, ich meine, wirklich wollte, dann wüsste ich schon, wie man es anfangen müsste.«

»Uuhh ... Schwester ... große Neugier! Entdecke ich da sexuelle Begierden, von denen die Welt bislang nichts ahnte?«

»Quatschbombe! Wir lassen das jetzt lieber. Mach du, wie du denkst, und lass mich mal einfach in Ruhe. Alles bestens, so wie es ist. Aber wo wir nun schon einmal bei unserem Lieblingsthema sind, findest du dein Outfit nicht ein wenig gewagt, meine liebe P?«

»Hast du was gegen mein Kleid?«

»Nee, nicht gegen dein Kleid, allenfalls finde ich deine Unterwäsche, na, wie soll ich sagen, etwas aufdringlich?«

»Ach so, das«, lachte P herzhaft mit zurückgelegtem Kopf, »ist doch keine Unterwäsche, Dummerchen.«

»Und was ist es dann? Gehen wir vielleicht noch schwimmen, und ihr habt mir wieder mal nix davon gesagt?«

»Nein, auch nicht. Trotzdem gut beobachtet, es ist ein neuer Bikini. Sieht toll aus, oder?« P nahm die Farbe des vermeintlichen Dessous an.

»Nein, P, nicht schon wieder!«, schaltete sich Pam alarmiert ein. »Du hast es nicht schon wieder getan, oder?«

»Kinners, was soll das denn jetzt? Ist doch wohl völlig piepe.«

»Nein, Petra«, antwortete Charlotte ernst und erinnerte in diesem Augenblick sehr an ihre eigene Mutter, »piepe ist das überhaupt nicht, wenn du keine Piepen hast. Und lustig ist es auch nicht, sondern gefährlich. Und versprochen hattest du es uns auch.«

»Kinners, soll ich etwa in dem Spitzenfummel, den mir meine Mutter gekauft hat, durch den Sommer gehen? Da schließ ich mich ja wohl besser direkt zu Hause ein. ... War nur noch das eine Mal, und ich hab ihnen ja auch was Nettes dagelassen.«

Sie prustete los und konnte sich fast nicht mehr einkriegen über den Witz, den nur Eingeweihte verstehen konnten. Und sowohl Charlotte als auch Pamela waren eingeweiht in Ps kleines Problem mit dem Eigentum fremder Menschen. Vor zwei Jahren waren sie in einer Kookai-Filiale beim Klauen erwischt worden. Das heißt, P wurde beim Verlassen des Hauses von den Detektiven gestellt, und Charlotte und Pam wurden kurzerhand zusammen mit ihrer Freundin in den weiß gekalkten Hinterraum geführt. Sie wären am liebsten im Erdboden versunken. Wenn sie P doch vorher nur einmal richtig angesehen hätten. Niemand konnte in so kurzer Zeit so zulegen, und zwar rundherum. Sie hatte einen schönen Mantel – Geschmack hatte sie nämlich – geklaut und ihn einfach unter ihrem eigenen weiten Mantel verborgen.

»Ich find's immer noch nicht zum Lachen«, sagte Pamela. »Sag doch einfach mal 'nen Ton, vielleicht können wir dir ja aushelfen.«

»Betteln soll ich?«, rief P entrüstet, und ihre fast schwarzen Augen funkelten Pam gefährlich an.

»Wenn wir schon nicht mehr über dein Klauen reden«, flüsterte Charlotte, »dann doch vielleicht mal über den Begriff Freundschaft. Also, ich empfinde es nicht als Betteln, wenn man seine Freundinnen um Hilfe bittet.«

»Nein, klar nicht.« P sprach keineswegs leiser als sonst, eher noch eine Spur lauter. »Aber du musstest das ja auch noch nie tun. Du kannst dich einfach großzügig zeigen, das ist leicht. Ich wäre auch gerne einmal spendabel, oder wie nennt ihr das, hilfsbereit?«

»Nein, Petra, Charlotte hat Recht. Das hat mit Betteln nichts zu tun. Und was ich eben meinte, ist, ich kann ja vielleicht auch mit schönen Klamotten helfen, hab eh zu viele, und jetzt sag bitte nicht, dass du keine abgelegten Kleider von uns anziehen willst.«

Charlotte und P sahen sich an, und es dauerte einige Sekunden, bis Pam verstand, was los war. Natürlich würden ihre Kleider für P etwas klein ausfallen.

»Na ja, so viel kräftiger bist du nun auch nicht«, sagte sie dennoch.

»Demnächst schon«, entgegnete Charlotte und schmunzelte.

»Ihr immer mit euren Anspielungen. Ihr seid doch versaut.«

»Komm, wer lässt sich denn die Titten machen? Nicht mit Steinen werfen«, erwiderte P, froh, dem moralinsauren Thema entkommen zu sein.

»Vorsicht P, vermintes Gelände!«, mahnte Charlotte.

»Wieso, gibt es Neuigkeiten?«, fragte P, plötzlich sehr ernsthaft bei der Sache.

»Mam und Paps stellen sich stur«, berichtete Charlotte.

»Gut ... sehr gut, sage ich.« P fand Schönheitsoperationen an schönen Menschen lächerlich und hatte ihre Meinung auch bereits ausreichend kundgetan.

»Unsinn, P, Pamela muss selbst entscheiden, was für sie richtig ist. Ich kann nichts Gutes daran finden, dass ihre Eltern es einfach verbieten.«

»Charles, du würdest es gerne noch mal diskutieren, stimmt's? Familienrat und der ganze Scheiß.«

P nannte Charlotte immer dann Charles, wenn sie fand, dass sie zu sehr auf Tochter aus gutem Hause machte. Charlotte hasste P dafür.

»Du bist primitiv!«

»Ach, primitiv bin ich? Nur weil ich keine FDP-Zentrale zu Hause sitzen habe, bin ich plötzlich primitiv. Aber mal abgesehen von meiner Meinung, willst du uns verraten, wie Pam die OP machen soll, wenn ihre Eltern dagegen sind?«

»Ich wüsste da schon noch ein paar Möglichkeiten.«

»Und wieso hast du eben davon nichts gesagt?«, schaltete

sich jetzt Pamela wieder ein. Bis zu diesem Zeitpunkt hatte sie dem Schlagabtausch wie einem Tennismatch zugesehen.

»Du schienst mir so endgültig.«

»Quatsch!«

»Hungern hilft, hundertprozentig.«

Jetzt schauten beide Mädchen Charlotte fragend an.

»Schaut nicht so konsterniert. Die Waffen einer Frau. Schon mal davon gehört?«

Als hätten sie sich abgesprochen, schüttelten Pam und P den Kopf.

»Meine Güte, nehmt ihr vielleicht Drogen? … Bitte«, schob sie schnell nach, »keine Antwort nötig … Also, dann werd ich euch mal eine mögliche Strategie erklären und dir, P, damit zeigen, dass im Hause Geiger-Wolff auch nur mit Wasser gekocht wird. Glaubt ihr etwa, bei mir wären die OPs nur annähernd so leicht durchgegangen wie bei Susanna? Irrtum, Mädchen, schwerer Irrtum sogar. Brachte 'ne ganz schöne Krise, und es gab mehr als nur eine Sitzung, bis schließlich alle verstanden hatten, wie ernst mir meine Entscheidung war, und wie gut ich es mir überlegt hatte. Hungerstreik ist die Antwort auf eure Fragen. Aber nicht so primitiv, keine Demo oder so was. Das ist natürlich völlig asi. Nein, ich habe einfach aufgehört zu essen. So lange, bis es ihnen aufgefallen ist. Hat ganze drei Tage gedauert, dann war allen klar, dass sie sich mit mir ernsthaft auseinander setzen mussten. Meine Mutter ist extra zu diesem Zweck aus Brüssel eingeflogen. Alle haben sich plötzlich ganz furchtbare Sorgen um mich gemacht. Und als sie schließlich um den Tisch herum versammelt waren, habe ich meine kleine Ansprache gehalten.«

»Und dann?«, fragte P.

»Ja, wie ging's weiter? Haben sie das alles einfach so geschluckt?«, wollte auch Pamela wissen.

Charlotte lachte. »Geschluckt ist gut. Nein, natürlich nicht. Aber spätestens seit diesem Moment waren sich alle der Tragweite der zu treffenden Entscheidung bewusst. Man kennt schließlich meine Willensstärke. Außerdem ist Mutters Patenkind, die kleine Lisa, bulimisch. Sie weiß also genau, was passieren kann, und bekam, nachdem ich diesen Umstand zwei-, dreimal geschickt angespielt hatte, Schiss. Tja, Schwestern, und jetzt kommt die Politik tatsächlich ins Spiel: Man entschloss sich nach reiflicher Überlegung für das kleinere Unglück, mein Glück.«

Als sich das Staunen gelegt hatte, sagte P: »Charles, du bist ja richtig durchtrieben! Hätte ich dir gar nicht zugetraut. ... Kinners, Sachen gibt es.«

»Und was denkst du, Pam?«, fragte Charlotte und sah ihre Freundin erwartungsvoll an.

»Das könnte ich nicht, und außerdem find ich's scheiße!«

»Du meinst, bei den Altvorderen etwas nachhelfen?«

»Nee, drei Tage lang nichts essen.«

»Na, meinst du etwa, unsere Prinzessin hier hat das gekonnt?«, fiel P lachend ein.

Pam sah Charlotte erstaunt an. Zuerst verzog die nur ganz leicht die Mundwinkel, wollte ernst bleiben, doch dann konnte sie ihr Lachen nicht länger unterdrücken.

»Das zahl ich euch heim, ihr Zicken. Du wirst mir das spätestens in Sardinien büßen, Charlotte, darauf kannst du Gift nehmen.«

Pamela spielte auf Charlottes bekannte Schwimmschwäche an. Die Geiger-Wolffs hatten Pamela für die großen Ferien in ihr Sommerhaus auf Sardinien eingeladen. So war das: Wenn man Geld hatte, konnte man sogar ohne welches durchkommen. Bei P lagen die Dinge natürlich etwas anders. Aber Gott sei Dank hatte die gerade ihre Liebe zum Tauchsport entdeckt. Eher zufällig geriet sie mit einem ihrer Verehrer in den Film »Deep Blue«, der für eine Art Erweckung bei ihr gesorgt hatte. Nachdem sie noch fünf weitere Male mit den Schwärmen getaucht war, hatte sie sich im örtlichen Tauchverein angemeldet. Ganz anders als Susanna Harlan, die Tauchen in einem Club Med auf Mauritius gelernt hatte, musste P im gechlorten Schwimmbecken eines Hallenbads und später in einem 40 Kilometer entfernt liegenden trüben See ihre Ausbildung absolvieren, und selbst dieses spartanische Abenteuer war eigentlich noch zu teuer für sie. Aber P war von ihrer ersten selbst gewählten Sportart so begeistert und strahlte so freudig erregt, wenn sie über die bevorstehenden Tauchferien am

See sprach, dass Pam kein schlechtes Gewissen haben musste, von dem geplanten Sardinienurlaub zu erzählen. Ihre Eltern hatten jedenfalls sofort zugestimmt. Das Haus stand irgendwo in der Nähe von Olbia innerhalb einer Feriensiedlung, was aber, wie Charlotte glaubhaft versicherte, keine Siedlung im eigentlichen Sinne war, sondern eher ein großes, gut bewachtes Areal, in dem sich lose einige Villen gruppierten. Bis zum Meer waren es gerade einmal zehn Meter, natürlich über das eigene Grundstück. Pamela war froh, dass sie bald ihrer Familie für einige Wochen entkommen konnte.

»Nun seht euch die mal an«, unterbrach Charlotte das inzwischen harmlose Geplapper, als sich ein Mädchen in ihrem Alter durch die Stuhlreihen zur Theke zwängte und dabei ziemlich rüde die Gäste anrempelte. Sie trug eine enge Röhrenjeans. Ein löchriges schwarzes T-Shirt bedeckte ihren knabenhaften Oberkörper. Die nackten Arme hinauf zogen sich Tätowierungen. Ein Nasenstecker und eine gepiercte Unterlippe unterstrichen ihr punkiges Äußeres. Durch die kurz geschorenen Haare schimmerte die Kopfhaut.

»Kannst du nicht aufpassen, junger Mann?«, fauchte eine der angerempelten älteren Damen. Die junge Frau drehte sich lässig in deren Richtung, hob den Mittelfinger in die Höhe und schob ihn sich mehrmals hintereinander schnell in ihren Mund. Dann setzte sie ein arrogantes Lächeln à la Clint Eastwood in »Für eine Handvoll Dollar« auf und ging unbeirrt zur Bar. Sie bestellte sich eine Flasche Bier, trank sie in einem einzigen durstigen Zug aus, warf abgezähltes Münzgeld auf den Tresen aus Marmorimitat und verließ mit einem lauten Rülpser auf Höhe der nun sprachlosen Dame mit dem violetten Haar das Lokal.

»Der alten Dose hätte ich auch einen gehustet, wenn sie mich mit junger Mann angesprochen hätte«, sagte P sichtlich angetan von dem Schauspiel.

»Nur dass man dich nicht mit einem Mann verwechseln kann, die Schlampe aber schon.«

»Ach komm, Charles, sei doch nicht immer so schrecklich konservativ. Sie hat doch überhaupt nichts gemacht, und so haben die Omis hier wenigstens was zu quatschen, wenn schon sonst nicht mehr viel passiert.«

»So kann man mit einer solchen Situation nicht umgehen«, blieb Charlotte gewohnt seriös. »Die sieht doch ekelig aus, überhaupt nichts Frauliches mehr dran. Ich kann diese Punks einfach nicht ausstehen.«

»Ach nein?«, fragte Pam. »Und wieso findest du dann meinen Bruder nett?« Im gleichen Augenblick ärgerte sie sich, dass sie nun ihrerseits das Gespräch wieder auf Joshua lenkte.

»Was hat das denn jetzt damit zu tun, Schwesterchen?«

»Na, der ist auch ein Punk, und die Schlampe da, wie du sie nennst, heißt Lin oder besser gesagt Melinda Baumann, ist arbeitslos, mit Josh befreundet und spielt in dessen Horrorband Schlagzeug. Aber er ist ja sooo süß, nicht wahr?«

»Kinners, nun kommt mal wieder zur Ruhe. Weder dein Bruder Josh noch die Schlampe Lin sind Punks. Punk ist so tot, wie nur irgendetwas tot sein kann, lasst euch das von jemandem sagen, der sich im Gegensatz zu euch damit auskennt. Was die spielen, ist Hardrock, Metal vielleicht noch, aber keinesfalls Punk.« Sie machte eine kurze Pause, schaute in die Runde und fuhr, weil sie in verständnislose Gesichter blickte, fort. »Punks oder Skins sitzen mit verwanzten Kötern auf vor Dreck starrenden Decken an Straßenecken und vor Supermärkten. Völlig versifft, saufend und bettelnd. Und mit Verlaub, so sind weder Josh noch Lin drauf. Die ist nämlich nicht nur ziemlich hübsch, sondern auch sehr gepflegt, was dir, Charles, wenn du genauer hingesehen hättest, sicher aufgefallen wäre. Arbeitslos ist Lin übrigens auch nicht, sie arbeitet im Gegensatz zu uns behüteten Kindchen bereits, seitdem sie vierzehn ist. Jedenfalls ist sie weder arbeitsunwillig noch arbeitslos und kann doch wohl aussehen, wie sie will. Hast du doch schließlich vorhin selbst gesagt, Charles. Und wenn man sich neue Titten machen lassen darf, dann wird man sich doch wohl noch die Haare abrasieren können, auch wenn die ollen Damen einen anschließend mit *junger Mann* anreden.« Sie atmete tief durch: »Kinners, Hauptsache die Welt ist bunt!«

»Du machst es dir immer ganz schön einfach. Aber zurück zu dir, Pam, du kennst diese Melinda also?«

»Nein, natürlich nicht, aber ich kann ja nicht alles übersehen, was in diesem Pavillon in unserem Garten abgeht. Wenn du mehr über sie wissen willst, musst du dich mit meinem süßen Bruder treffen, oder vielleicht steigst du gleich in diese Band ein, du spielst doch Klavier?«

»Schwester, komm, nun reit doch nicht auf der Sache mit deinem Bruder rum. Wenn du willst, sprechen wir nie mehr darüber, versprochen.«

Auf dem Nachhauseweg drehte sich alles in Pams Kopf. Zu viel Gerede, zu viele belastende Themen. Jetzt brauchte sie ein Pillchen und ein wenig Musik, um zu entspannen. Überraschenderweise kam ihr auf dem Heimweg Lins Auftritt noch mal in den Sinn. Aber noch ehe sie dem Grund dafür nachspüren konnte, war der Gedanke auch schon wieder verflogen.

*

Im ersten Schritt galt es, das Gerät zu beherrschen, das ihm bis zu dem Tag, an dem er wieder laufen würde, die Füße ersetzen musste. Er hatte Rollstuhlfahren gelernt, und es reichte auch, um von Punkt A nach Punkt B zu kommen, vorausgesetzt es befanden sich keine Hindernisse im Weg, aber zu mehr auch nicht. Was man als Behinderter alles erreichen konnte, dokumentierte Franzi ihm eindringlich mit einem Video über die Paralympics.

Er begann damit, seine Arme zu kräftigen, allein, in seinem Zimmer, manches Mal die halbe Nacht hindurch. Immer dann, wenn seine Dämonen die Oberhand gewannen und ihn wieder einmal nicht schlafen ließen, pumpte er die bleischweren Hanteln, bis er meinte, seine Muskeln würden ihm zerreißen. Die gleiche Kraft, die er früher in den Beinen gehabt hatte, brauchte er ab sofort in seinen eher schmächtigen Ärmchen, um wieder das zu werden, was er vor seinem Unfall gewesen war: der Schnellste auf zwei Rädern. Denn eines stand für ihn schon sehr bald fest: Das nächste Rennen gegen den Bus würde er gewinnen.

Joshua war selbst erstaunt, wie schnell aus dünnen, kraftlosen Stiften dicke und starke Stämme wurden. Und nur noch mit einem milden Lächeln dachte er an diese beschissene Übung im Sportunterricht zurück. »Vortreten ans Seil«, hatte der Befehl gelautet, »und hoch mit euch!« Die Momente in der kalten Turnhalle, lange vor seinem Unfall, in denen er wie ein schlapper Sack am Seil hing, die Knie angezogen, um so wenigstens für einen kurzen Augenblick den Boden zu verlassen, gehörten zu den beschämenden Erinnerungen seiner Schullaufbahn.

Schon bald fühlte er sich stark genug, um mit dem eigentlichen Training zu beginnen. Dafür suchte er nach einer geeigneten Strecke und fand sie entlang der großen Ausfallstraße, auf der die Linie 9 in die Vororte hinausfuhr. Ein breiter, gut ausgebauter Radweg war von da ab an jedem Tag um Punkt 14:37 Uhr, wenn die 9 am Anfang der Brücke auftauchte, der Ort für seine Reha-Maßnahme.

In den ersten Wochen scheiterte er regelmäßig schon beim Versuch, mit dem roten Ungeheuer auch nur wenige Meter Schritt zu halten. Die Niederlage deprimierte ihn. Was ihn jedoch selbst überraschte, war, dass er das Training dennoch nicht abbrach. Im Gegenteil, er nutzte die Energie seiner Enttäuschung, um Tag für Tag aufs Neue gegen den ungleichen Gegner anzutreten. Schon beim Warmmachen putschte er sich auf. Er war sich wirklich an jedem beschissenen Tag des Jahres sicher, es irgendwann schaffen zu können. Obwohl er sich häufig genug bereits nach wenigen Minuten geschlagen geben musste und unter Schmerzen und manche Tage wohl auch unter Tränen das Rennen abbrach, gab es während der ganzen Zeit nicht einen Augenblick des Zweifels. Nicht ein einziges Mal kam ihm die Idee, sein Unternehmen könne von vornherein zum Scheitern verurteilt sein. Und dabei wollte er mit dem Bus keineswegs nur gleichziehen, nein, das wäre keine ausreichende Revanche. Er arbeitete vielmehr auf den Tag hin, an dem er stark genug wäre, das rote Ungeheuer zu kreuzen, vor der großen Panoramascheibe des Fahrers hin und her zu fahren, immer von einer Seite auf die andere wechselnd, ihn zu verhöhnen, spielerisch, wie Delphine vor dem Bug eines Schiffes in der Abenddämmerung.

Franzi freute sich über seinen neuen Ehrgeiz. Sie glaubte fest daran, dass alles nur mit jenem Artikel zusammenhing, und begleitete jeden seiner Fortschritte begeistert. Joshua ließ sie in dem Glauben, etwas anderes hätte er auch nicht übers Herz gebracht. Für ihn waren die Stunden allerdings nicht mehr als bloßes Fitnesstraining und eine Chance, seine Energie irgendwie sinnvoll zu verbrauchen.

An einem ziemlich kalten Wintertag änderte sich das. Joshua saß im Pavillon und übte Riffs auf seiner Gitarre. Nur Pille war geblieben, und das wohl auch nur, weil sein drogenumnebeltes Gehirn nicht bemerkt hatte, dass die Probe längst vorüber war. Er saß, den Kopf hinter einer Tageszeitung versteckt, auf JoshsVerstärker und wippte mit dem Fuß zu einer Musik, die nur er hörte. Als er sich schließlich einige Zeit später doch noch auf den Nachhauseweg machte, warf er Joshua das Blatt direkt vor die Füße.

»Sind die abgefahren, die Finnen«, nuschelte er, statt sich zu verabschieden. Eher aus einem Aufräumreflex denn aus echtem Interesse hob Joshua die Zeitung auf und nahm sie mit in sein Zimmer. Beim nächtlichen Hanteltraining und mit betäubend lauter Musik auf den Ohren begann er zu lesen. Schon in der zweiten Zeile stellte er das Work-out ein, nach dem ersten Absatz stoppte er die CD. Er las den Artikel noch drei weitere Male in dieser Nacht, und das keinesfalls, weil er irgendetwas darin nicht verstanden hätte. Noch niemals in seinem Leben hatte ihn eine Nachricht derart elektrisiert. Dabei war alles, was da stand, total banal, für jeden normalen Jungen jedenfalls.

Seit über einem halben Jahr trainierte er nun schon Tag für Tag. Er quälte sich und biss sich selbst durch die größten Strapazen. Sein Bizeps war enorm gewachsen, und er beherrschte seinen Rollstuhl fast nach Belieben. Vor allem seit er in dem neuen, leichten Sportrolli saß, war alles viel einfacher geworden. Inzwischen war er absolut sicher, den Bus eines Tages besiegen zu können. Nur, was sollte das wirklich bringen? Klar, es war ein Ziel, aber den ganz tief empfundenen Wunsch, wieder laufen zu können, den Grund für all die Schinderei, lieferte ihm nicht Franzis Artikel und auch nicht der übermächtige Bus. Die wahre Motivation entstammte dieser zweispaltigen Zeitungsmeldung. Der Unterschied war so einfach wie unvermittelbar. Plötzlich fühlte er den Wunsch wirklich, den er zuvor lediglich geäußert hatte. Es war nicht mehr länger Franzis Erwartung, nicht länger eine vage Hoffnung, erst recht war es kein frommer Wunsch mehr, jetzt stellte er selbst die Forderung an sich, wieder zu laufen, es gab plötzlich ein richtiges Ziel.

Ein Hinweis auf eine Hand voll Spinner, die im finnischen Oulu eine verrückte Weltmeisterschaft ausspielten, hatte geschafft, was bis dahin niemandem gelungen war. Die Typen ermittelten den Weltmeister im Luftgitarrespielen. Es ging dabei um den Weltfrieden, wie sie schrieben, aber das interessierte Joshua am wenigsten.

Auch Monate später wusste er noch nicht, was um alles in der Welt ihn an dieser Notiz so sehr erregt hatte und ihn seither derart in den Bann zog. Es war ganz einfach so: Er wollte nach Oulu und an diesen Weltmeisterschaften teilnehmen, und das ging nun einmal nicht in einem Rollstuhl. Je mehr er in den folgenden Wochen über das seltsame Treffen von Gitarrenfreaks aus allen fünf Kontinenten in Erfahrung brachte, desto stärker wurde dieser Wunsch.

Seit der Sekunde, in der sein Gehirn die Meldung verarbeitet hatte, seit diesem entscheidenden Moment, wusste Joshua, Laufen können war keine leere Worthülse, nur dazu da, ihn anzustacheln, keine bloße Floskel im Kampf gegen die Lethargie. Es gab jetzt eine Klarheit. Er würde wieder laufen! Wie lange das dauern konnte, wie gut es am Ende gehen würde, ob auf Krücken oder ohne, das alles spielte keine Rolle.

Eine Sache stand dabei von Anfang an fest. Seine Familie hatte nichts zu seiner Entwicklung beigesteuert und damit seiner Meinung nach auch jedes Recht verwirkt, weiterhin an seinem Leben beteiligt zu werden. Natürlich war allen seine körperliche Veränderung aufgefallen, zuerst seiner Mutter, aber auf ihre Frage, woher der plötzliche Fitnesswahn komme, hatte er einfach nicht geantwortet. Das heißt, wenn er sich richtig erinnerte, hatte er so was wie »Das geht dich nichts an« gemurmelt, und genauso war es auch. Niemals würde er ihnen demonstrieren, wie schnell er inzwischen mit dem Rollstuhl war, wie geschickt er manövrierte und mit welcher Kraft er sich vom Stuhl ins Bett oder sonst wohin bewegen konnte. Es war in der Tat so, dass seine Arme einen erheblichen Teil dessen übernehmen konnten, was bei gesunden Menschen Aufgabe der Beine war. Seine Eltern wussten auch nicht, dass er im letzten Herbst seinen ersten Marathon absolviert hatte. Vierter Platz, nur eine verdammte Länge vom Platz auf dem Treppchen entfernt. Schon beim nächsten Wettkampf würde er schneller sein. Nicht nur weil sich seine Technik kontinuierlich verbesserte, sondern weil er im alten Frech einen Mechaniker gefunden hatte, mit dem er intensiv an seinem Gefährt arbeitete.

Sein allergrößtes Geheimnis konnte er vor seinen Eltern allerdings nicht durch bloßes Schweigen bewahren. Er musste sich Geschichten ausdenken. Für seine Ausflüge zu Professor Wehmann brauchte er Zeit. Joshua log, denn es ging ihm darum, seine Eltern vom größten Triumph seines Lebens fern zu halten. Sie würden nicht dabei sein, wenn er zum ersten Mal wieder auf eigenen Füßen stehen würde.

5

»Caro, kannst du mir vielleicht sagen, was in deine Tochter gefahren ist?«

Michael stürmte in das gemeinsame Schlafzimmer. Carolyn schob sich die Brille zurecht und schaute anstelle einer Antwort demonstrativ auf die Uhr. Michael bemerkte die Geste und polterte sofort weiter:

»Was ist?«

»Guten Abend!«

»Ja, guten Abend …« Carolyn sah ihn herausfordernd an. »… ja, was ist denn? Tut mir Leid. Entschuldige, o.k.? Aber jeden Abend, wenn ich nach Hause komme, ist hier irgendwas anderes los. Entweder dein Sohn rastet aus, oder du machst mir eine Szene, und jetzt auch noch Pam.«

Carolyn schluckte die Bemerkung, die ihr auf der Zunge lag, herunter und fragte stattdessen: »Was ist denn so Schlimmes mit *meiner* Tochter?«

»Jetzt ist es schon ein Verbrechen, wenn ich ihr einen Gutenachtkuss geben will. Demnächst darf ich sie wahrscheinlich nicht mal mehr anschauen. Sagen lassen sich die beiden ja ohnehin schon lange nichts mehr, jedenfalls nicht von mir. Vielleicht verhängt ihr einfach ein Hausverbot für mich, wie wäre das denn? Ich kann das Geld doch einfach überweisen.« Michael sprach sehr laut.

»Arschloch!«, zischte Carolyn und bereute es sofort wieder.

»Bitte schön? Was sagst du? Arschloch? Na prima, besten Dank für die Auskunft!«

Michael drehte sich auf dem Absatz um und schlug die Tür so fest hinter sich ins Schloss, dass Marys Hund Wolfi auf der anderen Seite des Gangs anfing wild zu bellen. »Halt's Maul, dreckige Töle«, hörte Carolyn Michaels Stimme durch die geschlossene Tür hindurch.

Sie war traurig und eingeschnappt und fragte sich gleichzeitig, was um Himmels willen Pamela ihrem Vater angetan haben konnte, dass der noch schlechter gelaunt war als gewöhnlich. Carolyn stieg aus dem Bett, legte sich den Morgenmantel um die Schultern und ging über den Flur zu Pams Tür. Sie klopfte an, was sonst nicht ihre Art war. Normalerweise rief sie den Namen ihrer Tochter – eher um sich anzukündigen – und trat ohne weitere Formalität ein. In dieser angespannten Situation war sie vorsichtiger.

»Schatz«, begann sie, nachdem sie die Tür leise wieder hinter sich geschlossen hatte, »was war denn hier los? Dein Vater ist ja außer sich.«

»Sag du es mir.«

Carolyn starrte sie einen Moment lang ratlos an. Waren denn hier alle verrückt geworden?

»Pamela, ich will jetzt wissen, was los ist.«

»Nix ist los. Paps ist hier reingeschneit, und ich hab ihn lediglich gebeten, demnächst, wenn er so spät nach Hause kommt, nicht mehr reinzukommen …«

»Wie? … Und das ist alles?«

»Sag ich doch, ich weiß nicht, was er hat. Ist völlig ausgerastet. Und dabei hab ich ihm nur erklärt, dass ich in Zukunft keinen Gutenachtkuss mehr haben möchte. Ich bin zu alt dafür!«

Carolyn rieb sich Wangen und Augen. »Na gut«, flüsterte sie und ging zurück auf den Flur. Dort verharrte sie einen Moment, bevor sie sich entschied, nach unten zu gehen. Sie fand Michael, die Ellbogen auf den Küchentisch und den Kopf auf die Fäuste gestützt, vor einem Glas Wasser sitzend.

»Michael, das meint sie nicht so. Das geht doch nicht gegen dich!« Sie strich sanft über seinen Unterarm. Seine Muskeln waren angespannt.

»Und du meinst es auch nicht so?«

»Bitte! Das weißt du doch. Tut mir Leid.«

»Schon gut!«

»Was ist denn los? Wieder mal so viel Stress gehabt in der Firma?«

Michael nickte und schluckte gleichzeitig. Zwei Sekunden später stieß er die Luft hörbar aus. »Es gibt Tage …«, sagte er und brach ab.

»Du brauchst mir nichts zu erzählen, Micha. Entspann dich einfach und dann komm ins Bett. Oder möchtest du reden?«

Michael überlegte kurz, bevor er den Kopf schüttelte.

»Ich hab keine Lust mehr, an die Firma zu denken. Wenn wir reden, dann besser über Pam. Sie ist so verändert. Ich hab ihr wirklich nichts getan, und dann so was.«

»Hmmh … Sei nicht gekränkt. Keine Ahnung, was mit ihr los ist. Pubertät vermutlich. Eine andere Erklärung dafür hab ich auch nicht. Aber ganz sicher geht es nicht gegen dich persönlich.«

»Papa, ich möchte dich ohnehin bitten, mir in Zukunft keinen Gutenachtkuss mehr zu geben«, ahmte Michael Pamelas Stimme nach. »Papa, ich möchte dich ohnehin bitten …«

»Nun übertreib mal nicht, ja. Das sind ganz normale Veränderungen. Und wenn du dich ausgeschlossen fühlst, dann tu was dagegen.«

»Super, jetzt kommt auch noch die alte Leier … Wisst ihr eigentlich, wer die ganze Scheiße hier finanziert? Glaubt ihr, die verdammte Kohle fällt vom Himmel, oder was?«

Das glaubte Carolyn ganz bestimmt nicht. Sie stand auf und nahm sich ein Glas Wein aus dem Kühlschrank, während Michael zur Toilette ging. Wieder einmal so ein Moment, dachte sie, während sie sich gegen die Anrichte lehnte, in dem sie am liebsten ihre Sachen gepackt hätte und abgehauen wäre. Aber dann auch wieder nicht, denn das hier war schließlich ihr Zuhause. Hinter dem aufsteigenden Zorn verspürte sie eine große Melancholie. Sie schluckte den Wein achtlos hinunter und atmete tief durch, bevor ein unerwartetes Lächeln auf ihrem Gesicht erschien. Seltsam, dachte sie, offenbar erinnere ich mich auch bei all unseren Problemen immer noch an die schönen Wochen in Berkeley und an das unbeschreibliche Gefühl, als ich Michael nach fast einem halben Jahr Trennung wieder in die Arme gefallen bin. Wie einfühlsam er das Wiedersehen arrangiert hatte. Eines Tages hatte sie eine Eintrittskarte für ein U2-Konzert in der Post gefunden. Dort, auf dem Gelände einer stillgelegten Air-Base, zusammen mit 20000 begeisterten Fans, hatten sie sich zum ersten Mal seit ihrer Rückkehr aus den Vereinigten Staaten wiedergesehen. Seitdem waren sie zusammen. Carolyn erinnerte sich an die erste gemeinsame Nacht nach so langer Zeit, und Tränen traten ihr in die Augen. Sie hatten sich geliebt, aber vor allem hatten sie geredet.

Die Erinnerung hatte etwas Unwirkliches. Was hatten sie nicht alles für Pläne geschmiedet? Die Zukunft stand am Ende jener Nacht verheißungsvoll wie eine riesige glutrote Sonne am Horizont.

Mein Michael, dachte sie und musste sich plötzlich beherrschen, um nicht laut loszuheulen. Sie goss sich Wein nach und trocknete mit einem Taschentuch die feuchten Augen. Er hatte so wenig Selbstbewusstsein, damals, und er schien so gar nicht für die harte Wirklichkeit der Arbeitswelt geschaffen zu sein. Michael war doch eher ein Träumer gewesen, einer, der den Tag lieber verschlief, anstatt ihn produktiv zu nutzen. Weniger aus Faulheit als aus Angst. Angst, doch noch Verantwortung auf die Schultern gelegt zu bekommen, wenn auch dieses Mal nicht von seinem Vater. Angst davor, diese Last nicht tragen zu können, Angst, Dinge tun zu müssen, die er vor seinem eigenen Gewissen nicht verantworten konnte. Dennoch hatte er damals die Gelegenheiten, für sie beide den Unterhalt zu verdienen, entschlossen beim Schopf gepackt. Und dafür bewunderte sie ihn noch heute. Sie hatte ihn zu jeder Zeit nach Kräften unterstützt, ihm gut zugeredet und den Rücken freigehalten. Michael brauchte dringend einen Erfolg, um sich und seiner Umwelt zu beweisen, dass er nicht so schwach war, wie sein übermächtiger Vater ihm unauslöschlich ins Hirn gebrannt hatte.

Als die Erinnerung an den alten Billings jetzt in Carolyn aufstieg, verhärteten sich ihre Gesichtszüge. Er spielte keine Rolle mehr in ihrem gemeinsamen Leben, und doch war er stets gegenwärtig. Seit ihrer Hochzeit waren die Kontakte auf das absolute Minimum reduziert. Aber tot, wie Michael einmal den Kindern gegenüber gesagt hatte, war er deshalb noch lange nicht, der alte Tyrann. Wie oft schon hatte sie Michael Sätze sagen hören wie: »Das hätte der Alte wohl nicht gedacht!« Eigentlich jedes Mal, wenn es einen beruflichen Fortschritt zu feiern gab. Dabei wähnte er selbst sich völlig befreit vom Vater, nachdem er ihm »knallhart« seine Verweigerung »an den Kopp geknallt« hatte. So drückte er sich tatsächlich aus. Dabei schien er bei jedem Erfolg doch letztlich nur darauf zu warten, dass ihm sein Vater über den Kopf strich und sagte: »Gut gemacht, mein Junge.« Nur würde das wohl niemals geschehen. Der alte Billings war ein Mensch mit einem versteinerten Herz.

Am Tag der bestandenen Kaufmannsgehilfenprüfung hatte Michael ihr einen Heiratsantrag gemacht, und sie hatte glücklich angenommen. Ihre erste eigene Wohnung war klein, laut und billig, und sie lebten allein von Michaels Geld. Das war bis heute so geblieben.

Ob nun Faulheit oder kaufmännisches Talent für Michaels ersten beruflichen Erfolg verantwortlich war, hatten sie damals häufig diskutiert. Sie hatte seine Idee genial gefunden und sich schon häufig geärgert, dass Michael seinen beruflichen Erfolg anderen gegenüber immer als Zufall und damit letztlich als Missverständnis hinstellte. Er arbeitete damals in der Obst- und Gemüseabteilung von Schröters Warenhaus. An besagtem Morgen erhielt der Frischemarkt die erste Palette Ananas der Saison. Michael kannte das Fach, in das er die Südfrüchte einräumen sollte, der Abteilungsleiter hatte es ihn bereits am Vorabend freiräumen lassen. An diesem Morgen hatte sich der Vorgesetzte allerdings krankgemeldet, und so konnte er seinen neuen Schützling nicht überwachen. Statt nun den ganzen Tag zwischen Lager und Südfruchtregal hin und her zu rennen, ersann er eine bahnbrechende Strategie. Er stapelte die Früchte zwischen zwei Säulen zu einem riesigen Berg und hängte anschließend ein selbst geschriebenes Schild darüber. Noch nie war an einem einzigen Tag in irgendeiner Filiale des Unternehmens ein derart hoher Umsatz mit nur einem Produkt erzielt worden wie mit Michaels Ananashügel.

Kaum war der alte Schröter am nächsten Morgen über die epochale Schwankung in der Kassenabrechnung gestolpert, machte er sich höchstpersönlich auf, den Grund für diesen statistischen Ausreißer zu erforschen. Der vernichtende Ausdruck in den Augen von Michaels wieder genesenem Vorgesetzten über das eigenmächtige Handeln hatte sich parallel zum Lob des großen Chefs, der den Obstturm von seiner Werbeleiterin von allen Seiten fotografieren ließ, wieder verflüchtigt.

Der Rest war Legende, und Carolyn erinnerte sich daran,

dass sie früher ihren Freundinnen gerne aus Michaels Karriere berichtet hatte. Das tat sie heute nicht mehr.

Jedenfalls wurden in den kommenden Jahren alle Märkte der SETRA AG umgebaut. Die althergebrachten Obststände mit ihren langweiligen Stellagen wurden durch Frische-Paradiese mit ständig wechselnden Schwerpunkten ersetzt. Michaels Firma generierte mit diesem neuen Präsentationskonzept einen prächtigen Umsatzzuwachs, der schließlich auch dem kleinen Angestellten Michael Billings zugute kam. Ihm wurde die Leitung einer ersten kleinen Abteilung übertragen und das gleich sehr erfolgreich. Daraufhin erhielt er die Verantwortung für eine ganze Etage, bis er schließlich in ein C-Haus des Konzerns als Filialleiter versetzt wurde.

Zu diesem Zeitpunkt begann sich Werner Schröter persönlich für Michaels Talent zu interessieren. Der Alte hatte Carolyn einmal auf einem Empfang verraten, was genau ihm so sehr an Michael gefiel. »Er denkt andersherum als die anderen«, hatte Schröter geheimnisvoll gesagt, und sie hatte nicht gewusst, was das bedeutete. Er könne sehr geschickt argumentieren, sei leidenschaftlich im Durchsetzen seiner Meinung und leidenschaftslos, wenn praktische Umsetzung gefragt war. Er sei ehrgeizig und sehr fleißig, rede ihm nicht nach dem Mund, stehe loyal zum Unternehmen, sei belastbar und kreativ, und habe das, was er selbst besonders an Führungskräften schätze: Stallgeruch. Im Geschäftsleben, so hatte sie damals gedacht, war ihr Michael wohl ein anderer Typ als zu Hause.

Und dann der Umzug! Carolyn widerstand dem Reflex, das inzwischen erneut geleerte Glas nachzufüllen.

Eines Abends, im Anschluss an eine Geschäftsführersitzung, hatte Schröter Michael gebeten, noch einen Moment zu bleiben. Michael war inzwischen so etwas wie Schröters Ziehsohn geworden. Die eigenen Kinder hatten sich wenig interessiert an der Fortführung seines Lebenswerks gezeigt. Michael besaß alle Eigenschaften, die aus ihm einen geeigneten Nachfolger machten. An jenem Abend hatte Schröter, wie Caro inzwischen wusste, Michael in seinem feudalen Eckbüro zum ersten Mal von einem Haus auf dem *Hügel* erzählt, das direkt unterhalb seines eigenen Besitzes lag. Schröter hielt die Hand auf dem Objekt, so lange jedenfalls, bis sich Michael Billings entschließen würde, dort einzuziehen, und das sollte er Schröters Meinung nach besser bald tun.

Bis zu diesem Zeitpunkt wohnten sie noch in der Stadt, in einem klassizistischen Altbau mit hohen Räumen und restauriertem Stuck an den Decken, ganz in der Nähe des Flusses und direkt gegenüber dem Stadtpark mit seinen zahllosen alten Eichen und einem wunderbaren Weiher, um den Michael jeden Morgen vor der Arbeit joggte. Eigentlich hatte es keinen Grund gegeben, umzuziehen. Aber Michael fand, das Haus sei eine Chance, die man sich nicht entgehen lassen dürfe, zumal wenn ein so wichtiger und wohlmeinender Mensch wie Schröter die Patenschaft für diesen Schritt übernahm.

Nach ihrem ersten Gespräch hatte Caro eine schlaflose Nacht verbracht. Michaels Haltung war sehr dominant gewesen. Sie war nicht aus Prinzip gegen einen Umzug, sie sah nur absolut keine Notwendigkeit für einen solch folgenreichen Schritt. Zwar hatte Michael ihr schnell vorgerechnet, dass es bei seinem Einkommen durchaus sinnvoll sein könnte, diesen Schritt zu wagen, ihr mulmiges Gefühl war daraufhin aber nicht verschwunden. Warum schon wieder die Koffer packen? Sie waren doch gerade erst in die Parterrewohnung unter ihnen gezogen, hatten viel umbauen müssen, damit die Wohnung für Josh im Rollstuhl geeignet war.

Die ersten Monate nach der Reha hatten sie den Jungen noch die Treppen hinaufgetragen. Eine fast unmögliche Aufgabe für sie selbst, und für den Jungen war es würdelos. Sie hatten direkt nach dem Unfall und nach der Erkenntnis, dass es kaum Aussicht auf Besserung gab, mit der Suche nach einer behindertengerechten Wohnung begonnen, sich aber nicht vorstellen können, wie schwer und langwierig sich ein solches Unternehmen hinziehen konnte. Irgendwo gab es immer eine Stufe oder eine zu schmale Durchfahrt, unüberbrückbare Hindernisse für einen 13-jährigen Jungen im Rollstuhl.

Seltsamerweise war es aber dann Josh beziehungsweise die veränderte, schwierige Situation zwischen ihm und Pamela, die es ratsam erscheinen ließ, eine räumliche Veränderung herbeizuführen. Im neuen Haus auf dem *Hügel* würde es ausreichend Platz für alle geben. Die Frau des Vorbesitzers hatte selbst ihre letzten Lebensjahre im Rollstuhl verbracht, was weitere Umbauten unnötig machte und ein eindeutiger Pluspunkt für einen eventuellen Umzug war.

Vor drei Jahren hatten sie dann ihr neues Heim bezogen. Michael war damals 38 Jahre alt, und sie selbst gerade 36 geworden. Und damals schien es, als stünden alle Ampeln für sie beide auf Grün. Aber in einem fahrenden Auto bemerkt man dessen Geschwindigkeit nur unzureichend, und Michael raste fortan von Höhepunkt zu Höhepunkt. Carolyn empfand sich längst nur noch als Zuschauerin. Zu Beginn der Fahrt saßen sie noch gemeinsam im Wagen. Schon damals fuhren sie schnell, aber immerhin gab es noch Pausen. Kurze und längere, es war in Ordnung. Mit der Zeit fielen die längeren Pausen der Geschwindigkeit zum Opfer, dann wurden auch die kürzeren immer seltener, und schließlich, bei der letzten Rast, hatte Michael vergessen, sie wieder zuzuladen. Seit diesem Moment sah sie ihrem Mann beim Überrunden nur mehr zu.

Ohne sich zu wundern, dass Michael nicht mehr in die Küche zurückgekehrt war, trank sie den Rest Wein und ging zu Bett.

*

Carolyn schlug genervt dreimal schnell hintereinander mit dem Handballen auf die Hupe ihres Vans. Mein Gott, wo bleibt das Kind denn schon wieder, dachte sie und hütete sich, auch nur ein Wort über Pams andauerndes Zuspätkommen laut zu äußern.

»Fahr los! Ich hab keine Zeit!« Joshua hockte schlecht gelaunt neben ihr auf dem Beifahrersitz und versuchte, sich seine langen Haare zu einem Dutt zu drehen. Sein Sportrolli lag im Kofferraum direkt neben seinem alten Stuhl. Caro sollte den Sportrolli zur Inspektion bringen und am Nachmittag wieder abholen. Für das alte unhandliche Gefährt war die Straße vom *Hügel* hinab zur Brücke viel zu gefährlich, vom Rückweg ganz zu schweigen. Die Steigung war mit dem schweren Rollstuhl nicht zu schaffen. Deshalb war heute einer der wenigen Tage, an denen Joshua noch der Hilfe seiner Mutter bedurfte.

»Benimm dich, Josh, du bist nicht mein einziges Kind.«

»Ja, leider!«

Carolyn seufzte, hatte aber keine Lust, darauf zu antworten. Wann würde ein Tag wieder einmal ganz normal und entspannt beginnen? Genervt drückte sie erneut auf den mit Lederimitat überzogenen Mittelkreis des Lenkrads. Dieses Mal hupte sie lang andauernd und noch zweimal kurz hintereinander.

»Super! Signalhupen! Geheime Zeichen?« Josh hatte nur auf eine neue Möglichkeit zum Kriegseintritt gewartet.

»Ganz genau! Und willst du auch wissen, was es bedeutet? Achtung, Stinkstiefel an Bord! Das bedeutet es. Vermutlich verstopft sich deine Schwester noch die Ohren, damit sie deine permanenten Beleidigungen nicht hören muss, und das ist gar keine blöde Idee.«

Joshua biss die Zähne zusammen und schwieg. Endlich kam Pamela aus dem Haus, gefolgt von Mary und ihrem Hund. Kaum hatte Pam die hintere Tür geöffnet, als Wolfi auch schon an ihr vorbei auf den Sitz sprang und zufrieden kläffte. Er freute sich auf den Ausflug. Fast ebenso schnell angelte Joshua sich seinen Stock und zog dem verblüfften Hund damit eins über. Mit einem Satz sprang Wolfi wieder in den Staub der Auffahrt und brachte sich auf Marys Armen in Sicherheit.

»Joshua! Bist du verrückt?«, schrie Carolyn ihren Sohn an. Ihre Hand zuckte kurz.

»Sehr gut!«, entgegnete Pamela, die dabei war, Sitz und Rückenlehne mit einem Handtuch abzuwischen, bevor sie vorsichtig ins Auto kletterte. Was Großeltern und Hund betraf, waren sich die Geschwister ausnahmsweise einig.

»Schade«, grummelte Joshua halblaut gegen die Windschutzscheibe, und niemand fragte ihn, was er denn bedaure.

Sie hatten das Tor noch nicht passiert, als Caro ihrem Impuls, die Fronten besser früh als spät zu klären, folgte.

»Nur damit das klar ist, Kinder, ich will nicht den kleinsten Streit zwischen euch erleben. Nicht in meinem Wagen. Am besten sagt ihr gar nichts. Sollte einer anderer Meinung sein, steht es ihm jederzeit frei, auszusteigen.«

»Danke für die freie Wahl der Fortbewegung, Mutter, nichts anderes habe ich erwartet.« Josh konnte nicht anders.

»Was bist du für ein Arschloch!«, schrie Pamela von hinten.

Carolyn stieg auf die Bremse und sah sich wütend um. Es war nicht nötig, die Sätze nochmals zu wiederholen, die Brut schien endlich zu verstehen, dass sie an diesem Morgen tatsächlich meinte, was sie sagte. Für den Rest der Fahrt wurde geschwiegen, und Caro war froh, als sie die beiden Streithähne wohlbehalten vor der Schule absetzen konnte. Pamela verschwand sofort, ohne ihrer Mutter mit dem Rollstuhl zu helfen, aber das hatte Carolyn auch nicht erwartet. Josh hob sich mürrisch in den Stuhl, murmelte etwas, was bei positiver Interpretation als ein Dank fürs Bringen gewertet werden konnte, und rollte davon.

Caro bestellte sich ein Glas eiskalten Funtanaliras. Das Capitol war die einzige Gaststätte weit und breit, die den sardischen Weißwein auf der Karte führte, und es war das Lieblingsrestaurant ihrer Freundin Malu, auf die Caro nun schon eine geschlagene Dreiviertelstunde wartete.

Weder der Alkohol noch das Johanniskraut konnte ihre Unruhe vertreiben, aber irgendwelche Tranquilizer wollte sie auch nicht schlucken. Die hatte ihr der Arzt beim letzten Check empfohlen.

In diesen schweren Zeiten waren Carolyn die wenigen Treffen mit Malu besonders wichtig. Auch wenn sie derzeit sehr von Johannas Krankheit überschattet wurden. Dabei hatte sie immer angenommen, dass Malu mit ihrer großen Klappe und ihrer eigenartigen Nebenbeschäftigung eines Tages ernsthaft in Schwierigkeiten geraten würde.

Doch die Ärzte hatten in Johannas Brust Knötchen entdeckt. Die eilig entnommenen Gewebeproben ließen keinen Zweifel übrig, Johannas Wucherung in der linken Brust war bösartig und wurde schon eine Woche später in einer siebenstündigen Operation weiträumig herausgeschnitten. Der Krebs hatte bereits gestreut und Metastasen gebildet. Im Anschluss an die Operation und eine kurze Genesungsphase durchlitt Johanna eine Chemo-Therapie.

Johanna war eine, vor allem sich selbst gegenüber, harte Frau, die kein Federlesens um die Krankheit machte und sich jedes Mitleid verbat. Sie war ledig, hatte somit keine eigene Familie, wenn man von ihrer Mutter, die sich im Krankenhaus tagein, tagaus die Augen ausheulte, absah. Johanna machte sich auch nach der Chemo keine allzu großen Illusionen. »70:30 gegen mich«, pflegte sie nüchtern festzustellen, »allenfalls eine Frage des Zeitpunkts. Der Krebs hat so weit gestreut, da werden auch noch weitere Geschwüre auftauchen, die haben niemals alles erwischt, das spüre ich.«

Johanna war im Schuldienst und mit ihrer Fächerkombination Altgriechisch, Mathematik und Sport so exotisch, dass sie entweder gar nicht oder aber gerade deshalb dringend an einer Schule gebraucht wurde. Griechisch und Mathematik waren für Johanna von frühester Schulzeit an irgendwie das Gleiche. »Es ist alles so logisch«, hatte sie immer gesagt, was niemand verstand, und sportlich war sie von Haus aus auch, der Vater Zehnkämpfer und die Mutter ehemalige Leistungsschwimmerin in der DDR.

Johanna war Carolyns älteste Freundin. Sie kannten sich schon aus der Schulzeit, und es grenzte an ein Wunder, dass sie sich trotz Carolyns vielen Umzügen nie aus den Augen verloren hatten.

Für Caro war Krebs ein Spiegel der Seele, deren verwundeter Zustand sich in diesen schrecklichen Wucherungen ausdrückte. Doch Johanna hatte keine größeren Probleme, Sorgen, Ängste oder Nöte, jedenfalls dachten Caro und Malu das. Carolyn scheute sich, Johanna darauf anzusprechen, und während der Behandlung erschien es ihr unpassend. Aber noch war Johanna ja nicht tot, im Gegenteil, ihre Haare waren wieder nachgewachsen, und sie plante in den großen Ferien eine Kreuzfahrt auf der QE2. »New York sollte man doch wenigstens einmal gesehen haben, und auch auf einem Schiff den Ozean überquert haben sollte man …«, sagte sie, ohne den Satz zu beenden.

»Malu, na endlich, ich warte schon fast eine Stunde. Wo bist du so lange gewesen?«

»Herbert! Du kannst es dir ja denken.«

»Was war los, hat er dir wieder eine Szene gemacht?«

»Und was für eine! Du kannst dir nicht vorstellen, wie eifersüchtig der Kerl ist.«

»Das ein oder andere Mal hatte ich bereits das Vergnügen, euren Auseinandersetzungen beizuwohnen, vergiss das nicht.«

»Aha«, rief Malu spitz, »ich erinnere mich. Du hast es gar nicht genossen, nicht wahr, Liebling?«

»Malu, du weißt, dass ich so etwas nicht genieße.«

»Streit, meinst du?«

»Dabei sein, wenn andere sich streiten, meine ich.«

Die Geschichte von Malu und Herbert war ein einziger, langer Streit. Carolyn und Johanna tolerierten die Beziehung, verstanden hatten sie sie nie. Was um alles in der Welt brachte eine gut aussehende, wenn auch mit 1,88 Meter deutlich zu große, intelligente, von Haus aus finanziell gut ausgestattete, selbstständige Frau dazu, sich mit einem Mann einzulassen, der ihr Vater hätte sein können? Malus leiblicher Vater war auf dramatische Art und Weise bei einem Flugzeugabsturz ums Leben gekommen, und Johanna und Carolyn machten dieses traumatische Erlebnis für ihre Aussetzer verantwortlich. Malu war gerade 35 Jahre alt geworden, Herbert aber kratzte bereits die 60. Vor Herbert war sie lange Zeit solo gewesen. Malus Körpergröße und ihre Energie waren für den überwiegenden Teil der Männerwelt meist zu viel. Sie war nicht zurückhaltend, weder in ihrem Aussehen noch in ihren Meinungsäußerungen, mit unverlangten Ratschlägen oder überhaupt. Sie sprach, wenn es angezeigt war zu schweigen, handelte, wenn man besser etwas länger nachgedacht hätte, und war ein steter Reibungspunkt für ihre Umgebung. Aber Carolyn kannte auch Malus andere Seite. Sie wusste, wie sehr sie der Verlust ihres Vaters immer noch schmerzte. Im Grunde war Malu ein trauriger Mensch, und nur der Kämpfernatur, die sie vermutlich von eben diesem Vater geerbt hatte, war es zu verdanken, dass sie sich immer wieder aufrappelte und es verstand, ihre Traurigkeit in positive Energie zu verwandeln.

Und dann war Herbert aufgetaucht. Während der Pause von La Traviata hatte er plötzlich im Foyer neben ihr gestanden. Malu war gerade dabei, die Kellnerin, die ihr eine nicht ordentlich gespülte Sektflöte hingestellt hatte, lautstark zu beschimpfen, als Herbert ihr die Hand auf den Arm legte, ihr wortlos ein frisches Glas hinschob, für sie bezahlte und ohne sie eines weiteren Blickes zu würdigen zurück auf seinen Platz ging. Malu starrte dem feingliedrigen kleinen Mann mit seinen wild vom Kopf abstehenden schlohweißen Haaren mit offenem Mund hinterher. Sie vergaß ihren Durst und die dazugehörigen Gläser. Ohne etwas zu sagen, setzte sie sich auf den freien Sitz neben ihm und machte auch dann keinerlei Anstalten, sich zu erheben, als eine dicke Frau in einem blauen, hektisch raschelnden Tüllkleid mit ihrer nummerierten Platzkarte aufgeregt vor ihren Augen hin- und herfuchtelte. Marie-Luise Preminger befand sich in diesem Augenblick in Trance. Herbert war der erste Mann, der sie seit langer Zeit berührt hatte, nicht anzüglich, einfach nur so, und er war auch der erste, der keine Angst vor ihr zu haben schien.

»Na ja, Schätzchen, bei *dem* Streit hätte ich auch lieber gefehlt.« Malu lächelte. »Genug davon. Mein Herbert ist nun einmal nicht dein Typ.«

»Das würde ich nie sagen. Ich kenne ihn doch eigentlich gar nicht.«

»Ich weiß, er spricht nicht gern. Vielleicht passen wir deshalb so gut zueinander, könnte doch sein, oder?«

»O ja! Ein männliches Äquivalent an deiner Seite, Marie-Luise, könnte ich echt nicht verkraften.« Caro wurde rot. »Versteh mich nicht falsch …«

»Ach was! Und außerdem habe ich dir schon hundertmal gesagt, dass du dich nicht fortwährend entschuldigen sollst. Vor allem dann nicht, wenn du aus Versehen mal das aussprichst, was du wirklich denkst. Glaubst du, ich weiß nicht, dass wir ein seltsames Paar sind? Aber Herbert hält es mit mir aus und ich mit ihm. Das ist doch schon was, oder? Du hast deinen absoluten Traummann geheiratet und jetzt?«

»Da hast du verdammt Recht!«

Malu meinte Carolyns Tonfall entnehmen zu können, dass ihre häusliche Situation eher schlechter als besser geworden war, seit sie sich das letzte Mal gesehen hatten.

»Ist irgendwas geschehen, was ich wissen sollte?«

»Nee, irgendwie nichts Besonderes … Vielleicht ist es ja genau das … Es gibt eigentlich keine unmittelbaren Auslöser für unsere Streitereien. Es werden bloß immer mehr. Manchmal glaube ich, es gibt überhaupt keine harmlosen Themen mehr zwischen Micha und mir. Weißt du, was ich meine? Das macht mich fertig!«

»Das versteh ich. Liegt es vielleicht auch ein bisschen an der Situation mit deiner Mutter?«

»Na ja, eine besondere Hilfe ist es jedenfalls nicht.«

»Macht dir Michael wegen ihr Vorwürfe?«

»Eigentlich nicht … nein … nicht wegen Mutter. Na klar, toll findet er es nicht, dass sie bei uns rumhängt, aber das tu ich ja auch nicht. Aber was sollen wir tun? Ich kann die Frau ja schlecht ins Heim abschieben.«

»Auf keinen Fall! Ich würde sogar noch viel weiter gehen. Das Arschloch von deinem Vater würde ich verklagen. Aber richtig! Dass er in kein Hemd mehr passt.«

»Pssst! Die Leute sehen schon zu uns rüber.«

»Na und? Seit wann stört dich das?«

Schon immer, hätte Carolyn antworten wollen, aber ihr war nicht nach Streit.

»Es brauchen ja nicht alle zu hören, wie es bei Billings zu Hause steht. Jedenfalls, das mit Charles ist eine andere Sache, und das hat auch nichts mit meinen Schwierigkeiten zu tun. Ich muss für Mutter eine Wohnung finden und den ganzen Behördenkram erledigen, danach sollte sich das Problem erledigt haben, aber meine drei anderen bleiben mir.«

»Na, das wollen wir doch hoffen, oder? Schließlich könntest du doch gar nicht ohne sie.«

Malu erinnerte sich nur allzu gut, was Carolyn zu Beginn für eine Angst in dem neuen Haus gehabt hatte, wenn Michael auf Dienstreise war. Aber noch mehr hatte sie sich um ihren Mann gesorgt: der arme Michael in der Fremde, der arme Michael auf den zugigen Bahnsteigen, der arme Michael hier, da und dort. Gesund erschien Malu diese übertriebene Fürsorge schon damals nicht. Aber so war Carolyn nun mal. Das absolute Muttertier. Und wehe, eine von ihnen kratzte an dem sorgsam gepflegten Denkmal, dann war es vorbei mit ihrer Gelassenheit, dann konnte die ansonsten ruhige Caro zur Furie werden.

»Was lächelst du?«, fragte Caro.

»Ach nichts, ich musste nur gerade an was denken. … Wann fahrt ihr eigentlich in Urlaub?«

»Ach Gott, Urlaub. Den hab ich schon fast vergessen. Urlaub!«, betonte sie nochmals, und es klang, als lerne sie ein neues Wort. »Der ist noch so weit weg. Und ich hab vorher noch so viel zu erledigen. In den großen Ferien irgendwann, frag mich nicht genauer … dann kannst du doch Mary nehmen, wie wäre das denn?« Sie lachte laut über ihren eigenen Witz.

»Na, schönen Dank. Ich hab schon einen schwer erziehbaren Kandidaten zu Hause. Keine weiteren Belastungen, bitte!«

»Schwer erziehbar, sagst du? Unbelehrbar trifft wohl eher auf meine Mutter zu. Außerdem ist es ihr in den vergangenen Jahren perfekt gelungen, sich in eine Scheinwelt zu flüchten. Sie ist einfach abgetaucht! Da und doch auch wieder nicht da. Blöderweise weiß man nicht genau, wann sie an- und wann abwesend ist, das verkompliziert die Sache. Fest steht, dass man mit ihr über Charles und über ihre Situation nicht reden kann. Glaubst du, sie macht ihm auch nur einen Vorwurf? Nicht die Bohne! Einfach ausgeblendet! Vermutlich würde sie sich nicht einmal unter Hypnose daran erinnern, wie sie eigentlich hierher gekommen ist, vielleicht hat sie sogar vergessen, dass sie einen Mann hat, und wer weiß, was ich für sie bin? Sagenhaft!«

»Und das soll dich nicht belasten? Bist du verrückt, Carolyn Billings? Setz die Alte vor die Tür.« Malu konnte ihre Meinung schnell ändern.

»Ach, tu doch nicht immer so hart. Als ob *du* deine Mutter vor die Tür setzen würdest oder gesetzt hättest. Ich kann das nicht machen, und ich will das auch nicht tun. Trotz allem hab ich sie nämlich gern.«

»Wie all die anderen auch.«

»Ja, genau, wie all die anderen auch. Ist was falsch daran?«

»Scheint so. Sonst wärst du doch nicht so genervt. Mal ehrlich. Früher musste man dir die Würmer aus der Nase ziehen.

Seit neuestem erzählst du unaufgefordert von dir selbst. Und das ist ja auch gut so, aber doch auch ein Zeichen. Du musst irgendwas ändern, sonst kracht es bei euch gewaltig.«

»Jetzt komm mir bloß nicht wieder mit deinem Telefondienst.«

»Carolyn! Ich kann dir nur helfen, wenn du dir helfen lassen willst. *Ich* verlange nicht, dass du das Gleiche tust wie ich, ich biete es dir nur an, weil ich weiß, dass mein Chef händeringend Leute sucht und du mich dauernd mit deinem Wunsch nach Selbstständigkeit nervst. Du kannst aber auch als Verkäuferin, Kindermädchen oder Kellnerin arbeiten, nur dabei kann *ich* dir nicht helfen. Übrigens hab ich es immer noch nicht so ganz verstanden. Natürlich bist du von Michaels Geld abhängig. Das warst du doch schon immer. Nur hatte ich bisher das Gefühl, dass es für dich ganz o. k. so ist. Aber das scheint es ja nicht mehr länger zu sein. Ich glaube tatsächlich nicht, dass es dir ums Geld geht. Dich überfordert die ganze Situation, das ist es. Du stehst den Dingen einfach hilflos gegenüber. Und ich glaube nicht, dass du allein durch einen eigenen Job glücklicher wirst … Aber egal. Ich kann dich an die RaRo vermitteln und mich auch weiterhin für dich nach anderen Jobs umhören. Nur, wie soll das gehen? Du willst Geld verdienen, aber keiner soll es merken. Du willst arbeiten, am besten nur vormittags und in einem Job ohne jede Öffentlichkeit, da fällt mir einfach nicht viel ein, zumal du keine Ausbildung hast und über null Erfahrung verfügst. Scheiße, aber das ist doch nun mal die Wahrheit. Also … was nun?«

»Noch einen Wein, Romano«, rief Carolyn einem der jungen Kellner mit den langen blauen Schürzen zu und schaute Malu traurig an. Es stimmte ja alles, was ihre Freundin gerade gesagt hatte. Natürlich würde ein eigener Job nicht alles ändern. Joshs Probleme würden ebenso bleiben wie Pams pubertäre Ausfälle. Sie erhoffte sich einfach etwas mehr Selbstbewusstsein und eine Stärkung ihrer Position zu Hause. Sie wollte etwas ändern, wusste aber nicht, wie, das war es. In keinem Fall würde sie zu diesem Roberts gehen. Da konnte Malu noch so tolle Sachen erzählen, so was kam für sie nicht infrage. Telefonsex! Sie schüttelte sich innerlich und wurde rot. Fast so rot wie damals in dieser Bar, als Malu zum ersten Mal völlig ruhig und als wäre es der selbstverständlichste Job der Welt von ihrem ersten Tag im Dienst erzählt hatte. »Ihr könnt euch nicht vorstellen, was da los ist«, hatte sie damals etwas zu laut ausgerufen und prompt die Aufmerksamkeit der Nebentische auf sich gezogen. Auf dem Höhepunkt ihrer Erzählung klebten selbst der Barkeeper und die Kellner an ihren Lippen. Caro war immer tiefer in ihren Sitz gerutscht, und Johanna hatte sich auf die Toilette verzogen. Malu dagegen war in ihrem Element.

Sie hatte diesen Typen getroffen, Ralf Roberts, nachts in einer Bar. Sie waren ins Gespräch gekommen, und irgendwie war es Ralf gelungen, in keines der Fettnäpfchen zu treten, die Malu um sich herum aufzustellen pflegte. Das ermöglichte eine außerordentlich lange Unterhaltung, in deren Verlauf er Malu auch von seinem Unternehmen, der RaRo Kommunikationsagentur, erzählte. Am Ende dieser langen Nacht stand ein Handschlag. Was genau Malu an der Idee, in der Sexindustrie zu arbeiten, gefunden hatte, blieb ihr Geheimnis. Das Geld war es sicher nicht, davon hatte sie ausreichend. Nein, das war nichts für Carolyn. Aber eine Arbeit, eigenes Geld, das konnte nicht schaden. Wer weiß schon, was die Zukunft bringen würde.

*

»Mam! Da bist du ja endlich wieder. Wo warst du denn so lange? Ich habe die ganze Zeit versucht, dich zu erreichen.«

Carolyn hatte gerade die Wohnungstür aufgeschlossen, als sie Pams aufgeregte Stimme hörte. Den ganzen Rückweg über hatte sie sich gefühlt, als hätte sie einen Seitensprung begangen, dabei hatte sie doch nur mit Malu etwas getrunken. Es lag wohl daran, dass ihr diese Geschichte mit RaRo nicht mehr aus dem Kopf ging. Ihr nervöser Magen verursachte ihr säuerliches Aufstoßen.

Pamela sah aus wie ein Osterhase. Sie trug einen Kopfhörer mit weißen Puscheln, ihren Winter-Walkman, auf den Ohren. Seit Joshuas letztem Aussetzer traute sie sich nur noch unter verstärkten Schutzmaßnahmen aus ihrem Zimmer. Wenn sie den Raum verlassen wollte, ließ sie eine weithin hörbare Glocke erklingen, was bedeutete, dass Carolyn den Eingangsbereich checken und die Tür des Verbindungsgangs zum Anbau hin schließen musste. Erst wenn die Luft definitiv rein war, trat Pamela aus ihrem Zimmer und begab sich nach unten.

Normal war in diesem Haushalt schon lange nichts mehr. Aber Carolyn musste zugeben, dass sie ihre Tochter verstand. Bei der momentanen Boshaftigkeit ihres Bruders hätte sie sich in Pams Situation ähnlich verhalten.

Jetzt stand Pam am oberen Rand der Treppe, und die Sorge vor den Attacken ihres Bruders verhinderte, dass sie sich klar artikulierte. Nervös schloss Carolyn die Tür zum Anbau.

»Also, was ist so Schlimmes passiert, Pamela? Ich habe mein Handy vergessen, aber ihr werdet doch wohl ein paar Stunden ohne mich auskommen können. Du bist oben, und Josh kann nicht hinauf. Was soll da bitte geschehen?«

»Oma ist die Treppe runtergefallen.«

»Was? Wo ist sie? Ist ihr was passiert?«

»Weiß ich nicht, ich konnte doch nicht runter«, antwortete Pamela entschuldigend, »aber eben lag sie noch da unten und hat nicht geantwortet. Jetzt ist sie weg.«

Carolyn sah ihre Tochter fassungslos an. Da ließ dieses Mädchen ihre gestürzte Großmutter am Fuß einer Treppe liegen, nur weil sie Angst vor den Übergriffen ihres Bruders hatte.

»Pamela«, zischte sie, »deine Großmutter stürzt die Treppe runter und bleibt liegen, ist das so weit korrekt?« Pam nickte dämlich. »Und du gehst daraufhin zurück in dein Zimmer und tust überhaupt nichts, korrekt?«

»Nein, Mam, bist du verrückt? Natürlich habe ich was getan.«

»Und was bitte?«, schrie Carolyn. Ihre Stimme überschlug sich fast.

»Ich habe den Notruf gewählt.«

»Den Notruf, ach so? … Und … und wo ist der Notruf und wo ist Oma?«

»Ich weiß es doch nicht, verdammt noch mal. Ich konnte einfach nicht rauskommen, nicht als ich Joshuas Stimme gehört habe.«

Das war nicht die Wahrheit. Jedenfalls nicht die ganze. Sie hatte am Nachmittag ein paar Johanniskrauttabletten geschluckt, worauf sich ihr Kreislauf verabschiedet hatte, vermutlich weil sie derzeit fastete. Der kleine Kollaps hatte sie nicht beunruhigt, im Gegenteil, es fühlte sich irgendwie interessant an, so leicht beduselt.

»JOSHUA!«, schrie Carolyn. Ihre Stimmte hallte durch den langen Gang. »Komm sofort her, wenn du da bist.«

Es dauerte keine zehn Sekunden, bis sie einen schwarzen Schatten auf sich zurollen sah. Der Rollstuhl kam nur Zentimeter vor ihren Füßen zum Stehen, sodass sie erst einmal erschrocken zwei Schritte rückwärts machen musste, um ihren Sohn ansehen zu können. Joshua salutierte militärisch und schaute seine Mutter wie in Erwartung weiterer Befehle fest an. Carolyn machte wieder zwei Schritte nach vorne und knallte Joshua eine.

»Danke, Oberst Mutter, wünsche noch eine auf die andere Wange, Oberst Mutter, bitte.«

Der Junge salutierte wieder, und Carolyn rastete aus. Mit beiden Händen schlug sie unkontrolliert auf den Jungen ein. Pamela applaudierte vom oberen Rand der Treppe. Joshua steckte die Schläge stumm ein.

»Warum bist du nur so ein Scheusal, sag es mir, rede verdammt noch mal. Ich hab dir doch nichts getan.«

Mit diesen Worten hielt Carolyn in der Bewegung inne, als würde ihr erst durch ihr eigenes Geschrei bewusst, was sie da eigentlich tat. Sie sah Joshua mit einem verzweifelten, ratlosen Blick an. Der schaute regungslos über sie hinweg. Noch bevor sie den Grund dafür herausfand, hörte sie auch schon Michaels Stimme in ihrem Rücken.

»Was ist denn hier los?«

Früher wäre Carolyn froh gewesen, ihren Mann zu sehen, wenn er ihr dadurch aus einer brenzligen Situation helfen konnte. Jetzt erschwerte er die Situation nur noch.

»Das fragst du wohl besser deinen Sohn oder Pamela oder den lieben Gott. Ja, den lieben Gott, der ist vermutlich der Einzige, der noch versteht, was hier eigentlich los ist.«

»Ruhig! Ruhe!«, sagte Michael laut, und in seiner Stimme

lag eine fast schneidende Kälte. »Gehen wir ins Wohnzimmer und sprechen, einverstanden? Pam, komm bitte runter!«

»Nicht solange der da ist.« Sie deutete angewidert mit dem Zeigefinger auf ihren Bruder.

»Du blöde Sau. Wenn du 'ne Knarre hättest, würdest du mich wohl umlegen. So ein scheiß Krüppel in deiner vornehmen Umgebung, nicht wahr, Schwesterlein?«, schrie Joshua die Treppe hinauf.

»Joshua, ich verbiete dir, in einem solchen Ton in meinem Haus zu sprechen, und ich verbiete dir, deine Schwester so anzugehen. Lasst endlich euer kindisches Gehabe und benehmt euch wie halbwegs zivilisierte Leute. Und du, Carolyn, wo warst du denn?« Michaels Ton war unverändert scharf.

»Jetzt hört sich aber wohl alles auf. Wo ich war, willst du wissen? Das kann ich dir genau sagen, das geht dich gar nichts an, das geht Pamela gar nichts an und Joshua auch nicht. Ich bin doch nicht eure Leibeigene! Und jetzt ist Schluss mit dem Affentheater. Zum letzten Mal: Wo ist Mary?«, schrie sie und sah in die Runde. »Sie ist die Treppe runtergefallen, und Pamela hat den Notdienst angerufen. So viel weiß ich immerhin schon!«, beantwortete sie ihre eigene Frage. »Jetzt kannst du vielleicht weiterermitteln, Michael, mit mir spricht nämlich niemand.«

Carolyn setzte sich wutschnaubend auf die unterste Treppenstufe. Michael kratzte sich ein wenig ratlos am Kinn und machte schließlich einige Schritte auf Joshua zu. Er schaute ihm auffordernd in die Augen.

»Ich hab die Typen reingelassen«, begann sein Sohn plötzlich kleinlaut, »und sie sind mit Oma abgerauscht, ins Krankenhaus, mehr weiß ich nicht.« Joshua rollte zwei Radlängen zurück, um sich dann wieder seiner Schwester zuzuwenden. »Hat jemand schon einmal eine solche Scheißzicke gesehen wie meine Schwester? Da fällt 'ne alte Frau die Treppe runter, und sie macht sich nur Sorgen um sich. Und ihr? Ihr schlagt mich, kackt mich an, mich, den Einzigen, der hier was Sinnvolles getan hat. Gibt es auch nur eine plausible Erklärung für eure Ausfälle gegen mich?«

Er wendete seinen Rollstuhl auf der Stelle und war genauso

schnell wieder im Durchgang verschwunden, wie er wenige Minuten zuvor daraus hervorgeprescht war. Als seine Zimmertür mit lautem Getöse ins Schloss flog, war Carolyn schon auf dem Weg nach draußen. Plötzlich spürte sie Michaels Hand auf ihrem Arm. Er zog sie zurück und drückte sie ganz fest an sich. Sie zitterte am ganzen Körper.

»Ich fahr dich«, sagte er und drückte ihr einen Kuss auf das Haar.

*

Mary hatte wieder getrunken. Dummerweise hatten Joshs Bandkollegen eine Zweiliterflasche Rotwein unbeaufsichtigt in der Küche stehen lassen, während die Gruppe im Pavillon probte. Eigentlich wollte Mary sich nur ein kleines Gläschen genehmigen. Ihr war langweilig. Doch der Wein schmeckte vorzüglich, und alles war so vertraut. Am Ende verlor sie die Kontrolle. Nachdem die Flasche leer war, fühlte sie sich müde und wollte ein Nickerchen in ihrem Zimmer machen. In der Mitte der Treppe stolperte sie, ging zu Boden und rutschte die Stufen wieder hinunter. Sie hatte sich wohl ein paar blaue Flecken geholt, sich aber ansonsten nichts Gravierendes getan. Am Fuß der Treppe schlief sie ein, was für die eiligst aus ihrem Zimmer geeilte Pamela aussah, als sei ihre Oma tot.

Der Dienst habende Arzt im Krankenhaus sprach lange mit den Billings. Am Ende seiner Ausführungen war ihnen beiden klar, dass es besser für Mary wäre, wenn sie für eine Weile aus dem Verkehr gezogen wurde. Der Arzt telefonierte herum, und als Michael bereit war, auch für die Unterbringung in einer privaten Klinik aufzukommen, fand man schnell einen Platz in einem netten Kurbetrieb.

Michael gefiel die Lösung auch noch aus einem weiteren Grund. Marys Auftauchen drohte seine Sommerpläne gewaltig durcheinander zu bringen. Carolyn war drauf und dran, den lange geplanten Stromboli-Urlaub abzusagen. Dabei hoffte er so sehr auf diesen Urlaub. Er wollte seine Gedanken ordnen und Kraft tanken. Die zurückliegenden Monate waren einfach zu viel gewesen. So konnte es nicht weitergehen. Sie brauchten ein wenig gemeinsame Zeit, um sich wieder annähern zu können. Der Urlaub war in Michaels Vorstellung zu einer Art Allheilmittel gegen alle Sorgen und Wehwehchen des Lebens geworden. Deshalb kam ihm dieser kleine Unfall – glücklicherweise ohne ernsthafte Folgen – sehr gelegen.

Caro schwieg die meiste Zeit, während sie im Krankenhaus waren, und ließ Michael alles regeln. Für einen Moment hätte sie sich gewünscht, man hätte sich kurz unter vier Augen besprochen, was nun das Richtige für ihre Mutter war, bevor sie ohne Wenn und Aber dem Genesungsplan zustimmten. Und dann hätte Caro schon auch gerne noch mit ihrer Mutter gesprochen, um ihr die Argumentation des Arztes so schonend wie möglich nahe zu bringen. Und im besten Falle wäre es ihr sogar gelungen, Mary den Kuraufenthalt als eigene Entscheidung unterzuschieben. Dennoch war Carolyn am Ende froh, dass ihr die Entscheidung abgenommen wurde.

Im Bett redete Michael auf sie ein wie auf ein schwer erziehbares Kind. Sie hatte sich über seinen offensichtlichen Wunsch Mary für eine Weile loszuwerden, erregt. Jetzt erst verstand sie, was hinter Michaels rühriger Anteilnahme stand. Ihr war der geplante Urlaub fast entfallen, auch Malus Erwähnung am Nachmittag hatte daran nichts geändert. Eine Urlaubsreise in der momentanen Situation erschien ihr irgendwie surreal. Pams sonderbare Wandlung und diese bescheuerte Operation, Joshua, der irgendetwas Elementares vor ihr verschwieg, der Besuch ihrer Eltern mit den völlig unerwarteten Folgen, und trotz all dieser verstörenden Ereignisse sollte sie in drei Wochen mit ihrem Mann, das erste Mal seit Joshuas Geburt, nur zu zweit in Urlaub fahren? Auf eine Insel, die entweder homosexuellen Paaren oder frisch Verliebten vorbehalten war. Es war Michael, der auf Stromboli bestanden hatte. Italien mit seinem guten Essen, die Ruhe einer einsamen Insel und das Meer direkt vor der Haustür schienen für ihn unschlagbare Argumente.

Bevor Michael sich umdrehte, sagte er noch: »Die Insel wird dir gut tun, mein Schatz, du wirst schon sehen, nach den Ferien bist du wieder ganz die Alte.«

Später, als Michael schon eingeschlafen war, stand Caro auf, zog ihren Bademantel über und schlich auf Zehenspitzen aus dem Zimmer.

Im Wohnzimmer wickelte sie sich zusätzlich noch in eine weiche Decke, bevor sie sich mit angezogenen Knien aufs Sofa kauerte, um dort ihren Gedanken für eine Weile nachzuhängen. Ein schlimmer Tag. Am meisten zu schaffen machte Carolyn der Ausfall gegen ihren Sohn. Ihr Verhalten war nicht zu entschuldigen. Sie hatte noch niemals zuvor eines der Kinder geschlagen und war jetzt aus heiterem Himmel ausgeflippt. Die angespannte Situation begann sie zu verändern. Natürlich waren die Schläge eher dem angegriffenen Zustand ihres Nervenkostüms geschuldet als der tatsächlichen Situation, aber da konnte der Junge nichts dafür. Es war weniger, was Joshua tat – wenn sie es sich genau überlegte, machte er eigentlich gar nichts wirklich Schlimmes –, es war die Art, wie er es tat. Er war überheblich, wirkte boshaft und aggressiv. Dass es ihr nicht gelang über diese Attitüden der Hilflosigkeit hinwegzusehen und sich einfach an ihre Liebe zu Joshua zu halten, das kreidete sie sich selbst an.

Carolyn stand auf, setzte sich an den Sekretär und begann zu schreiben.

Mein lieber Junge,
was heute Abend vorgefallen ist, tut mir sehr, sehr Leid. Bitte entschuldige meinen Ausfall, es war alles etwas viel. Aber ich würde mir wünschen, dass auch du wieder zu dir selbst zurückfindest und dich nicht fortwährend wie ein Monster benimmst, das auf nichts und niemanden mehr Rücksicht nimmt. Ich wünsche mir, dass wir wieder zusammenfinden, so wie es früher war.
In Liebe
Deine Mutter

Sie wischte sich die Tränen vom Gesicht und ging so leise sie konnte den langen Flur zum Anbau entlang. An Joshuas Tür angekommen, hielt sie ihr Ohr an das Holz, bevor sie vorsichtig die Klinke niederdrückte. Sie schlich auf Zehenspitzen zu seinem Feldbett, ging davor in die Hocke und betrachtete das Gesicht ihres Jungen im Schein des einfallenden Flurlichts. So wie jetzt im Schlaf kannte sie ihn. Die weichen Züge, ein Lächeln um die Mundwinkel – wahrscheinlich träumte er etwas Schönes –, die von der Sonne gebleichten blonden Haare fielen ihm ins Gesicht. Sie mochte es, wenn er das Haar offen trug, lang und voll. Er hatte ihr Haar geerbt. Diesen Zopf konnte sie nicht leiden. Ganz zu schweigen von dem Knoten, den er sich neuerdings machte. Fürchterlich fand sie das, verlor aber kein Wort darüber aus Furcht, ihn dadurch nur noch in dieser Marotte zu bestärken.

Carolyn streckte die Hand aus und strich Joshua behutsam über den Kopf. Mit der Fingerspitze zeichnete sie die Form seines Gesichtes nach, strich die Wangen hinab bis zur Kinnspitze. »Ich hab dich lieb«, flüsterte sie und hauchte ihm einen Kuss auf die Stirn.

Sie legte ihren Brief so, dass er ihn am nächsten Morgen sofort sehen würde, schaute ihn noch einmal an und ging zurück in ihr Bett.

6

Noch vor sieben Uhr waren sie am Morgen auf der Autobahn in Richtung Süden gedüst. Joshua hatte einen frühen Termin in der Klinik. Franzis Freundin Carla, die Einzige aus der Clique mit Führerschein, steuerte den Wagen, eine Leihgabe ihres Vaters, während Franzi sich im Fond schon wieder in ihre Fachbücher vertieft hatte. Jetzt befanden sie sich mittlerweile auf dem Heimweg. Erst der dritte Termin, und schon hatte der Professor Joshua erste Hoffnungen gemacht.

Dabei war der erste Besuch vor Wochen absolut desillusionierend für Joshua verlaufen. Alles fing damit an, dass sie ihn in einem Behandlungsraum abgestellt und vergessen hatten. Lange Zeit passierte gar nichts. Er hatte geflucht und mit der gefühllosen Ärzteschaft gehadert. Ihm fiel es so schon schwer genug, seine Nerven im Zaum zu halten! Die ganze Hinfahrt lang hatten ihm schwere Spasmen zu schaffen gemacht. Franzi hatte ihn noch nie so nervös erlebt.

Dann waren sie endlich gekommen. Aber die Ärzte stellten ihn lediglich auf den Kopf anstatt, wie erhofft, auf dieses Laufband. Sie traktierten ihn mit endlosen Fragebögen, sodass er gegen Ende des Tages fast so weit war, alles abzubrechen. Allein Franzi, die ihn beständig zur Ruhe ermahnte, war es zu verdanken, dass er dablieb. Dann wurde er endlich doch noch dem Professor vorgestellt. Er bemerkte, wie gewissenhaft Wehmann alle Befunde studierte, interessiert Fragen stellte und nachdenkliche Pausen einlegte.

Joshua versuchte den Professor über seine familiäre Situation aufzuklären, was die Sache nicht eben einfacher machte. Als dann auch noch Franzi andauernd dazwischenfragte und damit Wehmanns Geduld strapazierte, hatte er schon Angst, der Arzt könnte es sich anders überlegen. Doch der ältere Herr war von seiner energischen Freundin fasziniert. Gegen Ende war Joshua sich nicht einmal mehr sicher, ob nicht er es war, der hier störte. Die beiden hatten sich gesucht und gefunden. Sie führten Fachgespräche, deren Inhalt sich ihm nur bedingt erschloss. Dabei waren die Passagen, die er verstand, noch die schlimmsten. Völlig ungeniert beantwortete Franziska Stein Fragen nach seinem, Joshuas, aktuellem psychischen Zustand. Und sie ging noch weiter. Sie erzählte freiwillig intime Details, ohne dass es entsprechende Fragen dazu gegeben hätte. Wehmann nickte mit dem Kopf, legte die Stirn in Falten, zog fragend die Augenbrauen nach oben, lächelte dann und wann sogar und machte sich fortwährend Notizen.

Das Gespräch drehte sich aber keineswegs ausschließlich um seinen Fall. So ganz nebenbei, und obwohl ihn das nicht im Geringsten interessierte, erfuhr er auch Details aus Professor Wehmanns Berufsleben. Häufig sei seine Klinik die erste Anlaufstelle für Querschnittsgelähmte, so erzählte er, Franzi fest im Blick, und das sei natürlich anders als bei Joshua. Der Anfang einer Behandlung sei kompliziert und schwer zu ertragen, selbst für ihn, der schon so viele Patienten behandelt hatte. Dabei war der medizinische Teil zwar interessant und brachte vergleichsweise schnelle Resultate, aber erst danach, auf dem langen Weg der Rekonvaleszenz, wurde es richtig schwierig. Bevor es erste kleine Erfolge zu verbuchen gab, führten er und seine Mitarbeiter Gespräche mit den Verletzten, schwierige und oftmals zähe Gespräche. Das Erkennen der Krankheit, das Bewusstwerden der Behinderung, die Akzeptanz der neuen Lebenssituation. Und dazwischen immer wieder Stillstand, Rückschritte, Depression. Nur wenigen Patienten gelang es, sich aus dem Zustand des Selbstmitleids zu befreien und ihre Gedanken und Energien entschlossen auf die Zukunft zu richten.

Joshua hörte bei alldem schweigend zu und fragte sich, was das alles sollte. All die Geschichten hätten sie auch von ihm erfahren können. Sie führten sich auf, als sei er nicht im Raum. Wann ging es endlich um ihn?

Joshuas Fall sei anders, sagte Wehmann endlich. Sein Unfall liege ja nun schon einige Zeit zurück. Er wirke heute, als habe er seine Behinderung akzeptiert, für den Moment zumindest, und als habe er bereits angefangen, sein neues Leben in die Hand zu nehmen. All diese wundervollen Neuigkeiten begleitete die fachmännisch lauschende Franzi mit kurzem Nicken. Ihr roter Wuschelkopf schwang dabei immer noch eine Weile nach.

Er wirke körperlich stark und gehe extrem geschickt mit dem Stuhl um, fuhr Wehmann fort. Aber er erscheine ihm auch extrem ungeduldig, was Franzi bestätigte, nicht ohne die Frage anzuschließen, ob man diese Ungeduld nicht für die Therapie nutzbar machen könne, was wiederum der Arzt entschlossen bejahte. Franzi diskutierte einen scheinbar x-beliebigen klinischen Fall, so als säße sie mit ihrem Doktorvater über ihrer eigenen Dissertation. Sie wirkte rational, analytisch und sehr zielstrebig.

Professor Wehmann entschied, trotz der ungewöhnlichen Konstellation und der rechtlich durchaus delikaten Lage, Joshua auch ohne Zustimmung seiner Eltern zu behandeln.

Es hatte noch einen zweiten Besuch gegeben, doch erst beim dritten Termin hing er zum ersten Mal in dem berühmten Seilzug, der sein Leben verändern sollte. Die Helfer hatten ihm die Füße gesetzt, ganz vorsichtig einen vor den anderen, immer wieder von neuem. Dabei berührte er das Band nur mit dem kleinstmöglichen Gewicht, den Rest hielt der Gurt. Joshua hatte sich dermaßen auf ein möglicherweise wiederkehrendes Gefühl in seinen Beinen konzentriert, dass er davon Kopfschmerzen bekommen hatte. Aber da war nichts.

Nach der Einheit war er ausgepowert.

»Du kannst nicht erwarten, dass alles so schnell geht, wie du es in deiner Ungeduld gerne hättest«, hatte Franzi ihn versucht zu trösten, dennoch war er in ein Tal gefallen. Weshalb die Ärzte mit dem bescheidenen Ergebnis zufrieden waren und ihm einvernehmlich versicherten, es sei doch schon ganz gut gelaufen, konnte er nicht verstehen. Trotz seiner Niedergeschlagenheit hatte er sich entschieden, dem Vorschlag des Professors zu folgen. Mit Beginn der großen Ferien würde er sich auf dem Gelände der Klinik einquartieren und vier Wochen lang intensiv mit den Therapeuten arbeiten. Er war auch einverstanden, dass dabei Geräte zum Einsatz kamen, die speziell entwickelt worden waren und für deren Einsatz es noch keine Zulassung gab. Professor Wehmann persönlich erklärte ihm die Roboter, die die Arbeit der Therapeuten unterstützten und teilweise sogar ersetzen sollten. Der Klinikaufenthalt sollte ihn so weit in die Therapieform einarbeiten und natürlich insgesamt stabilisieren, dass er nach den vier Wochen alleine zu Hause weiterarbeiten könnte. In der örtlichen Uniklinik würde dann ein Schüler des Professors die Arbeit mit Joshua fortsetzen.

Seine Eltern ahnten von alledem nichts. Für sie hatte er ein perfektes Lügenszenario aufgebaut und mit seinen Kumpels abgesprochen. Mit Pille, Christie und Franzi wolle er mit einem Interrailticket quer durch Europa reisen, und seine Freunde würden ihn bei allen zu erwartenden Hindernissen für einen Rollstuhlfahrer tatkräftig unterstützen, hatte er ihnen erzählt. Michael und Carolyn hatten versucht, ihm diese Idee auszureden. Sie fanden es zu gefährlich. Eigenartig, fand er, dass sie daran dachten, wo ihnen doch sonst alles egal war, was mit ihm geschah. Sie bestellten Pille, Christie und vor allem Franzi zu einem ausführlichen Gespräch, bevor sie schließlich doch einwilligten.

Nach dem Klinikaufenthalt würden sie ihre Freunde tatsächlich noch treffen und die beiden letzten Augustwochen mit ihnen gemeinsam in Finnland verbringen. Das Unternehmen Air Guitar Championship, Oulo, wollte wohlvorbereitet sein. Mit dem Zug nach Rostock, mit der Expressfähre nach Helsinki und dann immer an der Ostsee entlang nach Norden. Die Meisterschaften dauerten drei Tage. Joshua wollte sich schon einmal alles ansehen, damit er für das kommende Jahr gerüstet war. Bis dahin gab er sich für seinen Heilungsprozess.

»Kannst du bitte etwas schneller fahren? Wenn meine Leute allein auf Pam treffen, gibt's ein Unglück«, sagte Joshua, nachdem sie auf dem Rückweg einem langen Stau ausgewichen waren und sich nun über kurvenreiche Landstraßen quälten.

»Wieso meinst du?«, fragte Franzi.

»Lin bringt den neuen Mörder mit. Wenn Pam dem die Tür aufmacht, schlägt sie lang hin.«

Mörder war in Joshs Vokabular ein anderes Wort für Drummer. Um eine größere Intensität zu erzielen, hatte sich die Band entschieden, künftig mit zwei Schlagzeugern zu spielen, und natürlich hatte Lin das erste Vorschlagsrecht in dieser Frage.

»Der Typ ist Maori oder so was Ähnliches und von Kopf bis Fuß tätowiert, was Pam mindestens so fies finden wird wie seine langen, fettigen Haare und seine hundertfünfzig Kilo Lebendgewicht.«

»Hört sich für mich aber auch nicht gerade prickelnd an.«

»Du magst ja auch unsere Musik nicht.«

»Stimmt! Ich finde diese Metal-Attitüde albern.«

»Vielen Dank.«

»Bei dir ist das was anderes.« Joshua errötete. »Du weißt genau, was ich von diesen Typen halte. Breuer, Harald, euer stinkender Roadie Harry.«

»Franzi«, stellte Joshua resigniert fest, »es hat keinen Zweck, mit dir über Musik zu sprechen.«

»Über Musik schon ... Sag mal, wo wir das Thema nun schon mal draufhaben, wie seid ihr eigentlich auf diesen bescheuerten Bandnamen gekommen?«

Joshua lachte. Der Name war gleich mehrfach geändert worden. Angefangen hatte alles mit dem eher langweiligen The Heavys. Im vergangenen Jahr war dann Pille eines Tages aufgetaucht, schmutzig wie ein Ferkel, und hatte den versammelten Bandmitgliedern voller Ernst von einer Begegnung mit Außerirdischen erzählt. In allen Farben schilderte er sein Erlebnis, das darin gipfelte, dass Wahnvorstellung und Sehnsucht sich paarten. Er behauptete allen Ernstes, die Außerirdischen hätten es vor seinen Augen auf einem Bett aus Lichtblitzen und unter infernalischem Donnergrollen miteinander getrieben. Breuer, der wie immer, wenn etwas ganz und gar Blödsinniges erzählt wurde, an Pilles Lippen hing, hauchte im Anschluss an den häufig durch despektierliche Einwürfe und grobe Lacher unterbrochenen Vortrag »Fuckin Aliens«, und so hatte die Band plötzlich einen neuen Namen. Keineswegs programmatisch, nur eine Laune, nicht mehr.

Franzi stimmte in Joshuas Lachen ein, nachdem er ihr die Geschichte erzählt hatte.

»Pille ist ein verrückter Kerl. Dem täte ein Mädchen ganz gut, allerdings müsste es schon eine der strengeren Sorte sein, damit ein bisschen Ordnung in sein Leben kommt. Ich könnte mir vorstellen, dass man ihn in sein Glück schubsen muss.«

»Aber er ist lieb.«

»Klar ist er lieb, aber das reicht nicht. Er raucht zu viel. Das macht ihn zwar noch lieber, aber irgendwann gerät das außer Kontrolle. Ein paar Arschtritte täten Herrn Neuerburg jedenfalls ganz gut.«

»Franzi, Franzi, dir kann man es aber auch nie recht machen! Pille ist dir zu lieb und brav, und ich bin dir nicht lieb und brav genug.«

»Wer sagt denn das?«

»Scheint doch so. Du findest die Musik scheiße, die Band scheiße, mein Verhalten Pam gegenüber scheiße, und das Gleiche gilt für das Verhältnis zu meinen Eltern.«

»Und du?«

Joshua schwieg und hatte urplötzlich einen Kloß im Hals. Furchtbar! Er konnte nicht an seine Familie denken, ohne dass es wehtat. Er hasste sich dafür! Schließlich gab es keinen Grund, an seiner Sippschaft festzuhalten. An dem Abend, an dem seine Mutter ihn geschlagen hatte, wollte er endgültig alle Videos vernichten, seinen ganzen Schatz. Er stand schon im Garten, um ein Feuer zu entzünden, aber dann ging es einfach nicht.

Doch der Schmerz in der Nacht war ein Fliegenschiss gegen das Gefühl, das ihn ergriff, als er am nächsten Morgen den Brief seiner Mutter fand. Der lag jetzt gut versteckt zwischen den CDs. Obwohl er ihn auswendig hersagen konnte, würde er ihn niemals wegwerfen, niemals. Am Frühstückstisch hatte er sich nicht getraut, seine Mutter anzusehen, und ihr ging es wohl ähnlich. Es herrschte eine eigenartige Atmosphäre. Als er aus dem Haus rollen wollte, spürte er plötzlich ihre Hand auf seiner Schulter. Sein ganzer Körper verspannte sich, als sie ihm einen Kuss auf den Kopf drückte.

»Was fragst du, du weißt doch eh alles.«

»Sicher, aber ich könnte mir denken, dass es dir gut tut, darüber zu reden.«

»Ich weiß nicht. Es fällt mir so schwer.«

Franzi legte ihm von hinten beide Arme um den Hals.

»Du musst nicht«, flüsterte sie ihm ins Ohr, »aber versuch's doch einfach mal. Carla hört weg, außerdem ist sie verschwiegen wie ein Grab. Fang doch einfach mal mit Pamela an. Was ist es denn, was dir deine Schwester so schwer erträglich macht?«

Typisch Franzi. Schön analytisch von vorne weg.

»An Pamela ist nichts natürlich, aber auch gar nichts.«

»Sie ist jung und hat einen anderen Musikgeschmack, aber so schlimm, wie du sie darstellst, ist sie nicht. Kann sie gar nicht sein. Schau dir ihre Freundinnen an. Wer mit P befreundet ist, kann nicht schlecht sein.«

»Wer mit der Harlan befreundet ist, auch nicht?«

»Du weißt, was ich meine, Josh.«

»Pam steht für gar nichts, verstehst du? Sie ist einfach eine verdammte Barbiepuppe, wenn auch in letzter Zeit eher in Sack und Asche. Sie hat keinen Standpunkt, schleimt sich bei unseren Eltern ein wie nur irgendwas, hört diese unerträgliche Musik und will mit den Operationen noch so lange weitermachen, bis sie selbst aussieht wie diese bescheuerte Beyoncé. Kannst du mir sagen, wo da noch Gemeinsamkeiten sind?«

»Ihr habt euch doch früher gut verstanden.«

»Da war sie ein kleines Mädchen.«

»Ein liebes Mädchen?«

»Klar, ein liebes Mädchen. Alle kleinen Mädchen und Jungs sind doch lieb. Und dann hat sie sich eben verändert, und jetzt ist sie so scheiße, dass ich sie nicht mehr ertragen kann. ›Paps, das ist ganz süß von dir, Mam, sag bitte diesem schrecklichen Kerl, er soll aufhören‹, verstehst du, Franzi, ich könnte kotzen, wenn ich das höre.«

»Aber du hast dich doch auch verändert, vermutlich mehr noch als sie. Bist du es nicht, der Schwester und Eltern aus seinem Leben verbannt hat?«

»Ich bin erwachsen geworden«, polterte Joshua los, und der Hall seiner Worte brach sich an der gewölbten Decke des Wagens, »für mich ist das alles kein Spiel mehr. Ich sitze in diesem Scheißstuhl und rolle planlos durch die Gegend. *Ich* bin der, der beschissen dran ist. *Ich* habe ein Problem, ein richtiges, und nicht so einen Mist wie Ohren anlegen oder Titten straffen. Jawohl, ich habe mich verändert, durch einen Unfall, und jetzt kann ich die Dinge nicht mehr so harmlos betrachten wie vorher.«

»Aber Pam und deine Eltern können nichts dafür.«

»Ich auch nicht!« Seine Stimme überschlug sich fast. »Halt die Karre an, los, halt sofort an«, schrie er zu Carla hinüber, die erst Franzis Zustimmung im Rückspiegel suchte, um dann etwas zu abrupt am Straßenrand anzuhalten. Der Wagen stand noch nicht richtig, als Josh auch schon die Tür aufstieß. Als würde ihm erst in diesem Augenblick bewusst, dass er ohne fremde Hilfe nicht aussteigen konnte, begann er voller Enttäuschung gegen das Dach des Wagens zu schlagen.

»Holt mir meinen verdammten Stuhl, holt mir meinen verdammten Stuhl!«

Franzi beeilte sich, weil sie verstand, wie erniedrigend es sich anfühlen musste, in dieser Situation auf Unterstützung angewiesen zu sein.

Als Joshua schließlich in seinem Rollstuhl saß, bewegte er seine Arme parallel wie die Deichseln einer Dampflok. Er nahm unglaublich schnell Fahrt auf. Franzi wies ihre Freundin mit einem Kopfnicken an, einfach langsam hinter Joshua herzufahren.

Nachdem er einige Kilometer mit höchster Geschwindigkeit über die Landstraße geprescht war, ließ Joshua seinen Rollstuhl ausrollen. Seine Lungen pumpten gierig die frische Luft. Dann stoppte er vollends und wartete, bis der Wagen neben ihm hielt. Wortlos zog er sich am Türrahmen hoch und hob sich mit eigener Kraft ins Auto zurück. Ebenso wortlos packte Franzi den Rollstuhl zurück in den Kofferraum. Joshua war schweißüberströmt und schaute finster zum Fenster hinaus. Der Rest der Fahrt verlief ohne Zwischenfälle.

Anfangs hatte Joshua noch versucht, Franzi irgendwie in das Projekt Fuckin Aliens einzubeziehen, aber alle diese Versuche waren kläglich gescheitert. Er erinnerte sich nur allzu deutlich, wie Breuer, sein Bassist, Franzi das Begrüßungszeichen der Metaller entgegengestreckt und abfällig gefragt hatte, ob sie das bestellte Groupie sei. Franzis als Frage formulierte Antwort, wer einer zu dünn geratenen Parkuhr erlaubt habe, sie anzusprechen, gefiel Breuer dermaßen gut, dass er seitdem in sie verliebt war. Franzi weigerte sich in der Folge beharrlich, irgendwo aufzulaufen, wo auch nur entfernt die Gefahr bestand, auf Breuer zu treffen. »Halt mir diese zwergenhafte Schleimspur bloß vom Hals, sonst garantiere ich für nichts mehr«, war nur eine von Dutzenden klarer Missfallensbekundungen, die Franzi über den dünnen Bassisten im Laufe der Zeit äußerte.

Zum Bassspielen war Breuer eher zufällig gekommen. Das Instrument dazu hatte er als Wetteinsatz gewonnen. Sein Vorbesitzer hatte nicht glauben wollen, dass Breuer sich im Selbstversuch ein Segelschiff auf den Oberschenkel tätowieren würde, gleich in der Kneipe und vor Publikum. Dabei war das eine von Breuers leichtesten Übungen. Alle Tattoos auf der Vorderseite seines Körpers stammten von ihm selbst, alle waren schlampig ausgeführt und von Kunst so weit entfernt wie Breuer von einem echten Rockmusiker.

Noch in der gleichen Nacht, wenn auch erst viele Biere später, begann er auf dem Instrument zu üben. Nochmals um zehn Biere besoffener, sprang er urplötzlich von seinem Hocker, rannte aber nicht wie üblich zum Kotzen aufs Klo, sondern stellte sich mitten im Lokal auf einen Stuhl, bangte und schlug dabei auf das unschuldige Gerät ein. Nach diesem ersten öffentlichen Auftritt legte er Gertrud – so nannte er seinen Bass, bevor er ihn noch am Tag des ersten Zusammentreffens mit Franziska Stein in Franzi umbenannte, was diese um Gottes willen niemals erfahren durfte – nur noch zum Schlafen aus der Hand.

Als Franzi Harald, dem Sänger der Fuckin Aliens, zum ersten Mal begegnete, schrie dieser sich gerade die Seele aus dem Leib. Genauer gesagt begegnete sie seinem Hintern. Je lauter er sang und je mehr ein Song seinem Höhepunkt entgegenrockte, desto weiter klappte Harald in der Hüfte ein, bis die Töne nur noch mittels äußerster Kraftanstrengung ihren Weg aus seinem verbogenen Körper fanden. In diesen Augenblicken berührte Haralds Kopf fast den Boden, und genau in einem solchen Moment betrat Franzi den Pavillon im Garten der Billings.

Irgendetwas musste ihr an der Pose Haralds nicht gefallen haben. Jedenfalls machte sie ohne ein Wort auf dem Absatz wieder kehrt und ward fortan nicht mehr bei Proben gesehen.

Das einzige Bandmitglied, das Franzi überhaupt für erwähnenswert hielt, war Melinda. Lin war cool. Franzi mochte ihre klare und entschlossene Art. Alles was über Melinda sonst gemunkelt wurde, dass sie im Suff schon mal einen erschlagen haben sollte, kein richtiges Zuhause habe, sondern bei irgendwelchen Autonomen in einem besetzten Haus lebe, dass sie lesbisch sei und mehr trinken könne als die übrigen Mitglieder der Band, all diese Geschichten interessierten Franzi nur am Rande.

Das Gute an Franzi, fand Joshua, war, dass die Abneigung gegen achtzig Prozent der Fuckin Aliens ihre Freundschaft zu ihm nicht ernsthaft belastete. Zwar wünschte sie sich, Joshua würde lieber heute als morgen nicht nur der Band, sondern auch der Musikrichtung den Rücken kehren, um mit ihr wieder die alten Ron-Sexsmith-Platten zu hören, aber dafür war gerade nicht der richtige Moment. Metal war neben seinem Work-out die einzige Form, seine negativen Energien loszuwerden.

Niemand konnte sich vorstellen, was in seinem Körper abging, wenn die Band loslegte. Wenn das Schlagzeug martialisch seine Beats klopfte, der irre Breuer mit seinem Bass abdriftete und er mit einigen vorsichtig gesetzten Tönen einstieg, bevor er langsam, mehr und mehr, die Führung übernahm. Erst wenn er am Ende eines Solos seine Gitarre richtig zum Dröhnen brachte, dann spürte er sich, und das war alles, worauf es ankam. Eine bewusst eingesetzte Rückkopplung konnte ihm für einen kurzen elektrischen Moment sogar das Gefühl in seine Beine zurückbringen. Heavy Metal eignete sich nicht zum Mitsingen, weshalb Harald auch nach qualvollen Anfängen inzwischen vollständig auf Lyrics verzichtete und nur mehr Geräusche – Seelengeräusche, wie er sie nannte – von sich gab. Metal war Körpermusik, man hörte sie nicht, sie war so laut, dass man sie durch und durch spürte. Überhaupt Lautstärke! Mit nichts hätte Joshua seine Anspannung besser abbauen können als mit seiner auf Anschlag gepegelten Gitarre. Zu laut, das gab es nicht.

Im Sommer, bei seinem Laufbandtraining, spätestens da würde Franzi merken, wie viel Kraft in seiner Musik steckte. Er war schon dabei, all seine CDs im Computer in MP3-Files umzuwandeln, um sie auf seinen neuen iPod überspielen zu können. Mit den »Hives« auf den Ohren, »Turbonegro« oder »Audiovent« würde er sein beschissenes Rückenmark schon dazu bringen, alles preiszugeben, was es glaubte, ihm vorenthalten zu können, und wenn nicht, würden seine Beine dennoch tanzen, dem Strom auf seinen Ohren konnte er vertrauen.

Trotz allem tat ihm der Riss, der durch seinen Freundeskreis ging, auch weh. Es war nicht so, dass die Jungs aus der Band automatisch seine Freunde waren. Das fing schon damit an, dass sie alle aus zu unterschiedlichen Schichten stammten und unterschiedliche Interessen hatten. Sie waren eine Interessengemeinschaft, eine IG, die IG Fuckin Aliens. Niemals wäre er, der keinen Tropfen Alkohol anrührte, nachts mit Breuer in einem dieser abgefuckten Läden versumpft, niemals wäre er mit Harald durch die dubiosen Clubs gestrichen und hätte ihm dabei zugesehen, wie er einem seiner Lederkollegen Handschellen anlegte, bevor er ihn pimperte, niemals wäre er mit der lauten Lin um die Ecken gezogen und hätte dabei miterlebt, wie sich die eigentlich ruhige und eher schüchterne Frau in einen wirklichen Kotzbrocken verwandelte, oder wäre Harry, dem Achsel- und Fußstinktier, näher gekommen als unbedingt nötig. Aber er achtete die Mitglieder seiner Band und lehnte keinen von den Leuten ab, wie Franzi das tat, selbst der bescheuerte Breuer war im Grunde ein aufrechter Typ, der ihm jederzeit aus der Patsche helfen würde.

Seine wirklichen Freunde aber waren die alten Schulkameraden, Pille und Christie und allen voran natürlich Franzi. Leider kriselte es seit geraumer Zeit zwischen Christie und Franzi, nachdem Christie immer noch nicht verstand, wieso Franzi die Trennung von ihm nichts ausmachte. Besonders setzte ihm die Tatsache zu, dass Franzi sich von ihm getrennt hatte und nicht umgekehrt. Aber immerhin konnte Franzi mit Christie in einem Raum sein, und manchmal entstand sogar wieder so etwas wie Normalität.

Pille nahm an Joshuas Metal-Experiment gerne teil. Er kam zu fast jeder Probe, während Christie, der selbst leidlich Klavier spielte, sich auf die wenigen Live-Auftritte der Band beschränkte. Er brauchte seine freie Zeit, um sich seinem eigentlichen Hobby, den Frauen, zu widmen.

Bei Pille und Joshua lagen die Dinge mit den Mädchen wesentlich komplizierter. Pille faselte zwar andauernd davon, wen er wann flachzulegen gedachte, aber im entscheidenden Moment war der nur 1,70 Meter große Kerl mit seinem Bäuchlein und dem Bürstenhaarschnitt immer der Erste, der sich mit plötzlich einsetzenden Magenschmerzen aufs Klo verabschiedete.

»Was Schlechtes gegessen, entschuldigt. Geht doch schon mal vor, ich komm dann nach«, redete er sich raus.

Aufs Klo ging er dann, aber höchstens um eines seiner Tütchen zu rauchen, gerollt aus dem Gras, das er direkt vor der Nase seiner ahnungslosen Eltern zog. Peter Neuerburg rauchte seit seinem 13. Lebensjahr Pot. Damals war er in den großen Ferien von eben jenen lieblosen Eltern in eine Jugendfreizeit auf Ameland verschickt worden. Mit seinem ersten Joint wollte seinen Eltern unmissverständlich deutlich machen, was geschehen konnte, wenn man sich nicht ordentlich um seine Kinder kümmerte. Peter war nämlich überzeugt, nach dem ersten Zug direkt ins Koma zu fallen oder einen Nervenzusammenbruch zu erleiden. Jedenfalls ging er davon aus, dass etwas so unglaublich Furchtbares mit ihm geschehen würde, dass die blöden Eltern noch in derselben Nacht eingeflogen kämen, um künftig mit dem unerträglich schlechten Gewissen von Rabeneltern weiterzuleben. Umso verwunderter war Peter, als keine der erhofften Katastrophen eintrat, sondern er sich lediglich königlich amüsierte. Mit anderen Worten, Kiffen verschreckte nicht die Eltern, sondern entzückte den Sohn. Weshalb er eines Tages auf Ecstasy umstieg, wusste keiner der Freunde, am wenigsten wohl Peter selbst. Jedenfalls legte ihm sein Klassenkamerad Hasso bei einer Party ein kleines weißes Tablettchen unter die Zunge, schlug den Segen über ihn und flüsterte: »Mach's gut, altes Haus.«

Nach einer Woche wurde Pille, wie er fortan von allen genannt wurde, als geheilt aus dem Krankenhaus entlassen.

»Noch mal Schwein gehabt«, befand der Oberarzt und verabschiedete den Jungen mit einer Menge guter Ratschläge und ebenso vielen Warnungen vor schlechter Gesellschaft. Auf sein traumatisches Erlebnis angesprochen, antwortete Pille stets gleich bleibend monoton: »Frag nicht, Alter, frag nicht. Ich habe Dinge gesehen …« Was für Dinge das gewesen sein mochten, brachte niemals jemand aus Pille heraus.

Joshua fehlte ohnehin jedwede Phantasie zu diesem Thema. Er verspürte eine Heidenangst vor Drogen, vor jedem Rausch. Außerdem wollte er seiner Realität nicht für ein paar Stunden entkommen, er wollte sie komplett verändern, das Schiff wieder in die Sonne drehen, und dafür benötigte er einen klaren Kopf und auch seine Wut. Drogen würden ihn nicht weiterbringen.

Der Soundteppich, der aus dem Pavillon in den Garten der Billings waberte, als Joshua die Tür öffnete, war so laut, dass ein unvorbereiteter Besucher vermutlich das Gleichgewicht verloren hätte. Natürlich waren sie doch zu spät gekommen. Aber Joshua hatte die Probe nicht absagen wollen. Nach dem Klinikbesuch würde ihm etwas Musik sicher gut tun.

Die Metaller leisteten auch ohne ihren Gitarristen Schwerstarbeit. Breuers Bass hatte Joshs Solopart mit übernommen und war gerade dabei, sich zu überschlagen. Hart war klar und laut sowieso, aber mit so viel Speed hatte selbst Josh seinen Sturmpartner noch nicht abdonnern gehört. Dabei wurde die Dynamik ihres Spiels noch vom Schlagzeug des neuen Mörders untermauert. Der Maori spielte nackt, zumindest sah es so aus.

Später konnte Joshua unter den Speckrollen seines massigen Bauchs ein klitzekleines Dreieck und hinten, in der Kimme, zwischen den gewaltigen Pobacken, einen Streifen Stoff entdecken – *Tanga für Terrier*, ein sehr guter Songtitel, befand er. Harald begann wild zu headbangen, und wenn eine Bühne da gewesen wäre, hätte er sicher wieder zu dem bei den Fans so beliebten Stagediving angesetzt. Er mochte das, weil er vor jedem Sprung völlig im Ungewissen darüber war, an welchen Körperteilen ihn die Leute beim Landen berühren würden. Für die Fans war es Pogo, für Harald Sex. Während der Proben genügte ihm aber Marys verrückt spielender Hund als Ersatz. Wolfi hatte sich in Haralds Lederoutfit verbissen und tanzte seine ganz eigene Show. Joshua hätte nur zu gerne gefilmt, wie sich der Sänger an dem durchgeknalltesten aller Schneiders vergriff. Stattdessen wartete er, bis die Rhythmusgruppe schweißüberströmt zum Ende kam, bevor er seine Leute begrüßte.

»Tut mir Leid, ist später geworden«, sagte er mit wenig Reue in der Stimme und rollte auf den Drummer zu, um ihn zu begrüßen.

»Hi man, good to see you, what's your name?«

Lin hatte ihnen erzählt, dass der Kerl erst seit zwei Monaten in Deutschland war und kein Wort Deutsch konnte. Zu Joshs Verwunderung erhielt er statt einer Antwort lediglich ein krakelig beschriebenes Blatt Papier, dessen Wortlaut übersetzt in etwa besagte, dass sein Name Titi sei, er aber im Moment nicht sprechen würde, weil er ein Gelübde abgelegt habe. Auch gut, dachte sich Joshua, Schwätzer gab es genug, und solange der Mann zuhörte und ordentlich spielte, war ihm alles recht.

»Wo ist Lin?«

»Drinnen im Haus.«

»Seid ihr verrückt, ich hab euch doch gesagt, ihr sollt hintenrum reingehen und euch am besten nicht bei meinen Leuten sehen lassen. Ich habe schon genug Probleme.«

»Beruhigung, Alter!«, sagte Breuer. »Sie ist drinnen bei deiner Schwester.«

Joshua stand erst mit offenem Mund da, dann nahm er sich seine Gitarre. Lin und Pamela – schlimmer konnte es kaum kommen. Er schaute über seine Schulter zurück ins Freie, ob irgendwo Polizeiwagen zu sehen waren, sich schon ein Menschenauflauf – was hier oben auf dem *Hügel* nicht zu erwarten war – gebildet hätte oder Pamela vielleicht tot im Gras läge. Eine normale Reaktion wäre gewesen, sofort ins Haus zu fahren, um nachzusehen, was dort vor sich ging, da es sich aber um seine Schwester handelte, fehlte ihm ein angemessenes Verhalten. War womöglich auch noch seine Mutter im Haus? Das war zu viel für ihn.

»Los, Leute, *An Asshole A Day*.«

Fünf Minuten später hatte er alles um sich herum vergessen. Das morgendliche Training, die Aufregung im Wagen, der anschließende Wortwechsel mit Franzi, das alles trat nach und nach in den Hintergrund. Er gab den Jungs keine Chance auf eine Pause. Speed bedeutete Geschwindigkeit, und auch die uneingeschränkte Unterstützung durch Breuer, der bei normalem Tempo oft gelangweilt wirkte und bei ruhigen Passagen gerne einmal ausstieg. Vor einiger Zeit hatte Harald angeregt, eine Ballade ins Programm zu nehmen. Über eine halbe Stunde lang hatten die beiden daraufhin miteinander diskutiert, sich angeschrien und scheinbar unwiderlegbare Argumente, gepaart mit wüsten Beschimpfungen, ausgetauscht. Balladen seien scheiße und außerdem schwul, meinte Breuer, was ihm ein »Du bist ein Asi und ein Faschist« von Harald eintrug. »Wahrscheinlich willst du uns als Nächstes überreden, einen Hip-Hop-Song ins Programm zu nehmen«, war eine ebenso ketzerische, wenn auch nicht so sehr ins Persönliche gehende Anschlussbehauptung Breuers. »Wenn du dich unterstehst, auch nur eine getragene Zeile zu singen, ja nur zu denken, ramme ich dir mit dem Hals meines Fenders die Zähne aus«, lautete das Schlusswort. Nachdem das Problem also in aller Ausführlichkeit besprochen war, legte man das Thema Ballade zu den Akten, denn auch die anderen Bandmitglieder verspürten keine Lust auf ruhigere Nummern. Harald war verschnupft und Breuer der trotzige Sieger.

Dafür dass Titi zum ersten Mal am Schlagzeug saß, klappte es super. Nach dem Schlusscrescendo stand gar ein leichtes Lächeln auf seinem Gesicht, sprechen wollte er weiterhin nicht.

Inzwischen war, von Joshua unbemerkt, auch Lin wieder im Probenraum aufgetaucht. Sie hockte neben einer Box und streichelte Wolfi, der es sich auf ihrem Schoß bequem gemacht hatte.

»Hey!«, begrüßte Joshua Lin.

»Hey! Wo warst du?«

»Unterwegs.«

»Ach ja?«

»Ja. Was ist mit dem Mörder? Warum schreibt er Botschaften?«

Lin lachte. »Will Buddhist werden und hat gelobt, nicht mehr zu sprechen, bis der Übertritt in die neue Religion erfolgt ist. Jetzt ist er Atheist.«

»Hä?«

»Jaaa ... So hat er es mir geschrieben. Was weiß denn ich, Mann! Als ich ihn kennen gelernt habe, hat er noch mehr gequatscht als Breuer in seinen schlimmsten Phasen.«

»Und was hat Religion mit Quatschen zu tun?« Mit seinem Stock zog Joshua Wolfi, der gerade versuchte, auf seinen Schoß zu springen, einen über. »Hau ab, blöder Köter.«

»Lass doch den Hund in Ruhe, Arschloch.«

»Scheiß auf den Hund, was ist mit dem Buddhismus von Titi?«

»Durch sein loses Mundwerk hat er einen Freund verpfiffen, natürlich unabsichtlich. Der Typ hat in einer Tankstelle über den Tresen hinweg in die Kasse gegriffen und ist anschließend in einer Kneipe von der Polizei festgesetzt worden. Die Bullen hatten den Tipp von 'nem Mann, dem Titi voller Stolz von dem Bruch erzählt hatte.«

»Voller Stolz?«

»Ja, Mann. Titi war eben stolz, jemanden zu kennen, der sich so was traut, verstehste?«

Dafür bestrafte er sich also jetzt. Ob er dann hinterher wieder sprechen würde und ob ihn die Religion von einer Plaudertasche zu einem Stoiker umwandeln würde, konnte Lin nicht sagen.

»Wo warst du eben, Lin?«, fragte Joshua eher beiläufig.

»Drinnen. Ich hab mich mit deiner Schwester unterhalten.«

»Ihr kennt euch?«

»Jetzt schon.«

»Ziemliche Ziege, was?«

»Fand ich nicht. Bisschen kindlich noch, aber eigentlich doch ganz süß.«

»Ganz süß? Wo hast du denn das neue Wort gelernt? Du findest etwas ganz süß? Is ja 'n Hammer. Normalerweise ist bei dir doch alles krass, scheiße oder ficken!«

»Na ja, hab das Wort nicht so richtig überlegt. Scheiße, is doch wohl egal, oder? … Jedenfalls war's nett. Ich musste aufs Klo und wollte nicht in die Rabatten pissen, also bin ich ins Haus, habe ordnungsgemäß geklingelt, und deine Mutter hat mir den Weg gezeigt. Als ich wieder rauswollte, kam Pam die Treppe runter und meinte, sie hätte mich neulich in der Eisdiele gesehen, und so kamen wir halt ins Gespräch.«

»Scheiße, oder?«

»Was, dass sie mich einfach so anspricht? Dass sie das vorher nicht gemacht hat, liegt wohl an dir, eher als an mir jedenfalls. Ehrlich, sie war echt nett. Warum soll sie auch ständig als Monster rumlaufen?«

»Gute Frage, Lin. Das frag ich mich schon die ganze Zeit.«

»Was?«

»Ach nichts. Ich frage mich, was dahinter steckt, wenn sie plötzlich mit dir redet.«

»Sollte sie nicht?«

»Nicht ihre Art, sie hasst die Band.«

»Mich anscheinend nicht.«

»Jaaa … das hab ich ja jetzt begriffen …«

»Nein, echt, sie hat mir sogar ein Bier angeboten. Übrigens kennt sie unsere Musik überhaupt nicht, hat sie jedenfalls gesagt, und dass du ihr keine Chance gibst, mal reinzuhören.«

»Scheinheiliges Luder. Du solltest hören, wie sie über den Krach herzieht, bei jeder Gelegenheit, ich sag ja, sie ist verlogen, richtig scheißverlogen.«

»Keine Bestätigung, Major, aber ist ja auch egal. In Kürze kann ich dir mehr sagen, wir treffen uns mal.«

»Du mit meiner Schwester? Ich glaub's nicht. Willst du sie anmachen, oder was? Sie ist nicht lesbisch, frag HGL, dem ist sie wochenlang nachgestiegen und hat sogar heimlich Bilder von ihm gemacht.«

»Was soll der Scheiß, Josh? Wenn ich deine Schwester flachlegen will, frag ich dich nicht vorher. Und ich erzähl dir auch hinterher nichts davon. Wenn ich dir aber sage, dass ich mich nett mit ihr unterhalten habe, sie freundlich und überhaupt nicht tussig zu mir war und wir uns lose verabredet haben, dann habe ich dir schon viel mehr erzählt, als dich in Wirklichkeit angeht. Das is ein verfickter Beweis meiner Freundschaft! Ende der Ansage.«

Lin drehte sich um und verließ den Pavillon. Sie hatte Mühe, sich ein Lachen zu verkneifen.

7

Michael Billings hatte seit genau 28 Stunden nicht mehr geschlafen. Diese andauernden Neueröffnungen zerrten an seinen Nerven. Anscheinend steckte er die Strapazen zunehmend schlechter weg. Er saß in einem breiten Sessel im zukünftigen Büro des Filialleiters und wollte sich eine Weile entspannen. Sein Körper war ausgelaugt und müde. Außerdem plagten ihn starke Kopfschmerzen. Zuerst eher diffus im Hinterkopf, dann wanderten sie hinter das rechte Auge, von wo aus sie momentan versuchten, seine Denkfähigkeit zu lähmen. Michael suchte in seiner Sakkotasche nach dem Pillendöschen und stellte enttäuscht fest, dass die Tablette, die er während der letzten Besprechung geschluckt hatte, seine letzte gewesen war. Stöhnend goss er sich einen Kaffee ein und trank die fast kalte Flüssigkeit mit aufsteigendem Ekel. Er legte die Füße auf einen Karton, fischte sein Handy aus der Hosentasche und stellte auf stumm. Nur einige Minuten Ruhe, und es konnte weitergehen.

Nachdem Schröter ihn auf die Baustelle umdirigiert hatte, und das, obwohl er eigentlich abends mit Caro ins Theater gemusst hätte, hatte er keine ruhige Minute mehr gehabt. Das war vor drei Tagen gewesen. Die Arbeiten lagen so weit hinter dem eigentlichen Zeitplan zurück, dass zwischenzeitlich gar die Eröffnung gefährdet schien.

Inzwischen hatte er durch sein bewährtes Krisenmanagement, das im Wesentlichen darin bestand, jede anfallende Entscheidung unmittelbar an Ort und Stelle zu treffen, unabhängig davon, ob er im Thema drin war oder nicht, schon wieder entscheidende Zeit aufgeholt. Vor wenigen Minuten hatte er grünes Licht von der EDV-Abteilung erhalten. Die Kassenanlage lief, alle Hardware-Komponenten waren vollständig und ins Netz eingebunden. Der Server tat seine Arbeit, das

Back-up lief, und die Warenwirtschaft war aufgespielt. Was jetzt noch fehlte, war das Einbinden des neuen Hauses in das firmeneigene Data-Warehouse, damit von der Zentrale aus permanent auf die Bestände der Filiale zugegriffen werden konnte, aber das war nur noch eine Kleinigkeit. Wenn jetzt die Türanlage noch reibungslos funktionierte, war der Rest Routine.

Auf einen Außenstehenden, aber auch auf den viel zu jungen Filialleiter wirkte zwar alles noch sehr chaotisch und unfertig, Michael jedoch wusste, dass sie über den Berg waren. Eine Erkenntnis, an der er niemanden teilhaben ließ, weil eine auch nur teilweise Entwarnung sofort einen Abfall der Anstrengungen nach sich gezogen hätte. So hatte er es bei Schröter gelernt, der Mensch funktioniert unter Druck nun mal am besten. Eine Theorie, die er mit seinem eigenen Verhalten beweisen konnte. Kaum hatten die Techniker den Daumen gehoben, hatte sich eine bleierne Müdigkeit auf ihn herabgesenkt. Am Abend würde er Schröter Bescheid geben, sich vielleicht sogar ein paar Biere mit den Gewerken genehmigen, kurz ins Hotel verschwinden, am Morgen dann den Startschuss geben und endlich wieder nach Hause fahren. In zwei Tagen ging es nach Stromboli, und in seinem Büro warteten noch etliche Stunden Arbeit auf ihn.

Als die Sirene losheulte, war er sofort wieder hellwach, und das Adrenalin pulste stärker als zuvor durch seine Adern. Er sprang auf und rannte nach draußen. Ihn umfing Finsternis. Michael stoppte eine an ihm vorbeistürmende Verkäuferin durch einen rüden Griff in die Armbeuge und erkundigte sich in einer absolut ruhigen Tonlage nach der Ursache für den Tumult.

Im ersten Untergeschoss war die Sprinkleranlage plötzlich losgegangen, ein Indiz für Feuer oder ein Defekt in der Anlage. Natürlich hatten sie schon mit dem Innenausbau und dem Einräumen der Ware begonnen, noch bevor die Anlage auch nur ein einziges Mal abgedrückt worden war. Trotz heftiger Proteste der Architekten war dieses Vorgehen doch eher der Normalfall. Die Miete lief, und jeder Tag ohne Kunden war ein verlorener, teurer Tag. Im vorliegenden Fall hatten die Techniker ordnungsgemäß alle Funktionen überprüft, Druck auf die Leitungen gegeben, während Michael mit seinem Filialleiter und angehaltenem Atem am Treppenauge des Obergeschosses stand und gebannt auf das Geräusch austretenden Wassers lauschte. Nach wenigen Minuten klopfte er dem blassen Kollegen auf die Schulter, lachte entspannt und ging zurück an die Arbeit.

Was also war jetzt geschehen, und warum funktionierte das verdammte Licht nicht? Michael nahm die lichtstarke Taschenlampe zur Hand, die genau für diese Zwecke an seinem Schlüsselbund hing, schritt vorsichtig auf die Treppe zu und von dort über die still stehenden Rolltreppen hinab in Richtung Untergeschoss. Im Erdgeschoss kam ihm bereits der Hausmeister entgegen. Sein stoischer Gesichtsausdruck signalisierte: kein Grund zur Beunruhigung, lediglich falscher Alarm, kein Feuer. Irgendwie war wohl der Ofen der Bäckerei, der bewusst eingebaut worden war, um den Kunden das Gefühl von besonderer Frische der Backwaren zu vermitteln, zur Decke hin nicht ausreichend abgedichtet. Durch die austretende Wärme war eines der Rauchmelderöhrchen an der Kassettendecke geplatzt und hatte damit die Sprinkleranlage ausgelöst. Das Wasser war, dies jedoch keinesfalls planmäßig, in die Unterverteilung gelangt, was den Kurzschluss verursacht hatte, der nun für die Dunkelheit im Gebäude verantwortlich war. Der Hausmeister befand sich auf dem Weg nach draußen, um der inzwischen angerückten Feuerwehr den Sachverhalt zu erklären und sie wieder nach Hause zu schicken.

Als das Neonlicht nach endlosen Minuten mit mehreren dicht aufeinander folgenden Zuckungen endlich wieder aufflammte, bot sich Michaels geröteten Augen ein Bild der Verwüstung. Ausgerechnet hier, wo die Arbeiten in den letzten Stunden am besten vorangekommen waren, sodass er die Mitarbeiter schon auf den restlichen Etagen verplant hatte, herrschte das schiere Chaos. Das Wasser stand in Pfützen auf dem Boden. Kartons waren durchweicht aus den Regalen gerutscht, frische Nudeln lagen zerklumpt auf den Silbertabletts in der Auslage der Enoteca, die Brotlaibe waren aufgeplatzt und der tote Fisch zurückgekehrt in sein natürliches Element. Das Hummerbecken war übergelaufen, und wie es hinter den Regalen aussah, konnte nur erahnen, wer Ähnliches bereits erlebt hatte.

Die Mitarbeiter standen mit hängenden Schultern in Gruppen zusammen. Einige hielten noch immer vor Schreck die Hände vor den Mund, alle sahen sich um den Lohn ihrer Anstrengungen der vergangenen Tage gebracht, und manche von ihnen weinten still vor sich hin.

Michael sackte zusammen, aber nur innerlich und auch nur für die Dauer eines langen Atemzugs.

»Alle mal herhören«, rief er nach einem kurzen Moment der Besinnung laut und ohne erkennbare Aufregung in der Stimme. »Was wir jetzt brauchen, sind alle verfügbaren Putzkolonnen, ausdrücklich auch Leiharbeiter, die Zusatzkosten zeichne ich ab, alles, was Geschwindigkeit bringt, ist in Ordnung. Personalabteilung?« Er scannte die Reihen der Mitarbeiter. »Bitte kümmern Sie sich sofort darum ... Dann: Alle Mitarbeiter begeben sich unverzüglich zurück in ihre Abteilung. Ich sorge dafür, dass jedem von Ihnen noch eine Hilfe aus den anderen Etagen zur Seite gestellt wird. Bitte fangen Sie sofort mit dem Aussortieren der beschädigten Waren an. Stellen Sie alles, was auch nur den Anschein hat, es sei beschädigt, in die Gänge. Von dort wird es abtransportiert ... Wo ist der Filialleiter?« In der Hektik hatte er den Namen des jungen Kollegen vergessen.

»Hier«, kam es etwas zu zaghaft aus einer weit entfernten Ecke.

»Kommen Sie bitte zu mir.« Er wies den Mann an, Verstärkung über die Zentrale zu ordern. Sie brauchten Lagerarbeiter und ausreichend Container in der Anlieferzone, um die beschädigte Ware so lange zu lagern, bis die Versicherung ihr Einverständnis zu deren endgültiger Vernichtung gab. Danach sollte der Mann mit Block bewaffnet und einem Assistenten die Reihen abschreiten und alle ausrangierten Lebensmittel auflisten, bevor sie dann von den Lagerarbeitern in die Container geschafft wurden.

In diesem Stil arbeitete sich Michael durch die Katastrophe.

Wenn Zeit geblieben wäre, hätte er sich ehrlich eingestehen müssen, dass ihn das Managen eines Schadens faszinierte. In der ersten ruhigen Sekunde telefonierte er mit Schröter und unterhielt ab dann eine Standleitung in sein Büro, damit er alle organisatorischen Aufgaben sofort, wenn sie anfielen, delegieren konnte. Er stritt mit dem herbeigeeilten Sachverständigen der Versicherung, aber nur 15 Minuten, bis er entschied, dafür weder Zeit noch Geduld zu haben, und den Anwalt der Firma beauftragte, sich mit dem Mann auseinander zu setzen. Mit den Disponenten einigte er sich nach kurzem harten Ringen auf eine Push-Strategie bei der Nachbestellung der defekten Waren, was natürlich zu einem erheblichen Überbestand führen konnte, wofür Michael die volle Verantwortung übernahm, bevor er sich schließlich mit dem Betriebsratsvorsitzenden über die Vergütung der unausweichlichen Nachtarbeit einigte.

Nachdem alles Notwendige veranlasst war, fing er vorne wieder an. Er kontrollierte den Fortgang der Aufräumarbeiten, schritt die Gänge ab, wurde laut, wenn es ihm notwendig erschien, lobte, baute auf und half, wenn Not am Mann war, auch selbst tatkräftig mit.

Gegen zwei Uhr nachts waren die Aufräumarbeiten beendet, und nichts deutete mehr auf das Chaos hin, das noch wenige Stunden vorher geherrscht hatte. Um vier Uhr kamen die frischen Waren, und um sechs Uhr gingen die letzten Menschen nach Hause, um sich wenigstens kurz frisch zu machen. Mit ihnen ging auch Michael. Eigentlich hätte er ja bleiben mögen, er mochte es, im Vorfeld einer Eröffnung für eine kurze Zeitspanne allein im Haus zu sein. Er genoss dann die ruhige, wenn auch ein wenig gruselige Atmosphäre und betrachtete in aller Ruhe und nicht selten voller Stolz sein Werk. Aber um acht Uhr würde er den Bürgermeister treffen, um mit ihm gemeinsam das neu gestaltete Haus zu eröffnen, dann gab es Musik, Angebote und hoffentlich jede Menge zahlungsbereite Kunden und um elf Uhr schließlich einen Rundgang mit der örtlichen Presse. Gegen Mittag, frühestens, könnte er sich verabschieden. Schröter hatte ihm sein Privatflugzeug angeboten, eine Auszeichnung, die ihm bislang noch nicht zuteil geworden war. Dann blieben ihm immer noch gute fünf Stunden, um das Notwendigste im Büro zu ordnen. Anschließend vier Stunden Schlaf, was reichte, denn es standen ihm ja immerhin 14 Tage Ausspannen bevor.

8

»Bitte beeil dich, Caro, sonst ist der Flieger weg.«

Michael hetzte die Gänge des Flughafens entlang. Unter jeden Arm zwei Gepäckstücke geklemmt, war er dennoch schneller als Caro, die kopfschüttelnd und zunehmend ärgerlich versuchte, mit ihm Schritt zu halten.

Caro war die Lust auf diesen Urlaub gründlich vergangen. Mit Ausnahme der Hotelbuchung hatte sie alle Reisevorbereitungen alleine erledigen müssen. Und das betraf keineswegs nur ihren eigenen Urlaub.

Zuallererst waren da die Ferien der Kinder. Koffer packen mit Pamela war der blanke Horror. Sie hatten über beinahe jedes Teil, das schließlich im Koffer landete oder eben auch nicht, Streit bekommen. Caro war froh, als ihre Tochter endlich im Wagen der Geiger-Wolffs saß, gleichzeitig war ihr nach Heulen zumute.

Bei Josh gab es zwar nicht das Problem des Koffers, dafür aber das Problem der Kommunikation. Ein echter Psychokampf! Der Kerl sprach den lieben langen Tag kein einziges Wort. Schon am Morgen hatte er seine wenigen Sachen zusammengepackt, und seitdem rollte er linkisch durch die Wohnung, bevor er am Spätnachmittag zum Bahnhof fahren wollte. Er hatte ausdrücklich darauf hingewiesen, dass sie ihn auf gar keinen Fall begleiten dürfe. Ihr war schon klar, weshalb die Stimmung so gereizt war, und sie nutzte die Situation keineswegs aus, auch wenn ihr Sohn das sicher so auslegte, vielmehr wusste sie selbst nicht, wie sie mit der verfahrenen Lage umgehen sollte. Joshua brauchte Geld, Urlaubsgeld, natürlich brauchte er das, war aber zu stolz, sie danach zu fragen. Und ihr war es ebenso unangenehm, weil Joshua doch ständig alles falsch verstehen wollte oder ihre Handlungen bewusst negativ auslegte. Was wäre denn gewesen, wenn sie einfach so zu ihm hingegangen wäre und ihm das Geldkuvert überreicht hätte? Vermutlich hätte sie innerhalb weniger Sekunden in einer massiven Kapitalismusdiskussion gesteckt, in der viel über Abhängigkeit, aber wenig über Pflichten gesprochen worden wäre.

Na ja, am Ende war sie dann doch in sein Zimmer gegangen und hatte gesagt: »Komm her« und ihm einen Kuss aufs Haar gegeben. »Und pass bloß gut auf dich auf, sonst kannst du was erleben.« Dann hatte sie den Umschlag einfach auf seinen Schoß fallen lassen und war ohne eine Reaktion abzuwarten aus dem Zimmer geflohen, durch den Gang und die Diele, die Treppe hinauf in ihr Schlafzimmer. Sie ließ die Tür nur angelehnt und hätte dennoch fast nicht gehört, wie Josh das Haus verließ, weil sie so heftig schluchzte.

Aber damit nicht genug, Michael hatte sie natürlich auch bei dem Problem mit ihrer Mutter völlig allein gelassen. Die alte Dame war nämlich keinesfalls entzückt von der Idee, die kommenden Wochen in einem Sanatorium verbringen zu müssen. Mit wahrer Engelsgeduld hatte sie auf Mary eingeredet und ihr alles erklärt. Sie hatte ihr die Vorzüge der Klinik versucht darzulegen und war, nachdem alles nicht so recht verfing, auch noch mit ihr den langen Weg zur Küste hinaufgefahren, um sich vor Ort einen Eindruck zu verschaffen. Zu Hause hatte Mary ihre Karten befragt, die ihr unmissverständlich darüber Auskunft gaben, was sie von ihrem restlichen Leben und von ihren Angehörigen zu erwarten hatte. Von allen verlassen, würde sie einsam und elend verenden, und somit, so hatte sie ihrer Tochter in vollem Ernst mitgeteilt, könne sie sich auch gleich hier und heute in ihr unvermeidliches Schicksal ergeben. Caro versuchte diese neuerliche Unverschämtheit gar nicht erst an sich ranzulassen, dennoch konnte sie in der folgenden Nacht nicht schlafen. Vor ihrem geistigen Auge sah sie Mary, zum Skelett abgemagert, einen Strand entlangtaumeln, immer wieder stürzend, bis ihr geschundener Körper schließlich bewegungslos in der Brandung schaukelte. An dieser Stelle schreckte Caro auf. Sie hätte gerne mit ihrem Mann über ihre Gewissensbisse gesprochen, doch Michael war entweder nicht da oder wirkte gehetzt und nicht ansprechbar.

Und zu guter Letzt hatte sie natürlich auch noch für den eigenen Urlaub sorgen müssen. Sie hatte die Flüge gebucht, den Transfer organisiert, die Koffer gepackt, Zeitungen und Brötchen abbestellt, den Gärtner instruiert und, und, und. Michael war kurz vor Mitternacht aus seinem Büro gekommen, und anstatt wenigstens so zu tun, als interessiere er sich für irgendetwas außerhalb seiner Kaufhauswelt, noch in seinen Kleidern auf dem Bett eingeschlafen.

Um fünf Uhr klingelte der Wecker, und es gelang ihr nur mit Mühe, Michael wachzurütteln. Die Augen zu öffnen und aufzustehen schien dann allerdings eine einzige Bewegung zu sein. Er riss sich die zerknitterte Kleidung vom Leib, stürzte unter die Dusche und verbreitete von diesem Moment an eine unglaubliche Hektik.

»Hast du meine Badelatschen?«, rief er. »Sind die Reiseunterlagen komplett? Wo ist der Fotoapparat? Wieso haben wir keine Diafilme?« Und schließlich noch: »Du hast wie immer viel zu viel eingepackt!« und »Was sollen wir mit all diesen Büchern, ich dachte, wir wollen uns erholen?« In dieser Art ging es weiter. Während der Fahrt zum Flughafen, bei der Parkplatzsuche in dem neu erbauten Parkhaus und nun auf den langen Gängen hin zum Abflug-Gate.

Die Billings checkten das Gepäck ein, brachten die Passkontrolle hinter sich und ließen sich schließlich erschöpft in die Sitzschalen der Abflughalle fallen. Ihr Flug war noch nicht einmal aufgerufen. Caro sah sich in der ungemütlichen Halle um. Bei den übrigen Passagieren nach Catania hatte der Urlaub augenscheinlich schon begonnen. Sie lärmten und schienen voller Vorfreude. Die Atmosphäre um sie herum wirkte sehr entspannt.

»30 Minuten Verspätung! Da hätten wir nicht so rennen müssen«, sagte Michael, nachdem er die Abfluginformationen in einem der kleinen Fernseher studiert hatte, und lächelte amüsiert. Er legte seinen Arm um Caro und zog sie fest an sich. »Liebling, ich freu mich wie irre. Ich bin so was von urlaubsreif.«

»Wir hätten auch ohne die Verspätung nicht so zu rasen

brauchen. Immerhin haben wir bis zum regulären Abflug noch fast eine Stunde Zeit. Du machst mich noch verrückt mit deiner dauernden Stresserei.«

»Entspann dich, Caro, ab jetzt beginnt der Urlaub.«

»Hast du gestern im Büro alles geschafft?«, fragte sie, nur um das Gespräch in Gang zu halten.

»Von allem kann keine Rede sein. Aber ich hab's zumindest so weit fertig, dass in den nächsten 14 Tagen nicht allzu viel anbrennen kann.«

»Du hast doch Mitarbeiter.«

»Das stellst du dir etwas einfach vor – wie so oft. Klar hab ich Kollegen, aber ich muss ständig schwierige Entscheidungen fällen.«

»Und die kannst natürlich nur du allein treffen.«

»Auch wenn dein Unterton Unglauben signalisiert, ja, Caro, so ist es. Das heißt, Schröter könnte es tun. Aber du weißt ja, dass er sich inzwischen mehr auf dem Golfplatz aufhält als in der Firma.«

»Was kein großes Problem ist, wenn man einen Deppen wie dich in seinen Reihen hat.«

»Danke für das Kompliment. Es hätte dessen nicht bedurft, um mir zu verdeutlichen, wie wenig du dich für meine Probleme interessierst.«

»Das würde ich so nicht sagen. Ich interessiere mich doch ausschließlich für dich und deine Probleme. Vielleicht ist das ja sogar das Hauptproblem. Zugegeben nicht deines, aber meins. Aber, nebenbei bemerkt, dein Interesse an meiner Meinung zu deinen Problemen, wenn ich denn überhaupt einmal davon erfahre, hat über die Jahre ziemlich nachgelassen und befindet sich derzeit auf dem Nullpunkt.«

»Caro, wann immer ich versuche, dich in meinen Arbeitsalltag einzubeziehen, machst du mir Vorhaltungen. Du beschwerst dich, dass ich zu spät nach Hause komme, zu lange auf Dienstreise bin, zu wenig Zeit mit den Kindern verbringe und mich um dies und das nicht kümmere. Ich komme doch überhaupt nicht dazu, mit dir über Schröter und meine beruflichen Schwierigkeiten zu sprechen. Ich hab den Mantel noch nicht aus, da hagelt es bereits Ohrfeigen. Spaß macht das nicht, schon lange nicht mehr. Es sollte dich also nicht wundern, dass ich erst gar nicht mehr anfange zu erzählen.«

»Was würdest du denn erzählen?«

»Was sollte ich denn erzählen?«

»Ich muss mir den ganzen Kram von eurem Warenwirtschaftssystem, euren ellenlangen Gewerkschaftssitzungen, den Aufsichtsratsbesprechungen und was weiß ich nicht alles für einen Müll anhören. Das interessiert mich nun mal nicht.«

»Eben, sag ich ja, interessiert dich nicht. Das ist aber mein Job. Ein Job übrigens, der uns ziemlich gut ernährt. Es ist ja nicht so, als täte ich das alles für mich allein.«

Die letzten Worte hatte Michael deutlich zu laut gesprochen, sodass die Italienurlauber aus der gegenüberstehenden Stuhlreihe begannen, sich für den Streit zu interessieren. Michael bemerkte die Blicke und wurde knallrot. Caro ließ die heuchlerische Aufmerksamkeit kalt. Mit öffentlichen Streitsituationen wie dieser war sie aus ihrer Kommunenzeit bestens vertraut, obwohl auch sie es nicht schätzte, deren Protagonistin zu sein.

»Komm, Liebling, das sind unsere Nerven«, versuchte Michael leise zu beruhigen, »ich hol uns ein Glas Champagner, was hältst du davon?«

Caro nickte kurz und sah Michael traurig hinterher.

In den folgenden Stunden entspannte sich das Verhältnis zwischen ihnen wieder. Sicher auch eine Folge des wunderschönen Flugs. Sie genossen eine phantastische Sicht auf die schneebedeckten Gipfel der Alpen, konnten die oberitalienischen Seen in ihrer ganzen Pracht unter sich liegen sehen und berauschten sich am Landeanflug auf Catania, während das Flugzeug an dem dampfenden Ätna vorbeiglitt. Es hätte die Möglichkeit gegeben, sich vom Flughafen Catania direkt mit einem Helikopter auf die Liparischen Inseln fliegen zu lassen. Caro hatte sich jedoch dagegen entschieden, weil ihr das dann doch zu dekadent erschien.

Folglich bestiegen sie, nachdem sie ihre Koffer vom Band gewuchtet hatten, einen Shuttlebus und ließen sich darin in zwei schweißtreibenden Stunden über den nördlichen Teil

Siziliens kutschieren. Im Hafen von Milazzo wartete das einstiegsbereite Aliscafi und brachte sie in drei Stunden ans Ziel.

Stromboli war Michaels Idee gewesen. Irgendwann nachts in einem der namenlosen Hotels, als er wieder einmal nicht einschlafen konnte, lief im Fernsehen einer der alten Schwarzweißstreifen mit der wunderschönen Ingrid Bergman. Roberto Rossellinis »Stromboli, Terra di Dio«. Michael war von den Bildern der archaischen Landschaft begeistert. Nackt auf dem Bett liegend, verfolgte er gespannt die Schilderungen des Alltagslebens auf dem kargen Eiland. Besonders die realistische Darstellung des blutigen Thunfischfangs faszinierte ihn. Sehnsucht stieg in ihm auf, ein Gefühl, das er lange verschüttet glaubte. Am nächsten Morgen, während er noch mit verquollenen Augen auf seinen Heimflug wartete, kaufte er sich ein Buch über die Inseln, und zu seiner Verwunderung erfuhr er, dass Lipari immer noch kein massentouristisches Ziel und Stromboli, trotz Ingrid Bergman, nicht zum Mekka der Filmtouristen geworden war. Vermutlich war seither zu viel Zeit vergangen, immerhin war der Film schon über 50 Jahre alt. Genau dort wollte er seinen nächsten Urlaub verbringen. Er nahm sich fest vor, Caro noch am gleichen Abend von seiner Entdeckung zu berichten, was er dann aber doch wieder vergaß. Als ihm einige Tage später, während eines langweiligen Meetings, seine Pläne wieder einfielen, notierte er sich die Idee auf einem Zettel und informierte am Abend dann schließlich seine verdutzte Frau. In einer Buchhandlung erfuhr Caro dann, dass es sich bei Stromboli um eine derzeit besonders bei Schwulen angesagte Insel handelte, die Hauptattraktion neben dem Vulkan und Rossellinis Film die schwarzen Strände waren und ansonsten wenig Zerstreuung geboten wurde. Caro ahnte, dass es sich um eine Kurzschlusshandlung ihres Mannes gehandelt hatte, um eine gefühlsgesteuerte Aktion, deren Auslöser ein Bild, das ihn rührte, eine Vorstellung, auf die er sich einließ, mithin etwas offensichtlich Subjektives gewesen sein musste. Allein dieser Umstand versöhnte sie schließlich mit seiner einsamen Entscheidung, auch wenn sie selbst, zumal in ihrer momentanen Situation, einen Ort mit etwas mehr Unterhaltungsangebot vorgezogen hätte. Da Michael aber von ihrer gemeinsamen Krise nicht einmal etwas zu ahnen schien, wunderte es sie auch nicht, dass er ihre Schwierigkeiten mit seiner Entscheidung nicht verstand.

Vor ihnen tauchte der Vulkan aus dem Meer auf. Schroff und steil ragten die Felsen aus dem Meer, und nichts deutete auf dieser Seite der Insel auf menschliche Besiedlung hin. Erst als die Fähre die Landmasse auf der Ostseite fast umrundet hatte, kam Stromboli, der einzige Ort der Insel, wenn man von dem schwer erreichbaren Ginostra absah, in Sicht. Die Fähre wurde langsamer und legte schließlich in Scari an.

An Land versperrte ein grün überwachsener Hügel die Sicht auf den Vulkan. Malerisch lagen darauf verteilt die weißen Häuser des Dorfes.

Am Pier erwartete sie Roberta Greenfield, die Besitzerin des gebuchten Hotels, höchstpersönlich. Die betagte Amerikanerin wohnte schon seit einem halben Jahrhundert zusammen mit ihrer Lebensgefährtin auf der Insel und galt aufgrund ihrer unangepassten Lebensweise als Legende.

Hinter dem schönen Marktplatz von San Vincenzo mit den beiden dreischiffigen Kirchen lag das Hotel. Der strahlend weiße Bau wirkte eher wie ein Privathaus. Wer hierher kam, der war ein Gast der Greenfields und kein mehr oder minder zufällig vorbeischauender Reisender. Das Hotel hatte nur elf Zimmer. Gleichwohl verlangte die geschmackvoll eingerichtete Anlage von den wenigen Gästen ein Höchstmaß an Selbstständigkeit. Die Idee des Hotels bestand darin, Reisenden ein Zuhause fernab ihres eigenen Heims zu bieten. Die Räume waren perfekt eingerichtet, korrespondierten geschmackvoll mit den Farben der Insel und des Meeres und ließen so etwas wie Heimweh gar nicht erst aufkommen. Es gab keinen Empfangsschalter mit Schlüsselboard, kein Restaurant und auch keine ausgewiesenen Gemeinschaftsräume, alles ergab sich ganz selbstverständlich und wirkte genau deshalb sehr privat. Ebenso außergewöhnlich war der Service. Während des Aufenthalts fühlte man sich ganz für sich. Verlangte es einen der Gäste plötzlich nach einem Dienst, tauchten wie von Geistern gerufen die Kellner auf. Wie dies so perfekt funktionierte, war das Geheimnis der Greenfields und Teil des Rufs, den ihr Haus genoss.

Für gewöhnlich stiegen nur langjährige Gäste bei den Greenfields ab. Buchungen mussten bereits Monate im Voraus getätigt werden, und die wenigen Plätze waren weltweit heiß begehrt. Michael verdankte seinen Eintritt in die geschlossene Ferienidylle einmal mehr seinem Gönner Werner Schröter, der bereits seit den frühen 60er Jahren ein Fan Strombolis war. Schröter erzählte niemals darüber, viel zu sehr neidete er jedem anderen Besucher die Insel, die er gerne »mein kleines Eiland« nannte. Als Michael den Namen Stromboli in einem Gespräch fallen ließ, wurde der Alte zunächst etwas seltsam, schließlich schien es ihn aber doch stolz zu machen, dass sein Ziehsohn den richtigen Geschmack hatte. Bereitwillig und zum allerersten Mal hatte er Roberta angerufen und nicht für sich selbst, sondern für »einen Freund« gebucht.

»Schön hier«, stellte Caro fest, während sie die Koffer auspackten.

»Ja, herrlich.« Michael drückte seinen Rücken durch, der ihm nach der langen Anreise schmerzte. Er ging um das Bett herum, hielt seine enteilende Frau am Arm fest und zog sie zu sich heran. »Ich bin froh, dass wir hier sind. Nur wir beide.«

»Mmmhm«, entgegnete Caro und löste sich aus der Umarmung. »Lass uns schnell auspacken und dann runter zum Meer gehen. Die Sonne geht direkt vor uns unter, am Strand ist es zu dieser Tageszeit am schönsten.«

»Ja, das ist eine gute Idee.«

Michael schaute aus der weit offen stehenden Verandatür über die weiß gekalkte Brüstungsmauer den Hang hinab direkt auf die kleine Insel vor der Küste. Es war der 1000-Dollar-Blick, der, den man haben musste. Jede zweite Postkarte Strombolis war von irgendwo hier oben aufgenommen.

Und Caro hatte Recht. Die dicke rote Sonne stand direkt über der Spitze des Leuchtturms, der die kleine Insel bewehrte. In einer Stunde würde die Sonne als Feuerball, dort wo Himmel und Meer sich berührten, verglühen. Michael setzte sich aufs Bett, griff zum Telefonhörer, und noch während er überlegte, welche Nummer für die Rezeption zu wählen sei, erkundigte sich eine freundliche Stimme bereits nach seinen Wünschen. Er bestellte eine Flasche eisgekühlten Champagner und ein paar Antipasti. Beides so, dass sie es mit zum Strand nehmen konnten.

Auf dem Weg hinab zum Meer, entlang an dornigen Büschen und intensiv riechenden Kräutern, fühlte sich Caro mit einem Mal sehr melancholisch gestimmt. Als sie den Picknickkorb sah, Michaels hilfsbereite Aufmerksamkeit beim Hinabklettern eines kleinen Mäuerchens bemerkte und dann, beim Gehen, plötzlich seine Hand in der ihren spürte, hatte sie einen Kloß im Hals.

Am langen, schwarzen Lavastrand angekommen, zogen sie ihre Schuhe aus und spazierten einige hundert Meter in Richtung Westen. Dort setzten sie sich in den warmen Sand. Die Sonne stand jetzt nur noch eine Hand breit über dem Horizont. Michael breitete eine Decke aus und schaute in den Korb. Woher die Leute im Hotel wohl so schnell all die leckeren Sachen geholt hatten? Sie genossen kleine gegrillte Anchovis, herrliche Thunfischpaste, frittierte Kapern, die nirgendwo in der Welt eine ähnliche Qualität besaßen, das eingelegte Gemüse, Meeresfrüchtesalat und frischen Ziegenkäse. Dazu tranken sie eiskalten Champagner.

»Ich bin froh, mit dir hier zu sein«, wiederholte Michael, nachdem er auf die andere Seite der Decke gewechselt war, und hob Caro das Glas entgegen. Caro und Michael sahen sich zum ersten Mal seit geraumer Zeit für mehr als nur einen flüchtigen Moment in die Augen. Caro seufzte, trank und ließ ihren Kopf auf Michaels Schultern sinken. Michael legte den Arm um sie, und sie betrachteten schweigend den Sonnenuntergang.

An diesem ersten Abend auf der Terrasse sprachen sie noch lange miteinander. Michael erwähnte dabei weder seine Firma, noch berührte er irgendein anderes Thema, bei dem die Gefahr einer neuerlichen Auseinandersetzung bestanden hätte. Sie waren beide sehr vorsichtig miteinander. Zum Schluss saßen sie über eine Karte der Insel gebeugt und überlegten, was sie alles unternehmen wollten. Erneut hätte sich schlechte Stimmung ausbreiten können, als Michael die kommenden Tage für Caros Verhältnisse etwas zu genau und vor allem etwas zu voll plante, aber über die Gefahr einer Krise waren sie in dieser Nacht bereits hinweg.

Im Bett spürte Caro plötzlich Michaels Hand zärtlich ihren Bauch streicheln. Sie hielt die Luft an. Der Augenblick erschien ihr so unwirklich, dass sie Angst hatte, ihn wegzuatmen. Nach einer Weile drehten sich ihre Körper zueinander. Sie küssten sich sanft, fast schon verschämt. Nicht wie ein altes Ehepaar, viel eher wie zwei, die etwas ganz und gar Ungewohntes taten. Natürlich hatten sie auch in der Vergangenheit Sex gehabt, lange nicht mehr so oft wie zu Beginn ihrer Beziehung und schon gar keinen so ungewöhnlichen Sex wie in den ersten Jahren, nachdem die Kinder da waren. Da zerrte Michael sie schon mal in eine Ecke ihrer Wohnung oder während eines Ausflugs hinter einen Baum, wo sie sich schnell und heftig liebten. Diese Heimlichkeiten hatte Caro sehr genossen. In der letzten Zeit wurde der Sex seltener und vor allem deutlich gefühlskälter.

In dieser Nacht spürte Caro ihren Mann, und sie wusste, dass es ihm ebenso erging. Sie war ihm seit Jahren nicht mehr so nah gewesen. Sie schlief in Michaels Armen ein.

*

Der Asphalt schien sich der schweren Lufthansa-Maschine entgegenzuwölben, als sie im letzten Licht eines glutheißen Tages auf der Landebahn des Flughafens von Olbia aufsetzte. Die Geiger-Wolffs waren bei den Ersten, die ausstiegen. Ein Privileg der Bussines-Seats. Das hinderte Charlottes Bruder, einen ziemlich eingebildeten Geisteswissenschaftler, aber nicht daran, fortwährend am System der Gepäckausgabe herumzunölen.

»Es gibt keinen Grund, weshalb nicht auch das Gepäck der First-Class-Passagiere vor dem der übrigen Mitreisenden auf das Band gesetzt wird. Bei den Preisen, die wir hier zahlen, sollte sich das eigentlich von selbst verstehen.«

Charlotte wandte sich ab und zog vor Pamela eine Grimasse. Selbst sie hielt ihren Bruder für arrogant, erzkonservativ und beschwerte sich offen über dessen schlechtes Benehmen. Seine Kritik brachte er gerne, laut und vernehmlich vor, was im vorliegenden Fall ein deutliches Kopfschütteln der anderen Fluggäste, die ebenfalls am Band anstanden, zur Folge hatte. Dass Peter, so hieß Charlottes Bruder, ausgerechnet in diesem Jahr endlich einmal wieder zusammen mit der Familie verreisen wollte, gefiel weder Charlotte noch Pam. Sie fand den Typ furchtbar und fühlte sich in seiner Gegenwart unwohl. Gott sei Dank hatte er nur zehn Tage Zeit und würde dann zusammen mit Charlottes Vater wieder abreisen. Ihre Mutter wollte etwas länger bleiben, aber auch nicht so lange wie die Mädchen, und Charlotte war guter Dinge, dass sie die Bude spätestens nach zwei Wochen für sturmfrei erklären könnten. Weshalb gerade ihr das so wichtig war, hatte Pamela noch nicht aus ihrer Freundin herausbekommen, aber ihr sollte es nur recht sein.

Vor dem Flughafen wartete ein älterer Herr auf die Reisegruppe, der wie ein lange verschollener Verwandter begrüßt wurde. Der kleine Mann hatte eine Haut wie gegerbtes Leder und sprach ausschließlich Italienisch. Pamela verstand kein Wort. Ein Glück, dass Charlotte drei Jahre lang einen Italienisch-Kurs belegt hatte und jetzt für sie dolmetschte.

Der Mann war der Verwalter des Areals, auf dem das Anwesen der Geiger-Wolffs stand. Er sorgte dafür, dass während der elf Monate im Jahr, in denen das Haus leer stand, alles in Schuss gehalten wurde, versorgte den Garten, lüftete die Räume regelmäßig und kümmerte sich um alle Angelegenheiten, die ein ausländischer Besitz mit sich brachte. Sogar eine Vollmacht über das italienische Konto der Familie besaß der Alte, damit alle anfallenden Rechnungen sofort beglichen werden konnten. Das Gefährt, in dem er die Familie jetzt abholen kam, war allerdings wenig geeignet, alle Personen, vom Gepäck ganz zu schweigen, zu befördern.

»Pamela und ich fahren mit Bernardo«, ließ Charlotte keinen Zweifel daran, wem das Privileg zufiel, in der offenen Sardinenbüchse zum Haus gebracht zu werden. »Das ist unser Mehari«, fuhr sie an Pamela gewandt fort, »ich liebe den Wagen.«

Pamela schrieb diesen Anflug von Technikbegeisterung den immer noch sehr hohen Temperaturen zu.

»Und was bitte ist ein Mehari?« Im Dizionario war kein Eintrag zu finden.

»Schätzchen, ein Mehari ist ein Citroën ganz aus Plastik, ein Auto, das du nur hier im Süden fahren kannst. Ist der nicht herrlich romantisch?«

»Na, ich weiß nicht. Sieht eher so aus, als würde das Ding beim ersten Schlagloch auseinander brechen!«

»Quatschbombe! Los, steig ein! Die anderen nehmen ein Taxi.«

War der Mehari ein unerwartetes Abenteuer, hatte Charlotte vom Haus wirklich nicht zu viel versprochen. Keine zwanzig Kilometer südlich von Olbia bogen sie nach links auf eine weit ins Meer hinausragende Landzunge ab. Kurz bevor Felsen steil ins türkisblaue Wasser stürzten, stieg die Straße derart an, dass Bernardo den Wellblechkreuzer in den ersten Gang zurückschalten musste. Linkerhand schimmerte das Meer durch einen lichten Pinienhain zu ihnen herauf. An einer alten Mühle bogen sie erneut ab, um nach wenigen Metern vor einem hohen, gelb gestrichenen Lattenzaun anzuhalten. Dahinter lag das weitläufige Gelände, leicht abfallend bis zum hauseigenen Strand.

14 Tage später lagen die beiden Mädchen lässig hingestreckt im Zodiac der Geiger-Wolffs. Der Motor war abgestellt, und das Boot schaukelte sanft in der Dünung. Es war kurz vor 21 Uhr. Die letzten Strahlen der Sonne hüllten La Tavolara, den gigantischen Monolithen, der sich nur wenige hundert Meter vor der Küste fahlweiß aus dem Meer schraubte, in ein weiches Licht. Längst hatte die Dämmerung die Konturen der Küstenlinie verschluckt, und während es im Schatten allmählich kühler wurde, genossen Pamela und Charlotte die Wärme des ausklingenden Tages auf dem Wasser.

Charlottes Mutter, die Letzte der Erwachsenen, war gegen Mittag von Bernardo zum Flughafen gebracht worden, und nun hatten die jungen Frauen das Haus endgültig ganz für sich allein.

Charlotte war wie ausgewechselt. Da dies der erste Urlaub war, den sie zusammen verbrachten, entdeckte Pamela ohnehin einige neue Eigenschaften an ihrer Freundin. Sie war bisher immer davon ausgegangen, dass die Geiger-Wolffs zu den wenigen intakten Familien in ihrer Umgebung gehörten, aber nach 14 Tagen musste sie sich eingestehen, dass sie mit ihrer Beurteilung offenbar gründlich danebenlag.

Kaum stand der Mehari wieder auf dem strohgedeckten Stellplatz, sprang Charlotte auf den Fahrersitz und unternahm mit Pam eine Spritztour. Natürlich hatte sie keinen Führerschein. Zu Hause hätte sie nichts und niemand zum unautorisierten Führen eines Pkws verleiten können, aber hier vertraute sie wohl vollständig auf ihre frauliche Ausstrahlung. Und, das musste Pamela neidlos anerkennen, sie fuhr nicht schlecht. Der Gipfel war allerdings, dass ihr Vater, der Herr Rechtsanwalt höchstpersönlich, Charlotte das Fahren beigebracht hatte.

Und so waren sie mit wehenden Haaren und lauter Musik gut gelaunt ins nächste Dorf gebraust, wo sie für ein Picknick eingekauft hatten. Und die Veränderungen bei Charlotte gingen weiter. Für gewöhnlich eine strenge Antialkoholikerin, legte sie in dem kleinen Supermarkt wie selbstverständlich eine Flasche Prosecco und eine Flasche Rotwein in den Einkaufskorb, den sie dann gemeinsam mit frischem Tintenfischsalat, eingelegten Oliven, gefüllten Peperoncini und Pane carasau auffüllten.

Jetzt lag der Prosecco in einer Kühlbox, während das Essen weitgehend verputzt war. Charlotte füllte die Gläser und prostete Pamela zu.

»Auf die wahren Ferien. Jetzt geht's erst richtig los.«

»Ich muss langsam machen«, entgegnete Pamela, »das ist mein drittes Glas. Mir dreht sich schon alles.«

Pamela war Alkohol nicht gewöhnt. Sie trank allenfalls zu besonderen Anlässen und auch da höchstens ein Glas. Aber dieser Nachmittag war irgendwie anders. Charlottes feierwütige Fröhlichkeit hatte etwas Ansteckendes.

»Das liegt nur an der Sonne. Lass uns zu Alberto fahren und was Ordentliches essen, und dann gehen wir feiern. Ich hab schon mit den Jungs telefoniert. Alle sind da, das wird eine tolle Nacht, unsere Nacht, Schwesterchen.«

»Was für Jungs?«

»Na, wir sind so eine Clique. Ich habe dir ganz bestimmt schon davon erzählt. Stefano kennst du ja ...« Ein großer, schlaksiger Junge aus der Nähe von Rom. Das Haus seiner Eltern stand in der nächsten Bucht. »Mauro ist ein Freund von Stefano. Er wohnt in Olbia und dann noch Stella, sie ist die Älteste von uns. Stella hat einen Stand für Fruchtsäfte und so 'n Zeug am Hafen unten. Sie ist eine waschechte Sardin und sorgt dafür, dass sich uns selbst verbotene Türen öffnen.«

»Charlotte!«

»Was?«

»Verbotene Türen? Was ist denn mit dir los? Du wirkst irgendwie so ...«

»Waaas?«

»Sooo ... na, irgendwie so enthemmt. So kenne ich dich gar nicht.«

Charlotte lachte. »Was soll denn los sein? Ich bin in Ferien. Und darf man sich da nicht ein wenig amüsieren?«

»Amüsieren schon, aber gleich ein Persönlichkeitswechsel?«

»Quatschbombe! Was glaubst du denn, was wir machen? Opiumhöhle? Spielsalon? Swingerclub?«

»Ich weiß ja nicht ...«

»Du musst noch eine Menge lernen. Wir gehen tanzen, trinken ordentlich einen und fahren höchstens noch schwimmen, aber nicht mehr.«

»Klang aber nach mehr.«

»Nein, nein, keine Sorge, alles ganz harmlos. Ich will Spaß, einmal im Jahr, und den kann man hier haben, glaub mir. An die Wäsche, falls es das ist, was du glaubst, lass ich hier ebenso wenig jemanden wie in Deutschland, ich bin doch nicht verrückt.«

»Und das hat auch noch niemand versucht?«

Wieder lachte Charlotte, bevor sie den Rest ihres Glases hinunterschüttete.

»Und ob, aber, hey, ich bin Charlotte Geiger-Wolff! Glaubst du, ich muss erst 1500 Kilometer fahren, um mich von einem Italiener flachlegen zu lassen? Ich heiß doch nicht Petra Berlin.«

»Du bist gemein. Lass P aus dem Spiel. Sie hat es nicht so leicht wie wir.«

»Ich vergaß, unsere P steht ja unter deinem ganz persönlichen Schutz.«

»Red doch keinen Scheiß!«

Inzwischen war die Sonne hinter der westlichen Bergkette untergegangen, und ein leichter Wind kam auf. Auf dem Wasser wurde es kühl. Charlotte stellte die Schraube des Außenborders wieder senkrecht und steuerte das Boot in einer schnittigen Kurve zurück an den hauseigenen Anlegesteg.

Pamela stand länger als gewöhnlich unter der warmen Dusche. Der gleichmäßige Strom des Wassers entspannte sie. Sie träumte vor sich hin, während die Tropfen auf ihrer Schulter zerplatzten. 14 mal 24 Stunden waren vergangen, seitdem ihre Mutter, die Tränen mühsam unterdrückend, sie bei den Geiger-Wolffs abgesetzt hatte, und noch keine Minute hatte sie seither an zu Hause gedacht. Überhaupt war dies der erste Augenblick der Ferien, in dem Gedanken an ihre Familie in ihr aufstiegen.

Die Tage auf Sardinien waren ein einziger langsam fließender Fluss. Wie weggespült waren die schmerzhafte Zerrissenheit der letzten Monate und die nervöse Unsicherheit. Es fühlte sich einfach wunderbar an, morgens ausschlafen zu können, den Tag zu vertrödeln und am Abend nett zusammenzusitzen. Charlottes Freude über die Abreise ihrer Mutter erschien ihr absurd. Bei den Geiger-Wolffs konnte wirklich jeder machen, was er wollte. Es existierten keine gemeinsamen Mahlzeiten, kein Gruppenzwang bei Ausflügen, kein An- und Abmelden, jeder war so frei er nur sein wollte.

»Bist du so weit?« Charlotte klopfte gegen die Milchglasscheibe der Duschkabine.

»Ja, ja, was drängelst du denn so?« Ohne Zögern öffnete Pamela die Schiebetüre und stand völlig nackt vor der Freundin. »Reichst du mir bitte mal das Handtuch?«

Charlotte griff nach dem großen Badetuch, ohne den Blick von Pamela abzuwenden. Es musste schon eine ganze Zeit her sein, dass sie ihre Freundin das letzte Mal vollständig nackt gesehen hatte. Erst durch den erstaunten Ausdruck in Charlottes Augen wurde Pamela bewusst, dass sie sich entgegen ihrer üblichen Verhaltensweise völlig ungeniert gab. Sie errötete.

»Was schaust du denn so? Hast du noch nie eine nackte Frau gesehen?«

»Seit wann rasierst du dich denn unten rum?«, fragte Charlotte und starrte ungeniert auf die angesprochene Körperregion.

»Charlotte!«

»Sag schon.«

»Ist doch völlig gleichgültig. Ich kann Haare am Körper einfach nicht leiden. ... Was soll's?«

»Tut das weh?«

»Warum interessiert dich das?«

»Weil es ungewöhnlich ist, oder etwa nicht?«

»Keine Ahnung, woher soll ich das wissen?«

»Stehen die Typen auf so was?«

»Charlotte! Was weiß denn ich, worauf Männer so alles stehen. Glaubst du, wir Frauen machen uns nur für Männer schön?«

»Ja.«

»Unsinn. Gib endlich das Handtuch her.« Sie riss der Freundin das blaue Frotteetuch aus den Händen und wickelte sich darin ein, bevor sie vorsichtig aus dem Duschbecken stieg.

»Hat HGL dich darauf gebracht?«

Pamelas Drehung und der Schlag in Charlottes Gesicht waren eine einzige Bewegung. Zwei Sekunden dauerte es danach, bis sie vor Schreck über ihre Tat die Hände vors Gesicht riss. Nur einen Wimpernschlag später stand sie wieder allein im Bad.

Charlotte stampfte die Treppe hinab und marschierte quer durch den Salon auf den Sekretär zu. Sie öffnete die Glastüren und zögerte einen Moment. Doch dann nahm sie mit sicherem Griff einen Grappa aus der gut bestückten Hausbar. Zornig ließ sie sich in die Polster der Sitzgarnitur plumpsen, entkorkte die Flasche und trank. Sie atmete vernehmlich aus, presste die Lippen aufeinander und stierte in die Dunkelheit der südlichen Nacht. Zwei Schlucke später stand sie auf und ging mit der Flasche in der Hand wieder zurück ins Badezimmer. Wortlos ergriff sie mit ihrer freien Hand Pamelas Arm und zog sie hinter sich her durch die Diele und über die Terrasse zum Strand. Ihre Freundin ließ sich in den Sand fallen, und sie setzte sich daneben, legte den Arm um ihre Schultern, hielt ihr die Flasche hin und sagte: »Trink!«

Pamela nahm einen zaghaften Schluck. Sie traute sich nicht zu widersprechen. Als sie absetzte, überwältigte sie ein derart heftiger Hustenreiz, dass sie davon ins Schwitzen geriet.

»Und jetzt rede, Pamela. Alles. Ich bin deine Freundin. Du kannst dich auf mich verlassen.«

Es brauchte eine beträchtliche Wegstrecke des Vollmonds am Himmel und einige Tränen, bis Pamela, immer wieder stockend, am Ende ihres traumatischen Erlebnisses anlangte. Die laut vorgetragene Erinnerung tat weh und war ihr zugleich auch peinlich. Sie fühlte sich beschmutzt. Der Ekel kehrte zurück. Nur mit Mühe unterdrückte sie den aufsteigenden Brechreiz und den Impuls, sich erneut unter die Dusche zu stellen. Immer und immer wieder hatte sie sich seither einzureden versucht, dass es keinen Grund für ihren Ekel gäbe. Aggression wäre die angemessene Reaktion gewesen. Die hätte sie jedenfalls nicht so ohnmächtig zurückgelassen. Vielleicht hätte sie dann sogar die Kraft gefunden, den Kerl öffentlich bloßzustellen oder ihn anzuzeigen.

Charlotte schwieg noch lange, nachdem Pamela mit ihrer traurigen Geschichte geendet hatte. Dann schob sie die Oberlippe vor und fing an, auf dem Hals der leeren Flasche zu pfeifen. Pamela löste das Handtuch, wischte sich mit einem Zipfel das feuchte Gesicht ab und schaute Charlotte aus glasigen Augen an. Es dauerte einen Moment, um in dem Geräusch eine Melodie zu erkennen. Als sie realisierte, dass es sich um die Titelmelodie des Films »Spiel mir das Lied vom Tod« handelte, schlug sie Charlotte mit dem Handrücken auf den Oberarm und funkelte sie dabei vorwurfsvoll an. Charlotte drehte ihr den Kopf zu, ohne dabei das Pfeifen zu unterbrechen. Jetzt erst erkannte Pamela, dass Charlotte verschmitzt grinste.

»Du blöde Kuh!« Pamela erschrak. Sie lallte.

Charlottes Darbietung erstickte in einem Lachkrampf. Sie sprang auf und begann auf beiden Beinen gleichzeitig zu hüpfen. Nach einer Weile blieb sie breitbeinig stehen, ging leicht in die Hocke und warf die leere Flasche in weitem Bogen in Richtung Meer. Schließlich wandte sie sich wie ein Sumo-Ringer zu Pamela um. Abwechselnd schlug Charlotte sich auf den linken und rechten Oberschenkel. Im Takt begann sie zu singen:

»Die Kerle sind der letzte Mist,
wir ändern's oder es bleibt, wie's ist.«

Pamela schaute dem Tanz aus ihrer Schräglage eine Weile mit offenem Mund zu. Im Rhythmus bewegte sie schließlich ihren Kopf, bevor sie sich mühsam erhob, um endlich in den Chor einzustimmen.

»Ich hab keine Lust auf Disco, du etwa?«

Charlotte schüttelte den Kopf. Zu viel mehr war sie nicht mehr in der Lage. Ohne auf ihren Alkoholpegel zu achten, hatten sich die beiden Mädchen angezogen und waren zwei Buchten weiter zu einer Strandbar gefahren. Erstaunlicherweise steuerte Charlotte den Mehari, als wäre sie stocknüchtern. Jedenfalls erschien es Pamela so. Vielleicht war das ja sogar das Geheimnis dieses Wagens, dass er besonders unter dem Einfluss einiger Drinks für eine Landpartie bestens geeignet war.

In der einfachen Trattoria aßen sie einen Teller Nudeln, anschließend ein Stück gegrillten Fisch und zum Abschluss der kräftigenden Mahlzeit noch ein paar Mandelplätzchen. Das Essen tat Pamela gut, dass Charlotte dazu weiteren Wein bestellte, nahm sie als gegeben hin. Sie jedenfalls beteiligte sich an dieser Runde nicht mehr.

»Hast du mal darüber nachgedacht, den Typen anzuzeigen?«, fragte Charlotte noch mit vollem Mund, nachdem sie das Thema auf der Fahrt nicht weiter vertieft hatten.

»Ja, aber ich sagte dir doch, ich möchte am liebsten nicht mehr darüber nachdenken.«

»Der Fall ist nicht verjährt. Ich könnte mit meinem Vater darüber reden, was hältst du davon?

»Untersteh dich, Charles!«

»Und du untersteh dich, mich noch einmal Charles zu nennen, du spinnst wohl!«

»Darf ich dich was fragen, Charlotte?«

»Ja, was?«

»Wieso bist du hier plötzlich so anders?«

»Hä?«

»Na, zu Hause bist du immer beherrscht, planst alles genau, bist immer die Tochter aus gutem Hause. Ich hab dich noch nie bei einer Fete trinken sehen. Immer sprichst du voller Hochachtung von deiner Familie.«

»Und was ist jetzt hier so anders, außer dem Alkohol, meine ich?«

»Ja, was ist denn damit?«

»... Oooh ...!«

»... doch wirklich. Du säufst wie ein Loch, fährst Auto ohne Führerschein, bist froh, dass deine Eltern abreisen. Du bist anders.«

»Und gefällt dir, was du siehst?« Charlotte lehnte sich im Stuhl zurück und öffnete ihre Jacke.

»Schon«, entgegnete Pamela und hob ihr Glas. »Salut!«

»Salut, Schwester, aber mit Wasser stößt man doch nicht an.« Ungefragt goss sie Pamela Wein in ihr Wasser. »Pass auf! Ich mache hier Urlaub, von der Schule, von den hohen Erwartungen an die gut erzogene Tochter und den daraus resultierenden gesellschaftlichen Notwendigkeiten. Und, wie du ja weißt, mache ich alles ganz oder gar nicht. Im Urlaub brauch ich meine Eltern nicht, und ich spiele gerne etwas rum. Die Zeit, die ich hier auf Sardinien verbringe, ist normalerweise die schönste im ganzen Jahr. Wir brauchen doch alle ein kleines Ventil, findest du nicht auch?«

»Solche Sätze kenn ich eigentlich nur von meinen Eltern.«

»Was ist eigentlich mit denen? Ja, genau: Was ist überhaupt bei euch los?«

»Alles ziemlich scheiße!«

»Sehr aufschlussreich. Na egal. Ich mach dir 'nen Vorschlag. Ich pack uns jetzt noch ein Fläschchen ein, und dann fahren wir doch noch zu den Jungs. Versuchen den ganzen Mist zu vergessen, wenigstens für heute Abend. Sie sind nicht in der Disco, und es sind wohl noch einige mehr geworden. Irgendjemand feiert seinen Geburtstag. Wollen wir versuchen, sie am Strand ausfindig zu machen?«

Pamela war einverstanden. Sie hatte überhaupt kein Interesse an weiteren Gesprächen über ihre Familie, über Schönheits-OPs oder an einer Diskussion über den Nutzen von Beruhigungstabletten. Leider hatte Charlotte das Röhrchen mit dem Johanniskraut gleich am ersten Abend auf ihrem Nachttisch entdeckt und nicht lockergelassen, bis sie ihr alles erklärt hatte. Charlotte missbilligte Psychopharmaka, selbst wenn es sich um Naturpräparate handelte. Aber jetzt, nachdem Pamela ihre Freundin derart trinken gesehen hatte, waren sie quitt, fand sie jedenfalls.

Noch auf der Fahrt vom Haus zum Restaurant hatte sich die Welt vor ihren Augen gedreht oder war ihr zumindest seltsam verzerrt erschienen. Nach dem leckeren Essen fühlte sie sich wieder klarer und angenehm entspannt. So war die Wirkung des Alkohols gar nicht so schlecht.

Die Nachtluft im offenen Gefährt tat gut. Charlotte telefonierte beim Fahren, und Pamela machte derweil ein kurzes Nickerchen. Als Charlotte sie schließlich unsanft wachrüttelte, hatte sie den Mehari mitten in einer Kurve abgestellt. Aber er war nicht das einzige Fahrzeug, das auf dieser abgelegenen Piste unsachgemäß parkte. Charlotte torkelte zwischen den Wagen hindurch zum Strand. Aus dem Beifahrerfenster eines blauen Lancia schauten zwei übereinander geschlagene Beine heraus, und süßliche Rauchschwaden trieben über die Motorhaube hinweg dem Meer entgegen. Laute Musik erfüllte die Luft.

»Typische Itaker-Party«, kicherte Charlotte.

»Was soll das sein?«

»Gut aussehende Kerle aus reichen Familien, die bei italienischer Popmusik Hasch rauchen.«

»Hihi.«

»Wir aber nicht. Brauchst nicht gleich so was denken. Wird mir bombenschlecht von.«

»Haste schon mal probiert?«

»Sicher. Analyse: unbrauchbar. Vernebelt nur das Hirn. Macht blöd!« Jetzt wirkte Charlotte wieder wie eine echte Geiger-Wolff.

Unten am Wasser lief tatsächlich eine echte Hippieparty, wenn auch 20 Jahre zu spät. Wilde Musik, Drogen aller Art und ein riesiges Lagerfeuer erwarteten die beiden Frauen. Alle hier sahen unverschämt gut aus. Sie waren braun gebrannt, wirkten athletisch und waren mehr oder weniger spärlich bekleidet. Auf etwas mehr als 30 Personen schätzte Pamela das Häuflein. Die überwiegende Mehrzahl von ihnen junge Männer, weshalb das Erscheinen zweier gut aussehender Frauen auch ein großes Hallo hervorrief.

Charlotte war umgehend der Mittelpunkt der Gesellschaft. Gewohnt souverän plapperte sie los, und Pamela verstand wieder einmal kein Wort. Doch daran hatte sie sich in den zurückliegenden zwei Wochen längst gewöhnt. Als sie glaubte, aus dem italienischen Silbensalat ihren Namen herauszuhören, machte sie einen ordentlichen Knicks mit theatralischer Verbeugung, was die Meute mit Applaus bedachte. Danach setzte sie sich auf einen abgestorbenen Baumstamm, etwas abseits vom Feuer, und sah dem Treiben aus sicherer Entfernung zu.

Charlottes Anspielung auf Hervé hatte eine Sicherung in ihrem Hirn durchbrennen lassen. Die erlittene Demütigung trieb ihr erneut die Tränen in die Augen. Der Übergriff allein, da war sie sich inzwischen sicher, trug nicht die ganze Schuld an dem Ekel, der seither in ihrem Leben Raum griff. Da war in erster Linie die tiefe Enttäuschung. Zu sehr hatte sie sich in den Gedanken verrannt, mit dem schönen Belgier ein gemeinsames Leben zu planen.

Sie sah hinüber zum Feuer. Charlotte tanzte um die lodernden Flammen und spielte mit den Erwartungen der männlichen Zuschauer. Pamela musste gelächelt haben, sonst hätte der rothaarige Junge sie wohl nicht gefragt, worüber sie sich denn so amüsiere. Sie hatte sein Kommen nicht bemerkt. Jetzt stand er mit nacktem Oberkörper vor ihr, nicht eben besonders groß gewachsen, aber mit einem charmanten offenen Lachen im Gesicht.

»Hallo, ich bin Tonino«, sagte der Junge in perfektem Deutsch, das nur erahnen ließ, dass er Italiener war.

»Hallo, Pamela.« Sie wollte schon freundlicher sein, aber irgendwie fiel ihr nichts ein. Es lag nicht an dem Jungen.

»Darf ich mich zu dir setzen?«

Im Gegensatz zu den meisten anderen trug Tonino sein Haar nicht allzu lang, dafür schienen die wilden Locken allerdings in alle Richtungen von seinem Kopf wegzustreben. Er hatte hellblaue Augen und jede Menge Sommersprossen.

»Na?«

»Was?«

»Darf ich, oder möchtest du allein sein?«

»Wieso kannst du denn Deutsch?«

»Weil ich in Wiesbaden geboren bin.«

»Ach so!«

»Du hast getrunken, nicht?«

»Was geht das dich an?« Pamela war schockiert. Weil er so unverschämt fragte, aber auch weil es nicht sein konnte, dass man ihr den Ausrutscher anmerkte. Unverschämt, der Typ, fand sie.

»Nur so. Fühlst du dich gut? Kann ich dir was holen?«

»Was soll der Scheiß?«

»Entschuldige. Ich hab mich wohl schlecht ausgedrückt. Darf ich dir etwas zu trinken holen?«

Ohne eine Antwort abzuwarten, ging Tonino zum Feuer und kam mit einer Flasche Mineralwasser in der Hand zurück.

Pamela trank und spürte, wie angenehm die kühle Flüssigkeit war. Tonino setzte sich ihr gegenüber im Schneidersitz in den Sand, zündete sich eine Zigarette an und beobachtete sie.

»Brauchst gar nicht so blöde zu grinsen ... Wiesbaden, was?«

»Ja, bis zu meinem zwölften Lebensjahr. Dann bin ich zurück nach Fiesole.«

»Warum?«

»Hmm«, sagte Tonino und sah Pamela prüfend an. »Na schön. Also, mein Vater hat sich in eine Deutsche verliebt und hat uns sitzen lassen. Da hat meine Mutter uns Kinder geschnappt und ist zurück in ihre Stadt. Ja, seitdem sind wir wieder in Italien. Mama versuchte uns die deutsche Sprache abzugewöhnen. Aber wir Kinder haben aus Trotz einfach weiter Deutsch gesprochen. Sie wird heute noch richtig zornig, wenn ich mich mit meinem Bruder in unserer eigentlichen Muttersprache unterhalte, vor allem, weil mein Bruder inzwischen auch noch Deutsch studiert. Er möchte später als Übersetzer arbeiten.«

Pamela tat ihre harsche Art Leid. Tonino war wirklich ausgesprochen nett.

»Sollen wir schwimmen?« Ob sie die Frage nur stellte, um der sentimentalen Situation zu entkommen, oder weil es sie wirklich nach einer Abkühlung verlangte, war ihr nicht klar. Sie fühlte nur urplötzlich ein starkes Kribbeln in der Magengegend.

»Klar, wenn du möchtest. Das Wasser ist sicher herrlich.«

Ihr Kopf drehte sich. Egal, dachte sie, schließlich sind Ferien. Ohne weiteres Zögern zog sie ihre Kleider aus und lief zum Wasser. Sie sprang kopfüber in die dunklen Wellen, machte zwei Züge und drehte sich dann auf den Rücken. Tonino konnte sie nicht mehr sehen. Plötzlich spürte sie zwei Hände, die von hinten unter ihre Achseln griffen.

»Was hältst du davon, wenn ich dich ein wenig durchs Wasser ziehe? Macht großen Spaß, du wirst sehen. Spiel einfach toter Mann.«

Tonino zog sie sehr sanft durch die Dünung. Pamela schloss die Augen und verlor augenblicklich jedes Gefühl für Raum und Zeit. Das Wasser war angenehm warm, der weite Himmel mit Sternen übersät, und sie versank in einen schwerelosen Traum. Irgendwann spürte sie Bewegungen unter sich. Sie hatten tieferes Wasser erreicht, und Tonino musste nun selbst schwimmen. Sie verspürte keine Angst, der Augenblick hätte ewig währen können.

»Wir sind da«, hörte sie seine Stimme leise in ihr Ohr flüstern.

Aus ihren Träumen gerissen, wandte sie sich um und schluckte dadurch etwas Salzwasser. Hustend und spuckend begann sie selbstständig zu schwimmen.

»Wo sind wir?«

»Ich wollte dir das hier zeigen. Es ist meine Lieblingsstelle.«

Pamela sah sich um. In der Ferne konnte sie den Schein des Feuers erkennen. Das nahm ihr die aufkeimende Angst. Direkt vor ihr ragten schwarze Felsen aus dem Meer. Tonino kletterte an Land.

»Komm hier hinauf und leg dich auf den Stein. Gib mir deine Hand. Vorsicht, es ist ziemlich rutschig.«

Das war es in der Tat. Kaum hatte sie den ersten Fuß an Land gesetzt, zog es ihr auch schon die Beine weg und sie fiel zurück ins Wasser. Mit einem Hechtsprung war Tonino wieder bei ihr, und sie versuchten es erneut. Als sie endlich nebeneinander auf dem Felsplateau lagen, verstand Pamela, weshalb dies hier ein Lieblingsort sein konnte. Der ins Meer ragende Fels schützte perfekt vor den Blicken der Menschen. Man hatte nichts als den weiten Himmel über und das unendliche Meer vor sich. Aber das Schönste war, man lag auf einem von der Tageshitze noch warmen, vom jahrhundertelangen Anbranden des Wassers glatt geschliffenen Stein, und nur ab und zu umfloss eine wie Sekt prickelnde Welle den Körper. Ein kaum merkbares Lüftchen blies vom Meer heran. Sie schloss die Augen und bekam eine Gänsehaut.

Neben sich spürte Pamela die Wärme, die Toninos Körper ausstrahlte. Zentimeter um Zentimeter näherte sie sich der flüchtigen Bekanntschaft, bis sie ihm ganz nah war. Seine sich im Wind wiegenden Härchen kitzelten sanft ihre glatte Haut. Mit einer wild entschlossenen Bewegung drehte sie sich nun vollständig zu Tonino um. Sie legte ihr angewinkeltes Bein auf seine Lende und drückte ihren Mund ungestüm auf den seinen.

Eine gefühlte Ewigkeit später, als der Junge vorsichtig in sie eindrang, schloss sie die Augen. Aus Schmerz, aus Verzweiflung und aus Furcht. Als das Hymen platzte, hätte sie schreien wollen, aber sie tat es nicht. Als die Kälte sie durchdrang, hätte sie weinen wollen, aber es gelang ihr nicht. Ihr Körper war an dem Liebesakt nicht beteiligt.

Tonino war sanft und liebevoll. Er flüsterte ihr innige Worte ins Ohr. Keines davon schaffte es in Pamelas Bewusstsein.

Als er fertig war und sie mit verliebtem Blick fragte, ob es schön für sie gewesen sei, nickte sie. Als sie sich kurze Zeit später in das nachtschwarze Meer übergab, erklärte sie, es käme vom Wein. Aber Pamela war niemals in ihrem Leben nüchterner gewesen als in diesem Augenblick.

*

Joshua wartete, bis seine Freunde schliefen. Dann zog er sich langsam und leise in seinen Stuhl. Mit einem kurzen Blick in die übrigen Kojen versicherte er sich nochmals, dass niemand seinen Ausflug bemerken würde. Christie und Franzi hatten viel zu viel getrunken, um in dieser ersten Phase des Schlafes etwas mitzubekommen. Um Pille brauchte man sich ohnehin keine Sorgen zu machen. Er würde selbst den Untergang des Schiffes verschlafen, wenn er vorher nur genug geraucht hätte, was an diesem Abend eindeutig der Fall gewesen war.

Vorsichtig drehte Joshua an dem Metallstummel und zog die schmale Tür der Kabine auf. Das schummrige Licht der Notleuchten erhellte den Gang. Die Luft im Bauch des Schiffes war abgestanden und stickig. Geräuschlos rollten seine Reifen über den abgenutzten Teppichboden in Richtung der Aufzüge. Mit erhöhter Anfahrgeschwindigkeit überwand er den Bodenholm der Außentür.

Als er den ersten kühlen Luftzug auf seinen Wangen spürte, lächelte er. Alle Passagiere hatten sich, nachdem die Nachtfähre den Hafen verlassen hatte, unter Deck verkrochen und lagen jetzt in den Kojen.

Der Wind, der in Böen von der kabbeligen See her über das Deck strich, war selbst jetzt im August noch empfindlich kühl. Joshua machte die Kälte nichts aus. Er trug lediglich ein T-Shirt, und obwohl sich seine Haut darunter spannte und sich kleine Kältepickelchen bildeten, bewegte er seinen Rollstuhl zielstrebig in Richtung Heck.

Längst waren die letzten Reflexionen des Hafenlichts am

Horizont verschwunden. Nur das fahle Mondlicht brach sich in den Heckwellen der schweren Fähre. Dies war ganz sicher die letzte echte Nacht für die nächsten beiden Wochen. Schon ab Morgen würde es nur noch Dämmerung geben, so zumindest stellte er sich die Mittsommernacht vor. Oder schien dort tatsächlich auch um Mitternacht noch die Sonne?

Der Anblick der Gischt sowie das rhythmische Stampfen der Dieselmotoren versetzten Joshua in eine meditative Stimmung. Er dachte zurück an die vergangenen Jahre. Zum ersten Mal überhaupt tat er dies ohne Gram. Er verspürte keinen Hass. Für gewöhnlich unterdrückte er alle Gedanken an frühere Zeiten, bevor sie ihn traurig stimmen konnten. Hier, auf offener See, öffnete sich auch sein Gefühl. Er erinnerte sich an die Zeit vor dem Unfall. Er dachte an seine Familie, an ihre Gemeinsamkeiten anstatt an den andauernden Zwist, an die Harmonie und Leichtigkeit früherer Tage. Und auch das seltsame Gefühl, das ihn beschlichen hatte, als Lin über seine Schwester sprach, kam ihm wieder in den Sinn. Die Worte seiner Schlagzeugerin hatten ihn getroffen. Doch diese Regung hatte er sogleich beiseite gedrängt. Dennoch schien Pam durch Lins Worte für ihn wieder zu einem lebendigen Menschen geworden zu sein.

Joshua nahm sich ausreichend Zeit, seinen inneren Bildern zu folgen. Danach kehrte für eine ganze Weile Ruhe in seiner Seele ein. Still schaute er übers Meer.

Vier Wochen harter Arbeit lagen hinter ihm. Franzi hatte ihn tierisch genervt. Er hatte gerade zum ersten Mal ein Bein vor das andere gesetzt bekommen, schon löcherte sie ihn mit Fragen. Wie es sich körperlich angefühlt habe? Was er gedacht und empfunden habe? Einfach alles wollte sie wissen, ohne dass sie ihm Zeit gab, sich erst einmal selbst über das Erlebte klar zu werden. Dabei war er es ja noch nicht einmal gewesen, der da irgendetwas gesteuert hatte, die Maschine hatte sein Bein bewegt, das wusste Franzi ja selbst nur zu genau. In Wahrheit war er enttäuscht, aber das verschwieg er Franzi.

Zu Anfang spürte er gar nichts, auch in den darauffolgenden Wochen nicht. In den Beinen sowieso nicht. Irgendwo war wohl ein Reflex, der ihn nicht umknicken ließ, die Therapie hatte also angeschlagen, aber neues Gefühl in den Beinen hatte er deswegen noch lange nicht. Gehen würde, wenn es ihm überhaupt gelänge, auch in Zukunft Mechanik sein, das hatte er sehr schnell begriffen. Ihm erschienen kleine Fortschritte immer noch unbedeutend. In seinem Rollstuhl hatte er sich eingerichtet. Er war schnell, wendig und unter seinesgleichen fast schon so etwas wie ein Held. Sobald er aber auf den eigenen verkümmerten Beinen stand, war er wieder nur ein Krüppel. Wohl deshalb waren die Wochen bei Professor Wehmann auch nicht das geworden, was er sich von ihnen erhofft hatte. Dabei hatte Franzi keine Gelegenheit ausgelassen, ihn davor zu warnen, sich allzu viele Hoffnungen zu machen. Er solle den Aufenthalt als einen Anfang begreifen, solle nicht zu viel erwarten, sich nicht selbst noch mehr unter Druck setzen.

Und dann war der große Tag gekommen. Beide Therapeuten, der Professor selbst und alle Pfleger, die es sich zeitlich erlauben konnten, tauchten am Morgen im Behandlungsraum auf. Joshua tat, als bemerke er den unerwartet großen Zulauf nicht. Man stellte ihn wie an den Tagen zuvor auf das Band, zog die Gurte an und regulierte so den Druck. Inzwischen war er bei 70 Prozent seines Körpergewichts angelangt, ein phantastischer Wert, wie die Ärzte sagten.

»Nun, wie wäre es, wenn wir dich nach der Aufwärmphase auf deine eigenen Beine stellen und du versuchst, einen Schritt selbstständig zu gehen?«, fragte Professor Wehmann.

Joshua schoss das Blut in den Kopf. Zuerst suchte er Blickkontakt zu Franzi, die ihm, ebenfalls mit hochrotem Kopf, aufmunternd zunickte. Dann sah er in die Runde. In all die erwartungsvollen Gesichter, die er nicht enttäuschen durfte. Jeden Tag hatten ihn diese Leute in die Gurte gehangen, ihn ins Wasser gezwungen und ihm dort die Beine bewegt. Sie hatten ihm den Kollegen »Robot One« vorgestellt, der ihm künftig an ihrer statt die Beine auf dem Laufband bewegen sollte. Er hatte sich geschunden wie ein Tier.

Noch bevor er sich über eine passende Antwort auf die Frage des Professors klar war, hörte er sich selbst antworten.

An seinem letzten Tag suchte er den Professor mit leichten Gewissensbissen auf. Wahrscheinlich hatte er all die wohlmeinenden Leute hier enttäuscht, aber das war ihm egal. Das Abschlussgespräch fiel besonders kurz aus, aber noch Tage später klangen Wehmanns letzte Worte in ihm nach: »Du kannst es schaffen, aber nur, wenn du dich nicht andauernd schlechter machst, als du bist. Du brauchst Geduld und keinen weiteren Druck.«

Da irrte er! Da irrte auch seine Freundin Franzi. Seit er sich nämlich entschlossen hatte, sein Schicksal zu ändern, brauchte er nichts mehr als diesen Druck. Keinen Druck von außen, sondern seinen eigenen Druck.

Mit beiden Händen griff Joshua nach den Metallstäben der Reling und zog sich ganz nah an das Geländer heran. Dann hob er ein Bein nach dem anderen von den Trittbrettern und setzte die Füße auf den Boden. Ihm brach der Schweiß aus. Gleichzeitig verbissen sich Unter- und Oberkiefer ineinander. Kraftvoll zog er sich an der Reling hoch. Auf wackeligen Beinen stehend, stieß er seinen Rollstuhl weit von sich. Mit zusammengekniffenen Augen fixierte er über seine Schulter hinweg die Distanz. Sechs, sieben Meter mochten es sein.

Jetzt würde er gehen. Diese Nacht auf dem Weg nach Finnland hatte er sich dazu auserkoren. Ungelenk und äußerst unsicher drehte er sich in Richtung Stuhl. Dazu ruckte er mit dem Oberkörper, um so seine Beine in die richtige Richtung zu schleudern. Es funktionierte, er hatte sich gedreht. Aber noch hielt er sich krampfhaft am Geländer fest. Um zu gehen, musste er sich abdrücken.

Joshua versuchte es zunächst mit Loslassen. Er öffnete die Hände, balancierte sekundenlang und griff dann schnell wieder hinter sich. Er schüttelte den Kopf, um noch mehr Konzentration zu erlangen. Schließlich richtete er sich auf, seine Finger verließen den Holzlauf, und seine Arme schwangen langsam nach vorne durch.

So stand er einen halben Meter vom Geländer und die zehnfache Distanz vom rettenden Rollstuhl entfernt an Deck einer Fähre mitten auf dem Meer, allein mit dem Wind, der versuchte, ihn umzustoßen. Joshua nahm alle Konzentration zusammen und dirigierte sie in sein rechtes Bein. Wie in Zeitlupe hob es sich. Nicht wie bei einem gesunden Menschen. Mit Mühe hätte man in diesem glücklichen Augenblick einen Briefumschlag zwischen seine Sohle und das Schiffsdeck schieben können. Aber der Fuß hatte den Boden verlassen. Schweiß rann ihm in Strömen von der Stirn. Jetzt die Vorwärtsbewegung. Es erschien ihm wie eine träge Ewigkeit, aber dann bewegte sich sein totes Bein tatsächlich.

Ein Feuerball explodierte in seiner Speiseröhre. Es schien, als löse sich seine Haut auf. Das rohe Fleisch war der Außenwelt schutzlos ausgeliefert. Sein Körper fühlte sich an, als hätte er sich gerade in einem Brennnesselfeld gewälzt. Und trotz allem spürte er, was er seit Jahren verloren geglaubt hatte, Glück. Zuerst bemerkte er nicht, dass sich Tränen in den Schweiß gemischt hatten. Beide Arme ausgebreitet, versuchte er in dieser ungewöhnlichen Haltung auszuharren. Es gelang ihm. Den Kopf im Nacken, schrie er seinen Triumph den schnell ziehenden Wolken hinterher. Voller Euphorie wollte er den zweiten Schritt wagen, es mit seinem linken Bein dem rechten gleichtun.

Vermutlich bekam er den Fuß nicht hoch genug oder seine Konzentration war aufgebraucht, jedenfalls strauchelte er und stürzte zu Boden. Der Aufschlag ließ seine Träume zerplatzen wie einen mit Wasser gefüllten Luftballon auf dem Bürgersteig. Gefangen im Taumel seiner Gefühle, zog Joshua die Beine an den Körper. Die Krämpfe kamen wieder und schließlich die Spasmen. Am Ende war er so erschöpft, dass er auf dem weiß getünchten Boden einschlief.

»Joshua? Joshua! Wach doch auf … Sag was, Josh, los, Mann. Lebst du noch? Das kannst du doch nicht machen …«

Pille schüttelte seinen Freund. Das war eindeutig zu viel für ihn. Zuerst hatte ihn ein Albtraum schweißgebadet aufwachen lassen, und dann fand er auch noch Joshs Bett unter sich leer. Er war aus dem schmalen, stickigen Gefängnis geflohen. Zuerst nur um der klaustrophobischen Enge zu entkommen, dann um das ganze Schiff nach Joshua abzusuchen. Als er seinen Freund schließlich wenige Meter vor dessen Rollstuhl auf dem Deck liegend fand, fühlte er Panik in sich aufsteigen. Niemand da, mit dem er sich hätte absprechen können. Er versuchte zu schreien, war sich aber nicht sicher, ob er es auch wirklich getan hatte. Der Wind blies so stark.

Joshua hörte schon den ersten Ruf seines Freundes, antwortete aber nicht. Es fiel ihm ungeheuer schwer, sich wieder der rauen Wirklichkeit zu stellen. Schon das Zur-Kenntnis-Nehmen einer anderen menschlichen Energie verlangte ihm in dieser Situation zu viel ab. Als er Pille dann aber flehen hörte: »Bitte, du bist doch mein einziger Freund«, entkam Joshua seiner Erstarrung. Er schlug die Augen auf und sagte: »Hi, Pille, was geht?«

Peter Neuerburg starrte ihn an wie einen Marsbewohner.

»Was ist los, Alter? Is was mit mir?«

Anstelle einer Antwort warf sich Pille mit seinem ganzen Gewicht auf ihn, und es hätte nicht viel gefehlt und er hätte Joshua auch noch geküsst.

»He, Pille, du erdrückst mich. So behandelt man keinen Krüppel.«

Pille hielt inne und sah ihm direkt in die Augen. »Was machst du hier? Bist du verunglückt?« Er drehte seinen Oberkörper und suchte Joshs Rollstuhl, der verwaist mit der Rücklehne gegen einen der Schornsteine dastand. »Aber dein Stuhl steht ja noch ... wieso liegst du hier? Du wolltest dich doch nicht etwa ...«

»Mach keine Szene, Pille. Es ist alles in Ordnung, alles klar, verstehst du mich?«

»Du ... wolltest ... es ... tun!« Pille hauchte die Wörter Silbe für Silbe in die kalte Nacht.

»Was? Verdammt noch mal. Was wollte ich tun?«

»Dich ... umbringen ...«

Joshua sah Pille fragend an. Dann begann er zu lächeln und schließlich aus vollem Hals zu lachen. Während der ganzen Zeit saß Pille, inzwischen im Schneidersitz, vor ihm und hielt erschrocken die Hand vor den Mund. Joshs Lachattacke verwirrte ihn nur noch mehr. In Pilles Augen war sein bester Freund soeben wahnsinnig geworden. Joshua gab schließlich einem gewissen Erklärungsbedarf nach. Warum er Pille jedoch gleich die vollständige Wahrheit erzählte, sollte er sich in den nächsten Tagen noch öfter fragen.

»Ich wollte laufen, du Doofmann, nicht springen!«

»L A U F E N?«

»Ja, laufen! Verstehst du, ich hab vier Wochen in diesen beschissenen Maschinen gehangen, und jetzt wollte ich endlich wissen, ob's geht oder nicht. Ja, verdammt, ich hab's versucht. Ist doch nichts dabei.«

»Nichts dabei … laufen … nicht springen …«, stammelte Pille

»Jaha, Pille, komm zu dir. Was ist denn bloß los? Warum rennst du überhaupt hier draußen rum?«

»Warum ich hier rumlaufe? Wer hätte dich denn sonst gefunden?«, fragte er empört. »Du liegst hier kaputt am Boden, und ich helfe dir. Verkackt, Mann, bist du irre? Du kannst mir dankbar dafür sein, weißt du das? Die anderen hätten sich darum nie gekümmert.«

»He, Alter, ist ja gut. Hilf mir mal auf, ja?«

»Wie meinst du das?«

»Na, aufhelfen. Zieh mich an den Armen hoch, schlepp mich zur Reling oder zu meinem Stuhl. Räum auf! Den Dreck weg! Bist du noch bei mir? Lass mich gefälligst nicht länger hier liegen.«

Mechanisch griff Pille Joshua unter die Arme, zog ihn zum Rollstuhl und half ihm hinein. Dann sah er seinem Freund hinterher, wie der wieder an die Reling zurückrollte. Er unternahm auch nichts, als er sah, wie Joshua sich am Geländer hochzog und ihn auffordernd über die Schulter hinweg ansah. Was sollte das nun wieder bedeuten? Gemessenen Schrittes bewegte er sich auf Joshua zu, drehte den Stuhl, ließ sich hineingleiten, streckte die Beine aus, fingerte in seiner Jackentasche, um sich wenige Sekunden später einen feinen, dünnen Joint anzuzünden, zog genüsslich daran, hielt die Luft lange in der Lunge, atmete aus und sagte mit sichtlichem Wohlgefallen: »Ziemlich bequem, deine Karre.«

»Findest du, ja? … Ich würd sie dir gerne schenken … ehrlich, glaub mir.«

»Tue ich.«

Während der nächsten Minuten übernahm der Wind die Melodie.

»Aber du stehst ja immerhin«, nahm Pille den Faden wieder auf. Verzögerungen innerhalb eines Gesprächs waren für ihn normal. »Wie soll es jetzt weitergehen?« Joshua sah ihn grinsend an. »Na ja, ich meine, bist du echt gelaufen? ... Eben, meine ich?«

»Mmh.«

»Is ja krass! Wir müssen die anderen holen.«

»Untersteh dich. Du bist der Erste und Einzige, der das weiß, und du wirst definitiv die Klappe halten! Krieg ich dein Ehrenwort?«

»Wow! ... Sicher! ... Klar, Mann! Kannst dich auf mich verlassen. Ich halt die Klappe. Kein Wort zu niemandem. Versprochen!«

»Danke.«

»Ist doch selbstverständlich ...« Wieder der Wind. »... aber wieso eigentlich? Das ist doch Wahnsinn, Mann, du läufst tatsächlich?«

»Na ja, laufen kann man es noch nicht nennen, aber es wird schon wieder. Jedenfalls werde ich nicht für den Rest meines Lebens in dem beschissenen Stuhl sitzen bleiben, so viel ist sicher.«

»Weiß gar nicht, was du willst, ist doch saubequem, das Teil.«

Joshua ließ mit einer Hand das Geländer los und schlug Pille auf den Hinterkopf. Allein diese leichte Bewegung brachte ihn derart aus dem Gleichgewicht, dass er einknickte. Nur mit viel Kraft konnte er sich an der Reling festhalten und wieder in eine aufrechte Position ziehen.

»Das hast du davon«, lachte Pille, »man schlägt keine Freunde.«

»Freunde machen sich auch nicht über Krüppel lustig.«

»Kannst du damit vielleicht mal aufhören?«

»Womit?«

»Mit der Krüppelscheiße. Du nervst! Niemand sieht dich als Krüppel. Außer ... dir selbst vielleicht.«

»Ach ja? Als was seht ihr mich dann?«

»Hä?« Pille starrte seinen Freund an. »Wenn ich es nicht besser wüsste, würde ich sagen, das Zeug hier ist zu stark für mich. Josh, du bist mein Freund, Schluss! ... Klar ist es seit deinem Unfall irgendwie unbequemer oder so. Aber was soll das ändern? Wir schieben dich schon dahin, wo wir dich hin haben wollen.«

»Dafür brauche ich euch nicht. Komme ganz gut alleine klar.«

»DAS WISSEN WIR!«

»Sei nicht so genervt.«

»Du nervst doch, mit deinem blöden Getue. Manchmal glaube ich, du willst, dass wir anders zu dir sind. Aber was mich angeht, ich meine, leck mich am Arsch, verstehst du?«

»Nein.«

»Du kannst machen, was du willst. Von mir aus bist du eben ein verkackter, unausstehlicher Krüppel. Trotzdem bist und bleibst du mein Freund, auch wenn du noch so ein Arschloch wirst. Aber, mal ehrlich gesagt, lieber wär mir schon, du wärst wieder wie früher.«

»Wie war ich denn?«, fragte Joshua und bemühte sich, seine Stimme stark klingen zu lassen.

Pille nahm einen letzten Zug aus seinem Joint und drückte ihn nachdenklich auf dem Boden aus, bevor er die Kippe über Bord schnippte.

»Du warst der Einzige, der mich nicht gehänselt hat, weil ich zu dick war oder zu schlecht in der Schule zum Beispiel. Du warst irgendwie einfach du selbst, verstehst du?« Er erwartete nicht wirklich eine Antwort. Joshua starrte ohnehin geistesabwesend in die Wellen. »Weißt du was, Billings?« Er machte eine lange Pause, bis er fortfuhr. »Ich hab dich sehr gern. Ich hoffe, du läufst wieder, wirklich, das tue ich, aber wenn nicht ... für mich macht das echt keinen Unterschied. Ich hab dich auf zwei Rädern genauso gern wie auf zwei Beinen. Aber bitte, sei nicht immer so zynisch.«

Joshua hatte Pille noch nie so lange an einem Stück reden hören. In diesem Augenblick traute Pille sich allerdings nicht mehr, Joshua anzusehen. Er starrte geradeaus in die Dunkelheit über der See. Blöderweise hatte er nur einen einzigen Joint in seiner Tasche gehabt, und den hatte er ja nun gerade erst aufgeraucht. Deshalb steckte er seine Hände zur Faust geballt in seine Jeans und bewegte sich erst wieder, als Joshua ihn anstieß.

Verschämt sah er seinen Freund von unten herauf an. Ihm war nicht aufgefallen, dass Josh sich inzwischen wieder gedreht hatte. Er stand aufrecht, alleine, ohne fremde Hilfe und ohne sich festzuhalten. Ihm war, als schwanke er etwas hin und her, aber das konnte genauso gut an dem Joint wie an den schlingernden Bewegungen des Ozeanriesen liegen. Jedenfalls wurde er Zeuge einer für ihn unfassbaren Entwicklung. Sehr langsam bewegte sich Joshs rechtes Bein. Ungefähr so, als hätte jemand extra für ihn kleine unsichtbare Schienen auf Deck verlegt. Kein Zweifel möglich, Joshua versuchte zu gehen. Lichtjahre später, Pille bekam schon Kopfschmerzen vom angestrengten Beobachten, zog er sein linkes Bein nach. Beim Versuch, die Bewegung auszubalancieren, wackelte er bedenklich. Als er aber schließlich einen einigermaßen sicheren Stand zu haben glaubte, riss er die Arme hoch in die dunkle Nacht, siegessicher wie ein Hundertmeterläufer beim Überqueren der Ziellinie, drehte sich zu Pille um, geriet dadurch in Schieflage und schlug mit einem trockenen Plumps hart aufs Deck.

»He«, rief Pille, »du läufst ja wirklich. Ist ja irre.«

Joshua drehte sich mit schmerzverzerrtem Gesicht zu ihm um. Aus einer Platzwunde über seinem linken Auge lief ein breiter Strom Blut über das Gesicht. Nur mühsam gelang es ihm, einen Arm zu heben. Er versuchte, sich das Blut aus den Augenbrauen zu wischen. Allerdings sah er nach dieser Aktion aus, als hätte er einen schweren Unfall nur gerade so überlebt. Sein ganzes Gesicht glänzte jetzt blutrot im Mondlicht.

»O Gott … oje … Was mach ich denn jetzt mit dir? Joshua, sag doch was. Ich hol die anderen.«

»Nein!« Joshuas Stimme klang in diesem Moment glasklar und unmissverständlich, sodass Pille von seinem Vorhaben absah. »Hilf mir hoch, los, mach schon.«

Wieder packte Pille seinen Freund unter den Achseln. Nur

dass er ihn dieses Mal nicht zu seinem Stuhl, sondern gleich zur Reling schleppte. Dort sank er schwer atmend neben ihm aufs Deck. Joshua rappelte sich so weit auf, dass er mit dem Rücken gegen die Querstreben zum Sitzen kam, beugte sich leicht vor und zog sein T-Shirt über den Kopf. Mit dem Stoff wischte er sich über das Gesicht. Nachdem das Gröbste beseitigt war, sah er aus wie eine besiegte Rothaut in einem schlechten amerikanischen Film der 50er Jahre.

»Was ist mit der Wunde?« Er drehte sich zu Pille um, damit dieser ihn untersuchen konnte.

»Was soll damit sein?«

»Na, ist es eine schwere Verletzung oder nur ein Kratzer?«

»Bin ich Mediziner? Zeig mal her.« Pille nahm Joshuas Kopf in beide Hände und drehte ihn ins Mondlicht.

»Reiß ihn doch ab, dann siehst du noch besser«, knurrte Joshua.

»Nicht so schlimm. Aber blutet noch leicht. Hier, nimm mein Taschentuch und press es drauf, bis es aufhört«, dabei drückte Pille ihm ein fleckiges, offenbar seit langem in seiner Tasche verborgenes Stofftuch in die Hand, »wenn du eine genauere Diagnose haben willst, müssen wir die Frau Doktor fragen.«

»Behalt deinen stinkenden Lappen. Wenn ich mir die Rotzfahne auf die Wunde drücke, sterbe ich vermutlich noch innerhalb der nächsten drei Tage an einer schweren Sepsis ...«

»Bitte schön«, unterbrach Pille und steckte beleidigt sein wertvolles Tuch wieder ein.

»... aber Franzi lassen wir damit schön in Ruhe. Es bleibt dabei, kein Wort zu den anderen. Nicht heute, nicht morgen, niemals. Du hast es versprochen.«

»Was soll das? Ist doch total krass und eine super Neuigkeit obendrein.«

»Nein, Pille, ich will nicht, dass irgendjemand mich so sieht wie du eben, verstehst du das?«

»Nee, eigentlich überhaupt nicht. Ich meine, sieh's doch mal von meiner Seite. Ich hab fest geglaubt, dass du für immer in dem Stuhl sitzt. Logo, auch ich hab gemerkt, dass du am liebsten alles allein machst. Hast mir ja auch nichts von deinem

Training erzählt. Obwohl, das haben damals ja die Spatzen schon von den Dächern gepfiffen. Ich meine, guck dir deinen Oberkörper an, alles sehr offensichtlich, vor allem für die, die dich früher beim Turnen am Seil gesehen haben.« Pilles Lachen erinnerte an das Meckern einer Ziege.

»Aber das ist es doch gerade. Im Stuhl bin ich endlich wieder so weit, dass ich mich nicht mehr andauernd blamiere, aber wie das beim Laufen ist, hast du ja gerade gesehen.«

»Du hast voll den Arsch auf. Was du erzählst, ist dermaßen verkackt, dass es trotz der vielen frischen Luft hier draußen voll nach Scheiße stinkt.«

Man musste Pille seine fäkal eingefärbte Ausdrucksweise nachsehen, er hatte »The Big Lebowski« inzwischen wohl mehr als 20-mal gesehen, und so etwas blieb eben nicht folgenlos. Verkackt war sein absolutes Lieblingswort.

»Du hast also nur trainiert, um dich nicht mehr zu blamieren? Das ist doch Bullenscheiße! He, Mann, so sehen wir das nicht. Du hast das getan, was man tun musste. Du hast dich an deine neue Situation angepasst und das Beste daraus gemacht. Verfickte Dreckskacke, du bist unser Held, sieh das mal so, bitte! Und jetzt versuchst du sogar noch mehr zu erreichen. Du gibst dich nicht zufrieden. Du allein fühlst, was in dir steckt, du hast die Kraft und diesen verdammten Willen, den keiner von uns anderen hat … Franzi vielleicht mal ausgenommen. Wir verehren dich, du beschissener Krüppel, damit das mal klar ist, und du redest von Blamieren. Jetzt ist aber Schluss, ich will nichts mehr davon hören! … Verkackt ist das, total verkackt.«

Das war schon Pilles zweite Ansprache in dieser Nacht. Joshua schwieg. Pille rückte näher an seinen Freund heran und legte ihm den Arm um die Schultern.

»Verkackter Schwuler, schrei mich bloß nie wieder so an!«, sagte Joshua.

Pille lächelte still vor sich hin. Er bewegte seinen Arm so, dass Joshs Hals genau in seine Armbeuge geriet. Dann drückte er blitzschnell zu und hatte ihn im Schwitzkasten. Er zog ihn zu sich heran und schlug ihm mit der anderen Hand auf den Kopf. Joshua ließ es geschehen. Trotz seiner Behinderung wäre es ein Leichtes gewesen, dieses kleine Scharmützel gegen Pille zu gewinnen. Stattdessen genoss er lieber die Nähe zu seinem Freund und drückte ihm, als er nah genug war, einen absichtlich feuchten Kuss auf die Wange.

»Bah!« Pille ließ ihn los. »Selber verkackter Schwuler«, schrie er.

»Los, du verkiffter Idiot, hol mir meine Schleuder, und dann fahren wir zurück in unsere Luxuskabine, mir wird echt zu kalt.«

»Scheißkabine!«

»Was war das? Willst du hier an Deck überwintern?«

»Nee, auch nicht. Aber die Kabine ist echt winzig, und wir sind vier Kerle.«

»Hör das Kiffen auf, Pille.«

»Ja, Franzi, ist schon klar … aber ist sie nicht auch irgendwie ein Typ … bei uns jedenfalls?«

»Du spinnst. Hör auf damit und hol mir endlich meinen Stuhl.«

»Ich könnt mal wieder was zum Ficken gebrauchen.«

»Dann wären wir aber schon zu fünft, vergiss das bei der Suche nicht.«

»Hey, Alter, ist mir verkackt ernst damit.«

»Ach hör doch auf, Pille. Du redest und redest, und wenn's ernst wird, verpisst du dich doch wieder. Immer das Gleiche.«

»He, ruhig, Alter! Wir wissen, dass du damit abgeschlossen hast, obwohl Franzi …«

»Vielen Dank auch. Ich hatte fast vergessen, wie charmant du bist. Ihr könnt euch noch sooft das Maul über mich und Franzi zerreißen, sie ist nicht mein Typ, jedenfalls nicht als Frau.« Pille kicherte wieder. »Du weißt genau, wie ich das meine. Sie ist meine beste Freundin, aber sexuell spüre ich nichts bei ihr.«

»Jetzt mal Hand aufs Herz, Bruder. Spürst du was oder nicht, da unten, meine ich?«

»Wenn das alles ist, was dir Sorgen macht.«

»Na, irgendwie schon. Du willst laufen und so, aber ich frag mich manchmal, was mir wichtiger wäre.«

»Hä?«

»Na, Sex oder Bewegung.«

»Du hast doch den Arsch auf. Sex oder Bewegung. Tolle Alternative.«

»Eine wichtige!«

»Na gut. Also, Pille, wer wäre denn so eine Kandidatin für dich? Los, sag's mir, für wen würdest du deine Beine hergeben?«

Pille überlegte. Es war ihm anzumerken, dass er sich die Entscheidung lieber bei einem kleinen Joint zurechtgelegt hätte.

»Also, ich wüsste da eine ...«

»Raus damit. Ich hab ein Recht, das zu erfahren. Schließlich hast du mich eben in dieser ... Situation erlebt.«

Joshua sah, wie Pille seine Lippen bewegte, konnte aber kein Wort verstehen. »Lauter«, rief er deshalb.

»Pamela«, hauchte Pille verschämt.

»Pamela, welche Pamela?«, fragte Joshua, ohne nachzudenken. Die nahe liegende Antwort kam ihm erst nach gespannten Augenblicken des Wartens in den Sinn.

»NEIN!«, schrie er, und nicht einmal der stärkste Sturm hätte dieses Wort forttragen können.

Aber Pille nickte nur grimmig. »Sie ist die schönste Frau, die ich jemals gesehen habe.«

»NEIN! AAAAAAAHHHHHHH! HILFE! ZU HILFE! Mein Freund liebt meine bekloppte Schwester und traut sich auch noch, mir das ins Gesicht zu sagen. HILFE!«

Unachtsam schlug Joshua sich die flache Hand vor die Stirn mit dem Ergebnis, dass die gerade erst gestillte Wunde erneut aufbrach und weiteres Blut über sein Gesicht lief. Zornig presste er sich den Stoffball, der eben noch sein T-Shirt gewesen war, gegen die Stirn.

»Ich weiß nicht, warum du Pam für bekloppt hältst. Früher gehörte sie mal zu uns, du wirst dich erinnern, vor deinem verschissenen Unfall war das. Sie gehörte zu uns wie Christie oder Franzi. Dann hast du sie da rausgeschmissen. Aber keiner von uns hat je kapiert, warum. Frag doch mal die anderen. Niemand findet deine Schwester scheiße. Oder noch besser, sprich doch mal mit Lin.«

»Leck mich mit der Lesbe.«

»Was hat das damit zu tun?«

»Hör doch auf. Ich hab keinen Bock, darüber zu reden. Dauernd dasselbe Gesülze. Hab schon Ärger mit Franzi deshalb bekommen.«

»Dann könntest du vielleicht endlich mal darüber nachdenken, dass deine Schwester mit deinem Unfall völlig überfordert war. Rechne mal nach, wie alt sie war. Was hättest du getan? Du bist echt unfair. Und übrigens, mir ist es egal, was du denkst. Du hast mich gefragt, und ich hab dir geantwortet. Ich weiß selbst, dass das Blödsinn ist. Einer wie ich kriegt keine wie Pam. Höchstens im Kino. Aber man wird doch noch träumen dürfen. Außerdem wolltest du die Wahrheit hören. Dann sieh auch zu, wie du damit klarkommst.«

»Und ich dachte, dass die Wunde am Kopf und mein misslungener Laufversuch schon das Schlimmste wären, was mir heute Nacht passieren könnte.«

»Werd locker, Alter. Vielleicht solltest du doch mal einen rauchen.«

»Das wirst du nicht erleben.«

»Da bin ich sicher. Kontrolle! Nichts geht Herrn Billings junior über Kontrolle. Was so ein Bus alles kaputtmachen kann.«

Pille stand kopfschüttelnd auf und ging, den Oberkörper gegen den Wind gestemmt, in Richtung Kabine. Joshua blieb noch eine Weile am Boden hocken. Schließlich robbte er über den eiskalten Deckboden zu seinem Stuhl, zog sich hoch und ließ sich hineingleiten. Er rollte zur Reling zurück und hob sein blutdurchtränktes T-Shirt auf, zog es sich über den fröstelnden Oberkörper. Jetzt sah er aus, als käme er direkt aus einem Anti-Kriegsfilm. Hoffentlich würde er niemandem begegnen.

*

Die ersten drei Tage auf Stromboli gehörten für Michael zu den schönsten und entspannendsten seit Jahren. Mit jeder Minute, die verstrich, fühlte er sich besser und freier. Tiefer, traumloser Schlaf, das gemütliche Frühstück mit Blick aufs Meer, die Tage ohne Hast und das Schwimmen im ruhigen Wasser des Mittelmeers entspannten ihn. Nur am zweiten Abend nutzten sie die ohnehin begrenzten gastronomischen Möglichkeiten der Insel, von da ab beschlossen sie, sich selbst zu verpflegen. Caro hätte durchaus nichts dagegen gehabt, das ein oder andere Mal auszugehen, aber als sie sah, wie viel Spaß die Arbeit in der Küche Michael brachte und wie er dadurch auch wieder zugänglicher wurde, war sie gerne bereit, auf Bedienung und den Komfort eines Restaurantbesuchs zu verzichten. Meist ging er schon vor dem Frühstück runter zur Mole und kaufte bei den heimkehrenden Fischern, besorgte Gemüse und Wein, bevor er zurück ins Hotel kam, den Kaffeetisch deckte und Caro mit einem Cappuccino weckte.

Die erste Urlaubswoche unter dem Vulkan verlief wunderbar harmonisch. Mit der schönste Moment des Tages war der Sonnenuntergang. Dann saßen Michael und Carolyn in bequemen Korbstühlen und schauten über das ruhige Land, als gehöre die berauschende Natur nur ihnen allein, tranken eiskalten Wein, wurden allmählich beschwipst, nicht allein vom Alkohol, auch von der Sonne des Tages, den Eindrücken, ihrem ganzen Leben auf der Insel, und erzählten sich gegenseitig Geschichten. Zum ersten Mal seit Jahren waren Michaels Gedanken wieder auf die Zukunft gerichtet. War er im Alltag unempfänglich für jede Kritik an den Umständen seiner Arbeit, formulierte er sie in der Ruhe der Insel selbst. Caro hörte zu. Wäre sie dabei aber nicht so aufmerksam gewesen, hätte sie vermutlich Michaels vage formulierten Gedanken an einen möglichen Ausstieg verpasst. Sie schwieg dazu, denn dieser Sinneswandel mit der darin enthaltenen Selbstkritik bedeutete sicher nicht, dass Michael bereit war, über seinen weiteren Berufsweg zu sprechen.

»Schatz, bringst du noch den Wein mit? Sonst ist alles da. Beeil dich, der Fisch wird kalt.«

Michael hielt seinen Kopf tief über eine Pergamentfolie gebeugt, aus der der Duft eines geschmorten Seewolfs aufstieg. Caro trat zu ihm auf die Terrasse hinaus, einen Turban aus Frottee um die nassen Haare geschlagen. Während Michael das Essen in der gut eingerichteten kleinen Küche des Appartements zubereitet hatte, war sie selbst schnell noch mal ins Meer gesprungen. Sie liebte es, zu dieser Stunde zu schwimmen. Alles war so still. Die Dämmerung verlangte nichts mehr von den Menschen, sie verbrauchte nur eben noch die Hitze des Tages, bevor sie sich schlafen legte.

Nach dem Bad hatte Caro sich in den noch warmen Sand gelegt und zwei kleinen Kindern bei ihrem Streit um eine Muschel zugesehen. Eine sanfte Brise trocknete derweil ihre Haut. Kinderstreit hatte etwas Niedliches.

Zurück im Zimmer, hatte sie geduscht und dabei der Musik aus dem Radio gelauscht. Irgendwelche italienischen Schnulzen. Vermutlich handelten sie wie alle Schlager von der Liebe, den Träumen der Menschen und ihren Verletzungen. Michael stand nur mit Shorts bekleidet, ein beschlagenes Glas Weißwein in der Hand, an den warmen Herd gelehnt und schaute mit einem glücklichen Gesichtsausdruck aus dem Fenster. Seine Figur ließ nichts zu wünschen übrig, stellte Caro fest und drückte ihren eigenen Rücken durch.

»Gieß einfach noch etwas Olivenöl drüber, Schatz, nur einige Tropfen. Guten Appetit.«

»Mann, das duftet, ich könnte aber auch ein ganzes Schwein verdrücken nach der blöden Wanderung heute Morgen.«

»Schwein gibt's nicht. Aber dafür einen schönen gesunden Nachtisch. Frischer Obstsalat, und für Süße kann ich gerne noch eine Zabaione dazu aufschlagen.«

Caros Hunger kam nicht von ungefähr. Am Morgen war Michael in alte Verhaltensmuster zurückgefallen. Er musste unbedingt diesen Vulkan besteigen, obwohl bereits von unten zu sehen war, dass dessen Spitze in den Wolken lag und sie somit absolut nichts würden sehen können. Caros diesbezügliche Hinweise vermochten ihn nicht umzustimmen. Also machten sie sich an den beschwerlichen Aufstieg. Zunächst stieg der Weg nur sanft an, aber spätestens ab dem Punta Labronzo wechselte der Charakter des Weges von einer leichten Wanderung zu anstrengender Kraxelei. Und plötzlich war alles wieder wie immer. Michael kümmerte sich nicht nur nicht um Caros Missvergnügen an dieser anstrengenden Kletterpartie, er richtete auch sein eigenes Tempo in keiner Weise nach dem schwächeren Glied in der Kette. Caro stiefelte zunehmend schlechter gelaunt hinter ihrem Mann her und fragte sich während des ganzen Weges, warum sie nicht lieber einen Schönheitstag im Hotel eingelegt hatte. Erwartungsgemäß fand sie auf diese Frage keine schlüssige Antwort, was ihre Laune nochmals verschlechterte.

Sie erreichten die Wolkengrenze und verschwanden im Nebel. Jetzt sah Caro von ihrem Mann nur mehr einen vagen Umriss, während vom Weg gar nichts mehr zu sehen war. Caros Stimmung sackte auf den Nullpunkt, während Michael diese Laune der Natur eher noch anzuspornen schien. Anstatt auf der Stelle umzukehren, forcierte er das Tempo. Ihrem jetzt endlich deutlicher formulierten Missmut begegnete er mit einem »Der Weg ist das Ziel, Schatz« und lieferte damit das eigentliche Argument gegen diesen ausgemachten Schwachsinn. Auf solche Sprüche, fand Carolyn, konnten nur Männer oder Buddhisten oder eine Mischung aus beidem kommen.

Nach fünf anstrengenden Stunden standen sie endlich wieder hundert Meter oberhalb des Meeres. Michael lachte und enttäuschte seine Frau mit der nächsten dummen Bemerkung: »Was für ein Quatsch, da hochzulatschen bei dem Wetter. Da hilft nichts, Caro, wir müssen an einem klaren Tag zurückkommen.«

Der wurde es dann doch noch. Sie waren bereits um sieben Uhr morgens aufgebrochen, und so blieb Caro immerhin noch der ganze Nachmittag zum Ausruhen.

»Hoffentlich geht's den Kindern gut.« Caro rückte den Stuhl etwas vom Tisch ab und streckte die Beine aus.

»Bestimmt. Möchtest du sie nicht mal anrufen?«

»Eigentlich schon, aber ich trau mich nicht. Josh fühlt sich doch direkt wieder kontrolliert oder sonst irgendwie angegriffen.«

»Da könntest du Recht haben. Ich habe mir ohnehin vorgenommen, an einem der nächsten Wochenenden mit ihm allein zu verreisen, und dann reden wir mal über alles. Nur wir Männer, was hältst du davon?«

»Ach, das ist gut. Es wird höchste Zeit, dass wir uns um ihn kümmern. Ich befürchte nämlich, er wertet unsere relativ entgegenkommende Erziehung als Desinteresse. Ehrlich gesagt glaube ich, dass du der Einzige bist, der überhaupt noch an ihn rankommen kann. Er schreit ja geradezu nach dir.«

»Ist das schlimm für dich?«

»Schlimm für mich? Keine Ahnung, darüber hab ich noch nie nachgedacht. Nee, ich glaube nur, dass ich mein Pulver verschossen habe. Da muss frischer Wind rein, wenn du verstehst, was ich meine.«

»Ich weiß, Caro, glaub mir, ich kenne meine Versäumnisse. Aber kennen heißt noch lange nicht, dass ich etwas daran ändern kann. Ich hab dir schon oft gesagt, dass du meine Situation nicht verstehst, und genauso oft hat es anschließend Streit zwischen uns gegeben. Dabei hab ich das überhaupt nicht als Vorwurf gemeint. Es ist ja kein Fehler, meine Situation nicht zu verstehen. Eigentlich ist es sogar ziemlich normal, für dich und die Kinder jedenfalls. Für alle Menschen außerhalb meiner Arbeitswelt. Wenn ich jetzt, in diesem Augenblick, an die Firma denke, an mein gehetztes Leben, verstehe ich es ja selbst nicht. Aber du bist doch die Einzige, die weiß, dass ich nicht so gestrickt bin. Die Scheiße ist nur, steckst du erst einmal in der Mühle drin, ziehst du den Karren, bis du zusammenbrichst. Es gibt kein Entrinnen. Von außen betrachtet wirkt alles so einfach: kürzer treten, bewusster leben, auch mal widersprechen. In der Realität sind das schwer umsetzbare Vorsätze. Ich betrete morgens das Büro … ach, was sage ich, schon im Wagen, wenn ich vom Grundstück fahre, wechsle ich hinüber in eine andere Welt mit vollständig eigenen Gesetzen. Es ist, als lebte ich in einer Art Paralleluniversum, einer Gesellschaft, in der der Schnelle den Langsamen frisst, der Große den Kleinen, der Starke den Schwachen. Leider stecke ich viel zu tief und außerdem schon zu lange in dieser Maschinerie, um daran noch Entscheidendes ändern zu können … Sieht ganz so aus, als sei es mein Schicksal, weiter mitzuschwimmen. Bitte glaub mir, Caro, auch wenn das für dich nur wie eine blöde Entschuldigung klingt, von innen betrachtet sieht alles völlig logisch und richtig aus. Ja«, fuhr er nochmals nachdenklicher fort, »die Arbeitswelt in den Höhen, die ich erreicht habe, kann nur verstehen, wer sich selbst darin aufhält.« Michael machte eine Pause und trank einen großen Schluck Wein. »Was glaubst du, wie oft ich mir schon vorgenommen habe, früher aus dem Büro nach Hause zu kommen, um mit Josh zu reden, um mit euch allen zusammen zu sein. Immer kommt irgendetwas dazwischen, es klappt einfach nicht. Das soll wirklich keine Entschuldigung für mein Versagen sein …« Ein dicker Kloß im Hals hinderte ihn daran, weiterzusprechen.

»Michael«, sagte Caro nach einer Weile, »ich habe das alles schon verstanden. Aber du irrst dich. Deine Arbeit ist kein großes Jungsspiel, das niemand außer euch verstehen kann. Das ist bloß ein blödes Argument für euch da drin. Was ihr da veranstaltet, ist nicht kompliziert, es ist sogar sehr leicht zu durchschauen. Ich verstehe absolut, dass es dich unendliche Kraft kosten würde, von dem Karussell abzuspringen, zumal es sich gerade in voller Fahrt befindet. Aber du musst etwas tun, sonst erkenne ich dich bald gar nicht mehr. Es ist nämlich nicht mehr viel übrig geblieben von dem Mann, in den ich mich verliebt habe. Erinnerst du dich noch, wie das war, als wir uns zum ersten Mal begegnet sind? Damals hattest du gerade deinem alten Herrn die Stirn geboten, ihm und seinem Baustoffhandel in den Arsch getreten. Und warum? Weil du wusstest, dass du das nicht bist und das alles auch nicht sein wolltest. Aber dann, sehr viel später natürlich, haben wir einen Fehler gemacht, und dabei schließe ich mich ausdrücklich mit ein. Wir haben nicht erkannt, dass du mit Schröter und der SETRA auf das gleiche Pferd nur unter einem anderen Jockey gesetzt hast. Inzwischen hast du mit Schröter das gleiche Ding laufen wie früher mit deinem Vater Hermann.« Carolyn machte eine Pause. »Ich gebe zu«, fuhr sie schließlich fort, »zu Anfang war es wunderbar. Plötzlich verdientest du Geld, bald sogar viel Geld. Alles lief gut und schien harmonisch.«

Sie sah ihren Mann zum ersten Mal, seit sie begonnen hatte

zu sprechen, direkt an. Michael hielt das Gesicht leicht abgewandt. Die Schultern hängend, den Oberkörper leicht vornüber gebeugt, die Hände passiv im Schoß gefaltet, ganz ohne Schutz saß er da und schien plötzlich deutlich gealtert. Caro ging um den Tisch herum und setzte sich auf den freien Hocker neben Michael. Sie legte ihre Hand auf seine.

Es musste fast 16 Jahre her sein, dass Michael zum letzten Mal geweint hatte. Caro erinnerte sich noch, wie er an einem Wochenende vom Squashspielen zurückkam, ausgepumpt und verschwitzt wie immer nach dem Sport, und sie ihm, ebenso wie jedes Mal zuvor, einen Vortrag darüber hielt, dass es keinen Sinn ergab, einen Körper, der Montag bis Freitag mit dem Stemmen von Bleistiften beschäftigt war, am Samstag dann einer solchen Belastung auszusetzen. Es ging ihr auf die Nerven, das ganze Restwochenende das Gejammer um seinen geschundenen Körper ertragen zu müssen. Dauernd schmerzte ihm der Rücken, verspannte die Schultermuskulatur, und er glaubte, seine Beine nicht mehr zu spüren.

An jenem Tag geriet Michael noch zusätzlich unter Stress. Sie erwarteten ihre Freunde, die Hellmigs, zu Besuch, und Michael hatte sich wieder einmal eines seiner grandiosen Menüs ausgedacht. Caro liebte ihren Mann dafür, dass er so gut und gerne kochte. Bei ihm war es nicht so wie bei vielen von ihren Bekannten, wo der Mann nur dann die Schürze umband, wenn Besuch ins Haus stand. Michael kochte eigentlich immer, wenn er zu Hause war. Meistens besorgte sie, was er ihr morgens beim Frühstück aufgetragen hatte, bereitete auch schon das ein oder andere vor, aber den großen Schwung, den machte Michael.

»Noch ein Glas Roten, und dann gehen wir ins Bett«, hatte Michael zwei Stunden, nachdem die Hellmigs sich auf den Nachhauseweg gemacht hatten, gesagt. Kein Detail wies mehr auf die vorangegangene Schlemmerorgie hin. Alles war aufgeräumt, gespült und stand wieder an seinem Platz. »Ich glaube, es hat ihnen gut geschmeckt, was denkst du?«

»Nicht nur ihnen, mir auch.«

»Fandest du den Nudelteig zu dick?«

»Hä?«

»Ich bin mir nicht sicher. Die Kunst ist ja, dass du die aufgeschnittenen Jakobsmuscheln im Biss vom Nudelteig unterscheiden kannst. Das war vielleicht nicht ganz so optimal, aber ich glaube, Jon und Frida haben es nicht bemerkt.«

»Die Sauce war supersensationell.«

»Die Hummersauce, ja. Was denn nun, super oder sensationell?«

»Supersensationell. Und jetzt setz dich mal zu mir.«

Michael füllte zwei Gläser und setzte sich seiner Frau gegenüber.

»Prost, mein Schatz, auf das Leben.«

»Prost, Michael, auf das Leben, das ist genau der richtige Trinkspruch, und übrigens: Gratulation, Herr Billings.«

Michael schaute Carolyn verdutzt an. »Gratulation? Wozu?«

»Zur Zeugung unseres zweiten Kindes.«

»Du meinst … du bist …«

»Schwanger, genau.«

Michael ging um den Tisch herum. Caro sah zu ihm auf. Die Deckenleuchte hinter seinem Kopf blendete ihre Augen. Erst als ihr Mann sich vor ihr auf den Boden kniete und sie umarmte, sah sie, dass er weinte.

Am Abend, im Bett, sagte er dann noch: »Mein lieber Mann, jetzt muss ich aber reinhauen«, und meinte damit seine Arbeit.

»Wieso denn das?«, fragte Caro.

»Kinder sind teuer.«

»Kinder sind schön, und wenn gar nichts mehr geht …«

»… machen wir eben eine Frittenbude auf«, vervollständigte Michael einen Satz, den er zu Beginn ihrer Beziehung immer wieder gesagt hatte. Er war davon überzeugt, mit einer guten Frittenbude sei echtes Geld zu verdienen. Inzwischen zog er diese Möglichkeit nicht mehr in Betracht, aber es war trotzdem zum geflügelten Wort im Hause Billings geworden, wenn es um einen Ausweg ging.

»Ich kann nicht aussteigen, jetzt nicht mehr.« Michael hatte den Kampf gegen die Tränen verloren, spürte aber auch deren befreiende Wirkung. Immerhin ließen dadurch zum ersten Mal seit dem Beginn ihres Gesprächs die Stiche in seiner Brust nach.

»Warum kannst du nicht? Du findest doch spielend etwas Neues, mit all deiner Erfahrung. Außerdem musst du ja vielleicht gar nicht aussteigen, es würde doch schon genügen, wenn du etwas an deinen Abläufen änderst. Sprich mit Schröter, sag ihm, du hörst auf, wenn sich nichts ändert. Verändere deine täglichen Routinen. Vielleicht versteht er das ja. Schließlich bist du der Garant dafür, dass er selbst sich zunehmend ins Private zurückziehen kann. Da müsste er doch ein Interesse daran haben, dass es dir gut geht.«

»Das würde er nicht verstehen. Du kennst ihn nicht. Für ihn bin ich der Größte, und wenn ich mir jetzt eine Schwäche gebe, ihn mit dem Wunsch nach weniger Arbeit überrasche, kann ich einpacken. Es geht nicht, noch nicht.«

»Was bedeutet *noch nicht*? Gibt es etwas, das ich nicht weiß, Michael?«

»Wir brauchen das Geld.«

»Hör doch endlich mit dem verdammten Geld auf. Ich scheiß auf das Geld, wenn ich dafür meinen Mann zurückbekomme!«, schrie Caro.

Michael wischte sich mit dem Handrücken die Augen und richtete sich auf.

»Carolyn, wir sind quasi pleite.«

»Was redest du für einen Quatsch?«

»Hör mir bitte zu, das ist kein Quatsch. Ich muss einfach weiterarbeiten, und zwar genau so wie bisher. Wir würden keine drei Monate ohne mein Gehalt überleben. Weil hohe laufenden Kosten uns in Windeseile auffräßen.«

»Aber ich dachte …« Caro schlug die Hände vors Gesicht. Damit hatte sie nicht gerechnet. In puncto Finanzen wähnte sie sich bei Michael so sicher wie in Fort Knox. Es handelte sich um ein Missverständnis! Ganz sicher! Michael war erregt, für seine Verhältnisse hochemotional. Er hatte ihr doch alles vorgerechnet, damals, als sie auf den *Hügel* gezogen waren. Schließlich war sie es gewesen, die auf die Bremse treten wollte, und Michael hatte nur gelacht. »Lass mich das mal machen. Denkst du, ich würde so was angehen, wenn es die Finanzen nicht erlauben würden? Du kennst mich, ich habe alles exakt durchgerechnet. Mach dir darüber mal keine Sorgen.« Das waren seine Worte gewesen, und damit hatte sich dieser Aspekt der Geschichte für Caro erledigt. Geld war niemals ein Thema zwischen ihnen gewesen. Sie kannte noch nicht einmal die Nummer des gemeinsamen Kontos. Zwar hatte sie Verfügungsgewalt, eines Abends hatte Michael ihr einige Dokumente zur Unterschrift hingelegt, aber darüber hinaus wusste sie nichts.

»Es klappt schon alles, Caro, aber eben nur, solange ich die Arbeit habe. Wir haben noch 15 Jahre abzuzahlen.«

»Hast du nicht damals von insgesamt nur 15 Jahren gesprochen?«

»Ich habe die Umbaukosten unterschätzt. Allein dafür ist unser gesamtes Bargeld draufgegangen. Dann der Swimmingpool, die Unterhaltskosten für den riesigen Garten, die beiden Autos, jetzt noch deine Mutter. Unsere laufenden Ausgaben verschlingen drei Viertel meines Gehalts, und ich verdiene wirklich nicht wenig. Ich müsste dringend mit Schröter über eine Gehaltserhöhung sprechen, stattdessen ist mir nach aufhören zumute. Ich bekomme zusehends Angst um uns, Caro. Verstehst du jetzt, warum ich nicht aufhören kann? Ich habe einen Fehler gemacht. Ach, was heißt einen …«

»Ich wusste ja nicht …« Caro ließ den Rest ungesagt. Sie schwiegen. Eine schwarze, mondlose Nacht hatte sich über die Insel gelegt. Die Terrassenbeleuchtung bildete die einzige Lichtquelle weit und breit. Stechmücken umkreisten das traurige Paar und saugten begierig ihr Blut.

»Was sollen wir denn jetzt tun?«, fragte Caro nach einer Ewigkeit. Sie hielt ängstlich Michaels Hand umschlossen.

»Wird schon gut gehen«, flüsterte er, »lass uns einmal darüber schlafen, das ist immer das Beste. Vielleicht kann ich ja doch mit Schröter sprechen. Es gibt sicher eine Lösung, ganz bestimmt sogar. Verzeih mir, Schatz, ich wollte dir keine Angst machen. Ich weiß auch nicht, was mit mir los ist … und …«, er senkte die Stimme weiter, sodass der folgende Satz nur noch mit der Kraft eines lauen Windchens über die Terrasse strich,

»im schlimmsten Fall können wir ja immer noch eine Frittenbude aufmachen.«

Niedergeschlagen räumten sie den Tisch ab und spülten, bevor sie zu Bett gingen, das Geschirr. Michael drückte Caro einen Kuss auf die Stirn, drehte sich auf die linke Seite und starrte noch eine Weile aus dem Fenster in die Dunkelheit. Er spürte wieder diese Schmerzen in der Brust. Nur ganz kurz, aber heftig wie ein Elektroschock.

*

Am nächsten Morgen standen sie früh auf. Sie waren beide entschlossen, sich die letzte Woche auf Stromboli nicht von der bösen Wirklichkeit kaputtmachen zu lassen. Aber Michael ärgerte sich schon sehr über seine Enthüllungen vom Vorabend. Er fand, er hätte die Last dieser traurigen Wahrheit weiterhin selbst tragen müssen. Es hatte kein Grund bestanden, nun auch noch Caro mit dieser Geschichte zu belasten. Er war schwach gewesen. Heute würden sie schön feiern, sie hatten einen Ausflug nach Lipari gebucht, und seine Frau würde den Ausbruch hoffentlich bald wieder vergessen haben.

Um 14:32 Uhr kehrten die Stiche zurück, und dieses Mal gingen sie nicht wieder weg.

Michael zuckte nur ganz kurz zusammen. Ihm war, als sei ein Blitzschlag in seine linke Körperhälfte eingedrungen und ließe dort seine dürren elektrostatischen Verästelungen wüten. Seit geraumer Zeit ertrug er diese ohne jede Ankündigung auftretenden Stromschläge nun schon, und er hatte gelernt, damit umzugehen. Wie die Male zuvor ebbte die elektrische Energie ebenso schnell wieder ab, wie sie gekommen war, nur dass dieses Mal etwas zurückblieb.

Michael saß auf dem Sonnendeck einer schnellen Fähre und schaute weit über die glitzernde See. Durch den Schock wandelten sich die scharfen Kämme der Wellen vor seinen Augen in eine einzige verschwommene, graublaue Fläche. Er blinzelte mehrmals schnell hintereinander mit den Augen. Kein Zweifel, er sah nicht mehr richtig.

Eine Hand auf die Reling gestützt, wandte er den Kopf. Ein

dichter Nebel umgab ihn, und die Konturen seiner Mitreisenden verschwammen. Zu seinem Entsetzen konnte er auch Carolyn nirgends mehr sehen. Panische Angst überfiel ihn.

Doch so schnell, wie der Schwindel gekommen war, verschwand er auch. Plötzlich erstrahlte die Welt um ihn herum wieder in klaren, warmen Farben. Michael atmete tief durch und tastete unsicher nach der Hand seiner Frau. Carolyn hatte sich während der bleiernen Minuten keinen Millimeter von seiner Seite bewegt.

»Ist was? Du bist auf einmal so still?«, hörte er sie fragen.

Er schüttelte stumm den Kopf.

Auf Lipari war Michael nicht mehr derselbe. Jede Bewegung um ihn herum verursachte ein verstörendes Gefühl in ihm. Er hielt Carolyns Hand ganz fest und war froh, als es Zeit zum Mittagessen war. Im Restaurant gelang es ihm nur mit Mühe, sich auf das Essen zu konzentrieren. Die Trattoria war auf Meeresfrüchte spezialisiert und weit über die Grenzen der Insel hinaus bekannt. Eine Empfehlung des alten Schröter. »Wenn Sie sich mal was Außergewöhnliches gönnen wollen, Michael. Und Sie lieben doch gutes Essen, nicht wahr?«

Sie aßen Nudeln mit Sepiasauce und dann eine große Platte kleiner Seefische, Seeigel und fangfrischer Garnelen. Dazu tranken sie Wein. Während Caros Laune von Minute zu Minute stieg, erlebte Michael alles wie durch einen dichten Schleier hindurch. Die Schmerzen überfielen ihn inzwischen im Minutenrhythmus. Bei manchen Attacken verengte sich sein Sehfeld derartig, dass die Terrasse die Form eines langen Tunnels annahm. Es schien für einen Moment, als könne ihn der kalte sizilianische Weißwein ein wenig beruhigen, aber das war nicht von Dauer. Die Angst in ihm wuchs und wuchs, und als sie übermächtig zu werden drohte, sehnte er sich nur noch zurück in die Abgeschiedenheit Strombolis und in die Ruhe des Appartements. Die Welt hier draußen schien kein geeigneter Platz für einen Mann in seiner Lage. Trotz der Leiden verließ kein Wort der Klage seinen Mund, denn er war nach wie vor entschlossen, Caro den Tag nicht zu verderben. Er antwortete auf ihre Fragen, so gut er es eben vermochte, beteiligte sich standhaft an der Konversation und war sich doch sicher, dass sie seinen sich zunehmend verschlechternden Zustand bemerken musste. Dass dies nicht so war, beruhigte ihn keineswegs.

»Caro«, rief Michael. Er saß wieder auf der Terrasse des Appartements und erwartete unruhig, dass seine Frau vom Strand zurückkam.

»Was ist denn? … Ach, es war herrlich! Das Wasser wird von Tag zu Tag wärmer. Ich verstehe gar nicht, weshalb du nicht mitgekommen bist.«

»Caro!« In Michaels Ruf mischte sich vernehmliche Panik. Carolyn trat aus dem Zimmer, bürstete aber weiter ihr nasses Haar.

»Was ist denn mit dir los? Du sitzt da wie ein Häufchen Elend.«

»Caro, ich glaube, ich brauche einen Arzt. Mir geht es nicht gut.«

»Was hast du denn? Du bist ja ganz blass.« Sie legte ihm die Hand auf die Stirn. »Du schwitzt ja … Du hast Fieber! Sicher hast du dir eine Infektion eingefangen. Ich werde Roberta bitten, einen Arzt zu holen.«

»Ich habe kein Fieber, Caro, ich habe solche Angst zu sterben.«

Ein Blick in die Augen ihres Mannes ließ Caro verstummen. Diese lagen tief in den Höhlen, und das Starke, Standhafte, was ihn auszeichnete, war aus seinem Blick gewichen. Unwillkürlich erinnerte sie sich an die ersten Jahre ihrer Kinder. Der Hund der Nachbarn brauchte nur um die Ecke zu schauen, schon hing Josh an ihrem Rocksaum, in seinen Augen die pure Panik.

»Was hast du denn? Hast du Schmerzen?« Er nickte. »Und wo?« Er deutete auf seine Brust. Nicht mit dem Finger, sondern indem er den rechten Arm anhob und seine Hand unter der linken Achsel einklemmte, während sein linker Arm steif am Körper herabhing.

»Was für Schmerzen sind das, Michael? Bitte sprich doch mit mir.« Sie bekam Angst.

»Mein Herz!«, stieß er hervor. »Ich habe solche Stiche, ich glaube, ich sterbe, bitte hilf mir.«

Carolyn rannte los. Sie stürmte aus dem Zimmer und rief laut um Hilfe. Sekunden später kam ihr eine sichtlich beunruhigte Roberta entgegengelaufen. In ihrem Gefolge einige der Angestellten des Hotels.

»Was ist denn passiert?«, fragte sie und hielt die aufgeregte Caro an den Unterarmen fest.

»Michael! … Wir brauchen einen Arzt, schnell, bitte schnell. Einen Arzt!«

»Beruhigen Sie sich doch bitte, meine Liebe. Das kommt schon wieder in Ordnung.«

Eine der Angestellten hatte bereits ein Telefon am Ohr und sprach erregt in den Hörer. Nachdem sie das Gespräch beendet hatte, flüsterte sie ihrer Chefin etwas ins Ohr.

»Es wird leider etwas dauern. Der Doktor landet erst in etwa zwanzig Minuten mit dem Boot im Hafen an, dann kommt er aber sofort. Vielleicht können *wir* ja inzwischen etwas für Ihren Mann tun.«

Entschlossen zog sie Caro hinter sich her zurück in das Zimmer.

»Aber gibt es denn keinen anderen Arzt oder ein Krankenhaus?«

»Nein, meine Liebe, das Krankenhaus befindet sich auf Lipari, und es ist auch nur ein kleines Hospital. Bei uns gibt es nur die Guardia Medica. Wenn's wirklich schlimm ist, kann der Doktor den Hubschrauber rufen und Ihren Mann nach Lipari oder gar nach Messina bringen lassen, aber so weit sind wir doch noch nicht.«

Michael saß, unverändert seine Brust umklammernd, vornübergebeugt auf dem Stuhl.

»Fassen Sie mal mit an, bitte, wir legen ihn aufs Bett.«

Caro war dankbar, dass Roberta die Initiative übernahm. Sie hoben den reglosen Michael aus seinem Stuhl und schleppten ihn zu dem großen Doppelbett. Den letzten Blick, den Michael ihr zuwarf, bevor er die Augen schloss, würde Caro ihr ganzes Leben lang nicht mehr vergessen.

*

Die Fahrt in den Norden war lang und ungemütlich. Gut sechs Stunden brauchte der Zug für die etwa 600 Kilometer von Helsinki in die größte Stadt Nordfinnlands an der Mündung des Oulujoki-Flusses in den Bottnischen Meerbusen. Da sie keine Sitzplätze reserviert hatten, verbrachten Joshua und seine Freunde den größten Teil ihrer Zeit im finnischen Pendolino auf den Gängen der Waggons. Wenigstens in einer solchen Situation hatte er als Querschnittsgelähmter einen Vorteil gegenüber seinen gesunden Freunden. Sein Stuhl war so bequem wie immer, während die anderen auf ihren ausgerollten Schlafsäcken hockten. Allerdings stank es ihm gewaltig, dass er für fast jede Bewegung im Zug ihre Hilfe in Anspruch nehmen musste.

Mitten in der Nacht erreichten sie den riesigen Bahnhof von Oulu, wo sie auch den Rest der kalten Nacht verbrachten. Es war zwar hell, aber noch lange nicht sommerlich warm. Für den kommenden Tag hatten sie eine Ferienhütte auf dem Nallikari-Campingplatz vorbestellt, und da Franzi für dieses nicht unwichtige Detail verantwortlich zeichnete, durfte man getrost davon ausgehen, dass das auch klappen würde.

Bereits im Morgengrauen entschieden sie sich, aus der zugigen Bahnhofshalle zu ihrem Quartier aufzubrechen. Oulu schien trotz seiner Traumlage am Meer eine eher trostlose Stadt zu sein. Kein Hügel weit und breit, dafür aber jede Menge Hochhäuser, die an osteuropäische Plattenbauten erinnerten.

Irgendwie hatten sie sich den hohen Norden anders vorgestellt. Idyllischer, mit kleinen Holzhäuschen und schattigen Alleen. Oulu war nur eine Industriestadt mit einem ganzjährig geöffneten Hafen. Entsprechend lang waren die Gesichter von Christie, Pille und Franzi, als sie an diesem Morgen durch die menschenleeren Straßen Richtung Norden marschierten.

Die Hütte war gemütlich, und auch der Campingplatz selbst war hübsch angelegt und gut gelegen. Die Laune innerhalb der Gruppe besserte sich deutlich. Pille fand gleich in der Dusche Anschluss an einige Italiener, die nur zwei Blockhäuser weiter eine Dauerorgie feierten. Damit war sein Nachschubproblem geregelt, und er entspannte sich sichtlich. Christie und Franzi unternahmen einen Spaziergang zum nah gelegenen Meer und kamen zwei Stunden später ebenfalls deutlich besser gelaunt zurück.

Joshua, der nicht allein in dem Blockhaus abhängen wollte, fuhr zum Nuku Center in die Innenstadt. Hier, im Festivalbüro, versorgte er sich mit allen wesentlichen Informationen. Leider waren sie, wie er traurig feststellte, genau einen Tag zu spät für das Trainingscamp der Wettstreiter eingetroffen. Er hatte nicht einmal davon gewusst. Anscheinend gab es so etwas Bizarres wie ein Höhenlager, »The Air Guitar High Altitude Training Camp« genannt. Dort wurden die Teilnehmer auf solch wichtige Dinge wie »das mentale wie physische Beherrschen des Instruments« oder »die praktische Bühnenchoreographie, das Kennenlernen der Luftgitarre als postmodernes Phänomen sowie das Umgehen mit dem plötzlichen Ruhm eines Weltmeisters« vorbereitet. Das Schöne an diesem irren Trainingscamp war, jeder konnte daran teilnehmen, und es war sogar möglich, über die Qualifikantenrunde, »Dark Horses«, noch nachträglich in den Kreis der Kombattanten aufgenommen zu werden. Joshua ärgerte sich kurz und notierte dann den Termin für das Camp im kommenden Jahr. Ein absolutes Muss, fand er.

Er besorgte sich schon mal die Anmeldeformulare für die nächsten Meisterschaften und war augenblicklich die Attraktion im Büro. Er wollte nicht übertreiben, als er seinen Ausflug später seinen Freunden beschrieb, aber man musste schon sagen, sie liebten ihn dort unten in der Zentrale. Ein Rollstuhlfahrer war etwas, was den Veranstaltern in ihrer verrückten Sammlung noch zu fehlen schien. Man konnte der jungen Frau ihre Enttäuschung ansehen, als sie hörte, dass Joshua erst im nächsten Jahr teilnehmen wollte. Gleichwohl schenkte sie ihm sofort ein Freiticket für die beiden diesjährigen Runden und versprach, ihm einen Platz in der ersten Reihe freizuhalten.

Im offiziellen Festivalshop kaufte Joshua sich schnell noch einen Peace-Aufkleber, ohne den hier niemand herumrannte, und griff sich im Hinausfahren einen der Handzettel, auf dem in fast allen Sprachen der Sinn und Zweck der Weltmeisterschaften erklärt wurde. Es ging um nichts weniger als den Weltfrieden. Das erklärte Ziel der Veranstalter war es, ihrer gewaltfreien Ideologie zu weltweiter Verbreitung zu verhelfen. Alle Kriege würden enden und alle schlechten Dinge von der Erdoberfläche verschwinden, wenn die Weltbevölkerung kollektiv zur Luftgitarre griffe. Genau deshalb luden die Veranstalter in Oulu auch Jahr für Jahr die Weltgemeinschaft dazu ein, gemeinsam mit ihr zum Ende der Meisterschaft Luftgitarre zu spielen. Irre mit Ansage, Joshua fand alles wunderbar.

Und wie als wolle sich nach diesem netten Ausflug alles in dieser nördlichen Stadt zum Guten wenden, brach die Sonne genau in dem Moment durch die Wolken, als Joshua sich auf den Heimweg machte. Angeturnt vom schönen Wetter, beschloss er, noch eine kleine Extrarunde durch die Stadt zu drehen. Erstaunlich, wie der gelbe Planet durch sein schlichtes Erscheinen eine russische Trabantensiedlung in eine Sommeridylle am Meer verwandeln konnte. Jedenfalls wärmten die Strahlen seine Muskulatur, und Joshua rollte in Richtung Meer. Zunächst am Fluss entlang, dann über die Fußgängerbrücke nach Kuusisaari Island, wo in der kommenden Nacht die erste Runde ausgetragen werden würde. Am äußersten Ende der Insel war ein riesiges Zelt aufgebaut, das sicher an die 500 Personen Platz bot. Nach einem kurzen Blick ins Allerheiligste umrundete er die Insel dreimal in vollem Tempo, bevor er wieder aufs Festland zurückkehrte. Dort wandte er sich nach Norden und umfuhr die weit geschwungene Bucht. Als er schweißüberströmt vor dem Ferienhaus ausrollte, fühlte er seine von der langen Reise etwas unbewegliche Muskulatur wieder gut trainiert und war allerbester Dinge.

»Und du willst dich tatsächlich auf diese Bühne stellen und den Affen machen?« Franzi ging offensichtlich aber auch jedes Verständnis für das ab, was sie sich am Vorabend unter Aufbietung all ihrer Willenskraft bis zum bitteren Ende angesehen hatte.

»Da kannst du drauf wetten. So fett!«

»Also ich für meinen Teil bin etwas irritiert.«

»Wovon?«

»Wenn erwachsene Menschen, also ich nenn euch jetzt mal so, sich auf eine Bühne stellen und das Gehabe von Hard

Rockern nachäffen, ist das schon für sich genommen albern und normalerweise ein Zeichen absoluter Volltrunkenheit. Mal ganz davon abgesehen, dass auf mich schon das Macho-Gehabe echter Musiker lächerlich wirkt. Wenn diese Nachahmer dann aber noch nicht einmal eine Gitarre in der Hand haben und alle das toll finden, darf man doch wohl an eurem Geisteszustand zweifeln. Hey, wie dämlich ist das, wenn in der ersten Reihe drei Punktrichter mit Decken über den Beinen sitzen und nach jedem Auftritt handgemalte Pappschilder mit Noten ziehen? Das ist doch ganz schlechtes Kabarett.«

»Du verstehst wieder mal nichts, Franzi.«

»Richtig. Vor allem verstehe ich nicht, warum ein so guter Gitarrist wie du ohne sein Instrument auftreten will.«

»Aber das Ganze hat doch nichts mit echtem Gitarrespielen zu tun, das hab ich dir doch schon so oft versucht zu erklären. Außerdem, hast du gesehen, wer in der ersten Reihe gesessen hat? Juha Torvinen ist eine Legende! Und wenn der sich als Chef der Jury zur Verfügung stellt, dann ist das, worum es hier geht, doch wohl über jeden Zweifel erhaben.«

Franzi sagte nichts mehr. Es war ganz einfach nicht ihre Veranstaltung. Sie war ohnehin längst entschlossen, auf die heutigen Finals zu verzichten. Sie zog einen gemütlichen Saunagang der Schweinekälte in dem unbeheizten Zelt vor. Wann hatte man als Jugendlicher schon einmal ein Ferienhaus mit eigener Sauna?

Die beiden saßen allein vor ihrer Hütte. Pille war seit der vorangegangenen Nacht nicht mehr aufgetaucht. Zuerst hatten sie ihn noch zusammen mit seinen neuen Freunden vor der Bühne Pogo tanzen sehen. Nach der Veranstaltung war er dann aber spurlos verschwunden. Einigermaßen besorgt hatte Christie sich vor zwei Stunden auf die Suche nach ihm begeben und war seitdem ebenfalls verschollen.

»Was hältst du davon, wenn wir ans Wasser gehen?«, fragte Joshua, und Franzi willigte gerne ein. Joshua war noch immer high von der ersten Runde der Meisterschaften. In diesem ersten Teil performten die Teilnehmer – erstmalig war sogar eine Frau bis ins Finale vorgedrungen – einen selbst gewählten

Song. Im Finale kam dann noch ein von den Organisatoren ausgewählter Titel dazu. Josh zeigte sich tief berührt von der Würde, mit der die Wettstreiter auf der ansonsten leeren Bühne agierten, und war jetzt sehr gespannt, wer am Ende des Tages die handgemachte Flying-Finn-Gitarre in Händen halten würde.

Ganz entgegen seiner Gewohnheit, ließ er Franzi seinen Rollstuhl schieben. Er hatte sie nicht darum gebeten, aber auch keine Einwände dagegen erhoben. Joshua schloss die Augen und genoss die Fahrt.

Eine ganze Weile später stoppte Franzi den Rollstuhl an einer besonders schönen Stelle. Von hier aus bot sich ein Ausblick über das Mündungsdelta des Oulujoki mit seinen vielen Inseln bis zu dem geschäftigen Hafen. Im Hintergrund standen tatsächlich noch einige von diesen romantischen Holzhäusern, die in früheren Tagen den Hafenarbeitern als Speicher gedient hatten und heute, bestens restauriert, versuchten, der Gegend wenigstens ein gewisses Flair zu verleihen.

Die Sonne schien ihnen direkt ins Gesicht. Windgeschützt brannte sie sogar richtig heiß. Joshua zog sich sein Hemd aus. Während der vier Wochen bei Professor Wehmann hatte er jeden Tag in der Sonne gesessen. Franzi betrachtete ihren Freund etwas zu genau.

»Was guckst du so, stimmt was nicht?«, fragte Joshua.

»Hat dir schon mal jemand gesagt, wie gut du aussiehst?«

Joshua errötete.

»Ehrlich! Brauchst nicht rot zu werden.«

»Hör auf mit dem Quatsch, Franzi.«

»Wieso? Du könntest dich ruhig mal wieder ein wenig öffnen.«

»Was ist das jetzt? Partnerschaftsberatung?«

»Werd doch nicht gleich sauer.«

»Bin ich nicht. Es ist nur so, ich hab andere Probleme.«

»Das weiß ich. Aber willst du ständig nur darüber reden? Sei doch mal wieder ein bisschen lockerer. Versuch's doch wenigstens mal. Nur für einen Moment. Genieß die Dinge um dich herum.«

Franzi konnte in Joshuas Gesicht ablesen, dass sich seine

Stimmung gleich gegen sie wenden würde. Sie war zu müde für einen Krach.

Joshs Therapie bei Professor Wehmann war auch für sie anstrengend gewesen, und eigentlich war sie nur deshalb mit nach Oulu gefahren, weil sie sich Joshua so nahe wie noch nie fühlte und ihn nicht allein lassen wollte. Die komplexen medizinischen Sachverhalte hatten ihr alles abverlangt. Und doch glaubte sie am Ende, das meiste rund um Joshs Therapie verstanden zu haben. Nur eines blieb ihr bis zum Schluss schleierhaft. Warum widersetzte sich ihr Freund allen Versuchen, auf eigene Beine gestellt zu werden? Er wollte es einfach nicht versuchen. Dabei legte seine ganze Ungeduld doch eigentlich die Vermutung nahe, dass er eher zu früh als zu spät damit beginnen würde.

Gegen Ende des Aufenthalts hatte ihm der Professor Krücken mitgebracht. Ein ganz normaler Vorgang für einen Laufbandpatienten und dazu noch für Josh die Möglichkeit, sich ohne fremde Hilfe aus dem Stuhl zu erheben und vielleicht sogar einige Schritte zu tun. Zumal seine Oberkörpermuskulatur derart gut ausgeprägt war, dass ihm der Stockeinsatz ein Leichtes hätte sein müssen. Erzürnt hatte Joshua die angebotenen Laufhilfen vor sich auf den Boden geworfen. Er sei kein beschissener Krüppel, hatte er gezischt. Ein klärendes Gespräch mit ihm über dieses unverständliche Verhalten war bisher nicht zustande gekommen. Ein einziges Mal hatte Franzi versucht, ihn darauf anzusprechen. Er war sofort wieder explodiert. Der Professor hatte viele mögliche Theorien für Joshuas eigenartiges Verhalten angeboten, aber keine davon vermochte Franzi zu überzeugen.

»Raste nicht aus, Joshua. Bitte sprich mit mir. Ich bin deine Freundin und will dir nichts Böses.«

»Das weiß ich doch.« Er ergriff ihre Hand. »Hilf mir bitte hoch. Ich möchte mich ins Gras setzen.«

Mit Mühe gelang es Franzi, ihn so zu platzieren, dass er sich mit dem Rücken gegen einen morschen Baumstamm lehnen konnte. Joshua machte nicht einmal den Versuch, seine Beine zu bewegen.

»Setz dich neben mich, ja?« Franzi setzte sich zu ihm, und Joshua legte den Arm um ihre Schultern. »Ich hab mich noch gar nicht bei dir bedankt«, flüsterte er.

»Das brauchst du nicht.«

»Und ob. Ich schäme mich fast schon vor dir. Du bist immer da. Egal, wie dämlich ich mich verhalte, du gehst nicht weg von mir …«

Franzi krallte sich in Joshuas Hand, nur um nicht auf der Stelle loszuheulen. Aber er war viel zu sehr damit beschäftigt, seine eigenen Emotionen zu kontrollieren, als dass er den Schmerz gespürt hätte.

»… Ich weiß nicht, was ich ohne dich täte. Wirklich nicht. Du bist meine Familie.«

»Nein, ich bin deine Freundin. Das ist was ganz anderes.«

»Nicht für mich. Für meine echte Familie kann ich nichts. Die sind einfach da, ob ich will oder nicht. Einen Freund muss man sich verdienen. Deshalb ist Freundschaft auch wichtiger als Familie.«

»Nein, Josh, es ist einfach nur anders. Ich möchte dich nie in meinem Leben als Freund verlieren, aber du kannst niemals meine Familie ersetzen.«

»Wieso nicht?« Joshua sah Franzi konsterniert an.

»Na, weil …« Sie kam ins Straucheln. Ihren Gedanken hatte sie noch nie verteidigen müssen. »… na, weil Familie eben von Anfang an da ist.«

»Na und?«

»Wie, na und? Wer hat mich denn großgezogen? Wer war immer für mich da? Wer hat alles ertragen, ist immer für mich eingestanden und wird das auch in Zukunft immer tun?«

»Ich! Dein Freund. Ich werde immer für dich da sein.«

»Du hast mir aber nicht die Windeln gewechselt.«

»Ist das denn so wichtig? Ich weiß, was du meinst, glaub mir, ich habe viel darüber nachgedacht. Hatte ja auch ’ne Menge Zeit dazu. Aber genau deshalb sage ich, Freundschaft ist tausendmal mehr wert als die verkackte Familie.«

»Sprich nicht wie Pille, nicht wenn es wirklich ernst wird.«

»’tschuldige. Aber das, was du da einforderst, ist doch wohl eher ’ne Art Affenliebe. Einfach grundlose Liebe, nur durch den Zufall einer Geburt ausgelöst. Für eine Freundschaft musst du wirklich arbeiten, du kannst dich nicht gehen lassen. Sie ist tausendmal anstrengender und deshalb auch tausendmal ehrlicher.«

»Ha! Mit genau dem gleichen Argument beweise ich dir die Überlegenheit der Familie. Deinen Leuten musst du eben nichts beweisen. Du musst keinerlei Normen entsprechen, du bekommst die Liebe geschenkt. Blindes Vertrauen nennt man das.«

»Ich vertraue dir auch, nur eben nicht blind, sondern weil ich gelernt habe, dass es sich lohnt, dir zu vertrauen.«

»Eben! Meine Mutter fragt nicht danach, ob es sich lohnt. Sie vertraut mir einfach, selbst dann noch, wenn ich ihr Vertrauen einmal missbraucht haben sollte.«

»Und das findest du toll?«

»Ja! Das finde ich ganz und gar toll. Das ist mein sicherer Hafen, der Ort, an den ich jederzeit zurückkehren kann. Das gibt mir Kraft. Und, Josh, ich sag dir das jetzt, auch wenn du dich wieder aufregst, die Familie ist auch dein Hafen. Spürst du nicht, wie unglücklich du dich durch deine Wut machst?«

»O doch … und ich kämpfe gegen das Unglück. Nur eben anders, als du denkst. Mein Unglück steht nämlich da hinter uns«, er deutete auf seinen Rollstuhl, »und dagegen kämpfe ich an …«

»Hör doch auf damit. Du kämpfst gegen dein Gefühl an. Gegen die Liebe zu deinen Eltern und deiner Schwester und vielleicht sogar noch zu anderen. Du bist so verdammt starrsinnig. Ich begreife noch nicht ganz, was genau dich in deinem Innersten umtreibt, aber ich weiß, dass ich Recht habe. Und noch was, dein Genesungsprozess würde vermutlich viel schneller gehen, wenn du dich zu deinen Gefühlen bekennen würdest.«

»Quatsch. Du verstehst sicher eine ganze Menge von meiner Behinderung, aber als Psychologin bist du eine Niete.«

Joshua wusste schon während er den Satz aussprach, wie tief er Franzi damit verletzen würde. Die Wucht der Beleidigung ließ Franzi verstummen. Gleichzeitig spürte Joshua, wie sie in seinen Armen erschlaffte.

Sie saßen noch eine Weile schweigend nebeneinander. Im Hafen herrschte reger Verkehr. Aus ihrer tiefen Sitzposition heraus schien es, als würden die Schornsteine der auslaufenden Ozeanfrachter den blutroten Sonnenball ritzen. Zwischen den Ungetümen kreuzten Hunderte kleiner Motoryachten und schnittige Segelbote im ruhigen Gewässer zwischen Fluss und offenem Meer. Die Bewohner Oulus starteten ins Wochenende.

»Mir wird kühl«, sagte Franzi mit Blick auf die Uhr und erhob sich. Sie half Joshua zurück in den Rollstuhl. Auf dem Heimweg achtete sie darauf, stets so weit vor Joshua zu gehen, dass kein Gespräch aufkommen konnte.

Christie und Pille saßen auf den Stufen vor dem Blockhaus und alberten rum. Pille lächelte dabei selig die Sonne an, und Christie klopfte geistesabwesend mit den Fingerspitzen auf bunt bemalte Bongos.

»Da seid ihr ja endlich. Schöner Tag, oder?«, sagte Pille und fuhr, als er keine Antwort erhielt, fort: »Wir müssen gleich los, wenn wir nichts vom Finale verpassen wollen.«

»Ich bin so weit«, antwortete Joshua barsch.

»Willst du nichts mehr essen? Drinnen liegt noch 'n Kanten Brot und Käse, bedient euch.«

»Keinen Hunger, danke.«

Franzi stand sprach- und tatenlos neben Christie. Dann, wie von einer fremden Mechanik angetrieben, schmiss sie sich ihm urplötzlich um den Hals. Die Umarmung hatte nichts Herzliches und schon gar nichts Verliebtes, eher schon sprach eine tiefe Verzweiflung aus ihrer ungestümen Annäherung. Christie schaute sich überrascht nach seinen beiden Freunden um und versuchte herauszufinden, wie seine Kumpels den Angriff fanden, bevor er langsam seine Arme hob und Franzis Umarmung zaghaft erwiderte. Viel zu laut und in einer für eine Verführung deutlich falschen Tonlage sagte sie: »Los, Christie, lass uns reingehen.« Und direkt an Pille und Joshua gewandt, fuhr sie fort: »Wartet nicht auf uns, wir kommen später nach.«

Christie grinste dämlich, erhob aber keine Einwände, als sie ihn bestimmt hinter sich her zog.

»Was war das denn?«, fragte Pille sichtlich verwirrt, als die Tür hinter dem Paar ins Schloss fiel.

»Halt's Maul, schnapp dir deinen verkackten Schlafsack, und dann lass uns abhauen.«

Joshua wendete seinen Rollstuhl und fuhr in Richtung Straße davon.

Er sah das Mädchen und erschrak. Sie war mittelgroß, schlank, hatte langes braunes Haar, und er hatte sie schon einmal in der Zentrale gesehen. Es sah wahnsinnig cool aus, wie sie da lässig vor der Bühne stand, die Arme vor der Brust verschränkt, und mit einem Fuß im Takt der harten Musik wippte. Sie trug einfache Jeans und ein knallrotes T-Shirt mit einem kleinen weißen Hund auf der Brust. Im Organisationsbüro hatte sie ihm alles erklärt und auch dafür gesorgt, dass er auf diesem super Platz direkt vor der Bühne stand.

Das Finale hatte sehr stark begonnen. Bei allen auftretenden Künstlern spürte man deutlich die Anspannung, aber auch die Energie, die dadurch freigesetzt wurde. Die Stimmung im randvollen Zelt war phänomenal. Selbst die PA-Anlage, so schien es Joshua, war nochmals höher gepegelt worden. Die Musik war höllenlaut. Kurzum, alles war perfekt vorbereitet für den Champion. Die ausgewählte Musik war wie schon in der ersten Runde eine Mischung aus altem Zeugs wie Iron Maiden, Led Zeppelin oder AC/DC. Aber es gab auch all den Rest. Sachen wie Turbonegro standen neben den Goldenen Zitronen, den Foo Fighters oder den Libertines. Und einige der wilden Burschen schreckten nicht einmal vor den Kinks, Guns N' Roses oder Nirvana zurück. Jeder konnte sich austoben, zu was auch immer er wollte, jedenfalls im Kürprogramm. Kein Musikausschnitt durfte länger als eine Minute sein, und alle versuchten die wesentlichen Elemente des Luftgitarrenspiels in diesen kurzen Zeitraum zu packen. Vom perfekt einstudierten Aufgang auf die Bühne über das erste Aufheulen der Gitarre, über das Spielen mit Plektron oder Zähnen bis zum wilden Hinschmettern des imaginären Geräts beim beifallumrauschten Abgang war alles dabei. Manche spielten stoisch ruhig am Bühnenrand, andere gaben den Angus und rannten wie von

Furien gehetzt auf der Bühne herum. Manche federten wie ein Jack in the Box auf und ab, und fast alle gingen irgendwann während ihrer Performance auf die Knie.

Soeben hatte Marika – jetzt wusste er endlich, wie die Frau hieß – von der Bühne herab bekannt gegeben, welchen Song die Organisatoren zusammen mit den Jury-Mitgliedern als Pflichtprogramm ausgewählt hatten. Joshua hatte zumindest mit seinem Tipp auf die Band richtig gelegen. In diesem Jahr führte kein Weg an den Hives vorbei. »Walk Idiot Walk« würde nun für alle Finalisten zum Gradmesser. Aber für ihn war das Geschehen auf der Bühne von einem Moment auf den nächsten zweitrangig geworden.

Wieso war ihm diese Frau nicht schon viel früher aufgefallen? Joshua geriet völlig aus dem Takt. Er hatte dieses kribbelnde Gefühl in der Magengegend längst vergessen. Während der nächsten Stunde konnte er sich nur sehr schwer auf das Programm konzentrieren. Immer wieder wanderte sein Blick über die Menge hinweg zu Marika. Sein Atem ging schneller, und seine Handballen begannen allergisch zu jucken. Zweimal musste er seinen Logenplatz verlassen, um etwas zu trinken. Innerhalb kürzester Zeit war seine Kehle aber wieder so trocken wie Wüstenluft. Er stand in einem zugigen Veranstaltungszelt auf dem 65. Breitengrad, inmitten einer brodelnden Menge, die gerade den Sieg des US-Amerikaners Sony Rok zelebrierte, und konnte seine Augen und seine Aufmerksamkeit nicht mehr von dem fremden Mädchen abwenden.

Sollte es so etwas wie Vibrations wirklich geben, dann waren sie daran schuld, dass Marika sich genau in dem Augenblick Joshua zuwandte, als er sie besonders fasziniert anstarrte. Seiner Gewohnheit folgend, hätte er nun die Augen niederschlagen müssen, aber er tat genau das Gegenteil. Die Distanz zwischen ihnen verschwand wie von selbst, und Marika lächelte. Nicht einmal das für dieses Alter so wichtige Ritual des ersten Schritts schien ein Problem zwischen ihnen zu sein. Im gleichen Augenblick, als Joshuas Gehirn wieder regulierend eingreifen wollte, bewegte sie sich auf ihn zu.

Sie stammte aus Oulu, sprach perfektes Englisch und sogar leidlich Deutsch. Ihre Eltern lebten in Südschweden, und sie selbst hatte einige Semester in Kopenhagen studiert, bevor es sie in ihre Geburtsstadt zurückgezogen hatte. All das und noch vieles mehr erfuhr Joshua im Laufe der Nacht. Viel entscheidender war jedoch die Information, die er in dieser Nacht über ein lange unterdrücktes Gefühl erhielt.

Im Morgengrauen machte er sich auf den Weg, Pille zu suchen. Gemeinsam kehrten sie zum Campingplatz zurück. In aller Ruhe packten sie ihre Klamotten und gingen anschließend schweigsam wieder zum Bahnhof. Pille versuchte mit Joshua Schritt zu halten, während Christie mit Franzi im Arm in gebührendem Abstand folgte. In der Enge des Abteils zusammengeführt, fühlten sich alle unwohl. Am schlimmsten erwischte es Pille, der solche Art Spannungen nicht ertrug. Als der Zug die Vororte hinter sich gelassen hatte, zog er die Vorhänge des Abteils zu, zündete sich einen Joint an und fragte laut in die Runde: »Glaubt ihr eigentlich, Jesus spielt Luftgitarre?«

*

Zusammengerollt lag Michael unter den warmen Decken. Dennoch zitterte er am ganzen Körper, gleichzeitig waren alle seine Muskeln voller Anspannung. Sein gesamter Leib, von den Fußsohlen über Brust und Rücken bis zu den heftig zuckenden Kinnmuskeln, war verkrampft. Dem Arzt gelang es nur mit Mühe, ihn auf den Rücken zu drehen. Michael schnaufte heftig.

»Ruhig, keine Angst«, sagte der Arzt. Er hielt die aufgezogene Spritze gegen das Licht und drückte den Kolben so weit hoch, bis ein dicker Tropfen aus der Nadelspitze austrat. Dann tupfte er die ausgesuchte Stelle auf Michaels Haut mit einem alkoholgetränkten Wattebausch sauber und setzte ihm die krampflösende Injektion. Der Arzt diagnostizierte zunächst einmal eine Tetanie. So etwas hatte Michael schon einmal gehabt. Allerdings war der Auslöser dieses Mal kein verdorbenes Essen, sondern schiere Angst. Michael hatte sich aus Furcht, er könne sterben, derart verkrampft, dass der Arzt zunächst diesen akuten Zustand beheben musste, bevor er sich an die eigentliche Ursachenforschung begeben konnte. Während sich Michael infolge des Medikaments zusehends entspannte, verrichtete Dr. Reali seine Arbeit. Er hörte Michael ab, ließ sein Stethoskop über die Brust wandern, forderte ihn zum Atmen und zum Atemanhalten auf, stellte scheinbar belanglose Fragen, prüfte den Blutdruck und packte schließlich seine Sachen wieder in den kleinen abgewetzten Koffer. Er lehnte sich in dem Stuhl zurück, den er sich ans Bett herangezogen hatte, schaute die Frauen, die alle seine Bewegungen vom Fußende aus gespannt verfolgt hatten, der Reihe nach an, legte Michael die Hand auf die Stirn und fragte eher beiläufig: »Haben Sie Stress?« Die Frauen schauten den Arzt ungläubig an, während Michael die Angst erneut in die Augen trat.

»Dr. Reali, mein Mann hat keinen Stress, wir machen hier Urlaub. Was ist mit seinem Herzen?«

»Signora, Ihr Mann hat das Herz eines jungen Mannes. Es schlägt ruhig und kräftig. Kein Grund zur Beunruhigung. Auch sonst scheint mir alles in Ordnung zu sein. Wirklich kein Grund zur Sorge. Mehr kann ich nicht für Sie tun.«

Carolyn Billings saß stumm auf Michaels Bett und hielt seine Hand. Michael selbst schien weder den Doktor noch sonst jemanden um sich herum wahrzunehmen. Die injizierten Drogen bewirkten, dass seine Augenlider schlaff herabhingen und kurz davor standen, sich vollständig zu schließen, um damit seinem Hirn die dringend benötigte Ruhe zu verschaffen.

Für Michael stellte die Injektion einen Wendepunkt seiner akuten Notlage dar. Erstmals seit Stunden konnte er wieder durchatmen. Er hatte zwar überhaupt keine Idee, was nun aus ihm werden sollte, wie das Ganze weitergehen würde, aber mit der muskulären Entspannung nach der Spritze ging auch eine merkliche Beruhigung seiner Nerven einher. Er blinzelte den Arzt an, hörte wohl dessen Frage nach seinem arbeitsbedingten Stress, ohne dass die jedoch einen Denkprozess bei ihm auszulösen vermochte, bemerkte auch die Unruhe in den Blicken von Caro und Roberta, aber das alles konnte ihm nichts mehr anhaben. Entspannung war das Zauberwort und alles, was er sich derzeit wünschte.

Michael schlief 16 Stunden, und als er erwachte, sah er seine Frau mit rot geweinten Augen auf der Bettkante sitzen. Er benötigte einige Minuten, um klar zu werden. Innerhalb dieser Zeit stieg die Erinnerung an den gestrigen Tag mit all seinen fürchterlichen Ereignissen wieder in ihm auf. Ein innerer, ihm bisher unbekannter Mechanismus setzte ein, der, einem Röntgenapparat gleich, sein Befinden abtastete. Noch in der gleichen Sekunde waren die Stiche wieder da, sein Augenlicht trübte sich ein, und die eben noch jungfräuliche Welt versank wieder hinter dicken Nebelschwaden.

Der erste Versuch aufzustehen scheiterte. Ein Berserker mit einem Vorschlaghammer wütete in seiner Halsschlagader. Aber zum Pinkeln musste er sich erheben. Er schaffte es schließlich, wurde aber darüber äußerst kurzatmig. Caro musste ihn stützen, damit er sich auf der Toilette Erleichterung verschaffen konnte. Schwer atmend ließ er sich auf der Schüssel nieder und erholte sich dort erst geraume Zeit, bis er sich wieder zurückschleppen lassen konnte. Bewegungslos im Bett liegend, normalisierte sich die Lage, und er schlief schnell wieder ein.

Als er erwachte, sah er Carolyn neben sich liegen, den Kopf auf dem angewinkelten Arm. Er ahnte nicht, dass sie schon eine lange Zeit ruhig in dieser Position ausharrte und nachdachte.

»Ich bin gegen die Wand gefahren«, sagte er am Ende einer kurzen Unterhaltung ohne jede Larmoyanz, »und jetzt verweigert mir mein Körper den Dienst. Notausstieg.«

Zwei Tage nach dem Zusammenbruch verlies Michael Billings zum ersten Mal wieder das Hotel. Die Fortbewegungsgeschwindigkeit entsprach dabei nicht seiner Definition von Laufen. Schritt für Schritt musste er gehen lernen, ganz wie einer, der sich nach einem Schlaganfall wieder anschickt, ins Leben zurückzukehren. Alle zehn Meter hielt er an und schnappte nach Luft. Auf diese Weise schaffte er es zum Meer, wo er stark gegen seine Erschöpfung ankämpfen musste. Kaum hatte er sich in den Sand fallen lassen, fielen ihm auch schon die Augen zu, und ein tiefes Schlafbedürfnis überkam ihn. Krampfhaft hielt er sich aufrecht und sah Carolyn ängstlich beim Baden zu. Es war nicht gut, wenn sie sich zu weit von ihm entfernte. Kaum hatte er den Rückweg, an Caros Arm hängend, erfolgreich gemeistert, legte er sich aufs Bett und schlief sofort ein.

Das Schlimmste in diesen letzten Tagen von Stromboli, neben der Erkenntnis, dass er nun ein kranker Mann war, war die Langeweile. Er verbrachte Stunden damit, über sich selbst nachzudenken. Reflexartig griff er zwischendurch zu dem Roman auf seinem Nachttisch, musste aber akzeptieren, dass spätestens nach zwei Seiten die Stiche in der Herzgegend zurückkehrten. Er verstand den Zusammenhang nicht, was ihn fast in den Wahnsinn trieb. Welche Verbindung konnte es geben zwischen seinem ausgebrannten Körper, den Herzschmerzen und einem Kriminalroman? Nichts, was sich in diesen Tagen zutrug, ergab für ihn einen Sinn. Beim dritten oder vierten Versuch beschloss er, einfach über den Druck auf der Brust hinwegzulesen, mit dem Erfolg, dass sich zu den Angst einflößenden Stichen in der Herzgegend wieder eine temporäre Sehschwäche einstellte, und sowie er versuchte, dieser durch einen veränderten Abstand zwischen Auge und Buch entgegenzuwirken, sanken ihm die Augen einfach zu und eine unsagbare Müdigkeit bemächtigte sich seines gesamten Körpers, obwohl er gerade erst aus einem tiefen Schlaf erwacht war.

Gut ging es Michael nur, wenn er völlig untätig herumlag. Bei allem Nachdenken über seine Situation und trotz der sich allmählich einstellenden Einsicht in den Raubbau, den er an seinem Körper betrieben hatte, blieb ein alles überlagerndes Gefühl zurück. Das Gefühl der Angst. Er sprach mit Caro darüber. Angst kannte er, er hatte immer welche gehabt. Wie eine große Flut nach Jahren der Ebbe brandete die Erinnerung daran zurück in sein Gedächtnis. Die Angst vor dem gestrengen Vater kam ihm in den Sinn, vor den unlösbar scheinenden Aufgaben, die das Leben für ihn bereithielt, eine stark empfundene Angst vor der Zukunft, die sich damals wie ein tiefes, schwarzes Loch vor ihm aufzutun schien. Erst mit Carolyn war die Angst aus seinem Leben gewichen, so weit in den

Hintergrund getreten jedenfalls, dass er sie jetzt als umso bedrohlicher empfand.

Der Tag der Abreise stand unmittelbar bevor. Bei dem Gedanken an sein Büro, an Schröter, die vielen Sitzungen und Entscheidungen überkam ihn akute Luftnot. Seine Strategie bestand darin, zunächst einmal alle nur denkbaren ärztlichen Gutachten über seinen Gesundheitszustand einzuholen. Der gute Dr. Reali war ein Landarzt. Seine nur mithilfe eines Stethoskops flüchtig herbeigeführte Diagnose konnte sich ebenso gut als falsch erweisen. Zunächst einmal ein guter Kardiologe, danach ein Neurologe, und dann konnte man weitersehen. Es war also gut, wieder nach Hause zu kommen.

9

Michael schwitzte wie in der Gluthitze eines sommerlichen Nachmittags, als er früh am Morgen das Haus verließ. Er hatte Mühe, den Wagen aus der Garage zu setzen. Die Ausfahrt erschien ihm enger als sonst, überhaupt fühlte er sich im Auto schon nach wenigen Metern ungewohnt unsicher. Er spürte fast körperlich die Aggression im Straßenverkehr, sah Unheil voraus, wo keines war, schlich mit Tempo 20 durch eine dicht beparkte Allee vor lauter Angst, ein Kind könnte plötzlich zwischen den abgestellten Autos auftauchen und ihm vor den Wagen laufen.

Schon ein Blick auf den Tacho, während er die breite Uferstraße entlangfuhr, hätte ihn stutzig machen müssen. Hier, wo er früher gerne auf 70 bis 80 Stundenkilometer beschleunigt hatte und nur wegen der hohen Strafgelder nicht noch weitergeganen war, hier zeigte die Nadel an diesem Morgen gerade einmal 40 km/h. Die anderen Autofahrer hupten und gaben ihm Zeichen, doch besser anzuhalten.

Der Verkehr wurde dichter. Mehrmals stoppte Michael und trocknete sich mit dem Taschentuch das Gesicht. Er war bis auf die Kopfhaut durchgeschwitzt und hatte das Gefühl trotz einer extra Portion Rasierwasser am Morgen einen üblen Geruch abzusondern. Die Welt außerhalb seines Wagens erschien ihm unwirklich und abweisend.

Michael parkte seinen Wagen auf einem der für die Geschäftsleitung reservierten Plätze und sah sich ängstlich um. Bloß jetzt keinem der wichtigen Kollegen begegnen. Jedenfalls nicht sofort. Er brauchte einfach noch etwas Zeit, um sich auf das Bevorstehende einstellen zu können. Vorsichtig stieg er aus dem Wagen und begab sich, nervös seine Umgebung absuchend, auf die nächste erreichbare Toilette, wo er sich erst einmal selbst notdürftig wieder herrichtete. Mit einem großen Taschentuch versuchte er seine Haare zu trocknen. Für Gesicht,

Hals und Nacken bediente er sich der kratzigen lindgrünen Papiertücher aus dem Handtuchspender. Er ärgerte sich, dass er kein Deo und kein frisches Hemd in seiner Aktentasche mitgenommen hatte. Beides lag für den Notfall, seit Jahren ungenutzt, in seinem Büro bereit. Von diesem vermeintlich sicheren Raum trennten ihn allerdings noch zwei lange Treppen, ein neongrell ausgeleuchteter, fensterloser Gang und seine Sekretärin, sofern er nicht unterwegs auf weitere Hindernisse stieß. An Schröter wollte er lieber erst gar nicht denken. Bei der Vorstellung an das unvermeidliche Wiedersehen mit seinem Gönner war ihm schon in den letzten Tagen des Urlaubs regelmäßig speiübel geworden. Sein einziger Trost bestand darin, dass man ihm, zumindest äußerlich, nichts mehr ansah. Wenn er sich zusammennahm, konnte er wieder ganz passabel laufen, ohne dabei aus der Puste zu geraten.

Michael öffnete vorsichtig die Toilettentür und schaute sich um. Er wartete, bis sich einige Türen geschlossen hatten, und verließ dann auf zittrigen Beinen sein Versteck. Immer eine Hand an der Wand, bewegte er sich langsam in Richtung Treppenaufgang.

»Guten Morgen, Herr Billings. Ich hoffe, Sie hatten einen schönen Urlaub?«

Michael blieb stocksteif stehen und drehte nur den Kopf leicht nach hinten. Schwartz! Gott sei Dank nur Schwartz, der Leiter der Poststelle.

»Ja, schönen Urlaub, Danke«, antwortete er monoton und versuchte einigermaßen sicheren Schrittes weiterzugehen. Gar nicht schlecht, die erste Hürde war genommen. Dennoch glaubte er den verwunderten Blick von Schwartz in seinem Rücken zu spüren. Auf dem Flur begegneten ihm noch einige Mitarbeiter, die er nur mit einem kurzen Nicken grüßte. Er versuchte eine geschäftige Miene aufzusetzen. Von den allermeisten ging keine direkte Gefahr aus. Sie grüßten ihren Chef eher flüchtig zurück, als dass sie tatsächlich ein Gespräch mit ihm erwartet hätten. Ohne weitere Schwierigkeiten gelangte er bis zur Tür seines Büros, atmete noch einmal tief durch und drückte dann schicksalsergeben die Klinke.

Frau Benzinger, seine Sekretärin, saß hinter ihrem Schreibtisch und scherzte mit Schröter, der vor ihr mit halbem Hintern auf der großen Arbeitsplatte saß. Die Benzinger und Schröter kannten sich schon eine halbe Ewigkeit. Den Flurgesprächen nach hatte Schröter Michael seine alte Sekretärin genau aus zwei Gründen zugeteilt: Erstens, damit er stets einen genauen Einblick in Michaels Tätigkeit hatte, denn sie war Schröter gegenüber höchst loyal. Zweitens aber, und das war wohl mindestens genauso wichtig, hatte Schröter die Abschiebung der Benzinger eine 28-jährige Rothaarige ins Vorzimmer gebracht. Unbestreitbar ein Talent in Büroorganisation und nebenbei noch die Zierde eines jeden Chefbüros, aber bei Schröters Hang zum anderen Geschlecht durfte hier getrost mehr vermutet werden.

»Michael, da sind Sie ja. Lassen Sie sich anschauen. Sie sehen ja geradezu unverschämt gut erholt aus. Was hab ich Ihnen gesagt, Benzingerin?« Schröter fügte bei sämtlichen Sekretärinnen des Hauses grundsätzlich die Endung »in« an den jeweiligen Nachnamen an. Pikanterweise wurde so aus seiner jetzigen Sekretärin Birgit Jünger eine Jüngerin. »Auf Stromboli hast du keine andere Chance, da musst du dich einfach gut erholen. Völlig klar, völlig klar.«

Michael starrte die beiden an.

»Na, nun schauen Sie sich unseren Billings an, er will scheinbar gar nicht mehr ins Büro kommen.« Schröter kam lachend auf Michael zu. »Bin froh, dass Sie wieder da sind, mein Junge, diese Architekten, ach, was sag ich, dieses ganze verdammte Tagesgeschäft ist nichts mehr für mich. Damals, als ich die Benzingerin noch hatte, da war alles einfacher, nicht wahr?« Er drehte sich zu der errötenden Sekretärin um und winkte ihr mit dem erhobenen Handrücken zu. Michael trocknete sich mit einer schnellen Bewegung seine feuchte Handfläche an der Hose ab, bevor er Schröters ausgestreckte Hand ergriff.

»Hallo, Herr Schröter. Ich hatte nicht erwartet, Sie direkt hier zu treffen.«

»Kein Grund zur Beunruhigung, mein Junge. Die Benzingerin hat mich nur angerufen, weil Ihr Termin schon bei Ihnen drinnen sitzt und sie Sie auf dem Handy nicht erreichen konnte. Habe ihr gleich gesagt, das ist die gute Erholung. Billings muss erst den italienischen Trott wieder loswerden. Nehmen Sie meinen Rat an: Fangen Sie langsam wieder an. Sie hätten sich erst gar keinen Termin auf heute Morgen legen dürfen. So was schadet der Erholung, Michael. Na ja, dann kann ich mich ja wieder verabschieden. Sehen wir uns zu Mittag?«

»Gern«, sagte Michael leise und wäre am liebsten aus dem Fenster gesprungen. Kaum war der große Vorsitzende verschwunden, stand Frau Benzinger auch schon hinter ihm, um ihm seinen Mantel abzunehmen.

»Nehmen Sie es mir bitte nicht übel, Herr Billings. Ich war mir einfach unsicher, ob Sie meine E-Mails gelesen haben und Ihnen der Termin aufgefallen ist. Die letzten Male standen wir während Ihrer Urlaube doch in ständigem Kontakt. Ich wollte Sie meinerseits natürlich nicht stören, ich wusste ja, wie sehr Sie diese Tage gebraucht haben. Das habe ich eben noch zum Chef gesagt: Das Pensum, das Herr Billings vor seinem Urlaub geleistet hat, habe ich gesagt, kann auf Dauer kein Mensch durchstehen, das war einfach zu viel.«

»Da haben Sie Recht, Frau Benzinger«, sagte Michael und ließ die Alte mit vor Verwunderung offen stehendem Mund zurück.

Der Tag hatte im Fegefeuer begonnen, und nun befand er sich direkt in der Hölle. Nicht nach den Maßstäben, die Michael gewöhnlich an Arbeitstage anlegte, aber gemessen an seinen derzeitigen Möglichkeiten, verlangten ihm die folgenden Stunden erheblich viel ab.

Bei den Architekten, die die Benzinger ihm in sein Zimmer gesetzt hatte, handelte es sich um zwei junge Burschen aus Ingoldstadt, die ihm ein Makler empfohlen hatte. Michael war immer bereit, sich neue Leute anzusehen und sich deren Ideen anzuhören. Außerdem fand er es strategisch günstig, wenn diejenigen Firmen, die sich gerade bei der SETRA fest im Sattel wähnten, merkten, dass Aufträge hart erarbeitet werden mussten. Deshalb sorgte seine in Intrigen wohlgeschulte Sekretärin dafür, dass alle infrage kommenden Stellen von solchen Gesprächen erfuhren.

Obwohl er Hunderte solcher Sitzungen erfolgreich absolviert hatte und ihn nichts mehr aus dem Gleichgewicht bringen konnte, machte ihn heute jeder neue Gedanke, jedes neue Detail nervös und jeder Vorschlag unsicher. Schnelle Entscheidungen zu treffen fiel ihm zunehmend schwer, was er auf die Krankheit schob. Er war zögerlich, scheute sich, Zusagen zu machen, wischte aber auch hochfliegende Pläne nicht mit einer lapidaren Bemerkung vom Tisch. Er war der Situation einfach nicht gewachsen.

Auch später, nachdem die beiden Männer das große Büro mit viel Hoffnung im Gepäck wieder verlassen hatten, waren es die allgemeinen, eher harmlosen Themen, die ihn über den Tag retteten. Den vielen Fragen, die die Benzinger in ihrer Mappe mit der mahnenden Aufschrift »Dringend« gesammelt hatte, ging er aus dem Weg. Die Alte stolperte von einer Überraschung in die nächste. Nicht nur, dass Michael sie bat, ihm gegenüber Platz zu nehmen, was denkbar unüblich bei ihm war und was er nur deshalb tat, weil sie ihn stehend noch nervöser machte, er erkundigte sich plötzlich sogar nach ihrem Befinden, wollte wissen, ob es Neuigkeit beim Personal gebe, ob sich ihr Hund gut von der Operation erholt habe und wann sie selbst endlich in den wohlverdienten Urlaub fahre. Und dann erzählte er ihr auch noch in aller Ausführlichkeit von den Annehmlichkeiten des von Schröter empfohlenen Hotels, von der unvorstellbaren Wasserqualität und der sensationellen Ruhe auf der Insel. Die Benzinger war so überrascht von der Wandlung ihres Chefs, dass sie mit allen Papieren unverrichteter Dinge wieder abzog, was sie allerdings erst merkte, als sie Michaels Tür bereits von außen geschlossen hatte.

Während des Mittagessens mit Schröter überfiel ihn eine bleierne Müdigkeit. Was ihn dabei überraschte, war, dass der Alte während der gesamten Zeit nicht auf die Firma zu sprechen kam. Für gewöhnlich trug Michael bei ähnlichen Anlässen eine lange Liste mit Fragen und Abstimmungspunkten in seiner Jacketttasche und ärgerte sich, wenn Schröter ihm keine Gelegenheit bot, das Gespräch darauf zu bringen.

Schröter konnte sich seinerseits nicht erinnern, in der letzten Zeit einen so entspannten Billings neben sich gehabt zu haben. Seit dem ersten Tag schon bewunderte er dessen jugendliche

Kraft, den starken Willen und die unbedingte Entschiedenheit, aber an manchen Tagen übertrieb er es damit auch. Billings trieb das Innovationstempo der SETRA AG in schwindelnde Höhen. Seine fordernde Art bei Veränderungen und Erneuerungen überforderte ihn selbst nur allzu häufig. Natürlich durfte er sich das als Firmeninhaber seinem Angestellten gegenüber nicht anmerken lassen, ein Schröter gab sich schließlich keine Blöße, aber was hätte er nicht dafür gegeben, wenn seine Söhne auch nur ein Fitzelchen von Michaels Energie gezeigt hätten. Dennoch, es war schließlich seine Firma, und manchmal fiel es eben schwer, sich die Gangart von einem Untergebenen aufzwingen zu lassen. Erst kürzlich hatte er sich von einem Banker fragen lassen müssen, ob das Tempo, dass Billings bei der Expansion anschlug, wirklich gut für das Unternehmen sei. Andererseits hatten alle Geschäfte, die unter Michaels Regie getätigt wurden, mit Leichtigkeit ihre Deckungsbeiträge erwirtschaftet. Wie auch immer, dachte er sich, an einem Tag wie diesem sollte man nicht allzu kritisch sein. Vielmehr wollte er sich freuen, dass seine Insel, sein Stromboli, sein Tipp scheinbar geschafft hatte, was allen anderen Maßnahmen bisher nicht gelungen war. Billings wirkte ruhig und ausgeruht, wenn er ihm auch in einigen Situationen fast schon etwas apathisch vorkam. Aber wer kannte nicht aus eigener Erfahrung dieses Gefühl des ersten Tages? Jeder ordentliche Mann fragte sich in den ersten Stunden nach einem schönen Urlaub, ob das, was man da den Rest des Jahres über tat, wirklich das Richtig sei. Jeder träumte noch einen Tag über den Urlaub hinaus den Traum vom Ausstieg, das ging ihm nicht anders, und so vermerkte er Michaels Veränderung eher als eine Hinwendung zur Normalität als eine Abkehr von seiner bisherigen Arbeitsmoral.

Michael hingegen wollte nur eines, überleben! Das Mittagessen, die restlichen Termine, den ganzen, gottverdammten Tag. Immer wieder überkam ihn der Schwindel, ohne Vorwarnung, wie aus dem Nichts heraus stieg er auf. Der helle Speiseraum vor ihm verengte sich dann wie im Drogenrausch, und seine Sehschärfe schwand von einer Sekunde auf die nächste. Die Menükarte konnte er überhaupt nicht lesen. Er erinnerte sich an eine Seezunge mit Zitronenbutter, die er hier einmal gegessen hatte, und fragte den servilen Oberkellner danach. Obwohl er ziemlichen Hunger verspürte, verzichtete er auf weitere Gänge.

Etwa ab der Mitte des Treffens begann er sich zu überlegen, ob es nicht richtig wäre, Schröter einfach mit der neuen Situation zu konfrontieren. Er spürte, wie ihm allein schon bei dem Gedanken daran die Tränen aufstiegen, und er musste einen Hustenanfall vortäuschen, um seine geröteten Augen notfalls erklären zu können. Er hoffte wohl, dass er sich nach einem klärenden Gespräch besser fühlen würde, wie es ihm ja auch gut getan hatte, mit Carolyn über alles zu sprechen. Aber natürlich wusste er auch, dass ähnliche Bekenntnisse wie das seiner Frau gegenüber bei einem Chef gegen jeden Kodex verstießen. Dennoch, so ganz ließ ihn der Wunsch danach nicht mehr los.

Ungewöhnlich große Mengen Speichel sammelten sich in seinem Mund, und ihn überkam das dringende Bedürfnis auszuspucken. Das Sekret und seine geheimsten Gedanken obendrein.

Und dann fragte ihn Schröter gegen Ende der Mahlzeit wie aus heiterem Himmel: »Und, es geht Ihnen doch gut, Michael, nicht wahr?«

Eine erneute Panikwelle ergriff ihn. Eine erste Schweißperle suchte sich ihren Weg abwärts durch seine Bartstoppeln hindurch zum Kinn, um dort kurz Halt zu machen, bis sie sich der Schwerkraft ergeben musste. Wenige Sekunden später glich seine Gesichtshaut der Oberfläche eines Sees. Gleichzeitig fühlte sich seine Mundhöhle an, als habe er gerade versucht einen Löffel Kalk zu schlucken. Er würgte, riss schließlich den Mund auf, um Luft zu bekommen und sah dabei aus wie ein Fisch im Aquarium, verschränkte beide Arme über dem Kopf während er seinen Oberkörper gleichzeitig so weit wie möglich im Stuhl nach hinten bewegte und presste ein unsicheres »Sicher, wieso nicht?« heraus.

Noch vor Ende der regulären Arbeitszeit verließ Michael das Büro. Die Benzinger starrte ihm fragend hinterher, als er fluchtartig und mit der Bemerkung, er fühle sich nicht wohl, an ihr vorbeistürmte, um das Bürogebäude zu verlassen.

Die Stunden in der Firma hatten ihm zugesetzt. Im Wagen konnte er seinen Fuß nicht mehr still halten. An der ersten roten Ampel gelang es ihm nur noch mit Mühe, das Kupplungspedal zu drücken, so sehr zitterte sein linkes Bein. Es führte regelrecht ein Eigenleben. Zwei Kreuzungen später lenkte er den Wagen an den Straßenrand und provozierte damit ein wütendes Hupkonzert. Ein harter Schlag auf die Vorderachse machte ihm deutlich, dass er den Bordstein hinauffuhr. Mitten auf dem Radweg kam er zum Stehen. Als der Motor erstarb, zitterte sein ganzer Körper, und er heulte. Ein Radfahrer hielt neben dem Wagen an und schlug aggressiv gegen das Seitenfenster. Als er das Bündel Mensch im Wagen sah, klopfte er erneut, jetzt eher besorgt, und rief: »Kann ich Ihnen helfen?« Ohne Antwort fuhr der junge Mann verunsichert weiter.

Es dauerte lange, bis Michael Carolyn anrufen konnte und sie bat, ihn abzuholen. Wieder einmal war er sich sicher, jetzt, genau an dieser Stelle, mitten in der Stadt auf einem Fahrradweg zu sterben. Er fühlte sich allein.

*

Carolyn bezahlte den Taxifahrer, der direkt neben Michaels Auto am Straßenrand angehalten hatte.

»Sind Sie sicher, dass Sie zurechtkommen?«, fragte der Mann.

»Ja, danke, es wird schon gehen. Mein Mann hat nur seine Tabletten vergessen. Nicht das erste Mal. Geht schon, geht schon«, wiegelte sie den hilfsbereiten Taxifahrer ab.

Sie war froh, aus dem Wagen aussteigen zu können. Die Luft im Inneren war heiß und stickig, die Sitze mit schmuddeligen Schafswollfellen überzogen, und es stank nach Rauch und Schweiß. Hilfsbereitschaft allein genügt nicht, dachte sie, während sie ausstieg.

Auf dem Weg zurück auf den *Hügel* kauerte Michael sich verängstigt auf dem Beifahrersitz zusammen. Carolyns Fragen beantwortete er entweder mit einem »Ich weiß nicht« oder gar nicht. Zu Hause verfrachtete Caro ihn in die obere Etage, und war froh, als sie die Türe hinter sich zumachen konnte. Sie ließ ihn jetzt besser in Ruhe, in seiner Verfassung würde sie eh nichts aus ihm herausbringen. Sie konnten später reden.

Carolyn ging zurück in die Küche. Vor dem großen Kühlschrank verharrte sie einen Augenblick, bevor sie die Edelstahltür öffnete und sich den Rest aus der angebrochenen Flasche Funtanaliras ins Glas goss. Nachdenklich begab sie sich ins Wohnzimmer. Seltsamerweise hatte sie den Eindruck, als habe sie das riesige Haus ganz für sich alleine. Normalerweise füllte Michael die Räume mit seiner bestimmenden Art aus. Für sie blieb da häufig wenig Luft. Zumal, wenn auch noch die Kinder ihre negativen Energien loszuwerden gedachten.

Carolyn lächelte. Sie stellte sich vor die große Panoramascheibe und schaute hinaus in die Dämmerung, bevor sie einen der beiden Glasflügel öffnete, um die Sommerluft in den Raum zu lassen. Von der Stadt wehte ein leichter Wind herauf. Ihre Haut straffte sich unter dem dünnen Stoff ihres schulterfreien Seidenkleids. Der Lufthauch erregte sie. Gedankenverloren streichelte sie sich mit der freien Hand über die Schultern und bewegte sich dabei langsam zu einer Melodie in ihrem Kopf. Dann drehte sie sich ins Zimmer um und ging hinüber zum Sekretär. Sie atmete tief, setzte sich vor die Lade und entnahm ihr ein Blatt Papier. Nach einem kurzen Moment der Konzentration begann sie zu schreiben, und als sie den Stift sinken ließ, hatte sie alles notiert, was sie in den nächsten Tagen zu tun hatte.

Sie würde Röber, ihren Nachbarn, anrufen und ihn bitten, sie bei Michaels medizinischer Versorgung zu beraten. Ihr fehlte zunächst ein guter Kardiologe. Seine ständigen Herzschmerzen bereiteten ihr Sorge. Nach einer ersten Untersuchung würde sich der Fortgang der Therapie von alleine ergeben. Gleich nach Röber würde sie Frau Benzinger anrufen und Michael krankmelden. Sollte Schröter sich doch aufregen. Wenn ihm das nicht passte, würde sie ihm gegenüber schon die richtigen Worte finden. Nach Michael musste sie sich um ihre Mutter kümmern. Im Briefkasten hatte sie gleich zwei Briefe des Kurhotels gefunden. Offensichtlich hatten die

Ärzte Marys ständigen Widerstand satt. Ihr Verhalten sei zu keinem Zeitpunkt dazu angetan, die eingeschlagene Therapie zu unterstützen, hieß es im ersten Brief. Der zweite war keine Beschwerde, sondern gleich eine Anzeige. Marys Hund Wolfi hatte einen der Pfleger angefallen und sich in sein Bein verbissen. Der Mann war arbeitsunfähig geschrieben, und man bat dringend, Frau Schneider wieder abzuholen.

Also würde Carolyn morgen in aller Frühe einen Makler mit der Suche nach einer geeigneten Wohnung für Mary beauftragen. Dringend musste sie die Geburtsurkunde ihrer Mutter finden. Allein damit ließ sich Marys Existenz beweisen, und nur so konnte man sich beim Einwohnermeldeamt eine Anmeldebescheinigung ausstellen lassen. Mit dieser wiederum würde Mary ein neuer Pass ausgefertigt werden und man konnte sie bei einer gesetzlichen Krankenversicherung anmelden. Eigentlich waren all das Aufgaben für Michael gewesen, aber vor dem Urlaub hatte er die Dinge schleifen lassen.

Carolyn lehnte sich zurück. Sie empfand keine Panik, eine Reaktion, die sie angesichts der Fülle ihrer Aufgaben bei sich selbst erwartet hatte, stattdessen saß sie seelenruhig an ihrem Sekretär. Und das Tollste daran, sie empfand so etwas wie gespannte Erwartung. Im Wagen eben war sie zornig auf Michael gewesen, so wie er sich hängen ließ. Aber seine Schwäche schien sie zu stärken.

Mit dieser Erkenntnis ging sie in den Garten. Sie legte sich in das abendfeuchte Gras und schaute in den Himmel hinauf. Ein letztes Rot überstrahlte die hereinbrechende Nacht. Sie würde klar und mondhell werden. Wie geschaffen für einen Spaziergang am Strand, für ein nächtliches Bad, ein neckisches Spiel in den Wellen und einen Liebesakt im feuchtwarmen Sand. Carolyn stand auf und fühlte sich bereit für die Welt.

*

Nichts hätte Pamela auf das vorbereiten können, was sie zu Hause erwartete. Schon auf der Fahrt vom Flughafen zurück zum *Hügel* hatte sie den Eindruck, dass irgendetwas absolut nicht stimmte. Da waren ihre Eltern zum ersten Mal seit Urzeiten wieder alleine in Urlaub gewesen, und anstatt dass ihre Mutter nun in der Erinnerung daran schwelgte und ihr davon vorschwärmte, musste man ihr alle Informationen buchstäblich aus der Nase ziehen. Sie blieb seltsam einsilbig, bis sie kurz hinter dem Eingangstor flüsterte: »Ich muss dir was sagen, deinem Vater geht es nicht sehr gut.«

Pamela konnte zuerst vor Schreck nicht aussteigen. »Deinem Vater geht's nicht gut«, was zum Teufel sollte das jetzt wieder bedeuten? Da landete man voller guter Laune und befand sich keine zwanzig Minuten später schon wieder mitten im Familienchaos. Welcome home! Kopfschmerzen würden es wohl nicht sein, die Mutter zu dieser Aussage getrieben hatten. Irgendwas Dramatisches also. Oder war »Deinem Vater geht's nicht gut« gar noch untertrieben und nur die Ouvertüre zu einer noch viel schrecklicheren Geschichte?

»Ist er …?«

»Nein, nein, so schlimm ist es nicht. Entschuldige, Schatz, ich wollte dir keine Angst machen. Du solltest nur vorbereitet sein. Komm rein und sieh selbst«, versuchte Carolyn ihre Tochter zu beruhigen und half ihr aus dem Wagen. Sie zog sie fest an sich und gab ihr einen Kuss. »Es hat sich alles verändert. Aber es ist schwer zu erklären. Im Moment geht es ihm richtig schlecht!«

Mit einem dicken Kloß im Hals ging Pamela auf ihren Vater zu. Michael hielt die Augen geschlossen und schien zu schlafen. Sie sah besorgt auf ihn herab. So schlimm sah er gar nicht aus. Sie beugte sich zu ihm und gab ihm einen Kuss. Michael schlug die Augen auf und sah sie irritiert an.

»Weg!«, schrie er. »Hilfe! Caro! Weg da!«

Pamela erstarrte. Mit einem Mal veränderte sich der Ausdruck in ihres Vaters Augen.

»Pamela, mein Liebling«, flüsterte er ängstlich.

Pam ging auf die Knie, dieses Mal deutlich vorsichtiger und legte ihm die Arme um den Hals.

»Was ist denn, Papa? Was ist los mit dir?«

Der Anblick erschütterte sie. Die Erinnerung an diese Szene

sollte ihr in der folgenden Nacht den Schlaf rauben. Die Angst ihres Vaters drang tief in sie ein und zerstörte einen sicher geglaubten Hafen.

Michael begann zu weinen, wohl weil er selbst keine Antwort auf Pamelas Frage geben konnte, aber auch, weil er das Entsetzen in den Augen seines Kindes nicht ertrug.

Caro zog ihre Tochter sanft aus Michaels Umklammerung und ging mit ihr nach nebenan in die Küche. Dort versuchte sie Pamela so strukturiert und sachlich wie es eben ging, von den Geschehnissen auf Stromboli zu erzählen. Bisher hatte sie nur mit Röber darüber gesprochen und natürlich mit Malu. Ihr war klar geworden, dass Michaels Situation das gesamte Familiengefüge für immer verändern würde und dass auch die Kinder lernen mussten, damit umzugehen.

Pamela hörte ihrer Mutter ruhig zu. Sie hatte tausend Fragen. Ihr Vater war weggefahren, und zurückgebracht hatte ihre Mutter das Häufchen Elend da drüben auf dem Sofa. Ein solches Problem konnte sie nicht gebrauchen, überhaupt nicht. Wohl deshalb antwortete sie auf den Wunsch ihrer Mutter »Wir müssen Michael jetzt alle helfen, hörst du?« mit einem Kopfschütteln.

Sie ging auf ihr Zimmer, nahm zwei Pillen und stellte sich unter die heiße Dusche.

*

Zehn Tage später stand Pamela vor dem großen Spiegel in ihrem Zimmer und überlegte fieberhaft, was sie bei der großen Party tragen sollte. Das Sommerfest bei den Harlans – traditionell am letzten Wochenende der Sommerferien ausgerichtet – bildete den Höhepunkt der Saison für Töchter und Söhne aus besseren Familien, und selbstverständlich waren Pamela und ihre Freundinnen eingeladen.

P räkelte sich auf dem Bett und hielt sie seit Stunden mit Fragen über ihren Urlaub davon ab, sich auf das Wesentliche zu konzentrieren. Pamela war frisch rasiert, geduscht und roch nach ihrem zarten Parfum, das sie so gerne benutzte. P war aufgeregt, das spürte man deutlich. Vielleicht konnte sie deshalb nicht genug von Charlottes Ausfällen hören. Pamela kam sich schon wie eine Verräterin vor, obwohl sie keine wirklichen Geheimnisse preisgab und sie von Charlotte auch nicht zum Stillschweigen verpflichtet worden war.

»Charles«, rief P immer wieder amüsiert, »unser Charles! Kinners, wer hätte das gedacht! … Und wie war's bei deinen Eltern?«, fragte sie.

»Wieso interessieren dich meine Eltern plötzlich?«

»Keine Ahnung. War nur so ein Gedanke. Wahrscheinlich, weil ich deine Mutter unten in der Diele getroffen habe, und deinen Vater hab ich auch gehört. War doch sicher dein Vater, die dunkle Männerstimme, oder? Ist er ausnahmsweise auch mal da?«

»Mein Vater ist jetzt immer da. Jeden Tag. Im Moment zumindest. Er ist krankgeschrieben.«

»Krankgeschrieben?« P sprach das Wort aus, als entstamme es einer fremden Sprache. »Ein krankgeschriebener Topmanager, was soll nur aus unsrem Land werden?« Sie lachte frech. »Was hat er denn?«

»Zusammenbruch. Er kann nicht mehr, sagt er. Er bewegt sich ganz langsam, bleibt nur im Haus und schläft viel.«

»Zusammenbruch? Echt wahr?«

»Ja, echt wahr.«

»Mann, der arme Mann. Tut mir echt Leid für euch. Ich kenn deinen Vater ja nicht, aber so alt ist er doch noch gar nicht, oder?«

»Bist du blöd? Er ist genauso alt wie Mam. So was kriegen auch jüngere Menschen.«

»Kinners!«

»Ja, Kinners, das kannst du wohl sagen.«

»Und, machst du dir große Sorgen?«

»Ja klar machen wir uns Sorgen. Ist doch wohl normal. Aber das Schlimmste ist nicht, dass er hier den ganzen Tag rumhängt, das Schlimmste ist, wie er mich anguckt.«

»Wie denn?«

»Na, so … so … so als müsste ich ihm helfen, als könnte ich was dran machen, so halt. Echte Scheiße!«

»Für ihn, ja!«

»Nee, für mich.«

»Kapier ich nicht. Dir geht's doch gut, persönlich meine ich. Man hat den Eindruck, du tust dir selbst mehr Leid als dein Vater.«

»So ist es. Ich dachte immer, mein Vater wär für mich da, und nun dreht der einfach den Spieß um.«

»Jetzt halt aber mal die Luft an. Wie bist du denn drauf? Schon mal was von Mitleid gehört? In 'ner Familie hält man doch zusammen, oder? Wenn's dem einen dreckig geht, hilft ihm der andere.«

»Aber das ist hier doch was ganz anderes. Paps hat sich kein Bein gebrochen oder Probleme mit der Leber, er fällt aus, vollkommen, meine ich, verstehst du? Du kannst ihn dir ja mal ansehen. Geh mal runter, aber erschrick ihn nicht, sonst heult er.«

»Oh weia. Das sieht aber nicht gut aus. Puh! Keine Ahnung, was du da machen kannst. Lass uns mal mit Charlotte darüber reden.«

Pamela wollte jetzt nicht mehr weiterreden. Sie wechselte das Thema und forderte P auf, von ihren Tauchferien zu berichten, was sie allerdings besser nicht getan hätte. Nachdem sie eine Weile versucht hatte, den ausufernden Erzählungen von wohlgeformten Tauchern, Lagerfeuern und Saufgelagen zu folgen, schaltete sie einfach ab. Auch die eingestreuten Anregungen zur Partygarderobe nahm Pam nur begrenzt wahr. Im Gegensatz zu P wollte sie nämlich auf Susannas Fest nicht um jeden Preis auffallen. Sie würde sich definitiv nicht von irgendwelchen Kerlen anmachen lassen.

Tonino hatte sie nach den Erlebnissen am Strand nicht mehr gesehen. Er hatte natürlich versucht, sie erneut zu treffen, am folgenden Tag und auch an allen übrigen Tagen, aber sie war ihm aus dem Weg gegangen. Selbst am Telefon hatte sie sich von Charlotte verleugnen lassen, was dieser sehr schwer gefallen war. Ihre Freundin missbilligte ihr Verhalten und machte aus ihrer Meinung auch keinen Hehl. Dabei hegte Pamela überhaupt keinen Groll gegen Tonino, sie war ihm nicht böse, überhaupt nicht. Eigentlich ganz im Gegenteil, sie war sich in dieser Nacht über vieles klar geworden.

Nach langem Hin und Her entschied sie sich für eine unscheinbare schwarze Jeans und ein simples, hochgeschlossenes T-Shirt.

Schließlich kam Charlotte.

»Und dafür hast du jetzt Stunden gebraucht, ja? Du siehst aus wie ein Kerl«, meckerte Charlotte, als Pamela sich weigerte, Make-up aufzulegen, und sich außerdem die Haare hochsteckte. »Zwei Körpchengrößen kleiner, und die versammelte Damenwelt stellt dir nach.«

»Siehst du«, entgegnete Pamela ungerührt, »jetzt weißt du auch, warum ich noch eine OP machen lassen will.«

»Du bist ja verrückt. Ich glaube, wir sammeln für dich und schicken dich zum Psychiater.«

»Charles, lass Pam in Ruhe. Ich finde, du siehst gut aus«, unterbrach P, »Abteilung schüchternes Schulmädchen, warum nicht? Auch dafür gibt es einen Markt. Allerdings finde ich auch, dass du deine Oberweite etwas betonen könntest.«

»Das machst du schon für uns«, zickte Charlotte, »schau dich nur mal an! So wie du dich da auf dem Bett räkelst, können dir deine Dinger schnell mal aus der Bluse hüpfen.«

»Das hättest du wohl gerne?«

»Nee, weiß Gott nicht. Mein Standpunkt in dieser Frage dürfte bekannt sein.«

»Ist er.« P stand auf und zog sich den engen Mini zurecht. »Jetzt aber los. Man soll zwar niemals die Erste sein, aber auch keinesfalls die Letzte.«

Von weitem sichtbar wölbte sich eine helle Lichtglocke in die Dämmerung über dem Anwesen der Harlans. Das Grundstück erstreckte sich über einen der hochgelegenen Teile des *Hügels* und lag direkt gegenüber dem Besitz der Schröters. Das gesamte Terrain war, einer mittelalterlichen Festung gleich, von einer hohen Steinmauer umgeben. Einem Fehler des Katasteramtes, irrtümlich oder nicht, verdankten es die Harlans, dass ihre Grundstücksgrenze gleichzeitig die Abbruchkante des Basaltfelsens war. Harlan hatte sich an dieser Stelle einen Teepavillon mit atemberaubender Aussicht gebaut.

Die Harlan-Villa war, nach der Gründerzeitvilla, das auffälligste Gebäude auf dem *Hügel*. Susannas Vater hatte eigens einen bedeutenden japanischen Architekten mit dem Bau des weitläufigen Hauses beauftragt. Ganz in Holz und Glas gehalten, verbreitete die äußere Haut gediegene Ruhe und traditionelle Verbundenheit. Auch innen herrschte eine fernöstliche Atmosphäre vor. Pamela gefiel das Haus, obwohl die Harlans selbst nicht so ganz in das sich durch Reduktion auszeichnende Bauwerk passen wollten. Außerdem war die Inneneinrichtung der Räume nach ihrem Geschmack zu kühl und unpersönlich ausgefallen. Richtiggehend störend fand sie die gigantische Freitreppe, die das Erdgeschoss mit der ersten Etage verband. Der Architekt hatte die Treppe als stilbildendes Element zentral in den Raum gebaut. Sie bestand aus unbearbeitetem Sichtbeton. Die Stufen waren roh belassen und ohne jegliche trittsichere Auflage ziemlich gefährlich. Dafür war der Treppenlauf mit einem Geländer aus Bambus gesichert.

Susanna war der strahlende Mittelpunkt der Party. Pamela fand sie verändert, wusste aber nicht, woran es lag. Irgendetwas war mit ihrem Gesicht. P und Charlotte verschwanden sofort in der wabernden Masse auf der Tanzfläche.

Zwischen Terrasse und Pool war eine 50 Quadratmeter große Fläche mit speziell fürs Tanzen aufgearbeitetem Holz ausgelegt. Ein amerikanischer Dancefloor in einem japanischen Garten, an allen vier Ecken von Lautsprecherboxen auf hohen Stativstangen begrenzt. Direkt daneben stand die Bühne, auf der die Instrumente bereits aufgebaut waren. Als Pamela langsam näher ging, erkannte sie den Aufdruck auf der Bassdrum. Am liebsten hätte sie das Fest auf der Stelle wieder verlassen. Sie hatte definitiv keine Lust, auf Hervé zu treffen.

Scheinbar ohne festes Ziel schlenderte sie auf die weit offen stehende Terrassentür zu. In Wahrheit beobachtete sie genau, wer hineinging oder herauskam. Die Nacht war so warm, dass die wenigsten sich im Haus aufhalten würden. Nur die Kellner eilten vom Garten in die Küche und kamen mit gefüllten Tabletts wieder zurück. Die Spur der Ameisen, dachte Pam.

Lediglich vor der Damentoilette hatte sich eine kleine Schlange gebildet. Pamela huschte unbemerkt an den Wartenden vorbei die Betonstiegen hinauf. Entlang der Deckenöffnung befand sich hier oben eine Mischung aus klassischer Bibliothek, moderner Lounge und asiatischer Liegelandschaft – eigentlich recht gemütlich. Auf einem der Sofas knutschten zwar gerade zwei, das Paar war aber viel zu sehr mit sich selbst beschäftigt, um sie zu bemerken.

Kaum hatte es sich Pamela in einem breiten Sessel gemütlich gemacht, als sie auch schon einen vertrauten Lockenkopf die Treppe heraufhüpfen sah. Sie versuchte noch in den dicken Polstern abzutauchen, aber Franziska Stein hatte sie schon gesehen und kam freundlich winkend auf sie zu.

Auch das noch! Franzi war zwar o.k., doch sie erinnerte sie nun mal an ihren Bruder. Joshua war am Vorabend zurückgekehrt. Während der Schulferien hatte sie das Scheusal ganz aus ihren Gedanken verbannen können. Als sie gestern seine tiefe Stimme durchs Haus schallen hörte, wollte sie ihr Zimmer nicht mehr verlassen. Und das hätte sie auch nicht getan, hätten sie nicht die lauten Rufe ihrer Mutter zum Abendessen genötigt. Ein Essen im Kreis der ganzen Familie. Das erste Mal seit einer Ewigkeit. Und das Schlimmste, der Abend war tatsächlich harmonisch verlaufen. Ihrem dämlichen Bruder war die Veränderung an Vater vermutlich noch nicht einmal aufgefallen. Sie wurde das Gefühl nicht los, dass er entweder auf Droge war oder während der Ferien einen Kurs in guter Laune absolviert hatte. Jedenfalls war Joshua so gesprächig und gut aufgeräumt wie seit Urzeiten nicht mehr. Allen fiel das auf. Ihre Mutter war am Ende des Abends ganz selig.

»Hallo, Pamela, wie waren die Ferien?«

»Danke gut, und bei dir?«

»Och, ganz o.k.«

»Nur o.k.?«

»Nein, eigentlich sehr schön!« Franzi befand sich in einer etwas schwierigen Lage. Josh hatte ihr strikt verboten, über seine Erfolge zu sprechen. Und natürlich wusste Pamela ebenso wenig von dem Laufbandtraining wie der Rest der Familie. Sie war, wie alle anderen auch, in dem Glauben, dass ihr Bruder zusammen mit seinen Freunden kreuz und quer durch Europa gefahren war. »Der Norden hat mir besonders gefallen. Wenn nur die verdammten Mücken nicht wären.«

»Ihr hattet wohl nur schlechtes Wetter?«

»Na ja, es ging so. Ich werd nicht so furchtbar braun, weißt du.«

»Du vielleicht nicht, aber mein Bruder normalerweise schon.«

»Und der ist noch ziemlich bleich, nicht wahr?« Sie fragte das unsicher, obwohl sie Joshua eigentlich gut gebräunt fand. Pamela sah Franzi etwas konsterniert an. »Wenn man sich jeden Tag sieht, fällt einem so was natürlich nicht auf. Da oben hockst du übrigens grundsätzlich unter irgendwelchen Bäumen. Wald, Wald und nochmals Wald. Dazwischen ein See und dann wieder hundert Kilometer Bäume.«

»Aber wart ihr denn nur in Skandinavien?« Ihr fiel auf, dass sie ja eigentlich überhaupt nicht wusste, was genau die Route von Joshua und seinen Freunden gewesen war. Es hatte sie überhaupt nicht interessiert.

»Nein, nein, natürlich nicht. Äh, aber die meiste Zeit schon. Im Süden war alles so voll. Das war in Finnland natürlich ganz anders.«

»Und hat das mit dem Rollstuhl gut geklappt?« Pamela bemühte sich angestrengt, die Konversation in Gang zu halten.

»Sehr gut, o ja, das war einfach Spitze!«

Beide merkten, dass es unter den gegebenen Umständen besser war, das Thema Joshua nicht weiter zu verfolgen. Deshalb begannen sie über die Schule und das neue Schuljahr zu tratschen. Über neue Lehrer, Klamotten und Musik. Sie versicherten sich gegenseitig ihrer Abneigung gegen die Fuckin Aliens, kamen irgendwie auf Melinda zu sprechen, die so ganz anders war, als sie schien, schwärmten beide von Sardinien, scherzten über den eigenartigen Geschmack der Harlans und stellten schließlich Überlegungen an, ob es Susanna überhaupt gelingen konnte, aus diesem Elternhaus einigermaßen unbeschadet herauszukommen, wozu, wie sie beide abermals übereinstimmend feststellten, wenig Hoffnung bestand.

Als Pamela nach einiger Zeit zur Toilette musste, nahm sie aus den Augenwinkeln heraus wahr, dass die Band spielte, aber sie erinnerte sich nicht einmal mehr daran, dass das eigentlich ihr Aufbruchssignal hätte sein sollen.

»Ich müsste wohl mal nach meinen Freundinnen sehen«, sagte Pamela.

»Pam?«

»Was?«

»War richtig nett, mit dir zu reden. Sollten wir mal wiederholen.«

Franzi stand auf und umarmte Pamela zum Abschied. »Tschüs, ich hau ab, spät genug.« Sie drückte ihr einen Kuss auf jede Wange, ging die Treppe runter und verschwand.

Vor der Tür war das Fest noch in vollem Gange. Die Tanzfläche gehörte teils heftig knutschenden Pärchen, die Musik dröhnte ungebrochen laut, und im warmen Pool tummelten sich die, die eher noch auf der Suche waren. Dabei machte Charlotte von allen Gästen noch den aufgeräumtesten Eindruck. Sie tanzte mit einem Typ aus der Parallelklasse. Pamela zupfte sie am Ärmel.

»Da bist du ja! Ich dachte schon, du hättest dich still und leise verdrückt.«

Aus der Nähe erkannte Pamela, dass Charlotte nicht mehr die Frischeste war. Ihr Make-up war verwischt, und sie schwitzte stark. Vermutlich hatte sie die Tanzfläche seit Beginn der Feier noch nicht ein einziges Mal verlassen. Das sah ihr ähnlich. Schließlich war das der sicherste Ort bei jeder Party.

»Los, tanz mit mir! Tolle Musik, Schwester.«

Ohne ihren Tanzpartner weiter zu beachten, wendete sie sich ihrer Freundin zu. Pamela machte einige vorsichtige Schritte.

»Wo ist denn P?« Sie hatte keine richtige Lust zu tanzen.

»Hauch mich mal an, Schwester. Du hast doch nicht etwa getrunken?«

Pamela kicherte. Charlottes Gesichtsausdruck verriet, wie ernst ihr diese Frage war. Ganz klar: Die Ferien waren für Charlotte im selben Moment vorüber gewesen, als die Reifen des Flugzeuges deutschen Boden berührt hatten.

»Quatsch, gerade mal ein Glas. Kannst dich entspannen. Also, wo ist P denn nun?«

»Das wüsste ich auch zu gerne. Vorhin ist sie mit so 'nem Rasta-Typen abgezogen, irgendwo nach da hinten in Richtung Teestube.« Charlotte machte sich einen Spaß daraus, den japanischen Pavillon der Harlans zu verspotten. Ein kleiner Funken Eifersucht schwang in der Formulierung auch mit. »Der Typ ist längst zurück.«

»Hier gibt's Rastas? Bei Susanna?« Pam war echt überrascht.

»Du hast wohl noch keinen Blick auf die Band geworfen?« Pamela schüttelte den Kopf. »Aha, verstehe ... Hervé, das Schwein.«

»Pssst!«

»Keine Sorge. Aber was ist jetzt? Tanzen oder quatschen?«

Pamela entschied sich gegen beides. Sie ließ Charlotte auf dem Bretterboden zurück und ging langsam in Richtung Pool. Dort trieb Susanna in einem quietschgelben Plastiksessel durch das von Bodenscheinwerfern ausgeleuchtete Becken. Sie trug einen sehr knappen Bikini und sah darin ziemlich verführerisch aus.

Auf der Suche nach P folgte Pamela den Fackeln, die den Weg in die weiter entfernt liegenden Bereiche des Grundstücks ausleuchteten. Bald schlängelte sich der schmale Pfad in scharfen Kehren zwischen großen alten Bäumen hindurch. Nach einer Weile gewöhnten sich Pamelas Augen an die Dunkelheit. Der fast volle Mond ermöglichte ihr, die Umgebung zumindest schemenhaft zu erkennen. Von hier war es nicht mehr weit bis zur Abbruchkante. Sie verspürte das Verlangen, einen Blick in die Ebene zu werfen, alleine hoch oben auf dem mächtigen Felsen zu stehen und in die Tiefe zu sehen.

An einer Gabelung musste sie sich entscheiden, welchen Weg sie nehmen wollte. Plötzlich meinte sie einen menschlichen Laut zu hören. Ein Schrei! Entschlossen wandte sie sich in die Richtung, aus der der Hilferuf gekommen war. Schon nach wenigen Schritten trat sie aus dem Wald heraus. Vor ihr lag der Pavillon. Eine rote Papierleuchte schaukelte über dem Eingang und tauchte den Ort in romantisches Licht.

Pamela erschrak und hielt in der Bewegung inne. Dann machte sie vorsichtig einige Schritte rückwärts und versteckte sich hinter einem Baum. Sie hielt den Atem an und überlegte fieberhaft.

P lag mit hochgeschobenem Rock auf dem harten Fels. Ihre Arme ruderten wild in der Luft. Sie wehrte sich mit aller Kraft gegen einen Kerl, der seine linke Hand auf ihren Mund gepresst hielt. Pamela suchte den Boden nach einer Waffe ab. Ein Knüppel, ein Stein, irgendetwas. Als sie sich gerade bücken wollte, drehte der Typ unerwartet den Kopf in ihre Richtung. Pamela zuckte zusammen und für ein paar Sekunden konnte sie sich nicht mehr bewegen. Hervé. Ihre Stimme versagte, ihr Körper verweigerte den Gehorsam, und anstatt zu helfen oder wenigstens zu schreien, begann sie unkontrolliert zu zittern. Sie konnte genau sehen, was Hervé tat und sie spürte Petras Angst, so als wäre es ihre eigene. Sie hatte das Gefühl, die drängende Hand des Mannes auf ihrem eigenen Oberschenkel zu spüren. Alles, was das Schwein Petra antat, tat er zur gleichen Zeit auch ihr an, noch einmal, schon wieder.

Erst als Lin unerwartet auftauchte, löste sich Pamelas Schock. Wie aus dem Nichts heraus stand sie plötzlich im Licht der Laterne. Mit einem markerschütternden Schrei stürzte sie sich auf Hervé. Ihre schweren Springerstiefel traf den Jungen an der Schläfe. Sie bückte sich nach ihm und zerrte ihn am Hemd von P weg, bevor sie die wütenden Attacken gegen ihn fortsetzte. Der völlig überrumpelte Hervé schützte seinen Kopf mit den Armen.

Hilflos versuchte er aufzuspringen und zu fliehen, ein weiterer von Lins Tritten traf ihn, als er seine um die Knöchel verwickelte Hose heraufziehen wollte. Er stand am Rand des Felsens. Hervés Arme suchten in der Luft nach einem Halt, bevor er von einer Sekunde auf die nächste im Dunkel der Nacht verschwand.

Eisige Stille lag plötzlich über dem Ort. Ganz vorsichtig und mit schreckgeweiteten Augen traten die Mädchen an den Rand des Felsplateaus, von wo aus Hervé Gerard Lamar gerade fast 100 Meter in die Tiefe gestürzt war. Kein Wort wurde gewechselt. Sie fassten sich an der Hand und starrten in die

Dunkelheit zu ihren Füßen. In diesem Augenblick wusste niemand von ihnen, was zu tun war.

»Du Schwein, du widerliche Drecksau«, schrie P plötzlich.

Als wäre das ein lange erwartetes Signal, löste sich Pamelas Schockzustand, und sie begann ebenfalls zu schreien, gerade so, als wolle sie Petra vor der Gefahr warnen, die doch gar nicht mehr existierte. Verdutzt drehten sich die beiden anderen Frauen nach ihr um. Pamela verschluckte den Rest des Schreis und ging langsam auf sie zu.

Eine knappe Stunde später war die tödliche Ruhe des Ortes der Aufregung einer Polizeiaktion gewichen. Susannas Eltern waren alarmiert zurückgekehrt, und die Party hatte ein abruptes Ende gefunden. Der Tatort erstrahlte im Scheinwerferlicht taghell. Die Beamten der Spurensicherung standen mit ihren Kollegen, die am Fuß der Felsen nach dem Körper des Jungen suchten, in ständigem Funkkontakt. Der Platz vor dem Teepavillon war mit rot-weißem Absperrband abgesichert.

Kurz nach den Streifenpolizisten kam die Kriminalpolizei und begann ihre Befragung. Als klar war, dass nur die drei Mädchen mit dem Tathergang vertraut waren, brachte man sie zu einem der Streifenwagen, der sie auf die Wache fuhr. Pamela hatte die Polizei informiert, bevor sie sich vor ihre Freundinnen hinstellte, um mit ihnen die Aussagen abzustimmen. Im selben Augenblick, als sie die Martinshörner den *Hügel* hinaufjagen hörten, gaben sich die drei Frauen die Hand zum Schwur.

*

Vor den Fenstern des Präsidiums dämmerte es bereits, als die Beamtin schließlich nickte, aufstand und den müden Rücken durchbog.

»O.k., Leute! Das wär's, fürs Erste jedenfalls. Bis die Untersuchung abgeschlossen ist, haltet ihr euch zu meiner Verfügung. Glaubt nicht, dass ihr mit eurer schönen Geschichte schon durch seid. Ich lasse euch jetzt zwar zurück zu euren Familien, aber das ist noch nicht das Ende. Irgendwas verschweigt ihr mir.« Sie sah die Mädchen nochmals abschätzend an. »Mal sehen, was die Spurensuche und die Obduktion der Leiche ergibt. Die Eltern von Petra warten draußen. Pamela! Wir haben nur deinen Bruder erreicht, deine Eltern sind wohl nicht zu Hause.«

»Nein, sie sind selbst auf einer Party.«

Zum ersten Mal seit Vaters Zusammenbruch, hätte sie anfügen können. Dabei hätte sie die beiden jetzt gut gebrauchen können. Einerseits. Andererseits, was hätte sie ihnen erzählen sollen? Ihre eigene Geschichte mit Hervé etwa? Dafür war es etwas spät. Mit dieser Angelegenheit würde sie jetzt erst einmal alleine klarkommen müssen.

Sie wusste genau, dass die Polizei ihnen nichts nachweisen konnte. Die Beamten mussten sich mit der Geschichte abfinden. Pamela hatte sich streng an die Wahrheit gehalten. Der Schrei, dann das Entdecken der furchtbaren Tat, ihre plötzliche Lähmung, das Auftauchen von Lin und der Sturz von Hervé in die Tiefe. Wie heftig Lins Attacke war und dass es sich nicht nur um ein, zwei Tritte gehandelt hatte, verschwieg sie. Lin habe den Jungen überrascht und beim Versuch sich zu verteidigen, habe er sich in der heruntergelassenen Hose verheddert und sei dadurch über die Klippe gestürzt. Nachdem sich der Schock bei ihr gelegt habe, habe sie augenblicklich die Polizei gerufen, und der Rest sei ja bekannt.

Melinda bestätigte Pams Aussage in allen Punkten und erklärte, dass sie verbotenerweise über die Mauer geklettert war, um so ihren Nachhauseweg nach der Bandprobe fortzusetzen.

Die Erste, die richtig vernommen wurde, war natürlich Petra Berlin. Sie musste keine schauspielerische Meisterleistung vollbringen wie ihre beiden Freundinnen, sie war noch immer völlig verstört, während sie die Ereignisse schilderte, die schließlich zum Tod ihres Schulkameraden geführt hatten. Sie habe die Tanzfläche einige Zeit vorher mit einem netten Jungen verlassen. Dabei handelte es sich um den Bassisten der Soulband, den Mann mit den Rasta-Locken. Im Pavillon hätten sie sich dann vergnügt. Schließlich habe er sie unvermittelt mit den Worten »Warte hier, bin gleich wieder zurück« verlassen.

Doch nicht er sei zurückgekommen, sondern Hervé, der nun seinen Freund vertreten wollte. Wütend sei sie aufgestanden und habe Hervé ins Gesicht geschlagen.

»Ihr habt sie wohl nicht alle, ihr Arschlöcher. Wenn ich mit dir ficken will, sag ich dir's schon. Pack erst gar nicht aus. Verschwinde, aber mit Tempo! ... Ach, und sag deinem bekloppten Freund, er soll sich besser nie wieder sehen lassen, es könnte ihm schlecht bekommen.«

Sie habe die Hütte verlassen wollen und zurück auf die Party gehen wollen, als sie plötzlich eine Hand um ihren Hals spürte. Ehe sie sich versah, sei ihr Körper auf den harten Fels gedrückt worden. Schmerzhaft habe sie Hervés Kraft gespürt und in diesem Moment gewusst, dass sie keine Chance haben würde. Sie habe geschrien und versucht, verzweifelt sich zu wehren. Dann sei Lin gekommen.

All diese Aussagen waren nachvollziehbar und plausibel. Sie waren wahr, bis auf jene klitzekleine Abweichung.

Vor der Tür saßen Petras Eltern. Die Mutter heulte still, während der blasse Vater unruhig auf der Holzbank hin und her rutschte. Sie waren froh, ihre Tochter wohlbehalten wieder in die Arme nehmen zu können. Danach kamen sie auf Pamela und Lin zu. Die Mutter umarmte beide Mädchen, küsste sie, während der Vater ihnen nur verlegen die Hand reichte. Dann verließen sie zusammen mit ihrer Tochter die Wache.

Die Morgenluft war feucht. Pam und Lin blinzelten übernächtigt in die aufsteigende Sonne. Es würde wieder ein heißer Tag werden.

»Was machen wir zwei denn jetzt?«, fragte Lin mit den Händen tief in den Taschen. Sie wirkte schüchtern, wie sie so dastand, den Blick auf den Boden gerichtet.

Pamela fasste sie am Arm und sagte: »Lass uns ein paar Schritte gemeinsam gehen, ja?«

Melinda nickte. »Gerne.«

Sie hatten gerade mal die nächste Häuserecke erreicht, als sie hinter sich einen gellenden Pfiff hörten. Neugierig drehten sie sich um. In einem Affenzahn kam Joshua den Bürgersteig entlang auf sie zugerollt. Hinter ihm am Straßenrand stand Vaters Audi geparkt. In der offen stehenden Beifahrertür lehnte Charlotte. Sie lächelte viel sagend zu ihnen herüber.

»Was macht ihr denn hier?«, entfuhr es Pamela. Sie wusste nicht, worüber sie sich in diesem Moment mehr wundern sollte. Über Josh, mit dem sie nicht gerechnet hatte, oder über die unheimliche Dreistigkeit Charlottes, in einem fremden Wagen ohne Führerschein vor einer Polizeiwache vorzufahren.

»Die Bullen haben angerufen, und direkt danach kam Charlotte«, erklärte Joshua.

»Was willst du?«

Joshua sah seine Schwester an. Man merkte, wie es in ihm brodelte.

»Dich abholen, was sonst?«, sagte er schließlich. Der Satz zischte zwischen seinen Zähnen hindurch.

»Und wer sagt dir, dass ich von dir abgeholt werden will?«

In Pamelas Antwort lag hörbarer Widerwillen. Joshua drehte sich Hilfe suchend zu Charlotte um.

»Halt«, rief Charlotte. Sie stieß sie sich vom Wagen ab und kam auf die Gruppe zu. »Los, rein in die Karre. Ich fahr uns nach Hause. Pamela, Joshua, vergesst euren kindischen Krieg. Für heute reicht es. Wir fahren zurück, und dann schlafen wir uns erst mal aus.«

»Kannst du mir sagen, Charlotte, weshalb du mir ausgerechnet heute auch noch meinen Bruder auf den Hals hetzen musst?«

»Sprich nicht über mich, als wäre ich nicht da, Pam.« Alle Augen richteten sich auf Joshua. Er wirkte sehr gefasst. »Ich bin nur gekommen, weil ich gehört habe, wie ernst es ist. Wenn du alleine klarkommst, soll es mir recht sein. Aber es hätte ja sein können, dass du Hilfe brauchst.«

Die letzten Worte machten Joshua Mühe. Schnell wendete er seinen Stuhl und rollte zurück zum Wagen. Mit einer geschickten Bewegung zog er sich hoch und saß im nächsten Augenblick auf dem Beifahrersitz. Für den Bruchteil einer Sekunde hatte Pamela den Eindruck, als stünde ihr Bruder auf seinen Beinen, aber das konnte nur ein Irrtum sein.

»Charlotte!« Joshs Ruf zerschnitt die Unschuld des jungen

Tags. Der Fortgang der Ereignisse war völlig anders verlaufen, als Charlotte ihn erwartet hatte.

Unsicher wollte sie eben Joshuas Ruf Folge leisten, als sie Pamelas Hand auf ihrer Schulter spürte. Sie trat zur Seite und schaute Pamela hinterher, die mit sehr langsamen Bewegungen auf den Wagen zuging. Charlotte sah zu Lin hinüber. Mit einem Mal fühlte sie sich zu der gleichen Frau hingezogen, über die sie sich noch vor wenigen Wochen das Maul zerrissen hatte. Der Punk wirkte auf sie so allein, so zerbrechlich, wie sie jetzt mit herunterhängenden Armen bloß dastand.

Joshua saß starr in seinem Sitz. Weinkrämpfe schüttelten seinen Körper, als Pamela vor der offenen Tür auf die Knie ging. In einer langsamen und unsicheren Bewegung legte sie eine Hand auf seinen Oberschenkel und spürte die tobenden Krämpfe. Ihr Bruder konnte seine Spasmen nicht mehr länger unterdrücken. Enttäuscht versuchte er Pam wegzustoßen – vergeblich. Jetzt weinte auch Pamela, den Kopf auf die Brust gesenkt. Plötzlich spürte sie, wie sie am T-Shirt gepackt und hochgerissen wurde. Sie flog in Joshuas Arme. Er umschlang sie fester, als er je etwas umfangen gehalten hatte. Sie trauten sich nicht, einander in die Augen zu sehen. Sie hielten sich nur fest, als wollten sie sich nie wieder loslassen.

10

Michael schlich auf Zehenspitzen die Treppe hinab. Das Zuschlagen der Haustür, nur wenige Minuten zuvor, hatte ihm signalisiert, dass er endlich allein im Haus war. Von Mary einmal abgesehen, die nach ihrem Klinikaufenthalt jetzt wieder bei ihnen wohnte. Seither stieß Michael immer genau an den Stellen des Hauses auf seine Schwiegermutter, an denen er sich gerade niederlassen wollte. Und natürlich war auch Wolfi wieder da. Wie oft er sich allein in den letzten Tagen wegen des Hundes erschreckt hatte?

Mary redete auch nicht mit Michael, wohl aber über ihn, wie er wusste. Aber das war ihm gleichgültig. Es genügte schon, mit ihr im gleichen Raum zu sein, um sie derart einzuschüchtern, dass sie sprachlos wurde. Gut so, dachte er jedes Mal und wünschte sich seine furchtbare Schwiegermutter bald wieder aus dem Haus.

Carolyn machte er wegen ihr keine Vorwürfe. Seine Frau versuchte wirklich alles, um eine Wohnung für die Mutter zu finden. Sie hatte Mary in den letzten Wochen bereits neue Papiere besorgt und sie krankenversichert. Seitdem ließ sich die Alte regelmäßig untersuchen, befragte hinterher aber grundsätzlich die Tarotkarten, die sich gegen jede Fachmeinung durchsetzten. Erst vor zwei Tagen hatte es deswegen den ersten Krach zwischen Carolyn und ihrer Mutter gegeben. Mary hatte sich doch tatsächlich zu einem Wochenendseminar bei einem philippinischen Geistheiler angemeldet und sich völlig uneinsichtig gezeigt, als Caro ihr eröffnete, dass keine Kasse der Welt für einen solchen Humbug aufkommen würde. Mary war empört über diese Borniertheit, beschimpfte den ihrer Meinung nach asozialen Sozialstaat, stieß Verwünschungen gegen den unlauteren Vertreter der Krankenkasse aus, der sie auf diese offensichtliche Lücke in ihrem Vertrag nicht hingewiesen hatte, und attackierte, wo sie schon einmal dabei war, gleich auch noch »unsere ganze, typisch deutsche Bürokratie«. Ihre Ausführungen beendete sie mit einem: »Das hat man jetzt davon, dass man sein Leben lang hart gearbeitet hat. Im Alter lassen einen die feinen Herren allein im Regen stehen.«

Caro schüttelte daraufhin verständnislos den Kopf und verließ das Wohnzimmer, um ihre aufgestauten Aggressionen an der Bügelwäsche abzuarbeiten. Verärgert über ihre Tochter, wendete sich Mary an Joshua, der sich nur mit dem Finger an die Stirn tippte, bevor er aus dem Zimmer rollte. Michael hatte der komödiantischen Inszenierung bis dahin eher belustigt zugesehen. Man kam nicht umhin, der verwirrten Mary einen gewissen Unterhaltungswert zuzugestehen. Nun blieb ihm, allein mit Mary, nur die Flucht in die erste Etage. Er hörte nicht mehr, wie Mary zu Wolfi sagte: »Komm her, mein Kleiner, in diesem Haushalt bist du der einzig Normale.«

Ob es an Mary oder an ihren vielen neuen Aufgaben lag, dass Caro ihn in letzter Zeit so häufig allein ließ, fragte sich Michael an diesem Morgen nicht zum ersten Mal. Nach der Heimkehr wuselte sie ständig um ihn herum. Sie hatte ganz einfach neben ihm gesessen, war nur für ihn da gewesen, während es ihm allmählich immer besser gelang, seine Fragen und manchmal sogar die dazu passenden Antworten zu formulieren. Natürlich, inzwischen musste sie all die Dinge regeln, zu denen er nicht mehr in der Lage war. Oder hatte sie das etwa schon immer getan, und er hatte es bloß nicht bemerkt? Hatte er je darüber nachgedacht, wie so ein typischer Tag in Carolyns Leben aussah? Nein, er hatte sich nie Gedanken darüber gemacht. Aber nun war Caro häufig ganze Tage unterwegs, und das beunruhigte ihn.

Stufe für Stufe stieg Michael die breite Treppe hinab, während seine rechte Hand die Wand entlangfuhr. In der Halle hielt er inne und lauschte. Lediglich das Knacken von Holz war zu hören, das leise Zischen eines Heizkörpers, und von Zeit zu Zeit brummte der Kühlschrank, wenn er neues Eis produzierte.

Unter der Treppe gab es eine Holztür. Die steilen Stiegen dahinter führten in den Keller hinab. Tief in den feuchten

Eingeweiden seines Hauses fröstelte ihn. Vorbei am Wirtschaftsraum ging er in den dunklen Vorratskeller. An den Wänden entlang stapelten sich Tonröhren mit seiner über Jahre hinweg zusammengestellten Rotweinsammlung. In der rechten hinteren Ecke stand ein zweitüriger Weinkühlschrank mit dem Weißwein und den kleineren Champagnerbeständen. Beides war eher für Caro vorgesehen. Er bückte sich und nahm die letzte Flasche Wasser aus dem Schrank. Als er zu trinken begann, linderte die kühle Flüssigkeit das Gefühl der Umklammerung in seiner Brust. Da dieser Effekt nur von kurzer Dauer war, trank er fortwährend, was seinem Magen nicht gut bekam. Auch so etwas konnte einen verzweifeln lassen.

Zurück im Wohnzimmer setzte er sich mit der geöffneten Flasche aufs Sofa und blinzelte nervös aus dem großen Panoramafenster in den Garten. Um eine solche Zeit, so fand er, sollte ein Mann nicht zu Hause sein.

Kaum saß er still, konzentrierte er sich auch schon wieder auf seinen labilen Gesundheitszustand. Was darauf folgte, war die inzwischen gewohnte innere Unruhe und die daraus erwachsende lähmende Angst. Obwohl ihm bewusst war, dass gerade durch dieses andauernde In-sich-Hineinhorchen viele seiner Beschwerden erst hervorgerufen wurden, gelang ihm der Ausstieg aus diesem Teufelskreis nicht. Er war zum Zuschauer seines eigenen Elends geworden.

Planlos stellte er den Fernseher an und schaltete sich durch die Kanäle. Keines der vielen Programme vermochte seine Aufmerksamkeit für mehr als einige Minuten zu fesseln. Manchmal befreiten ihn die farbigen äußeren Eindrücke von seinen dunklen inneren Bildern. Er war froh, sich überhaupt auf Filme konzentrieren zu können, bei Büchern gelang ihm das schon lange nicht mehr. Allerdings suchte er sich ruhige Filme aus, mit langsamen Schnittfrequenzen. Actionfilme, die er eigentlich immer recht gerne gesehen hatte, kamen derzeit nicht infrage. Carolyn war von seiner neuen Vorliebe überrascht. Für gewöhnlich hatte er sich, bei den wenigen Malen, bei denen sie zusammen fernsahen, die Fernbedienung gegriffen und das Programm bestimmt. Jetzt aber schaute er mit

Hingabe die Filme, die Carolyn aussuchte. Kleine französische Produktionen, englische Komödien, Beziehungsklamotten und vor allem Filme, die sich mit Heranwachsenden und deren Problemen mit der Welt der Erwachsenen beschäftigten.

Eigentlich, so hatte er inzwischen herausgefunden, war ihm alles recht, solange es nur in der Lage war, ihn zu rühren. Er konnte sich gar nicht erinnern, wann er in seinem früheren Leben jemals geweint hatte. Nun weinte er bei jeder möglichen Gelegenheit. Zuerst stieg Hitze in seinem Inneren auf, dann spürte er, wie ihm die Augen feucht wurden. Er fing an zu weinen, steigerte sich hinein, bis er keine Luft mehr bekam. Dabei fühlte er sich dann frei. Es war gerade so, als bräuchte er diese Weinattacken. Es war wie eine Sucht. Manchmal stimulierte er sich mit alten Fotografien. Er nahm dann ein Foto zur Hand, auf dem die Familie Billings während eines Ausflugs zu sehen war. Seine Geschwister und er saßen auf dem Bodenholm von Vaters funkelnagelneuem Mercedes, während der mit der Mutter im Arm aus dem geöffneten Schiebedach heraus stolz in die Kamera grüßte. Michael konnte sich nicht erinnern, wer für diese Aufnahme auf den Auslöser gedrückt hatte. Die Familie, die er sah, rührte ihn zu Tränen.

An diesem Morgen konnte er sich jedoch nicht auf die Flut der Fernsehbilder einlassen. Er dachte darüber nach, wie es mit ihm weitergehen sollte. Würde er je wieder in der Lage sein zu arbeiten? Wann würden diese Stiche wieder aufhören und die Todesangst endlich von ihm abfallen? Wenn die Trauer in ihm zu arg wurde, stand er mit einem Ruck auf und schrie gegen die Decke: »Dann nimm mich doch! Lieber tot als so. Jaaa, ich will sterben, komm schon, nimm mich!«

Natürlich wollte er nicht sterben, er wollte leben, für immer nur weiterleben. Nach einem solchen Anfall ging es ihm nicht etwa besser, er schämte sich zusätzlich noch seines larmoyanten Verhaltens, auch wenn er allein war und niemand diesen peinlichen Ausfall mitbekam.

An diesem Vormittag gab es aber einen klaren Grund für seine Angst. Der alte Schröter hatte sich höchstpersönlich zu einem Besuch angekündigt, um sich selbst ein Bild vom Ernst der Lage zu verschaffen.

Die Ärzte hatten nichts gefunden, überhaupt nichts. Glaubte man den Medizinern, dann schlug in seiner Brust das Herz eines 20-Jährigen, selbst unter extremer Belastung zeigten sich keine Anzeichen einer Gefährdung. Seine Blutwerte waren absolut normal, und auch mit seinem Gehirn stand alles zum Besten, wie ein etwas lustloser Neurologe am Ende eines langen Vormittags, voll gestopft mit den verschiedensten Untersuchungen befand. Ohnmächtig hatte er sich daraufhin in seiner Not nochmals an Röber gewand und ihm, nachdem er tausendmal versichert hatte, dass er kein Querulant sein wolle und sicher auch nicht zu theatralischen Überreaktionen neige, gebeichtet, welch große Angst er um seine Gesundheit, ja um sein Leben habe. Röber, der seinen Laufpartner als einen rationalen, stets klar denkenden und handelnden Menschen kannte, telefonierte daraufhin nochmals mit dem Kardiologen und vereinbarte einen weiteren Termin. Dieser Arztbesuch verunsicherte Michael allerdings noch mehr. Nicht nur, dass der Arzt nach einer abermaligen, gründlichen Untersuchung seine frühere Diagnose bestätigten musste, er fügte bei der Abschlussbesprechung eine weitere Aussage hinzu. Es gebe, so der Arzt, die Schmerzen, die Michael beschreibe, eigentlich nicht, jedenfalls nicht im Zusammenhang mit dem Herzen. Er wolle damit keinesfalls sagen, dass Michael sich das alles nur einbilde, aber er versuche ihn darauf hinzuweisen, dass die Symptome nicht vegetativ, sondern mit ziemlicher Sicherheit psychosomatisch seien, und er kenne da eine Therapeutin, die ihn selbst wegen seiner zunehmenden Flugangst behandle.

Michael verließ ohne eine Antwort das Behandlungszimmer des Arztes.

Es klingelte! Michael erhob sich, vergaß, den Fernseher auszustellen, und bewegte sich langsam mit hängenden Schultern zur Tür. Seine Hände zitterten, und auf seiner Stirn perlten Schweißtropfen, als er öffnete. Draußen stand nicht der erwartete Schröter, sondern ein ihm unbekannter Mann im grünen Overall, der ihn freundlich lächelnd ansah.

»Guten Morgen, Herr Billings, ich hoffe, ich habe Sie nicht geweckt?« Michael musste den Mann wohl allzu ängstlich angestarrt haben, so schnell, wie der sich jetzt erklärte: »Ach, entschuldigen Sie, ich habe mich ja noch nicht vorgestellt. Kasaber, Martin Kasaber. Von der Gärtnerei Kasaber & Söhne, wir kümmern uns um die neue Bepflanzung hinten beim Pool, Sie wissen das doch, oder?« Michael nickte nur, sagte aber nichts. »Tja«, fuhr der kleine, schmale Mann, den sein Overall zusätzlich konturlos erscheinen ließ, fort, »also, ich wollte Sie bitten, doch für einen Moment den Hauptwasserhahn für den Garten abzudrehen, damit ich die lecke Stelle in dem Kupferrohr eben abdichten kann. … Ihre Frau hat Ihnen nicht erzählt, dass wir heute hier arbeiten, oder?«

Michael schüttelte den Kopf, trat mechanisch einen Schritt zurück und schloss die Tür, schwer atmend lehnte er sich von innen dagegen. Der Wasserhahn …, ja …, aber warum wusste er nichts davon? Er würde Carolyn anrufen müssen! … Aber doch wohl nicht wegen einer solchen Lappalie. Was sollte er tun? Wo befand sich dieser Hahn überhaupt? Im Keller vermutlich. Sicher …, sicher …, im Keller …, klar. Sie kümmern sich um die neue Bepflanzung, ja natürlich. Aber welche Bepflanzung eigentlich? Er wusste von keiner Bepflanzung. Und warum, wenn der Kerl tatsächlich Gärtner war, sollte er dann das Wasser abdrehen? Gärtner brauchten Wasser! Aber dieser hier wollte keins, er wollte eine Leitung reparieren. Dafür müsste erst einmal eine defekt sein, davon wusste er aber ebenfalls nichts, und außerdem brauchte es dafür einen Klempner und keinen Gärtner. Hier stimmte etwas ganz und gar nicht.

Michael schlich vorsichtig an den Fenstern zum Garten vorbei und blieb heftig atmend hinter dem Vorhang der großen Scheibe stehen. Er hätte den Kerl doch schon vorher sehen müssen, von seinem Platz auf dem Sofa aus. Der Typ war sicher nicht allein. Gärtner waren doch meistens zu zweit, mindestens. Vorsichtig lugte er um den dicken Store herum. Der Mann kniete auf den Terrakottafliesen und fummelte, tief hinabgebeugt, im Pool. Michael konnte sich nicht vorstellen, was es dort zu tun geben sollte. Plötzlich und unerwartet richtete sich dieser Kasaber auf, drehte sich zum Haus und sah Michael nun direkt in die Augen. In Panik schreckte er zurück. Sein Atem flatterte. Er versuchte logisch zu denken. Sollte er die Polizei rufen? Oder einfach alles verriegeln, zumindest so lange, bis Caro zurückkam? Wenn sie diesen Kasaber & Söhne bestellt hatte, sollte sie doch auch mit ihm sprechen und dann selbst das Wasser absperren.

Michael hielt sich die ausgestreckten Handrücken vor die Augen. Seine Hände zitterten. Im selben Augenblick schrillte die Türklingel erneut, gleich zweimal hintereinander. Mit langem Hals blinzelte er erneut gegen die noch tief stehende Sonne in den Garten. Kasaber hatte sich nicht bewegt, er suchte immer noch das Haus mit seinen Augen ab. Was hatte der Typ eigentlich für eine Augenfarbe gehabt? Irgendetwas Dunkles, tiefes Braun, fast schon Schwarz. Wahrscheinlich stand jetzt der zweite Mann vor der Tür, Kasaber senior vermutlich, oder einer der anderen. Schließlich hieß es »& Söhne«, Plural, wahrscheinlich hatten Leute wie Kasaber senior sogar eine ganze Hand voll Kinder, alles Burschen.

So nicht, meine Herren, nicht mit mir, dachte Michael, als es erneut klingelte. Er blieb unbeweglich wie eine Säule aus Granit stehen, war unfähig sich zu bewegen. Erst der Rüttelalarm des Handys in seiner Hosentasche brachte ihn dazu zu reagieren.

»Hallo?«, hauchte er.

»Michael, mein Junge, wo sind Sie denn?«, schallte es ihm entgegen. »Ist alles in Ordnung mit Ihnen? Ich stehe hier vor Ihrem Haus, haben Sie unseren Termin vergessen?«

»Herr … Schröter?«, stammelte er ungläubig.

»Schröter hier, ja klar, wen haben Sie denn erwartet? … Sie hören sich ja gar nicht gut an. Sind Sie im Haus oder was?«

»Ja … sicher.«

»Na, dann drücken Sie mal das Tor auf. Bin gleich bei Ihnen.«

Wie in Trance ging Michael zur Tür und betätigte den automatischen Toröffner. Dann drehte er den Schlüssel im Schloss und öffnete die Haustür. Er sah direkt in die friedlichen, hellblauen Augen des Gärtners.

»Das Wasser, Herr Billings, haben Sie mich vergessen?«

Sein Herzschlag setzte aus. Einer Ohnmacht nahe, wandte er sich ab und sank ganz langsam an der Wand hinunter zu Boden. Die Hände vors Gesicht geschlagen, begann er gleichzeitig zu weinen und zu zittern. Noch größere Panik machte sich in ihm breit, und er wollte gerade losbrüllen, weil er keinen anderen Ausweg mehr sah, als das Gesicht von Schröter direkt über ihm erschien.

»Mein Junge, Sie sehen ja fürchterlich aus. Was ist denn mit Ihnen? Und wer ist der Mann da?«

Bei der Erwähnung des vermeintlichen Gärtners begann Michael wieder zu zittern. Schröter begriff schnell, dass irgendetwas zwischen seinem leitenden Angestellten und dem Mann in Olivgrün nicht stimmte.

Von Ferne betrachtet, konnte man, nun, da Schröter Kasaber den Arm um die Schulter legte, um ihn von Michael wegzuführen, den Eindruck gewinnen, als stünden die beiden Männer im Begriff handgreiflich zu werden. Zumal Kasaber sich Schröters Druck zu widersetzen schien. So jedenfalls sah es Wolfi, der durch Michaels zunehmend hysterisches Geschrei und das mehrmalige Türklingeln angelockt worden war. Mit der Freude eines Hundes am fröhlichen Gezänk schoss er die Treppe hinunter und schnappte gleich nach allem, was sich bewegte. Aufgrund dieses unerwarteten Angriffs auf ihre Knöchel und Hosenbeine begannen nun auch Schröter und Kasaber zu schreien. Mitten in diese schrille Kakophonie aus menschlichen Stimmen und tierischem Gebell hinein erscholl plötzlich eine resolute Frauenstimme:

»Hat man denn nicht einmal in seinem eigenen Heim mehr Ruhe?«

Mary stand, nur mit einem fleckigen Nachthemd bekleidet, auf dem oberen Treppenabsatz und funkelte die drei Männer mit zusammengekniffenen Augen zornig an. Zumindest erschien es so. In Wirklichkeit war sie überhaupt nicht zornig, sondern ohne ihre Brille fast blind.

Marys Auftritt zeigte Wirkung, selbst bei Michael. Plötzlich hätte man eine Nadel fallen hören können, so still war es mit einem Schlag in der großen Halle geworden. Selbst Wolfi hielt den Kopf zur Seite geneigt und sah sein Frauchen abwartend an.

Eine Viertelstunde später lag Michael auf der Couch. Schröter hatte sich einen Stuhl herangezogen und betrachtete den um einiges jüngeren Mann mit sorgenvoller Miene.

Wie gut, dachte Michael, als er halbwegs wieder bei Sinnen war, dass er Caro gebeten hatte, ihn mit Schröter allein zu lassen. Ein Gespräch mit seinem Chef, unter gleichzeitiger Anwesenheit seiner Frau, wäre ihm schon unter normalen Umständen nicht angenehm gewesen. Die unglaublichen Szenen der vergangenen Minuten hätte er Caro nicht mehr erklären können.

Schröter war kein Mann des langen Dialogs. 40 harte Jahre im Geschäft hatten seine Strategien geformt. Unerheblich, ob es sich um einen völlig fremden Geschäftspartner handelte oder um ein zutiefst persönliches Drama in der Familie. Schröter verlor keine Zeit, sondern steuerte immer ohne Umwege die Mitte eines Problems an, weshalb er sich auch an diesem Morgen nicht lange mit Vorreden aufhielt. Ohnehin hatte ihn das Vorspiel mit Gärtner, Hund und Schwiegermutter bereits länger aufgehalten, als er für seinen Besuch eingeplant hatte. Um Viertel nach eins fand auf der entgegengesetzten Seite der Stadt ein halb geschäftliches, halb privates Mittagessen statt, und um 16 Uhr startete das alljährliche Golfturnier in seinem Club, dessen Auftakt er nur verpassen würde, wenn die Moslems vor Berlin stünden, wie er zu sagen pflegte, wenn etwas völlig undenkbar war.

»Also, mein Junge, was sagen denn die Ärzte nun? Burn-Out, oder? … Geht vorbei! Noch ein paar Wochen Ruhe, und die Lage entspannt sich, glauben Sie mir.«

»Ja, also«, begann Michael unsicher, wobei sich seine Finger in den weichen Stoff des Sofas krallten, »sie haben nichts gefunden. Bisher jedenfalls«, beeilte er sich hinterher zu schicken.

»Na, das ist doch prima! Sehen Sie, ich hab's schon zur

Benzingerin gesagt, der Kerl ist überarbeitet, und ich sag Ihnen noch was: Das ist ganz und gar verständlich! Wir müssen etwas ändern. Das geht so nicht mehr weiter. Sobald Sie wieder in der Firma sind, setzen wir beide uns zusammen und überlegen, was das Beste ist. Wir finden einen Assistenten für Sie. Ist doch völlig absurd, dass Sie sich noch um die Details kümmern. Hätten wir längst schon mal dran denken sollen. Bei welchem Arzt waren Sie eigentlich?«

»Dr. Röber …«

»Röber?«, schrie der Alte belustigt. »Röber? Unser Nachbar? Der Schönheitschirurg? War meine Frau auch schon! Aber was wollten Sie bei dem? Liegt Ihr Problem vielleicht tiefer?«

Schröter fing an zu lachen und Michael schaute verzweifelt zu, bis der Alte sich wieder etwas beruhigt hatte. Erst dann sprach er mit dünner Stimme weiter.

»… Dr. Röber hat mich zu Professor Schlern ins Herzzentrum geschickt und dann war ich bei Doktor Vaassen, dem Neurologen.«

Michael erzählte Schröter von all seinen Untersuchungen, nur den einfachen Landarzt auf Stromboli ließ er aus.

»Also, hören Sie, Billings«, sagte Schröter, nachdem Michael geendet hatte, »Herz, Nerven, in Ihrem Alter, was für ein Quatsch! Sie brauchen einen erfahrenen Allgemeinmediziner, vielleicht sogar meinen Homöopathen. Sollte man nicht unterschätzen, die alten Hausmittelchen. Zuerst hab ich mich darüber lustig gemacht, aber inzwischen bin ich fast schon so was wie ein überzeugter Alternativer …, na Sie wissen schon. Aber in Ihrem Fall … Ha! Ich hab's, ich schick Sie zu Doktor Herz!«, rief er aus. »Die Herzens betreuen meine Familie schon, solange ich denken kann. Der Mann ist einfacher Hausarzt, hat aber gerade deshalb noch einen Blick für die Verfassung der Menschen. Der ist nicht so eine Maschine wie die lang studierten Doctores von der Uniklinik. Glauben Sie mir, gesunder Menschenverstand gepaart mit einer Portion Erfahrung ist immer noch das Beste. Was in unserem Geschäft gilt, hat auch in der Medizin Bestand. Keine Widerrede«, befahl er, obwohl Michael sich noch nicht einmal bewegt hatte, »ich mach Ihnen gleich heute Nachmittag einen Termin klar. Ach, was sag ich,

ich ruf ihn gleich jetzt an, vergesse immer, dass es diese modernen Dinger gibt.«

Ohne Michaels Antwort abzuwarten, zog er das Handy aus der Tasche, setzte die Brille auf und suchte ungeschickt im Telefonbuch nach der Nummer des Arztes. Er stoppte sein Vorhaben, als er plötzlich Michaels Hand auf seinem Arm spürte. Überrascht entzog er sich der unerwarteten Nähe, richtete sich auf, nahm seine Brille ab und sah Michael verwundert an.

»Nein!«

»Bitte?«

»Nein, ich möchte derzeit keinen weiteren Arzt hinzuziehen.«

»Jetzt hören Sie aber mal zu, Billings …«

»Bitte, Herr Schröter. Hier geht es doch um meine Gesundheit.« Michaels Ton war eine Spur zu flehend. »Ich habe zu den Ärzten volles Vertrauen, es besteht kein Grund, an deren Diagnose zu zweifeln.« Michael glaubte nicht, was er sich sagen hörte.

»Wenn das so ist, sind Sie also völlig gesund?«

»Bisher haben sie noch nichts gefunden. Völlig gesund kann man das nicht gerade nennen.«

»Ja, aber was haben Sie denn?«

»Angst!«

»Hä? Angst? Was soll das? Angst hat schließlich jeder mal, der eine mehr, der andere weniger, meine ich. Das ist doch normal.«

Michael atmete schwer und wischte sich mit der bloßen Hand den Schweiß von der Stirn.

»Meine Angst ist eben nicht normal. Ich habe Angst vor allem.«

»Wovor denn, geben Sie mal ein Beispiel«, forderte der Alte ihn unwirsch auf.

»Ich habe Angst aufzustehen, ja sogar aufzuwachen, Angst, das Haus zu verlassen, Angst, mit dem Gärtner zu sprechen, Angst, mich mit Ihnen zu treffen, Angst vor allen Tätigkeiten, die ich früher wie selbstverständlich ausgeführt habe.«

»Ach, du meine Güte!«

»Das denke ich auch oft.«

»Aber als Sie zurückkamen, da war doch noch alles o.k.! …«

Michael sah seinen Chef fragend an. Wie kam er bloß auf die Idee? Ihm fiel ein, dass er bisher noch nicht mit ihm darüber geredet hatte, wie alles begonnen hatte und wie schwer ihm sein Leben seitdem fiel. Caro hatte die Sache in die Hand genommen, sie hatte ihn krankgemeldet, und er wusste nicht einmal genau, welche Gründe sie bei der Benzinger dafür angegeben hatte.

»… War es nicht?« Michael schüttelte resigniert den Kopf und erzählte Schröter in kurzen Sätzen, wie seine Tage derzeit abliefen.

»Sie schlafen also viel?«, fragte Schröter, nachdem Michael ihm auch von seiner ständigen Müdigkeit berichtet hatte.

»Ja, das tue ich, ich schlafe, als wäre ich mein gesamtes bisheriges Leben immer wach gewesen. Schlafen ist so ziemlich das Einzige, was mir derzeit nicht schwer fällt.«

»Mein Gott, Michael, das ist ja fürchterlich!« Schröter machte eine nachdenkliche Pause. »Ich wusste ja nicht, wie schlimm es um Sie steht. Und dann noch so eine Geschichte, wie die mit Ihrer Tochter, als hätten Sie nicht schon genug Sorgen.«

Genau das hatte Michael befürchtet. Die Geschichte ließ die feine Gesellschaft vom *Hügel* nicht mehr los. Ein Tötungsdelikt, ein Unfall mit Todesfolge besser gesagt, in ihrer doch so feinen Nachbarschaft war eine beunruhigende Nachricht.

Die Party war das Topthema auf dem *Hügel.* »Haben Sie schon gehört, die kleine Billings …« Michael konnte sich die gehässigen Gespräche gut ausmalen, aber seltsamerweise berührte ihn das nicht. Er war, selbst im ersten Moment, als Caro ihm die schlimme Nachricht überbrachte, ganz ruhig geblieben. Vielleicht weil er hörte, dass mit Pam alles in Ordnung war. Das war die Hauptsache, dass seinem Mädchen nichts geschehen war. Keinen Augenblick lang glaubte er, sie habe sich etwas zuschulden kommen lassen. Gleichwohl sah er sich außerstande, über das furchtbare Erlebnis mit seiner Tochter zu sprechen.

Auch diese Aufgabe übernahm jetzt Caro, stellvertretend für sie beide. Sie war es auch, die Pamela zu weiteren Vernehmungen auf die Wache begleitete, die mit weißen Handknöcheln auf den Gängen der Polizeistation wartete, während drinnen die Kommissarin immer wieder die gleichen Fragen an ihre Tochter richtete, immer auf der Suche nach der einen, winzigen Ungereimtheit in den Aussagen der drei Mädchen, die imstande wäre, die Vorsätzlichkeit der Tötung zu beweisen.

Dem kummervollen Gesicht seiner Frau entnahm Michael, wie sehr Pam unter diesem Ereignis zu leiden hatte, und er war Carolyn dankbar, dass sie ihm nur die wichtigsten Fakten zumutete. Demnach hatte Pam schwer zu kämpfen mit der Situation, aber sie zeigte sich stark und schien irgendwie sogar an der Krise zu wachsen. Pam und Josh stritten nun auch deutlich weniger als zuvor. Neulich hatten sie sogar zusammen am Frühstückstisch gesessen, als er in die Küche kam. Er war sich nicht ganz sicher, aber er meinte, sie lachen gehört zu haben. Als er den Raum betrat, wies allerdings nichts darauf hin. Sie saßen zusammen, immerhin, aber sie schwiegen sich an.

»Nein, Herr Schröter, der Tod dieses belgischen Jungen, so schrecklich der natürlich ist, hat mich nicht weiter belastet. Sehen Sie, meine Tochter hat sich nichts zuschulden kommen lassen …«

»Nein, natürlich nicht, ist mir doch auch klar. Kenn die Kleine ja schließlich. Nettes Mädchen, wirklich reizend, aber der Umgang, den sie pflegt …«

»Sie meinen Melinda?«

»Keine Ahnung, wie sie heißt. Diese Obdachlose, diese Punkerin.« Er sprach das Wort Punkerin aus, wie es geschrieben wurde, was dem Vorurteil gleichzeitig etwas Sympathisches verlieh.

»Ich kenne das Mädchen nicht«, antwortete Michael. »Soweit ich weiß, ist sie auch keine Freundin, weder von Pamela noch von Petra oder einem der anderen Mädchen. Sie kam dort wohl eher zufällig vorbei …«

»… so würden Sie das wohl kaum nennen, wenn plötzlich jemand in Ihrem Garten stünde, der dort absolut nichts verloren hat. Ich nenne das Hausfriedensbruch. Was wollte die da, frage ich Sie?« Michael dachte an Kasaber & Söhne und konnte jetzt, kurze Zeit danach, über seinen Aussetzer lächeln. »Sie nehmen das nicht ernst, wie ich sehe?«

»Doch, doch, schon. Ich musste nur gerade an etwas anderes denken … Melinda ist eine Freundin von Joshua oder sagen wir besser, sie spielt in seiner Band. Und wenn sie dazugehört, kann sie nicht so schlecht sein, egal wie sie aussieht, mein Sohn hat eine gute Menschenkenntnis.«

Schröter sah Michael fragend an. Seine Energie schien einer gewissen Niedergeschlagenheit gewichen. Er stand auf und ging schweigend im Raum auf und ab. Michael nutzte die Gesprächspause, um ein wenig Mineralwasser zu trinken. Schließlich setzte sich Schröter wieder auf den Stuhl. Seine Miene hatte sich keinen Deut aufgehellt.

»Mein Junge, ich fürchte, das hier wird lange dauern!«, stellte er fest.

»Was meinen Sie?«

»Das mit Ihnen meine ich. So was bekommen nur sensible Menschen. An den anderen geht das spurlos vorüber. Ich würde Ihnen gerne eine bessere Diagnose stellen, aber Sie wissen, ich neige nicht zum Drumherumreden. Bitte glauben Sie mir, es wäre sehr gut, wenn Sie mit Dr. Herz sprechen würden. Ein Versuch kann doch nicht schaden, was meinen Sie? Geben Sie sich einen Ruck. Ich fahre Sie gerne bei ihm vorbei, oder wissen Sie was … noch besser … ich bestelle ihn hierher. Sicher kann er morgen ganz früh oder sogar heute Abend noch vorbeischauen. Sprechen Sie mal mit ihm, und seien Sie ehrlich zu dem Mann. Erzählen Sie ihm alles, was Sie mir auch erzählt haben. Er wird Ihnen schon das Richtige verschreiben. … Sie sind doch nicht herzkrank, Michael, was für ein Unsinn! Wenn Sie das wirklich wären, wären Sie schon viel früher zusammengeklappt, bei all Ihren Belastungen. Sie müssen jetzt nur an sich denken, nicht an Ihre Familie und auch nicht an die Firma, nur an sich. Lassen Sie sich Zeit! Kein Problem. Ich sag meine nächsten Verpflichtungen ab und häng mich noch mal richtig in die Firma rein. Zusammen mit der Benzingerin werde ich den Kahn schon am Schippern halten, bis Sie wieder da sind. Machen Sie sich darüber mal keine Sorgen.«

Schon in der Mitte von Schröters Monolog spürte Michael

die Tränen in sich aufsteigen, nun konnte er sie nicht mehr länger unterdrücken. Er schämte sich dafür in Grund und Boden. Ein Haufen menschlichen Elends war er, hier, direkt vor seinem Chef. Er hatte die Sache richtiggehend versaut. Dabei hatte er sich fest vorgenommen, Schröter nichts über seinen wirklichen Zustand zu verraten, ihn lediglich mit den nötigsten Informationen zu beruhigen und ihn dann schnellstmöglich wieder loszuwerden und nun hatte er sich mit dem einen kleinen Wort *Angst* völlig in seine Hand gegeben. Aber was hätte er auch machen sollen, bei dem Zustand, in dem Schröter ihn vorgefunden hatte. Es war halt schief gelaufen, wie so vieles derzeit.

Er war gerührt von Schröters Angebot, und sein Widerstand gegen einen neuen Arzt wich einem Gefühl von Hoffnung. Vielleicht war das ja sogar der Ausweg.

Zum Abschied wollte er Schröter umarmen, aber so weit ging er dann doch nicht. Schröter, der nichts von diesem Wunsch ahnte, wäre ihm, hätte er seine Gedanken lesen können, für einen Verzicht auf einen weiteren Gefühlsausbruch dankbar gewesen.

*

Sie spazierten am Rand der Felsen entlang. Jeden Abend machten sie nun Spaziergänge wie diesen. Michael war ziemlich verrückt danach, und Caro erfüllte ihm gerne seinen Wunsch, auch wenn sie selbst gar nicht so versessen auf Bewegung war. An diesem warmen Abend genoss sie es, langsam neben ihrem Mann dahinzuschlendern, obwohl sich der Himmel zunehmend bedeckte. Es würde Gewitter geben. Gut für den Garten dachte Carolyn, bevor Michael wieder ihre Aufmerksamkeit beanspruchte. Häufig blieb er stehen und spuckte aus, was er seit einiger Zeit tat. Es schien ihm nicht einmal bewusst zu sein. Dann richtete er sich auf und presste seine Faust zwischen die Rippenbögen unter dem Herzen. Caro ging langsam weiter.

Als wäre sie nicht mit all ihren familiären Sorgen schon genug belastet, hatten Notärzte ihre Freundin Johanna direkt vom Schiff ins Krankenhaus gefahren. Sie hatte also mit ihrer Prophezeiung Recht behalten: Der Krebs hatte sich weiter ausgebreitet, und nun sah sie einer erneuten Operation und den Folgen mit großer Sorge entgegen. Am Morgen hatte Caro Johanna im Krankenhaus besucht und war tief betroffen von dort zurückgekehrt. Johanna hatte ihr von der wunderschönen Reise vorgeschwärmt. Von den gigantischen Büfetts, ihrer luxuriösen Kabine, den netten Bekanntschaften an Bord und vor allem von dem unbeschreiblichen Meer und dem schier unendlichen Himmel darüber. Von den klaren Tagen an Deck und sternhellen Nächten und natürlich von New York. Sie war glücklich, dass sie sich diesen Herzenswunsch noch hatte erfüllen können. Jetzt jedenfalls könne sie in Ruhe sterben, hatte sie gesagt und sich damit praktisch schon von ihr verabschiedet. Johannas Blick, als sie ihr lächelnd zum Abschied vom Bett aus zugewunken hatte, angeschlossen an all die Apparate, Schläuche und Kanülen, verfolgte Caro seither. Natürlich hatte sie Johanna getröstet und ihr fest versprochen, dass alles wieder in Ordnung käme, aber sie glaubten beide nicht mehr daran. Es lag in Johannas Augen, es ging zu Ende.

Der Abendspaziergang war dazu angetan, ein wenig durchzuatmen. Die frische Luft tat ihr gut. Sie schloss die Augen und drehte ihren Kopf in die letzten Sonnenstrahlen.

Michael sprach wenig und wenn, war seine Stimme leise und warm. Das gehörte zu der anderen Seite seiner Veränderung, Michael reagierte sensibler als zuvor. Er suchte intensive Gespräche und schien sie regelrecht aufzusaugen. Keine Spur mehr von dem nur der klaren Analyse vertrauenden Realisten. Es war schön zu erleben, wie er auch auf ihre Situation einging und versuchte, auf ihre Befindlichkeiten zu reagieren. In manchen Momenten erinnerte er sie sogar an den jungen Tramper, damals in Berkeley. Ständig wollte er wissen, wie sie sich bei diesem und jenem fühle, ob es ihr gut gehe, nicht nur so, nein, tief drinnen, wirklich gut gehe. Und als sie ihm eben auf der Terrasse vom ihrem Leid über Johannas Sterben erzählte, hatte er sie fest in den Arm genommen. Keine schlauen Sprüche, kein Ich-steh-über-den-Dingen-Verhalten, wie es für den rationalen Geschäftsmann Michael Billings so typisch war. Er hatte ihr den Kopf gehalten und sanft über das Haar gestrichen und sie hatte gefühlt, dass er tatsächlich bei ihr war, ganz und gar. Der

Moment wurde jedoch jäh unterbrochen, als sich ein ohrenbetäubender Krach aus dem Pavillon Bahn brach. Die Bandprobe der Fuckin Aliens hatte begonnen. Michael und Carolyn sahen sich an und lächelten trotz des traurigen Moments.

»Ein Irrenhaus«, sagte Michael, »komm lass uns ein paar Schritte tun. Hier werden wir auf Stunden unser eigenes Wort nicht mehr verstehen.«

»Dort muss sie drübergeklettert sein«, sagte Michael. Carolyn bemerkte erst jetzt, dass sie vor der Mauer standen, die den Besitz der Harlans umgab. »Lass uns ein wenig ausruhen.« Michael deutete auf einen quer gewachsenen Ast, etwa einen Meter über dem Boden, von dem man die Aussicht in die Ebene genießen konnte.

»Ja, das ist eine gute Idee. Ich war ganz in Gedanken.«

»Woran hast du gedacht?«

»Och, an dies und das. Du weißt ja, wie das ist. Wenn man einmal zur Ruhe kommt, gehen einem die ganzen Dinge des Tages durch den Kopf.«

»Du hast es auch sehr schwer im Moment, mein Liebes.« Michael legte seinen Kopf an ihre Schulter. »Ich wünschte, ich würde dir nicht auch noch zur Last fallen. Ich bemühe mich, und ich krieg das auch schon wieder hin, versprochen.«

»Du brauchst mir nichts zu versprechen.«

Sie schwiegen eine Weile und hingen wieder ihren Gedanken nach.

»Kennst du diese Melinda eigentlich?«, fragte Michael unerwartet.

»Kennen ist zu viel gesagt. Ich hab sie natürlich schon häufig bei uns gesehen. Wenn Josh mit der Band probt. Neulich war sie mal im Haus.«

»Ist das so was Besonderes?«

»Im Grunde schon. Die Typen kommen durch das kleine Törchen und gehen direkt in den Pavillon. Joshua hat ihnen anscheinend verboten, sich im Haus sehen zu lassen.«

»Warum?«

»Wenn du die Burschen sehen würdest, wüsstest du, warum. Sie sehen zum Fürchten aus. Jetzt haben sie auch noch einen halb nackten, etwa drei Zentner schweren Südseeindianer dabei.«

»O weh, spielen sie jetzt auch noch Ethno-Rock?«

»Wohl eher nicht.« Caro schmunzelte. »Dieser Kerl ist tätowiert wie eine Landkarte. Keine freie Stelle mehr auf der Haut.«

»Das ist so Sitte da unten.«

»Aber nicht in meinem Garten! … Ist ja auch egal. Melinda, Lin wie sie sie nennen, kommt meist allein. Sie sieht genauso verwahrlost aus wie die übrige Bande. Obwohl, als sie neulich so mit Pam an der Treppe stand …«

»… Pam kannte sie also doch? Hat sie nicht zu Protokoll gegeben, das Mädchen erst ein-, zweimal gesehen zu haben?«

»Ich glaube, das war das erste Mal, dass sich die beiden so richtig begegnet sind. Und das war wohl auch eher zufällig. Jedenfalls standen sie an der Treppe und unterhielten sich, als ich mit tausend Tüten bepackt vom Einkaufen kam. Da hättest du aber mal erleben sollen, wie hilfsbereit mir die Kleine die Einkäufe in die Küche geschleppt hat, echt nett. Sie hat zwar kein Wort mit mir gesprochen, aber ich konnte immerhin aus der Nähe sehen, dass sie nicht so schlampig ist, wie sie auf den ersten Blick erscheint. Ich meine, sie war sogar ziemlich gepflegt.«

»Ja, was denn nun. Ein Punk oder gepflegt?«

»Beides.«

»Typisch Frau – beides.«

»Dann sieh sie dir doch selber an, wenn du mir nicht glaubst.«

»Natürlich glaub ich dir, hört sich nur seltsam an. Wahrscheinlich auch bloß Attitüde.«

»Genau das wollte ich zum Ausdruck bringen. Die anderen sind genauso ungepflegt, wie sie aussehen. Dieser Breuer zum Beispiel. Der hat sich in den letzten zwei Jahren weder die Haare gewaschen noch die Fingernägel sauber gemacht, noch das Hemd gewechselt. Als ich ihn das letzte Mal am Pool stehen sah, hat er sich gerade die Nase geputzt und rate mal worein?«

»In den Pool!«

»Quatsch, ins Hemd, jawohl! Ekelhaft!« Sie schüttelte sich. »Melinda ist da wirklich besser.«

»Klingt doch alles höchst interessant. Vielleicht sollte ich die junge Dame wirklich mal kennen lernen. Wir können sie doch mal zu uns einladen.«

Caro war für einen Moment sprachlos. Auf die Idee wäre sie nun nicht gekommen. Andererseits könnte es für Pamela ganz hilfreich sein. Vielleicht sogar zusammen mit P und Charlotte, ja. Allerdings stellte sie sich, nachdem sie einmal ausgeatmet hatte, die Frage, was sie und Michael bei einem Treffen von vier gleichaltrigen Mädchen zu suchen hätten. Eine blöde Idee!

»Quatsch, warum sollten wir. Wir müssen Lin nicht kennen lernen. Allerdings ist das Interesse, das Pam plötzlich an ihr hat, schon auffällig. Eigentlich sollte man erwarten, dass sie mit ihrem Reinlichkeitstick froh wäre um jeden Meter, der zwischen ihr und Melinda liegt.«

»Ja, aber überleg doch mal, was die Kinder zusammen erlebt haben. So eine Erfahrung schweißt sie sicher zusammen.«

»Erfahrung würde ich das nun nicht gerade nennen. Drama schon eher, vielleicht sogar Albtraum. Hör mal, es war Hervé, nicht irgendein dahergelaufener Typ, ihre große Liebe Hervé. Das ist der Hammer für die Kleine.«

»Die Arme, ach ja.« Michael stöhnte. »Spricht sie denn mit dir darüber?«

»Nicht richtig. Das macht mich ja so krank. Eigentlich müssen Mutter und Tochter so was doch gemeinsam durchstehen.«

»Denk mal zurück an deine Jugend. Hast du etwas mit deiner Mutter besprochen?«

»Das ist unfair, Michael. Meine Mutter hat sich doch nicht um uns gekümmert. Und das kannst du mir ganz bestimmt nicht vorwerfen.«

»O Gott, Liebling, nein, natürlich werfe ich dir das nicht vor. Ich meinte doch nur, dass sich Kinder in bestimmten Phasen einfach nicht mehr mit ihren Eltern verbunden fühlen. Pam und ich haben schon lange keinen Draht mehr zueinander, und seit ich zu Hause bin, ist es richtig schlimm. Manchmal glaube ich, sie verachtet mich, weil ich nicht mehr so richtig funktioniere.«

»Irgendwas hat sie, das ist sicher. Mit mir spricht sie auch nicht über Hervé. Sie ist derart verschlossen, dass ich schon mal den Verdacht hatte, dass da in der Vergangenheit was Schlimmes zwischen den beiden geschehen ist.«

»Und, hast du sie darauf angesprochen?«

»Vorsichtig, ja«, sagte Caro leise, »sie ist fast ausgerastet … Ich komm an der Stelle einfach nicht weiter. Sie macht sofort zu. Es ist ganz eindeutig so, dass sie mehr über P und Lin redet als über den Toten, und das ist absolut seltsam. Na ja, und das mit dir … Sie braucht uns jetzt beide, und doch haben wir zu viel mit uns selbst zu tun. Was sollen wir nur machen?«

»Wieso, ich würde ihr doch voll zur Verfügung stehen, gerade im Augenblick.«

»Das ist doch Quatsch. Du möchtest ihr vielleicht helfen, und das finde ich auch sehr schön, aber wenn du ehrlich bist, flüchtest du im Moment aus prekären Situationen eher, als du dich ihnen stellst. Und das spürt Pam natürlich. Nein, so schön es auch wäre, du kannst ihr jetzt nicht helfen.«

Michael war gekränkt und wusste doch, dass Carolyn Recht hatte. Nach einer Weile fuhr er zaghaft fort:

»Komisch, seit Sardinien kommt sie mir weniger zickig vor und auch weniger, äh, übertrieben, weißt du, was ich meine?«

»Ja, ja. Alles hat wohl zwei Seiten«, entgegnete Caro und wusste dabei nicht, ob sie diese Erkenntnis eher traurig oder froh stimmen sollte. »Ist mir auch schon aufgefallen. Hast du auch bemerkt, dass sie fast überhaupt nicht mehr über Joshua herzieht?«

»Allerdings, sie sitzen sogar schon mal zusammen beim Frühstück, ohne sich anzukotzen. Joshua hat keine Ausraster mehr, oder sagen wir, deutlich weniger als vorher. Das kann doch nicht alles mit den Urlauben zusammenhängen?«

»Dein Zusammenbruch hat auch nur mittelbar mit dem Urlaub zu tun.«

»Das stimmt … aber es wäre schön, wenn sich auch mal wieder was zum Besseren wenden würde.«

»Das kannst du laut sagen. … Aber jetzt, Michael, lass uns

über deinen Vormittag mit Schröter reden. Von alleine fängst du das Thema wohl nicht an.«

Nachdem Michael geendet hatte, schüttelte Caro den Kopf.

»Das ist ja wieder mal eine tolle Geschichte. Ich versteh nicht, was da zwischen dir und Schröter abläuft.« Ihr Ton war jetzt deutlich aggressiver. »Offensichtlich kann er mit dir machen, was er will. Michael, ich versteh das nicht! Wir hatten doch alles haarklein besprochen. Es war uns doch klar, dass er versuchen würde, das Zepter in die Hand zu nehmen. Jetzt läuft alles wieder wie üblich. Der große Feldherr steht auf dem Hügel und dirigiert seine Vasallen. Wenn du dich nicht endlich von dem Kerl abnabelst, bringt dich das um. Wahrscheinlich kommen daher auch deine verdammten Herzstiche, hast du darüber schon einmal nachgedacht?« Carolyn war sauer.

»Danke für deine Fürsorge. Du bist also auch der Meinung, ich sei inzwischen ein Fall für den Irrenarzt?«

»Michael, wenn du nur nicht so verdammt borniert wärst. Wenn du Schmerzen im Gelenk hast, gehst du zum Orthopäden, wenn dir die Zähne wehtun, zum Zahnarzt, warum also nicht, wenn deine Seele verletzt ist, auch zum Psychotherapeuten? Hier geht es nicht um irre sein, sondern um eine Störung deines inneren Gleichgewichts, und die kann man nun einmal mit zweierlei Methoden beheben: Entweder so, wie Schröter es verlangt, mit der jahrelangen Einnahme von mehr oder minder starken Psychopharmaka, oder aber man entschließt sich, das Übel an der Wurzel zu packen. Dann braucht man seelischen Beistand, und den findet man in der Therapie. Welche Form der Therapie weiß ich nicht, aber ich weiß wohl, was ich in deiner Situation täte. Hör auf den Professor und lass dir einen Termin bei seiner Ärztin machen. Versuch es doch einfach mal. Was hast du schon zu verlieren?«

»Ja«, sagte Michael nach einer Pause, »was hab ich schon zu verlieren? Genau das waren auch die Worte des großen Vorsitzenden.«

*

Die Bandprobe war in vollem Gange. Der Lärm, den die fünf Musiker erzeugten, war so ohrenbetäubend, dass sie alle, bis auf Breuer natürlich, Ohrstöpsel benutzten. Gleich am Eingang hing ein ganzer Beutel von den eitergelben Dingern. Harry the Skunk hatte die kleinen Säulen in einem Drogeriemarkt »günstig erstanden«. Seitdem es unter jungen Konzertbesuchern als chic galt, die mit Wachs getränkten Bällchen gut sichtbar in den Ohren zu tragen, hatte auch die Metal-Gemeinde das Naserümpfen aufgegeben. Die Stöpsel nahmen dem Sound die Spitzen und erzeugten so beim Benutzer ein rauschähnliches Gefühl. Man war dabei und doch für sich.

Einen maßgeblichen Anteil am erneuten Anstieg der Dezibelkurve war Titi zuzuschreiben. Sein zweites Schlagzeug trieb den Beat unaufhörlich weiter. Lin und der fette Maori ergänzten sich glänzend. Während Lin in ihrem Spiel taktsicher auf höchstem Niveau agierte, räumte Titi einfach nur ab. Seit er dabei war, nahm sich Lin sichtlich zurück. Sie füllte eher die Lücken zwischen Titis eruptivem Gehämmere. Breuer war von dieser Entwicklung ebenso begeistert wie Joshua. Ein treibender Background, auf dem man aufbauen konnte, war einfach das Beste. Nur Harald hatte seinen Frieden mit Titis animalischer Kraft noch nicht geschlossen. Das lag zum einen daran, dass seine Gesangsanlage technisch nicht gut genug war, um seinen Tönen eine gute Performance zu verschaffen, zum anderen aber sicher auch an Titis ablehnender Haltung ihm gegenüber.

»Was für ein Tier«, zischte er, aber doch eher beeindruckt als abgestoßen, wenn Titi schweißgebadet versuchte, sich hinter seinem Schlagwerk hervorzuquetschen.

»Harald hofft doch nur, dass der Mörder ihn knallt«, bemerkte Breuer so ganz nebenbei und lag damit vermutlich nicht so falsch.

Ein Problem hatte die Hinzunahme eines zweiten Mörders allerdings gebracht. Die Hütte war jetzt wirklich voll. Die Musiker mussten sich richtiggehend zu ihren Plätzen vorkämpfen. Einzig für Joshuas Rollstuhl war eine Gasse frei gemacht. Für Harry und weitere Besucher wie Pille hatte Joshua die alten Schaukeln aus der Garage geholt, das Seil etwas verkürzt und Harry gebeten, sie an zwei dicken Schrauben ins Dachgebälk zu hängen. Wer bei den Fuckin Aliens zuhören wollte, der musste nun schwindelfrei sein.

Derzeit war nur die Techniker-Schaukel besetzt. Harrys Beine baumelten genau über dem Kopf von Joshua, was diesem schon einmal eine Bierdusche bescherte, wenn Harry zu eifrig im Takt schaukelte. Harry ohne Bierflasche war unbekannt.

Und es gab seit kurzem noch einen weiteren Dauergast, dem die Musik offensichtlich ganz vortrefflich gefiel. Anfangs hatte Joshua den Hund meist noch rausschmeißen können, bevor die Probe begann, aber seit neben Harald auch Breuer seine Leidenschaft für Promenadenmischungen entdeckt hatte, gab es keine Möglichkeit mehr, Wolfi von den Bandproben auszuschließen. Woher der Köter die Termine der Proben kannte, war Joshua schleierhaft. Fest stand jedenfalls, dass er mit der Präzision eines Schweizer Uhrwerks pünktlich zu jedem Set erschien.

Breuer geilte sich an Wolfi richtiggehend auf. Wenn schon das zweite Schlagzeug ihn stimulierte, dann brachte ihn das Ekel erregende Spiel mit Wolfi dem Höhepunkt verdammt nah.

Vor jeder Probe stopfte Breuer sich eine billige Wurst in seine weiten Hosentaschen, und zwar so, dass etwas davon seitlich heraushing. Breuer trug Springerstiefel und abgeschnittene Hosen. Mit dem ersten Ton seiner Bassgitarre wurde der Hund, den Harry schon vorher nur mühsam auf der Schaukel in luftiger Höhe festhalten konnte, unter einem wildem Geschrei Breuers freigelassen. Völlig durchgeknallt stob Wolfi zwischen den beiden Bassdrums hindurch auf Breuer zu und sprang an ihm hoch, um die Wurst zu erreichen. Alles schien exakt berechnet zu sein. Breuer wich so geschickt aus, dass Wolfi lediglich bei jedem fünften, sechsten Sprung seine spitzen Zähne in die Wurst schlagen konnte. Blitzschnell stemmte Breuer daraufhin seine Hand gegen die Hose, damit der gefräßige Kerl nicht gleich das ganze Paket aus der Tasche ziehen konnte. Inzwischen war Breuers dürres Beinchen großflächig mit Schorf überzogen. Wolfi gelang es mühelos, die nach einer Woche Band-Pause gerade nicht mehr nässenden Wunden wieder zu öffnen. Schon nach dem ersten Song war Breuers linkes Bein blutüberströmt. Es dauerte etwa drei bis vier Stücke, bis der Hund die ganze Wurst verputzt hatte. Wolfi fügte Breuer Schmerzen zu, und das machte Breuer wild, was wiederum, so seine Theorie, seinem Spiel zugute kam. Breuer war der Hund total ans Herz gewachsen, und wenn es eine Möglichkeit gegeben hätte, wäre er als Liebespaar mit Mary zusammengezogen. Joshua musste ihn ständig über die neuesten Ausfälle der alten Dame auf dem Laufenden halten. Und was seiner Familie und ihm selbst so sehr auf die Nerven ging, entzückte Breuer auf das Angenehmste.

Seit der Hinzunahme von Wolfi als sechstes aktives Bandmitglied klang Breuers Bassspiel, als hätten die Fuckin Aliens mit dem Mörder auch gleich noch den Bassisten gedoppelt.

Die Probe war zu Ende. Lin und Harald saßen in Plastikstühlen vor der Tür und sahen Breuer zu, der seine schier unendliche Energie durch Schattenboxen loszuwerden versuchte. Titi saß im feuchten Gras. Sie warteten auf Harry, der zum Bierholen unterwegs war. Auch darüber hatte es schon reichlich Diskussionen gegeben. Breuer wollte Dosenbier, aber Harry weigerte sich, umweltbelastende Stoffe zu transportieren. Der Techniker der Band war aktiver Umweltschützer und schon bei so manchen Aktionen erkennungsdienstlich auffällig geworden.

Während sie warteten, beobachtete Joshua Lin aus den Augenwinkeln. Sie hielt sich aus allen Gesprächen heraus. Dafür bemerkte er, wie sie häufiger zum Haus hinübersah. Er vermutete, sie suchte nach Pamela.

Seit dem Vorfall mit HGL war zwischen ihm und seiner Schwester irgendwie alles anders geworden. Was lange Zeit so festgefahren schien, war plötzlich wieder durchlässig. Jeder in der Familie hatte sich in den Ferien verändert. Die Sache mit Pam hatte nur den Anfang markiert. Der Augenblick im Wagen war so befreiend für ihn gewesen. Wahrscheinlich ging es seiner Schwester ähnlich. Aber wie kompliziert hatte sich das Aufeinandertreffen am nächsten Morgen gestaltet? Sie hatten sich richtig förmlich begrüßt, ohne zu wissen, wie sie weiter miteinander umgehen sollten. Verschämt saßen sie sich gegenüber, fast schon, als wollte sich einer beim anderen für den peinlichen Gefühlsausbruch vom Vorabend entschuldigen. Doch eines war seit diesem aufrührenden Erlebnis klar: Hinter Pamelas Barbie-Fassade schaute wieder ein echter Mensch hervor.

Ganz ähnlich erging es ihm mit seinem Vater. Er empfand so tiefes Mitleid für ihn. Am liebsten hätte er ihn andauernd in den Arm genommen, er wusste nur nicht, wie er es anstellen sollte. Irgendwie stand er mit ihm jetzt auf einer Stufe.

Und seine Mutter? Keine Ahnung, woher sie auf einmal all die Energie und das Selbstwertgefühl nahm. Von allen war ihm ihre Veränderung am Unheimlichsten.

»Weißt du eigentlich, Mel, dass du uns, der Band meine ich, einen großen Gefallen getan hast?«, fragte Breuer wie aus heiterem Himmel.

»Nenn mich nicht Mel, Arschloch!«

»He, he, sachte, Schwester, keine Beleidigungen.«

»Nenn mich nicht Mel, du Bastard!« Lin sprang auf und trat den Stuhl hinter sich, »und nenn mich nicht Schwester, klar? Pass verdammt noch mal auf, was du sagst.«

»He, was bist du eigentlich so schlecht drauf?«

»Ich bin nicht schlecht drauf. Aber du bringst mich schlecht drauf, du Fascho!«

»Willst du ein paar aufs Maul? Komm her, du Edelpunk. Nenn mich noch einmal Fascho und du bist tot!«, schrie Breuer.

»He, Leute, gebt Ruhe! Benehmt euch wie normale Typen und nicht wie Arschlöcher. Lin hat keinen Bock auf andere Namen und Breuer ist kein Faschist, was soll die Scheiße?«

»Sie soll sich nicht so haben, die Schwester, und sich bei mir entschuldigen.«

»Du Wichser, noch ein Wort …«

»Mel, Mel, Mel. Wie viele Worte noch?«

Es bedurfte aller Bandmitglieder einschließlich Harrys, um die beiden Streithähne davon abzuhalten, sich gegenseitig die Köpfe einzuschlagen. Zum Schluss des Gerangels hielt Titi Breuer im Schwitzkasten, und Harald drückte Lin in einen der

Stühle. Nur Wolfi hatte seine Freude an dem Getümmel. So lange, bis Josh ihm eine mit seinem Wanderstock überzog und er beleidigt den Kampfplatz verließ.

»O. k., Leute, jetzt mal Klartext.« Joshua musste wieder einmal den Richter spielen. Ob es an seiner Behinderung lag oder am Hausrecht, es war schon von Anfang an so gewesen. Wahrscheinlich, weil er die Band zusammengestellt hatte. »Warum Mel, Breuer?«

»Warum Mel, Breuer?«, äffte der Joshua nach. Titi drückte etwas fester zu. Auch ohne Deutschkenntnisse begriff er, was los war.

»Au, du fettes Maori-Arschl...« Der Rest ging in einem Röcheln unter. »Lass mich los, ist ja schon gut. Tut mir Leid, ihr Arschlöcher, o. k., tut mir Leid, Lin, o. k.?«

Das war das Gute an Breuer. Er konnte in Sekundenschnelle ausrasten, hatte sich aber genauso schnell wieder gefangen.

»Lin? Warum Fascho?«

»Weil das, was der kranke Typ da mit dem armen Hund macht, alles andere als normal ist. Musik und Blut! Metal and Blood! Auf so was hab ich keinen Bock.«

»Aber du weißt, dass Breuer alles andere als ein Fascho ist?«

»Autonome sind auch Faschos, manchmal jedenfalls.«

»Alle sind Faschos, manchmal jedenfalls«, sagte Harald und erntete mit diesem salomonischen Urteil allgemeines Kopfnicken.

»Gebt euch die Hand, na los«, sagte Joshua.

Sie zögerten etwas und stießen dann mit ihren Bierflaschen an. Zwei Minuten später war die Stimmung, als wäre nichts geschehen.

»Warum bist du mir dankbar, Breuer?«, nahm Lin den Anfang des Streits wieder auf.

»Weil wir auf diese Weise keine verschissene Hammondorgel in die Band bekommen.«

Sie hatten tatsächlich überlegt, eine Orgel als zusätzliches Instrument in die Band aufzunehmen, sich aber eigentlich von dieser nicht mehrheitsfähigen Idee schon wieder verabschiedet.

Lin winkte ab. Für sie war Breuer einfach bekloppt.

»Du warst doch dafür«, griff Harald leicht pikiert ein, dessen Idee das Ganze gewesen war.

»Ach was. Du hast mich damals nur an einem schwachen Tag erwischt. Scheiß Orgel, was brauchen wir so was. Titi ist geil, verstehst du, Titi?« Er sah den Maori an. »You are geil! Good Drummer, very good.«

Titi stand auf und umarmte Breuer, der dabei schon wieder fast keine Luft mehr bekam.

»Ich find's trotzdem makaber, die beiden Dinge in einen Zusammenhang zu bringen. Der Tod eines Menschen und unsere Auseinandersetzung um die Bandzusammensetzung. Das ist krank, Breuer«, sagte Joshua mit dem nötigen Ernst in der Stimme.

»Ja, find ich auch«, stimmte Harry zu und setzte zu einem langen Schluck an.

»War doch nicht so gemeint. Sag mal, Lin, wie war das eigentlich genau?«

Breuer setzte sich im Schneidersitz vor Lin auf den Rasen. Auch die anderen sahen sie gespannt an. Lin suchte Blickkontakt zu Joshua, der ihr unmerklich bedeutete, dass sie darauf wirklich nicht eingehen musste.

»Hört zu Leute. Die Situation war ganz schön verschissen. Ich möchte keinem von euch wünschen, dass er in so was reinrutscht. Nich wegen der Bullen und so. Die sind mir scheißegal. Aber die Sache geht mir irgendwie unter die Haut, auch wenn ihr das nicht versteht, jedenfalls mehr, als ich anfangs dachte. Ich hab erst geglaubt, das Schwein hat's nicht besser verdient und ab dafür. Geschissen! Ich hab ganz schöne Albträume, und den anderen geht es genauso.«

»Is wahr? Josh, was ist mit deiner Schwester? Kommt sie klar damit?«, fragte Harald

Jetzt suchte Joshua seinerseits Blickkontakt zu Lin, die ebenfalls unmerklich den Kopf schüttelte.

»Frag sie doch selbst. Aber es ist doch wohl logisch, dass einem so was nahe geht. Wir sind doch keine abgefuckten Maschinen, oder?«

Der Ausdruck »abgefuckte Maschinen« gab Breuers Gehirn

genügend Nahrung, um sich mit dem Thema vorerst still weiterzubeschäftigen.

Lin und Joshua saßen eine Weile schweigend nebeneinander im Garten. Lin nuckelte an ihrer Bierflasche, und Joshua spielte unaufdringlich Luftgitarre zu einem Turbonegro-Stück, das durch das geöffnete Fenster des Pavillons in den Garten drang. Lin sah ihm eine Weile zu.

»Denkst wohl immer noch daran, an diesen Weltmeisterschaften teilzunehmen?«

Joshua schürzte die Lippen und nickte.

»Ich kapier's einfach nicht. Du spielst selbst 'ne ziemlich gute Gitarre und willst dich da oben am Polarkreis zum Affen machen. Warum?«

»Lin, du redest wie Franzi. Ich weiß es doch selbst nicht. Das ist 'ne ehrliche Antwort. Irgendwie macht mich die ganze Sache tierisch an und basta.«

»Aber ihr wart doch schon da oben, warum noch mal?«

»He, wir waren Zuschauer! … Melinda?«

»Was?« Sie schaute ihn erstaunt an. Heute schienen sie es alle irgendwie mit ihrem Namen zu haben.

»Was genau war da drüben bei den Harlans los?«

»Hast du nicht mit Pamela darüber gesprochen?«

»Doch, schon, aber nicht so richtig. Du weißt ja, zwischen meiner Schwester und mir …«

»… steht's nicht zum Besten. Hat sich daran immer noch nichts geändert?«

»So schnell geht das nicht.«

»Seltsam, aber am Morgen, vor der Wache, da wart ihr euch doch sehr nah.«

»Ja, das waren wir«, Joshua musste schwer schlucken, »aber, was fängt man damit an? … Wir haben doch ewig nicht mehr miteinander geredet und dann aus heiterem Himmel … Das ist zu viel für mich, ich komm damit nicht klar, noch nicht.«

»Weißt du was, Billings, ich sag dir jetzt mal was. Deine Schwester ist die verdammt coolste Sau, die ich kenne.«

»Meine Schwester ist cool? Da bin ich aber überrascht.«

»Hey, Josh, kein Fake, sie hat uns da oben auf dem Felsen

den Arsch gerettet. So cool und so abgezockt, als würde sie so was jeden Tag machen. Ich verrat dir jetzt mal meine Version der Geschichte, und die hab ich bisher noch keinem erzählt.« Sie sah ihm fest in die Augen, als wollte sie sagen, wenn du es verrätst, bist du tot! »*Ich* hab den Typ auf dem Gewissen, verstehst du, ich allein, ich hab das Arschloch umgebracht.«

»Es war ein Unfall.«

»Irgendwie schon«, entgegnete sie nachdenklich, »aber irgendwie auch wieder nicht. Als ich gesehen habe, wie er P vergewaltigen wollte, da wollte ich ihn töten, ganz klar! Ich war so wütend auf das Schwein, dass ich es einfach tun musste. Das Problem war nur, dass ich nicht wusste, wie ich es anstellen sollte. Ich meine, es ging alles so schnell. Mir rauschte es im Schädel noch von unserer Probe. Ich latsch da also in Trance den Weg lang, kletter über die Mauer, und plötzlich stehe ich mitten in dieser krassen Szene.«

»Beschissener Film!«

»Sehr beschissener Film!«

»Gehst du eigentlich jedes Mal über das Grundstück der Harlans?«

»Spielt das jetzt eine Rolle? ... Ja, mach ich! Lass mich doch von so einer dämlichen Mauer nicht von meinem Weg abbringen.«

»Find ich richtig. Aber nun zu meiner Schwester. Warum war sie cool? Sag's mir!«

»Als alles vorbei war, ja? Als der Typ über die Kante gegangen ist, ja? Da war ich steif wie ein Brett. Und P erst. Kannst du dir ja vorstellen, oder? Wir stehen da also stocksteif und starren in die Tiefe, und wir wären da stehen geblieben, bis uns irgendein verfickter Bulle gefunden hätte, so daneben waren wir, verstehst du? Und dann kam Pam. Unglaublich! Sie hat die Bullen informiert und uns danach unsere Aussagen Wort für Wort diktiert. Sie hat uns eingeschworen, weißt du, so ungefähr wie wir es vor unseren Auftritten tun. Angeschrien hat sie uns, immer wieder, gerufen hat sie: »Hast du mich verstanden, Lin? Hast du mich verstanden, P? Könnt ihr euch das merken? Wiederhol das Lin, wiederhol das P! Wir können es schaffen, wenn wir zusammenhalten! Sagt nichts anderes, niemals, egal was sie auch fragen! Habt ihr das verstanden? Nur das, was wir besprochen haben! Keine Ausschmückung! Nichts! Alles klar, Lin, alles klar, P? Los, wir geben uns die Hand drauf!« Lin schwieg und atmete schwer. »Weißt du, wie oft ich von der Szene schon geträumt hab, seither?« Ihr kamen die Tränen. »Und immer sofort diese verfickten Tränen. Ich muss immerzu heulen! Scheiße!«

Sie schluchzte und wischte sich mit den Ärmeln ihres T-Shirts die Augen. Zum ersten Mal bemerkte Joshua, dass sie Kajal benutzte und Wimperntusche. Die schwarze Farbe hatte sie sich soeben über das ganze Gesicht verrieben. Er rollte näher an sie ran und versuchte ihr den Kopf hochzudrücken. Er spürte ihren Widerstand, aber nur kurz, dann sah er direkt in ihr verheultes Gesicht. Er fischte nach seinem Taschentuch und wischte Lin das Gesicht damit sauber. Jetzt begann sie erst richtig zu weinen. Joshua ließ sie gewähren. Mit einem solchen Gefühlsausbruch war man besser allein.

Dass seine kleine Schwester das alles getan haben sollte, was Melinda da eben erzählt hatte, imponierte ihm. Er war plötzlich stolz auf Pamela, obwohl, Stolz traf es nicht genau, es war wohl eher Achtung.

Melinda hatte sich inzwischen ein wenig beruhigt. Immer noch schluchzend, trank sie einen Schluck Bier und steckte sich eine Zigarette an.

»Du rauchst ja wieder.«

»Nein, tu ich nicht«, bellte sie. Kein gutes Thema!

»Habt ihr drei euch eigentlich schon mal wieder getroffen? Habt ihr über die Nacht gesprochen? Wie es jede so für sich verarbeitet hat und so?«

Lin schüttelte den Kopf. »Weiß auch nicht, warum. Bisher gab es nur die Verhöre, da haben wir uns natürlich gesehen. Auf dem Gang. Und ich hab mich mit P getroffen, mehr oder weniger zufällig, aber das war gut. Wir haben lange geredet. Mir war das wichtig, ich glaube ihr auch.«

»Und Pamela hast du noch nicht wieder gesehen?«

»Nein.«

»Komm! Das gibt's doch nicht. Ich meine, ihr macht so was

gemeinsam durch und trefft euch hinterher nicht? Was läuft denn da schief?«

»Weiß nicht. Verrat mich nicht, o.k., aber ich hab mich irgendwie nicht so richtig getraut, sie anzurufen.«

»Du traust dich irgendetwas nicht? Das ist ja das Allerneueste. Aber weißt du, was mich daran am meisten wundert? Ich hatte das Gefühl, dass ihr euch irgendwie versteht. Vor dem Polizeirevier, da wärt ihr beiden doch allein abgezogen, wenn ich nicht plötzlich aufgetaucht wäre, oder irre ich mich da?«

»Nein, das war ein ganz toller Augenblick, zum Sterben schön.«

Zum Sterben schön hatte Lin sicher in ihrem ganzen Leben noch nicht gesagt.

»Und dann kam der Krüppel und hat alles versaut!«

»Nein, Wichser, dann kam der Krüppel und hatte auch einen guten Moment.«

Sie schwiegen. Es war alles gesagt.

»Weißt du was, Lin?«

»Na, was?«

»Pamela ist oben in ihrem Zimmer. Oder im Haus irgendwo, jedenfalls war sie vor der Probe noch da. Warum gehst du nicht einfach mal zu ihr?«

»Bist du bekloppt?«

»Was ist an einem Besuch bei einer Freundin, mit der man etwas erlebt hat, das nur wenige Menschen miteinander erleben, denn so furchtbar?«

»Ich kann doch da nicht so einfach reinschneien, als ob nichts gewesen wäre.«

»Sagt ja keiner. Sondern gerade weil was gewesen ist. Ich wette, Pamela freut sich ein Loch in den Bauch. Könnte mir nämlich denken, dass es ihr nicht viel anders geht. Weißt du, eben wollte ich es ja nicht sagen, aber ihr geht's echt scheiße. Wenn ich das gestern richtig gehört habe, überlegen unsere Eltern, Pam zum Therapeuten zu schicken. Aber vorerst haben sie nichts unternommen, ein Psychofall in der Familie reicht vermutlich. Jedenfalls hat sie die Geschichte noch nicht verdaut. Geh zu ihr, Lin, jetzt.«

»Du meinst echt, ich soll hingehen? Was ist mit deinen Alten?«

»Die sind spazieren. Gehen jeden Abend, seit Vater zu Hause ist. So 'ne Art Therapie vermute ich.«

»Ich kann ja mal klingeln.«

»Quatsch, geh rein, du kennst dich doch aus. Treppe rauf, erstes Zimmer rechts. Vertu dich nur nicht in der Seite. Das erste Zimmer links gehört meiner Großmutter und der wilden Töle.«

Lin schnappte sich das letzte Bier und ging auf das große Haus zu.

*

Pamela lag auf dem Bett und hatte die Kopfhörer ihres iPod in den Ohren. Gleich nach dem Mittagessen war sie nach oben gegangen, hatte geduscht und wollte danach eigentlich ihre Schulaufgaben erledigen, aber sie war nervös und unruhig. Ihre Hefte lagen immer noch aufgeschlagen auf dem Schreibtisch unter dem Fenster. Sie musste zumindest Mathe machen und sich auf den Biologietest vorbereiten. Die restlichen Aufgaben hatte sie ohnehin schon abgehakt.

Ihr Kummer hatte begonnen, als alles vorüber schien. Sie hatte ihre Aussage unterzeichnet und war mit ihrer Mutter zurück auf den *Hügel* gefahren. Eigentlich ein Freudentag. Endlich Schluss mit dem stetigen Wiederholen dieses furchtbaren Ereignisses. Kaum zu Hause, hatte ihre Mutter auch schon eine Flasche Weißwein und zwei Gläser in der Hand.

»Komm schon, Kind, auch wenn du eigentlich noch keinen Alkohol trinken solltest, heute genehmigen wir uns ein Gläschen.«

Und das hatten sie dann getan. Ob ihre Mutter wohl bemerkt hatte, dass sie sich heimlich, als sie kurz aus dem Zimmer war, noch nachgeschüttet hatte? Jedenfalls war am Ende die ganze Flasche leer, aber Mutter schien das keineswegs zu irritieren. Pamela selbst setzte der Alkohol schon etwas zu, das hieß, er dämpfte sie noch etwas mehr, als es die Pillen ohnehin schon taten. An jenem Tag war sie in den Garten gegangen, um ein wenig allein zu sein, um nachzudenken über alles, was sich in ihrem Leben verändert hatte, und das war eine ganze Menge.

Ständig stiegen diese Bilder wieder in ihr auf. Immer wieder diese gespenstische Szene. Seltsamerweise stand sie in ihren eigenen Träumen schlechter da, als dies in der Wirklichkeit der Fall gewesen war. Sie war sich der Rolle, die sie bei den Ereignissen gespielt hatte, sehr wohl bewusst. Sie erinnerte sich genau, wie HGLs Sturz ihre Erstarrung gelöst hatte, während er die beiden anderen Mädchen lähmte. Sie hatte in dieser Nacht die Regie übernommen. Aber in ihrem Traum und auch in ihrem Gefühl war nicht sie es gewesen, die da so klar und beherrscht ihren Freundinnen den Weg aus der Krise aufgezeigt hatte, sondern irgendjemand, der sich ihres Körpers und ihrer Stimme bemächtigt hatte. Zu einem solch abgebrühten Handeln war sie doch gar nicht fähig.

P und Lin rächten HGLs böse Tat. Das bedeutete ihr Traum, und er ließ sie regelmäßig schweißgebadet aufwachen und die Nähe eines anderen Menschen suchen. Sie wollte sich mit P treffen und natürlich mit Lin. Was sie aber stattdessen tat, war allen aus dem Weg zu gehen. Selbst ihrer besten Freundin Charlotte, die täglich mindestens dreimal anrief, um sich nach ihrem Befinden zu erkundigen, verweigerte sie sich. Charlotte, die sich das Ganze nicht erklären konnte, hatte schon den Kontakt zu ihrer Mutter gesucht, und erst seitdem diese ihr erzählt hatte, wie labil Pamelas Zustand war, hatte sie sich etwas zurückgehalten, aber gleichzeitig signalisiert, immer für ihre Freundin da zu sein.

Klar, sie ging zur Schule, stellte sich den neugierigen Blicken auf dem Weg, den tuschelnden Mitschülerinnen und den vertrauensvoll nachfragenden Lehrern. Sie stellte sich ihrem Leben, aber damit war ihre Energie dann auch verbraucht. Nach der Schule machte sie sich so schnell es eben ging auf den Heimweg, und zu Hause zog sie sich müde für den Rest des Tages in ihr Zimmer zurück. Lustlos, manchmal ein wenig ängstlich, wollte sie einfach nur abwarten, was geschah.

Als es an der Tür klopfte, nahm sie die Ohrstöpsel raus und rief: »Komm schon rein, Oma.« Mary war die Einzige, die anklopfte. Mutter hatte ihre eigene Methode, sich anzukündigen, und Vater kam, seitdem sie sich den Gutenachtkuss verboten hatte, gar nicht mehr in ihr Zimmer.

Die Tür ging zuerst nur einen Spaltbreit auf, sodass sie ihr Augenmerk auf den Fußboden richtete. Für gewöhnlich fegte nämlich als Erstes der Hund durch den Spalt, obwohl er Zimmerverbot hatte.

»Och, meine kleine Süße, er will doch nur spielen, er tut dir doch nichts, der Gute. Nicht wahr, Wolfi, du bist ein ganz liebes Hundchen. Mach schön Platz.«

So oder so ähnlich spielte sich die gleiche Szene Tag für Tag ab. Dabei wollte Oma überhaupt nichts von ihr, nur ein wenig reden. Über Vater, der ja nun nicht mehr zur Arbeit ging, über Joshua, der sich ihr gegenüber so abweisend zeigte und über ihre eigene Tochter, von der sie sich etwas mehr Anteilnahme erwartet hätte. Nicht, dass sie all das ansprach, jedenfalls nicht direkt, aber man brauchte nicht allzu aufmerksam zu sein, um genau diese kleinen spitzen Bemerkungen aus ihren Erzählungen rauszuhören.

Entweder Wolfi machte es an diesem Abend ziemlich spannend, oder … »Komm doch rein, Oma«, wiederholte sie genervt.

»Ich bin's!« Pamela erschrak. Eine fremde Stimme.

»Wer sind Sie?«, fragte sie erschrocken.

»Ich bin's, kann ja wieder gehen, wenn ich störe. Dachte nur …«

Die Stimme kam ihr bekannt vor. »Lin, bist du das?«, rief sie zaghaft.

»Ja klar, wer sonst.« Mit ihren schweren Schuhen trat das Mädchen die Tür auf. Sie lehnte scheinbar lässig im Rahmen. »Wollte nur hallo sagen. Wir hatten Probe.«

»Melinda … äh.« Erst jetzt wurde Pam bewusst, dass sie halb nackt auf dem Bett lag. Schamhaft zog sie die Beine an und schlug sich die Tagesdecke darüber. »… Ja klar. Ich wollte dich schon so oft anrufen …«

»Geht nicht, hab kein Telefon.«

»Ja, das hab ich dann auch gemerkt«, schwindelte Pamela weiter. »Möchtest du was trinken? Mach doch die Tür zu, sonst haben wir Wolfi gleich noch hier drin.«

Melinda hob ihre Flasche in die Luft, zum Zeichen, dass sie Selbstversorgerin war, schloss die Tür und lehnte sich von innen dagegen.

»Auf den hab ich keinen Bock. Der hatte seine Show schon bei der Probe.«

»Kann ich gut verstehen, wenn ich das Vieh schon von ferne höre, kommen mir Mordgelüste.«

»Ich wüsste da 'ne Stelle.«

Pamela hielt die Luft an. Dann sah sie, wie Melindas Mundwinkel zuckten. Sie konnte ein Grinsen offensichtlich nur schwer verbergen.

»Du machst Spaß!« Pamela lachte. »Komm, setz dich doch. Schmeiß meine Tasche von dem Stuhl, oder setz dich hier zu mir aufs Bett.«

»Ja, war Spaß«, sagte Lin, nur um etwas Zeit zu gewinnen. Sie wusste nicht, wo sie sich hinsetzen sollte. »Ich glaub, meine Klamotten sind dreckig. Der Probenraum ist nicht gerade … Na, du kennst die Bude ja … ach nee, stimmt ja auch, du warst ja noch nicht mal drinnen. Hat sich nichts dran geändert, vermute ich mal?« Pam nickte und schüttelte sich gleichzeitig. Lin lächelte. »Und dann hab ich mich mit Breuer in die Wolle gekriegt, und die mussten mich ins Gras drücken, damit ich den Arsch nicht kille.«

Sie drehte sich um, um Pamela die Grasflecken auf ihren Shorts zu zeigen. Die Hose war kurz und saß tief auf der Hüfte. Ihr Bauch lag frei, und Pam sah den nächsten Stecker. Ein Piercing im Bauchnabel! Das war also Nummer drei. Es blieb nur noch eine weitere mögliche Stelle am Körper, dachte Pam und wurde rot. Lins flacher Busen wurde von einem roten Bustier verdeckt. Sie hatte ein ziemlich breites Kreuz und muskulöse Arme, war nicht hübsch, aber Pamela fand sie trotzdem gut aussehend.

»Das macht doch nichts. Nun setzt dich endlich. Los, komm her, setz dich aufs Bett.« Pam rückte ein Stück. Als Lin sich unsicher auf die Kante des rosafarbenen Bettes setzte, richtete sich Pam auf.

»Ich mach uns Musik.«

Ohne Hemmungen stieg sie in der Unterhose vor Lin aus dem Bett und ging zu der Mini-Anlage auf dem Schreibtisch. Lin sah ihr hinterher. Als die Reunion-CD von Destiny's Child begann, juchzte Pamela laut auf, machte einige rhythmische Bewegungen und drehte sich zu Lin um.

»Sie sind wieder zusammen, weißt du schon?«

Melinda sah Pamela leicht irritiert an. »Wer ist mit wem zusammen?«

»Na, die Destinys. Beyoncé, Kelly und Michelle. Ist das nicht wunderbar?«

Lin kratzte sich am Kopf. Sie wusste nicht so recht, wie sie es sagen sollte, ohne gleich schon den ersten Ärger zu riskieren. Es war halt nur so, wenn sich irgendjemand traute, eine solche Musik in ihrem Beisein zu spielen, zerstörte sie normalerweise eigenhändig und ohne die Folgen zu fürchten die CD und am besten gleich noch das Gerät mit. Irgendjemand! Aber Pam war nun einmal nicht irgendjemand. Sie musste vorsichtig vorgehen.

»Mmh. Also ich kann dir ja mal … Weißt du eigentlich, dass du spitze aussiehst?«

Pamela wurde knallrot, lief um das Bett herum und wickelte sich wieder in die Tagesdecke. Lin hätte sich ohrfeigen können. Sie hatte alles vermasselt. Plump, plumper, Melinda. Das sagte ihre Freundin Marie immer zu ihr.

»Findest du wirklich?«, fragte Pamela leise.

Gott sei Dank, dachte Lin und lächelte befreit. »Ja, das finde ich wirklich. Ich hab noch nie … Also, jetzt denk bitte nicht, ich sülz hier irgend so einen Scheiß ab. Ist ja lächerlich. Hab doch keinen Bock, mich hier zum Affen zu machen.«

Pamela legte Lin die Hand auf den Arm. »Danke für das Kompliment. Das hat mir noch niemand gesagt. Ich bin nämlich nicht besonders glücklich, weißt du?«

»Wieso?«

»Na, mit meinem Aussehen, meine ich. Deshalb will ich mich auch in den Herbstferien operieren lassen.«

»Du willst was machen? Dich operieren lassen? Was ist denn an diesem perfekten Körper, verfickt noch mal, nicht in

Ordnung? Sieh dir mich an. Meine Alten konnten sich wohl nicht so richtig entscheiden – Junge oder Mädchen? Haben sie mir halt von allem das Schlechteste gegeben. Keine Titten und keinen Schwanz. Jetzt sag schon, was willst du machen lassen?«

»Meine Brüste«, sagte Pamela leise und sah schamhaft auf die bunten Blumen der Tagesdecke.

Lin schwieg. Sie stand auf, umkreiste das Bett und setzte sich dann auf die Kante des Schreibtischs. Ihre Augen funkelten.

»Pamela, ich bin ein beschissener Diplomat. Ich würde ja gerne sagen, dass mir deine Musik gefällt, aber ich finde sie Horror. Ich würde dir auch gerne ein Kompliment für dein Zimmer machen, aber Rosa ist nun einmal nicht meine Farbe. Aber das ist alles nicht wichtig! … Ich hab dir ein Kompliment gemacht, und das kann ich normalerweise überhaupt nicht. Bei dir geht's! Du bist schön, wunderschön, und du bist cool. Das hab ich sogar schon deinem Bruder gesagt. Was du da neulich Abend abgezogen hast, war weltklasse. Du hast unsern Arsch gerettet und meinen an allererster Stelle. Was ich sagen will ist, ich finde dich toll! So, jetzt ist es endlich raus. Aber«, jetzt wurde sie lauter, »du wirst nicht an dir rumschneiden lassen, wie die anderen dämlichen Tussen von deiner Schule. Nein, das darfst du nicht tun.«

Sie senkte den Kopf und suchte in ihrer Tasche nach den Zigaretten. Sie zündete sich eine an.

»Du rauchst?«

»Nein, tu ich nicht.«

»Aber …«

»Nix aber, ich rauche nicht. Nur wenn mir danach ist oder kein Bier mehr da ist, an dem ich mich festhalten kann. Wo soll ich denn sonst mit meinen Fingern hin?«

Pamela stand auf und stellte sich vor sie hin. Sie nahm Lins freie Hand, hauchte ihr einen Kuss darauf und sagte: »Ich hol dir ein neues Bier.«

Auf dem Weg in den Keller zitterten ihr die Beine.

»Ich will dir was erzählen, Mel.« Melinda zuckte zusammen. »Komm her.«

Pamela nahm ihre Hand und begann leise mit ihrer Geschichte. Sie verheimlichte nichts. Nicht ihre große Liebe zu HGL, nicht ihr berechnendes Vorgehen bei der Verführung des Jungen. Sie sprach über ihre Schwärmerei, ihre großen Pläne und deren fürchterlichen Absturz. Dann erzählte sie, wie durcheinander sie in den letzten Monaten gewesen war. Sie sprach von ihrem Ekel, dem ständigen Bedürfnis nach Sauberkeit. Sie fühlte sich so getrieben und war so schutzlos, was die Attacken von Josh noch schlimmer machte. Und sie verschwieg auch Tonino nicht.

Lin wurde unruhig. In ihrem Kopf erzählte sie sich die Geschichte weiter. Pamela entdeckt nach all dem den verhassten Peiniger, wie er sich über ihre Freundin P hermacht. Sie erlebt alles noch einmal. Lin biss die Zähne fest aufeinander und senkte den Kopf. Ihre Nackenmuskeln verspannten. Dann sah sie auf und umarmte Pamela.

»Pamela! Pamela!« Carolyn war zurück vom Spaziergang und rief vom Flur her den Namen ihrer Tochter. Erschrocken ließen die beiden Mädchen voneinander ab. Pam trocknete ihre Tränen an der Decke, und Lin verschmierte sich auch noch den Rest ihres Make-ups. Als die Tür aufflog, saß sie auf Pamelas Schultasche in dem breiten Korbsessel und versuchte Carolyn Billings nicht anzusehen.

»Liebling, kommst du runter? Wir machen uns noch was zu essen. Paps ist schon in der … Oh!« Carolyn bemerkte erst jetzt den unerwarteten Besuch. »Melinda, das ist ja eine Überraschung. Gerade haben wir noch von dir gesprochen.«

»Mam?« Carolyn sah, dass ihre Tochter geweint hatte. »Du störst!«

»Oh! Ja, ich wusste ja nicht. Also dann … wir sind in der Küche.« Sie hatte die Tür bereits fast wieder geschlossen, als sie sich noch einmal umdrehte. »Und für Melinda ist sicher auch noch etwas da.«

Es dauerte einige Sekunden, bis Pams und Melindas Augen sich wieder fanden. Wie auf Kommando prusteten sie los.

»Verfickt noch mal!« Lin stand auf und kam zu ihr rüber. *»Mam, du störst!«* Sie lachten wieder, kugelten über das Bett und versuchten beide in mehr oder weniger ernst gemeinter Miene Carolyns Gesichtsausdruck nachzuahmen.

»Verdammt, ich hau ab. Keinen Bock, mit deiner Sippe am Herd abzuhängen.«

»Wir müssen da nicht hingehen. Ich hab eh keinen Hunger.«

»Nee, verschissen. Ich glaub es ist besser, ich hau ab. Also, mach's gut.«

»Lin! Rufst du mich an?«

»Da kannst du deinen Arsch drauf wetten!«

»Und Lin?«

»Was noch?«

»Ich bin auch kein Diplomat! Hör mit dem Fluchen auf und benimm dich nicht länger wie ein beschissener Automechaniker!«

11

Caro machte sich früh auf, um Johanna noch vor der großen Visite besuchen zu können. In der Haustür kam ihr ein unförmiger Mann entgegen, Dr. Herz, den sie knapp begrüßte. Der Abschiedsblick für Michael enthielt mehr Vorwürfe als gute Wünsche.

Herz sah aus wie ein Medizinball, unter den ein übellauniger Schöpfer zwei Beine und obenauf einen Kopf geschraubt hatte. So klein er war, so dick war er auch. Ohne Haare auf dem Kopf, dafür aber mit einem fusseligen grauen Vollbart und einer kleinen Nickelbrille auf der roten Nase, glich er einem kauzigen Waldschrat eher als einem Akademiker.

Der ältere Herr machte es sich Michael gegenüber gemütlich und ermunterte ihn ohne langes Gerede, seine Geschichte zu erzählen. Doch noch bevor Michael über das erste schüchterne Herumdrucksen hinauskam, begann Dr. Herz selbst, sein eigenes Leben im Zeitraffer vor ihm auszubreiten. Mit 24 Jahren war er zum Studium nach Kanada, genauer nach Nova Scotia an die Universität von Halifax gegangen. Dort lag auch heute noch so etwas wie sein zweiter Lebensmittelpunkt. Allerdings machte er drüben, wie er es nannte, nicht in Medizin, sondern in Immobilien. Michael wurde zusehends unruhig. Bevor er schließlich an die Reihe kam, erfuhr Michael noch, wie Dr. Herz Schröter senior kennen gelernt hatte, wogegen er ihn alles im Laufe der Jahre behandelt habe und dass schließlich dessen ganze Familie zu seiner Patientenschar zählte. Werner Schröter kannte er also schon von Jugend an, was einen Aufschluss auf das Alter des Dicken zuließ. Inzwischen waren sie sogar Weinfreunde. Sie trafen sich regelmäßig zu Proben und hatten auch schon einige Touren zu Weingütern, vorzugsweise in Übersee, zusammen unternommen.

Als Michael dann endlich doch noch zu Wort kam, begann der Alte in seiner Tasche zu wühlen und beförderte schließlich ein Stethoskop sowie ein Blutdruckmessgerät daraus hervor. Es kostete den dicken Mann einige Mühe, sich aus den tiefen Polstern des Sofas wieder emporzustemmen. Als er schließlich stand, wechselte er die Tischseite und zog sich, genau wie Schröter am Vortag, einen Stuhl zu Michael heran.

»Sprechen Sie ruhig weiter, ich untersuche Sie derweil«, sagte er beiläufig.

Herz legte ihm die Manschette des Blutdruckmessgerätes um den Arm und lauschte mit dem Stethoskop inbrünstig auf die Schläge in Michaels Adern.

»EKG haben Sie gemacht, sagten Sie?«, unterbrach er Michael mitten in einem Satz.

»So weit war ich eigentlich noch nicht«, entgegnete Michael schon leicht ärgerlich, »aber, ja, habe ich gemacht. Belastungs-EKG, Ruhe-EKG, alles, was möglich ist«, sagte Michael und erzählte auch noch den Rest. Nun auch er eher lustlos, aber es musste ja wohl sein. Unter anderen Umständen wäre ihm der schrullige Dr. Herz wohl ganz sympathisch gewesen, aber jetzt wollte er ihn doch schnellstmöglich wieder loswerden. Es war ja nur für Schröter.

»Fein, fein«, sagte Herz, als Michael geendet hatte. »Ja, Herr Billings, was Sie da haben, ist nichts Ungewöhnliches. Da ich ausschließlich Privatpatienten betreue, kommt mir so was häufig vor.«

Michael sah ihn fragend an.

»Ja, ja, das sind Symptome, wie ich sie bei vielen Menschen in Ihrer Position antreffe. Um mich herum wohnen lauter Doktoren, Betriebswirte, Direktoren großer Firmen und leitende Angestellte wie Sie. Sie müssen Ihr Leben ändern, weniger Stress, mehr Genuss, so lautet die einfache Formel.«

»Mehr Genuss, weniger Stress?«, wiederholte Michael ungläubig.

»So ist es! Ich verstehe natürlich, Sie erwarten eine detaillierte Diagnose und finden die Formel etwas, sagen wir mal, banal, nicht wahr? Aber das ist es letzten Endes. Sie haben sich zu viel zugemutet und sich selbst dabei grob vernachlässigt. Und die Angst, von der Sie sprechen, ist eine Form des Körpers, der Seele, wenn Sie so wollen, darauf zu reagieren. Aber keine Panik, Angstneurosen sind meist von kurzer Dauer.«

»Oh, Schröter meint, das dauert lange, sehr lange sogar.«

»Dazu darf ich Ihnen nichts sagen, Herr Billings, aber doch immerhin so viel: Schröter ist kein Mediziner.«

»Und was nun?«

»Ich schreibe Ihnen erst einmal etwas auf, damit sich Ihr akut-labiler Zustand wieder etwas stabilisiert. Damit Sie sich wieder unters Volk trauen und arbeiten können. Das wird Sie zwar ziemlich dämpfen, aber es hilft.«

»Psychopharmaka?«

»So nennt man das, ja. Keine Sorge, klingt schlimmer, als es ist. Kommt wohl daher, dass man damit immer gleich eine geschlossene Anstalt und Zwangsjacken verbindet. Aber so weit ist es ja bei Ihnen nicht.«

»So weit wird es auch nicht kommen, Doktor Herz. Ich will keine Tabletten, die irgendetwas mit mir machen, was ich nicht kontrollieren kann, verstehen Sie? Ich will wissen, was mit mir los ist und was man dagegen tun kann, sonst nichts.«

»Tut mir Leid, junger Mann, mehr kann ich nicht für Sie tun. Ich versichere Ihnen, Sie sind nicht mein erster Patient, ich kann Ihnen helfen, aber wenn Sie nicht wollen, bitte, dann steht es nicht in meiner Macht, Sie vom Gegenteil zu überzeugen. Wenn Sie es sich anders überlegen sollten, rufen Sie mich an.«

Ohne weitere Versuche, Michael umzustimmen, packte der Alte seine Sachen und verabschiedete sich fröhlich von ihm. Offensichtlich empfand er keinen Groll über den ersten uneinsichtigen Patienten eines langen Arbeitstages.

Keine zwei Stunden, nachdem Dr. Herz das Haus verlassen hatte, klingelte das Telefon. Schröter! Irgendwie wunderte es Michael nicht, dass sein Chef bereits über den Besuch des Doktors und das aus seiner Sicht unbefriedigende Ergebnis unterrichtet schien. Ein Mann wie er überließ nichts dem Zufall, schlimmer noch, für ihn gab es gar keine Zufälle. Jetzt fuhr Schröter aber schweres Geschütz auf. Gut verpackt, aber deshalb nicht weniger eindeutig, ließ Schröter ihn wissen, dass er nun darauf bestehen müsse, einen Krankenschein eines ordentlichen Arztes binnen 24 Stunden zu erhalten. Das würde er sicherlich verstehen, immerhin gehe es ja dabei um einige tausend Euro.

Michael schluckte schwer. Schröter sprach in einem Ton, der ihm das Blut in den Adern gefrieren ließ. »Lassen Sie sich alle Zeit, die Sie benötigen«, hatte er gesagt, aber das war nur noch ein wertloser Vertrauensbeweis aus der Vergangenheit. Er war der Abhängige, und sein Fall wurde zu einem wie jeder andere. Seine Fehlzeiten schädigten die Firma und damit auch Schröter, so einfach war das.

*

»Suchst du was?«

Michael hockte vor der geöffneten Kühlschranktür und wunderte sich darüber, dass nichts mehr an seinem Platz stand. Vor Schreck über die unerwartete Ansprache wäre er fast mit dem Gesicht in die große Schüssel Zitronencreme gefallen, die direkt vor seiner Nase stand. Vorsichtig drehte er den Kopf nach rechts und starrte direkt in die hechelnde Fratze von Wolfi. Der Hund stand doch tatsächlich mit den Vorderpfoten auf seinem Oberschenkel. Was wollte er da? Erwartete er etwa einen Kuss? Genauso sah es nämlich aus. Schließlich behandelte ihn Mary ja auch wie einen Liebhaber, was die Vermutung durchaus begründet erscheinen ließ. Oder wollte er Michaels Bein lediglich als Absprungbrett benutzen, um an die Zitronencreme zu kommen? Groß genug war die Schüssel jedenfalls, schoss ihm durchs Hirn, bevor er Wolfi mit einer abrupten Bewegung seines Arms zwei Meter in den Raum zurückkatapultierte. Mitleidig jaulend kam er dort direkt vor den Füßen seiner Herrin wieder auf die krummen Beine. Michael erhob sich langsam und machte verschämt den Kühlschrank zu.

Erst allmählich wurde ihm bewusst, dass Mary ihn nicht etwa bei einem geheimen Tun erwischt hatte, sondern er sich in *seinem* Haus, *seiner* Küche und an *seinem* Kühlschrank befand. Aus anfänglicher Verschämtheit wurde offene Aggression.

»Bist du bescheuert, oder was? Warum erschreckst du mich denn so?«, schrie er seine Schwiegermutter an.

Mary machte ein unterwürfiges ertapptes Gesicht. Bei Gegenwehr zog sie sich sofort zurück.

»Entschuldige, ich dachte nur, ich könnte dir helfen. Ich habe doch gestern Abend erst den Kühlschrank aufgeräumt. Mal richtig Ordnung geschaffen ... Das war wirklich nötig«, versuchte sie ihr Tun zu erklären, als sie Michaels ungläubigen Blick bemerkte. »Ein Becher Yoghurt war schon über das Verfallsdatum, und im Käsefach gammelte ein Schmierkäse ganz fürchterlich vor sich hin. Ich habe den fiesen Stinker entsorgt, das heißt, Wolfi hat das erledigt. Man glaubt es kaum«, sie stieß ein aufgesetzt wirkendes Lachen aus, »meinem Süßen hat das üble Zeug sogar geschmeckt.«

»Noch mal zum Mitschreiben, bitte. Du hast ORDNUNG in meinem Kühlschrank gemacht?«

»Sollte ich das etwa nicht? Was ist denn daran falsch, wenn doch alles darin vergammelt war?«

»Mary, das ist *mein* Kühlschrank, und du, wenn ich es recht verstehe, hast meinen wunderbaren Fromage de Herve an diese kleine Ratte verfüttert, ist das so?«

Schon das Wort »Schmierkäse«, das die unwissende Frau für seine ostbelgische Käsespezialität benutzte, ließ ihn verzweifeln.

Mary wich in Richtung Tür zurück. Michael war ihr mit jedem Wort ein Stück näher gekommen.

»Sprich nicht so über meinen Liebling, denkst du, ich weiß nicht, dass du den armen Hund nicht leiden kannst?«

»Der Hund kommt gleich dran. Zunächst mal hast du meinen Käse weggeworfen, und ich sage dir das jetzt mal klipp und klar: Das ist *mein* Haus. Und wenn hier was stinkt oder schlecht ist, dann werfe *ich* das weg. Und wenn ich mich irgendwo in *meinem* Haus aufhalte, dann möchte ich, dass du da nicht bist und mich schon gar nicht von hinten anquatschst, ist das klar?«

»Das ist aber auch das Haus von meiner Tochter«, beeilte sich Mary anzufügen.

»Da hast du wohl Recht, liebste Schwiegermama, und es ist

das Haus von Pamela und von Joshua, eben von der Familie Billings. Benimm dich gefälligst nach den Regeln, die in meiner Familie gelten, dann kannst du hier bleiben, wenn nicht, setze ich dich eigenhändig wieder ins Flugzeug nach Spanien, und dann kannst du den Rest deiner Zeit mit deinem wundervollen Ehemann verbringen, verlass dich drauf, Mary, ich mache keine Witze.«

»Das schaffst du doch gar nicht«, bellte die Alte in leicht hysterischem Tonfall.

»Wie bitte, was soll ich nicht schaffen?«

»Nichts schaffst du, du bist doch verrückt geworden!«, schrie sie jetzt, und ihre Stimme überschlug sich fast. »Alles muss meine arme Carolyn machen. Du hängst doch nur noch zu Hause rum. Sieh dich doch mal an. Es ist gleich Mittag, und du bist noch immer nicht fertig angezogen. Ich wusste es gleich vom ersten Augenblick an, schon damals in Berkeley, mit dir stimmt was nicht. Das habe ich Caro von Anfang an gesagt, mit dem stimmt was nicht, Kind, such dir einen anderen. Du machst meine Tochter unglücklich!«

Michael war wie vom Schlag getroffen. Das hatte er nicht erwartet. Fassungslos sah er an sich herunter und dann wieder zu Mary. Er stand noch eine ganze Weile regungslos da, nachdem sie längst, ihren Hund auf dem Arm, aufrechten Gangs zurück in ihr Zimmer geschritten war.

Michael ging zurück zum Kühlschrank, nahm die Schüssel heraus und setzte sich damit an den Esstisch. Langsam tauchte er einen Finger in die viel zu kalte Nachspeise. Seine Augen fixierten dabei einen unebenen Punkt auf der gegenüberliegenden, glatt geputzten Wand.

Dass er die ganze Schüssel zuerst Finger für Finger und schließlich Löffel für Löffel in sich hineinstopfte, bemerkte er erst, als ein unangenehmes Zwacken in der Magengegend einsetzte. Dann aber wurde das Gefühl minütlich schlimmer, bis sein ganzer Bauchraum schmerzte.

Er ging zur Couch, legte sich auf den Rücken, ein Kissen auf den Bauch gedrückt und starrte an die Decke. Direkt neben der modernen Lampe hatte sich ein kleiner Riss gebildet. Bislang war ihm diese hässliche Narbe noch gar nicht aufgefallen, obwohl er in letzter Zeit mehr Tage in liegender Position auf der Couch verbracht hatte als die drei Jahre davor zusammen genommen. Mühsam konzentrierte er sich und versuchte dem Verlauf der feinen Furche zu folgen. Nach wenigen Zentimetern teilte sich der Riss, und er konnte sich nicht entscheiden, welcher der Schadenslinien er weiter nachgehen sollte. Er entschied sich für die, die direkt auf das Fenster zulief. Nur eine Lineallänge weiter teilte sich auch diese Linie wieder. Er verließ den Weg zum Fenster, nur um sofort wieder auf einen weiteren Riss zu stoßen. War es wieder der erste? Michael unternahm den Versuch, seine eigene Spur rückwärts zu verfolgen. Das gelang ihm nicht, also drehte er sich auf dem Sofa einmal um die eigene Achse und verlor dabei den Startpunkt aus dem Auge. Mit einem Mal sah er nichts anderes mehr als Risse. Tausende dieser hässlichen Narben überzogen seine Wohnzimmerdecke wie ein dicht gewebtes Spinnennetz. An manchen Stellen wurden aus den dünnen Äderchen ausgewachsene Krampfadern. Angst drückte ihn schwer in die Polster. Trotzdem sprang er auf und lief zur nächstgelegenen Wand. O Gott! Ein fürchterlicher Riss zerteilte die Wand horizontal. Wie konnte ihm all das bisher nur entgangen sein? Das war kein kleiner Schaden. Wie sollte er das Caro beibringen? Sie mussten raus aus diesem Haus, schnellstmöglich, bevor alles verloren war.

»Paps, geht es dir gut?« Michael spürte eine Hand auf seiner Schulter. Er hatte das Eintreten seiner Tochter nicht bemerkt. Pamela kam von der Schule nach Hause. Sie umarmte ihn und gab ihm sogar einen Kuss. »Igitt, du bist ja ganz verschwitzt. Was hast du denn gemacht?«

Pamela sah ihren Vater an und wusste gleich Bescheid. Zu oft schon hatte sie ihn seit dem Urlaub in einem ähnlichen Zustand angetroffen.

»Hast du wieder einen von deinen Schüben gehabt?« Sie nannte es Schübe, wie bei einer Allergie. Sie fand, das höre sich weniger bedrohlich an als Symptome oder gar Angstattacken.

Michael nickte. »Geht schon wieder, meine Süße. Ich mach gleich was zu essen.« Michael war froh, dass ihn jemand aus diesem lähmenden Zustand herausholte. »Ich will nur ganz kurz noch etwas nachschauen, dann mach ich uns was, o. k.?«

»Klar, keine Eile. Ich geh nach oben und mach Schularbeiten. Ruf mich, wenn du fertig bist.«

In den zurückliegenden Tagen hatte Michael heimlich alle seine Papiere sortiert. Die verschiedenen Versicherungspolicen lagen in einem dicken weißen Ordner. Er war überrascht, was er dabei alles fand. Mit Versicherungen verhielt es sich bei ihm wie mit technischen Geräten. In einem Augenblick waren sie ihm wichtig und wie auf seine Bedürfnisse zugeschnitten, nur um sie danach gleich wieder zu vergessen. Das viele Nachdenken über seinen Zustand und seine berufliche Zukunft hatte ihn zwangsläufig zu der Frage seiner Absicherung gebracht. In seiner Hoffnungslosigkeit erschien ihm eine Fortführung seiner beruflichen Laufbahn immer unwahrscheinlicher. Andererseits, was sollte dann mit ihnen geschehen? Wer sollte die Familie ernähren? Er forschte nach einer Absicherung für diesen Fall. Bei der momentanen Pechsträhne hätte er sich den Blick in den dicken Ordner genauso gut sparen können, dachte er, nachdem er feststellen musste, dass er keine Berufsunfähigkeitsversicherung abgeschlossen hatte. Lebensversicherungen ja, davon hatte er gleich mehrere, und Einbruch, Unfall, Hausrat, Gebäude, alles, nur die eine nicht.

Deprimiert hatte er dann doch alle Ordner aufgeräumt und obendrein noch eine Anleitung geschrieben. Nur damit Caro im Fall der Fälle alles Notwendige beisammen hätte. Die Lebensversicherungen, Hypotheken, Konten. Kurz hatte er sogar überlegt, ein Testament zu schreiben, den Gedanken aber dann doch nicht weiterverfolgt.

Es war einfach zum Kotzen, selbst solch dämliche Risse, wahrscheinlich durch eines der kaum wahrnehmbaren Erdbeben hervorgerufen, die hier auf dem *Hügel* schon für manchen Setzriss gesorgt hatten, brachten ihn aus dem Gleichgewicht. Er versuchte die destruktiven Gedanken abzuschütteln und konzentrierte sich stattdessen wieder auf seinen Magen. Keine zwei Minuten später war ihm dermaßen schlecht, dass er es nur noch mit Mühe auf die Toilette schaffte.

Michael ging zurück in sein Arbeitszimmer und nahm sich nochmals seinen Ordner, *sein Leben*, wie er ihn jetzt bezeichnete, vor. Er blätterte, bis er die Police der Krankenversicherung fand. Sehr weit hinten im Kleingedruckten stand, was zu finden er gehofft hatte. Bis zu 30 Stunden Psychotherapie pro Jahr, wenn die Notwendigkeit dafür glaubwürdig dargelegt wurde, übernahm die Kasse. 30 Stunden, wer sollte so viel brauchen? Aber immerhin. Jetzt, wo ohnehin alles verloren schien, konnte er auch diesen Weg noch gehen. Vermutlich konnte ihn eine Therapeutin ebenso krankschreiben wie jeder andere Mediziner. Und wenn nicht, würde es der Professor tun, auf jeden Fall musste er die Sache jetzt angehen, wollte er dem Alten keinen Grund liefern, ihn zu feuern.

»Paps, so langsam krieg ich Hunger, und außerdem muss ich gleich noch mal weg.«

»Ach, Pamela, entschuldige, ich hab hier was in meinen Papieren gesucht und dabei ganz vergessen, dass du schon zurück bist. Entschuldige. Wie spät ist es denn?«

»Gleich halb zwei.«

»Ach du meine Güte. Wo sind Josh und deine Mutter?«

»Weiß ich nicht. Joshua kommt doch immer spät. Vielleicht ist er auch schon in seinem Zimmer, keine Ahnung. Mam trifft sich sicher wieder mit Malu.«

»Ist doch schön, dass deine Mutter gute Freundinnen hat. Na, mal sehen, was ich uns beiden Leckeres machen kann.«

Michael ging in die Küche und setzte die Untersuchung des Kühlschranks fort, bei der ihn Mary gestört hatte. Er suchte die eingelegten Sardinen und die Schüssel mit dem zwei Tage alten Risotto. Hinten im Kühlschrank fand er auch das marinierte Schweinelendchen. Das Gemüse war nicht mehr an seinem Platz, das bereits fertig gekochte Kalbfleisch auch nicht, einfach nichts stand mehr dort, wo es gestanden hatte. Er konnte vermutlich noch froh sein, dass Mary nur den Käse entsorgt hatte. Sie konnte eine Tütensuppe nicht von einer frisch gekochten Brühe unterscheiden. Schon ihr Gesicht, wenn sie morgens in die Küche kam und er etwas auf dem Herd hatte. Wahrscheinlich stänkerte sie hinter seinem Rücken bei Caro und den Kindern darüber.

»Wenn der Irre«, so hatte sie ihn ja wohl nicht zum ersten Mal genannt, »eine anständige Arbeit hätte, brauchte er sich nicht tagelang in der Küche zu beschäftigen.« Irgendetwas in der Art würde sie wohl gesagt haben.

Es hatte allerdings auch schon Missfallensbekundungen der Kinder gegenüber seiner früheren Leidenschaft gegeben. Pamela mochte morgens kein rohes Fleisch sehen. Erst neulich war sie beim Anblick einer frischen Kalbsleber wieder aus der Küche gerannt. Und Josh, der meist ohne jeden Appetit aufstand, hatte ihm sogar einmal einen Vogel gezeigt und sich daraufhin sofort verzogen.

Auch wenn das niemand verstand, er war unendlich dankbar, dass er in dieser Krise wenigstens seine alte Leidenschaft besaß. Kochen war die einzige Tätigkeit, bei der er sich selbst etwas zutraute. Leider blieb aber auch diese offensichtliche Fertigkeit nicht ganz von Ängsten und Nervosität verschont. Er neigte in der Küche immer noch zur Überforderung, und in diesen Momenten meldeten sich seine Symptome. Wenn er zu viele Produkte auf einmal zu verarbeiten hatte, erstarrte er regelrecht vor der anfallenden Arbeit. Derzeit brauchte er Ordnung in seinen Tätigkeiten. Einen Anfang und ein Ende und eine nicht zu lange Strecke dazwischen. Wenn aber wieder einmal die Pferde mit ihm durchgingen, dann ging auch schon einmal etwas zu Bruch. Das Messer entglitt seinen Fingern, er hielt die Pfanne nicht richtig fest, sodass das heiße Fett ihm die Haut versengte, Schüsseln rutschten ihm beim Auftragen vom Tablett, dicke Sauce landete auf dem Tischtuch und viele weitere dieser Missgeschicke mehr, die ihn sehr deprimierten. Dennoch, es blieb dabei, die Küche war eines der letzten Reviere, in denen der alte Michael Billings noch weiterlebte. Deshalb hielt er sich dort inzwischen auch häufiger auf als in allen anderen Räumen, deshalb arbeitete er nicht selten den halben Tag für ein Mittagessen, das die Familie dann achtlos in wenigen Minuten hinunterschlang. Zuerst beleidigte ihn das, aber inzwischen hatte er sich daran gewöhnt, und es machte ihm nichts mehr aus.

Wahrscheinlich wäre es am besten, den Kühlschrank abzuschließen. Wenn er Mary noch einmal dabei erwischte, dass sie ein Frischlingsragout an ihren stinkenden Köter verfütterte, ohne auch nur die Spur eines Unrechtbewusstseins erkennen zu lassen, würde er sie eigenhändig im Pool ersäufen.

Mary musste weg. Es ging nicht mehr, jedenfalls nicht, solange er noch im Haus war. Früher hatte Carolyn die Alte vor ihm verstecken können. Inzwischen war der Tag nicht mehr fern, wo er sich vor Mary verstecken würde. Es war nicht hartherzig, die Alte rauszuschmeißen, es war schlicht Notwehr.

*

Außerhalb der Schule hatte Joshua Franzi schon eine ganze Weile nicht mehr getroffen. In den großen Pausen standen sie zwar wie gewohnt beisammen, aber ihren Gesprächen fehlte es an Herzlichkeit, und auch die Nähe zwischen ihnen war einer gewissen Reserviertheit gewichen. Joshua war sauer auf sie, wegen der Sache mit Christie, obwohl ihn Franzis Liebesleben natürlich nichts anging. Und natürlich war es immer noch besser, sie ging eine Beziehung mit einem seiner Freunde ein als mit anderen dahergelaufenen Typen. Christie, Freund hin oder her, würde Franzi schon bald wehtun, daran bestand für ihn überhaupt kein Zweifel. Er war definitiv kein Typ für eine lange Beziehung. Christie stieg mit einer ein paar Mal ins Bett, und wenn sie ihn dann langweilte, was meist schon nach ein paar Wochen der Fall war, servierte er sie kurz und schmerzlos ab. Kein Wunder, Christie konnte sie wirklich alle haben.

Nun hatten sie sich endlich wieder verabredet. Zuerst war er um Franzi herumgefahren und konnte sich nicht entschließen, sie anzusprechen, doch dann war es aus ihm herausgeplatzt: »Wir müssen uns sehen.«

Franzis Antwort fiel denkbar knapp aus: »Jederzeit!« Aber sie lächelte dabei. Ein einzigartiger Energiestrahl aus ihrem Innersten und Joshua erkannte, was ihm in den langen Nachmittagen ohne Franzi gefehlt hatte. Die Erkenntnis stieg durch seine Augen direkt in sein Herz.

Und noch etwas wurde ihm schmerzlich bewusst. Man gewöhnte sich zu leicht an die Dinge. Selbst Schönes nahm die menschliche Natur nach einer Weile hin, ohne Achtung und mit allzu großer Selbstverständlichkeit. Jetzt fehlte ihm das blinde Vertrauen zu Franzi, ihm fehlte der Klang ihrer Stimme, ihre Klarheit im Denken, ihre Lebensfreude, ihr Temperament und ihre Wärme.

Mit klopfendem Herzen ließ er seinen Stuhl den *Hügel* hinunterrollen. Dass er auf dieser steilen Strecke noch unfallfrei war, verdankte er nicht allein seinem Können. Es war auch die perfekte Konstruktion des alten Frech. Der Bremsverstärker, den seine Daumen mit geringstem Druck gegen die beiden fast unsichtbaren Bügel einschalteten, war eine Sensation. Nicht die einzige geheime Kraft seines Stuhls, aber eine, der bei der exponierten Wohnlage der Billings' eine immense Bedeutung zukam. Der Mann war ein Genie auf seinem Gebiet, wenn er sonst auch ein kauziger Spinner war. Wer kam schon auf die Idee, Rennräder und Rollstühle als Geschäftsidee zusammenzubringen? Frechs Neffe saß im Rollstuhl. Rückgratverkrümmung von Geburt an. Frechs Schwester hatte den kinderlosen Kindernarren, schon bevor Klein Willi zur Welt kam, zu dessen Paten erkoren, und wohl deshalb nahm Frech alle Mühen auf sich, um dem Kleinen das Leben so angenehm wie nur möglich zu gestalten.

Gemächlich rollte Joshua über die Brücke. Er war viel zu früh dran, aber so aufgeregt, dass er es nicht länger in seinem Zimmer ausgehalten hatte. Die Nervosität hatte längst seinen Magen erreicht. Obwohl Vaters Zitronenhuhn zu seinen erklärten Leibspeisen gehörte, hatte er nur die Hälfte seiner Portion essen können und auch das nur, um den alten Herrn nicht zu beleidigen. Er freute sich immer so sehr, wenn den anderen sein Essen schmeckte. »Hab ich extra für dich gemacht, schmeckt es dir?« Oder: »Gleich beim Einkauf hab ich mich daran erinnert, dass du das doch so gerne isst.« Ein wenig seltsam war das schon. Man fühlte sich irgendwie beobachtet. Aber er meinte es nicht böse, und in seiner Situation musste man ihm helfen, wo man nur konnte, egal was gewesen war.

Das städtische Ende der Brücke schmückte ein Blumenlädchen. Ein Holländer hatte sich das alte Wächterhäuschen zu einem provisorischen Laden mit nicht genau festgelegten Öffnungszeiten hergerichtet. Joshua grinste in sich hinein, als er sah, wie der Mann gerade eben erst die grünen Kübel mit den frischen Schnittblumen vor die Tür räumte. Seine Mutter fluchte dauernd über den Kerl. »Der macht auf, wann er will«, schimpfte Carolyn, obwohl es wahrlich nicht Schuld des Holländers war, wenn sie erst zwei Minuten, bevor sie zu einer Einladung aufbrach, bemerkte, dass sie die Blumen vergessen hatte. In Carolyns Augen war der Holländer »ein scheiß Anarchist«. Ein Öffnungszeiten-Anarchist, der Gedanke gefiel Joshua. Jedenfalls verleitete ihn dieser Anarchist jetzt zum Kauf des ersten richtigen Blumenstraußes seines Lebens.

Sie trafen sich im Park unter der großen Kastanie, direkt am Weiher. Die Oberfläche des Sees lag jetzt am Abend friedlich da. Nur noch ganz sanft bewegte der zur Ruhe gekommene Wind das ufernahe Schilf. Am Tag, wenn Westwind durch das Flusstal blies, konnten hier richtige Wellen entstehen. Die Schwäne sahen dann aus wie an der Ankerkette dümpelnde weiße Boote und ihre Hälse wie kleine Masten mit einer roten Laterne. Die Sonne schien direkt auf die Kastanie und tauchte den Baum in ein goldenes Licht. Franzi lehnte gegen den Stamm, die Beine dicht an den Körper gezogen, und blinzelte über die glitzernde Wasserfläche. Joshua stoppte seine Fahrt und betrachtete unbemerkt das friedliche Bild. Er fühlte sich wie vor einem richtigen Rendezvous, nicht als ob er lediglich einer Verabredung mit einer Schulfreundin nachkäme. Zweimal versuchte er vergeblich, den Kloß in seinem Hals runterzuschlucken, dann rollte er los.

Franzi drehte sich um, als sie das Knirschen von Joshs Rädern auf dem Kiesweg hörte. Sie stand auf und winkte ihm zu. Josh winkte zurück. Sobald seine Räder in die ungemähte Wiese eintauchten, stockte die Bewegung. Franzi half ihm nach einem flüchtigen »Hallo Josh« bei den restlichen Metern.

»Hier haben wir uns noch nie getroffen«, sagte Joshua.

»Nein, wir beide noch nie.«

»Aber es ist sehr schön hier.«

»Ja. Jedenfalls in den Abendstunden und das auch nur im Frühjahr und im Frühherbst, oder im Winter natürlich. An einem richtig kalten Wintertag ist es hier wunderschön. Der See friert fast nie zu, also gibt es auch keine lärmenden Schlittschuhläufer. Im Sommer ist hier allerdings die Hölle los. Grillfeste aller Art und Nationalität. Auch ganz nett, aber eben anders.«

»Ich weiß, ich hab schließlich gleich um die Ecke gewohnt.«

»Ach ja«, Franzi lachte, »stimmt ja auch. Hab ich schon fast vergessen. Wie lange ist das jetzt eigentlich her?«

»Drei Jahre, vier Monate und warte ... 16 Tage.«

»Ich meinte den Umzug?«

»Knappe drei Jahre, weiß nicht mehr so genau.«

»Und, findest du es besser auf dem *Hügel*?«

»Na klar ist es besser da oben. Nicht die Nachbarn, aber der Platz, den wir haben. Du kennst ja alles. Mein Bereich ist ziemlich groß verglichen mit den Stuben von Pille oder den meisten anderen. Wir haben einen geilen Garten, und ich hab meinen Pavillon. Warum fragst du?«

»Keine Ahnung. Nur so halt. Hat keinen besonderen Grund. ... Sag mal Josh, was macht eigentlich dein Training?«

»Ich bin ziemlich schnell. Der Urlaub hat mich jedenfalls nicht zurückgeworfen, wenn du das meinst. Ich lass mir Zeit. Nächstes Jahr im Sommer pack ich mir das Ungeheuer. Jetzt oder im kommenden Winter werd ich es wohl nicht schaffen. Meine Knochen brauchen die Wärme. Erst dann bin ich richtig gut.«

»Du trainierst immer noch gegen den Bus?«

»Wieso fragst du? Was sollte ich sonst tun?«

»Laufband wäre zum Beispiel eine Möglichkeit.«

»Verstehe, darauf läuft es hinaus.« Er schwieg.

»Sag mal, Sportsfreund, für wen sind eigentlich die Blumen, die du da hinten im Gepäcknetz spazieren fährst?«

Joshua hätte sich am liebsten geohrfeigt. Beschämt griff er hinter sich und zog den bunten Strauß mit fliederfarbenen Astern, gelben Gerbera und einer tiefdunkelroten Rose hervor.

Etwas unbeholfen hielt Joshua den Strauß am ausgestreckten Arm von sich. Bewusst etwas höher, sodass er Franzis Gesicht dabei nicht sehen konnte und sie hoffentlich auch seines nicht. Nachdem er die Blumen nun lange genug so gehalten hatte, ohne dass sich Franzi seiner erbarmt hätte, ließ er den Strauß um einige Zentimeter sinken und war völlig überrascht. Unschlüssig, was er nun tun sollte, legte er sich das Gebinde auf die Beine und sah seine Freundin an. Sie stand im Gegenlicht mit hängenden Schultern, anstatt sich zu freuen.

»Franzi«, begann er und wusste auch schon nicht mehr weiter. »Komm«, versuchte er es erneut und konnte aus der Aufforderung keinen die Situation rettenden Satz formulieren. »Bitte«, war sein letzter Versuch, dann schwieg er.

Vorsichtig, als könne er etwas kaputtmachen, lehnte er sich vor und ergriff ihre Hand. Nicht mehr. Er verharrte in dieser Position. Als Franzi ihren Kopf hob und ihn ansah, lächelte sie endlich wieder.

Musste der scheiß Öffnungszeiten-Anarchist denn ausgerechnet in dem Moment seinen Laden öffnen, als er dort vorbeifuhr, dachte Joshua. Zwei Minuten später, und die Dinge wären vielleicht ganz anders verlaufen. Aber mit den zwei Minuten früher oder später haderte er nun schon viel zu lange, was hatte es da für einen Sinn, das Schicksal auch noch an diesem Missgeschick zu beteiligen.

Jetzt hieß es für ihn abwarten und schauen, wie man aus dieser Nummer wieder rauskam. Er lächelte. Pille wäre in so einer Situation bestimmt auf die Toilette gerast und hätte sich einen Joint gedreht. Aber hier gab es ja keine Toiletten und schon gar nicht für Behinderte und das mit den Drogen … na ja.

»Was lachst du?«, fragte Franzi, gefolgt von drei kurzen Schluchzern.

»Ach nichts, ich hab nur an Pille gedacht.«

»An Pille hast du gedacht?«

Ein leiser Vorwurf schwang in Franzis Stimme mit. Schon wieder ein Fehler, dachte Joshua, aber immerhin hatten sie die Schweigephase hinter sich gebracht.

»Na ja, du weißt doch, was er macht, wenn …, na wenn …«

»… was denn nun?«

»Na wenn er so in Schwierigkeiten gerät.«

»Und du bist in Schwierigkeiten, ja?«

»Nein, versteh mich doch nicht dauernd falsch. Du weißt doch, was ich meine. Wenn er mit Frauen nicht klarkommt und so. Dann haut er doch immer ab aufs Klo …«

»… und raucht eine von seinen Wundertüten. Und dann kommt er wieder und kriegt rein gar nichts mehr gepeilt. Ist es das, was du meinst?« Eine rhetorische Frage. »Ja«, sie antwortete selbst, »ja, das ist komisch. Aber nur für einen Augenblick, und dann wird es traurig, wie so vieles bei Pille. Ich vermute mal, wir sind nicht hier, um über Pille zu sprechen, und ich hoffe mal, du sehnst dich nicht nach einem ähnlichen Ausweg. Also, was ist los?«

»Mit mir nichts! Aber mit dir. Du bist so … so schwierig. Ich hab dir doch nur Blumen mitgebracht, und du reagierst, als hätte ich was Schlimmes gemacht.«

»Ach Joshi«, Franzi setzte sich auf seinen Schoß und damit mitten in die Blumen, »du bist so blöd!«

Franzi schlang ihm die Arme um den Hals und küsste ihn. Franziska Stein, seine beste Freundin schon seit ewigen Zeiten, küsste ihn. Nicht verliebt auf den Mund, und auch nicht brüderlich auf die Wangen. Franzi küsste ihn in die Beuge zwischen Schlüsselbein und Hals.

Joshua tat nichts. Er wollte sich mit einem Blumenstrauß bei seiner Freundin entschuldigen. Dabei hätte er nicht einmal ausdrücken können, wofür genau er sich entschuldigen wollte. Wahrscheinlich einfach für die ganze bescheuerte Situation, dass sie sich nicht mehr sahen, und überhaupt, dass es nicht mehr so war wie früher. Er wollte ihr vermutlich einfach zu verstehen geben, dass zwischen ihnen alles wieder so sein sollte, wie es früher war. Seine Körpersprache brachte seine Ratlosigkeit zum Ausdruck. Während Franzi ihn eng umschlungen hielt, hingen Joshuas Arme herunter, als ob unsichtbare Bleigewichte ihn daran hinderten, ihre Umarmung zu erwidern.

Franzi bemerkte seine Passivität natürlich. Sie stand auf und setzte sich neben ihn ins Gras. Joshs Gedanken rasten im Kreis. Sein Gefühl war eingesperrt, genau wie an jenem Abend in Oulu, als sie gemeinsam am Meer saßen. Nur dieses Mal half ihm sein Trotz. Er wollte nicht schon wieder mit Franzi in eine dieser verdammten Sackgassen geraten, nur weil er sein Gefühlsleben nicht in den Griff bekam.

»Sollen wir schwimmen?«

»Was? Du meinst hier? Jetzt?«

»Das Wasser ist um diese Jahreszeit am wärmsten.«

»Der See ist immer kalt, er hat einen zu starken Zufluss, als dass er sich wirklich erwärmen könnte.«

»Bist du seit neuestem eine Mimose?«

»Da würde ich nicht drauf wetten, Billings. Mit dir nehm ich es alle Male auf. Bleibt nur ein Problem, ich hab keine Badesachen dabei.«

»Denkst du vielleicht ich? Aber ist doch wohl egal.«

»Du scheinst es ja tatsächlich mit mir aufnehmen zu wollen. Na schön, aber dann nicht hier.«

Sie stand auf und begann zu laufen. Mit großen Schritten folgte sie dem Seeufer in nördlicher Richtung. Joshua hatte einige Mühe, seinen Sportrolli aus der Wiese zu bugsieren. Sein eigenes Gewicht und das zusätzliche von Franzi hatten die Reifen tief ins Gras gedrückt. Als er endlich auf dem Weg stand, holte er schnell wieder auf. Kurz bevor er Franzi erreichte, verschwand diese jedoch plötzlich direkt vor ihm in einem dichten Ufergebüsch. Joshua machte eine Vollbremsung.

»Franzi«, rief er, »warte, das ist nicht fair. Hier komm ich nicht rein. Wo bist du?«

»Mir doch egal«, antwortete ihre Stimme mitten aus dem Grün heraus. Gleich danach hörte er Wasser aufspritzen. Franzi stieß spitze Schreie aus.

»Kalt! Scheiße noch mal! Saukalt! Na los, Billings, ich dachte, du wolltest schwimmen?«

Josh war aufgeregt. Schnell wendete er. Er fuhr zu der Stelle zurück, an der das Wasser unmittelbar an die befestigte Straße reichte. Sollte doch jemand kommen, ihm war's egal. Mit einem Ruck riss er sich das Shirt über den Kopf, drückte sich aus dem Stuhl hoch und stand schwankend in der noch angenehm warmen Frühherbstluft. Er ließ Hose und Unterhose auf die Knöchel hinunterrutschen und setzte sich wieder in seinen

Stuhl. Dann rollte er so nah es eben ging an das an dieser Stelle durch eine Steineinfassung befestigte Ufer und erhob sich erneut. Guter Hoffnung, dass der See unmittelbar nach dem Mäuerchen ausreichend Tiefe haben würde, ließ er sich einfach kopfüber ins Wasser fallen. Es war wirklich saukalt. Das trübe Wasser kühlte seinen Körper, und schon nach wenigen Zügen fiel die Anspannung von ihm ab. Mit kräftigen Bewegungen schwamm er zunächst hinaus auf den See. Dort drehte er sich auf den Rücken, hob seinen Oberkörper etwas und suchte die Wasserfläche nach Franzi ab. Er konnte ihren Kopf nirgendwo entdecken. Deshalb rief er nach ihr, bekam aber keine Antwort. Was führte sie jetzt schon wieder im Schilde?

»He, du Rabenfreundin«, rief Joshua, »wo hältst du dich versteckt? Willst du deine Spielchen wirklich mit einem armen Krüppel treiben?«

Franzi hasste seinen Zynismus. Er konnte Wetten darauf abschließen, dass sie auf seine Worte unmittelbar reagieren würde. Sie musste einfach etwas darauf erwidern. Auf ihr Temperament war stets Verlass. Aber nicht dieses Mal. Scheiße, dachte Joshua, und machte einige Züge auf den riesigen Schilfbusch zu. Erst jetzt sah er, dass die Hälfte des Baums im Wasser stand, also keineswegs nur seine kraftvollen Zweige über dem Wasser hingen, wie es vom Weg aus den Anschein hatte. Es gab zwei Möglichkeiten, Franzi wollte ihn ernsthaft ärgern und war in dem Moment, als er auf der einen Seite des Busches ins Wasser gesprungen war, an der anderen wieder herausgeklettert. In dem Fall würde sie sich gleich vollständig bekleidet am Ufer zeigen und ihm eine lange Nase drehen, oder aber sie hielt sich irgendwo in diesem Gestrüpp versteckt. Joshua hoffte auf die zweite Möglichkeit. Er schwamm näher heran und suchte nach einer Möglichkeit, zwischen den Ästen hindurchzuschwimmen. Nach zweimaligem Kreuzen war er sich sicher, dass es keinen Weg gab. Andererseits musste Franzi sich hier auskennen, sie war so schnell verschwunden. Sie spielte mit ihm.

Es gab folglich nur noch eine einzige Möglichkeit. Joshua pumpte seine Lungen voll, tauchte unter und überwand sich auch, die Augen unter Wasser zu öffnen. Die Brühe war milchig, und schon einen Meter unter der Oberfläche begann sich das Sonnenlicht zu verlieren. Die Sedimentpartikel, die zu Millionen durch sein Gesichtsfeld zogen, verhinderten, dass er beim ersten Versuch erfolgreich war. Joshua durchstieß prustend wieder die Oberfläche des Sees. Er machte zwei Züge vom Gebüsch weg und beschloss einen neuerlichen Anlauf mit größerem Abstand zu nehmen. So konnte er die Struktur des Busches besser erkennen. Sein Ehrgeiz war erwacht. Er tauchte wieder und hatte Glück. Vorsichtig ergriff er den ersten Stamm und zog sich auf die Lücke zu. Er vermutete weitere Hindernisse, aber da gab es keine. Kraftvoll zog er sich durch das Loch und hatte nun freie Bahn. Er sah nach oben, denn seine Luft wurde knapp. Er war kein geübter Taucher. Über ihm glitzerte die Sonne. Vorsichtig tauchte er auf. Er hätte erwartet, dass Franzi hier irgendwo im Gebüsch kauerte, auf einem Ast hockte, oder sich irgendwie schwimmend verborgen hielt, dass aber ein kleiner See, mitten in einer deutschen Großstadt, ein solch märchenhaftes Geheimnis barg, war eine Überraschung. Das Wasser war hier viel klarer, und vor allem war das lauschige Plätzchen unerwartet groß. Es schien fast, als hätten sich die Bäume hier einen geheimen Versammlungsplatz geschaffen. Am Ufer gab es ein Stück Rasen, und oberhalb ließ der Busch sogar noch den Blick in den Himmel frei. Der Platz war einer Laune der Natur entsprungen, und Franzi saß mitten auf der Grünfläche und wartete. Josh steckte den Kopf nur eben so weit aus dem Wasser, dass er Luft bekam. Er beobachtete Franzi, die ihn natürlich längst bemerkt hatte, aber auf das Spiel ganz offensichtlich einstieg. Ihre Locken waren jetzt etwas weniger lockig, aber lange konnte sie auch das Wasser nicht davon abhalten, sich in die natürliche Kräuselung zurückzuziehen. Joshua hätte darauf gesetzt, dass Franzi ihre Unterwäsche anbehalten hatte, und es wäre seine zweite verlorene Wette innerhalb weniger Minuten gewesen.

Zum ersten Mal in der langen Zeit ihrer Freundschaft sah er sie nackt. Er schluckte, und sein Mund wurde trocken. Franzi setzte sich auf. Sie hatte sehr helle Haut, viele Sommersprossen und einen schönen Busen, gleichwohl aber schmale Schultern.

»Na, Joshua, hast mich ja doch noch gefunden.«

Josh spuckte etwas Wasser aus. »War nicht schwer«, log er und lächelte sie an.

»Weiß ich doch, nix ist schwer für dich, wenn du es nur willst, du Betonschädel.«

»Willst du schon wieder Streit?«

»Nein, will ich nicht, wo ich doch so tolle Blumen bekommen habe.« Sie mussten beide lachen. »Willst du nicht rauskommen?«

»Och, nö, weiß nicht.«

»Na, dann werd ich wohl mal wieder eine Entscheidung treffen müssen.«

Sie stöhnte altklug, stand auf und kam auf ihn zu. Das Wasser war an dieser Stelle, an der er wie eine gestrandete Robbe dümpelte, höchstens einen halben Meter tief. Franzi blieb direkt vor ihm stehen. Er blinzelte zu ihr hinauf. Ihn schwindelte. Aber seit der Nacht von Oulu fühlte sich seine Erregung anders an als zuvor. Es lag keine Angst mehr darin.

»Los jetzt, du fauler Kerl.« Franzi packte ihn robust an den Händen und zog ihn kraftvoll aus dem Wasser. Wenig später lag er in der Wiese – auf dem Bauch.

»Ist es nicht schön hier?«, fragte Franzi.

»Mhm«, vertraute er der Wiese an.

Wieder spürte er ihre Hände, dieses Mal an den Schultern. Bestimmt drehte sie ihn auf den Rücken. Ihr Gesicht war jetzt direkt über seinem.

»Ich fragte, ob es dir hier gefällt, ob du es schön findest?«

»Ja, ja«, sagte er gedehnt und versuchte gelangweilt zu klingen.

»Josh, sieh mich an!«, befahl sie. »Was ist eigentlich so schrecklich an mir, dass du sogar seelenruhig zusiehst, wie ich mich mit Christie abgebe?«

Joshua bekam einen Hustenkrampf. »Verdammt noch mal, Franzi, Christie ist nichts für dich, warum begreifst du das denn nicht?«

»Weiß ich!«, antwortete sie kokett.

Wieder brachte ihn ihre Antwort zum Japsen.

»Wie, weiß ich? Ja, warum lässt du dich dann auf so eine

Beziehung ein, und warum riskierst du, dass unsere Freundschaft darunter leidet?«

»Das willst du also wissen, ja?« Sie schrie regelrecht. Ihre Fäuste auf sein Schlüsselbein gestemmt, funkelten ihn ihre Augen an. »Dann sag ich dir das, du Blödmann! Weil ich nicht einfach eine Freundin sein will, sondern deine Freundin, deine Beziehung, deine Partnerin, was weiß ich, wie man das nennt. Und weil ich mir einfach keinen anderen Rat mehr wusste. Ich dachte, jetzt wird der Typ doch hoffentlich mal eifersüchtig und tut was … Nix war! … Du findest, dass Christie nicht der Richtige für mich ist? Da hast du verdammt Recht! Der Richtige bist nämlich du, Joshua Billings, ich liebe dich, und jetzt beweg endlich deine Arme um mich rum und tu was, sonst werd ich stinksauer!«

Erschrocken sahen sie sich an. Franzi, weil sie den Monolog, den sie schon tausendmal vor dem Spiegel geübt hatte, tatsächlich aufgesagt hatte und die Sache ihr somit nicht länger den Atem nehmen konnte, und Joshua, weil er mit dieser geballten Energie nicht gerechnet hatte. Die Situation in ihrem kleinen Liebesnest schien in dieser Sekunde nicht mehr auflösbar, aber schon zeigten sich klitzekleine Lachfalten neben Franzis grünen Augen. Die Fältchen breiteten sich aus, bald lachte ihr ganzes Gesicht ebenso wie das von Joshua. Dann, kaum hörbar, gluckste Franzi, und nur einen Wimpernschlag später kugelten sich die beiden auf dem Rasen. Sie lachten, bis ihnen das Zwerchfell schmerzte. Als Joshua Franzis Arm zu fassen bekam, zog er sie zu sich heran. Immer noch lachend, schauten sie sich in die Augen. Franzi öffnete den Mund und schlug ihre Zähne zärtlich in Joshuas Unterlippe. Dann glitt ihre Zungenspitze neckisch über seine Lippen. Als Joshuas Zunge den Kontakt erwidern wollte, zog sie sich zurück, und er verstand, dass sie es war, die ihn verführen wollte.

12

Sechs Wochen nach der ersten Sitzung bei Frau Dr. Sinola stand Michael morgens vor dem Spiegel im Ankleidezimmer und band sich einen Windsorknoten, die einzige Art, eine Krawatte zu binden, die er beherrschte.

Wehmütig erinnerte er sich dabei an das erste Mal. Vater und er hatten vor dem ovalen Badezimmerspiegel gestanden. Der alte Billings befand sich im Rücken seines Sohnes und dirigierte von dort dessen Bewegungen. Die großen Hände über seine schmalen Jungenschultern gelegt, demonstrierte er ihm bereits zum fünften Mal die korrekte Abfolge der Bewegungen. Michael verstand den Ernst der Situation nicht, musste ein Lachen unterdrücken, als wieder nur eine degenerierte Heuschrecke unter seinem Kinn entstand und kein Knoten. Sein Vater wurde sauer, und Michael erhielt eine Ohrfeige verbunden mit der Ermahnung, sich doch wenigstens einmal zu konzentrieren. Natürlich hatte er den Knoten dann doch noch gelernt, aber so richtig flott ging er ihm immer noch nicht von der Hand. Vielleicht trug er deshalb das Hemd meist offen. Heute allerdings, am ersten Arbeitstag seit seiner panikartigen Flucht aus dem Büro, wollte er nicht ohne Krawatte erscheinen. Eine angemessene Fassade schien ihm wichtig, wenn er der Benzinger und all den anderen gegenübertreten musste. Schon allein bei der Vorstellung wurde ihm angst und bange.

Beim ersten Anflug von Panik machte er seine Übungen, wie er sie gelernt hatte. Er atmete ganz bewusst tief ein, und zwar so, dass sich sein Bauch dabei weit nach außen wölbte. »Immer in den Bauch reinatmen«, hatte die Sinola ihm beigebracht, »kräftig und so lange, bis Sie wieder ruhiger werden. Sie können dabei keine Angst mehr empfinden. Versuchen Sie es, es klappt immer, Angst und Bauchatmung passen nicht zusammen.«

Sie hatte Recht gehabt. Auch an diesem Morgen schaffte

er es, mit Hilfe der Atemübungen seine Nerven im Zaum zu halten. Er war die vor ihm liegende Aufgabe in den letzten Tagen so oft im Geiste durchgegangen, dass es doch eigentlich klappen musste.

Dass er überhaupt schon so weit war, verdankte er eindeutig der Therapie, das gestand er sich ganz offen ein. Inzwischen war er schon fast süchtig nach den Besuchen bei der jungen Ärztin. Dabei war der Anfang furchtbar gewesen. Wie lange er allein gebraucht hatte, den Mut aufzubringen, um die fünf Etagen zur Praxis hinauf zu erklimmen. Er fürchtete sich vor dem, was er dort über sich erfahren würde. Musste er wohl, so fragte er sich, wie in den amerikanischen Filmen auf einer Ledercouch liegen, während ein verwirrter Psychiater ihm Fragen über seine Kindheit, seine Eltern und sein Sexualleben stellte, die zusammengenommen schon allein eine Therapie rechtfertigen würden?

Über eine Stunde lang drückte er sich in der Buchhandlung gegenüber herum. Scheinbar in eine Lektüre vertieft, beobachtete er von dort den Eingang des Gebäudes. Er versuchte herauszufinden, welche der Patienten, die dort ein und aus gingen, zu der therapeutischen Gemeinschaftspraxis wollten und welche zu den übrigen Ärzten im Haus. Erstaunlicherweise war keiner der Menschen besonders verhaltensauffällig. Entweder es gab noch einen zweiten Eingang, oder die Therapeuten hatten nichts zu tun: Man sah es den Patienten einfach nicht an. Schließlich war er doch nach oben gegangen – der Aufzug war defekt, was er in den kommenden Wochen meistens war – und hatte die Praxis betreten. Anfangs vermied er jeden Blickkontakt. Aus den Augenwinkeln heraus konnte er feststellen, dass die meisten der Patienten in dem überfüllten Wartezimmer es ähnlich handhabten. Überhaupt gab es, wie er im Laufe seiner Besuche feststellte, nur zwei gängige Auftrittsformen, sah man von einigen tatsächlich klinischen Notfällen ab, die er ohnehin besser schnell wieder aus seiner Erinnerung tilgte.

Die einen gaben sich nassforsch, Menschen, die mit erhobenem Haupt und wild entschlossener Körperhaltung ins Wartezimmer kamen und dabei ihre Begrüßung in fast aggressiver Lautstärke in den Raum schmetterten. Die anderen waren verhuschte Typen, die von niemandem bemerkt plötzlich im Stuhl neben einem saßen, gerade so, als wären sie durch das Schlüsselloch hindurch in den Raum hineingeschwebt. Begrüßung – niemals!

Michael war zunächst eindeutig letzterer Typ. Erst allmählich, indem er seine Rolle immer mehr annahm und die Therapeuten für ihn zu Ärzten wie alle anderen auch wurden, normalisierte sich sein Auftreten wieder. Er grüßte in normaler Lautstärke und verhielt sich wie in jedem anderen Wartezimmer der Welt. Er las Zeitung und freute sich, wenn er endlich an die Reihe kam.

Die ersten Sitzungen waren von Misstrauen geprägt. Er habe sie abgelehnt, würde die Ärztin später sagen, was ganz sicher nicht so war. Der Erfolg der Maßnahme habe auf der Kippe gestanden, bis sie zu einer anderen Form der Therapie übergegangen seien, sagte sie ein anderes Mal. Vermutlich steckte er viel zu sehr in seiner Existenz- und Überlebensangst fest, um derartige Kleinigkeiten zu bemerken. Er erinnerte sich nur, dass er geheult hatte wie ein Schlosshund. Bei diesem ersten Mal in dem lederbezogenen Freischwinger direkt vor dem schwarzen Schreibtisch schämte er sich seiner Tränen noch. Er fühlte sich bei Dr. Sinola wie ein Kind, das nach seinem ersten Aufenthalt in der Fremde voller Heimweh endlich nach Wochen der Angst zurück in die dicken warmen Arme der Mutter fliegen konnte.

Und so war es weitergegangen, zumindest in den ersten Wochen. Sie stellte Fragen, und er brach in Tränen aus. In seiner Erinnerung war da nicht viel mehr. Ein Meer von Tränen, allesamt vergossen von einem lebensuntüchtigen Mann.

Er war ein schwerer Fall, weshalb Dr. Sinola ihm als akute Hilfestellung auch zwei Sitzungen die Woche verordnete. Zwölf Sitzungen seiner 30 möglichen hatte er also bereits hinter sich gebracht, und immer noch sah er wenig Licht am Ende des Tunnels. Insgeheim richtete er sich schon auf eine lange Zeit der Therapie ein, denn mit jeder Sitzung stieg er tiefer hinab in die Erinnerung an seine Herkunft und geriet dabei in den Strudel längst vergessener Erlebnisse.

Trotz der noch vor ihm liegenden Arbeit war er mittlerweile so weit wieder hergestellt, dass er versuchen sollte, so Dr. Sinola, seinen Beruf wieder aufzunehmen. Wenn es nicht ginge, auch nicht schlimm, dann würde sie ihn eben noch eine Zeit lang krankschreiben. Aber das wollte er auf keinen Fall. Er musste seine Angst überwinden, schließlich stand seine Existenz auf dem Spiel. Er war sich sicher, dass, wenn erst einmal dieser erste Schritt vollzogen wäre und er im Berufsleben wieder festen Boden unter den Füßen hätte, er auch mit der restlichen Angst besser klarkommen würde. Er schluckte noch schnell seine Portion Johanniskraut – es hatte sich herausgestellt, dass auch Carolyn ein ähnliches Präparat einnahm, was er nicht gewusst hatte, obwohl seine Frau schwor, sie hätten bereits darüber gesprochen –, damit fühlte er sich entschieden sicherer.

Fertig! Fertig für seinen ersten Tag im Büro nach der neuen Zeitrechnung.

»Schatz, ich bin so weit. Ich fahr jetzt los. Wünsch mir Glück.«

Caro war ebenfalls bereits angezogen und suchte in der Diele nach den Wagenschlüsseln.

»Wo sind denn bloß wieder meine verdammten Schlüssel? Irgendeiner muss sie weggeräumt haben. Michael?«

Michael lächelte. Caro suchte ständig ihre Schlüssel. Ebenso wie ihre Geldbörse, ihre Medikamente im Bad, ihre Lesebrille oder das Paar Schuhe vom Vorabend.

»Versuch's doch mal mit der Obstschale in der Küche.« Meist ein guter Tipp.

»Und wer hat sie da reingelegt?«

Früher musste Michael nach dieser dämlichen Frage den Raum verlassen, so sauer reagierte er auf die Unterstellung und Caros Schlamperei, besonders wenn er selbst in Eile war. An diesem Morgen nahm er es gelassen. Ihm kam alles gelegen, was ihn etwas aufhalten und ablenken konnte. Außerdem fand er seine Frau an diesem Morgen besonders toll. Sie war schön wie immer, wirkte aber in ihrer erregten Hektik sehr business-like, so ernst, das gefiel ihm, er hätte schon viel früher einmal darauf achten sollen.

»Warum hast du es denn so eilig heute Morgen?«

»Du kannst Fragen stellen! Ich fahre ins Krankenhaus, und nachher treffe ich mich noch mit Malu. Wir haben etwas Geschäftliches miteinander zu besprechen.«

»Geschäftlich? Was habt ihr beiden denn geschäftlich zu verhandeln?«

»Malu plant einen eigenen Laden und will meine Meinung dazu hören. Und jetzt kümmert sich bitte jeder um sich selbst, o.k.? Das geht mir ein bisschen auf die Nerven, dass ich hier plötzlich jedem erklären muss, was ich mit meinem Tag anfange. In den letzten zehn Jahren hat mich auch keiner gefragt, wollen wir es nicht dabei belassen?«

Caro war nervös, was sie nicht zeigen wollte. Und weil ihr das misslang, wurde sie obendrein auch noch sauer. Sie hoffte inständig, Michael würde in seinem Beruf wieder Fuß fassen können. Für ihn selbst, aber auch damit er wieder aus dem Haus war. Diese ständige Kontrolle zehrte an ihren Nerven. Sie war es einfach nicht gewohnt, tagsüber jemanden um sich zu haben, das hatten ihr die letzten Wochen deutlich vor Augen geführt.

Es gab da allerdings noch ein weiteres Problem. Sie stellte sich die Frage, ob Michael, wenn er denn wieder zu alter Kraft finden, auch zu den alten Verhaltensmustern zurückkehren würde? Sollte das geschehen, dann konnte sie ihre neuen Hoffnungen begraben. Dann musste und dann würde *sie* etwas ändern. Ein Zurück gab es jetzt nicht mehr. Und da sich all dies in den nächsten Wochen zeigen würde und heute somit für sie der erste Tag der Entscheidung war, war sie über alle Maßen angespannt.

»Komm her, Liebling, entschuldige, ich hab Migräne und ich bin nervös.«

»Aber warum denn?«

»Deinetwegen natürlich. Dein erster Arbeitstag. Ich wünsche dir wirklich Glück. Obwohl, du brauchst kein Glück, du brauchst Mut und Tapferkeit, und das wünsche ich dir.«

»Ich brauche auch Glück.«

»Nein, Michael, denk immer daran, was du dir alles erarbeitet hast. Gerade weil du dir deiner Stärken im Moment nicht bewusst bist, musst du genau auf alles achten. Vieles von dem, was du heute sehen wirst, hast du geschaffen, und das war kein Glück. Du kannst es, Punkt! Das brauchst du niemandem auf der Welt mehr zu beweisen. Fang einfach an und lerne Stück für Stück, deiner Stärke wieder zu vertrauen.«

Michael fasste Carolyn um die Taille, sah ihr in die Augen, bis die seinen einen feuchten Glanz bekamen, und drückte sie dann ganz fest an sich.

»Danke, ich liebe dich.«

»Vater!« Joshua stand mitten in der Diele.

»Joshua, guten Morgen. Ich dachte, du hast heute später Schule?«

»Hab ich auch, aber … also«, er streckte ihm die Hand entgegen, »viel Glück wollte ich dir wünschen.«

Michael schaute mit zusammengepressten Lippen zu seinem Sohn herab. Dann nahm er seinen Kopf in beide Hände und schüttelte ihn hin und her.

»Danke, mein Junge, das kann ich brauchen.«

»Hier«, in Joshuas Hand lag eine kleine silberne Scheibe. »Hab ich dir gebrannt. Ist meine Musik drauf. Hör sie im Wagen, sie hat Power.«

Michael nahm die CD entgegen und sah auf die Beschriftung. »My Way« stand da in Joshuas krakeliger Handschrift. Er bückte sich erneut und küsste seinen Sohn.

»Keine Angst, Josh, wir schaffen das schon irgendwie.«

Im Auto schob Michael die CD in den Wechsler und stellte vorsorglich schon einmal leise. Joshua hatte Recht, die Musik war wirklich kraftvoll. Allerdings machte sie Michael eher Angst, als dass sie ihn für die vor ihm liegenden Aufgaben zu stärken vermochte. Noch bevor er die Einfahrt zur Brücke erreichte, stoppte er die CD wieder. Ohnehin konnte er im Auto nur noch ganz selten Musik ertragen. Schon der Verkehr verlangte ihm alles ab. Da war es gut, dass der große Wagen alle anderen Geräusche schluckte.

Auf der Brücke kam die Nervosität zurück. Sein linkes Bein begann zu zittern, und sein frisches Hemd klebte ihm am Leib. Er fuhr eine Parkbucht an und begann zu atmen. Als sich das

Zittern auch nach minutenlangem In-den-Bauch-Atmen nicht legte, brachte er sich in eine liegende Position. Er atmete tief weiter. Aber dieses Mal halfen die Übungen einfach nicht. Wie eine riesige Krake hing die Angst über ihm. Michael beschloss, das Auto stehen zu lassen und zu Fuß zur Arbeit zu gehen. Vielleicht half ja die Bewegung.

Er stieg aus, schloss ab und ging los. Auf seinem Weg begegneten ihm fröhlich schwatzende Menschen, vor einem Gemüseladen sah er zankende Kinder, die versuchten, sich um den Kindergarten herumzudrücken, er belauschte ein Gespräch von zwei minderjährigen Schülerinnen, die auf einer Bank saßen und die Schule schwänzten, kurz, um ihn herum lief der normale Alltag ab. Michael hatte das Gefühl, wenn er jetzt, hier auf der Stelle zusammenbrechen würde, niemand würde es bemerken. Er war Luft, ein Untoter, ein Geist, den niemand sah oder hörte. Vermutlich hätte er laut schreien können, ohne dass sich auch nur einer der Passanten nach ihm umgedreht hätte. Warum? Er existierte für die anderen nicht, ganz einfach. Seine Welt hatte mit der da draußen nichts mehr zu tun.

Die Herzstiche und die Atemnot wurden immer schlimmer. Seine Beine kannten den Weg, und er lief wie von Geisterhand geführt ein Stück die Straße hinab, dann die kleine Grünanlage entlang und bis zur übernächsten Ampel, schließlich noch ein Stück die Allee hinauf. Zehn, fünfzehn Minuten vielleicht, nicht länger. Im Park legte er auf einer neu aufgestellten Bank eine kurze Pause ein. Wenn doch nur Carolyn da wäre, wenn doch nur überhaupt ein bekanntes Gesicht da wäre, wenn er sich doch nur nicht so schrecklich ausgeschlossen vorkäme. Er umfasste seine Brust mit beiden Armen und ließ den Kopf hängen.

Als er wieder erwachte, lag er lang ausgestreckt auf der Bank. Die späte Septembersonne schien ihm ins Gesicht und wärmte ihn angenehm. Benommen sah er auf die Uhr. Mittag vorbei. Er setzte sich auf und überlegte. Er konnte jetzt unmöglich noch zur Arbeit gehen, was hätte er Schröter sagen sollen? »Tut mir Leid, ich bin auf einer Parkbank eingeschlafen«? Michael spuckte vor sich in den Sand und sah zu, wie die feuchte Stelle bald wieder trocknete, als wäre nichts gewesen. Man hinterließ keinerlei Spuren.

Zwei Stunden später nahm er sein Handy aus der Tasche und wählte eine Nummer. Als sich am anderen Ende der Leitung eine Frauenstimme meldete, beendete er das Gespräch sofort. Er atmete schwer ein und aus. Alenka. Einmal hatte er sie angerufen. Kurz nach der Landung, als Caro ihn für einen Moment allein gelassen hatte. Er verspürte keine Sehnsucht nach ihr, wollte aber verhindern, dass Alenka versuchte, ihn zu erreichen. Schließlich hatte er immer ganz allein die Spielregeln ihrer geheimen Beziehung bestimmt. Er hatte festgelegt, wann sie sich sahen, und er hatte sie verlassen, wenn ihm danach war. Bisher hatte Alenka sich an diese Abmachung gehalten, aber was wäre, wenn sie anfinge, Forderungen zu stellen? Wenn sie Geld verlangen würde? Michael hätte sofort bezahlt, wenn sie dafür für immer aus seinem Leben verschwände.

Er stand auf und lief in Richtung Fluss. Genau in die entgegengesetzte Richtung, in die er eigentlich hätte gehen müssen. Unerwartet überkam ihn dabei ganz gute Laune. Er dachte weder darüber nach, wie er Caro erklären würde, was heute geschehen war, noch, was für einen Grund er in der Firma für sein Fernbleiben angeben sollte. Er ging einfach fort und ließ alles hinter sich. Dabei fühlte er sich frei und so, als ob eine riesige Last von seinen Schultern abfiele.

An der Ecke Nöttelgasse betrat er ein Café. Es war einer dieser modernen, kühl eingerichteten Läden. Michael lächelte. Bei seinen Geschäftsreisen nach Italien nutzte er jede Möglichkeit zu einem kleinen Espresso in einer der alten holzgetäfelten Bars. Er hatte inzwischen seine bevorzugten Läden in Mailand, wo er häufiger war, in Rom, Bologna und selbst im touristischen Venedig gab es sie noch, die wirklichen Cafés, in denen die kleine Politik eines Viertels gemacht wurde.

Er stellte sich an den Tresen und bestellte einen Espresso und ein kleines Glas Wasser dazu. Um diese Uhrzeit war er der einzige Gast. Die Mittagspausen waren beendet, und für die auf einem Spiegel über dem Tresen angepriesene Happy Hour war es noch zu früh. Die Kellnerin mit ihrem bauchfreien Top und der knöchellangen Bistroschürze bediente ihn höflich, aber distanziert, sodass ein Versuch, mit ihr ins Gespräch zu kommen, erst gar nicht lohnte. Er bezahlte und ging.

Draußen lief Michael Richtung Stadtmitte. Er kaufte etwas Käse im besten Laden am Platz und einen Kürbis, den er in einem Bioladen entdeckte. Für Pamela, denn sie liebte Kürbis, als Gemüse oder auch als Suppe. Jedenfalls wenn er sie machte. Einmal hatte sie im Restaurant den Teller demonstrativ weggeschoben und gesagt: »Die schmeckt nicht! Paps' Kürbissuppe ist tausendmal besser.« Das hatte ihn ziemlich stolz gemacht.

Gemächlich schlenderte er weiter durch die fast leeren Straßen. Er blieb vor manchem Schaufenster stehen und betrachtete die Auslagen. Schaufensterbummel! Allein schon das Wort jagte ihm normalerweise Schauer über den Rücken. Heute aber erschien ihm das orientierungslose Bummeln angenehm. Der Geruch von Gebratenem stieg ihm in die Nase, und er bemerkte, dass er Hunger hatte. Er betrat eine Metzgerei und ließ sich eine dicke Scheibe Leberkäse auf ein frisches Brötchen legen. Etwas Senf darauf und dann ab damit zum Fluss. Dort würde er das Brötchen in aller Ruhe essen und dabei den Schiffen nachsehen. Den großen Schleppkähnen, bei deren Anblick er sich immer fragte, was um alles in der Welt Menschen dazu bringen konnte, Flussschiffer zu werden. Die Schiffe waren hässlich und transportierten uninteressante Dinge. Container mit Alteisen, Mineralöl oder irgendwelche Baustoffe. Hintendrauf dann ein kleiner PKW, und fertig war das überschaubare Leben. Egal, er würde sich freuen, nicht mitfahren zu müssen, sein Brötchen essen, und sich dann langsam auf den Heimweg machen.

Auf der gegenüberliegenden Seite der Uferstraße sah Michael einen Rollstuhlfahrer. Er kniff die Augen zusammen, um besser sehen zu können, aber der Mann fuhr zu schnell. Als die Ampel endlich auf Grün umsprang, ging er gedankenverloren los. Irgendwie hatte ihn der Anblick des Rollstuhls berührt.

Ein langes Hupen! Michael blieb abrupt stehen und starrte den wild gestikulierenden Autofahrer an. Dann lenkte er seinen Blick auf das Männchen in dem grünen Ampelkasten. Rot! Er hatte es gerade einmal bis in die Mitte der Fahrbahn geschafft. Wie sollten hier erst alte Menschen über die Straße kommen? Was dachten sich Verkehrsplaner bei solch kurzen Ampelschaltungen für Fußgänger? Unverantwortlich!

Er suchte sich einen Platz in der Sonne und packte sein Brötchen aus. Wie hungrig er war, bemerkte er erst, als er einige Bisse getan hatte. Der Leberkäse war zart, nicht zu lange gebraten, außen knusprig und innen saftig, Michael war zufrieden.

Direkt vor ihm schob sich ein Kahn den Fluss hinauf. Auf dem Achterdeck spielten kleine Kinder in einem extra gesicherten Sandkasten. Michael sah dem Schiff nach. Dafür veränderte er seine Sitzposition. Er saß nun so, dass er sowohl den Frachter als auch die parallel laufende Straße im Blick hatte, an deren Ende soeben einer der städtischen Busse auftauchte. Vorstädter auf ihrem Weg zurück in die modernen Siedlungen oder eines der alten Dörfer in der Umgebung.

Aber was war das? Ebenso wie der Bus kam jetzt auch der Rollstuhl auf ihn zu. Michael verlor unmittelbar jegliches Interesse an dem Schiff und den spielenden Kindern des Kapitäns. Fasziniert beobachtete er den Wettkampf zwischen Bus und Rollstuhlfahrer. Verwegen! Wer dachte sich eine solche Idiotie aus? Sicher einer dieser Verrückten, die auch beim jährlichen Marathon mitfuhren. Was Joshua wohl zu so etwas sagen würde? Aber das war ja der Wahnsinn! Wenn ihn die Perspektive nicht täuschte, verlor der Rollstuhlfahrer keinen Millimeter Boden gegen den Bus. Wie schnell würde der fahren? 50, 60 Stundenkilometer? Das konnte doch ein Rollstuhl nicht bringen. Er musste unbedingt am Abend mit Joshua darüber sprechen. Schließlich hatte sein Junge ja auch so einen Sportrolli. Klar, bei ihm war es nur, damit er sich besser und geschickter fortbewegen konnte. Die Dinger waren weniger sperrig, und außerdem konnte er damit die Steigung hinauf auf den *Hügel* schaffen. Er war zwar regelmäßig verschwitzt, wenn er oben ankam, aber immer noch besser, als wäre er ständig auf fremde Hilfe angewiesen. Deshalb hatte er auch nicht gezögert, als Joshua mit dem Wunsch nach einem anderen Gefährt zu ihm gekommen war. Und das Geld für diesen Typen, den Tuning-Weltmeister, der die Karre nochmal schneller gemacht hatte, hatte er ihm auch gegeben. Das war ohnehin wenig genug, als Ersatz für gesunde Beine und sein geliebtes Fahrrad, das jetzt in der Garage vor sich hingammelte.

Michael stieg auf die Bank, um dem ungleichen Rennen besser folgen zu können. Als er die Hand schützend über die Augen legte, damit ihn der schräge Lichteinfall nicht zu sehr blendete, wäre er vor Schreck fast von der Bank gefallen. Er brauchte seinem Jungen gar nichts mehr zu erzählen, das war sein Sohn! Joshua, mit blankem Oberkörper, schoss wie ein Pfeil neben dem Bus her. Dabei wirkte er nicht einmal verkrampft. Wäre es nicht unmöglich gewesen, hätte Michael gesagt, der Junge spielte mit dem Bus. Er hätte ihn mühelos abhängen können.

»Bravo, Josh«, schrie er, doch Joshua konnte ihn nicht hören. Dann schoss es Michael blitzartig durch den Kopf: Was, wenn Joshua ihn hier entdeckte? Am Fluss statt im Büro? Unmöglich! Mit einem Satz war er von der Bank herunter und ließ sich ins Gras fallen. Er duckte sein Gesicht tief in die feuchte Wiese. Hier unter der Bank konnte auch die Sonne die Regenfälle der letzten Tage nicht so schnell austrocknen. Hoffentlich versaute er sich bei dieser Aktion nicht seinen teuren Anzug. Wie lange musste er jetzt liegen bleiben? Etwas würdelos war das Ganze ja schon. Ach Quatsch, irgendwie war es auch verrückt. Wann war ihm so etwas das letzte Mal passiert? Das lag Jahrzehnte zurück. Als Kind fühlte man sich erwischt, aber doch nicht mehr als Erwachsener. Eigentlich fühlte er sich herrlich.

Joshua war eben noch etwa 300 Meter entfernt gewesen. Bei dem angeschlagenen Tempo müsste er also die Stelle, an der er gerade im Dreck lag, inzwischen passiert haben. Na, besser noch etwas die Nase im Sand lassen, als entdeckt zu werden. Michael begann zu zählen. Als er bei 60 angekommen war, beschloss er, es zu wagen. Vorsichtig hob er den Kopf. Etwas blendete ihn. Irgendetwas Metallisches. Er öffnete auch das zweite Auge und erkannte die Speichen eines Rads. Ganz langsam verfolgte er eine der glänzenden Nadeln bis zur Narbe, dann die nächste bis zur Felge, über den Reifen, über einen

Sitz mit Inhalt, an nacktem Fleisch entlang bis hoch zu einer ihm wohl bekannten Tätowierung am Oberarm. Weiter hinauf wollte er seinen Blick nicht schweifen lassen. Er sah, wie die Lungen seines Sohnes schwer pumpten, während Schweißbäche über seinen gestählten Körper rannen.

»Vater?«

»Äh … Oh … Ja, Mensch … Joshua …bist du das? Ja …«

»Bitte steh auf, was machst du denn unter dieser Bank?«

»Äh, mir ist was aus der Tasche gefallen.«

»Ich dachte, du bist auf der Arbeit?«

»Sicher, schon vorbei, ich wollte mich hier noch ein wenig entspannen und dann wieder nach Hause fahren. Kannst dir doch sicher vorstellen, wie das ist, so ein erster Arbeitstag? Bin ganz schön geschafft.«

Michael saß inzwischen wieder auf der Bank und klopfte sich nervös die Spuren seines Ausflugs von Hose und Jackett.

»Mann, ich dachte, wer liegt denn da? Du hast mir einen riesigen Schrecken eingejagt. Du sahst aus wie eine Leiche.«

»Na, nun übertreib aber mal nicht gleich. Was machst du hier eigentlich?«

»Ein bisschen geübt.«

»Das sah aber nach mehr als einer kleinen Übung aus. Das machst du häufiger, oder?«

Joshua überlegte kurz und nickte dann.

»Toll! Weißt du, als ich das sah, dachte ich noch, ich müsste dir heute Abend davon erzählen.«

»Wieso mir davon erzählen?«

»Na, ich hab dich doch überhaupt nicht erkannt. Und als mir dann klar wurde, dass du das bist, ist mir vor Überraschung mein Autoschlüssel aus der Hand gefallen.« Michael fand, das war eine prima Erklärung.

»Klar, dein Autoschlüssel. Und als du ihn gesucht hast, bist du dabei eingeschlafen, oder warum lagst du da so stocksteif?«

»Joshua, bitte, so redet man nicht mit seinem Vater.« Na dann eben auf die strenge Tour!

»Und so belügt ein Vater seinen Sohn nicht. Du warst gar nicht im Büro, stimmt's?«

»Bist du verrückt? Was erlaubst du dir?«

»Du hast Einkäufe gemacht, bei Wiesinger.« Er deutete auf Michaels Tüte.

»Na und?«

»Das sind locker 25 Minuten von deinem Büro – ein Weg. Zu weit entfernt für eine normale Mittagspause. Mit dem Auto keine Chance, keine Parkplätze. Das ist echt krass. Du warst gar nicht im Büro.«

Michael hatte genug von dem unwürdigen Spiel.

»Nein! Du hast Recht! Ich war nicht im Büro. Ich habe auf der Fahrt dorthin Panik bekommen. Ich konnte nicht, verstehst du das?«

»Klar. Warum sollte ich das nicht verstehen? Denkst du, ich sehe nicht, wie du dich quälst? All die Wochen zu Hause. Ich weiß, wie das ist.«

»Ja, aber bei einem Erwachsenen ist das etwas anderes.«

Die Ähnlichkeit zwischen seinem Zusammenbruch und Joshuas Unfall war Michael bisher noch nicht in den Sinn gekommen.

»Vielleicht, aber ist das Gefühl dahinter das gleiche, bestimmt sogar. Man wird zum ET. Zu einem Typen, der nicht mehr mitspielen darf, nicht wahr?«

Michael sah seinen Jungen an. »Genauso ist es. Ich darf nicht mehr mitspielen«, sagte er resigniert.

»Dann musst du eben dein eigenes Spiel entwickeln, du musst die Regeln so verändern, dass du wieder vorne liegst.«

»Das verstehe ich nicht. Soll ich mich mit einer Kaufhauskette selbstständig machen?« Michael lachte schallend.

»Natürlich nicht. Keine Ahnung, was du machen sollst … warte«, Josh entschied sich spontan, »jetzt wo ich dein kleines Geheimnis kenne, verrate ich dir auch etwas von mir. Aber wir behalten es strikt für uns, einverstanden?«

Michael wusste nicht, worauf das hier alles noch hinauslaufen würde, aber er schlug ein.

»Als ich nicht mehr laufen konnte, da hab ich beschlossen, der Beste auf zwei Rädern zu werden.« Michael sah seinen Sohn überrascht an. Darüber hatten sie nie gesprochen. Er hing doch die ganze Zeit mit seiner Band ab, wann trainierte er denn? »Also hab ich dich gebeten, mir diesen Stuhl hier zu kaufen. Seitdem arbeite ich daran, dass das verdammte Ding noch schneller wird. Verstehst du? Weniger Abrieb, bessere Kugellager, weniger Gewicht, regelmäßige Wartung, all das Zeug. Aber das ist nur die eine Seite, die andere geht über meinen Willen und meine Kraft – mein Spiel eben. Beim ersten Wettstreit mit diesem Bus hab ich keine zwei Meter mitgehalten. Jetzt bin ich bald so weit – ich werde ihn kreuzen.«

»Bist du verrückt, Junge? Da kann wer weiß was passieren.«

»Das weiß ich. Aber das Gute in meiner Situation ist, dass es bereits geschehen ist. Ich sitze doch schon in diesem Stuhl. Nochmal erwischt er mich nicht. Nein, bei der nächsten Siegerehrung stehe ich ganz oben auf dem Treppchen, das schwöre ich!«

Michael bemerkte trotz seiner Sorge das Feuer in Joshuas Augen. Da hatte er all die Zeit geglaubt, sein Sohn sei hochgradig depressiv und nur noch durch die Musik therapierbar, und jetzt stellte er fest, dass noch eine weitere Leidenschaft in ihm brannte. Mitten in dieser seelischen Gemengelage zwischen elterlicher Fürsorge und väterlichem Stolz verdunkelten sich seine Gedanken wieder. Wieso hatten sie nichts davon gewusst, oder wussten es die anderen etwa, nur er nicht?

»Wie lange machst du das schon?«

»Schon immer, die ganze Zeit.« Joshua stockte. In seinem Innersten rumorte ein Kampf zwischen seiner alten Wut und dem Glück, einen Teil seines Geheimnisses endlich loszuwerden. »Na, jedenfalls schon ziemlich lange. Bin schon mal Marathon gefahren. Nächstes Mal gewinne ich! Sicher!«

Michael machte eine Pause und fügte dann hilflos an: »Tja! Joshua. Also ich freu mich, sehr sogar … Mann, jetzt müssen wir aber mal los, was? Soll ich dich mitnehmen? Mein Wagen steht gleich in der nächsten Querstraße auf dem Parkplatz.«

»Nee, lass mal. Ich komm schon so zurecht.«

»Das sehe ich, das sehe ich«, sagte Michael bereits im Gehen.

»Vater!«

Er drehte sich nochmals um. »Was ist denn noch?«

»Unser Deal – der gilt doch, oder?«

Michael überlegte kurz. Dann stimmte er durch ein Nicken zu. »Ja, du und ich, wir haben einen Deal … Hoffentlich geht das gut!«

»Klar geht das gut.« Joshua strahlte und lachte laut. »Ein Deal ist ein Deal, egal zwischen wem.«

Wieder lachte er schallend, während er seinen Rollstuhl wendete und in Richtung *Hügel* davonfuhr. Der Wind trug Michael seine letzten Worte zu: »Musst dich schon beeilen, wenn du vor mir da sein willst.«

»Na, wie war dein erster Arbeitstag?« Caro empfing ihn schon in der Diele.

»Ganz in Ordnung.«

»Ist das alles? Los, erzähl mir davon. Wie war die alte Benzinger? Hat sie wieder diese Sauertopf-Miene zur Schau getragen? Wie war's mit dem Alten? Was ist mit deinen Symptomen? Alles einigermaßen gut gelaufen?«

Michael nahm sie in den Arm und strahlte sie an.

»Nun mal langsam. Lass mich doch erst mal nach Hause kommen.«

»Michael, du machst das ganze Haus dreckig.« Mary kam um die Ecke und deutete jetzt auf die Schmutzspur, die er hinter sich herzog.

»Mist!«

»Wie sehen denn deine neuen Schuhe aus?«, fragte Caro.

»Bei uns wird gebaut, bin wahrscheinlich durch den Morast gelatscht, ohne es zu merken.«

Michael bückte sich, um sich die Schuhe auszuziehen.

»Gib mir die Tüten. Oh, Kürbis und Käse, du warst einkaufen?«

»Mhm. In der Mittagspause. Ich hab sie ein wenig verlängert.«

»Und du kommst früher nach Hause. Wenn das mal so bleibt, das wäre wunderbar, Michael. Und jetzt komm mit mir ins Wohnzimmer und erzähl. Willst du einen Drink?«

»O ja, gern, das wäre prima.«

Carolyn ging in die Bibliothek und goss Michael einen

Cognac ein, während der sich seines Anzugs entledigte. Er war kein bisschen bekümmert und machte sich auch keine Sorgen vor der anstehenden Unterhaltung. Und das brauchte er auch nicht. Er log, ohne sich einmal zu verhaspeln, erfand Gespräche mit Schröter und Geschäftsvorgänge, die so zwar möglich waren, aber in der Realität nie stattgefunden hatten. Ein entspannter Abend mit der ganzen Familie, denn nicht nur Carolyn hörte ihm zu, sondern auch Pam und Joshua, der ihm unbemerkt zunickte. Sogar seine Schwiegermutter saß etwas abseits und folgte schweigsam seinen Worten.

Caro war glücklich, als sie ihm im Bett einen Gutenachtkuss gab. Sie hätte niemals erwartet, dass es so gut laufen würde. Diese Frau Dr. Sinola schien wahre Wunderdinge zu vollbringen. Vielleicht sollte sie einen Termin für Pamela bei ihr vereinbaren. Vor allem wunderte sie, wie gut Michaels Laune auf einmal war. Er wirkte entspannt wie lange nicht mehr, und das an diesem Tag. Wahrscheinlich war die Angst von ihm abgefallen. Er hätte schon viel früher wieder ins Büro gehen sollen. Aber wer weiß, wofür es gut war.

So sorgenfrei war Carolyn schon lange nicht mehr eingeschlafen.

*

Der Wecker klingelte um sechs. Carolyn stöhnte und zog sich die Decke über den Kopf. Kaum genesen und schon wieder eine neue Marotte, dachte sie. Vor seinem Zusammenbruch hatte Michael ein-, zweimal die Woche gejoggt, wenn der Job die Zeit dazu ließ, in jedem Fall aber am Sonntagvormittag mit Röber, und sie hatte gehofft, dass er diese Gewohnheit bald wieder aufnehmen würde. Während der schlimmen Phase hatte er gar keinen Sport mehr getrieben. Kurz vor dem Schlafengehen hatte er ihr erklärt, dass er nun, zumindest solange es die Witterungsverhältnisse noch erlaubten, bereits morgens mit seinem Training beginnen wolle und das gleich an allen Tagen der Woche. Damit aber noch nicht genug, ab jetzt wollte er auch mit dem Fahrrad zur Arbeit fahren. Stress abbauen, so sagte er, besonders auf dem Nachhauseweg.

Carolyn spürte noch, wie er aufstand, bevor sie wieder

hinabglitt in ihre letzte halbe Stunde Ungestörtheit. Um halb sieben war die Nacht eh vorbei. Dann weckte sie die Kinder, machte ihnen Frühstück und musste selbst los. Johannas Zustand hatte sich dramatisch verschlechtert. Sie löste sich jetzt mit Malu am Krankenbett ab. Es war eine Frage von Wochen, vielleicht sogar von Tagen, bis die Freundin endlich von ihren Schmerzen erlöst werden würde. Die letzte Operation hatte erst gar nicht mehr stattgefunden. Die Ärzte hatten Johanna aufgeschnitten und gleich wieder zugenäht. Die Krankheit gewährte keinen weiteren Aufschub, es gab keine neuen Versprechungen und auch keine Chemo mehr. Der Krebs hatte sich in den letzten zwei Monaten ihres Lebens mit einer rasanten Geschwindigkeit ausgebreitet. Er hatte gestreut, wie die Ärzte sagten, Johannas Körper war voller Metastasen. Seit drei Wochen stand sie unter starker Medikamentierung. Das Morphium hatte den Vorteil, dass es zumindest zeitweise etwas Frieden in ihr von den vielen Schmerzen entstelltes Gesicht zauberte. Manchmal lächelte sie sogar, sah ihre Freundin aus entrückten Augen heraus traurig an, drückte ihre Hand mit der wenigen Kraft, die ihr geblieben war, und nickte. Mehr nicht! Sie nickte nur, und Carolyn wurde schwer ums Herz. Besonders schwer fielen Carolyn die Stunden, in denen Johannas Mutter zu der sterbenden Tochter ins Krankenhaus kam, was aber immer seltener der Fall war. Einer Mutter dabei zusehen zu müssen, wie sie versuchte, ihr Kind gehen zu lassen, im vollen Bewusstsein der falschen Reihenfolge, das wünschte Carolyn niemandem.

*

Michael schnürte sich die Schuhe und trat vor die Tür. Er benutzte das kleine Törchen, den Eingang für Eingeweihte. Zuerst trabte er gemütlich quer zum Hang auf den alten Verbindungswegen entlang der Grundstücksgrenzen, dann steil hinauf bis zum Wendehammer und schließlich leicht bergab auf den alten Pfad hoch über dem Tal. Er beschleunigte. Dichter Nebel hing zu dieser frühen Stunde über dem Fluss, und noch war es zu früh für eine Wetterprognose. Im Herbst konnte sich der Nebel bis elf, zwölf Uhr in der Senke halten, bis er endlich aufstieg und sich auflöste. An manchen Tagen schaffte er es gar nicht oder erst in den späten Abendstunden.

Michael spürte die lange Trainingspause. Die Idee, die sportliche Betätigung wieder aufzunehmen, war ihm erst gekommen, als er versucht hatte, vor Joshua zurück auf dem *Hügel* zu sein. Das Laufen hatte ihm immer gut getan. Jetzt musste er es gemächlich angehen lassen und nicht gleich wieder übertreiben.

Er hatte sich entschieden, auch den zweiten Arbeitstag zu schwänzen. Wirkliche Überwindung hatte ihn diese Entscheidung nicht gekostet. Irgendwie hatte der gestrige Tag alles verändert. Schlagartig war ihm klar geworden, dass jetzt Schluss sein musste, Schluss mit Schröter und seiner SETRA AG.

Leider hatte er noch keine Alternative und auch keine Idee, was er stattdessen tun könnte. Er wollte erst einmal die Tage in Freiheit genießen, und wenn sich die Schlinge um seinen Hals enger zog, würde ihm schon etwas einfallen. Mit Caro müsste er bald reden, aber er brauchte zunächst ein paar Tage Ruhe, um sich selbst über die Tragweite seiner Entscheidung klar zu werden. Aber so ganz falsch konnte die Idee nicht sein. Seit gestern ging es ihm erstmals wieder einigermaßen gut. Er fühlte sich wieder und hatte nicht ständig Angst. Wenn das kein sicheres Zeichen für die Richtigkeit seines Tuns war, was dann?

Nach fünf Kilometern stoppte er seinen Lauf an einer Panoramabank und dehnte sich. Er sah auf die Uhr. Kurz vor acht, die Zeit war günstig, selbst wenn Alenka gestern Nacht gearbeitet haben sollte. Sie musste zur Uni und wenn sie nicht bereits wach war, wurde es Zeit, sie zu wecken. Er tippte ihre Telefonnummer in sein Handy und ließ es dreimal klingeln. Dann legte er auf und wählte erneut. Ihr Zeichen. Fast hätte er eingehängt, als er doch noch ihre schlaftrunkene Stimme hörte. Sie verabredeten sich für die Mittagszeit.

Er hatte kaum sein Training wieder aufgenommen, als das Handy klingelte. Vermutlich Caro. Gott sei Dank warf er noch einen Blick auf das Display, bevor er den Anruf annahm. Die Benzinger! Mit einem Schlag wurde ihm schwindelig, und er fühlte, wie sein vom Laufen bereits rotes Gesicht anschwoll. Er drückte sie schnell weg und lief weiter im Bemühen, sich nicht von seinen guten Vorsätzen abbringen zu lassen. Keine fünf Minuten später klingelte es erneut. Mit spitzen Fingern zog er das kleine Ding wieder aus seiner Sporthose und schaute auf die Anzeige. Dabei beugte er sich unnatürlich weit vor, so als könne ihn jemand aus dem Bildschirm heraus ansehen. Schröter! »Tarataratara! Die Kavallerie!« ging ihm durch den Kopf, und er musste trotz der prekären Situation lachen. Scheiß drauf, auch auf Schröter – gerade auf Schröter! Wegdrücken!

*

Caro stand fix und fertig angezogen und gestylt in der Diele, als Michael endlich vom Laufen zurückkam. Er war fast anderthalb Stunden unterwegs gewesen.

»Denkst du nicht, du übertreibst?«, rief sie ihm zu, während sie fortfuhr ihre Autoschlüssel zu suchen. Und weiter dachte sie: Seltsam, bis er geduscht und angezogen ist, ist es fast halb zehn. Mit dem Rad ist er frühestens gegen zehn in der Firma. Früher saß er auch schon mal um sieben am Schreibtisch. Sie hatte keine Zeit, weiter darüber nachzudenken. Hauptsache war doch, er kam wieder klar.

»Im Schlafzimmer auf der Kommode«, flüsterte er ihr ins Ohr, als er sich nach Schweiß riechend über sie beugte. »Hab einen schönen Tag, ich geh duschen, und dann hau ich ab.«

Ohne eine Antwort abzuwarten, stieg er in den Keller, um seine verschmutzte Wäsche im Hauswirtschaftsraum zum Ausdünsten aufzuhängen.

»Ich geh duschen, und dann hau ich ab«, äffte Carolyn ihn leise nach, während sie eilig ins Schlafzimmer zurückging.

Vor der Haustür hielt sie inne, es war jetzt morgens doch schon wieder ziemlich frisch. Sie ging noch einmal zurück, um sich einen Schal umzulegen, und holte dann den Wagen aus der Garage. Sie hupte zweimal, wartete und hupte wieder, bis Pamela endlich in der Tür erschien. Statt der üblichen schlechten Laune lächelte sie und winkte ihrer Mutter zu.

Oha, dachte Carolyn, eine neue Strategie. Anstatt sich mit

mir anzulegen, Freude und zur Schau gestellte gute Laune. An manchem Morgen wäre sie einfach gerne Single gewesen.

»Beeil dich, Pam. Ich hab nicht so viel Zeit. Und du übrigens auch nicht. Hast du vielleicht mal auf die Uhr gesehen?«

»Mam, nun hab dich doch nicht so.« Sie beugte sich rüber und drückte ihr einen Kuss auf die Wange. »Ich hab 'ne Freistunde. Brauch eigentlich erst um halb da zu sein.«

»Und warum nimmst du dann nicht den Bus?«

»Weil ich dann zu spät komme, Mam.«

»Was ist denn das für eine eigenwillige Logik, mein Schatz?«, fragte Caro bissig.

»Ich muss noch bei Car Power vorbei und Lin was bringen.«

»Oh!«, sagte Carolyn und legte einen Kavalierstart hin.

*

Michael stellte sich seitlich zum Spiegel und betrachtete seinen nackten Oberkörper. Er hielt die Luft an und stieß sie rasch wieder aus, weil er fand, dass das nicht besser aussah. Ein leichter Bauchansatz war nicht mehr zu übersehen. Er zog sich an und ging hinunter. Alle waren weg, alle bis auf Mary, aber die schlief sicher noch. Er sah auf die Uhr. Wenn er jetzt mit dem Fahrrad etwas den Berg hinabfahren würde und dort einige Minuten wartete, konnte er den Briefträger abpassen. Trotz der schweren Tour hatte die Post dem Armen kein Auto genehmigt. Jeden Tag kletterte er mit seinem Fahrrad den Berg hinauf und stellte die Post zu.

Er konnte natürlich auch in der Halle warten, aber selbst an einem Tag wie diesem, an dem niemand von der Familie zu Hause war, erschien ihm das etwas gefährlich. Mary würde ihn garantiert verraten. »Der geht ja gar nicht mehr zur Arbeit«, er hörte sie schon, seine gehässige Schwiegermutter. Aber in jedem Fall musste er ab sofort die Post abfangen, denn eines stand ja wohl fest, Post würde er bekommen, nur wann genau, war noch fraglich.

Er hatte schon darüber nachgedacht, ob er vielleicht doch mit Schröter reden sollte, von Mann zu Mann. Allein der Gedanke verursachte ihm Unwohlsein. Und er hatte sich nun mal entschieden, in der kommenden Zeit nichts zu tun, was er nicht wirklich wollte. Darin lag ja ganz offenbar das Geheimnis der Genesung. Wenn er sich zu etwas zwang, kam die Depression zurück, und das wollte er um alles in der Welt vermeiden.

Mit angezogener Handbremse rollte Michael den Berg langsam hinab. Er sah den Postboten schon von weitem auf sich zukommen. Er wollte, dass es so aussah, als begegnete er ihm rein zufällig.

»Ach, Entschuldigung«, rief er, als er auf gleicher Höhe mit dem heftig prustenden Mann war, »haben Sie vielleicht was für uns? Billings!«

Der Postbote sah verdutzt zu ihm rüber und vergaß das Treten, was fast dazu geführt hätte, dass er mitsamt seinem Postrad auf der abschüssigen Straße gelandet wäre. Michael lenkte sein Sportrad auf die andere Seite.

»Entschuldigung, ich wollte Sie nicht … also, tut mir Leid, wenn ich Ihnen Umstände mache.«

»Schon gut«, knurrte der Mann, der sich von seinem Rad befreit hatte und schon dabei war, die Satteltasche zu durchsuchen. Es war spürbar, dass es ihm nicht gefiel, seine heilige Ordnung durcheinander bringen zu müssen. Von hinten nach vorne lagen in der Tasche die kleinen und größeren Briefe geordnet da. Zuerst die ungeraden Hausnummern ansteigend und schließlich die Geraden abfallend, so, wie er seine Tour nun schon im dritten Jahr fuhr. Dieser Herr Billings war der erste Mensch, der ihn in seinem starren Ablauf störte. Wenn das mal kein schlechtes Omen für den restlichen Tag war, dachte der Postbote.

»Hier, zwei Briefe und 'ne Zeitschrift. Mehr hab ich nicht für Sie. Schönen Tag noch.«

Michael nahm die Post an sich. »Ihnen auch, danke, und nichts für ungut.«

Michael besah sich die Absender. Nichts, was wichtig gewesen wäre. Er verstaute die Briefe und Carolyns Frauenmagazin in der Fahrradtasche und setzte seinen Weg in die Stadt fort.

Langsam radelte er über die Brücke und von dort ins Zentrum. Er hatte keinen Plan, außer, dass er gegen Mittag in der Kreuzgasse 11 sein musste, nein, sein wollte, um sein Verhältnis mit Alenka zu beenden. Sie ahnte es wohl schon. Mal gespannt, wie sie reagiert, dachte er und bemühte sich, nicht daran zu denken, was alles geschehen könnte.

Michael parkte sein Rad vor einer Konditorei und bummelte von dort an den Auslagen der Geschäfte entlang. Vor einem Schaufenster mit Unterwäsche blieb er minutenlang stehen und schaute sich die wenigen Stücke an, die dort für Herren ausgestellt waren. So was trägt man also heute, dachte er und hoffte, dass Caro ihn niemals in eins von diesen kleinen Dingern reinzwingen würde. Obwohl es ihn schon interessiert hätte, was für eine Figur er darin abgeben würde. Die Geschichte mit dem Waschbrettbauch konnte er sich natürlich abschminken, und er verfügte auch nicht über die Brustpartie und die muskulösen Oberarme des männlichen Modells, das auf der in einem karibischen Ferienidyll aufgenommenen Unterwäsche-Werbung posierte, die direkt hinter den seltsamen Unterleibstorsos an der Wand hing.

Unerwartet stand er plötzlich wieder vor der gleichen Cafébar, in der er am Vortag seinen ersten Espresso in Freiheit getrunken hatte. Michael schmunzelte und schaute, um sich zu versichern, auf das Straßenschild unterhalb der gelbblauen Markise. Er betrat den Laden. Es roch angenehm nach frisch geröstetem Kaffee. Hinter der Theke tat die gleiche, auch heute wieder bauchfrei gekleidete Frau Dienst.

Michael nickte der Frau kurz zu und hob den Daumen. Treffer! Sie hatte ihn wiedererkannt. Sicherheitshalber schaute er in die dicke Tasse, die die Frau vor ihn hinstellte – ein Espresso.

»Heute früher als gewöhnlich?«, fragte die Frau.

»Ja, hab keine festen Gewohnheiten«, antwortete Michael und musste aufpassen, dass er sich nicht an seinem Espresso verbrannte. »Kann ich noch ein Glas Wasser dazu haben?« Wortlos stellte ihm die Frau das Glas neben seinen Unterteller. Michael stierte der Kellnerin, während sie die Spülmaschine ausräumte, ungeniert noch eine Weile auf den kräftigen Hintern, bevor er Münzgeld auf den Tresen legte und mit einem

»Bis morgen, danke« den Laden bester Laune verließ. Irgendwie hatte er Schlag bei den jungen Dingern.

*

Pamela schwang sich hinten auf Ps Roller und hielt ihre Schultasche fest. P hatte den Roller von ihren Eltern bekommen. So als könnten sie damit den Missbrauch vergessen machen. P verstand die Geste als das, was es war – Liebe –, und nahm das Geschenk voller Freude und Stolz an. Den Führerschein besaß sie bereits seit einem Jahr, aber außer gelegentlichen Fahrten mit Freunden hatte sie keinerlei Fahrpraxis, was man besonders beim Anfahren merkte.

»Wo ist der Laden, zu dem du hinwillst?«, rief Pam von hinten.

»Zum Dom, Ecke Kreuzgasse.«

»Da sind doch nur so Schickimicki-Läden. Seit wann stehst du denn auf so was?«

»Kinners, ihr immer mit euren Vorurteilen. Erst mal reinschauen, dann Nase rümpfen. Der Laden ist neu und total super. Gute Atmo, nette Typen, geile Musik, wirst schon sehen, entspann dich.«

Pamela kannte die Ecke der Stadt nur flüchtig. Ihre Mutter traf sich dort in einem Laden namens Capitol mit ihren Freundinnen. Einmal hatte Pam sie dort abgeholt.

P fuhr, wie sie lebte – kompromisslos. Pamela versteckte sich hinter ihrem Rücken und hoffte, dass die Fahrt schnell vorübergehen würde. Das Arme Leute befand sich am Ende der Kreuzgasse. Ehemals typische Eckkneipe für die Arbeiter des Viertels, hatte die Lokalität jetzt eher einen leicht alternativen Anstrich.

»Müslibude«, stellte Pam fest und achtete genau auf den Platz, den P aussuchte. Auf den groben Holztischen lagen noch Überreste des soeben abgedeckten Frühstücks, und auch die Bänke waren eher schmuddelig. P schien das alles nichts auszumachen. Sie küsste die Kellner und besonders intensiv einen Dreitagebart-Typen, der rauchend neben dem Tresen stand.

»Wie kommt man denn auf so einen Laden?«, fragte Pamela.

»Fränzchen ist ein Kollege aus dem Tauchclub. Und das Arme Leute so was wie unsere Tauchbasis, wenn du verstehst, was ich meine.«

»Nee!«

»Hier gehen wir nach dem Training hin, hier finden unsere Versammlungen statt, und hier trifft sich der ganze Club auch unter der Woche.«

»Sind Taucher alle alternativ?«

»Was soll denn das nun wieder? Was für dich alternativ ist, ist für andere eine ganz normale Lebensform. Denk einfach mal darüber nach.«

»Tu ich ja, aber ich find's scheiße!«

»Deine Ausdrucksweise hat sich ein wenig verändert, kleine Pamela, wenn ich das mal sagen darf.«

»Sprich doch weiter!«, forderte Pamela aggressiv.

Seit sie mit Lin zusammen war, tuschelten ihre alten Freundinnen ständig hinter ihrem Rücken. Von P hatte sie das noch am wenigsten erwartet.

»O nein, Pam, du hast Paranoia, weißt du das? Ich hab gar nichts gegen deine Beziehung, im Gegenteil.«

»Das solltest du auch nicht. Mal ganz davon abgesehen, dass es meine Privatsache ist, hättest du mehr Grund, Lin auf einem Schild durch die Stadt zu tragen, als irgendjemand anders.«

»Hör auf damit, Pam. Das brauchst du mir nicht zu sagen. Du weißt, dass ich mich mit Lin getroffen habe und nicht nur einmal. Ich bin ihr sogar sehr dankbar. Ich weiß nicht, was ich da oben getan hätte, wenn sie nicht vorbeigekommen wäre, und ich weiß auch nicht, was aus uns geworden wäre, wenn du nicht so verdammt clever gewesen wärst. Aber was hat das eine mit dem anderen zu tun? Ich meine, nur weil Lin ein echt feiner Kerl ist, musst du doch nicht gleich lesbisch werden.«

Es schien an der Zeit, sich auszusprechen. Zwar taten alle so, als sei nichts, aber seit sie von Lin erfahren hatten, wirkten ihre Freundinnen unsicher im Umgang mit ihr. Sie wussten nicht, wie sie mit der neuen Situation umgehen sollten.

Sie hatte schon mit Lin darüber gesprochen. Gleich nach dem ersten Kuss eigentlich. Nun ja, nicht unmittelbar danach vielleicht, aber doch noch am selben Abend. Lin hatte gesagt, sie müsse es ja erst mal keinem erzählen, aber Pam sah keinen Sinn darin, ihr Glück für sich zu behalten. Die Wochen seither waren die schönsten seit langer Zeit.

Bis auf ihre Familie wussten es inzwischen alle. Die stille Post funktionierte in jeder Mädchengemeinde der Welt gleich gut und zuverlässig. Seltsam nur, dass sie niemand darauf ansprach, bis auf Charlotte natürlich, die das Ganze »übereilt« fand. Übereilt! Typisch Charlotte. Mit übereilt tat man sein Missfallen kund, ohne sich so ganz festzulegen. Aber dann war Charlotte doch relativ schnell wieder zu einem normalen Umgang zurückgekehrt. Ganz anders verhielt sich Susanna. Sie ließ keinen Zweifel daran, wie verabscheuungswürdig sie eine Beziehung zwischen zwei Frauen fand. »Ich sag's dir gleich, Pamela Billings, bei mir bist du unten durch. So was geht nicht, gar nicht.« Und dann im Vorbeigehen, neulich, auf dem Schulhof, hatte sie gehässig hinterhergeschickt: »Dose auf Dose klappert, Billings!«, und war lachend mit ihrer Entourage abgezischt.

P lag irgendwo zwischen den beiden. Sie hatte augenscheinlich ein Problem, aber die Freundschaft würde sie ihr deshalb nicht gleich kündigen.

»Ich find schon das Wort *lesbisch* furchtbar, weißt du. Bitte, P, warum freust du dich nicht darüber, dass ich glücklich bin, endlich einmal wieder? Ich brauche das! Wenn du als meine Freundin mich nicht verstehst …«

»… Endlich mal wieder glücklich? Mir kommen die Tränen. Euch Süßen geht es ja so schlecht, da oben auf eurem *Hügel*. Du, Charles und das kleine reiche Flittchen! Mann, Pamela, ihr wisst doch gar nicht, wie gut es euch geht. Wann hast du dich zu Hause das letzte Mal umgesehen, wann konntest du dir das letzte Mal etwas nicht leisten, was du unbedingt haben wolltest …«

»… Ich kann dir sagen, wann ich zum letzten Mal etwas nicht bekommen habe, was ich mir sehnlich wünschte«, unterbrach Pamela. Jetzt wusste sie, woher der Wind wehte. »Vor genau dreißig Sekunden! Da habe ich die erhoffte Zuneigung von dir nicht gekriegt. Und das macht mir Angst. Ich kann mich nämlich nur auf euch verlassen, meine Freundinnen. Na ja, auf meine Familie vielleicht noch, aber das ist was anderes. Nur auf euch. Auf Typen jedenfalls überhaupt nicht, um das auch gleich klarzustellen. Und wenn du wissen willst, warum, dann musst du mich nur fragen, wer, von der Urlaubsbekanntschaft abgesehen, mein letzter und einziger Kerl war?« P starrte sie an. Das wussten doch alle. Was sollte das werden? Pamela hatte sich mit Hervé, dem Arschloch, eingelassen, oder gab es jemanden, den sie allen verschwiegen hatte? »Genau, P, du hast es! HGL war es. Und was du auf der Party erlebt hast, habe ich auf einem Parkplatz durchgemacht.«

»Du meinst, das Arschloch …?«

»So ist es! Die gleiche Sache mit dem gleichen Typ, den sie unterhalb der Felsen zusammengekehrt haben, nachdem meine Freundin Lin ihn dahin befördert hat, für dich und für mich und für jede, über die er sich sonst noch hergemacht hat!« Je mehr sich die Erinnerung in Pamela ausbreitete, desto leiser wurde sie. Deshalb hatte noch keiner der übrigen Gäste ihren Streit bemerkt. »Und P, mir gehen deine scheiß Geld-Geschichten auf die Nerven. Dauernd stichelst du und machst blöde Bemerkungen. Lass das, das ruiniert unsere Freundschaft, und du hast keinen Grund dich zu beschweren. Susanna lässt ihre Herkunft vielleicht raushängen, aber ich ganz bestimmt nicht, und Charlotte auch nicht!«

Pamela war fertig. P hätte eine Menge erwidern können, sie hätte ihr sagen können, dass es sich nur so gut spricht, *wenn* das Geld vorhanden ist, und dass sie sich gar nicht vorstellen könnte, wie es ist, mittellos unter lauter reichen Töchtern zu sitzen, aber angesichts dieser Horrornachricht war das alles unwichtig.

*

Michael sah die Kreuzgasse hinauf und hinunter. Er stand vor dem kleinen Küchenladen Nr. 9 und sah sich nochmals über die Schulter, bevor er schnell die wenigen Schritte zur Tür Nr. 11 weiterging, nervös den Schlüssel ins Schloss steckte und wie ein Dieb am helllichten Tag im Gebäude verschwand. Es war tatsächlich das erste Mal, dass er Alenka über Tag aufsuchte. Meist war er am frühen Abend hierher gekommen. Den ganzen Morgen hatte er damit verbracht, die Liaison vor seinem geistigen Auge nochmals ablaufen zu lassen. Er hatte versucht zu ermitteln, wie oft er überhaupt mit der Kroatin geschlafen hatte. Dabei musste er auf Eselsbrücken zurückgreifen, da er sich, außer vielleicht an die ersten zwei, drei Mal, konkret gar nicht mehr erinnern konnte.

Auf etwa 27 Mal war er in seiner Zählung gekommen. Nicht allzu viel, bedachte man den relativ langen Zeitraum von nun fast zwei Jahren. Ein Verhältnis konnte man so etwas seiner Meinung nach nicht nennen, zumal die ersten Monate deutlich intensiver waren als die letzten. Eigentlich hatten sie sich doch sehr selten getroffen.

Er klingelte zuerst und öffnete dann die Tür. Alenka saß am Schreibtisch, die Haare zu einem Dutt aufgesteckt. Sie wendete sich ihm zu und lächelte. Ein naives, unschuldiges Lächeln, sie trug ja schließlich an seinen Seitensprüngen keine Schuld. Michael drückte ihr einen flüchtigen Kuss auf die vollen Lippen und schmeckte den Feuchtigkeitsstift, den sie am Morgen benutzt hatte. Eine herzliche Umarmung, wie man es nach der langen Zeit ohne einander hätte erwarten können, hielt keiner von ihnen für angebracht.

Sie redeten Belangloses und tranken Tee. Alenka rauchte ihre langen, schlanken Zigaretten und erzählte von ihrem Studium und ihrem Besuch zu Hause in Kroatien. Michael fasste sich relativ kurz. Von seinem Zusammenbruch sprach er beiläufig, so wie man etwa von einem Beinbruch berichten würde, von etwas ganz und gar Alltäglichem. Schmerzhaft, ja! Auch etwas unbequem, aber doch nicht weiter erwähnenswert. Er umkreiste sein eigentliches Thema, wusste nicht recht, wie er es anfangen sollte, ohne Alenka zu verletzen. Vielleicht geschäftlich?

»Alenka, ich denke, der Augenblick ist gekommen, an dem sich unsere Wege trennen. Wir hatten eine schöne gemeinsame Zeit, und ich danke dir dafür. Aber sicher siehst du auch, dass unser Verhältnis keine Zukunft hat. Lass uns auseinander gehen, bevor wir einander wehtun.«

Wünschenswerterweise hätte sie daraufhin geantwortet: »Mein Gott, bin ich froh, dass du das Thema von dir aus ansprichst, ich wollte nämlich auch mit dir darüber sprechen. Lass uns Freunde bleiben, ja?«

Und darauf er: »Na sicher!«

Und sie hätten sich niemals wiedergesehen.

Im Laufe ihrer Unterhaltung überkamen ihn jedoch Zweifel an der Richtigkeit seiner Idee, und so hielt er sich beim Smalltalk auf, bis ihnen der Gesprächsstoff ausging, was bei Menschen, die keine gemeinsame Gegenwart hatten, gewöhnlich schnell geschah. Alenka löste schließlich die Situation auf, indem sie ihn auf dem Sofa verführte.

Nach dem eher lustlosen Akt ging er duschen und überraschte Alenka dann mit einer Einladung zum Kaffee, irgendwo in einem der zahlreichen Lokale der Nachbarschaft. Dort wollte er es ihr dann sagen. War doch ein schönes Ende. Sie hatten noch einmal das getan, wofür ihre Bekanntschaft stand, und nun würden sie sich bei einer Tasse Kaffee verabschieden. Vielleicht sogar ein Glas Champagner, zur Feier des Tages, obwohl er vom Alkohol tagsüber Kopfschmerzen bekam.

Sie zogen sich an und verließen die Wohnung. Alenka schlug eine Kneipe mit dem seltsamen Namen Arme Leute vor und erklärte ihm ihre Wahl mit fair gehandeltem Kaffee und nettem Ambiente. Michael war alles recht, was in der Nähe lag und die Affäre schnell vergessen machte.

*

Im Capitol wartete Malu schon seit geraumer Zeit auf ihre Freundin. Eigentlich war Unpünktlichkeit ihre Domäne. Aber sie ärgerte sich nicht, dafür war sie viel zu deprimiert. Der Morgen am Krankenbett hatte sie ausgelaugt. Sie benötigte schon ihre ganze Kraft, um den Weg ins Krankenhaus zu gehen. Warum ließ man Johanna nicht einfach in Frieden einschlafen? Jetzt, wo sie nur noch von Maschinen am Leben gehalten wurde, wo der Krebs auch noch die Lunge befallen hatte und sie künstlich beatmet werden musste.

Malu hatte vor einer Woche eine Patientenverfügung für sich selbst unterschrieben und auch Carolyn zwei Formulare in die Hand gedrückt. Unter dem Eindruck von Johannas Leid hatte sie sich mit Herbert besprochen und dabei erfahren, dass ihr Liebster längst ein solches Papier, das das Abschalten im Notfall erlaubte, unterschrieben hatte.

Carolyn kam schließlich eine halbe Stunde zu spät. Entsprechend hektisch geriet ihr Auftritt. Malu wurde von ihrem Fensterplatz aus Zeuge, wie sie den Espace in eine viel zu kleine Parkbucht zirkelte und darauf hoffte, dass keiner der beiden Besitzer der Fahrzeuge, deren Stoßstange Caros hektischer Versuch einige leichte Dellen zugefügt hatte, in diesem Augenblick aufkreuzen würde. Der Wagen war viel zu groß für Carolyn, aber mit einem behinderten Sohn konnte man auf keinen Smart zurückgreifen. Caro rannte über die Straße auf den Eingang des Capitol zu. Mitten auf dem Weg stoppte sie und lief zurück. Sie hatte vergessen den Wagen abzuschließen, was sie zwar mit der Fernbedienung auch von der anderen Seite gekonnt hätte, aber Carolyn gehörte zu den Menschen, die sich immer noch einmal versicherten, dass die Türen auch wirklich verschlossen waren. Sie misstraute der Technik grundsätzlich. Als sie endlich im Lokal war, hätte sie um ein Haar noch einem Kellner das randvolle Tablett aus der Hand gefegt, was aber gut ging, da der Mann über eine extrem gute Körperbeherrschung zu verfügen schien.

»Verdammt, können die denn nicht aufpassen?«, stieß Caro aus und sah erst jetzt ihrer Freundin ins Gesicht. Malu lächelte sie an und hielt ihr ein beschlagenes Glas hin.

»Prost, Caro. Trink erst mal einen Schluck und komm runter. Ich hab mir die Zeit schon gut vertrieben«, sie deutete auf die halb volle Flasche.

Caro trank hastig und atmete anschließend tief durch, bevor sie sich im Stuhl zurücklehnte.

»Du hast Recht. Wie ging es ihr heute Morgen?«

»Unverändert.« Malus Miene verdunkelte sich wieder. »Wenn sie doch nur diese verdammten Geräte abschalten würden.«

»Ja, aber dann ist sie wirklich weg. Ganz und für immer.«

»Mhm … schlimm für uns, aber für sie wäre es doch ein Segen.«

»Hast du den Chefarzt sprechen können?«

»Nein, leider nicht. Aber was soll er uns schon sagen? Wenn du ehrlich bist, der gibt doch auch nur Wasserstandsmeldungen ab. Vermutlich kann man ihm noch nicht einmal einen Vorwurf machen. Er befolgt seine Vorschriften. Ich glaube, insgeheim sind die Ärzte auch für die finale Spritze.«

»Da ginge ihnen aber eine Menge Geld durch die Lappen, vergiss das nicht. Ich glaube, die sind am allerehesten noch dagegen, von den Popen mal abgesehen. – Ist ja auch egal. Du meinst also, er kann nichts über ihren Zustand sagen?«

»Das kann ich selbst. Du auch. Sieh sie dir an, und dann brauchst du nichts weiter. Ihre Mutter kommt heute Nachmittag!«

»O Gott, auch das noch. Glaub mir, das ist die Hölle für mich, und ehrlich gesagt, weiß ich nicht, ob ich die alte Dame noch länger ertragen kann. Wenn's nicht mehr geht, muss ich abhauen, bevor sie kommt. Das ist zu viel für meine Nerven, bitte versteh das, ja? Es geht nicht gegen Johanna …«

»Logisch. Wir sind auch nicht dafür da, uns um Johannas Mutter zu kümmern, auch wenn sie nach dem Tod ihrer Tochter ganz allein dasteht. Man kann sich nicht um alles Elend in der Welt kümmern.«

»Danke, Malu, es macht mir ein furchtbar schlechtes Gewissen. Wenn ich mir vorstelle, meine Mutter stünde allein und … ach, ich will gar nicht darüber nachdenken. Im Moment steht es ja Gott sei Dank nicht an. Im Gegenteil«, Carolyn musste lachen, »ich versuche sie ja gerade abzuschieben.«

»Und dabei wäre euer Haus wirklich groß genug.«

»Derzeit noch.«

»Nun hör aber auf. Fang nicht wieder mit der Schwarzseherei an. Ich dachte, das Thema wäre erledigt?«

Carolyn hatte Malu von Michaels unbedachter Äußerung auf Stromboli erzählt, und Malu hatte vorgeschlagen, sich die Konten anzusehen und sich einen Überblick zu verschaffen. Das stand noch bevor. Carolyn wusste nicht, wie sie es Michael beibringen sollte, ohne ihn zu verletzen.

»Das hoffe ich sehr.«

»Wieso, dein Kerl geht doch wieder anschaffen?«

»Malu, bitte! Seit gestern, ja. Heute ist sein zweiter Tag. Er ist wie ausgewechselt.«

»Ist doch logisch. Stell dir vor, so ein Kerl, in Saft und Kraft, und den streckt es plötzlich. Er bekommt eine Neurose und hängt völlig durch. Das ist doch was ganz anderes, als wenn eine Frau so was kriegt. Wir wissen doch, dass Menschen auch eine Psyche haben, den Männern musst du das erst mühsam beibringen. Männer sind eher verunsichert wegen ihrer plötzlichen Verletzbarkeit, sie erkennen, dass sie endlich sind und werden deshalb weinerlich. So! Und nun kommt der erste Tag, an dem sie wieder in ihren Job dürfen, und was geschieht? Sie kommen mit breiter Brust zurück. Siehst du, Schatz, es war doch nur ein kleines Wehwehchen! War zwar unangenehm, aber ist wieder weg und basta. Und danach, da kommt dieses Hochgefühl, der Hengst in ihnen bricht wieder durch. Das ist, als ob sie es dir richtig besorgt haben. Schatz, war ich gut? Meine Liebe, würde so was je eine Frau fragen? Also, natürlich ist er wie ausgewechselt. Er steht wieder draußen auf dem Hof, und die Stuten sind im Stall.«

»Und diese Stute hier hat eben gewaltig mit ihrer Pussy gewackelt.« Sie wurde sofort knallrot.

»Carolyn!« Malu verschluckte sich an den zwischenzeitlich servierten Nudeln. »Was redest du da?«

»Stell dir vor, ich sitze da im Wartezimmer, und plötzlich spricht mich dieser Typ an.«

»Was für ein Typ?«

»Pssst! Schrei doch nicht so! Also, ich schätze mal einsfünfundachtzig, dunkles Haar, an den Schläfen schon leicht grau, schlank und gut aussehend …«

»… du hast deinen Mann beim Arzt getroffen?«

»Spinner! Nein, er war wirklich ganz nett und wollte mich zu einem Drink einladen, irgendwann in den nächsten Tagen.«

»Du bist verrückt! Und, wann trefft ihr euch?«

»Überhaupt nicht, du spinnst ja wohl.«

»Ja, was denn, du machst hier die Welle und nichts ist. Ist das so besonders, wenn sich dir einer vorstellt? Also, bei aller Liebe, hast du seine Nummer oder was?«

Caro nickte und hätte sich dafür gleich ohrfeigen können.

»So ist es recht. Mehr brauch ich im Moment nicht zu wissen.«

Anstatt weiter zu frotzeln, lief Malu plötzlich blau an. Sie gestikulierte wild, brachte aber keinen Ton heraus. Caro starrte sie zunächst hilflos an und wollte schon um den Tisch herumlaufen, als es Malu endlich gelang, den Bissen, der sich anscheinend in ihrer Luftröhre quer gestellt hatte, herunterzuschlucken. Sie hustete heftig und trank das ihr hingehaltene Glas Wasser.

»Was ist denn los?«

»Da drüben«, krächzte Malu und deutete mit dem Zeigefinger auf die andere Straßenseite. »Michael!«

Caro drehte sich mit einem Ruck um, stand auf, als sie nichts sehen konnte, stieg sogar auf die Zehenspitzen, konnte aber niemanden entdecken, der ihrem Mann auch nur im Entferntesten ähnlich sah. Sie setzte sich wieder und starrte Malu fragend an.

»Was, Michael?«

»Ich glaube, das war Michael, da drüben.«

»Kann ja sein«, antwortete Caro grübelnd. »Es ist schließlich Mittagszeit. Vielleicht geht er mit Geschäftspartnern zum Essen. Was ist denn daran so aufregend, dass du dafür fast gestorben wärst?«

»Ach nichts! Blöd von mir. Weißt ja, wie das ist, wenn du drei Dinge gleichzeitig machen willst. Kauen, schlucken und sprechen. Ich hab mich nur verschluckt. Wollte dich eigentlich nur darauf aufmerksam machen.«

Malu erzählte nicht, dass Michaels Geschäftspartner weiblich war und die beiden gar nicht geschäftig wirkten. Ihre Freundin hatte auch so schon genug am Hals.

»Wo war das?«, wollte Carolyn noch wissen.

»Da drüben, neben dem Küchenladen.«

Als sie sich eine Stunde später verabschiedeten, ging Caro noch zu der Stelle auf der anderen Straßenseite. Sie blickte an dem Haus Nummer 11 empor und besah sich die Klingelschilder. Kein Name, den sie kannte. Als eine junge Frau mit slawischen Gesichtszügen bat, sie zu ihrer Wohnung durchzulassen, schüttelte sie entschuldigend den Kopf und bestieg den Espace.

*

»O Gott, Pam, ich schäme mich, ganz ehrlich. Wenn ich das auch nur geahnt hätte …«

»Konntest du ja nicht. Ich wollte es niemandem sagen, auch dir nicht, es ging einfach nicht.«

»Das verstehe ich sehr gut. Ich kann das mitleidige Gequatsche auch nicht mehr hören. Bringt doch sowieso nichts mehr. Und dass die meisten hinter meinem Rücken tratschen, ist mir auch egal.«

»Bist du verrückt?«

»Nein. Sollen sie sich doch das Maul zerreißen. Für die Töchter aus gutem Hause war es doch eh nur eine Frage der Zeit, bis so was geschieht. Die halten mich für ein Flittchen, denkst du, ich weiß das nicht?«

»Die blöden Ziegen! Die kannst du doch vergessen.«

»Tu ich ja … Pam? … Entschuldige wegen eben, ja? Ich könnte mich selbst ohrfeigen. Das hat alles nur mit meiner blöden Eifersucht zu tun.«

Pamela sah P fragend an. Dann dämmerte es ihr.

»Eifersüchtig auf das scheiß Geld und den verdammten *Hügel* etwa?«

»Nein, auf dein Glück mit Lin, wenn ich ehrlich sein soll.«

Jetzt war Pamela sprachlos. Sie winkte der Bedienung, ein junger Typ mit kahl geschorenen Kopfseiten und einem Rastazopf in der Mitte. Pam wollte gar nicht genauer hinsehen.

»Einen Schnaps«, sagte sie.

»Und was für einen willste haben?«

»Is mir doch scheißegal, bring den stärksten, den du hast!«, sagte Pamela etwas zu laut und zu bestimmt. Der Mann war so irritiert, dass er sich ohne eine Entgegnung abwandte.

»Jochen«, rief P ihm hinterher, »sorry, sie meint's nicht so … Und, bring mir den gleichen, bist du so lieb?«

Sie schwiegen, bis der Schnaps da war. Das Zeug schmeckte ekelhaft. Die Mädchen schüttelten sich.

»Das haben wir auch noch nicht zusammen gemacht, Schnaps getrunken und dazu noch am helllichten Tag«, sagte P.

»Und wenn wir es je wieder tun sollten, dann bitte nicht mit so einem Spiritus.« Pamela konnte kaum sprechen, so sehr brannte der Alkohol in ihrer Kehle. Sie nahm sich vor, ihre kurzfristige Vorliebe für scharfe Getränke in nächster Zeit auch mal wieder etwas zurückzufahren. »So, jetzt raus mit der Wahrheit. Du bist eifersüchtig auf Lin? Ja, bist du denn auch ...«

»Nein ... ich glaube nicht, dass ich was mit Frauen machen möchte. Ich bin eifersüchtig auf dein Verliebtsein. Man merkt dir dein Glück so sehr an.«

»Und warum gönnst du mir das nicht?«

»Weil ich eifersüchtig bin, hörst du mir denn nicht zu?« Das war eindeutig zu laut. Selbst der coole Typ an der Theke stellte das Rauchen ein und interessierte sich plötzlich für ihr Gespräch. »Ich gönne dir alles, was gut für dich ist. Es ist nur so, dass ich es im Moment nicht ertragen kann. Ich kann's einfach nicht sehen, verstehst du?«

»Nein! ... Überhaupt nicht ... Das heißt ... Ach, ich weiß nicht ...«

»Ich spreche von Liebe.« Nun redete P so leise, als spräche sie von etwas Verbotenem.

»Ja klar, ich verstehe schon, nur, trotz der Geschichte bei den Harlans bist du es doch, die die Typen gleich serienweise wieder in die Wüste schickt. Ich vermute mal, da gibt es einige, die gerne noch bleiben würden, und dann gäbe es auch so was wie Liebe. Du müsstest dir nur mal 'ne Chance geben, es zu probieren.«

»Ach Pam, was weißt du schon? Ich glaube, ich kann mich gar nicht verlieben.«

»Hattest du noch niemals so ein Kribbeln im Bauch?«

P lachte. »Doch, wenn mir's ein netter Kerl gut besorgt, dann schon.«

»P!« Pamela errötete. Das war wieder einmal typisch P. Wenn man ihr zu nah kam, flüchtete sie in ihre Vulgärsprache und machte damit jedes ernsthafte Gespräch zunichte. »Jetzt bleib doch mal sachlich.«

»Pamela, ich hab dir alles gesagt. Es ist doch auch egal. Ich krieg mich schon wieder ein, du hast das ja auch geschafft. Jedenfalls hab ich nix gegen Lesben. Vielleicht versuch ich es ja auch mal, aber erst nachdem Fränzchen geknackt ist.«

Dabei sah sie zu dem Kettenraucher hin und winkte ihm zu. Der verzog cool das Gesicht zu einem Hauch von Lächeln.

»Da dürftest du nicht mehr lange drauf warten müssen.«

Als die Eingangstür der Kneipe aufging, hätte Pamela fast ihren Orangensaft verschüttet. Hustend ließ sie sich mit dem Oberkörper auf die Bank fallen. Schmutzig hin oder her. Soeben hatte ihr Vater das Lokal mit einer Frau betreten, die mindestens 15 Jahre jünger war als er.

*

Ein seltsamer Laden war das. Irgendwie müslihaft, dachte Michael, und damit passte das Ecklokal so gar nicht zu der ansonsten sehr modebewussten und wenig alternativen Alenka. Wie sich bald herausstellte, hatte das Ganze einen guten Grund. Alenka wollte hier als Kellnerin anfangen. Der Besitzer des Arme Leute, ein ziemlicher Schmierlappen, wie Michael fand, nachdem er dem Drei-Tage-Bart-Mann die Hand geschüttelt hatte, umschwärmte Alenka schon eine ganze Weile. Jawohl, das war der Begriff, den sie benutzte: umschwärmen! Bisher hatte sie noch gezögert, da die Nachtschicht in einem der teuersten Clubs der Stadt definitiv mehr einbrachte als das – vermutlich trinkgeldlose – Kellnern in einem Studentenlokal. Fränzchen, so hieß der Inhaber, hatte sie schließlich überzeugt, ob mit Charme oder mit guten Argumenten, war Michael noch unklar. Jedenfalls bestellte er sich einen Tee, was er noch niemals in einer Kneipe getan hatte, nahm noch einmal tief Luft und sagte Alenka, was er ihr zu sagen hatte.

*

P machte ein ziemlich dämliches Gesicht. Pamela lag mit dem Kopf auf der Bank und signalisierte ihr, dass sie die Klappe halten und kein Aufsehen erregen solle. Dann zeigte sie noch mit dem Zeigefinger auf die Bar. P checkte alle infrage kommenden Gesichter. Zwei Mädchen hockten über ihren Drinks, aber das taten sie schon eine ganze Weile, dann waren gerade zwei weitere Leute reingekommen. Ein schon etwas älterer Typ mit grau meliertem Haar, aber ziemlich gut aussehend, und eine hübsche Frau, die seine Tochter hätte sein können, wenn da nicht die fehlende Ähnlichkeit gewesen wäre. P sah wieder zu ihrer Freundin hinunter, die ihre Position noch mal verändert hatte. Inzwischen sah es aus, als ob sie etwas unter der Bank suche. In Wahrheit versuchte Pamela unter dem Tisch hindurchzuschauen, um zu sehen, was ihr Vater tat. Es schien so, als diskutierte er mit der Frau über etwas. Paps trank Tee, das war neu. Nach einigen Minuten legte ihr Vater Geld auf den Tresen und küsste die Frau, aber nicht, wie man eine gute Freundin küsst. Die Frau stand auf, umarmte ihn und winkte ihm nach, als er das Lokal verließ. Das war ja wohl die Härte!

13

Joshua lächelte glücklich. Franziskas Vater war am Morgen zu einem Kongress in die USA geflogen und ihre Mutter nahm die Gelegenheit wahr, eine ihrer zahlreichen Schwestern in Aberdeen zu besuchen, die sie schon seit zwei Jahren nicht mehr gesehen hatte. Mit anderen Worten, sturmfreie Bude!

Gleich nach der Schule waren sie zu Franzi nach Hause gefahren und richteten sich auf die ersten gemeinsamen Tage und Nächte ein. Weil sie kein Geld hatten, konnten sie nicht essen gehen, und da Franziska nicht kochen konnte und auch nicht vorhatte, es zu lernen, spielte Joshua den Koch. Obwohl, so einfach machte eine moderne Küche es einem Behinderten nicht. Selbst der Herd stand noch zu hoch, aber mit Hilfe einer Reling, die eigentlich als Handtuchhalter gedacht war, konnte er sich festhalten. Inzwischen gelang es ihm ja auch durchaus, eine Zeit lang aufrecht zu stehen, solange er sich nur nicht bewegen musste.

Spaghetti Carbonara hieß sein erstes Gericht, und er versuchte sich nur deshalb daran, weil er wusste, wie gerne Franzi Nudeln mochte, und weil er seinem Vater in weiser Voraussicht am Wochenende in der Küche zugesehen hatte.

»Du siehst aus wie ein Professor, wenn du in dem kochenden Wasser nach Nudeln angelst, zum Piepen«, sagte sie.

»Warte nur, bis du den Unterschied schmeckst«, antwortete Joshua und musste sich sehr beherrschen, nicht selbst loszubrüllen. Er hatte natürlich keine Ahnung, warum er tat, was er tat, aber da vertraute er ganz auf seinen Vater. Dann bat er Franzi, den Parmesan zu reiben und zusammen mit den rohen Eiern in einer Schüssel zu verschlagen.

»Diese Penner hatten keinen Pecorino, den braucht man eigentlich für die Carbonara, weißt du?«

Franzi hatte bisher noch nicht einmal den Namen Pecorino gehört und lachte nur noch lauter. Es machte so großen Spaß mit Joshua. Es fühlte sich an, als seien sie eine kleine Familie, nicht wie immer schon, eher wie eine schöne Option für die Zukunft. Franzi war glücklich.

Schließlich kam das große Geheimnis der Carbonara à la Joshua, und es war für Franzi ein ekeliges. Josh goss die Nudeln ab und gab sie zurück in den Topf. Dann rührte er den gebratenen Speck und schließlich ihre Parmesan-Eier-Pampe dazu.

»Jetzt schnell, die Eier dürfen keinesfalls stocken.«

Stocken! Noch so ein Wort, das er bei seinem Vater aufgeschnappt hatte. Franzi brauchte all ihren Willen und ein Großteil ihrer Liebe, um nicht gleich in den Topf zu kotzen.

»Mir nicht so viel, bin heute nicht so hungrig«, presste sie zwischen geschlossenen Zahnreihen hervor.

Doch Joshua war nicht mehr aufzuhalten. Jetzt wieder im Rollstuhl, schoss er in der engen Küche hin und her. Er holte den Wein, balancierte den heißen Topf auf seinen Beinen zum Tisch, und schließlich entzündete er noch die beiden dicken Kerzen.

Franzi war baff. Diese eitergelbe Nudelspeise schmeckte gut. Nach den ersten vorsichtigen Bissen war sie gar nicht mehr zu bremsen.

»Dachte, du hättest keinen Hunger«, stichelte Joshua selbstgefällig, nachdem sie den ganzen Topf geleert hatten. Franzi war begeistert und verdammte Joshua dazu, so bald als möglich weitere Rezepte seines alten Herrn auszuspionieren. Er, so befand sie, wäre ab jetzt der Koch, was Joshua definitiv nicht sein wollte, obwohl ihre Begeisterung ihm schmeichelte.

Nach dem Essen hatten sie miteinander geschlafen. Es erschien Joshua noch immer wie ein Wunder, mit welcher Selbstverständlichkeit Franzi mit seiner Behinderung umging, und zwar in allen Lebenslagen.

Es fiel ihm schwer, sich aufzurappeln, sich anzuziehen und loszugehen, aber er wollte den Jungs aus der Band keinen Grund geben, ihn mit seiner Liebschaft aufzuziehen. Es war ohnehin schwer genug, ihnen zu erklären, wie es dazu gekommen war, wo doch alle glaubten, dass es schon immer so gewesen sei. Breuer schoss dabei mal wieder den Vogel ab. In seinem verwirrten Hirn wartete ja manche Zote darauf, freigesetzt zu werden, aber diese war schon ein Highlight.

»Früher haben sie sich geistig gevögelt, jetzt tun sie es in echt, ist doch völlig klar, ihr Würste!«, unterbreitete er, wie immer ungefragt, seine Ansicht den anderen Mitgliedern der Band. Dass Joshua dabei direkt neben ihm stand, machte Breuer absolut nichts aus und auch nicht, dass Josh jetzt seine, Breuers, heimliche Geliebte bumste. Musste er sich eben einen anderen Namen für seinen Bass ausdenken.

»Franzi, ich muss zur Probe. Ich kann die Jungs nicht warten lassen.«

»Och, wie schade.«

»Ja, ja, aber du weißt, meine Band ist mir heilig.«

»Ich weiß, ist ja auch o.k. Obwohl ich mir wünschte, du würdest eine ähnliche Begeisterung für das Laufband aufbringen.«

»Nein«, antwortete er gedehnt, »nicht schon wieder dieses Thema, bitte nicht.«

Franzi konnte derart stur sein. Sie verzieh ihm einfach nicht, dass er, anstatt das bei Professor Wehmann begonnene Training wie besprochen fortzusetzen, lieber wieder auf seiner Hausstrecke trainierte und dass er, anstatt seine Beine zu bewegen, lieber wieder Hanteln drückte.

»Die Kraft in deinen Oberarmen reicht aus, jedenfalls für alles, was wir beide miteinander machen wollen«, hatte sie gefrotzelt, »jetzt könntest du dich eigentlich deinen Beinen widmen.«

Richtiggehend zur Furie wurde sie, wenn sie bemerkte, dass er weiterhin auf seiner Idee, den Bus zu kreuzen, beharrte.

»Werd endlich erwachsen!«, hatte sie neulich erregt geschrien. Sie verstand einfach nicht, dass es besser war, ein Ass im Rollstuhl zu sein als ein wackelnder Krüppel auf den eigenen Beinen. Er hatte keine Lust mehr auf die anstrengenden und desillusionierenden Übungsstunden. Nachts, wenn er allein in seinem Zimmer hockte, probierte er manchmal noch, von seinem Stuhl bis zur Pritsche zu gehen. Aber er flog ein ums andere Mal auf den Boden. Mal, weil er erst gar nicht sein Gleichgewicht fand, mal nach einem, spätestens nach dem zweiten Schritt. Dann wurde er zornig, und schließlich hatte er beschlossen, sich in sein Schicksal zu fügen. Nur, so konnte er Franziska nicht kommen.

»Ein Mensch geht auf zwei Beinen, und erst wenn es gar nicht mehr anders geht, setzt er sich in einen Stuhl«, stellte sie lapidar fest. Stunden um Stunden hatten sie darüber gestritten. Franzi zeigte sich völlig uneinsichtig. Also hatte er sich zähneknirschend gefügt. Franzi stellte den Kontakt zu Dr. Albertz her, und er hatte sich unter ihrer Aufsicht wieder in die Seile hängen lassen. Als sie dann aber, unterstützt von dem Arzt, das Gespräch wieder auf die Krücken gebracht hatte, wäre er fast ausgeflippt. Es gab den ersten richtigen Krach in ihrer Beziehung. So viel stand fest: Er würde gehen oder rollen, aber keinesfalls auf Stöcke gestützt durch die Welt humpeln.

»Jetzt ist aber wirklich Zeit. Ich bin weg.«

»Schon gut! Ich weiß doch, wie wichtig dir die Musik ist. Und solange ich nicht dabei sein muss, ist es auch prima. Es war so schön heute Mittag.« Sie küsste ihn.

»Soll ich Breuer was von dir ausrichten?«, fragte Joshua noch, um sie zu necken, bevor er die Tür hinter sich schloss.

»Gern, wenn du so lieb sein willst. Sag ihm doch bitte, er soll sich im Fluss ersäufen! Willst du das tun?«

Joshua fühlte sich großartig. Es war einer jener magischen Tage, an denen die Energien wirklich zusammenflossen. Alle schienen gut drauf, und so war auch ihre Musik besser als sonst. Die Band wollte die Setlist für die bevorstehenden drei Auftritte erarbeiten. Normalerweise eine Gelegenheit zu ausufernden Diskussionen, wenn man denn den Streit zwischen Breuer, Lin und Harald noch als Diskussion und damit letztlich als demokratischen Akt ansehen wollte. Alles blieb friedlich. Nur einmal, während der gut zweieinhalb Stunden, wäre der Fluss der Musik fast versiegt, da nämlich, als sich die Tür öffnete und eine Person den Raum betrat, die noch niemals bei einer Probe der Fuckin Aliens gesehen worden war. Pamela stand plötzlich mitten im Raum. Nicht schüchtern, sondern selbstbewusst, zwängte sie sich an Breuer vorbei, versetzte Wolfi einen Tritt, beugte sich über das Schlagzeug und gab Lin einen langen Kuss. Die wusste sich daraufhin keinen besseren Rat, als den Rhythmus anzuziehen und damit auch die anderen wieder zur Konzentration auf die Musik zu zwingen.

Joshua lächelte, obwohl, ganz glauben konnte er es noch immer nicht.

Pam blieb bis zum Schluss, mit der doppelten Menge Ohrstöpseln zwar, aber gut gelaunt. Breuer versuchte gleich im Anschluss, noch einige gewichtige Worte mit Pamela zu wechseln, verzog sich aber bald mit Wolfi in den Garten. Er wollte noch etwas Stöckchen werfen. Harald war nett zu ihr, und Titi küsste ihr sogar die Hände, warum auch immer. Zum Schluss blieben nur Pam und Joshua übrig. Lin war als Letzte gegangen.

Es war schon merkwürdig. Josh hatte noch kein Wort mit Melinda oder Pamela über deren Verhältnis gewechselt. Klar, er war offiziell nicht eingeweiht, und doch pfiffen es die Spatzen von den Dächern, und einen Beweis hatte Pam ja eben vor aller Augen geliefert. Es war übrigens andersherum auch nicht anders. Franzis Verbindung mit Josh war Pamela noch kein Wort wert gewesen. Sie waren einfach noch nicht so weit.

»Das erste Mal, Schwesterherz! Bin schwer beeindruckt.«

»Du meinst Lin und mich?«

»Das auch! Nein, ich meine, dass du dir freiwillig meine Musik anhörst. Wie kommt's?«

»Ich will mit dir reden.«

»O. k.«

»Vater!«

»Was ist mit ihm?«

»Ich hab lange darüber nachgedacht, ob ich es dir sagen soll. Oder doch besser Mam, oder ob ich es einfach für mich behalte. Und vielleicht ist ja auch gar nichts dran, aber ...«

»Nun sag schon, was ist es denn? Nein! Warte! Lass mich

raten … er hat einen umgebracht, Schröter, ja genau, er hat seinen Chef umgebracht! Cool!«

»Dir werden deine Sprüche schon noch vergehen.«

Zögernd fing Pamela an zu erzählen, was sie gesehen hatte. Nachdem der Anfang erst einmal gemacht war, verließen die Wörter stakkatoartig ihren Mund. Danach musste sie erst einmal tief Luft holen. »Na, was sagst du jetzt?«

Joshua zog die Augenbrauen hoch. »Scheiße!«

»Das kann man wohl sagen. Was denkst du, wie lange das schon geht?«

»Woher soll ich denn das wissen? Bist du dir völlig sicher? Ich meine, es könnte doch eine Arbeitskollegin gewesen sein«, sagte Joshua, obwohl er wusste, dass sein Vater überhaupt nicht auf der Arbeit gewesen war.

»So einen Kuss mit einer Arbeitskollegin? Wo arbeitet der denn?«

»O. k., ist wohl eher unwahrscheinlich.«

Joshua griff sich seine Gitarre, regelte den Verstärker auf minimale Lautstärke und begann eine Melodie zu spielen. Beim Gitarrespielen konnte er besser nachdenken. Er verfiel in einen Sprechgesang:

»Und was machen wir jetzt?
Jetzt wo das Kind in den Brunnen gefallen ist?
Ich meine, willst du es der Mutter sagen, Schwester Pam?«

Ein beschissener Rap. Gut, dass Breuer nicht mehr da war.

»Dafür bin ich hier. Sag du's mir. Was soll ich tun?«

»Erst mal nichts! Es ist ihre Sache. Wenn du jetzt da reingehst und Vater verrätst, dann war's das, und wir müssen umziehen. Hast du dazu Lust?«

»Ich weiß nicht, Joshua. Wir können doch nicht tun, was für uns am besten ist, doch nicht in einer solchen Situation.«

»Hey, Pam, wir sind die Kinder. Die Erwachsenen sollen die Probleme für uns lösen, nicht uns neue aufbürden. So läuft die Geschichte sinnvollerweise ab.«

»Ehrlich gesagt, hab ich mir das auch schon gesagt. Aber … es ist so feige!«

»Quatsch, was soll daran feige sein. Denk mal darüber nach, wie du dich fühlst, wenn du Vater verrätst und damit die Ehe zerstörst. Da fühlst du dich aber ganz schön beschissen, das sag ich dir. Also, ich würd das Maul halten. Vielleicht war's nur 'ne Affäre, wer weiß.«

»Nur 'ne Affäre, du bist gut. Was würdest du sagen, wenn Franzi 'ne Affäre hätte?« So war das Thema wenigstens einmal angeschnitten.

»Ich? Ich würde sie umbringen! Alle beide.«

»Vielleicht hast du Recht«, stöhnte Pamela, »wenn es wahr ist, dass der Apfel nicht weit vom Stamm fällt, würde Mutter vielleicht genauso reagieren, und dann wären wir Halbwaisen.« Sie lachten. »Ich geh zurück ins Haus. Muss noch Schulaufgaben machen.«

»Danke, Pamela, dass du es mir gesagt hast«, rief Joshua. Sie hob nur noch den rechten Arm. Joshua sah ihr hinterher, bis sie im Haus verschwunden war.

*

Am Mittwoch, nachdem er den Postboten abgefangen hatte, trieb Michael sich den ganzen Tag in der Stadt herum. Ziellos umherschweifend traf er zwei Entscheidungen. Zunächst einmal wollte er sich nach weiß Gott wie langer Zeit wieder einmal Musik kaufen. Er betrat einen kleinen Laden mit Namen Indie Records, ohne zu wissen, was genau er suchte. Als ein junger Bursche ihm Hilfe anbot, stammelte er den erstbesten Namen, der ihm einfiel.

»Die neue U2, bitte.«

Ob es eine neue gab oder nicht, wusste er nicht. Die Band, die Caro und ihm einst so viel bedeutet hatte, existierte vielleicht nicht einmal mehr. Seine letzte Platte, daran erinnerte er sich jetzt, hieß The Joshua Tree und war mindestens 10 Jahre alt. Der freundliche Verkäufer lächelte.

»Sorry, kein Mainstream in meinem Laden, nur Indies.«

Michael lächelte verlegen zurück. Was konnte das nur bedeuten? Indies?

»O. k., dann empfehlen Sie mir doch irgendeine schöne CD, wie wäre das?«

Der Verkäufer dachte nach, während er den ungewöhnlichen Kunden taxierte.

»Waren Sie Simon & Garfunkel-Fan?«

»Ja, klar! Concert in the Park, natürlich. Und das ist Indie?«

»Nein, wirklich nicht! Ich denke nur darüber nach, was Ihnen gefallen könnte. Außer U2 meine ich.«

Er ging zum Buchstaben K und blätterte die Scheiben durch. »Hier, das wird Ihnen gefallen. Die Kings of Convenience. Ja, die gefällt Ihnen bestimmt. Leise, aber sehr cool.«

Und so ähnlich hieß die CD dann auch, die Michael natürlich ohne Umschweife kaufte: Quiet is the new loud. Er verließ den Laden in dem Gefühl, wieder ziemlich auf dem Laufenden zu sein.

Und dann sagte er an diesem Tag auch noch seine Therapie ab. Er meldete sich krank, bei der Sekretärin am Empfang.

Am Donnerstag, nachdem er den Postboten abgefangen hatte, löste er ein Versprechen ein, dass er vor einer halben Ewigkeit seinem alten Freund Frieder gegeben hatte. Der Architekt hatte sich, nur eine halbe Autostunde entfernt, ein altes Bauernhaus umgebaut, in dem er jetzt lebte und arbeitete. Zuletzt hatten sie sich auf irgendeiner Vernissage getroffen, zu der Carolyn ihn mitgeschleppt hatte. Es war ein nettes Gespräch gewesen, an dessen Ende eine dieser unkonkreten Verabredungen stand, die man normalerweise im Stress des nächsten Arbeitstages gleich wieder vergaß. Beim Joggen an diesem Morgen aber erinnerte sich Michael wieder an Frieder und fand auch gleich seine Telefonnummer.

Es war ein stürmischer Tag, einer von denen, an denen man die Scheibenwischer bei Überlandfahrten anstellte, um der Flut herumwirbelnden Herbstlaubs Herr zu werden. Michael fuhr langsam, er hatte schließlich Zeit. Pünktlich zum Mittagessen traf er in der Idylle ein. Frieder hatte eine Kleinigkeit gekocht und schien sehr entspannt. Der überaus erfolgreiche Architekt hatte, zumindest vermittelte er Michael diesen Eindruck, einen Weg gefunden, seine Arbeit mit den kreativen Denkprozessen und sein Privatleben in Einklang zu bringen. Alles an diesem Lebensentwurf kam Michael erstrebenswert vor.

Am Freitag, nachdem er den Postboten abgefangen hatte, brach er zusammen.

*

Carolyn betrat den Vorraum der Sparkasse und atmete noch einmal tief durch. Schon seit sie von zu Hause weggefahren war, fühlte sie sich wie eine Verräterin, aber jetzt war es zu spät zur Umkehr. Verrat fing ohnehin im Kopf an.

Um diese Uhrzeit bevölkerten nur wenige Menschen die funktionale Sparkassenhalle. Sie trat an den einzig besetzten Schalter.

»Ja, bitte? Was kann ich für Sie tun?«

»Ja«, Caro richtete sich zu voller Größe auf und setzte eine ernste Miene auf. Sie hatte jeden der nun folgenden Schritte mit Malu abgestimmt, die sich schier totlachte darüber, dass eine moderne Frau Angst hatte, ihren Kontostand abzufragen »könnten Sie mir bitte eine Kontenaufstellung zu dieser Karte ausdrucken?«

Ihre schweißnassen Hände hinterließen einen verräterischen Abdruck auf dem Plastik.

»Selbstverständlich. Aber Sie können auch einfach draußen am Automaten einen Ausdruck machen lassen.«

Darauf war Caro vorbereitet. »Ich brauche nicht nur den Bestand des Girokontos, sondern auch den der anderen Konten. Festgeld, Papiere, aber auch Verbindlichkeiten wie unsere Hypotheken.« Gut gemacht, genau wie mit Malu einstudiert.

»Ach so, ja, das dauert dann einen Moment. Ich muss eben die Genehmigung des Zweigstellenleiters holen. Wollen Sie so lange Platz nehmen?«

Die junge Frau legte Caro einen Antrag vor, auf den sie die Kontonummer des gemeinsamen Kontos geschrieben hatte, und bat um Unterschrift in der angekreuzten Zeile. Caro signierte mit zittrigen Händen, lehnte sich zurück und wartete ab. Die Frau verschwand hinter schmucklosen Trennwänden. Durch ihre aufsteigende Nervosität verunsichert, hätte Carolyn sich keinen Moment lang gewundert, wenn jetzt plötzlich zwei Polizisten hinter ihr aufgetaucht wären, um sie in Gewahrsam zu nehmen: »Kommen Sie bitte mit, Frau Billings, uns liegt eine Anzeige Ihres Mannes vor, der Ihre Zurechnungsfähigkeit infrage stellt.«

Stattdessen erschien nach einer viel zu langen Wartezeit die Frau wieder, gefolgt von einem hageren Mann. Der Typ mit dem schlecht sitzenden Anzug gab ihr die Hand und stellte sich als Herr Jakobi, Zweigstellenleiter, vor. Gott sei Dank wollte er nur wissen, ob die Familie Billings Grund zur Klage habe, ob irgendetwas nicht stimme, denn nach dem Stand der Dinge würden doch alle Geschäfte online abgewickelt, und ihr persönliches Erscheinen hier vor Ort legte die Vermutung nahe, dass etwas nicht in Ordnung sei.

Caro beruhigte den Mann, indem sie ihm etwas von Computerproblemen vorlog, und musste dann nur noch ihre Wünsche spezifizieren. Sie entschied sich, nachdem sie alle Varianten verstanden hatte, für die wahrscheinlich simpelste, aber für ihre Zwecke auch die am besten geeignete Form.

»Summen, nur das Summenblatt. Keine langen Listen mit allen Bewegungen und Transaktionen«, befand sie.

Daraus würde sich doch ihre Frage klären lassen. Wie schlimm stand es um ihre Finanzen wirklich? Wenn das Blatt nicht ausreichen würde, könnte sie ja wiederkommen, jetzt wo sie wusste, wie so etwas ging. Allerdings nahm sie sich auch vor, Michael bei Gelegenheit darauf anzusprechen. Er müsste ihr alles erklären und ihr eine ordentliche Zugangsberechtigung einrichten. So ging das nicht weiter, Malu hatte schon Recht, schließlich war sie kein Kind mehr. Dennoch wollte sie eine Situation abwarten, in der Michael ruhig und gelassen genug war, um ihren Wunsch nicht als Angriff zu werten.

Mit dem Blatt auf den Knien setzte Caro sich ins nächste Café und begann die lange Reihe von Zahlen zu studieren. Die einzelnen Konten waren nach Kategorien getrennt und pro Kategorie mit einer Zwischensumme versehen. Als ihr Gehirn die Endzahl schließlich zur Kenntnis nahm, hätte sie sich fast übergeben. In klarer roter Schrift stand da ein Betrag von 850 000 Euro. Caro wurde schwindelig, und sie hatte das Gefühl, auf der Stelle ohnmächtig zu werden. Sie zahlte und stürmte hinaus auf die Straße. Das schlechte Wetter war allemal besser als der säuerlich-stickige Geruch nach warmem

Brot, süßen Backwaren und dünnem Kaffee. Planlos rannte sie den Bürgersteig entlang und versuchte einen klaren Gedanken zu fassen. Unmöglich, das war zu viel für ihr Nervenkostüm. Sie brauchte Hilfe, auf der Stelle. Beim Versuch, ihr Handy aus der Handtasche zu holen, entglitt ihr das winzige Ding und fiel auf den Asphalt. Es sah aus, als wäre es durchgebrochen. Aber es war nur der Akku, der sich durch den Fall gelöst hatte und einen Meter vom Gerät entfernt lag. Nervös fluchend setzte Carolyn das Telefon wieder zusammen, meldete sich neu an und wählte dann Malus Nummer.

Ihre Freundin saß am Totenbett von Johanna, die Ärzte rechneten inzwischen stündlich mit ihrem Ableben. Johannas Zustand hatte sich in den letzten 48 Stunden dramatisch verschlechtert.

Malu meldete sich mit einem geflüsterten »Hallo?«

»Malu, ich muss dich sprechen!«, sagte Caro aufgeregt.

»Dann komm her, es sieht nicht gut aus«, flüsterte Malu weiter. »Ich wollte dich sowieso gerade anrufen. Johanna hat soeben die letzte Ölung bekommen. Der Priester ist gerade erst wieder raus. Sie hat es bald geschafft.«

Vor Schreck ging Carolyn mitten auf dem Bürgersteig in die Hocke und hielt sich die freie Hand vor den Mund, um nicht laut zu schreien. Sie war wie gelähmt. Erst die Hand einer fremden Frau auf ihrer Schulter brach den Bann. Tief liegende Augen in einem zerfurchten Gesicht sahen sie von oben herab besorgt an. Carolyn winkte ab und sah in den Augen der Alten ihr eigenes Leid gespiegelt. Sie spürte noch, wie die Finger einmal fest in ihre Schulter griffen, bevor die Frau sich umwandte und schwer atmend in den Bus kletterte. Caro kauerte direkt unter dem Schild einer Haltestelle. Schräg gegenüber befand sich ein Taxistand. Die Fahrer standen schwatzend unter der Markise eines türkischen Imbiss. Caro stieg in den ersten Wagen der langen Reihe und wartete, bis der Mann seinen neuen Fahrgast bemerkte. Sie ließ sich zum Krankenhaus fahren. Erst im Taxi erinnerte sie sich wieder an den Kontoauszug in ihrer Hand. Beim Anblick des feucht gewordenen Zettels hätte sie gleich wieder losbrüllen können.

Es war zum Verzweifeln! Warum kam immer alles zusammen? Wer dachte sich eine solche Scheiße aus, fragte sie sich, während sie vor Angst wie gelähmt in der Klinik auf den Aufzug wartete. Die Edelstahltüren glitten auseinander, und zwei Pfleger schoben ein Krankenbett an ihr vorbei in Richtung OP. Ganz kurz traf Carolyns Blick auf die Augen des jungen Mädchens. Sie entdeckte Trauer und ein wenig Resignation und hätte das Kind am liebsten umarmt und es ganz fest an sich gedrückt.

Malu stand mit einem Taschentuch in einer Hand und dem gesenkten Kopf auf die andere gestützt im Gang der Station und zitterte. Sie weinte. Caro verschnürte der Anblick die Kehle. Auf unsicheren Beinen ging sie auf die Freundin zu. Etwa in der Mitte des Gangs begannen sich die Wände seltsam zu runden, dann drehte sich das Bild vor ihren Augen.

Als sie wieder zu sich kam, saß Malu neben ihr und hielt ihre Hand. Carolyn erschrak. Sie lag auf einem Notbett im Gang des Krankenhauses. Malu lächelte sie aus traurigen Augen an.

»Geht es wieder?«

»Was ist geschehen?« Ihr Mund fühlte sich trocken an. Nicht einmal genug Speichel, um sich die Lippen zu benetzen. Malu reichte ihr ein Glas Wasser, das sie gierig trank.

»Dir ist schlecht geworden. Die Ärzte haben dir ein stabilisierendes Medikament gespritzt und dich auf die Pritsche gelegt. Nichts Schlimmes, nur ein trockener Mund, du musst dir keine Sorgen machen.«

»Und was ist mit Johanna?«

»Johanna ist eingeschlafen«, flüsterte Malu.

Carolyn schloss die Augen. Es war, als stürbe sie in diesem Augenblick selbst. Ein ganzes Leben lief im Zeitraffer vor ihren Augen ab. Sie sah Johanna als junges Mädchen mit den goldenen Zöpfen und der Zahnlücke, die sie sich geholt hatte, als sie mit den Vorderzähnen auf die Lenkstange ihres Tretrollers geschlagen war. Sie erinnerte sich an die ausgelassenen Spiele im Sommer. Im Schwimmbad und in Johannas Garten, wo die Mutter die beiden kleinen Mädchen mit dem Schlauch abgespritzt hatte, und an die Schneeballschlachten im Winter. Und an die erste schmerzhafte Trennung, als Mary sie und ihre Geschwister nach Amerika verschleppte und sie schon befürchtet hatte, Johanna niemals mehr wiederzusehen. Am Ende dieser Erinnerungen öffnete Carolyn die Augen und setzte sich auf. Ein leichter Schwindel verunsicherte sie in ihren Bewegungen. Carolyn fasste die Hände von Malu, und sie weinten eine Zeit lang gemeinsam, dann gingen sie Hand in Hand zurück an Johannas Sterbebett.

Die Züge der toten Freundin waren vom langen Kampf gegen den Krebs gezeichnet. Nicht entspannt, wie man immer von Toten behauptete. Dazu brauchte Johanna wohl noch eine Weile, der Kampf war doch zu hart gewesen. Aber eines erfreute Carolyn, selbst in ihrer maßlosen Trauer. In Johannas Gesicht war der Stolz zurückgekehrt, der dort zeitlebens zu Hause gewesen war. Nur während der letzten Wochen hatte die sichtbare Stärke die Todgeweihte verlassen.

Carolyn beugte sich über Johanna und drückte ihr einen Kuss auf die toten Lippen. Sie waren noch nicht kalt und immer noch weich.

»Noch einmal auf hohe See, meine liebe Johanna, ich wünsche dir eine schöne Reise«, flüsterte sie ihr ins Ohr.

Dann verließ sie schnell das Zimmer. Genauso zügig ging sie den Flur entlang, bestieg den Aufzug und verließ das Krankenhaus, darauf hoffend, das graue Gebäude auf absehbare Zeit nicht mehr von innen sehen zu müssen. Draußen setzte sie sich auf eine Bank unter einer großen Linde und weinte still vor sich hin. Den Nieselregen spürte sie ebenso wenig wie Malu, die neben ihr Platz nahm.

*

Gut gelaunt nahm Michael die Post an diesem Tag in Empfang. Der Postbote, inzwischen schon fast daran gewöhnt, sich seinen steilen Anstieg in zwei Etappen zu teilen, grüßte fröhlich und sagte: »Heute nur ein Brief und diese Einrichtungszeitschrift … Ach, und dann noch dieses Einschreiben.«

Michael wechselte die Gemütslage und die Gesichtsfarbe. Von gut gelaunt und jogging-durchblutet-rosa auf erstarrt und kalkweiß. »Einschreiben«, stotterte er.

Noch während er mit zittrigen Fingern den Erhalt bestätigte und mühevoll gefasst die guten Wünsche des Postboten erwiderte, wusste er, welche Botschaft der Brief enthielt. Er rollte den restlichen Berg hinab und schob sein Rad in das verlassene Brückenhäuschen. Es stank nach Pisse, und die Wände waren mit Graffitis und radikalen Parolen übersät. Er hockte sich auf das, was von der Bank noch übrig war, und riss das Couvert auf.

Sehr geehrter Herr Billings,
zum 13. Oktober endete Ihre Krankschreibung. Mit Beginn der darauf folgenden Woche hätten Sie daher Ihre Arbeit in unserem Unternehmen wieder aufnehmen müssen. Da unser Versuch, Sie telefonisch zu erreichen, vergeblich verlief und wir auch keine weitere Krankmeldung von Ihnen vorliegen haben, setzen wir Ihnen hiermit eine letzte Frist bis Montag, den 23. Oktober, die Arbeit wieder aufzunehmen.
Sehr geehrter Herr Billings, wir sind verwundert über Ihr Fernbleiben und stellen Ihnen schon jetzt weitere juristische Schritte in Aussicht, sollten Sie o.g. Termin verstreichen lassen.
Außerdem und unabhängig vom weiteren Verlauf unserer gemeinsamen Arbeit bedauern wir außerordentlich, Ihnen auf diesem Wege eine Abmahnung für Ihr vertragswidriges Verhalten zustellen zu müssen.

Mit besten Grüßen

Anlage: Erste Abmahnung wegen unentschuldigten Fernbleibens vom Arbeitsplatz

Unterschrieben von Schröter höchstpersönlich. Klar, bei so was stand er in der ersten Reihe. Feige war der Alte nicht. Er hatte genau so viel Zeit verstreichen lassen wie unbedingt nötig. Nun teilte er ihm unmissverständlich mit, wie die Sache ab jetzt zu laufen hatte, und zeigte ihm damit, dass auch Michael Billings für sein Unternehmen zu ersetzen war.

Michael war es gelungen, sein Problembewusstsein eine ganze Woche lang auszuschalten. Schröter, pah! Die SETRA, pah! Benzinger, Märkte, Standorte, Marketing, pah! Ihn interessierte das doch alles nicht mehr. Was gestern noch sein Leben war, erschien ihm heute wie die leibhaftige Hölle.

Am Montag hatte sich plötzlich alles so leicht angefühlt. Die zentnerschweren Lasten der letzten beiden Monate schienen wie von Zauberhand von seinen Schultern genommen. Im euphorischen Gefühl der Genesung hatte er alle Mechanismen seines Handelns außer Kraft gesetzt und war allein seinem eigenen Gefühl gefolgt. Für einen Menschen wie Michael Billings ein ebenso neues wie einschneidendes Erlebnis. Es hatte für ihn in dem Augenblick kein Abwägen gegeben, kein *Ich-würde-gerne-muss-aber*, es war über ihn gekommen, und es war vermutlich für seine Selbstfindung sogar gut so gewesen. Nur, an das alles konnte er in diesem Augenblick, da er wie ein Häufchen verkohlte Asche an jenem unwirtlichen Platz saß, nicht denken, denn sein Hirn, seine Arterien, ja, seine Seele waren blockiert. Er saß da und zitterte am ganzen Leib und wusste nicht, was zu tun war. Anstatt alles zum Guten zu wenden, hatte er sich endgültig in die Katastrophe gestürzt. In diesem feuchtkalten Augenblick gab es kein Zurück mehr und kein Voran.

Es war Freitag, der 13. Oktober, und Mary würde ihm sagen, dass alles bereits vor langer Zeit in den Karten zu lesen gewesen war.

Es dauerte lange, bis Michael endlich wieder zu einer ersten Bewegung fähig war. Er kauerte sich auf den Boden und rief seine Therapeutin an. Keine freien Termine, teilte ihm die Sprechstundenhilfe mit. Erst wieder zum regulären Termin am kommenden Mittwoch. Michael drängte und flehte, er heulte sogar am Telefon, aber mehr als dass die Assistentin versprach, der Ärztin seine Nummer zu hinterlassen, erreichte er nicht. Doch das hätte sie eigentlich nicht gebraucht, schließlich besaß er ihre Handynummer für wirklich wichtige Notfälle, und um einen solchen handelte es sich. Hatte er vermutet, Therapeuten würden sofort an das Nottelefon stürzen, um Schlimmes zu verhindern, sah er sich getäuscht. Die ruhige Stimme auf der Mailbox bat die Nummer und den Grund des Anrufes zu hinterlassen, damit sie sich baldmöglichst melden könne. Michael war so enttäuscht, dass er auflegte, ohne eine Nachricht aufzusprechen.

Später schlich Michael unbemerkt durch den Keller ins Haus und kauerte sich zitternd in sein Bett. Er fror erbärmlich und wartete unruhig auf die Heimkehr seiner Frau. Jetzt musste er Caro endlich die Wahrheit sagen.

*

Malu sah auf ihre Uhr. Mittag war lange vorüber. Sie war leer geheult und ausgelaugt und außerdem verspürte sie Appetit, nein, Hunger, Heißhunger. Sie konnte sich plötzlich auf nichts anderes mehr konzentrieren. Caro schluchzte neben ihr, biss dann auf ihr speichelfeuchtes Taschentuch und senkte den Kopf auf die Brust. Seit Stunden die immer gleichen Bewegungen.

»Caro, ich hab Hunger«, sagte Malu fest.

»Ich auch«, flüsterte Carolyn, und sogleich überkam sie ein Schuldgefühl. Sie hatte das Knurren in ihrem Magen schon viel früher bemerkt, sich aber nicht getraut, etwas zu sagen. War es nicht furchtbar pietätlos in einem solchen Moment der Trauer an so etwas Profanes wie Essen auch nur zu denken?

»Na los, es muss ja irgendwie weitergehen. Johanna hätte sicher nicht gewollt, dass wir ihretwegen verhungern. Fahren wir ins Capitol?«

Zwei Stunden später war die traurige Stimmung der beiden Frauen einer melancholischen Fröhlichkeit gewichen. Die ganze Anspannung der letzten Wochen fiel allmählich von ihnen ab. Zuerst hatten beide, ohne sich abzustimmen, nur einen kleinen Salat bestellt, und trotz ihres Hungers eher lustlos darin herumgepickt. Noch zaghaft bestellten sie sich danach Nudeln, dann Fisch und schließlich noch ein Tiramisu. Zu allen Gängen tranken sie reichlich Wein.

»Mein Gott, bin ich voll gefressen«, sagte Malu, »findet der Leichenschmaus normalerweise nicht erst nach der Beerdigung statt?«

»Erinner mich nicht daran.« Caro stieß leicht mit der Zunge an. »Beerdigungen sind das Allerschlimmste auf der ganzen Welt.«

»Hast du schon Erfahrungen?«

»Nur außerhalb der Familie, Gott sei Dank, aber das reicht mir schon, danke vielmals!«

»Wir müssen einen Kranz besorgen.«

»Ja, machen wir. Ach, und wir müssen auch ihre Bekannten und Verwandten benachrichtigen. Das können wir der Mutter unmöglich überlassen.«

»O Gott!«, stöhnte Malu. Erst jetzt wurde ihr bewusst, dass eigentlich alles, die ganze verdammte Beerdigung und alles, was dafür nötig war, an ihnen hängen bleiben würde. Ein Bestatter musste her, der Sarg ausgesucht, die Wohnung aufgelöst, Erbschaftsangelegenheiten geregelt werden und so weiter und so weiter. »Wir werden alle Hände voll zu tun haben. Scheiße! Gib mir noch ein Glas Wein.«

»Malu, jetzt wo Johanna tot ist … Irgendwie hat doch alles keinen Sinn mehr … Ich …«

»… Das kommt schon wieder, Liebling, das kommt schon wieder. Von uns allen bleibt nichts als die Erinnerung … Gott sei Dank ist das so, sonst würden wir alle verrückt. Der Schmerz wird vergehen, und die schönen Erinnerungen bleiben zurück.«

»Das hast du schön gesagt, Malu. Ich bin froh, dass ich dich habe. Lass uns darauf trinken. Auf Johanna, auf ihren letzten Weg und auf die Freundschaft.«

Und das taten sie ausgiebig. Sie waren ziemlich volltrunken, als die Tagschicht von der Nachtschicht abgelöst wurde und sie eine Zwischenrechnung begleichen mussten. Aber sie dachten gar nicht daran, das Lokal zu verlassen. Sie wollten noch etwas aneinander festhalten. Es war beiden so, als bedeute ihr Abschied in dieser Nacht auch den endgültigen Abschied von Johanna.

»Sag mal, Caro«, der Zeiger der großen Uhr stand auf zehn vor acht, »was wolltest du eigentlich heute Morgen von mir?« Caro sah sie mit leicht gläsernem Blick ratlos an. »Na, als du mich angerufen hast. Du hast wie ein aufgescheuchtes Huhn geklungen.«

Caro dämmerte es, und sie suchte in ihrer Tasche nach dem Kontoauszug. »Stimmt, Malu, ich war heute Morgen auf der Bank, wie besprochen.«

»Ach ja, deine Paranoia wegen der angeblichen Pleite im Hause Billings.« Malu lachte.

»Lach nicht, ich hatte Recht, Malu, und es ist sogar noch viel schlimmer, als ich gedacht habe.«

»Zeig her.« So etwas wie Zurückhaltung im Umgang mit einer so privaten Angelegenheit kannte Malu nicht. Und Caro war froh, jemanden zu haben, der ihr absolutes Vertrauen besaß und dazu etwas mehr als sie selbst von finanziellen Dingen verstand. Sie händigte Malu das Papier aus und ging, derweil ihre Freundin einen Blick darauf warf, zur Toilette. Im Vorbeigehen bestellte sie eine weitere Flasche Funtanaliras, es musste die dritte sein. Als sie von der Toilette zurückkam, sah Malu sie ernst an.

»Du hast Recht, rosig sieht das Ganze nicht eben aus, aber auch nicht so schlimm, solange Michael gute Einkünfte hat. Was hat die Bude ursprünglich gekostet?«

»1,5.«

»O.k. Und dann habt ihr noch mal kräftig investiert. Die Umbauten, der Swimmingpool, Umzug, neue Möbel, Gardinen, der ganze Kram. Wie viel war das?«

»Keine Ahnung!«

»Du weißt es tatsächlich nicht?«

»Nein!«

»Scheiße! Und ich dachte, du kokettierst damit nur. Au verdammt, Caro, so was geht doch nicht. Ihr müsst doch irgendeinen gemeinsamen Plan haben?«

»Nein, Malu. Ich sagte dir doch, für das Finanzielle war bei uns immer Michael zuständig. Was heißt war? Er ist es immer noch.«

Malu atmete einmal tief durch.

»Also dann kann ich dir nur in etwa sagen, was das hier bedeutet. Ich vermute einmal, du weißt auch nicht, wie viel Eigenkapital ihr hattet, als ihr den Kauf getätigt habt, oder?« Die Frage war inzwischen nur noch rein rhetorisch gemeint, und deshalb fuhr Malu auch gleich fort. »Na gut! Zunächst einmal die Fakten. Derzeit, und ich gehe immer davon aus, dass dies hier alles ist, was ihr habt, dass es keine versteckten Papiere in einem Depot, kein Nummernkonto bei einer Schweizer Bank oder irgendwelche Barschaften in einem privaten Safe zu Hause gibt, also derzeit habt ihr ziemlich genau 1 000 000 Euro Restschulden auf dem Haus. Gleichzeitig weißt das Konto ein Guthaben von derzeit 146 000 Euro aus. Die Schulden sind also rein rechnerisch etwa 850 000 Euro. Nun weiß ich nicht, wie viel Michael sofort bezahlt hat, aber es muss eine ganze Menge gewesen sein. Der Kauf liegt etwa drei Jahre zurück, und immerhin habt ihr schon die Hälfte des Kaufpreises sowie alle Nebenkosten abbezahlt. Und vergiss dabei nicht, ihr habt auch noch gut gelebt die ganzen Jahre, meine ich. Dein Michael muss eine richtig gute Partie sein, meine Liebe, gratuliere.«

Carolyn sah Malu fassungslos an. Sie waren pleite, das stand nun eindeutig auf dem Zettel, und Malu gratulierte ihr? Scheiß Alkohol.

»Malu, du bist besoffen!«

»Das stimmt!« Sie goss sich nach und nahm einen großen Schluck. »Aber wenn du mich nachts weckst, mir einen Liter Schnaps einflößt und mir dann einen Kontoauszug vor die Nase hältst, bin ich schlagartig wieder nüchtern. Geldgeschäfte sind doch was Feines! Aber komm her, ich erklär's dir. Michael zahlt irgendeinen Betrag monatlich ab. Ich weiß nicht, wie viel es ist, aber es kann nicht so ganz wenig sein. Die Bude war verdammt teuer. Also ich schätze, dass ihr mit Grunderwerbssteuer, Notar und Umbau locker die zwei Mio gekratzt habt. Das heißt, Michael hatte so viel auf der Seite oder seine monatlichen Tilgungsraten sind so exorbitant hoch, dass er in drei Jahren eine Mio abgezahlt hat. So oder so, er muss gut verdienen, und wenn er weiter so gut im Geschäft ist, dann würde ich mir an deiner Stelle keine großen Sorgen machen. Und wenn nicht, dann musst du doch noch bei der Telefonseelsorge anfangen!«

Malu hatte gut reden. Wenn dieser Flachs mal nicht schneller Realität wurde, als ihr lieb war. Jedenfalls ging aus Malus Ausführungen eindeutig hervor, dass Michaels Versprecher in Stromboli die reine Wahrheit gewesen war. Wenn er den Job verlor, wurde es schlagartig Nacht im Hause Billings. Und das musste Caro verhindern. Man konnte doch nicht mit einer solchen Belastung leben. Das ganze Leben darauf aufbauen, das alles so blieb, wie es war oder sogar noch besser wurde. Sie hätte sich einfach viel früher damit beschäftigen müssen. Aber jetzt war erst einmal Johanna dran. Danach würde sie sich Michael schnappen.

Die Frauen tranken noch mehrere Absacker und kamen über den Umweg Finanzen schließlich wieder auf Johanna zu sprechen. Zu dieser späten Stunde verstärkte der Alkohol eindeutig ihre Trauer. Sie begannen wieder zu weinen und wurden mit jedem Schluck trauriger.

»Wie kommst du nach Hause?«, fragte Malu schließlich, als ihre Körper sich weigerten, nur noch einen weiteren Schluck aufzunehmen.

»Weiß nich. Taxi!«

Sie schleppten sich beide aus dem Lokal, und Malu pfiff ihnen auf der Straße zwei Taxen herbei. Zum Abschied fielen sie sich in die Arme.

Am Tor klingelte Caro Sturm. Sie war nicht mehr in der Lage, ihren Schlüssel aus der Tasche zu ziehen.

*

Als es plötzlich kurz vor Mitternacht klingelte, drückte Joshua Gewichte, Pamela war kurz zuvor erst eingeschlafen, und Michael saß inzwischen, noch immer erstarrt, in einer Ecke des Schlafzimmers auf dem Boden und wartete darauf, dass seine Frau endlich nach Hause käme. Als er jetzt die Klingel hörte, befürchtete er, dass Carolyn etwas zugestoßen war.

Im Laufe des Abends hatte er mehrfach versucht, sie zu erreichen, auch Pamela hatte unabhängig von ihrem Vater wieder und wieder ihre Nummer gewählt, um ihr mitzuteilen, dass Vaters gute Zeit anscheinend schon wieder vorbei war und sie ihn wie ein Häufchen Elend im Schlafzimmer vorgefunden hatte, nachdem sie zuvor das ganze Haus nach ihm abgesucht hatte. Aber niemand hatte sie erreicht.

Pamela war zuerst an der Tür und drückte auf die Gegensprechanlage. Sie wusste, dass mit ihrem Vater in dessen momentanem Zustand nicht zu rechnen war und Joshua, je nachdem wo er gerade steckte, durch seine Behinderung zu lange brauchen würde. Sollte jemand noch nicht wach geworden sein, so besorgte das nun Wolfis hysterisches Gebell.

»Hallo, wer ist da?«, fragte sie.

»ICH, CARO!«, schrie ihr eine Stimme entgegen, die nur entfernt nach ihrer Mutter klang.

»Mam, bist du das?«

»Wernsonst? Los mach auf, mach schon!«

Herrgott, was für eine schreckliche Familie, dachte Pamela. Ihre Mutter war offensichtlich betrunken. Sie drückte auf den Toröffner und wartete, dass Carolyn die beleuchtete Auffahrt hinaufgetorkelt kam. Aber das tat sie nicht. Inzwischen war auch Joshua angerollt gekommen. Er war halb nackt und stark verschwitzt.

»Was ist los?«, wollte er wissen.

»Mama. Sie scheint total besoffen zu sein. Aber sie kommt nicht.«

»Lass uns nachsehen. Wo ist Vater?«

»Oben, im Schlafzimmer. Angstattacke!«

»Leck mich am Arsch!«

»Ja, mich ausnahmsweise auch.«

Carolyn saß mit dem Rücken an eine Betonstütze gelehnt im offenen Tor. Pamela lief auf sie zu und nahm sie in den Arm, während Joshua so nah als möglich heranrollte, um zu zeigen, dass auch er da war.

»Was ist denn, Mam?«

»Johanna«, sagte sie, bevor sie vornüberkippte.

»O Mann, die ist ja voll hinüber. Kannst du mir sagen, wie wir sie ins Haus kriegen sollen?«

»Vater und du, ihr müsst sie tragen. Tut mir Leid, für die Geschichte bin ich der falsche Mann. Weißt du, es hat auch Vorteile, wenn man ein Krüppel ist.«

»Josh, sei doch nicht gleich pampig und vor allem sei nicht immer so selbstmitleidig. Ich wollte wissen, ob du eine Idee hast. Dass du sie nicht selbst tragen kannst, ist mir schon völlig klar. Warte wenigstens hier bei ihr, bis ich Vater aus seinem Zimmer gelockt habe.«

Pamela ging zurück ins Haus und stieg die Stufen hinauf. Sie klopfte an die Tür, und als keine Antwort kam, ging sie einfach hinein. Michael kauerte in der Ecke.

»Wer war das?«, fragte er tonlos.

»Deine Frau«, antwortete Pamela gereizt.

»Carolyn? Hat sie keine Schlüssel?«, fragte er mit weinerlicher Stimme.

»Sie ist ohnmächtig.«

Statt einer Antwort zog Michael sich eine Decke übers Gesicht. Pamela hörte, wie er darunter schwer atmete und leise vor sich hin jammerte.

»Hast du mich nicht verstanden, Vater? Mama liegt da draußen vor dem Tor und ist ohnmächtig. Willst du mir nicht helfen, sie hereinzutragen?«

Verheult kam ihr Vater wieder unter der Decke hervor.

»Ist sie, ist sie …?«, er brach zusammen.

Pamela gab auf. Bis sie ihren Vater auf den Beinen hatte, konnte sie auch das örtliche Umzugsunternehmen anrufen und die bitten, Carolyn zu transportieren. Sie knallte die Tür ins Schloss und ging in das gegenüberliegende Zimmer.

»Oma, steh auf und komm mit!«

Anscheinend klang ihre Stimme so energisch, dass Mary, die natürlich hellwach war, ohne die leiseste Gegenwehr aufstand, sich den Morgenmantel umlegte und ihr mit einigem Abstand folgte. Wolfi, von der nächtlichen Überraschung entzückt, schoss hinter den beiden her.

Mary stieß einen spitzen Schrei aus, als sie ihre Tochter so daliegen sah.

»Los Oma, pack an.«

»Wartet«, sagte Joshua, »mir ist da eine Idee gekommen. In der Garage steht doch der alte Milchkarren, den Mutter immer zum Transportieren ihrer Kübelpflanzen benutzt. Wenn ihr den holt, können wir sie draufpacken und durch die Gartentür ins Haus rollen. Dann legen wir sie in mein Bett.«

»Auf die Pritsche?«, sagten Mary und Pamela im Chor und sahen ihn an, als hätte er einen Spaß gemacht.

»Habt ihr vielleicht eine bessere Idee?«

Das hatten sie nicht, und so machten sie es, wie Joshua vorgeschlagen hatte. Großmutter und Enkelkind schafften es, Carolyn auf den Karren zu ziehen. Wolfi lief einige Meter voraus und kam kläffend wieder zurück. Einmal sprang er auf den Karren und leckte Caros Gesicht. Wenigstens er hatte seine Freude an der Tragödie. Der Hund schien überhaupt mit jedem Tag fröhlicher zu werden. So viel Abwechslung hatte er in seinem gesamten früheren Leben nicht gehabt.

Als Caro endlich auf Joshs Feldbett lag und fest schlief, zog Pamela die beiden anderen aus dem Zimmer, löschte das Licht und stupste sie vor sich her zurück in die Diele.

»Danke, Oma, für die Hilfe!«, verabschiedete sie Mary.

»Wo ist denn eigentlich Michael?«

»Ihm geht es nicht gut«, antwortete Pamela und gedachte nicht weiter darüber zu sprechen.

»Oje, oje! Das wird ein bitteres Ende nehmen, glaubt mir. Euer Vater hat sie nicht mehr alle, und meine Tochter ist alkoholabhängig. Ihr armen Kinder! – Komm Wolfi! Gute Nacht ihr beiden und schlaft gut.«

Joshua packte Pam am Arm und bedeutete ihr durch eine eindeutige Handbewegung, dass es nichts brachte, jetzt etwas zu sagen. Er hatte Recht.

»Und was mach *ich* jetzt?«, fragte Joshua, nachdem Mary wieder in ihrem Zimmer war. »Mein Bett ist belegt. Ich glaube, ich penne auf dem Sofa.«

»Aber das ist furchtbar unbequem.«

»Hast du 'ne bessere Idee?«

»Zu blöde, du könntest bei mir schlafen, mein Bett ist groß genug.«

Joshua strahlte sie an. Pamela überlegte kurz und dann lächelte auch sie.

»Wie lange ist das her?«

»Lange.«

»Und es war immer so wunderschön. Erinnerst du dich an unsere Spielchen?«

»Ja, ich schmecke die Süßigkeiten noch heute auf der Zunge. Besonders diese sauleckeren Brausebonbons.«

»Die vom Büdchen an der Ecke, von der hässlichen Schmitz mit der dicken Warze auf dem Kinn.« Sie lachten beide. »Die mochtest du immer sehr … Am liebsten erinnere ich mich daran, wie du mir Geschichten erzählt hast. Nie wieder in meinem Leben hab ich mich so gemütlich gefühlt.«

»Gemütlich?«

»Jaaa. Es war einfach alles perfekt. Einfach gemütlich. Mir fällt kein besseres Wort ein.«

»Pamela«, sagte Josh jetzt ernster, »ich muss dir was sagen. Es ist gut, dass wir wieder zusammen reden. Und … Es tut mir Leid.«

»Was? Was tut dir Leid?«

»Alles! Das mit den Filmen, alles eben … Wie ich mich benommen habe und so. Ich wollte dir nicht wehtun, aber es ging oft nicht anders. Verstehst du, es war, als ob da ein anderer die Regie übernommen hätte.«

»Nein, verstehen tue ich es nicht. Und vielleicht ist das hier ja auch der falsche Augenblick, um darüber zu reden, obwohl wir das wirklich tun sollten. Aber ansonsten bin ich ganz deiner Meinung. Es ist schön wieder mit dir zu reden … Ich bin müde, Josh. Ich geh ins Bett, schade, wie gesagt, dass du die Treppen nicht hochkommst. Soll ich dir eine Decke bringen?«

Joshua schüttelte den Kopf, und Pam stieg die Treppe hinauf. Sie hatte ihren Fuß eben erst auf die dritte Stufe gesetzt, als sie Josh ihren Namen rufen hörte. Sie drehte sich um.

»Gilt dein Angebot noch?« Sie sah ihn fragend an. »Dann setz dich mal auf die Stufen«, befahl er ihr.

Pamela hockte sich hin, ohne zu wissen, was sie nun erwarten würde. Joshua rollte zur Treppe, richtete seinen Oberkörper auf und drückte sich aus dem Stuhl. Pamela wollte erschreckt etwas sagen, spürte aber, dass etwas ganz und gar Ungewöhnliches geschehen würde, und schwieg. Joshua stand auf eigenen Füßen, und sie erinnerte sich wieder an die Szene vor dem Polizeirevier, als er in den Wagen zurückgeklettert war und sie für einen kurzen Moment geglaubt hatte, seine Füße hätten den Boden berührt. Ihre Nerven waren jetzt zum Zerreißen gespannt. Sie schaute fassungslos auf das, was sich am Ende der Treppe tat.

Mit aller Kraft und mit Hilfe seiner freien linken Hand hob Josh das Bein und setzte den Fuß auf die erste Stufe. Dann griff er über und stemmt sein eigenes Körpergewicht hoch, sodass er mit einem leichten Anheben seinen zweiten Fuß nachholen konnte. Ein riesiges Glücksgefühl überkam ihn. Treppensteigen hatte er noch niemals probiert. Pamela machte sich ganz klein und hielt vor Spannung die Hand vor den Mund. Ihre Augen strahlten.

Joshua fühlte, wie die Kraft sich in seiner Körpermitte sammelte. Natürlich war das hier kein Gehen, er konnte nicht etwa plötzlich wieder laufen, aber sich am Geländer festhalten und die ganze verdammte Treppe erklimmen, diese Aufgabe schien plötzlich möglich und setzte ungeheure Kräfte in ihm frei.

20 Minuten später lag er völlig erschöpft auf Pamelas Bett. Die letzten Schritte vom Treppenabsatz bis in ihr Zimmer hatte sie ihn gestützt, fast schon geschleppt. Aber die Treppe hatte er ganz alleine bewältigt.

»Joshua, ich glaube, wir müssen uns wirklich unterhalten«, sagte Pamela glücklich. »Wie kann so etwas gehen?«

»Pssst.« Josh legte den Finger auf die Lippen. »Nicht jetzt! Lass uns schlafen.«

Zusammen mit seiner Schwester in einem Bett zu liegen war befremdlich, aber er genoss jede Sekunde. Pam ging ins Bad, um sich das Nachthemd überzuziehen. Währenddessen zog er sich schnell die Sachen aus und schlüpfte in der Unterhose unter die Decke. Da war keine kindliche Unbefangenheit mehr, kein blindes Vertrautsein. Die letzten Jahre hatten viel verändert.

Als Pamela allmählich in den Schlaf hinüberglitt, hörte sie

Joshs tiefe Stimme. Er lag auf dem Rücken und flüsterte seine Frage gegen die dunkle Zimmerdecke: »Soll ich dir eine Geschichte erzählen?«

Sie drückte ihren Kopf ganz sanft gegen seine Schulter und erwiderte: »O ja, bitte, bitte!«

*

Carolyn konnte sich an nichts mehr erinnern und wunderte sich so auch nicht, dass Michael ihr keine Vorwürfe machte. Eine unerklärliche Peinlichkeit blieb allerdings. Wie war es möglich, dass sie in Joshuas Zimmer aufgewacht war, zudem vollständig bekleidet und in einem erbarmungswürdigen Zustand? Ihr Sohn löste das Rätsel nicht auf, machte aber auch keine abfälligen Bemerkungen, wofür sie ihm dankbar war. Sein lakonisches »Na, geht's wieder?« konnte sie angesichts seiner Möglichkeiten noch verschmerzen. Allein, warum Wolfi plötzlich so anhänglich war, galt es noch zu ergründen.

Michael war froh und dankbar, dass seine Kinder die Situation gerettet hatten und Carolyn ihn nicht auf sein ängstliches Versagen ansprach. Dass sie nichts davon wissen konnte, zog er nicht in Erwägung.

»Du warst spät dran gestern Abend, ist etwas passiert?«, war alles, was er zu ihr sagte, als er die Küche betrat und auch das nur, um einem normalen morgendlichen Ablauf den Weg zu ebnen. Caro saß am Tisch und stierte in einen dampfenden Pott Kaffee. Er kam nicht einmal dazu, ihr einen Kuss zu geben, mit solcher Heftigkeit ergoss sich Carolyns Trauer auf dieses Stichwort hin über die Frühstücksgesellschaft. Michael und die Kinder hörten still zu. Er hielt ihre linke, Pamela die rechte Hand, und beide streichelten zärtlich ihren Handrücken. Zusammen brachten sie Carolyn anschließend auf ihr Zimmer, gaben ihr ein Beruhigungsmittel und halfen ihr ins Bett.

Michaels Vorhaben, ihr alles zu beichten, war hinfällig geworden. Ausgeschlossen, Caro jetzt auch noch damit zu belasten. Stattdessen bot er ihr seine Hilfe an. Er versprach, eine Woche Urlaub einzureichen, um ihr in den bevorstehenden schweren Tagen bis zur Beerdigung den Rücken freizuhalten.

»Das willst du wirklich machen?«, fragte Carolyn gerührt.

»Aber was wird Schröter dazu sagen? Du warst doch so lange krank und jetzt schon wieder Urlaub?«

»Ach was, das wäre ja noch schöner. Ich kann dich doch in dieser Situation nicht alleine lassen. Das wird er verstehen. Und wenn nicht, kann ich ihm auch nicht helfen. Ich habe wahrscheinlich noch drei Monate Urlaub, wenn man die Überstunden der letzten Jahre zusammennimmt.«

»Ich dachte, du hättest keine Überstundenregelung.«

»Nein, natürlich nicht. Ich meine ja bloß! Jedenfalls ist das abgemacht. Verlass dich auf mich. Kümmere du dich um das Begräbnis und all die furchtbaren Amtsangelegenheiten, und ich schmeiß derweil den Haushalt – keine Widerrede! Und jetzt schlaf dich erst mal richtig aus, du siehst schrecklich mitgenommen aus.«

Schlagartig ging es Michael wieder besser.

14

Michael stand in der Küche und bereitete das Essen zu. Die Zeit des Versteckspielens sollte nun ein für alle Mal vorbei sein. Er hatte sich vorgenommen, Caro an diesem Abend zu verwöhnen und ihr dabei alles zu sagen. Nicht verschämt und unter Tränen, sondern Stolz und selbstbewusst wollte er ihr seinen Entschluss, den Job zu kündigen, unterbreiten. Genau so hatte er es mit der Therapeutin erarbeitet. Ihr hatte er schon am Tag vor Johannas Beerdigung alles gestanden. Er brauchte Beistand, das war schon nach der ersten Abmahnung klar gewesen und erst recht, seitdem er endgültig gekündigt war.

Am Montag hatte ihm der Postbote, der nicht erfreut darüber war, seine Gewohnheiten neuerlich ändern zu müssen, das Einschreiben mit Rückschein an der Haustür zugestellt. Die Tage danach, bis zur nächsten Sitzung, verbrachte Michael in niedergeschlagenem Zustand. Er war heilfroh, dass Dr. Sinola ihm nicht auch noch Vorwürfe machte. Sie schien es normal zu finden, dass ihre Patienten sich mit einer Notlüge aus schwierigen und belastenden Situationen befreiten. Viel bedenklicher fand sie, dass er Carolyn angelogen hatte, obwohl, richtig angegriffen hatte sie ihn deshalb auch nicht. Ohnehin hörte sie nur zu und unterließ Wertungen selbst da noch, wo Michael sie erwartet, ja, sogar erwünscht hätte. Zweimal schon war er böse geworden, weil sie ihm allzu teilnahmslos erschien.

Mit der Kündigung hatte er rechnen müssen. Schließlich wusste er, wie Schröter tickte. Michael hatte sich des schlimmsten Vergehens schuldig gemacht, er hatte Schröter ignoriert, indem er seine Anrufe nicht entgegennahm und auch nicht zurückrief. Er konnte das Bild des tobenden Alten direkt vor sich sehen. Wie ein eingesperrter Tiger würde er in seinem riesigen Vorstandszimmer auf und ab rennen. Schröter hielt es nicht aus, sich mit einer Entscheidung Zeit zu lassen, zuerst alles ordentlich zu überdenken, abzuwägen, mit seinen Fachleuten zu besprechen. Es machte ihn schier wahnsinnig, sich mit einem ungelösten Problem nachts ins Bett zu legen. »Entscheiden Sie, Michael, entscheiden Sie.« Wer weiß, wie oft Michael das gehört hatte.

Und warum sollte Schröter bei ihm auch eine Ausnahme machen? Er war zum Problem geworden. Und ob Schröter dieses Problem nun wehtat, ob es ihm näher ging als andere, das durfte im Kosmos eines Konzernlenkers keine Rolle spielen. Diese Flexibilität gönnte er sich nicht. Und genau deshalb wird er nach einigen Runden durch sein Büro hinausgestürzt sein und der Jünger die Kündigung diktiert haben. »Machen Sie die Formulierungen mit dem Rechtsverdreher scharf, damit die Sache hieb- und stichfest ist«, wird er noch gerufen haben, bevor er sich wieder in sein Büro zurückzog.

Die Szene stand ihm tatsächlich plastisch vor Augen. Natürlich war die Sache damit noch nicht völlig erledigt. Früher oder später mussten sie sich treffen und alles wie Männer besprechen. So einfach herausstehlen konnte man sich nicht. Schließlich fühlte er sich noch in Schröters Schuld. Aber Dr. Sinola hatte gesagt, für den Augenblick wäre es so in Ordnung.

Allerdings hatte er der Therapeutin etwas offenbart, was er Carolyn nun zu verschweigen gedachte. Er wollte sich seiner Frau gegenüber als Handelnden hinstellen, als jemand, der nicht mehr so weitermachen wollte und deshalb danach trachtete, sein Leben in neue Bahnen zu lenken, seinen Job zu kündigen. Dass *ihm* gekündigt worden war, gedachte er zu verheimlichen. Aber das sollte dann auch wirklich die letzte Lüge sein.

Die Kinder waren aus dem Haus. Joshua bei seiner Freundin und Pamela mit Oma im Kino. Letzteres hatte ihn allerdings eine Kleinigkeit gekostet. Pamela war nicht eben hilfsbereit, ganz anders als in früheren Tagen. Caro meinte, es läge an ihrem neuen Freund, den sie beharrlich vor ihnen versteckt hielt. Daraufhin hatte Michael versucht, Joshua auszuhorchen, mit dem er sich inzwischen wieder richtig gut verstand, darauf hoffend, dass der eine Ahnung haben könnte, wer der mysteriöse Mr X denn wohl sein könnte, aber sein Sohn hatte nur abgewunken.

Jedenfalls stimmte Pam seiner inständigen Bitte dann doch noch zu, nachdem er ihr erzählt hatte, er müsse etwas wirklich Wichtiges mit Carolyn allein besprechen. Weshalb sie allerdings mit »Wird aber auch Zeit« geantwortet hatte, blieb ihm schleierhaft.

Carolyn war noch in der Stadt. Sie traf sich mit Malu und wollte danach noch ein wenig Obst einkaufen und gegen sieben zu Hause sein.

Michael sah auf die Uhr, er hatte noch etwa eine Dreiviertelstunde Zeit. Ausreichend, um sich zu duschen und den Wein auszusuchen. Er hängte das Küchentuch über die Stuhllehne und ging nach oben. Vor dem Spiegel im Badezimmer sah er sich in die Augen. In einem Buch hatte er erst kürzlich gelesen, dass man seinen seelischen Zustand auf diese Weise selbst erkennen könne. Er fand seine Augen wie immer. War er traurig? War er verängstigt? Froh, dass bald alles vorüber sein würde? Vermutlich musste man so was jeden Tag machen, wie er ja auch sein Gewicht täglich überprüfte, und über die Veränderung würde man lernen, sich selbst besser zu erkennen. Beim Duschen hing er dem faszinierenden Gedanken weiter nach. Wie fühlte er sich denn nun? Am ehesten noch, dachte er beim Abtrocknen, wie auf einer Achterbahn. Seine Stimmung änderte sich von einer Minute auf die nächste, was eben noch Hoffnung versprach, führte plötzlich ganz tief in den Abgrund. Einfach weiterleben, sagte er sich, eines Tages musste sich doch alles wieder normalisieren, wenn es so etwas wie Normalität für ihn noch gab.

Mit etwas weichen Knien stieg er in den Keller und suchte eine besondere Flasche Rotwein. In Italien hatte alles begonnen, also suchte er in dem linken Regal. Rechts, in den Tonröhren lagerten die großen Bordeaux. Er war glücklich mit der Wahl, die er schließlich traf. Ceparello, ein großer Unbekannter aus der Toskana. Wunderbar, der würde Carolyn schmecken, die mehr die vollmundigen, weichen Weine mochte als die verschlossenen, taninhaltigeren Franzosen. Er besaß noch genau zwei Flaschen der Köstlichkeit, ein Glück, dass Charles nicht in dieses Fach gelangt hatte. Er trug die beiden Flaschen aus dem Kellerbuch aus und machte sich einen Vermerk, so bald als möglich für Nachschub zu sorgen.

Womit bitte sollte er überhaupt noch Wein bezahlen, schoss ihm durch den Kopf. Sie würden binnen Jahresfrist pleite sein, das stand fest. Das wenige Guthaben würde von den laufenden Kosten aufgesaugt wie Wasser von einem feuchten Schwamm, es würde geradezu verdunsten. Klar, er würde, er musste sich arbeitslos melden. Aber da gab es erst einmal eine Sperre, und das Arbeitslosengeld würde nur ein Bruchteil dessen sein, was sie benötigten. Er brauchte schnellstmöglich eine neue Stelle, nur als was? Nochmals das Gleiche, nur in einem anderen Unternehmen, das kam nicht infrage. Es war ja nicht so, dass er an der SETRA gescheitert wäre, er war an sich selbst gescheitert. Bis er herausgefunden hätte, was genau in seinem Job ihm als so unmöglich erschien, würde er noch Zeit brauchen, wenn er sich auch auf seine Ahnungen verlassen konnte. Die Strukturen waren es, die Abhängigkeit und das furchtbar viele Personal, das ihm letztlich so viel zu schaffen machte. Die andauernden Entscheidungen, die mörderische Geschwindigkeit und die Kälte hatten ihm zugesetzt. Ihm wurde schwindelig. Eins nach dem anderen, sagte er sich, um innere Ruhe bemüht, während er auf der steilen Kellertreppe seine Atemübung versuchte.

In der Küche stellte er die Musik an. Carolyn würde Ohren machen. Es lief die CD aus dem Indie-Laden. Inzwischen hatte er sich schlau gemacht. Joshua wusste natürlich Bescheid, und nach der Erklärung war er schon etwas beschämt, nicht selbst darauf gekommen zu sein. Joshua kannte die Band, rümpfte aber die Nase über den seichten Geschmack seines Vaters. Musste ja auch nicht sein, dass Vater und Sohn die gleichen musikalischen Vorlieben teilten. Ihm gefiel sie, sehr sogar, so sehr, dass er sich eine Musikzeitschrift gekauft hatte, um weitere neue Musik zu entdecken.

Gerade setzte das dritte Stück ein, als die Eingangstür mit einem lauten Knall ins Schloss flog. Da wollte jemand, dass man sein Eintreten bemerkte. Carolyn stürmte mit grimmigem Gesichtsausdruck in die Küche. Sie warf ihre Einkäufe auf den Tisch und stampfte zum Kühlschrank. Mit einem Schluck stürzte sie ein Glas Weißwein hinunter und wendete sich dann Michael zu.

»Setz dich da hin und hör mir gut zu«, schrie sie, »setz dich und sag jetzt bloß kein einziges Wort.«

Michael hockte sich auf den Stuhl und legte die Hände auf die Knie. Er konnte sich nicht erklären, was seine Frau in diesen rasenden Zustand versetzt haben könnte. So aufgebracht hatte er sie ja noch nie erlebt.

»Weißt du, wo ich herkomme?« Sie ließ ihm nicht einmal Zeit zum Schulterzucken ... »Aus dem Supermarkt! Und weißt du auch, wen ich dort getroffen habe? ... Nadja!«

Er sah sie mit großen Augen fragend an.

»Nadja Schröter!«, schrie Carolyn kurz vor der Hysterie. »Weißt du noch, das ist die Frau deines Chefs oder sollte ich besser sagen deines Ex-Chefs?«

Michael sackte in sich zusammen.

»Jaaaa, da sagst du nichts mehr, nicht wahr! Das ist auch verdammt noch mal besser so! Ich weiß nämlich auch nicht, was ich noch dazu sagen soll.« Sie ging zur Tür. »Du bist ein Lügner, ein feiger Lügner!«, schrie sie jetzt, aber bereits um einiges leiser. In der Diele ließ sie ihrer verbalen Erregung dann noch einen markerschütternden Schrei folgen.

Das war danebengegangen, und Michael besaß keinen Plan B.

*

Kurz nach zehn kam Caro zurück in die Küche. Dort schien die Zeit stillzustehen. Michael saß noch immer am gleichen Fleck. Allein der Kalbsbraten im Ofen hatte sich bedrohlich weiterentwickelt.

Carolyn fasste Michael bei der Schulter. Er fröstelte. Wortlos setzte sie sich neben ihn und nippte an ihrem Glas. Ohne ihn anzusehen, sagte sie: »Sprich!«

Michael brauchte zwei weitere Aufforderungen, bevor er sich vorsichtig in seine eigene Geschichte hineintastete. Zuerst noch monoton und stockend, dann immer rascher, bis er sich am Ende fast überschlug. Carolyn unterbrach ihn nicht ein einziges Mal. Sie stellte weder Zwischenfragen, noch ließ sie erkennen, was sie von der ganzen Sache hielt. Am Ende der Ausführungen ging Michael zum Tisch und öffnete den Ceparello. Er trank ein Glas, zu durstig für einen solchen Rotwein. Eine Weile lag Stille über der geräumigen Küche.

Als Mary und Pamela aus dem Kino zurückkamen, schauten sie kurz herein, um gute Nacht zu sagen, und verzogen sich dann nach oben. Nur Wolfi, den der Film aufgekratzt zu haben schien, brauchte eine extra Einladung.

»Ob Joshua nicht kommt?«, fragte Carolyn.

»Ich denke nicht. Es ist schon zu spät. Wahrscheinlich schläft er bei den Steins.«

»Bei Franziska!«

»Ja, bei Franzi.«

»Was denkst du?«

»Über Franzi und Josh?«

»Nein, über uns, über Michael und Carolyn? Wie soll es jetzt weitergehen?«

»Ganz ehrlich, Caro, ich weiß es nicht. Sicher ist allein, dass ich nicht mehr zurückgehe. Ich habe nicht die leiseste Ahnung, was ich machen soll, keine Pläne, gar nichts. Das klingt vermutlich nicht so richtig gut in deinen Ohren, das weiß ich, aber es ist die Wahrheit. Ich muss mich umorientieren, eine neue Aufgabe für mich finden, aber das braucht ein wenig Zeit. Zeit zum Nachdenken. Ich habe die letzten 20 Jahre nicht über mich nachgedacht. Ich verstehe, wenn du das nicht mitmachen willst, aber ich hoffe aus ganzem Herzen darauf.«

Dann schwieg er wieder. Endlich war er seine vorbereitete Rede losgeworden. Das war es kurz und knapp, was er hatte sagen wollen, bevor er enttarnt wurde. Sein derzeitiger Standpunkt. Mehr hatte er nicht mehr in der Tasche.

Und dann sprach Carolyn. Sie war genauso klar und ehrlich. Sie verschwieg ihm nicht länger, dass sie hinter seinem Rücken die Kontoauszüge angesehen hatte, und legte das zerknitterte Blatt auf den Tisch. Sie erklärte ihm, der es längst wusste, wie es um ihre Finanzen stand.

»Carolyn! Wir haben nur eine einzige Möglichkeit: Wir müssen das Haus verkaufen!«, sagte er ruhig, nachdem sie geendet hatte. Schon während des Sprechens duckte er sich. Jedenfalls erschien es ihm selbst so. Caros Reaktion war eindeutig und zugleich von Michael so nicht erwartet.

»Da hast du ausnahmsweise mal verdammt Recht! Das Haus muss weg, es hat uns sowieso kein Glück gebracht.«

Michael war sprachlos. Statt einer Gegenwehr gleich so viel Zustimmung, dass er schon wieder an der Richtigkeit seiner Idee zu zweifeln begann. Schließlich lag in Caros Einverständnis auch ein Vorwurf. Er erinnerte sich natürlich noch an ihre damaligen Bedenken, und er wusste sehr genau, dass es letztlich allein seine Entscheidung gewesen war, auf den *Hügel* zu ziehen. Seine und vielleicht noch die vom alten Schröter.

Das Haus würde einen ordentlichen Betrag bringen. Ein Mehrfaches dessen, was als Hypothek noch offen stand. Und die Leute, die das Geld hatten, auf dem *Hügel* zu investieren, hatten auch genügend an Schwarzgeld, um eventuelle Veräußerungsgewinne an der Steuer vorbeizuschieben.

»Meinst du, wir bekommen es gut weg?«, fragte Carolyn kritisch.

»Verlass dich drauf. Auch wenn ich in den letzten Monaten keine Rakete war, ich weiß, wie man so was verkauft, und ich hab auch schon einen Plan.«

»Und der Preis? Wir haben Schulden ...«

»Wir werden irgendetwas zwischen 2 und 2,5 Millionen dafür erzielen, da bin ich mir sicher. Ich muss es nur geschickt anstellen. Und dann haben wir Luft, Carolyn. Luft, um in Ruhe nachzudenken und Entscheidungen herbeizuführen. Wir nehmen das Geld aus dem Verkauf und mein Arbeitslosengeld, suchen uns eine schöne Wohnung in der Stadt oder sogar auf dem Land« – er hatte sofort das Anwesen seines Freundes Frieder vor Augen – »und werden wieder eine ganz normale Familie.«

Caros Antwort war lange und reiflich überlegt. Sie war nur zu gerne bereit, in ihren alten Traum zu investieren – eine ganz normale Familie, mehr hatte sie nie gewollt. Deswegen war sie auch am Abend so unendlich enttäuscht gewesen. Michael hätte doch nur mit ihr sprechen müssen.

»Und mein Geld haben wir schließlich auch noch!« Sie richtete sich stolz auf und war bereit, Michael eine perfekte Lüge zu servieren. »Sicher hast du dich gefragt, was Malu und ich die ganze Zeit zu bereden hatten. Nun, hier ist die Antwort: Wir machen uns selbstständig. Ich wollte dich damit überraschen, aber jetzt ist es genauso gut wie in einigen Wochen, wenn es so weit ist. Wir werden zusammen ein Call-Center eröffnen. Malu hat einen dicken Kunden an der Angel, der dringenden Bedarf hat, und außerdem hat sie reichlich Erfahrung in dem Geschäft. Die Verträge sind so gut wie unterschrieben. Natürlich werden Malu und ich zu Beginn mit an den Telefonen sitzen müssen, ist doch klar, aber das kann sich schnell ändern. Wenn erst einmal genug Traffic drauf ist, können wir uns zusätzliches Personal holen und sind dann frei für weitere Akquisitionen. So ein Call-Center muss rund um die Uhr ausgelastet sein, weißt du? Und das Gute ist, das Anfangsinvest ist so klein, dass Malu es vorstrecken wird.«

So, das war's, eine Lüge zwar, aber mit wahrem Hintergrund. Jetzt musste sie nämlich arbeiten, nicht allein für sich, sondern für die Familie. Und wenn sie nichts anderes finden würde, dann in Gottes Namen sogar in diesem Telefonsexladen, aber das konnte sie ihrem Mann natürlich keinesfalls sagen.

Michael staunte nicht schlecht. Über die Idee ebenso wie über Caros plötzlichen Wandel zur Geschäftsfrau. Es fühlte sich gut an, zumal es ihn aus seiner defensiven Rolle befreite. So konnte einer dem anderen helfen.

Das Projekt *Eine ganz normale Familie* konnte beginnen!

*

Malu quatschte auf der ganzen Fahrt ohne Unterlass. Carolyn hörte nicht zu. Trotz der Kälte hatte sie das Fenster einen Spaltbreit geöffnet und ließ den Fahrtwind durch ihre Haare wehen. Nervös beobachtete sie die Häuser und Menschen entlang des Weges, die wie im Film an ihnen vorbeizogen. Ihr Kopf lieferte den Soundtrack zu dieser spätherbstlichen Kamerafahrt, die Geräusche der Umwelt waren vollständig ausgeblendet.

Jetzt, wo es wirklich losging, jetzt beschlich sie sogar ein zartes Gefühl von Freiheit, ähnlich dem, das kurz nach ihrer Hochzeit in ihr aufgestiegen war, als sie zum ersten Mal realisierte, dass sie dem Albtraum Elternhaus endlich entkommen war.

»Spürst du mich? Komm, sag schon, du geiles Biest, kannst du meinen harten Riemen spüren? Und jetzt mach deine Beine breit, richtig weit auseinander. Sag mir, wie dein Fötzchen aussieht. Was? ... Uuuh, da wird er gleich noch härter. Schluss jetzt, jetzt will ich dir's richtig besorgen, mein Schwanz zuckt schon mächtig ...«

Malu musste Carolyn energisch hinter sich herziehen. Sie wollte dringend wieder weg von hier. Als hätte sie es nicht gewusst, eine irrsinnige Entscheidung!

Der Gebäudekomplex, in dem sie sich befanden, lag an der nördlichen Ausfallstraße der Stadt, in einem runtergekommenen Industriegebiet. Das Haus hatte früher einmal einer Filmgesellschaft gehört, was die fehlenden Fenster erklärte und es für diese Art von Arbeit als nahezu ideal erscheinen ließ.

Sie standen in einem Großraumbüro. Die Fläche wurde durch raumhohe Paravents in kleine Zellen unterteilt. In jeder dieser abgeteilten Einheiten befanden sich ein Sessel, ein Stehpult und eine Art medizinischer Liege. An der Wand hing ein silberfarbenes Telefon mit einer langen, ausziehbaren Schnur. Vier der Boxen waren an diesem Nachmittag besetzt, in zweien wurde momentan gesprochen. Ein Gespräch hatte Carolyn soeben auszugsweise mit anhören können, da sie ihr Weg direkt an dem Kollegen vorbeigeführt hatte. Der untersetzte Mann mit Halbglatze und dreiviertellangen Outdoor-Hosen stand am Stehpult, von wo er seine obszönen Worte in das Telefon sprach. Er winkte fröhlich zu ihnen herüber, deutete mit dem Zeigefinger auf den Hörer, zuckte mit den Schultern und machte mit einer weiteren Geste deutlich, dass es sich bei seinem Gegenüber noch etwas hinziehen konnte.

Aber das, was Carolyn da gerade von dem Glatzkopf gehört hatte, machte ihr das Unmögliche ihres Unterfangens klar. Ausgerechnet sie, die in ihrer Jugend laufend Zeuge menschlicher Kopulationsexzesse geworden war, sie sollte jetzt in der Sexindustrie arbeiten? Bis zu diesem Augenblick hatte sie den Gedanken erfolgreich verdrängt und versucht, sich Malus verharmlosende Sichtweise zu Eigen zu machen, vergeblich, wie sie nun feststellen musste.

Im nächsten Raum, der dem vorherigen aufs Haar glich, nur

dass dieser doppelt so groß war, herrschte auch am Nachmittag schon deutlich mehr Betrieb. Carolyn bemühte sich so sehr darum, nichts von den Gesprächsfetzen, die aus den Nischen drangen, zu hören, dass sie fast mit dem einzig anwesenden Mann zusammengestoßen wäre. Ralf Roberts stand lässig an eine Art Schreibtisch gelehnt und machte sich Notizen auf einem Block. Kurzes gepflegtes Haar, perfekt manikürte Fingernägel und ausgewählte Sportkleidung machten aus ihm einen Fremdkörper in dieser Umgebung. Er bedeutete ihnen, ihm in sein Büro zu folgen.

Der Raum lag im ersten Stock des Gebäudes, hatte Fenster und auch sonst alles, was ein Büro zu einem angenehmen Ort machen konnte. Die Sekretärin, ein rundlicher Muttertyp, in ein Wollkostüm gezwängt, servierte Cappuccino und stilles Wasser und schloss im Hinausgehen dezent die ledergepolsterte Tür. Ralf Roberts verwickelte die Frauen in ein belangloses Gespräch über das Wetter, Bootsausflüge, Kinder, über Shoppen, Autos, mittägliche Talkshows und angesagte Restaurants, nur über das eine sprach er nicht. Auch von seiner knapp bemessenen Zeit, die Malu zuvor mahnend erwähnt hatte, war dem smarten Geschäftsmann nichts anzumerken. Carolyn ertappte sich dabei, wie sie Roberts mit ihrem Mann verglich. Wenn Michael von seinem Büroalltag erzählte, hatte man das Gefühl, er zöge in den Krieg. Beim besten Willen konnte sie sich ein ähnliches Gespräch mit Ralf Roberts nicht vorstellen. Er spielte nicht entspannt, er war entspannt.

»Ja, nun, Ralf« – sie hatten sich von Anfang an geduzt, ohne davon Aufhebens zu machen – »es macht Spaß, sich mit dir zu unterhalten, aber deshalb bin ich eigentlich nicht hier.«

»Nicht so hitzig, du kommst schon noch an den heißen Draht.« Roberts lachte.

»Nein, nein, das will ich überhaupt nicht. Bitte verzeiht, auch du, Malu, wenn ich euch Hoffnungen, nein, nicht Hoffnungen, Mühe …, ach, zum Henker, was auch immer gemacht habe. Fakt ist, ich kann das hier nicht tun! Geht nicht! Auf gar keinen Fall!«

Ralf Roberts Reaktion überraschte Carolyn.

»Das verstehe ich sehr, sehr gut. Ich könnte es selbst auch

nicht. Ganz zu Beginn habe ich es natürlich versucht – Fehlanzeige! Ich konnte die Anrufer keine drei Minuten in der Leitung halten, fürchterlich war das. Und ich habe mich wahnsinnig geschämt. Nicht wegen des Jobs, aber ich …, nein, ich kann das auch nicht. Das hier ist ein hartes Stück Arbeit, und nicht jeder ist dafür geeignet. Man kann gutes Geld verdienen, das ja, und es ist auch ein sauberer Job. Was ich damit sagen will, man wird von niemandem angemacht, schon gar nicht angefasst, und wenn du die Tür nach der Arbeit hinter dir schließt, weiß keiner da draußen, dass du die sexy Stimme von der Hotline bist. Wir sind der sanfte Teil des Business. Also, ich verstehe dich, lasst uns noch ein Glas zusammen auf Carolyns Entscheidung trinken, und dann fahrt ihr wieder nach Hause.«

Er stand auf, ging zur Tür und sprach zwei Sätze mit der Sekretärin. Wenige Minuten später stand der Champagner auf dem Tisch.

»Ralf, mein Junge, ich bin jetzt weg, wenn nichts weiter ist. Ich muss mich beeilen, du weißt ja, dass dein Vater nicht gerne im Auto wartet.«

Die Sekretärin umarmte ihren Sohn und verabschiedete sich von Caro, die ihr mit weit geöffnetem Mund nachsah. Malu und Ralf begannen gleichzeitig zu lachen.

»Was glaubst du«, fragte Ralf, »wie oft ich diesen Gesichtsausdruck schon gesehen habe? Ich wüsste gar nicht, wie ich den Laden hier ohne meine Mutter schmeißen sollte.«

»Deine Mutter«, stammelte Carolyn immer noch fassungslos, »das gibt's doch nicht!«

»Doch, doch, aber leider geht sie mit Ende des Jahres in Rente. Mein Vater streikt. Er will seine letzten Winter im Süden verbringen, und das verträgt sich nicht mit Mutters Arbeitszeiten … Ja, das wird ein herber Verlust für mich. Sie ist einfach perfekt, wisst ihr, ich brauch hier keine Sekretärin, es gibt ja keinen Schriftverkehr, aber eben ein Mädchen für alles. Die Abrechnungen, vorbereitende Buchführung, Handwerker, Techniker, der ganze Kleinkram.«

»Und Champagner bringen«, lachte Malu.

»Ja, auch das. Na, dann Prost.«

Sie stießen an.

»Sag mal, Ralf«, sagte Malu und sah Carolyn an, »musst du deine Mutter nicht ersetzen mit jemandem, dem du hundert Prozent vertrauen kannst?«

Ralf überlegte kurz. »Und du meinst …?«

»Ich verbürge mich für sie. Tausend Prozent! … Na, das wäre doch für alle eine prima Lösung, oder etwa nicht?«

Zwei Augenpaare richteten sich auf Caro. Die schaute nachdenklich in die Runde und zuckte dann ganz kurz mit der Schulter.

*

Pamela war teuflisch aufgeregt. Sie befand sich mit Charlotte und P auf dem Weg zu Lin. Es war Lins Idee gewesen, ihre Freundinnen zu einem Einweihungsdrink einzuladen. Noch vor einem Monat hätte Pamela das Angebot rundweg abgelehnt. Sie traute sich ja selbst kaum in die Bruchbude, in der Lin wohnte. Es war ein von einer autonomen Gruppe mit Namen Dinotopia besetztes Haus. Für Pamela war all dies aufregendes Neuland. Lange hatte sie sich geweigert, das Haus zu betreten. Denn das, was diese Leute als aufgeräumt und sauber betrachteten, war für sie ein Saustall. Lins Zimmer bildete eine Ausnahme, aber immer nur vor dem Hintergrund der restlichen Räume. Pamelas Geschmack war das nicht, und das lag keineswegs nur an den Bildern an den Wänden, die irgendwelche Rockbands zeigten, aber auch aus einem Katalog für Tattoos stammen konnten.

»Hier bleib ich keine Sekunde«, hatte sie sofort verkündet. So schockiert war sie, dass sie nicht einmal bemerkte, wie sehr sie ihre Freundin damit kränkte. Zwei Tage später hatte Lin sie überrascht. »Hilfst du mir beim Renovieren?« Pamela hatte noch etwas ungläubig zugestimmt, aber sie hatten tatsächlich die beiden letzten Wochenenden mit Farbe und Stoffen verbracht. Ordentlich gestritten hatten sie sich dabei auch, aber nicht boshaft. Beiden war klar, dass sie sich noch sehr aneinander gewöhnen mussten, jedenfalls was die unterschiedlichen Geschmäcker betraf. In ihrer Zuneigung waren sie sich allerdings so nahe, wie man sich nur sein konnte.

Mit dem Ergebnis waren beide zufrieden. Dass Melinda dann auf einer kleinen Einweihung bestand und dazu Pams Freundinnen einlud, brachte diese mächtig ins Schwitzen. Gut nur, dass es eigentlich keine richtige Einweihung war, eher schon so eine Art Kaffee und Kuchen, obwohl Lin sich weigerte, so etwas Spießiges auszurichten. Anstatt Kaffee hatte sie Dosenbier besorgt und anstelle des Kuchens wollte sie vom Boten Pizza bringen lassen. Ohnehin würde es ein kurzer Besuch werden, schließlich stand das große Rennen bevor.

»Hier ist es«, sagte Pamela und deutete auf das Haus, das den Namenszug der Vereinigung trug. Die Mädchen sahen sich an.

»Du meinst, da soll ich rein, Schwester?«, fragte Charlotte.

»Da wohnt Lin. Und wenn du ihre Einladung nicht ausschlagen willst, wirst du das wohl müssen«, antwortete Pamela, die sich Charlottes Abneigung gut vorstellen konnte und ihr deshalb auch nicht böse war.

»Na, hoffentlich sieht mich keiner. Hätte ich gewusst, wie schlimm es ist, hätte ich eine kleine Stärkung zu mir genommen.«

»Du bist nicht im Urlaub, Charlotte.«

»Nein, aber im Krieg«, sagte Charlotte und schritt entschlossen auf die Haustür zu. Sie nahm ihr Taschentuch aus der Hose und zog den Griff damit auf. Keine Sekunde später stand ein riesiger Hund mit den Vorderpfoten auf Charlottes Busen und leckte ihr das Gesicht. Sie schrie nicht und bewegte sich auch nicht. Sie murmelte nur so etwas wie: »Ich bin tot.«

P lachte sich schlapp.

»Charles, du hast aber auch mal wieder ein Glück. Warum musst du auch als Erste den Palast stürmen. Los Kinners, mir nach. Ich mach mal die Vorhut, wenn's recht ist.«

Pamela griff Petras Arm und hielt sie zurück.

»Du weißt doch auch nicht, wo's langgeht. Lass mich mal.« Sie ging zu dem Hund und zog ihn von Charlotte weg. »Lass sie in Ruhe, Che. Hau ab!«

Der Hund folgte Pam aufs Wort. Charlotte war so beeindruckt, dass sie Pamela nicht mehr von der Seite wich, während sie durch das dunkle Treppenhaus nach oben stiegen.

Der Rest des Besuchs verlief harmlos. Sie hatten viel Spaß, und Charlotte machte tatsächlich eine Ausnahme. Sie tranken Bier und teilten sich die bestellten Pizzen. Und Lin stellte doch tatsächlich den Regler ihrer Anlage auf ein Niveau, bei dem man sich sogar noch unterhalten konnte.

Auf dem Weg zur Uferstraße richtete Charlotte es so ein, dass sie unbemerkt einige Worte mit Pam sprechen konnte.

»Die ist o.k., Schwester! Aber da wartet noch eine ganze Menge Arbeit auf uns, das ist dir doch klar, oder?« Pamela sah fragend zu ihr rüber. »Na, die Tattoos müssen weg, das geht heute. Lasertechnik, sprich mit Röber darüber! Und natürlich das ganze Metal. Hab ich eigentlich alle Ringe gesehen?« Sie lachte frech. »Und dann muss sie aus dieser Bude raus. Das geht doch gar nicht.«

»Du meinst, die Typen gefallen dir nicht?« Charlotte antwortete mit einem ihrer gnadenlosen Blicke. »Dabei näherst du dich ihnen schon an, finde ich, ich meine Charlotte Geiger-Wolff mit einer Büchse Bier auf der Straße. Öffentlicher Alkoholkonsum? Was wird der Parteivorsitz dazu sagen?«

»Quatschbombe!«, sagte Charlotte, und dann kringelten sie sich vor Lachen.

*

Die anderen waren schon da. Es fehlte eigentlich nur Joshua. Doch von ihm war weit und breit keine Spur zu entdecken. Die Strecke war klar definiert. Es gab überhaupt nur eine Stelle, außer den diversen offiziellen Überwegen, wo die Straßenrandbepflanzung die Möglichkeit bot, vom Bürgersteig auf die Fahrbahn durchzubrechen. Und nur hier war auch der Bordstein entsprechend flach. Und natürlich war das auch der beste Platz für die Zuschauer.

Pamela steuerte auf Franzi zu. Joshuas Freundin bemühte sich, Breuer aus dem Weg zu gehen, der etwas hilflos versuchte, sie anzuflirten. Dass Franzi inzwischen die feste Freundin seines Bandkollegen war, war einem wie Breuer völlig gleichgültig. Seine Ideen mussten keinen Bezug zur Realität haben.

»Wo ist Josh?«, fragte Pamela.

»Der macht sich warm«, antwortete Franzi.

»Gute Idee. Es ist scheißkalt geworden.«

»Ja. Ich bin supernervös! Dabei hat Joshua immer gesagt, er würde es nicht im Winter machen, er brauche die Wärme, damit seine Muskeln ordentlich arbeiten.«

»Und woher kommt diese plötzliche Hektik?«

»Wenn ich es nur wüsste. Ich habe so oft versucht, es ihm auszureden. Aber du kennst deinen Bruder ja. Wenn sich in diesem Hirn erst einmal etwas festgesetzt hat, bringen es keine tausend Pferde wieder heraus. Aber warum er es unbedingt noch vor Weihnachten hinter sich bringen will, weiß ich nicht.« Franzi zuckte resigniert mit den Schultern.

»Und dann auch noch vor Publikum.«

»Ja, noch so eine Ungereimtheit. Normalerweise macht er doch alles alleine und will niemanden dabeihaben. Bis der mir erst einmal von seinen Übungen erzählt hat … Es schien ja fast so, als sei er auf geheimer Mission. Nur er und seine Rache! Fast schon peinlich. Das Schlimme ist nur, er meint das so … Tja, und plötzlich musste es noch dieses Jahr sein, und plötzlich wollte er alle seine Freunde dabeihaben. Gestern Nacht bin ich aufgeschreckt, weil ich so einen fürchterlichen Traum hatte. Ich habe geträumt, Joshua hätte uns alle eingeladen, damit wir von ihm Abschied nehmen können. So eine Art Selbstmord mit Zuschauern.«

»Franzi!« Pamela war echt empört. »Bist du verrückt? So was würde er niemals tun.«

»Ich weiß, aber was willst du gegen deine Träume machen. Ich wäre jedenfalls froh, es wäre vorbei. Dann hat er endlich den Kopf frei.«

»Den Kopf frei wofür?«

Franzi sah Pamela fest in die Augen. »Den Kopf frei, um nach vorne zu schauen.«

In diesem Augenblick tauchte Joshua am Ende der Straße auf. Die Gespräche unter den jungen Leuten verstummten. Franzi sah nervös auf ihre Uhr. Der Bus musste innerhalb der nächsten zwei Minuten um die Ecke biegen.

Joshua war ganz ruhig. Er atmete tief und schloss die Augen. Er dachte an den Moment zurück, den er heute für immer aus seinen Gedanken zu verdrängen hoffte. Er dachte zurück an die Schrecksekunde, als die rote Wand neben ihm aufgetaucht war, an den kurzen Schmerz und die lange Dunkelheit, die darauf folgte. Mit dem heutigen Tag würde er seine Karriere als Rollstuhlfahrer beenden. Keine Marathons mehr, kein Training mit den Gewichten, keine neuen Konstruktionen am Stuhl. Mit dem neuen Jahr brach auch die Zeit des neuen Trainings für ihn an. Er würde hart arbeiten, um auf der Bühne von Oulu zu stehen. Aber ohne das hier gab es keine Zukunft. Und das sollten alle seine Freunde sehen. Abschiede musste man feiern.

Seine Muskeln waren warm. Er hatte sich exakt eine Stunde lang aufgewärmt. Jetzt fühlte er die maximale Spannung in seinem Körper. Er war auf den Punkt topfit. Er schaute die lange Allee hinab und konnte den Bus bereits sehen. Noch eine Ampel, und er würde auf die Gerade einbiegen.

Joshua richtete sich auf und zog Jacke, Pullover und Hemd aus. Mit nacktem Oberkörper saß er stolz aufgerichtet in der kalten Novembersonne. Seine Haut war über und über mit Maori-Zeichnungen bedeckt. Titi hatte ihm am Vorabend einen Zettel rübergereicht und gebeten, ihn nach den alten Ritualen seines Volkes auf den Kampf vorbereiten zu dürfen. Den ganzen Tag über hatte er ihn bemalt, und tatsächlich schienen die Symbole ihn jetzt vor der Kälte zu schützen. Joshua spürte nichts mehr. Er war ganz ruhig und allein mit sich.

Es gab einen kurzen Aufschrei, als der Bus um die Ecke bog und Joshua anrollte. Dann verstummte die Gruppe. Die Spannung stand in ihren Gesichtern. Jeder von ihnen wusste, dass dies kein normales Rennen war, es war eine Fahrt auf Leben und Tod. Franzi krallte sich in Pamelas Hand fest. Charlotte legte den Arm um Pamela. Lin wandte sich ab und sah auf den Fluss. P flüsterte etwas wie: »Mann, sieht der gut aus«, um dann in die Hocke zu gehen. Breuer lachte wie irre, weil er dem nervlichen Druck nicht gewachsen war. Er griff sich seinen Bass und spielte ein Solo, das nur er hören konnte. Später würde er erzählen, es sei die Erfüllung seines Lebens als Bassist gewesen. Nie wieder würde ihm ein solches Solo gelingen. Harald sonderte Töne ab, und Charlotte stierte den seltsamen Typen ungeniert an. Pille betete, seit Oulu verteilte er immer häufiger spirituelle Botschaften unter seinen verwunderten Freunden.

Allen von Joshuas Freunden war eins gemein, sie wünschten, die fürchterliche Fahrt wäre schon vorüber.

Joshuas Körper arbeitete einwandfrei. Nach seinen Berechnungen musste er dem Bus auf der Geraden etwa zehn Meter abnehmen, um Zeit genug zu haben, die Kurve zu fahren, über die Bordsteinkante zu rutschen und die Breite des Busses zu überwinden und auch noch auf der gleichen Spur zu wenden, damit ihn keines der anderen Fahrzeuge erfassen konnte. Wenn alles glatt lief, würde er es um etwa zwei Meter schaffen.

Nach der Hälfte der Strecke sah er den Bus nicht mehr neben sich. Exakt so musste es sein. Wie weit er ihn schon hinter sich gelassen hatte, wusste er nicht. Er durfte sich nicht umsehen. Das würde ihm die Konzentration rauben und damit entscheidende Meter kosten. Kurz vor der Einmündung auf die Straße würde er genau einmal kurz über die Schulter schauen. Wäre der Bus zu nah, musste er ausrollen, und der Versuch war gescheitert. Das konnte leicht geschehen. Je nachdem, wer den Bus fuhr, hielt er sich mehr oder weniger an die Geschwindigkeitsbegrenzung. Einmal hatte sogar einer der Busfahrer das Rennen erkannt und mitgezogen. Das Arschloch hatte ihn natürlich mühelos hinter sich gelassen. Wenn heute derselbe Kerl Dienst tat, war alles verloren. Aber bisher sah es nicht so aus.

Noch gut 300 Meter. Er mobilisierte all seine Kräfte. Seine Arme waren eins mit den Rädern, die Bewegungen waren gleichmäßig. Kein Haken, kein Verkanten, alles eine harmonische Bewegung. Noch 200 Meter. Für eine Sekunde nur schaute er auf und sah Franzi. Er wusste, was er ihr antat, aber stärker noch wog, was der Bus ihm angetan hatte. Er konzentrierte sich ein letztes Mal. Beim Abbiegen musste jede Faser seines Körpers der Höchstbelastung standhalten, es war die kritischste Phase der Unternehmung.

Noch 100 Meter. Er konnte das aufpeitschende Gebrüll seiner Freunde hören. Dafür hatte er sie eingeladen. Das letzte Quäntchen Adrenalin konnten solche Anfeuerungen freisetzen. Jetzt oder nie.

Er sah über die Schulter. Ein kurzer Blick genügte ihm. Er hätte die Entfernung des Busses auf den Zentimeter angeben können. Sein Vorsprung entsprach den Berechnungen. Ein letztes Mal ging ein Ruck durch seinen Körper. Jetzt galt es!

Joshua legte den Kopf nach vorne und ging in die Kurve. Er spürte, wie der Untergrund uneben wurde. Wäre nicht dieser kleine Stock gewesen, den am Vormittag ein Hundebesitzer für seinen Hund geworfen hatte, wäre vermutlich alles reibungslos abgelaufen. So aber verlor Joshuas Sportrolli für den Bruchteil einer Sekunde den Bodenkontakt. Joshua bemühte sich zu retten, was zu retten war. Zum Abbruch war es an dieser Stelle bereits zu spät.

Um ihn herum herrschte Totenstille. Er war in ein völliges Vakuum eingetaucht. Er kannte dieses lauteste aller Geräusche, er hatte es schon einmal gehört. Seine Muskeln spannten sich, dann schoss sein Stuhl vor den Bus.

Das rote Ungetüm erwischte ihn am äußersten Rand des linken Rades. Joshua hob ab. Er stand kurz auf einem Rad, machte intuitiv die richtige Bewegung und kam parallel zum Bus wieder auf die Räder. Er war rum! Er hatte den Bus gekreuzt, war nicht noch mal abgeschossen worden. Er hatte gewonnen.

Erst jetzt bemerkte er das wütende Hupen des Busses und der anderen Autos. Der Fahrer hatte eine Vollbremsung hingelegt und hing jetzt mit dem Oberkörper aus dem Seitenfenster. Der Schreck stand ihm deutlich ins Gesicht geschrieben. Als er zu einer wilden Beschimpfung ansetzen wollte, wahrscheinlich nur, um seinen Schock zu verarbeiten, drehte Joshua sich triumphierend zu ihm um und reckte mit einem Urschrei seine Faust in den Himmel.

15

Am 15. Dezember saßen Carolyn und Michael beim Notar. Alles war wesentlich einfacher gewesen, als Carolyn es sich vorgestellt hatte. Sie hätte es niemals offen eingestanden, aber ihr Vertrauen in Michaels Fähigkeiten hatte tatsächlich nachgelassen. Doch diese Angelegenheit hatte er großartig geregelt. Vielleicht lag der Vertrauensverlust auch einfach nur daran, dass sie ihm früher gottähnliche Fähigkeiten zugestanden hatte. Das, was Michael in den zwanzig Jahren aus dem Nichts heraus und ohne jegliche Hilfe seines schwerreichen Vaters auf die Beine gestellt hatte, hatte ihr trotz der negativen Begleiterscheinungen mächtig imponiert. Vielleicht war er durch diese Krise auch nur auf ein menschliches Maß zurückgeschrumpft. Den Hausverkauf hatte er jedenfalls äußerst geschickt eingefädelt und eiskalt durchgeführt.

Sie hatten es den Kindern gleich gesagt. Was half es schon, die Dinge unnötig zu verzögern. Mary hatte sich Carolyn schon vorher auf die Seite genommen und ihr die Situation ganz in Ruhe erklärt. Ihre gehässigen Bemerkungen über Michaels Versagen erreichten sie nicht mehr. Carolyn machte ihrer Mutter aber auch deutlich, dass sie sich nun bald mit einer kleineren Wohnung abfinden müsse und auch nicht auf weitere finanzielle Unterstützung hoffen konnte.

Nachdem die Familie eingeweiht war, startete Michael seine Aktion. Caro spielte dabei den Lockvogel. Die Grundidee ging auf eine Äußerung Schröters zurück, der Michael kurz nach dem Einzug auf die Seite genommen hatte.

»Hören Sie, mein Junge«, hatte er gesagt, »wir alle hier auf dem *Hügel* haben einen potenziellen Käufer für das Anwesen des Russen in der Hinterhand. So etwas wie mit dem darf sich hier oben niemals mehr wiederholen, verstehen Sie? Da sind wir uns alle einig, selbst die, die sich nicht ausstehen können, und davon kann ich Ihnen gleich eine Hand voll nennen. Auch Sie sollten Ihre Fühler jetzt, wo Sie zu uns gehören, ausstrecken. Haben Sie verstanden?«

Die Kunde von Michaels Kündigung machte bald die Runde. Carolyn spürte die hämischen Blicke der Nachbarinnen im Nacken und konnte sich deren Getuschel hinter ihrem Rücken lebhaft vorstellen. Darauf hatten sie doch nur gewartet. Dass die Billings, diese Emporkömmlinge, die mit niemandem hier oben wirklichen Kontakt pflegten, endlich straucheln. Carolyn hatte sich in dieser Nachbarschaft keinen Tag heimisch gefühlt und jetzt war Pay-back-Day!

Als Sabine Hauser, die Frau des Oberlandesgerichtspräsidenten Dr. Hauser, scheinheilig ihr schlimmes Schicksal bedauerte und doch unbedingt wissen wollte, wie es denn nun weitergehen solle und ob ihr so sympathischer Ehemann denn schon eine neue Stelle in Aussicht habe, antwortete Carolyn mit der ängstlichen Stimme einer gebrochenen Frau.

»Nein!« Sie hatte die Szene vor dem Spiegel mit Michael geübt. »Es ist alles so furchtbar. Wir müssen das Haus verkaufen.« Sie hatte ihr großes Taschentuch gezogen und sich kräftig geschnäuzt. Dabei beobachtete sie ihr Gegenüber über den Rand des weißen Baumwolltuches hinweg. Die Hauser hatte angebissen! Man konnte sehen, wie es in ihr tickte, und dann kam endlich die erwartete Frage: »Ja, haben Sie denn schon etwas unternommen in der Angelegenheit?«

Caro ließ ihr Taschentuch dramatisch sinken, schluchzte noch einmal herzerweichend und sagte dann mit dünner Stimme: »Ich weiß nicht, das regelt alles mein Mann. Aber ich glaub, er wollte sich heute Nachmittag mit dem Russen treffen, der sucht wohl noch nach einem weiteren Haus, aber so genau weiß ich es alles nicht, es ist doch so furchtbar. Die Kinder, meine Mutter, wir alle …«

Der Rest ging in lustvoll erzeugten Tränen unter. Nur selten zuvor hatte sich jemand so schnell aus einem Gespräch zurückgezogen wie Frau Hauser in diesem Augenblick.

Ihr »Ich wünsche Ihnen jedenfalls alles Gute« hörte Caro schon nur noch von ferne.

Michael konnte die Geschichte gar nicht oft genug hören. Ein ums andere Mal forderte er Caro auf, die Szene im Supermarkt nachzuspielen.

»Sag mir genau, wie ihr Gesichtsausdruck war.« Oder »Waren das ihre genauen Worte?«, unterbrach er die Darstellung und freute sich diebisch, dass sich seine Prognose schon bei der ersten Versuchsperson so trefflich erfüllt hatte. Er gab Carolyn einen Kuss nach dem nächsten und war sicher, dass sich bald etwas tun würde, und damit sollte er goldrichtig liegen.

Es dauerte genau bis zum nächsten Morgen halb acht. Bis zum Abend hatte Michael elf Anrufe gezählt, und fünf von den Anrufern waren an einem persönlichen Gespräch sehr interessiert. Die *Hügel*-Mafia konnte sich auf ihre Söldner verlassen.

Michael beantwortete alle Anfragen sehr ernst und ließ sich von seiner zunehmenden Euphorie nichts anmerken. Er sei in einer Notlage, betonte er weiterhin, aber auch, dass es glücklicherweise viele Interessenten gäbe und einer ihm sogar ein wirklich unglaubliches Angebot unterbreitet habe, bemerkte er im Tonfall eines Leichenbestatters.

Für alle war klar, das Angebot konnte nur von dem Russen stammen. Am nächsten Morgen folgte dann die Überraschung: Schröter schaltete sich in die Geschichte ein. Michael schmunzelte zufrieden, als er daran dachte, wie viel Überwindung es den Alten wohl gekostet haben mochte. Aber so war er. Sein Gewissen hatte er schon für geringeren Ertrag hinten angestellt. Natürlich rief er nicht an, er schrieb einen Brief. Kurz und förmlich. Man solle ihn die Gebotssumme wissen lassen, und das tat Michael dann sowohl bei dem Alten wie auch bei den fünf Interessenten. Zwei Parteien schieden bei der Summe von 2,5 Millionen aus. Mit den anderen dreien traf sich Michael vor Ort.

Er gab sein Spiel nicht auf. Die Besucher fanden einen bemitleidenswerten, gebrochenen Mann vor, der unverschämterweise in seinem Unglück doch Glück mit seiner Immobilie zu haben schien.

Für Michael war es ein Akt des Abnabelns, Schröter nicht mehr länger an den Gesprächen zu beteiligen. Dem Alten würde es gleichgültig sein. Er hatte sicher seine Spione postiert, die aus der Ferne das Geschehen in seinem Sinne steuerten. Ihm war egal, wer von den drei bekannten Familien den Zuschlag erhielt, Hauptsache, er hatte sein Ziel, den Russen abzuwehren, erreicht.

Michael entschied sich schließlich für eine Familie, die den großen Vorteil hatte, ihm einigermaßen sympathisch zu sein. Die Lentzens hatten vier Kinder, das älteste von ihnen zwölf Jahre alt, und der Mann stand, wie es schien, am Beginn einer glänzenden Karriere in einer der führenden Unternehmensberatungen der Republik.

Die Kaufsumme betrug offizielle 1,8 Millionen Euro. Vor der Kanzlei des Notars trafen sich die beiden Parteien, und während die Damen Nettigkeiten austauschten, verschwanden die Herren kurz im Hausflur des repräsentativen Gebäudes, wo ein kleiner Koffer mit weiteren 600 000 Euro den Besitzer wechselte. Der Koffer war ein zusätzliches Geschenk von Jochen Lentzen, er trug noch das Preisetikett eines noblen Schweizer Taschenmachers.

Nach der Unterzeichnung des Vertrages gingen sie zusammen ein Glas Champagner trinken. Beide Parteien waren bester Laune. Den Billings blieben genau 46 Tage, um das Haus zu räumen. Ihr letztes Weihnachtsfest auf dem *Hügel* stand unmittelbar bevor, und das Umzugsunternehmen war bereits bestellt. Alle Ampeln standen wieder auf Grün!

16

Es war der 24. Dezember. Die Wolken hingen schwer über dem Tal und die Aussicht auf weiße Weihnacht musste um ein weiteres Jahr verschoben werden. In der Nacht vom 20. auf den 21. hatte es geschneit. Am Morgen bogen sich die Äste der Bäume unter der Last des feuchten Schnees. Doch es war nur ein kurzes Gastspiel des Winters. Schon am Vormittag stapften die Menschen durch den Matsch, bis kurz vor der mondhellen Nacht ein für die Jahreszeit viel zu warmer Westwind aufkam, der die wenigen weißen Flecken, die in den höher gelegenen Stadtteilen von der weißen Pracht übrig geblieben waren, binnen weniger Stunden auffraß.

Am Weihnachtsmorgen stand die Quecksilbersäule im Garten der Billings auf satten 11 °C und hätte die Sonne geschienen, niemand hätte an Weihnachten geglaubt. Stattdessen war es feucht und neblig am Morgen, und am Abend sah es nach Regen aus. Auch die Wetterpropheten in Fernsehen und Rundfunk machten wenig Hoffnung auf angenehme Feiertage. Ohnehin fielen sie in diesem Jahr kurz aus. Der Heiligabend fiel auf einen Samstag, und somit war Silvester und Neujahr für die meisten ein ganz normales Wochenende. Wohl deshalb brannte hinter ungewöhnlich vielen Fenstern auf dem *Hügel* an diesem Abend Licht. Nur wenige Familien nutzten die freien Tage zu einer Reise in die Sonne.

Michael und Carolyn hatten besprochen, nichts im Haus anzurühren, bevor der Neujahrstag nicht vorüber war. Sie wollten die Feiertage nicht auf gepackten Koffern verbringen. Immerhin hatten sie den ganzen Januar über Zeit, das Haus zu räumen. Ihre neue Wohnung stand fertig renoviert für sie bereit. Der Vermieter hatte sich gefreut, eine Familie mit etwas größeren Kindern als Mieter zu bekommen, er war schon ein etwas älterer Herr und bewohnte die Parterrewohnung im Nachbarhaus. Da er die meiste freie Zeit in seinem Gemüsegarten verbrachte, legte er Wert darauf, dass es nebenan nicht allzu laut wurde. Mit der Familie Billings hatte er einen guten Griff getan, und deshalb ließ er die Wohnung gerne zwei Monate leer stehen.

Bepackt wie ein thailändisches Tuk-Tuk fuhr Michael mit dem Espace vor die Tür und hupte zweimal. Er war auf dem Großmarkt gewesen, hatte Fisch und Fleisch gekauft, frisches Gemüse, Obst und Getränke und für Carolyn einen riesigen Strauß Blumen. Seinen A8 hatte er kurz nach der Kündigung zurückgegeben. Die Firma hatte ihm ein großzügiges Angebot zur Übernahme gemacht, das er ohne lange nachzudenken abgelehnt hatte.

Pamela und Carolyn halfen ihm, die Einkäufe ins Haus zu schleppen, Joshua wollte zusammen mit ihm kochen. Alles deutete auf ein schönes und entspanntes Weihnachtsfest hin.

Joshua nahm das Telefon ab und rief die Nummer seiner Schwester an. Er widerstand dem Reiz, die Treppen erneut hinaufzusteigen, denn noch immer wollte er nicht, dass seine Eltern etwas vom Training erfuhren. Wann er es ihnen sagen würde, wusste er nicht so genau, aber letztlich war es wie mit dem Bus. Er musste die Phase seines Lebens abschließen, in der er und seine Eltern sich so schlecht verstanden hatten. Es war inzwischen so, dass er ihnen ihr Fehlverhalten nicht mehr vorwarf, aber reden mussten sie noch mal darüber, so viel stand fest. Vorerst hatten sich die Wogen geglättet, und das war gut so.

»Pam, störe ich dich?«

»Nein, ich wollte mich noch ein wenig hinlegen, aber ich bin seltsam unruhig. Weiß auch nicht, woran das liegt. Was machst du?«

»Hab Musik gehört. Geht mir aber auf den Sack! Kommst du mal runter?«

»Mmmh. Klar, kann ich machen. Jetzt sofort?«

»Wenn es dir nichts ausmacht.«

»O. k. Ich bin in drei Minuten unten.«

Jetzt hockte sie in einer Ecke seines Zimmers und hielt den Filzstift in der Hand. Sie hätte gerne etwas Schlaues auf seine Wand geschrieben, aber ihr fiel nichts ein, für das sie sich nicht hätte schämen müssen.

»Hast du schon gepackt?«, fragte Joshua.

»Nee, sollen wir doch nicht. Befehl vom Vorsitzenden.«

»Ich schon. Ich glaub, ich schmeiß 'ne Menge Dinge weg. Brauch nicht mehr so viel Zeugs.«

»Was willst du hier noch großartig wegwerfen? In deinem Zimmer steht doch so schon wenig genug.«

»Nein, nichts Großes. So Kleinkram. Meine alten Urkunden, ein bisschen was von der alten Musik, ein paar T-Shirts, meine alten Badelatschen, was sich halt so angesammelt hat.« Und dann nuschelte er noch hinterher: »Und die scheiß Filme.«

»Du hast nicht gerne Erinnerungen, nicht wahr?«

»Nicht an alles, stimmt schon. Jedenfalls sind meine Erinnerungen an die vergangenen drei Jahre hier auf dem Hügel durchaus zweigeteilt. Kann nicht sagen, dass ich furchtbar traurig bin, hier wegzuziehen. Und wie steht es mit dir?«

»Ach Gott.« Sie stöhnte.

»Also auch nicht so richtig toll.«

»Nee, das kann man nicht sagen. Das Haus hat uns kein Glück gebracht, da hat Mam schon Recht. Trotzdem bin ich seltsam traurig.«

»So wie am Ende des Urlaubs?«

»Ja, genau. Du kennst das also auch? Traurig ist man, und irgendwie so rappelig. Ich kann mich seit Tagen auf nichts mehr richtig konzentrieren.«

»Für uns beide war das Haus auch beschissen.«

»Falsch, Joshua, ich glaube wir waren zu scheiße für das Haus. Die Hütte ist doch nur ein Sinnbild und der *Hügel* erst recht. Die letzten Jahre waren eine Einbahnstraße! Eine Einbahnstraße für alle Billings. Es geht nämlich nicht allein uns beiden so, wie du gemerkt haben solltest. Die Familie hat die Seuche.«

»Heilbar?«

»Das frage ich mich auch schon die ganze Zeit. Ich hoffe es, aber ich weiß es nicht. Wir zwei können doch nicht so tun, als hätte es die letzten Jahre nicht gegeben. Du kannst nicht so tun, als wärest du nie verunglückt, ich kann nie so tun, als wäre das mit HGL nicht geschehen. Die Dinge tragen wir mit uns rum, unser ganzes Leben lang, fürchte ich.«

»Meinst du, wir können wieder Freunde werden?«

»Ja! Ganz bestimmt sogar.« Sie sah ihm fest in die Augen. »Ich habe viel über uns nachgedacht, und weißt du was, ich hatte dich immer gern, selbst als ich dich gehasst habe. Und glaub mir, als du mich gefilmt hast, damals, du weißt schon, da habe ich dich gehasst wie meinen schlimmsten Feind. Ach was, du warst mein schlimmster Feind. Du warst so gemein, so verletzend, und ich habe dich nicht verstanden.«

Joshua starrte auf den Boden vor seinen Füßen. Die Dielen zeigten deutliche Abnutzungserscheinungen von seinem Rollstuhl. Was die Neuen wohl aus dem Raum machen würden?

»Ich komme nicht mit, Pamela.« Joshua sagte den Satz, ohne seine Schwester dabei anzusehen.

»Was soll das nun wieder heißen?«

»Ich komme nicht mit in die neue Wohnung. Es ist Zeit für mich. Ich werde mich auf eigene Füße stellen, im kommenden Jahr lerne ich laufen, in jeder Hinsicht. Ich bin fest entschlossen. Franzi und ich haben uns schon umgesehen. Wahrscheinlich können wir ein kleines Appartement am Stadtrand kriegen. Das Haus gehört Freunden ihrer Eltern. Ist zwar ein bisschen klein, aber für den Anfang wird's gehen. Franzi gibt Nachhilfe, und ich such mir auch 'nen Job nebenbei. Wir bekommen die Kohle schon zusammen. Es ist beschlossen. Ich werd's den beiden gleich sagen.«

»An Weihnachten, bist du verrückt?«

»Warum nicht an Weihnachten? Jeder Tag ist gleich gut oder gleich schlecht für Veränderungen. Wann, wenn nicht in dieser Umbruchsituation? Die Familie ist für mich erledigt, Pam. Ich glaub einfach nicht mehr dran.«

»Wieso so plötzlich? Gerade, wo es wieder etwas besser läuft.«

»Das stimmt. Ich muss mich mit den beiden aussprechen, aber dann ist Schluss. Irgendwann ist es eh so weit. Bei mir, bei dir, und ob die beiden …«

»Du glaubst auch nicht mehr an sie, nicht wahr?«

»Nein, tu ich nicht. Du etwa?

»Weiß nicht. Manchmal ja, manchmal nein. Ich hab immer gedacht, bei uns ist es besser, wir haben die Dinge im Griff, und so war es doch auch eine lange Zeit. Ich begreife bis heute nicht, weshalb sich plötzlich alles verändert hat. Ohne Ankündigung. Das ist einfach unfair.«

Joshua lachte. »Unfair? Ach Pamela, unfair bedeutet, jemand hat uns gefoult, abgegrätscht, über die Klinge springen lassen. Aber wie nennt man es, wenn man sich selber foult?

»Das nennt man eine Krise.«

»Kann schon sein. Eine Krise, hmmh, klingt irgendwie harmlos und doch unausweichlich. Glaubst du, das ist es, unausweichlich? Geraten wir später auch in solche Krisen?«

»Ich niemals! So wie die beiden wird es bei mir und Lin niemals werden. Wenn ich eins gelernt habe, dann ist es, dass man ehrlich sein muss. Sich die Wahrheit sagen, und man muss miteinander reden, sonst führt man nämlich Krieg und vergisst am Ende, wie das geht, reden meine ich.«

»Ich wünsch dir jedenfalls Glück dafür. Und ich wünsche mir, dass du Recht hast, dass es uns gelingt, es besser zu machen.«

»So!« Pam stand entschieden auf. »Jetzt hören wir aber auf mit dem Gejammer. So schlecht sind unsere Eltern nicht, und so schlecht ist auch unsere Situation nicht. Weihnachten ist kein Tag zum Trübsal blasen. Aber vielleicht ist es ja tatsächlich ein Tag für die Wahrheiten. Warum eigentlich nicht? Auch ich hab den beiden was zu erzählen. Los komm, lassen wir den alten Wellington nicht kalt werden.«

Michael und sein Commis Joshua hatten Berge an Essen zubereitet. Selten hatte Michael in letzter Zeit etwas so große Freude bereitet wie der Nachmittag mit seinem Sohn. Vater und Sohn in der Küche. Sie hatten fleißig gearbeitet, und Joshua hatte sich gar nicht einmal ungeschickt angestellt. Er hatte die Austern geöffnet, den Fisch ausgenommen, die Töpfe beaufsichtigt und sich dabei ständig Notizen gemacht. Michael war mächtig stolz auf ihn. Aber sie hatten nicht nur gearbeitet, sie hatten auch geflachst, sich über sein Training unterhalten und beschlossen, demnächst einmal zusammen zu trainieren. Josh hielt seinem Vater Vorträge über Musik und spielte ihm seine Songs vor, sie schrien zweimal den Hund so doll an, dass der sich völlig verstört und ohne großes Gebell trollte, kurzum, es war ein Weihnachtsnachmittag, wie er in einer normalen Familie sein sollte.

Nun saßen sie alle um den großen Tisch. Mary war aufgedonnert, als erwarte sie Herrenbesuch, Wolfi trug so etwas Ähnliches wie ein Lamettadiadem auf dem Kopf und ein kleines goldenes Glöckchen an einem roten Band um den Hals, Michael und Caro wirkten irgendwie feierlich, Pamela hatte noch einmal ihr Britney-Spears-Outfit angelegt, und Joshua trug ein zerschlissenes T-Shirt mit einem Anker auf der Brust.

Die Lockerheit des Nachmittags verlor sich rasch. Zu selten hatte die Familie im letzten Jahr zusammengesessen.

Sie aßen die Vorspeise und den Fisch fast schweigend. Es herrschte allenfalls die übliche Geschäftigkeit bei Tisch.

»Kann ich bitte mal den Pfeffer haben? Ist noch etwas Wein in der Flasche? Trinkst du rot zum Fisch, Michael, oder lieber weiß? Hilfst du mir beim Abtragen, Pam?« und so weiter und so weiter.

Schließlich wurde es Pamela zu blöd. Sie beschloss, die Pause zwischen Fisch und Filet Wellington zu nutzen, um eine kleine Ansprache zu halten.

»Ich habe euch etwas mitzuteilen«, fing sie an.

»Schatz, was ist los?«, wollte ihre Mutter gleich wissen und stellte zur Vorsicht das Weinglas zur Seite.

»Also, ihr wolltet doch immer schon wissen, wer mein Freund ist, nicht wahr?«

»Ah, es ist so weit, der große Unbekannte wird enttarnt. Ich erheb schon mal mein Glas«, rief Michael in die Runde. Man merkte ihm den Alkohol bereits deutlich an. Ganz im Gegensatz zu Carolyn.

»Nun mach's doch nicht so spannend. Wer ist es denn?«, rief nun wieder sie in die Runde.

Joshua rollte vorsichtshalber einen halben Meter vom Tisch zurück. Er war nicht sicher, ob es eine gute Idee war, jetzt damit herauszurücken. Aber sie hatte es ja angekündigt. Nun denn, auf in den Kampf!

»Also, meine große Liebe heißt … Lin! … Tata!«

Die gesamte Tischgesellschaft wirkte urplötzlich wie eingefroren. Michael lächelte noch immer, hielt auch noch immer sein Glas in die Höhe, aber nur, weil der Schock seine Bewegungsfähigkeit lähmte. Carolyn schaffte es immerhin, die Hand vor den Mund zu heben. Mary wandte sich wieder den Resten auf ihrem Teller zu und tat so, als sei nichts geschehen.

»Willst du damit sagen …«, stotterte Michael.

»… Ich bin lesbisch! Jawohl, ich bekenne mich dazu. Und meine Freundin ist die Schlagzeugerin der Fuckin Aliens, Melinda Baumann.«

Bei dem Wort Fuckin Aliens schoss Wolfi wie von der Tarantel gestochen aus dem Zimmer und sprang wie wild an der Tür zum Garten auf und ab. Nur mit Mühe gelang es Mary, die kleine Ratte davon zu überzeugen, dass es an Weihnachten keine Bandprobe geben würde.

Michael leerte sein Glas mit einem Schluck. Dann begann er zu schreien.

»Nein, das verbiete ich!«

Joshua bekam einen Lachkrampf. Er hatte das Filmen ja drangegeben, aber das hier wäre ein wunderbarer Anlass, seine Digi nochmals für ein paar Sequenzen hervorzuholen. Vorerst wartete er ab.

»Was willst du mir verbieten? Dass ich eine Vorliebe für Frauen habe? Bist du noch zu retten? Ich verbiete dir doch auch nicht, auf zwei Beinen zu gehen, oder Mama, blonde Haare zu haben. Ich meine, das ist keine Sache von verbieten oder nicht.«

»Du kannst sogar ganz sicher sein, dass ich es dir verbiete, und wenn es das Letzte ist, was ich auf dieser Welt zustande bringe. Du kannst doch nicht erwarten, dass ich in Ruhe zusehe, wenn meine Tochter mit so einer … so einer … so einer Schlagzeugerin« – bei dem Wort Schlagzeugerin überschlug sich seine Stimme fast – »das Bett teilt. Pfui Teufel, sag ich.«

Michael war völlig außer sich.

»Michael, bitte«, versuchte Carolyn ihn zu beruhigen und

wischte sich eine erste Träne aus dem Auge. »Lasst uns doch vernünftig darüber reden.«

»Ich rede vernünftig darüber, sogar sehr vernünftig«, schrie er. »Ich erlaube es einfach nicht. Das ist doch ekelhaft!«

Pamela heulte und schrie jetzt gleichzeitig. »Ich bin also ekelhaft für dich, ja? Was bist du denn? Kuck dich doch mal an!«

Michael war so überrascht, dass er doch tatsächlich sein Äußeres einer kurzen Begutachtung unterzog, während Carolyn jetzt ebenfalls leicht hysterisch rief: »Pamela, sprich nicht so mit deinem Vater.«

»Und du, du verteidigst ihn noch.« Jetzt wandte sich ihr Zorn auch noch gegen ihre Mutter. »Ich bin jetzt plötzlich die Schlimme hier am Tisch, schlimmer als Pest und Cholera, ja, ist es so? Aber du, Mutter, weißt gar nicht, dass dir die echte Pest gegenübersitzt. Dein Mann nämlich, der sich hier so aufspielt …«

Michael war aufgesprungen und gab Pamela eine schallende Ohrfeige. Dem Knall folgte eisige Stille.

»Das tust du nie wieder, du Betrüger«, zischte Pamela ihren Vater an, und der sah zum ersten Mal, über welche Kraft die Augen seiner Tochter verfügten. Und zu ihrer Mutter gewandt, fuhr sie fort: »Das ist er nämlich, ein Betrüger, frag ihn doch mal nach seiner Freundin, diesem jungen Ding, mit dem ich ihn im Arme Leute gesehen habe, die Frau war nicht viel älter als ich. Und dann entscheide, wer von uns beiden ekelhaft ist!« Pamela hob ihr Glas und schrie: »Auf die Familie!« Sie nahm einen tiefen Schluck und warf das Glas mit voller Wucht gegen die Wand.

Mary entschwand, leicht wie ein Engel, ins Nebenzimmer, und man konnte sicher sein, dass die Karten binnen einer Minute den Eklat nachträglich voraussagen würden. Carolyn sah Michael an. Die Farbe war aus seinem Gesicht gewichen. Er zitterte und sank zurück auf seinen Stuhl. Für Pamela war der Abend zu Ende, wenn nicht sogar das ganze Unternehmen Billings in diesem Augenblick gefährdet war. Sie wollte nur noch weg. Ihre große Liebe Lin saß allein zu Hause bei ihren autonomen Freunden und betrank sich, und sie hockte mitten unter Lügnern und Betrügern, die vorgaben, ihre heilige Familie zu sein.

Als sie an Joshua vorbei wollte, hielt ihr Bruder sie am Arm fest. Er zog sie zu sich hinab und flüsterte ihr ins Ohr: »Bleib hier, da müssen wir jetzt durch. Es kommt noch viel schlimmer.«

Sie sah ihn verdutzt an. Sein Blick wirkte stark und klar, und es gab keinen Grund, an seinen Worten zu zweifeln. Außerdem, wenn sie hier noch einen Verbündeten hatte, dann den Jungen, der vor kurzem noch ihr Todfeind gewesen war. Welch ein Irrsinn! Aber am Tisch konnte sie nicht mehr sein. Sie zog sich in eine Ecke zurück und verfolgte die weitere Entwicklung aus sicherer Entfernung.

Carolyn weinte. Sie hatte so vieles durchgestanden, nur um jetzt vor den Trümmern ihrer Ehe zu stehen.

Michael erhob sich und ging vor Carolyn auf die Knie.

»Caro«, flüsterte er, »es tut mir Leid.«

»Leid?« Sie sah ihn fassungslos an. »Ich kann das nicht mehr hören, weißt du das? Ich hasse dich, wenn du das sagst! Jedes dritte Wort ist: Es tut mir Leid, tut mir Leid, tut mir Leid! Du widerst mich an.«

»Bitte hör mir doch zu, Caro. Es ist doch längst vorbei. Ich bereue es, und es war doch nichts Ernstes. Bitte, Caro, lass uns allein darüber sprechen.«

Er legte ihr den Arm um die Schultern. Angeekelt stieß Carolyn ihn weg.

»Geh weg von mir, hörst du, fass mich bloß nicht mehr an.«

»Mutter!« Joshuas Stimme zerschnitt die Luft. Sie war stark und duldete keine Unaufmerksamkeit. »Ich glaube, du solltest dich nicht allzu sehr aufregen.«

»Joshua, halt du dich da raus«, sagte Michael, und man hörte das Flehen in seiner Stimme.

»Nein! … Hör mir zu! … Ihr alle hört mir zu! Auch du, Pam, komm aus der Ecke raus, du brauchst dich nicht zu verstecken. Also, Mutter, es gibt genau zwei Möglichkeiten. Die Erste: Du sagst es ihnen, jetzt und hier. Die Zweite: Ich werde es tun. Also?«

Carolyn begriff nicht. Sie sah ihren Sohn fragend an. Ihre Mutter war zurück ins Zimmer gekommen, als sie hörte, dass sich das Blatt gegen ihre Tochter wandte. Joshua drehte sich zu ihr um.

»Oma, das hier ist Privatsache. Pack deine Karten und geh nach oben, bitte, und vergiss nicht, deine Tür zu schließen.«

Brüskiert sah Mary zu ihrer Tochter. Carolyn gab ihr zu verstehen, dass sie Joshuas Anweisung folgen solle. Verschnupft verließ sie die Weihnachtsfeier, so verschnupft, dass sie Wolfi in der Küche vergaß.

Das kurze Intermezzo hatte Caro die nötige Zeit verschafft, um zu verstehen, was hier los war. Wie auch immer der Junge darauf gekommen war, er wusste von RaRo. Aber er interpretierte es natürlich falsch. Sie sagte nichts.

»O. k., Leute, dann alle mal herhören. Unsere Mutter arbeitet seit neuestem in einem Call-Center. Was euch aber interessieren dürfte, ist, dass es ein Call-Center für ganz bestimmte Aufgaben ist. Da rufen zum Beispiel irgendwelche Perverse an, notgeile Opis oder auch junge Menschen, die mit Frauen nicht klarkommen. Unsere Mutter ist eine Sextelefonistin.«

»Joshua!« Carolyn sprang auf.

»Was, krieg ich jetzt auch noch eine?« Caro verharrte in ihrer Bewegung. »Entschuldige. Ich bin natürlich nicht sicher, ob das der korrekte Terminus ist, noch kenne ich keine weiteren schmutzigen Details, aber ich denke, das genügt auch so. Mir hat's jedenfalls gereicht, als ich gehört habe, dass du bei der RaRo-Kommunikationsagentur arbeitest, und das tut man doch wohl, wenn man dort ins Gebäude geht, nicht wahr?«

»Nein, eben nicht …«, versuchte Caro zu erklären und bekam einen Heulkrampf.

»Wisst ihr was, liebe Eltern, ihr habt Scheiße gebaut, das ist nicht schlimm! Aber ihr seid zu feige, es euch einzugestehen. Und was Pamela sagt, ist richtig. Sie liebt Lin. Na und? Und wenn sie ein verkacktes Meerschweinchen lieben würde, Hauptsache, sie würde es anständig behandeln und es nicht belügen. – So, das war's von meiner Seite. Ach, bevor ich gehe, ich wollte euch noch sagen, dass ich nicht mit euch umziehen werde. Hat nichts mit heute Abend zu tun, oder vielleicht doch, aber irgendwie auf eine andere Art und Weise. Wir können ja ein andermal darüber sprechen. Dachte nur, wo wir schon mal dabei sind …«

Joshua packte seine Schwester, die ihn vorwurfsvoll ansah, am Arm und zog sie hinter sich her bis in sein Zimmer.

*

Das Glöckchen hätte klingeln können bis zum Jüngsten Tag, niemand im Hause Billings hätte es gehört. Erst als das schmerzhafte Jaulen immer lauter wurde, hoben Michael und Carolyn ihre Köpfe. Sie saßen sich mit hängenden Schultern gegenüber. Vielleicht waren Stunden vergangen, seit Joshua seine Brandrede gehalten hatte, es mochte aber auch erst Minuten her sein. Es gab kein Wort mehr, das hätte gesagt werden müssen. Wenn sie sich in Luft hätten auflösen können, sie hätten es beide unabhängig voneinander getan, so sehr schämten sie sich, vor ihren Kindern und vor sich selbst.

Der Krach kam aus dem Wohnzimmer. Als sich ihre Augen begegneten, sahen sie schnell wieder weg. Und dennoch standen sie wie auf ein geheimes Kommando hin gemeinsam auf und gingen nach nebenan.

Wolfi feierte Weihnachten. Der verrückte Hund rammelte mal wieder sein Lieblingskissen und jaulte dabei steinerweichend. Soweit so gut, aber irgendetwas stimmte nicht. Er sah aus, als stünde er kurz vor dem Abkratzen. Michael und Carolyn sahen sich außerstande, sich in diesem Moment auch noch um den Hund zu kümmern. Wohl deshalb brüllte Michael mit der wenigen Kraft, die noch in ihm steckte: »MARY!«

Noch vor Mary kamen Joshua und Pam den Flur entlang. Sie hatten den Schrei gehört, und es konnte nicht mit rechten Dingen zugehen, wenn ihr Vater in der Situation, in die sie ihn und Mutter gebracht hatten, ausgerechnet nach Mary verlangte.

Alle vier starrten nun fassungslos auf den Hund, bis Joshua sich einen Ruck gab und zu dem fast schon leblosen Bündel hinrollte. Als er ihn anheben wollte, zerschnitt sein lautes Jaulen die Stille. Aber es gab keine andere Möglichkeit, wollte er feststellen, was das Tier hatte. Seltsamerweise hob er nicht nur den Hund hoch, sondern gleich auch noch das Kissen. Das war nicht normal! Joshua drehte Wolfi auf die Seite und bekam einen Lachkrampf. Die anderen wurden neugierig und kamen näher. Es dauerte eine Weile, aber die Situation auf dem Sofa war so bizarr, dass alle in das Lachen einstimmten.

Wolfi hatte sich selbst ein kleines Weihnachtsvergnügen gegönnt und war freudestrahlend und glockenklingend seinem heiß geliebten Kissen zu Leibe gerückt. Aber scheinbar trieb er es in dieser Winternacht zu doll und geriet dabei mit seinem rosaroten Geschlechtsorgan in ein winziges Loch im Reißverschluss. Mit zwei, drei weiteren Stößen verfing er sich derart in den scharfen Zähnen seiner weichen Braut, dass er nun darin feststeckte.

»Wir müssen den Reißverschluss vorsichtig öffnen«, brachte Pamela schließlich heraus.

»Hol einer eine Schere, ich schneid der Töle ihr Ding ab«, sagte Joshua, worauf von der Tür her ein spitzer Schrei erklang. Mary hatte es endlich geschafft, Michaels Ruf zu folgen. Sie war die Einzige im Raum, die der Situation nichts Erheiterndes abgewinnen konnte. Mary stand unter Schock, ebenso wie der bekloppte Hund.

Es gelang ihnen schließlich, Wolfi zu befreien. Er schien verletzt, aber er würde es überleben. Mary musste halt mit ihm zum Tierarzt, und der würde sein Ding wohl erst einmal für eine Zeit lang stilllegen. Es amüsierte die versammelte Familie, als Joshua versuchte, eine Vorstellung davon zu vermitteln, wie ein am Geschlechtsteil eingegipster Hund wohl aussehen würde. Mary nahm Wolfi schließlich mit auf ihr Zimmer und beschloss noch vor Mitternacht, endlich eine eigene Wohnung zu beziehen. Es war nicht länger zu ertragen, mit einer solch herzlosen Familie unter dem gleichen Dach zu wohnen.

Als der Spaß zu Ende war, ging Michael zurück in die Küche, und Caro verschwand in die erste Etage. Es dauerte nicht länger als zehn Minuten, bis sie wieder im Türrahmen stand. Dieses Mal jedoch im Mantel und mit dem kleinen Reisekoffer in der Hand. Sie sah Michael mit verzweifeltem Blick kurz an, drehte sich dann wortlos um und verließ das Haus.

*

Caro trat hinaus in eine feuchte Nacht. Sie ging durch das kleine Törchen zur Straße. Dort wandte sie sich hügelabwärts.

Weihnachten. Schon als Kind hatte sie die besondere Stimmung dieses Festes gefühlt. An keinem anderen Tag des Jahres konnten Menschen sich so nah sein, und an keinem anderen Tag des Jahres traf einen die Einsamkeit härter. Irgendwie stimmte es schon, Weihnachten war das Fest der Liebe, das Fest der Familie. Wenn auch nur für diesen besonderen Abend wichen alle Probleme und Sorgen aus den Gesichtern der Menschen. Familienmitglieder, die sich das ganze Jahr über nicht gesehen haben, kommen zusammen, schwelgen in ihren Erinnerungen und lassen die alten Familienmythen wieder aufleben.

Aber wehe, man war in dieser Nacht fern von zu Hause, dann erwischte einen die Depression schneller, als man einschlafen konnte. Alle die, die nicht an Weihnachten glaubten oder glauben wollten, unternahmen mühevolle Anstrengungen, um sich selbst von der Normalität dieses Tages zu überzeugen. Sie verabredeten sich mit Gleichgesinnten in Kneipen, ja sogar Diskotheken hatten inzwischen geöffnet. Dort hockten sie dann bemüht fröhlich beisammen und waren doch unter vielen allein. Eine Bastion der Melancholie.

In dieser heiligen Nacht war Carolyn die einsame Studentin, die Tausende Kilometer von der Heimat entfernt den Abend allein in der Fremde verbrachte, sie war die Frau, die ihr erstes Weihnachten allein verbringen musste, weil sie die Letzte ihrer Familie war, sie war das kranke Kind in der Klinik, die Dienst habende Ärztin, die Obdachlose, die Asylantin und die Waise. Carolyn wusste nicht, wohin sie gehen sollte, ihre Flucht war eher ein Reflex. Sie wollte nicht einmal vor Michael davonlaufen, die ganze Situation war ihr einfach zu viel. Sie brauchte frische Luft, und sie brauchte sich selbst wieder.

Instinktiv suchte sie die kraftvoll gleichförmige Strömung des Wassers. Sie schlitterte den schlüpfrigen Pfad hinab zum Ufer und hockte sich auf einen Stein ganz dicht am Fluss. Es hatte zu regnen begonnen. Ganz weich, wie an dünnen Fädchen sanft herabgelassen. Der Schleier des Regens verwischte die erleuchteten Konturen der Stadt und ließ sie weit entfernt erscheinen. Carolyn spürte, wie die zarten Tropfen auf ihre Gesichtshaut perlten. Sie reckte den Kopf dem Regen entgegen und schloss die Augen. Schon als Kind hatte sie den Regen gemocht. Wenn die anderen Kinder ins Haus rannten, kam sie erst heraus. Spaziergänge im Regen am Meer, wie wunderschön waren ihre Erinnerungen daran. Sie öffnete die Lippen und fing den Regen mit der Zunge auf. Die salzigen unter den Tropfen hatten ihren Ursprung nicht in den Wolken.

Carolyn wandte sich ohne Ziel flussabwärts. Eine Frau in einem hellen Wintermantel, der durch den Regen begann, sich dunkel zu färben, eine Frau mit einem Koffer am Ufer eines schwarzen Flusses in der Weihnachtsnacht. Sie lächelte in sich hinein. Welch ein schönes Abschlussbild für einen traurigen Film.

Ihre Tränen wurden dichter. Aber sie blieb nicht stehen. Allmählich wurde ihr kalt. Der Mantel war zwar gefüttert, doch der Regen drang langsam in das Gewebe ein. Außerdem machte er ihn schwer. Mit der Kälte und der Müdigkeit kam auch die Frage, wo sie bleiben sollte in dieser Nacht. Nicht zurück, aber auch nicht zu Malu, nicht an Weihnachten, so was gehörte sich nicht.

Sie sah auf und orientierte sich. Sie stand immer noch am Fluss, aber doch schon so weit entfernt von den Grenzen der Stadt, dass deren festliche Beleuchtung sie nicht mehr erreichte. Direkt vor ihr lag ein Fahrweg. Sicher führte er zur höher gelegenen Bundesstraße. Vielleicht gab es dort ein Taxi. Sie stapfte tapfer durch den Matsch, bevor der Weg am Ende der ersten Biegung plötzlich in eine Asphaltstraße überging. Eine Straßenlaterne beleuchtete den Eingang zu einem Campingplatz. Sie erinnerte sich an die Hinweisschilder. Nicht, dass sie selbst je hier gewesen wäre, aber sie wusste aus der Zeitung, dass der Zeltplatz schon mehrfach prämiert worden war. Ausgezeichnet für seine Lage, für die sanitären Anlagen, den großzügigen Raum, der Wohnmobilen zur Verfügung stand, das Naturschwimmbad und was sonst nicht noch alles.

Hinter einigen der Wohnwagenfenster brannte Licht. Seltsam, diese Lust der Menschen am rollenden Heim, dachte Caro, da feiern sie doch tatsächlich auch noch Weihnachten auf dem Campingplatz. Sie ging weiter. Gleich rechts neben dem Haupteingang, der mit einer grünen Schranke versperrt war, stand in einer künstlich geschaffenen Einbuchtung der gewaltigen Hecke ein weiterer Wagen. Dieser allerdings ohne Fenster. Als sie näher trat, erkannte sie, dass es eine Art Imbiss sein musste, eine bewegliche Frittenbude. Der Wagen schien seit längerer Zeit verlassen. Seine Außenhaut war schmutzig und einer der Reifen platt. Das verwahrloste Mobil passte so gar nicht zu den Auszeichnungen, weshalb es vermutlich gerade ihre Aufmerksamkeit weckte. Auf dem Dach schimmerten matt vier Stahlstützen, die wie dicke Antennen in den Himmel ragten. Wahrscheinlich war daran früher eine Art Werbung befestigt gewesen. Ob sich der Wagen nur im Winterschlaf befand oder gänzlich aufgegeben worden war, stellte Carolyn erst fest, als sie sich dem großen Zettel, der an der seitlichen Eingangstür angebracht war, näherte. Hinter einer Schutzfolie, vor dem Wetter geschützt, hing ein Schild: ZU VERKAUFEN, darunter eine Telefonnummer.

Carolyn trat zurück. Schon wieder standen Tränen in ihren Augen. Es kostete sie einige Mühe, sich von dem alten schäbigen Wagen loszureißen. Die Bude hatte ihr Herz erwärmt.

Sie legte den langen Weg in die Stadt zu Fuß zurück. Kein einziger Wagen begegnete ihr. Sie brauchte eine Bleibe. Als sie den Park vor sich liegen sah, kam ihr eine Idee. Sie stellte den Koffer auf den nassen Bürgersteig und durchwühlte ihre Handtasche. Glück gehabt, sie hatte den Schlüssel zur neuen Wohnung dabei. Zügig durchschritt sie die dunkle Grünanlage und schlich sich unbemerkt in das Haus.

Die Räume waren leer und einigermaßen sauber, es gab eine funktionierende Dusche, und in ihrem Koffer befand sich ein sauberes Handtuch. Die Rollläden waren herabgelassen, und so konnte sie sogar die nackte Glühbirne an der Decke anschalten. Carolyn zog sich nackt aus und ging duschen. Das heiße Wasser tat ihr gut. Dann trocknete sie sich ab und zog frische Wäsche an. Damit waren die Möglichkeiten ihres Koffers aber auch schon fast erschöpft. Am Morgen würde sie Malu anrufen. Malu wusste immer, was zu tun war. Sie kauerte sich in eine Ecke auf den Fußboden, bettete ihren Kopf auf den harten Koffer und schlief fast unmittelbar ein.

Mit Kopfschmerzen wachte sie nach wenigen Stunden Schlaf wieder auf. Jeder Knochen in ihrem Leib schmerzte, und sie fühlte sich einsam.

Zuerst klingelte sie Malu aus dem Bett und fuhr anschließend mit dem Taxi zu ihr. Es traf sich gut, dass Herbert die restlichen Feiertage bei seiner Schwester in Heidelberg verbringen wollte. Sie frühstückten zusammen, und als Herbert bemerkte, dass zwischen Frühstück und Carolyns Beichte nur noch seine Abreise stand, fuhr er früher, als er es eigentlich vorgehabt hatte. Malu verfrachtete ihre Freundin in die Badewanne und dann ins angewärmte Wasserbett. Sie legte sich neben sie und hörte einfach nur zu. Carolyn erzählte ihr die ganze Weihnachtsgeschichte und fiel, nachdem sie sich wieder etwas beruhigt hatte, in einen tiefen, traumlosen Schlaf.

In den nächsten Tagen versuchte ihre Familie, mit ihr in Kontakt zu treten. Sie sprach genau einmal mit Michael, erzählte ihm kurz, wo sie war und dass er sich um sie keine Sorgen zu machen brauchte. Als ihr Mann auf die Ereignisse von Heiligabend zu sprechen kommen wollte, drückte sie das Gespräch weg. Ihre Kinder waren einigermaßen verständnisvoll. Josh sagte nur, sie solle auf sich aufpassen. Pam weinte ein bisschen, gab ihr einen Kuss durchs Telefon, und als sie fragte, warum Caro mit dieser scheußlichen Sache angefangen habe, drückte sie auch ihre Tochter aus der Leitung.

Sie schlief viel in diesen Tagen bei Malu. Wenn sie wach war, saß sie lange vor dem Fenster zum Garten. Immer wieder diskutierten sie ihre Situation. Sie brauchte den Rat ihrer Freundin und legte sich dann wieder nachdenklich aufs Sofa. Den ersten Tag nach den Feiertagen verbrachte sie auf Malus Vorschlag hin im Wellness-Club eines Luxushotels. Die vielfältigen Anwendungen taten gut, nervten sie aber nach einer Weile. Sie war einfach nicht in der Stimmung, sich zu entspannen, und konnte das dauernde An-ihr-Rumgefummel nicht genießen.

Am Donnerstagmorgen wachte sie auf und dachte über das

bis dahin letzte Gespräch mit Malu nach. »Eigentlich«, so hatte Malu gesagt, »eigentlich seid ihr doch quitt.« Das sah Carolyn natürlich anders. Michael hatte sie betrogen, sie hingegen versuchte lediglich, der Familie zu helfen. Dass sie dabei in diese Agentur gestolpert war, war eben Pech, genauso, dass Josh es irgendwie herausgefunden hatte. Nur warum jetzt alle glaubten, sie selbst betreibe dieses Geschäft, ohne je mit ihr darüber gesprochen zu haben, das konnte sie beim besten Willen nicht verstehen. Malu war wieder einmal pragmatisch. »Du hättest es ihnen doch ruhig sagen können. Ist doch überhaupt nichts dabei.« War es auch nicht, und trotzdem fühlte Carolyn sich irgendwie schuldig. Weil es ja tatsächlich ein schmutziges Geschäft war und weil Ralf ihr den Hof machte. Nicht dass er während ihrer ersten Tage – Ralfs Mutter übergab ihr gerade alle Arbeiten, damit sie beruhigt abreisen konnte – zudringlich geworden wäre, aber er ließ auch keinen Zweifel daran, an einer kleinen Affäre interessiert zu sein. »Ist doch nichts dabei, Carolyn, nimm's doch einfach als Kompliment«, hatte ihr Malu empfohlen. Und tatsächlich empfand sie es als sehr aufregend, derart begehrt zu werden. Wobei, Ralf hatte sie noch nie morgens früh gesehen, bevor sie sich die Schlaffalten und Augenränder überschminkt hatte.

Na ja, Malu ging jedenfalls genauso rational an die Sache mit Michael, wie sie es auch im Falle von Ralf getan hatte.

»Warum geht ihr nicht wie erwachsene Menschen aufeinander zu und verzeiht euch? Du redest seit du hier bist von nichts anderem als von Michael und den Kindern. Mein Gott, Caro, du bist ein Familientier. Hol sie dir endlich zurück.«

Carolyn stand auf. Quitt waren sie und Michael nicht, das sah sie anders als ihre Freundin. Aber was nicht ist, kann ja noch werden, dachte sie und warf einen kurzen Blick auf die friedlich schlafende Malu, bevor sie ihr zum Abschied eine Nachricht schrieb:

Hab noch was zu erledigen!
Danke für alles und bis zum Neuen Jahr.
Love Caro.

Sie nahm sich ein Taxi. An der Einfahrt zum Campingplatz ließ sie den Wagen warten. Sie ging die wenigen Meter bis zu der alten Kiste über den Asphalt und notierte sich die angegebene Telefonnummer. Noch auf dem Weg zurück ins Taxi telefonierte sie mit der Frau, deren Mann im vergangenen Jahr bei der Arbeit gestorben war, und schlug ihr vor, sich in der ersten Januarwoche zu treffen. Glücklich stimmte die Besitzerin zu.

Aus dem Wagen rief sie im Büro an. Ralf Roberts hatte Dienst zwischen den Tagen.

»Wie heißt noch mal das tolle Hotel, von dem du mir vorgeschwärmt hast?«

Ralf schreckte auf. Bedeutete das, was er vermutete? »Das ›Drei Kronen‹ meinst du? Aber es liegt ziemlich zentral.«

Carolyn lachte. »Hast du plötzlich Angst?«

»O Gott, nein! Aber es kommt … ich meine, es kommt so unerwartet. Ich meine, wann …?«

»Ruf sofort an und reservier ein Zimmer, ich bin schon auf dem Weg.«

Caro gab Ralf nicht einmal die Chance, hallo zu sagen. Sie wollte auch nicht mit ihm ihre Gründe besprechen, eigentlich wollte sie gar nicht mit ihm reden. Sie forderte ihn auf, sich auszuziehen, und entledigte sich ruhig ihrer Kleidung. Der Sex mit Ralf war kurz. Carolyn genoss keine Sekunde davon. Ralf hingegen schien angetan. Jedenfalls störte es ihn nicht im Geringsten, dass sie ihn gleich, nachdem sie aus dem Bad kam, bat zu gehen. Ganz im Gegenteil, eine Frau, die keine Ansprüche an ihn stellte, war genau das, was er für sein außereheliches Vergnügen suchte.

Carolyn blieb die Nacht über im Zimmer. Sie bestellte sich Wein und etwas zu essen. Sie saß im Schneidersitz auf ihrem Bett, eingewickelt in einen flauschigen Bademantel, und starrte ins Fernsehen.

Silvester verbrachte sie in der Stadt. Sie ging einkaufen, und als die Geschäfte schlossen und sie die Tüten kaum noch schleppen konnte, verfrachtete sie ihre Errungenschaften ins Capitol und gab sich in aller Seelenruhe den Freuden eines ausgiebigen Essens und einer schönen Flasche Wein hin.

Gegen 16 Uhr bestellte sie sich ein Taxi. Sie belud es mit ihren Tüten und nannte dem Fahrer die Adresse.

Pünktlich zum Silvesterabend war sie wieder zu Hause.

Epilog

Caro parkte den Wagen im Schatten der Fritüre. Sie war verschwitzt und wäre viel lieber unter eine Dusche gestiegen, als sich in den engen Arbeitskittel zu zwängen. Die Hitze in der Agentur war in diesem Sommer unerträglich. Unten in den abgedunkelten Kabinen war es immerhin auszuhalten, durch das Bürofenster aber knallte die Sonne. Sie hatte Ralf in den letzten Wochen schon mehrfach mit Kündigung gedroht, für den Fall, dass er sich nicht bald zum Kauf einer geeigneten Klimaanlage durchrang. Noch so einen Sommer wie diesen würde sie in keinem Fall mehr mitmachen. Immerhin verbrachte sie inzwischen ziemlich viel Zeit bei der RaRo, und obwohl sie nur Sekretärin war, verdiente sie ordentlich Geld damit. Den vielen Angeboten, ihre Börse durch Einsätze am Love Phone nochmals entscheidend aufzubessern, hatte sie sich tapfer widersetzt, außerdem hatte sie es Michael versprochen. Auch Ralf setzte ihr nach dem einmaligen Akt nicht weiter zu. Ob sie ihm nicht gefallen oder er ihre Verzweiflung in jener Nacht erkannt hatte, Caro interessierte es längst nicht mehr. Hauptsache, sie hatte einen Job und verdiente ihr eigenes Geld.

Ihr blieb keine Zeit zum Entspannen. Eine Schlange von zwölf hungrigen Campern hatte sich vor der hochgestellten Lade des Imbiss gebildet. Die Urlauber schienen unruhig und verschafften ihrem Unmut durch dumme Sprüche Luft. Michael stand ganz allein im Wagen und versuchte die Kunden abzuarbeiten. Carolyn eilte durch die sengende Mittagshitze, stieg die zwei Tritte hinauf in das nach heißem Fett riechende Mobil und stellte sich neben ihren Mann hinter die Theke.

Es war einer der heißesten Sommer seit Jahren, und dennoch konnten die Leute nicht von den Fettstäbchen, den Bratwürsten und Dönerbrötchen, von Backfisch und Frikadellen lassen. Mittags und besonders abends bildeten sich lange Schlangen vor dem:

My Way
Fritten & Mehr

Des Englischen nicht mächtige Camper, und deren gab es nicht wenige, sprachen es *MiWei* aus, was dazu führte, dass Neuankömmlinge den Wagen für eine vietnamesische Garküche hielten. Aber es hatte sich herumgesprochen, dass die Qualität der Speisen bei den Billings weit über dem für diese Form der Gastronomie üblichen Standard lag.

Am Tag der Arbeit, dem 1. Mai, hatten sie eröffnet, und aus dem Stand heraus war die Bude ein Erfolg. Das lag, zumindest im ersten Monat, hauptsächlich an ihrem allseits beliebten Vorgänger. Camper sind Gewohnheitsmenschen – das wussten die Billings inzwischen –, und sie glaubten, der alte Besitzer sei nach einem Jahr Pause nun wieder zurückgekehrt, und kamen daher zahlreich. Gott sei Dank besaßen diese Gewohnheitstiere aber auch einen gewissen Sinn für Humor, oder lag es nur an mangelnden Alternativen, dass sie die Pannen der ersten Zeit klaglos ertrugen? Michael erkannte schnell, welch riesiger Unterschied zwischen einer Drei-Sterne-Küche zu Hause und einem simplen Frittenjob in der Öffentlichkeit bestand. Der Andrang war nicht planbar. Menschen schienen sich nur in Gruppen zu bewegen. Wären alle Kunden schön hintereinander gekommen, hätte er immer den Überblick behalten.

Aber sie hatten sich durchgebissen, Caro und er. Michael begann schon frühmorgens mit Kartoffelschälen und Vorfrittieren – Caro versuchte ihn immer noch dazu zu bewegen, ihrer Mutter diesen Job zu geben, aber Michael zeigte sich als rigoroser Gegner dieser Idee. Wenn ihm kein anderer Grund mehr einfiel, um seine Ablehnung zu begründen, sagte er: »Bist du verrückt, Caro? Jetzt noch so eine Bestie wie Wolfi hier am Stand, und die halten uns wirklich für Vietnamesen.«

Caro versuchte um zwölf Uhr da zu sein. Wenn bei der

RaRo zu viel zu tun war, nahmen sie Paula, die Tochter des Platzbesitzers, als Aushilfe dazu. Bis Ende Oktober blieb der Wagen geöffnet, dann hatten sie sechs ganze Monate Ferien. Saisongeschäft.

An diesem Morgen musste etwas schief gegangen sein. Carolyn konnte Paula nirgends entdecken.

»Was ist los?«

»Siehst du doch«, knurrte Michael sichtlich im Stress. Sie sah ihn kurz an. Das Haar klebte ihm am Schädel. Das Thermometer in der Eingangstür stand auf 51 °C.

»Wo ist Paula?«

»Muss drüben am Empfang helfen. Ihr Alter hat sich das Bein verstaucht.«

»Scheiße! Es ist aber auch immer was anderes.«

Jetzt konnte er das Frittieren übernehmen, und sie nahm die Bestellungen entgegen, kümmerte sich um die gewünschten Soßen, um kalte Getränke und das Abkassieren. Zu zweit war die Arbeit zu schaffen. Für viel mehr Menschen war in der stickigen Enge ohnehin kein Platz.

Michael sprach schon von Erweiterung, einem größeren, klimatisierten Wagen, von einer richtigen Außengastronomie mit erweitertem Angebot, von Mittagsmenüs und Angestellten. Sogar ein zweiter Wagen als Kühlkammer und eventuell als separate Eisbude mit Selbstgemachtem schwebte ihm vor, aber Caro wollte, jetzt wo gerade einmal eine halbe Saison gelaufen war, davon noch nichts wissen.

Sie arbeiteten die Bestellungen ab und kamen erst gegen halb drei dazu, sich zu begrüßen.

Zwischen drei und sechs war die Lage entspannt. Kinder, die Eis kauften, Erwachsene auf einen schnellen Espresso – auch eine Schiene, die Michael auszubauen gedachte –, Lieferanten, die die Bestände auffüllten. Er ließ frisches Fett ein, führte einige Telefonate, und an manchen Tagen macht er sogar ein Nickerchen im Liegestuhl, bis die ersten Grills auf dem Gelände wieder rauchten und die Kinder mit den großen Schüsseln losgeschickt wurden.

Gegen sieben kam Franzi die Straße herabgeschlendert. Sie begrüßte ihre zukünftigen Schwiegereltern und bot an, sich nützlich zu machen. Carolyn war erstaunt über ihr Auftauchen, allein war sie bisher noch nie hier gewesen, und Josh war eine Woche lang verreist, irgendwohin mit Pille.

»Bin hier verabredet«, erklärte Franzi kurz, und zu mehr Konversation blieb keine Zeit.

Zwanzig Minuten später stieß Michael Carolyn an und deutete die steil ansteigende Straße hinauf. Pamela und Lin kamen Arm in Arm anspaziert. Pamela hatte sich in den letzten Monaten verändert. Zum ersten Mal betonte sie ihre Weiblichkeit wieder. Sie trug ein tief dekolletiertes, schulterfreies Top und kurze, auf den Hüften sitzende Shorts. Sehr zum Verdruss ihrer Eltern zierte nun auch ein Tattoo ihre Haut, zwar dezent und klein, aber doch unübersehbar blühte eine kleine Rose auf ihrem rechten Schulterblatt. Dafür hatte Lin ihre Ringe im Gesicht opfern müssen.

»Sind doch ein ganz schönes Paar, oder?«, sagte Carolyn mit einigem Stolz in der Stimme, froh um die kleine Pause, in der sie ihren Rücken durchdrücken konnte, und schob sich eine Haarsträhne aus dem Gesicht.

Michael murmelte etwas von »Verschenkt« und erntete dafür von seiner Frau einen freundlichen Knuff in die Seite. Sie wusste, er hatte längst seinen Frieden mit der Geschichte gemacht. Neulich abends hatte Lin ihm sogar eine Kassette mitgebracht, von einer neuen Band, mit der er jetzt ziemlich angab.

»Wenn das mal kein Zufall ist«, sagte Carolyn und ging kurz nach draußen, um ihre Tochter zu begrüßen.

»Hallo, Schätzchen, hallo, Lin.« Sie gab beiden einen Kuss. »Das ist aber schön, dass ihr mal vorbeischaut. Es ist noch jemand da, den ihr kennt. Franzi sitzt da drüben an unserem kleinen Stammtisch. Setzt euch doch zu ihr, oder müsst ihr gleich wieder weg?«

»Nein, Mam, wir haben Zeit. Sind hier verabredet.«

»Ihr auch?«

Aber dann musste sie auch schon wieder weg. Michael warf ihr bereits Hilfe suchende Blicke zu.

*

Joshua rollte auf die Bühne. Es war einer jener magischen Momente, von denen es nur ganz wenige im Leben eines Menschen gibt. Häufig genug ziehen sie an ihrem Empfänger vorüber, ohne dass sie überhaupt bemerkt werden.

Das traf in dieser für Oulu ungewöhnlich warmen Augustnacht nicht auf Joshua zu. Er spürte jede Nanosekunde seines Auftritts, saugte jedes Detail in sich auf wie ein Schwamm, und nichts würde dieses einmalige Erlebnis je wieder aus seinem Herzen löschen können.

Josh war in den letzten Tagen zu so etwas wie dem heimlichen »König von Oulu« geworden. Schon im Trainingscamp behandelte man ihn fast ehrfürchtig. Als er dann am Abend noch eine Jam-Session mit einer einheimischen Hardrockband hinlegte und er damit der Einzige unter allen Teilnehmern war, der tatsächlich richtig Gitarre spielen konnte, stieg die Bewunderung noch mehr.

Die gleiche Begeisterung löste sein erster Auftritt vor Publikum im Qualifying aus. Pille, der ihn in den Norden begleitet hatte und seit der Ankunft als Coach fungierte, verfolgte das Geschehen mit Verwunderung.

»Vermutlich«, so sein Schluss nach längerem Nachdenken, »sehen sie in dir so was wie einen Kriegsversehrten, einen Golfkriegsveteran, der jetzt für den Frieden Gitarre spielt. Verstehst du? Marines for World Peace, so was!«

Josh fand es zwar etwas überzogen, aber in der Tendenz stimmte er dem zu. Eindeutig galt ein Teil der Begeisterung dem Freak im Rollstuhl, und genau deshalb hatte er sich auch in letzter Minute noch für eine Änderung seiner Performance entschieden. Als sein Intro erklang und er einen Blick von der Bühne auf die Kampfrichter werfen konnte, wusste er, dass alles, was er nun machen würde, goldrichtig war.

Was in jener Nacht auf der Bühne des primitiven Zeltes auf Kuusisaari Island geschah, ging als »Wunder von Oulu« in die Annalen der Air Guitar Championship ein und zwang nicht wenige der Anwesenden, über einen tieferen, religiösen Sinn der Veranstaltung nachzudenken.

Joshua spielte seine Show. Am Bühnenrand ließ er den Sound

durch sich hindurchpeitschen. Mit dem Schlusscrescendo und unter der stroboskopischen Reflektion der Lichtorgel riss er seine imaginäre Stratocaster in die Höhe, streckte sie weit über seinen Kopf in den nordischen Himmel und tat das, was er in der Laufbandtherapie im letzten halben Jahr gelernt hatte. Er stand ohne Zuhilfenahme seiner Hände aus dem Stuhl auf.

Wie der Erleuchtete persönlich stand er, nur unmerklich wankend, im Blitzlichtgewitter der plötzlich hellwachen Fotografen. Wildfremde Menschen gingen auf die Knie, bekreuzigten sich oder schlugen die Hände vor die Augen. Viele johlten, pfiffen und kreischten. Das Zelt glich einem Tollhaus, während über Joshua die Lichtblitze explodierten und der Gitarrensound mit einem ohrenbetäubenden Krachen zu Ende ging.

Josh schmiss die Gitarre vor sich in den Bühnenstaub und richtete sich so sehr auf, wie es ihm nur möglich war. Dann zog er in einer supercoolen Geste sein Hemd aus und warf es ins Publikum. Eine Schlägerei um die Reliquie brach aus.

Jetzt kam Joshs schwierigstes Stück. Gefährlich wackelnd drehte er sich um und wollte zumindest ein Stück des langen Weges hinter die Bühne noch aufrecht gehend zurücklegen. Er wusste wohl, dass er stürzen würde, so gut war er noch lange nicht. Aber nach diesem Auftritt war das keine Niederlage mehr.

Er machte noch zwei Schritte, dann rettete Pille ihn, indem er die Bühne stürmte, den Stuhl griff und ihn hinter Joshua schob. Joshua war dankbar für die Hilfe. Als Pille dann noch eine Ehrenrunde mit ihm drehte, kannte der Jubel keine Grenzen mehr.

Das abschließende Voting war eindeutig!

*

Pam, Franzi und Lin tranken Bier. Sie hatten gewusst, dass Joshua sie alle gemeinsam hierher bestellt hatte. Alle Versuche, die Gründe dafür in Erfahrung zu bringen, scheiterten. Es hatte jeweils nur eine kurze SMS mit den beiden Zusätzen *Dringend* und *Eltern nichts verraten* gegeben. Auf Nachfragen erhielten sie keine Antwort.

Immer noch rätselnd, saßen sie an dem kleinen Campingtisch und sahen abwechselnd auf die Uhr und die Straße hinauf. Franzi schien besonders nervös, wahrscheinlich hatte sie schon so ein Gefühl. Es war kurz vor halb neun, die Zeit, zu der sie sich vor dem Imbiss aufstellen sollten, wie es in der SMS weiter geheißen hatte.

Carolyn schubste Michael an und zeigte auf die Mädchen.

»Was haben die denn vor? Warum stehen die da rum wie bestellt und nicht abgeholt?«

»Mach die Bestellung fertig, Schatz, wir haben dafür jetzt keine Zeit.«

Eine Menschentraube hatte sich vor dem Wagen gebildet. Das sonst gesittete Anstehen war durch eine Horde Schüler aufgehoben worden, und im Moment versuchte jeder, der Nächste zu sein.

Plötzlich zerschnitt ein ohrenbetäubend schriller Laut die dicke Luft. Alle Köpfe wandten sich der Quelle des Lärms zu. Ein fast nackter, etwa 150 Kilo schwerer Kerl stand am höchsten Punkt der Straße und blies auf einer gewaltigen Muschel. Der vollständig tätowierte Typ setzte sein Instrument, das so schreckliche Töne machen konnte, ab und deutete mit einer anmutigen Geste auf die Mitte der Straße, wo jetzt ein Rollstuhl auftauchte.

Untermalt von wildem Geschrei, dieses Mal jedoch von dem Insassen des Rollstuhls ausgehend, setzte sich der Stuhl in Bewegung. Immer schneller werdend, schoss er wie ein Rennwagen auf die Menge vor der Frittenbude zu. Im Stuhl saß eine Gitarre mit Beinen. Kurz bevor die Gitarre hätte bremsen müssen, legte sich der Stuhl in eine gefährliche Linkskurve. Erst hob sich der rechte Reifen vom Boden ab, und dann kippte der Rollstuhl nebst Inhalt unter lautem Getöse in die Buchsbaumhecke.

Als der Staub sich legte, sah man zunächst nur noch die Gitarre. Sie hatte keinen Kratzer abgekriegt. Ein dünner Arm ragte aus der Hecke, der das schöne Instrument am Hals festhielt. Dann wackelte die Hecke bedenklich und plötzlich stand Pille voller blutiger Striemen vor den zu Hilfe geeilten Menschen und brüllte laut: »Siiiieeeeggg!«

Noch während alle Augen ungläubig auf Pille gerichtet waren, stießen sich die Ersten gegenseitig an. Ein ganz leiser, warmer Ton erklang über dem Platz. Er schien von überallher zu kommen oder schon immer da gewesen zu sein, und doch brachte eine Muschel aus dem Pazifik ihn zustande. Franzi sah als Erste zu Titi hoch, dann krallte sie sich vor Schreck in Lins Hand. Immer mehr Augenpaare starrten in diese Richtung, und schon war Pille vergessen. Er lachte glücklich! Genauso hatten sie es geplant, und es sah verdammt perfekt aus.

Auf der Kuppe stand Joshua und hinter ihm ging die Augustsonne unter, und zu Titis Klangcollage setzte er sich in Bewegung. Er trug, genau wie Titi, Maori-Kleidung, nur auf die Bemalung hatte er dieses Mal verzichtet.

Michael und Caro sahen es als Letzte. Sie mussten sich schon sehr weit aus ihrem Fenster beugen, um die Straße hinaufsehen zu können. Aber als sie begannen zu glauben, was ihre Augen sahen, ließ Michael die geöffnete Coladose, aus der er eben noch getrunken hatte, ins heiße Fett fallen. Die Fritteuse kochte mit einem gewaltigen Zischen über, und das Fett ergoss sich über den Boden des Wagens. Michael verbrannte sich den Unterarm, aber das bedeutete nichts mehr. Die Tränen in seinen und Caros Augen hatten eine ganz andere Ursache.

Eine Krücke vor die andere setzend, begann Joshua seinen Weg. Es dauerte, aber er schaffte es tatsächlich bis zum Imbiss. Die Menge teilte sich vor ihm, er ging vorbei an dem zerstörten, aber glücklich strahlenden Pille, gab der weinenden Franzi im Vorbeigehen einen Kuss, lächelte seine Schwester und die cool zurücklächelnde Lin an und stellte sich an die Theke.

Michael und Caro hielten sich fest umarmt. Sie zitterten, weinten und lachten gleichzeitig.

Und dann sprach der Champion endlich:

»Was ist, werden Krüppel bei Ihnen nicht bedient, oder was?«

Werner Köhler
Cookys

Roman
KiWi 808
Originalausgabe

»Cookys« erzählt die Geschichte einer Leidenschaft – Kochen. Seine Jugend in den 70er Jahren verbringt der Ich-Erzähler Gerd Krüger, genannt »Cooky«, wie viele junge Männer: schweigend und dauerverliebt. Natürlich spricht er nicht mit den Mädchen, aber er kocht für sie. »Cookys« ist ein Roman über das Erwachsenwerden, über Freundschaft, Verlust und die Verwirrung der Gefühle. Vor allem aber ist es eine Liebeserklärung an die alles vereinende Kraft des Kochens.

»Was Nick Hornby mit ›Fever Pitch‹ für denFußball getan hat, leistet Werner Köhler mit ›Cookys‹ fürs Kochen: Er erzählt die Geschichte einer Leidenschaft, die das Leben prägt. Ein Buch wie ein gutes Essen mit guten Freunden. Köstlich und herzerwärmend.« *Deutsche Welle*

»Ein Buch, dessen Lektüre satt und glücklich macht.«
Elke Heidenreich

Paperbacks bei Kiepenheuer & Witsch KiWi PAPERBACK www.kiwi-koeln.de

Werner Köhler
Das Mädchen vom Wehr

Ein Crinelli Krimi
KiWi 877
Originalausgabe

Nach dem großen Erfolg seines ersten Romans »Cookys« zeigt uns Werner Köhler eine neue Seite seines literarischen Könnens: ein düsterer Krimi der Sonderklasse. Der grausame Fund einer Mädchenleiche erschüttert ein kleines Dorf. Für Hauptkommissar Crinelli führen die wenigen Spuren aus dem Ort heraus. Doch ein Blick hinter die Fassaden der scheinbar heilen Welt lässt ihn sehr bald Schreckliches ahnen ...

»Die 444 Seiten lesen sich atemlos, man mag die Geschichte ›Das Mädchen vom Wehr‹ nicht unterbrechen, das Buch keinen Moment aus der Hand legen.«
Rheinische Post

Paperbacks bei Kiepenheuer & Witsch KiWi PAPERBACK www.kiwi-koeln.de